Suite française

DU MÊME AUTEUR

Le Malentendu, Fayard, « Les Œuvres libres », 1926.
Denoël, 2010. Gallimard, Folio.

L'Enfant génial, Fayard, « Les Œuvres libres », 1927 ;
Un enfant prodige, Gallimard, 1992.

L'Ennemie, Fayard, « Les Œuvres libres », 1928.

Le Bal, Fayard, « Les Œuvres libres », 1929. Grasset, 1930.
Les Cahiers rouges.

David Golder, Grasset, 1929. Les Cahiers rouges.
Le Livre de poche.

Les Mouches d'automne, Kra, 1931. Grasset, 1931.
Les Cahiers rouges.

L'Affaire Courilof, Grasset, 1933. Les Cahiers rouges.

Le Pion sur l'échiquier, Albin Michel, 1934 ; 2005.
Le Livre de poche.

Films parlés, NRF, 1934.

Le Vin de solitude, Albin Michel, 1935 ; 2004.
Le Livre de poche.

Jézabel, Albin Michel, 1936 ; 2005. Le Livre de poche.

La Proie, Albin Michel, 1938 ; 2005. Le Livre de poche.

Deux, Albin Michel, 1939 ; 2014. Le Livre de poche.

Les Chiens et les Loups, Albin Michel, 1940 ; 2004.
Le Livre de poche.

La Vie de Tchekhov, Albin Michel, 1946 ; 2005.

Les Biens de ce monde, Albin Michel, 1947 ; 2005.
Le Livre de poche.

Les Feux de l'automne, Albin Michel, 1957 ; 2014.
Le Livre de poche.

Dimanche, et autres nouvelles, Stock, 2000.
Le Livre de poche.

Destinées, et autres nouvelles, Éditions Sables, 2004.

Le Maître des âmes, Denoël, 2005. Gallimard, Folio.

Chaleur du sang, Denoël, 2007. Gallimard, Folio.

Les Vierges, et autres nouvelles, Denoël, 2009. Gallimard, Folio.

La Symphonie de Paris, et autres histoires, Denoël, 2012.

Nonoche, dialogues comiques, Éditions Mouck, 2012.

Œuvres complètes, La Pochothèque, 2 tomes, 2011.

Irène Némirovsky

Suite française

roman

DENOËL

Sur les traces de ma mère et de mon père, pour ma sœur Élisabeth Gille, pour mes enfants et petits-enfants, cette Mémoire à transmettre, et pour tous ceux qui ont connu et connaissent encore aujourd'hui le drame de l'intolérance.

Denise Epstein.

PRÉFACE

En 1929, Bernard Grasset, enthousiasmé par la lecture d'un manuscrit intitulé *David Golder* arrivé par la poste, décida aussitôt de le publier. C'est alors que, désireux de faire signer un contrat à l'auteur, il s'aperçut que ce dernier, redoutant un échec, n'avait communiqué ni son nom ni son adresse, seulement un numéro de boîte postale. Il publia alors une petite annonce dans les journaux invitant le mystérieux écrivain à se faire connaître.

Quand Irène Némirovsky vint quelques jours plus tard se présenter à lui, Bernard Grasset eut du mal à croire que cette jeune femme d'apparence gaie et lisse qui vivait en France depuis seulement dix ans était bien celle qui avait écrit ce livre étincelant, cruel, audacieux et surtout parfaitement maîtrisé. Une œuvre qu'un écrivain réussit lorsqu'il atteint la maturité. L'admirant déjà, cependant doutant encore, il la questionna longuement afin de s'assurer qu'elle n'était pas venue jouer le rôle de prête-nom pour le compte d'un écrivain célèbre désireux de demeurer dans l'ombre.

Lors de sa parution, *David Golder* fut unanimement salué par la critique, si bien qu'Irène Némirovsky devint aussitôt célèbre, adulée par des écrivains aussi étrangers l'un à l'autre que Joseph Kessel, qui était juif, et Robert Brasillach, monarchiste d'extrême droite et antisémite. Lequel loua la pureté de la prose de cette nouvelle venue dans le monde des lettres français. Si elle était née à Kiev, Irène Némirovsky avait appris le français avec sa gouvernante depuis sa petite enfance. Elle parlait aussi couramment le russe, le polonais, l'anglais, le basque et le finlandais, comprenait le yiddish, dont on reconnaît des traces dans *Les Chiens et les Loups,* écrit en 1940.

Irène Némirovsky ne se laissa pas tourner la tête par son entrée fracassante en littérature. Elle s'étonna même qu'on fît tant de cas de *David Golder,* qu'elle qualifiait sans fausse modestie de « petit roman ». Elle écrivit à une amie le 22 janvier 1930 : « Comment pouvez-vous supposer que je puisse oublier ainsi mes vieilles amies à cause d'un bouquin dont on parle pendant quinze jours et qui sera tout aussi vite oublié, comme tout s'oublie à Paris ? »

Irène Némirovsky avait vu le jour le 11 février 1903 à Kiev, dans ce qu'on appelle aujourd'hui le yiddishland. Son père, Léon Némirovsky (de son nom hébraïque Arieh), originaire d'une famille venue de la ville ukrainienne de Nemirov, un des centres importants du mouvement hassidique au XVIIIe siècle, avait eu l'infortune de naître en 1868 à Elisabethgrad, la ville d'où allait déferler, en 1881, la grande vague de pogroms contre les Juifs de Russie qui dura plusieurs années. Léon Némirovsky, dont la famille avait prospéré dans le commerce des grains, avait beaucoup voyagé avant de faire fortune dans la finance et de devenir un des banquiers les plus riches de Russie. Sur sa carte de visite, on pouvait lire : Léon Némirovsky, Président du Conseil de la Banque de Commerce de Voronej, Administrateur de la Banque de l'Union de Moscou, Membre du Conseil de la Banque privée de Commerce de Petrograd. Il avait acheté une vaste demeure sur les hauteurs de la ville, dans une rue paisible bordée de jardins et de tilleuls.

Irène, confiée aux bons soins de sa gouvernante, avait reçu l'enseignement d'excellents précepteurs. Ses parents ayant peu d'intérêt pour leur foyer, elle avait été une enfant extrêmement malheureuse et solitaire. Son père, qu'elle adorait et admirait, occupé par ses affaires, était la plupart du temps en voyage ou en train de jouer des fortunes au casino. Sa mère, qui se faisait appeler Fanny (de son nom hébraïque Faïga), l'avait mise au monde dans le dessein de complaire à son riche époux. Mais elle avait vécu la naissance de sa fille comme un premier signe du déclin de sa féminité, et l'avait abandonnée aux soins de sa nourrice. Fanny Némirovsky (Odessa, 1887-Paris, 1989), éprouvait une sorte d'aversion pour sa fille, qui n'avait jamais reçu d'elle le moindre geste d'amour. Elle passait des heures devant son miroir à guetter l'apparition des rides, à se farder, à se faire masser, et le reste du temps hors de la maison, en quête d'aventures extraconjugales. Très vaine de sa beauté, elle voyait avec horreur ses traits se flétrir et la métamorphoser en une femme qui aurait bientôt recours à des gigolos. Néanmoins, pour se prouver qu'elle était jeune encore, elle refusa de voir en Irène devenue adolescente autre chose qu'une fillette qu'elle contraignit longtemps à s'habiller et à se coiffer comme une petite écolière.

Irène, livrée à elle-même pendant les congés de sa gouvernante, se réfugia dans la lecture, commença à écrire, et résista au désespoir en développant à son tour une haine féroce contre sa mère. Cette violence, les relations contre nature entre mère et fille occupent une place centrale dans l'œuvre d'Irène Némirovsky. Ainsi, dans *Le Vin de solitude* peut-on lire :

« Elle nourrissait dans son cœur envers sa mère une haine étrange qui semblait grandir avec elle… »

« Elle ne disait jamais “maman” en articulant franchement les deux syllabes ; elles passaient avec peine entre ses lèvres serrées ; elle prononçait “man”, une sorte de grognement rapide qu'elle arrachait de son cœur avec effort et une sourde et sournoise petite douleur. »

Et encore :

« La figure de sa mère, convulsée de fureur, s'approcha de la sienne ; elle vit étinceler les yeux haïs, dilatés par la colère et la crainte… »

« Dieu a dit : “Je me suis réservé la vengeance…” Ah ! tant pis, je ne suis pas une sainte, je ne peux pas lui pardonner ! Attends, attends un peu, tu verras ! Je te ferai pleurer comme tu m'as fait pleurer !… Attends, attends, ma vieille ! »

Cette vengeance eut son accomplissement avec la parution du *Bal*, de *Jézabel* et du *Vin de solitude.*

Les œuvres les plus fortes d'Irène Némirovsky se situent dans le monde juif et russe. Dans *Les Chiens et les Loups,* elle dépeint les bourgeois de la première Guilde des marchands, qui avaient le droit de résider à Kiev, ville en principe interdite aux Juifs sur ordre de Nicolas Ier.

Irène Némirovsky ne reniait pas la civilisation juive d'Europe orientale au sein de laquelle ses grands-parents (Yacov Margulis et Bella Chtchedrovitch) et ses parents avaient vécu, même s'ils s'en étaient éloignés une fois fortune faite. Mais, à ses yeux, le maniement de l'argent, l'accumulation des biens qu'il provoquait, étaient entachés d'opprobre, même si sa vie de jeune fille et d'adulte a été celle d'une grande bourgeoise.

Décrivant l'ascension sociale des Juifs, elle fait siens toutes sortes de préjugés antisémites, et leur attribue les stéréotypes préjudiciables de l'époque. Sous sa plume surgissent des portraits de Juifs, dépeints dans les termes les plus cruels et péjoratifs, qu'elle contemple avec une sorte d'horreur fascinée, bien qu'elle reconnaisse partager avec eux une communauté de destin. Ce en quoi les tragiques événements lui donneront raison.

Quelle relation de haine à soi-même découvre-t-on sous sa plume ! Dans un balancement vertigineux, elle adopte d'abord l'idée selon laquelle les Juifs appartiendraient à la « race juive » de valeur inférieure, dont les signes distinctifs seraient aisément reconnaissables, bien qu'il soit impossible de parler de races humaines dans le sens où l'on employait le mot dans les années trente, et où il serait généralisé dans l'Allemagne nazie. Voici, dans son œuvre, quelques traits spécifiques prêtés aux Juifs, quelques choix lexicaux utilisés pour les caractériser, en faire un groupe d'individus possédant en commun des caractéristiques : cheveux crépus, nez courbé, main molle, doigts et ongles crochus, teint bistre, jaune ou olivâtre, yeux rapprochés noirs et huileux, corps chétif, bouclettes épaisses et noires, joues livides, dents irrégulières, narines mobiles, à quoi il faut ajouter l'âpreté au gain, la pugnacité, l'hystérie, l'habileté atavique de « vendre et acheter de la camelote, trafiquer des devises, faire le commis voyageur, le courtier en fausses dentelles ou en munitions de contrebande… ».

Lacérant encore et encore de mots cette « racaille juive », elle écrit dans *Les Chiens et les Loups :* « Comme tous les Juifs, il était plus vivement, plus douloureusement scandalisé qu'un chrétien par des défauts spécifiquement juifs. Et cette énergie tenace, ce besoin presque sauvage d'obtenir ce que l'on désirait, ce mépris aveugle de ce que peut penser autrui, tout cela se rangeait dans son esprit sous une seule étiquette : "insolence juive". » Paradoxalement, elle achève ce roman avec une sorte de tendresse et de fidélité désespérée : « C'est cela les miens ; c'est cela ma famille. » Et soudain, dans un nouveau renversement de perspective, parlant au nom des Juifs, elle écrit : « Ah ! vos simagrées d'Européens, que je les hais ! Ce que vous appelez succès, victoire, amour, haine, moi, je l'appelle l'argent ! C'est un autre mot pour les mêmes choses ! »

Cela dit, Némirovsky ignorait tout de la spiritualité juive, de la richesse, de la diversité de la civilisation juive d'Europe orientale. Dans un entretien accordé à *L'Univers israélite* le 5 juillet 1935, elle se disait fière d'être juive, et répondait à ceux qui voyaient en elle une ennemie de son peuple qu'elle avait peint dans *David Golder,* non « les israélites français établis dans leur pays depuis des générations et pour lesquels, en effet, la question de race ne joue pas, mais bien des Juifs assez cosmopolites chez lesquels l'amour de l'argent a pris la place de tout autre sentiment ».

David Golder, roman commencé à Biarritz en 1925 et achevé en 1929, raconte l'épopée de Golder, magnat juif de la finance internationale, originaire de Russie : son ascension, sa splendeur, puis le krach spectaculaire de sa banque. Gloria, son épouse vieillissante, notoirement infidèle et au train de vie fastueux, exige toujours plus d'argent pour entretenir son amant. Ruiné, vaincu, le vieux Golder, autrefois terreur de la Bourse, redevient le petit Juif qu'il était dans les jours de sa jeunesse à

Odessa. Soudain, par amour pour sa fille ingrate et frivole, il décide de reconstruire sa fortune. Après avoir victorieusement joué son dernier coup, il meurt d'épuisement en balbutiant quelques mots de yiddish sur un cargo pendant une formidable tempête. Un immigrant juif, embarqué comme lui à Simferopol à destination de l'Europe dans l'espoir d'une vie meilleure, recueille son dernier soupir. Golder est mort pour ainsi dire parmi les siens.

Quand ils vivaient en Russie, les Némirovsky menaient grand train. Chaque été, ils quittaient l'Ukraine soit pour la Crimée, soit pour Biarritz, Saint-Jean-de-Luz, Hendaye ou la côte d'Azur. La mère d'Irène s'installait dans un palace, tandis que sa fille et sa gouvernante étaient logées dans une pension de famille.

Après la mort de son institutrice française, durant l'année de ses quatorze ans, Irène Némirovsky commença à écrire. Elle s'installait sur un divan, un cahier posé sur les genoux. Elle avait élaboré une technique romanesque qui s'inspirait de la manière d'Ivan Tourgueniev. Lorsqu'elle commençait un roman, elle écrivait non seulement le récit lui-même, mais aussi toutes les réflexions que ce dernier lui inspirait, sans aucune suppression ni rature. De plus, elle connaissait de façon précise chacun de ses personnages, même les plus secondaires. Elle noircissait des cahiers entiers pour décrire leur physionomie, leur caractère, leur éducation, leur enfance, les étapes chronologiques de leur vie. Quand tous les personnages avaient atteint ce degré de précision, elle soulignait à l'aide de deux crayons, l'un rouge, l'autre bleu, les traits essentiels à conserver ; parfois quelques lignes seulement. Elle passait rapidement à la composition du roman, l'améliorait, puis rédigeait la version définitive.

Au moment où la révolution d'Octobre éclata, les Némirovsky habitaient depuis 1914 à Saint-Pétersbourg une grande et belle maison. « L'appartement (...) était construit de telle façon que, du vestibule, le regard pût plonger jusqu'aux pièces du fond ; par de larges portes ouvertes, on pouvait voir une enfilade de salons blanc et or », écrit-elle dans *Le Vin de solitude,* un roman en grande partie autobiographique. Saint-Pétersbourg est une ville mythique pour nombre d'écrivains et poètes russes. Irène Némirovsky n'y voyait qu'une suite de rues sombres, enneigées, parcourues par un vent glacial montant des eaux corrompues et nauséabondes des canaux et de la Neva.

Léon Némirovsky, que ses affaires appelaient souvent à Moscou, y sous-louait un appartement meublé à un officier de la garde impériale, qui était à cette époque détaché à l'ambassade de Russie à Londres. Croyant mettre sa famille à l'abri, Némirovsky installa sa maisonnée à Moscou, mais c'est précisément là que la révolution se déchaîna avec le plus de violence en octobre 1918. Tandis que la fusillade faisait rage, Irène explorait la bibliothèque de Des Esseintes, cet officier lettré. Elle découvrit Huysmans, Maupassant, Platon et Oscar Wilde. *Le Portrait de Dorian Gray* était son livre préféré.

La maison, invisible de la rue, était encastrée dans d'autres immeubles, et entourée d'une cour, elle-même bordée d'une maison plus haute que la précédente. Puis il y avait encore une autre cour circulaire, et une autre maison. Irène descendait discrètement ramasser des douilles, quand les lieux étaient déserts. Pendant cinq jours, la famille subsista dans l'appartement avec, pour seules provisions, un sac de pommes de terre, des boîtes de chocolat et des sardines. Pendant une accalmie, les Némirovsky regagnèrent Saint-Pétersbourg, et quand la tête du père d'Irène fut mise à prix par les bolcheviks, ce dernier fut contraint d'entrer dans la clandestinité. Au mois de décembre 1918, profitant du fait que la frontière n'était pas encore fermée, il organisa la fuite en Finlande des siens, déguisés en paysans. Irène passa un an dans un hameau composé de trois maisons en bois au milieu des champs de neige. Elle espérait pouvoir rentrer en Russie. Pendant cette longue attente, son père retournait souvent incognito en Russie pour tenter de sauver ses biens.

Pour la première fois, Irène connut un moment de sérénité et de paix. Elle devint femme et commença à écrire des poèmes en prose, inspirés d'Oscar Wilde. La situation en Russie ne faisant qu'empirer et les bolcheviks se rapprochant dangereusement d'eux, les Némirovsky gagnèrent la Suède au terme d'un long voyage. Ils passèrent trois mois à Stockholm. Irène garda le souvenir des lilas mauves surgissant dans les cours et les jardins au printemps.

Au mois de juillet 1919, la famille embarqua sur un petit cargo qui devait l'amener à Rouen. Ils naviguèrent dix jours, sans escale, par une effroyable tempête qui inspira la dramatique dernière scène de *David Golder*. À Paris, Léon Némirovsky prit la direction d'une succursale de sa banque, et put ainsi reconstituer sa fortune.

Irène Némirovsky s'inscrivit à la Sorbonne et obtint une licence de lettres avec mention. *David Golder*, premier roman, n'avait pas été un coup d'essai. Elle avait débuté en littérature en envoyant ce qu'elle appelait « des petits contes drolatiques » au magazine bimensuel illustré *Fantasio*, paraissant le 1er et le 15 de chaque mois, qui les publia et les lui paya chacun soixante francs. Puis elle se lança en proposant un conte au *Matin*, qui l'édita également. Suivirent un conte et une nouvelle aux *Œuvres libres*, ainsi que *Le Malentendu*, un premier roman — rédigé en 1923, à l'âge de dix-huit ans — et, un an plus tard, *L'Enfant génial*, une nouvelle ultérieurement intitulée *Un enfant prodige*, parue chez le même éditeur au mois de février 1926.

Ce conte raconte l'histoire tragique d'Ismaël Baruch, un enfant juif né dans un taudis d'Odessa. Ses dons de poète précoce et naïf séduisent un aristocrate qui le ramasse dans le ruisseau et l'emmène dans un palais distraire l'oisiveté de sa maîtresse. Choyé, l'enfant vit pâmé aux pieds de la princesse qui voit en lui une sorte de singe savant.

Devenu adolescent au terme d'une longue crise, il perd les grâces dont l'avaient paré l'enfance, et juge pour peu de chose les chants et les poèmes qui lui avaient naguère valu sa fortune. Il cherche l'inspiration dans les lectures qu'il a faites, mais la culture ne fait pas de lui un génie, au contraire, elle détruit son originalité, sa spontanéité. C'est alors que la princesse l'abandonne comme un objet inutile, et Ismaël ne trouve d'autre issue que de retourner au monde de son origine : le quartier juif d'Odessa, avec ses taudis et ses bouges. Mais personne ne reconnaît Ismaël en ce jeune homme assimilé. Rejeté par les siens, il n'a désormais plus de place en ce monde et va se jeter dans les eaux croupies du port.

En France, la vie d'Irène Némirovsky prend une tonalité moins amère. Les Némirovsky s'assimilent et mènent à Paris la vie brillante des grands bourgeois fortunés. Soirées mondaines, dîners au champagne, bals, villégiatures luxueuses. Irène adore le mouvement, la danse. Elle court de fêtes en réceptions. Fait, de son propre aveu, la nouba. Joue parfois au casino. Le 2 janvier 1924, elle écrit à une amie : « J'ai passé une semaine folle complètement : bal sur bal, et je suis encore un peu grise et rentre avec difficulté dans le chemin du devoir. »

Une autre fois à Nice : « Je m'agite comme une toquée, j'en suis honteuse. Je danse soir et matin. Il y a chaque jour dans différents hôtels des galas très chic, et ma bonne étoile m'ayant gratifiée de quelques gigolos, je m'amuse bien. »

De retour de Nice : « Je n'ai pas été sage… pour changer… La veille de mon départ, il y avait un grand bal chez nous, à l'hôtel Negresco. J'ai dansé comme une folle jusqu'à deux heures du matin et puis je suis allée flirter dans un courant d'air glacial et boire du champagne froid. » Quelques jours plus tard : « Choura est venu me voir, m'a fait une morale de deux heures : il paraît que je flirte trop, que c'est très mal d'affoler ainsi les garçons… Vous savez que j'ai balancé Henry qui est venu me voir l'autre jour, pâle et les yeux hors de la tête, l'air méchant et un revolver dans sa poche ! »

Dans le tourbillon d'une de ces soirées, elle rencontre Mikhaïl, dit Michel Epstein, « … un petit brun au teint très foncé » qui ne tarde pas à lui faire la cour. Il a obtenu un diplôme d'ingénieur en physique et électricité à Saint-Pétersbourg. Il travaille comme fondé de pouvoir à la Banque des pays du Nord, rue Gaillon. Elle le trouve à son goût, flirte, et l'épouse en 1926.

Ils s'installent au 10 de l'avenue Constant-Coquelin, dans un bel appartement dont les fenêtres prennent jour sur le grand jardin d'un couvent de la rive gauche. Denise, leur petite fille, naît en 1929. Fanny offre à sa fille un ours en peluche lorsqu'elle apprend qu'elle est devenue grand-mère. Une deuxième petite fille, Élisabeth, verra le jour le 20 mars 1937.

Les Némirovsky reçoivent quelques amis comme Tristan Bernard et la comédienne Suzanne Devoyod, fréquentent la princesse Obolensky. Irène soigne son asthme dans des villes d'eaux. Des producteurs de cinéma achètent les droits d'adaptation de *David Golder*, qui sera interprété par Harry Baur, dans un film de Julien Duvivier.

Malgré sa notoriété, Irène Némirovsky, qui est tombée amoureuse de la France et de sa bonne société, n'obtiendra pas la nationalité française. Dans le contexte de la psychose de guerre de l'année 1939, et après une décennie marquée par une flambée d'antisémitisme violent qui présente les Juifs comme des envahisseurs malfaisants, mercantiles, belliqueux, assoiffés de pouvoir, fauteurs de guerre, à la fois bourgeois et révolutionnaires, Irène Némirovsky prend la décision de se convertir au christianisme, avec ses enfants. Elle est baptisée au petit matin le 2 février 1939 à la chapelle Sainte-Marie de Paris, par un ami de la famille, monseigneur Ghika, prince évêque roumain.

À la veille de la déclaration de la Seconde Guerre mondiale, le 1er septembre 1939, Irène et Michel Epstein conduisent Denise et Élisabeth, leurs deux petites filles, à Issy-l'Évêque, en Saône-et-Loire, avec leur nounou Cécile Michaud, qui est native de ce village. Cette dernière confie les filles aux bons soins de sa mère, Mme Mitaine. Irène et Michel Epstein rentrent à Paris, d'où ils feront des allers-retours pour rendre visite à leurs enfants, jusqu'à ce que la ligne de démarcation soit mise en place au mois de juin 1940.

Le premier statut des Juifs du 3 octobre 1940 assigne une condition sociale et juridique inférieure aux Juifs, qui fait d'eux des parias. Il définit surtout, sur des critères raciaux, qui est juif aux yeux de l'État français. Les Némirovsky, qui se feront recenser au mois de juin 1941, sont à la fois juifs et étrangers. Michel n'a plus le droit de travailler à la Banque des pays du Nord ; les maisons d'édition « aryanisent » leur personnel et leurs auteurs, Irène ne peut plus publier. Tous deux quittent Paris et rejoignent leurs filles à l'Hôtel des voyageurs à Issy-l'Évêque, où résident également des soldats et des officiers de la Wehrmacht.

Au mois d'octobre 1940, une loi est promulguée sur « les ressortissants étrangers de race juive ». Elle stipule qu'ils peuvent être internés dans des camps de concentration ou assignés à résidence. La loi du 2 juin 1941, remplaçant le premier statut des Juifs d'octobre 1940, rend leur situation encore plus précaire. Elle est le prélude à leur arrestation, leur internement et leur déportation dans les camps d'extermination nazis.

Le certificat de baptême des Némirovsky ne leur est d'aucune utilité. La petite Denise fait néanmoins sa première communion. Quand le port de l'étoile juive devient obligatoire, elle fréquente l'école communale avec l'étoile jaune et noire, bien visible, cousue sur son manteau.

Après avoir séjourné une année à l'hôtel, les Némirovsky trouvent enfin une vaste maison bourgeoise à louer dans le village.

Michel Epstein écrit une table de multiplication en vers pour sa fille Denise. Irène Némirovsky, fort lucide, ne doute pas que l'issue des événements sera tragique. Mais elle écrit et lit beaucoup. Chaque jour, après le petit déjeuner, elle part. Elle marche parfois dix kilomètres, avant de trouver un lieu qui lui convient. Alors, elle se met au travail. Elle repart l'après-midi, après le déjeuner, et ne rentre que le soir. De 1940 à 1942, les Éditions Albin Michel et le directeur du journal antisémite *Gringoire* acceptent de publier ses nouvelles sous deux pseudonymes : Pierre Nérey et Charles Blancat.

Pendant l'année 1941-42, à Issy-l'Évêque, Irène Némirovsky, qui comme son mari porte l'étoile jaune, écrit *La Vie de Tchekhov, Les Feux de l'automne,* qui ne paraîtra qu'au printemps 1957, et entreprend un travail ambitieux, la *Suite française*, à laquelle

elle aura le temps d'apposer le mot « fin ». L'ouvrage comprend deux livres. Le premier volume, *Tempête en juin,* est une suite de tableaux sur la débâcle. Le second, intitulé *Dolce,* a été rédigé sous la forme d'un roman.

Némirovsky commence, comme à l'accoutumée, par rédiger des notes sur le travail en cours et les réflexions que lui inspire la situation en France. Elle dresse la liste de ses personnages, les principaux et les secondaires, vérifie qu'elle les a tous correctement employés. Elle rêve d'un livre de mille pages, construit comme une symphonie, mais en cinq parties. En fonction des rythmes, des tonalités. Elle prend pour modèle la *Cinquième Symphonie* de Beethoven.

Le 12 juin 1942, peu de jours avant son arrestation, elle doute d'avoir le temps de pouvoir achever la grande œuvre entreprise. Elle a le pressentiment qu'il lui reste peu de temps à vivre. Mais elle continue à rédiger ses notes, parallèlement à l'écriture de son livre. Elle intitule ces remarques lucides et cyniques *Notes sur l'état de la France.* Elles prouvent qu'Irène Némirovsky ne se fait aucune illusion tant sur l'attitude de la masse inerte, « haïssable » des Français vis-à-vis de la défaite et de la collaboration, que sur son propre destin. N'écrit-elle pas en tête de la première page :

Pour soulever un poids si lourd
Sisyphe, il faudrait ton courage.
Je ne manque pas de cœur à l'ouvrage
Mais le but est long et le temps est court.

Elle stigmatise la peur, la lâcheté, l'acceptation de l'humiliation, de la persécution et des massacres. Elle est seule. Rares sont ceux dans le milieu littéraire et de l'édition qui n'ont pas fait le choix de la collaboration. Chaque jour, elle va à la rencontre du facteur, mais il n'y a pas de courrier pour elle. Elle n'essaie pas d'échapper à son destin en fuyant, par exemple vers la Suisse, qui accueille parcimonieusement des Juifs en provenance de la France, surtout les femmes et les enfants. Elle se sent si abandonnée que, le 3 juin, elle rédige son testament à l'attention de la tutrice de ses filles, afin que cette dernière puisse prendre soin d'elles lorsque leur mère et leur père auront disparu. Irène Némirovsky donne des directives précises, énumère tous les biens qu'elle a pu sauver et qui pourront rapporter de l'argent pour payer le loyer, chauffer la maison, acheter un fourneau, engager un jardinier qui prendra soin du potager qui donnera des légumes en cette période de rationnement ; elle donne l'adresse des médecins qui suivent ses filles, précise leur régime alimentaire. Pas un mot de révolte. La simple prise en compte de la situation telle qu'elle se présente. C'est-à-dire désespérée.

Le 3 juillet 1942, elle écrit : « Décidément, et à moins que les choses ne durent et ne se compliquent en durant ! Mais que ça finisse bien ou mal ! » Elle voit la situation comme une suite de violentes secousses qui pourraient la tuer.

Le 11 juillet 1942, elle travaille dans la forêt de pins, assise sur son chandail bleu, « au milieu d'un océan de feuilles pourries et trempées par l'orage de la nuit dernière comme sur un radeau, les jambes repliées sous moi ».

Le même jour, elle écrit à son directeur littéraire chez Albin Michel, une lettre qui ne laisse aucun doute sur la certitude qu'elle avait de ne pas survivre à la guerre que les Allemands et leurs alliés avaient déclarée aux Juifs :

« Cher Ami… pensez à moi. J'ai beaucoup écrit. Je suppose que ce seront des œuvres posthumes, mais ça fait passer le temps. »

Le 13 juillet 1942, les gendarmes français sonnent à la porte des Némirovsky. Ils viennent arrêter Irène. Elle est internée le 16 juillet au camp de concentration de Pithiviers dans le Loiret. Le lendemain, elle est déportée à Auschwitz par le convoi numéro 6. Elle est immatriculée au camp d'extermination de Birkenau, affaiblie, passe par le *Revier*[1], et est assassinée le 17 août 1942.

1. *Revier :* infirmerie d'Auschwitz, où les prisonniers trop malades pour aller travailler étaient confinés dans des conditions atroces. Périodiquement, les SS les entassaient dans des camions et les emmenaient à la chambre à gaz.

Après le départ d'Irène, Michel Epstein n'a pas compris que l'arrestation, la déportation signifient la mort. Chaque jour, il attend son retour, et exige que son couvert soit mis sur la table à chaque repas. Désespéré, il reste avec ses filles à Issy-l'Évêque. Il écrit au maréchal Pétain pour expliquer que sa femme a une santé fragile, et il sollicite la permission de prendre sa place dans un camp de travail.

La réponse du gouvernement de Vichy sera l'arrestation de Michel au mois d'octobre 1942. On l'internera d'abord au Creusot, puis à Drancy, où son carnet de fouille indique qu'on lui a confisqué 8 500 francs. Il sera à son tour déporté à Auschwitz le 6 novembre 1942, et gazé à l'arrivée.

Aussitôt après avoir arrêté Michel Epstein, les gendarmes s'étaient présentés à l'école communale pour s'emparer de la petite Denise, que sa maîtresse réussit à cacher dans la ruelle de son lit.

Les gendarmes français ne se décourageront pas et s'acharneront ensuite sur les deux fillettes en les recherchant partout pour leur faire subir le sort de leurs parents. Leur tutrice aura la présence d'esprit de découdre l'étoile juive des vêtements de Denise et de faire traverser clandestinement la France aux deux enfants. Elles passeront plusieurs mois cachées d'abord dans un couvent, puis dans des caves dans la région de Bordeaux.

Ayant perdu l'espoir de voir revenir leurs parents après la guerre, elles allèrent sonner pour réclamer de l'aide chez leur grand-mère, qui avait passé la guerre à Nice dans le plus grand confort. Elle refusa de leur ouvrir, et leur cria à travers la porte que si leurs parents étaient morts, elles devaient s'adresser à un orphelinat. Elle mourut à cent deux ans dans son grand appartement de l'avenue du Président-Wilson. Dans le coffre-fort, on ne trouva rien d'autre que deux livres d'Irène Némirovsky : *Jézabel* et *David Golder.*

La publication de la *Suite française* a une histoire qui relève à plusieurs titres du miracle ; elle mérite d'être contée.

Dans leur fuite, la tutrice et les deux enfants emportèrent une valise contenant des photos, des papiers de famille et ce dernier manuscrit de l'écrivain, rédigé d'une écriture minuscule pour économiser l'encre et le mauvais papier de guerre. Irène Némirovsky avait tracé dans cette œuvre ultime un portrait implacable de la France veule, vaincue et occupée.

La valise accompagna Élisabeth et Denise Epstein d'un refuge précaire et éphémère à l'autre : un pensionnat catholique d'abord. Seules deux religieuses savaient que les petites filles étaient juives. On avait donné un faux nom à Denise, mais elle n'arrivait pas à s'y habituer, et elle se faisait rappeler à l'ordre en classe parce qu'elle ne répondait pas quand on l'appelait. Puis les gendarmes, qui s'acharnaient et ne trouvaient rien de plus important à faire que de livrer deux enfants juifs aux nazis, retrouvèrent leur trace. Elles quittèrent le pensionnat. Dans les caves où elle passa plusieurs semaines, Denise attrapa une pleurite ; ceux qui la cachaient, n'osant pas la conduire chez un médecin, lui administrèrent pour tout traitement de la résine de pin. Sur le point d'être découvertes, elles devaient fuir à nouveau, avec la précieuse valise toujours prête en cas d'alerte. La tutrice ordonnait à Denise avant de monter dans un train : « Cachez votre nez ! »

Quand les survivants des camps nazis commencèrent à arriver à la gare de l'Est, Denise et Élisabeth s'y rendirent chaque jour. Elles allèrent aussi, avec une pancarte portant leur nom, à l'hôtel Lutétia, aménagé en centre d'accueil pour les déportés. Une fois, Denise se mit à courir parce qu'elle avait cru reconnaître la silhouette de sa mère dans la rue.

Denise avait sauvé le précieux cahier. Elle n'osait pas l'ouvrir, le voir lui suffisait. Une fois, elle essaya pourtant de prendre connaissance de son contenu, mais ce fut trop douloureux. Les années passèrent.

Elle prit la décision avec sa sœur Élisabeth, devenue directrice littéraire sous le nom d'Élisabeth Gille, de confier la dernière œuvre de sa mère à l'Institut Mémoire de l'Édition contemporaine, afin de la sauver.

Mais avant de s'en séparer, elle décida de la dactylographier. En s'aidant d'une grosse loupe, elle entreprit alors un long et difficile travail de déchiffrage. La *Suite française* fut ensuite mise en mémoire dans un ordinateur, et retranscrite une troisième fois dans son état définitif. Il ne s'agissait pas, comme elle l'avait cru, de simples notes, d'un journal intime, mais d'une œuvre violente, d'une fresque extraordinairement lucide, d'une photo prise sur le vif de la France et des Français : routes de l'exode, villages envahis par des femmes et des enfants épuisés, affamés, luttant pour obtenir la possibilité de dormir sur une simple chaise dans le couloir d'une auberge de campagne, voitures chargées de meubles, de matelas, de couvertures et de vaisselle, en panne d'essence, au milieu du chemin, grands bourgeois dégoûtés par la populace et tentant de sauver leurs bibelots, cocottes larguées par leurs amants pressés de quitter Paris en famille, curé convoyant vers un refuge des orphelins qui délivrés de leurs inhibitions finiront par l'assassiner, soldat allemand logé dans une maison bourgeoise et séduisant la jeune veuve sous les yeux de sa belle-mère. Dans ce tableau affligeant, seul un couple modeste, dont le fils a été blessé dans les premiers combats, garde sa dignité. Parmi les soldats vaincus qui se traînent sur les routes, dans le chaos des convois militaires qui ramènent les blessés vers les hôpitaux, ils tentent vainement de retrouver sa trace.

Quand Denise Epstein confia le manuscrit de la *Suite française* au conservateur de l'IMEC, elle ressentit une grande douleur. Elle ne doutait pas de la valeur de la dernière œuvre de sa mère, mais elle ne la fit pas lire à un éditeur, car Élisabeth Gille, sa sœur, déjà gravement malade, était en train d'écrire *Le Mirador,* une magnifique biographie imaginaire de celle qu'elle n'avait pas eu le temps de connaître, elle n'avait que cinq ans quand les nazis l'assassinèrent.

Myriam ANISSIMOV

TEMPÊTE EN JUIN

1

La guerre

Chaude, pensaient les Parisiens. L'air du printemps. C'était la nuit en guerre, l'alerte. Mais la nuit s'efface, la guerre est loin. Ceux qui ne dormaient pas, les malades au fond de leur lit, les mères dont les fils étaient au front, les femmes amoureuses aux yeux fanés par les larmes entendaient le premier souffle de la sirène. Ce n'était encore qu'une aspiration profonde semblable au soupir qui sort d'une poitrine oppressée. Quelques instants s'écouleraient avant que le ciel tout entier s'emplît de clameurs. Elles arrivaient de loin, du fond de l'horizon, sans hâte, aurait-on dit ! Les dormeurs rêvaient de la mer qui pousse devant elle ses vagues et ses galets, de la tempête qui secoue la forêt en mars, d'un troupeau de bœufs qui court lourdement en ébranlant le sol de ses sabots, jusqu'à ce qu'enfin le sommeil cédât et que l'homme murmurât, en ouvrant à peine les yeux.

« C'est l'alerte ? »

Déjà, plus nerveuses, plus vives, les femmes étaient debout. Certaines, après avoir fermé les fenêtres et les volets, se recouchaient. La veille, le lundi 3 juin, pour la première fois depuis le commencement de cette guerre, des bombes étaient tombées à Paris ; mais le peuple demeurait calme. Cependant les nouvelles étaient mauvaises. On n'y croyait pas. On n'eût pas cru davantage à l'annonce d'une victoire. « On n'y comprend rien », disaient les gens. À la lumière d'une lampe de poche on habillait les enfants. Les mères soulevaient à pleins bras les petits corps lourds et tièdes : « Viens, n'aie pas peur, ne pleure pas. » C'est l'alerte. Toutes les lampes s'éteignaient, mais sous ce ciel de juin doré et transparent, chaque maison, chaque rue était visible. Quant à la Seine, elle semblait concentrer en elle toutes les lueurs éparses et les réfléchir au centuple comme un miroir à facettes. Les fenêtres insuffisamment camouflées, les toits qui miroitaient dans l'ombre légère, les ferrures des portes dont chaque saillie brillait faiblement, quelques feux rouges tenaient plus longuement que les autres, on ne savait pourquoi, la Seine les attirait, les captait et les faisait jouer dans ses flots. D'en haut, on devait la voir couler blanche comme une rivière de lait. Elle guidait les avions ennemis, pensaient certains. D'autres affirmaient que c'était impossible. En réalité, on ne savait rien. « Je reste dans mon lit », murmuraient des voix ensommeillées, « j'ai pas peur. — Tout de même, il suffit d'une fois », répondaient des gens sages.

À travers les verrières qui protégeaient les escaliers de service dans les immeubles neufs, on voyait descendre une, deux, trois petites flammes : les habitants du sixième fuyaient ces hautes altitudes ; ils tenaient devant eux leurs lampes électriques allumées malgré les règlements. « Mais j'aime mieux pas me casser la gueule dans les escaliers, tu viens, Émile ? » On baissait instinctivement la voix comme si l'espace se fût peuplé de regards et d'oreilles ennemis. On entendait battre les unes après les autres les portes refermées. Dans les quartiers populaires, il y avait toujours foule dans les métros, dans les abris à l'odeur sale tandis que les riches se contentaient de rester chez leurs concierges, l'ouïe tendue vers les éclatements et les explosions qui annonceraient la chute des bombes, attentifs, les corps dressés comme des bêtes inquiètes dans les bois quand s'approche la nuit de la chasse ; les pauvres n'étaient pas plus craintifs que les riches ; ils ne tenaient pas davantage à leur vie mais ils étaient plus moutonniers qu'eux, ils avaient besoin les uns des autres, besoin de se tenir les coudes, de gémir ou de rire en commun. Le jour allait bientôt paraître ; un reflet pervenche et argent se glissait sur les pavés, sur les parapets des quais, sur les tours de

Notre-Dame. Des sacs de sable enfermaient les principaux édifices jusqu'à la moitié de leur hauteur, ensachaient les danseuses de Carpeaux sur la façade de l'Opéra, étouffaient le cri de *La Marseillaise* sur l'Arc de triomphe.

Assez lointains encore, des coups de canon retentissaient, puis ils se rapprochaient et chaque vitre tremblait en réponse. Des enfants naissaient dans des chambres chaudes où on avait calfeutré les fenêtres afin qu'aucune lumière ne filtrât au-dehors, et leurs pleurs faisaient oublier aux femmes le bruit des sirènes et la guerre. Aux oreilles des mourants, les coups de canon semblaient faibles et sans signification aucune, un bruit de plus dans cette rumeur sinistre et vague qui accueille l'agonisant comme un flot. Les petits collés contre le flanc chaud de leur mère dormaient paisiblement et faisaient avec leurs lèvres un clappement léger comme celui d'un agneau qui tète. Abandonnées pendant l'alerte, des charrettes de marchandes de quatre-saisons demeuraient dans la rue, chargées de fleurs fraîches.

Le soleil montait tout rouge encore dans un firmament sans nuages. Un coup de canon fut tiré, si proche de Paris à présent que les oiseaux s'envolèrent du haut de chaque monument. Tout en haut planaient de grands oiseaux noirs, invisibles le reste du temps, étendaient sous le soleil leurs ailes glacées de rose, puis venaient les beaux pigeons gras et roucoulants et les hirondelles, les moineaux sautillaient tranquillement dans les rues désertes. Au bord de la Seine, chaque peuplier portait une grappe de petits oiseaux bruns qui chantaient de toutes leurs forces. Au fond des caves, on entendit enfin un appel très lointain, amorti par la distance, sorte de fanfare à trois tons. L'alerte était finie.

2

Chez les Péricand on avait écouté à la radio les informations du soir dans un silence consterné, mais on s'était abstenu de commenter les nouvelles. Les Péricand étaient bien-pensants ; leurs traditions, leur tournure d'esprit, une hérédité bourgeoise et catholique, leurs attaches avec l'Église (l'aîné de leurs fils, Philippe Péricand, était prêtre), tout leur faisait considérer avec méfiance le gouvernement de la République. D'autre part, la situation de M. Péricand, conservateur d'un des musées nationaux, les liait à un régime qui versait honneurs et profits à ses serviteurs.

Un chat tenait avec circonspection entre ses dents aiguës un morceau de poisson parsemé d'arêtes : l'avaler lui faisait peur, le cracher lui donnerait des regrets.

Enfin, Charlotte Péricand estimait que seul l'esprit masculin pouvait juger sereinement des événements aussi étranges et graves. Or ni son mari ni son fils aîné ne se trouvaient à la maison ; le premier dînait chez des amis, le second était absent de Paris. Mme Péricand, qui menait d'une main de fer ce qui concernait l'ordinaire de l'existence — que ce fût la conduite de son ménage, l'éducation de ses enfants ou la carrière de son mari —, Mme Péricand ne prenait l'avis de personne ; mais ceci était un domaine différent. Il fallait qu'une voix autorisée lui dît d'abord ce qu'il convenait de croire. Une fois aiguillée sur la bonne route, elle y courait à fond de train et ne connaissait pas d'obstacles. Si on lui démontrait, preuves en main, que son opinion était erronée, elle répondait par un sourire froid et supérieur : « Mon père me l'a dit. Mon mari est bien informé. » Et elle faisait dans l'air un petit geste coupant de sa main gantée.

La situation de son mari la flattait (elle-même eût préféré une vie plus casanière, mais à l'exemple de notre Doux Sauveur, chacun ici-bas doit porter sa croix !). Elle venait de rentrer chez elle dans l'intervalle de ses visites pour surveiller les études des enfants, les biberons du plus petit, les travaux des domestiques, mais elle n'avait pas le temps d'ôter son harnachement. Dans le souvenir des jeunes Péricand, leur mère devait toujours demeurer prête pour se rendre hors de chez elle, le chapeau sur la tête et les mains gantées de blanc. (Comme elle était économe, ses gants réparés avaient une faible odeur d'essence, relent de leur passage chez le teinturier.)

Ce soir encore, elle venait de rentrer et elle se tenait debout dans le salon, devant la T.S.F. Elle était habillée de noir et coiffée d'un petit chapeau à la mode de la saison, un délicieux bibi garni de trois fleurs et d'un pompon de soie perché sur le front. En dessous, le visage était pâle et angoissé ; il accusait plus fortement les marques de l'âge et de la fatigue. Elle avait quarante-sept ans et cinq enfants. C'était une femme que Dieu avait visiblement destinée à être rousse. Sa peau était extrêmement fine, fripée par les années. Des taches de rousseur parsemaient le nez fort et majestueux. Ses yeux verts dardaient un regard aigu comme celui des chats. Mais, à la dernière minute, sans doute la Providence avait hésité ou considéré qu'une chevelure éclatante ne siérait ni à la moralité irréprochable de Mme Péricand ni à son standing, et elle lui avait donné des cheveux bruns et ternes qu'elle perdait par poignées depuis la naissance de son dernier enfant. M. Péricand était un homme strict : ses scrupules religieux lui interdisaient nombre de désirs et le soin de sa réputation le maintenait à l'écart des mauvais lieux. Aussi, le plus petit des Péricand n'avait-il que deux ans et, entre l'abbé Philippe et le dernier-né, s'étageaient trois enfants, tous vivants, et ce que Mme Péricand appelait pudiquement trois accidents, où l'enfant porté presque jusqu'au terme de la grossesse, n'avait pas vécu, et qui avaient conduit la mère trois fois au bord de la tombe.

Le salon, où la radio retentissait en cet instant, était une vaste pièce, de belles proportions, dont les quatre fenêtres donnaient sur le boulevard Delessert. Elle était meublée à l'ancienne avec de grands fauteuils et des canapés capitonnés jaune d'or. Auprès du balcon était poussée la chaise roulante du vieux M. Péricand, infirme, et que son grand âge faisait parfois retomber en enfance. Il ne reprenait toute sa lucidité que lorsqu'il était question de sa fortune qui était considérable (c'était un Péricand-Maltête, héritier des Maltête lyonnais). Mais la guerre et ses vicissitudes ne le touchaient plus. Il écoutait avec indifférence, hochant en cadence sa belle barbe d'argent. Derrière la mère de famille se tenaient en demi-cercle les enfants, jusqu'au plus jeune dans les bras de sa bonne. Celle-ci, qui avait trois fils au front, venait d'apporter le petit pour dire bonsoir à sa famille et profitait de son admission temporaire au salon pour écouter avec une attention anxieuse les paroles du speaker.

Par la porte entrebâillée, Mme Péricand devina la présence des autres domestiques : la femme de chambre Madeleine, emportée par l'inquiétude, s'avança même jusqu'au seuil de la porte, et cette infraction aux usages apparut à Mme Péricand comme un signe de mauvais augure. Ainsi, pendant un naufrage toutes les classes se retrouvent sur le pont. Mais le peuple n'avait pas de résistance nerveuse. « Comme ils se laissent aller », pensa-t-elle avec un blâme. Mme Péricand était de ces bourgeois qui font confiance au peuple. « Pas méchants si on sait les prendre », disait-elle du ton indulgent et un peu attristé qu'elle eût pris pour parler d'une bête en cage. Elle se flattait de garder très longtemps ses domestiques. Elle tenait à les soigner elle-même lorsqu'ils étaient malades. Quand Madeleine avait eu une angine, Mme Péricand avait préparé elle-même ses gargarismes. Comme elle n'avait pas le temps le reste de la journée, elle le faisait le soir en rentrant du théâtre. Madeleine, réveillée en sursaut, ne témoignait sa reconnaissance qu'après coup et encore, en termes assez froids, pensait Mme Péricand. C'était cela le peuple, jamais satisfait, et plus on se donne de mal pour lui, plus il se montre versatile et ingrat. Mais Mme Péricand n'attendait de récompense que du ciel.

Elle se tourna vers l'ombre du vestibule et dit avec une grande bonté :

« Vous pouvez écouter les informations si vous voulez.

— Merci, Madame », murmurèrent des voix respectueuses, et les domestiques se glissèrent au salon sur la pointe des pieds.

Madeleine, Marie et Auguste, le valet de chambre et la cuisinière Maria venant la dernière, honteuse de ses mains qui sentaient le poisson. Les informations d'ailleurs étaient terminées. On entendait à présent les commentaires de la situation « sérieuse, certes, mais pas alarmante », le speaker l'assurait. Il parlait d'une voix si ronde, si tranquille, si pépère, avec quelques notes claironnantes chaque fois qu'il prononçait les mots de « France, Patrie et Armée », qu'il semait l'optimisme au cœur de ses auditeurs. Il avait une façon à lui de rappeler le communiqué informant que « l'ennemi continuait à attaquer avec acharnement nos positions où il s'est heurté à la vigoureuse résistance de nos troupes ». Il lisait la première partie de la phrase d'un ton léger, ironique et méprisant, comme s'il voulait dire : « Du moins c'est ce qu'ils essaient de nous faire croire. » En revanche, il appuyait fortement sur chaque syllabe de la deuxième partie, martelant l'adjectif « vigoureuse » et les mots « nos troupes » avec tant d'assurance que les gens ne pouvaient s'empêcher de penser : « Sûrement on a tort de s'en faire comme ça ! »

Mme Péricand vit les regards d'interrogation et d'espoir fixés sur elle et déclara fermement :

« Ça ne me semble pas absolument mauvais ! »

Non qu'elle le crût, mais il était de son devoir de remonter le moral autour d'elle.

Maria et Madeleine soupirèrent.

« Madame croit ? »

Hubert, le second des fils Péricand, un garçon de dix-huit ans, joufflu et rose, semblait seul frappé de désespoir et de stupeur. Il tamponnait nerveusement son cou avec son mouchoir roulé en boule et il s'écriait d'une voix perçante et enrouée par instants :

« Ce n'est pas possible ! Ce n'est pas possible qu'on en soit là ! Mais enfin, maman, qu'est-ce qu'ils attendent pour appeler tous les hommes aux armes ? De seize à soixante ans, tous les hommes, tout de suite ! C'est ce qu'ils devraient faire, vous ne croyez pas, maman ? »

Il courut jusqu'à la salle d'études, revint avec une grande carte de géographie qu'il déploya sur la table, mesurant fiévreusement les distances.

« Nous sommes perdus, je vous dis, perdus à moins que... »

Il renaissait à l'espoir.

« Moi, je comprends ce qu'on va faire, annonça-t-il enfin, avec un large sourire joyeux qui découvrit ses dents blanches. Je comprends très bien, on les laissera avancer, avancer, et puis on les attendra là et là, tenez, voyez, maman ! ou encore...

— Oui, oui, dit sa mère. Va donc te laver les mains et arrange cette mèche qui te tombe dans les yeux. Regarde de quoi tu as l'air. »

La rage au cœur, Hubert replia sa carte de géographie. Seul Philippe le prenait au sérieux, seul Philippe lui parlait comme un égal. « Familles, je vous hais », déclama-t-il intérieurement, et en sortant du salon il dispersa pour se venger, d'un grand coup de pied, les jouets de son petit frère Bernard qui se mit à hurler. « Ça lui apprendra la vie », pensa Hubert. La nounou se hâta de faire sortir Bernard et Jacqueline, le bébé Emmanuel dormait déjà sur son épaule. Elle marchait à grands pas, tenant la main de Bernard et pleurant ses trois fils qu'elle voyait en esprit, morts tous les trois. « De la misère et du malheur, de la misère et du malheur ! » répétait-elle à mi-voix en secouant sa tête grise. Elle ouvrit les robinets de la baignoire, mit à chauffer les peignoirs des enfants, murmurant sans cesse les mêmes mots qui lui semblaient personnifier non seulement la situation politique mais encore, mais surtout sa propre vie : les travaux de la terre dans sa jeunesse, son veuvage, le mauvais caractère de ses belles-filles et sa vie chez les autres depuis ses seize ans.

Auguste, le valet de chambre, à pas feutrés, regagna la cuisine. Sur sa figure solennelle et stupide se lisait une grande expression de mépris qui s'adressait à bien des choses. Mme Péricand rentra chez elle. Cette femme, d'une activité prodigieuse, utilisait le quart d'heure libre entre le bain des enfants et le dîner à faire réciter les leçons de Jacqueline et de Bernard. Des voix fraîches s'élevèrent : « La Terre est une boule qui ne repose sur rien. » Au salon demeurèrent seuls le vieux Péricand et le chat Albert. C'était une admirable journée. La lumière du soir éclairait doucement les marronniers touffus, le chat Albert, un petit chat gris, sans race, qui appartenait aux enfants, semblait pris de délire joyeux : il se roulait sur le dos, sur le tapis. Il sauta sur la cheminée, mordilla l'extrémité d'une pivoine dans le grand vase bleu de nuit griffé délicatement d'une gueule de loup sculptée dans le bronze au coin d'une console, puis d'un bond il se percha sur le fauteuil du vieillard et miaula dans son oreille. Le vieux Péricand étendit vers lui sa main toujours glacée, violette et tremblante. Le chat prit peur et se sauva. Le dîner allait être servi. Auguste apparut, roula le fauteuil de l'infirme jusqu'à la salle à manger. On se mettait à table quand la maîtresse de maison s'immobilisa brusquement, tenant encore en l'air la cuiller où elle servait le sirop fortifiant de Jacqueline.

« C'est votre père, enfants », dit-elle au bruit de la clef tournée dans la serrure.

C'était en effet M. Péricand, un petit homme potelé, d'allure douce et un peu gauche. Son visage, habituellement rose, reposé, bien nourri, était très pâle et semblait non pas effrayé ou inquiet mais extraordinairement étonné. On voit sur les traits des hommes qui ont trouvé la mort dans un accident, en quelques secondes, sans avoir eu le temps de souffrir ni d'avoir peur, une expression semblable. Ils lisaient un livre, ils regardaient par la portière de l'auto, ils pensaient à leurs affaires, allaient au wagon-restaurant et tout à coup les voici en enfer.

Mme Péricand se souleva légèrement sur sa chaise.

« Adrien ? s'écria-t-elle d'un ton d'angoisse.

— Rien, rien », murmura-t-il avec précipitation, montrant du regard les visages des enfants, de son père et des domestiques.

Mme Péricand comprit. Elle fit signe de continuer à servir. Elle se forçait à avaler la nourriture qui se trouvait devant elle, mais chaque bouchée semblait dure et fade comme une pierre et s'arrêter dans sa gorge. Cependant elle répétait les paroles qui formaient le rituel de chacun de ses dîners depuis trente ans. Elle disait aux enfants :

« Ne bois pas avant d'avoir commencé ton potage. Mon petit, ton couteau… »

Elle coupait finement le filet de sole de M. Péricand. On faisait à ce dernier une cuisine bien délicate et compliquée, et Mme Péricand le servait toujours elle-même, lui versant son eau, lui beurrant sa tartine, lui nouant sa serviette autour du cou car il avait l'habitude de baver quand il voyait apparaître ce qui lui plaisait. « Je pense, disait-elle à ses amis, que ces pauvres vieillards infirmes souffrent d'être touchés par les mains des domestiques. »

« Il faut nous hâter de témoigner notre attachement à bon-papa, mes petits », enseigna-t-elle encore à ses enfants, en regardant le vieillard avec une tendresse effrayante.

M. Péricand avait créé dans son âge mûr des œuvres philanthropiques dont l'une surtout lui tenait à cœur : celle des Petits Repentis du XVIe, cette admirable institution dont le but est de relever moralement les mineurs compromis dans des affaires de mœurs. Il avait été toujours entendu qu'à sa mort le vieux M. Péricand laisserait une certaine somme à cette organisation, mais il avait une manière assez irritante de ne jamais en préciser le montant. Lorsqu'un plat lui avait déplu ou que les enfants faisaient trop de bruit, il s'éveillait tout à coup de sa torpeur et prononçait d'une voix faible mais distincte :

« Je léguerai 5 millions à l'œuvre. »

Un pénible silence suivait.

En revanche, quand il avait bien mangé et bien dormi dans son fauteuil devant la fenêtre, au soleil, il levait sur sa belle-fille ses yeux pâles, vagues et troubles comme ceux des tout petits enfants et des chiens nouveau-nés.

Charlotte avait beaucoup de tact. Elle ne s'écriait pas comme une autre aurait pu le faire : « Vous avez bien raison, mon père », d'une voix douce elle répondait : « Vous avez bien le temps d'y penser, mon Dieu ! »

La fortune des Péricand était considérable, et vraiment on n'eût pu sans injustice les accuser de convoiter l'héritage du vieux Péricand. Ils ne tenaient pas à l'argent, non, mais l'argent tenait à eux, en quelque sorte ! Il y avait un ensemble de choses qui leur était dû, entre autres les « millions des Maltête lyonnais » qu'ils ne dépenseraient jamais, qu'ils garderaient en réserve pour les enfants de leurs enfants. Quant à l'œuvre des Petits Repentis, ils s'y intéressaient à un tel point que deux fois par an Mme Péricand organisait pour ces malheureux des concerts classiques ; elle y jouait de la harpe et affirmait qu'à certains passages un bruit de sanglots lui répondait dans l'ombre de la salle.

Le vieux Péricand suivait du regard, avec attention, les mains de sa belle-fille. Elle était si distraite et troublée qu'elle oublia la sauce. Sa barbe blanche s'agita de façon alarmante. Mme Péricand, revenue au sentiment de la réalité, se hâta de verser sur la chair ivoirine du poisson le beurre frais, fondu, parsemé de persil haché, mais ce ne fut que lorsqu'elle eut ajouté sur le bord de l'assiette une rondelle de citron que le vieillard recouvra sa sérénité.

Hubert murmura en se penchant vers son frère :

« Ça va mal ?

— Oui », fit l'autre du geste et du regard.

Hubert laissa retomber sur ses genoux ses mains tremblantes. Son imagination l'emportait, lui peignait vivement des scènes de bataille et de victoire. Il était scout. Lui et ses compagnons formeraient une bande de volontaires, de francs-tireurs qui défendraient le pays jusqu'au bout. En une seconde, il parcourut en esprit le temps et l'espace. Lui et ses camarades, un petit groupe uni sous les signes de l'honneur et de la fidélité. Ils se battraient, ils se battraient la nuit ; ils sauveraient Paris bombardé, incendié. Quelle vie excitante, merveilleuse ! Son cœur bondit. Pourtant la guerre était une chose affreuse et sauvage. Il était enivré par ces visions. Il serra si farouchement son couteau dans sa main que le morceau de rosbif qu'il coupait sauta sur le plancher.

« Empoté », souffla Bernard, son voisin de table, en lui montrant les cornes sous la nappe.

Lui et Jacqueline étaient âgés de huit et de neuf ans, deux blondins maigres, le nez en l'air. Dès le dessert, ces deux-là furent envoyés au lit et le vieux M. Péricand s'endormit à sa place habituelle, près de la fenêtre ouverte. Le tendre jour de juin se répandait, ne voulait pas mourir. Chaque palpitation de lumière était plus faible et plus exquise que la précédente, comme si chacune eût été un adieu plein de regret et d'amour donné à la terre. Assis sur le bord de la fenêtre, le chat regardait d'un air nostalgique l'horizon, le cristal vert. M. Péricand marchait de long en large dans la pièce.

« Après-demain, demain peut-être, les Allemands seront aux portes de Paris. Le Haut Commandement est décidé, dit-on, à combattre devant Paris, dans Paris, derrière Paris. On ne le sait pas encore heureusement, car d'ici demain ce sera la ruée dans les gares, sur les routes. Il faut partir demain matin à la première heure pour descendre chez votre mère, Charlotte, en Bourgogne. Quant à moi, dit M. Péricand, non sans grandeur, je partage le sort des trésors qui me sont confiés.

— Je croyais qu'on avait évacué le musée en septembre, dit Hubert.

— Oui, mais l'abri provisoire qui lui avait été choisi en Bretagne ne convenait pas, car il s'est révélé à l'expérience humide comme une cave. Je n'y comprends rien. On avait organisé un Comité pour la sauvegarde des trésors nationaux divisé en trois groupes et sept sous-groupes dont chacun aurait désigné une commission d'experts chargée du repliement des œuvres artistiques pendant la guerre, et voici que le mois dernier un gardien du musée provisoire nous a signalé que des taches suspectes apparaissaient sur les toiles. Oui, un admirable portrait de Mignard avait les mains rongées d'une sorte de lèpre verte. On s'est hâté de faire revenir à Paris les précieuses caisses, et j'attends maintenant un ordre qui ne saurait tarder pour les diriger plus loin.

— Mais nous, alors, comment voyagerons-nous ? seuls ?

— Vous partirez tranquillement demain matin avec les enfants et les deux voitures, tout ce que vous pourrez emporter comme meubles et comme bagages naturellement car il ne faut pas se dissimuler que Paris peut être détruit, brûlé et pillé pardessus le marché d'ici la fin de la semaine.

— Vous êtes étonnant, s'écria Charlotte, vous parlez de cela avec un calme ! »

M. Péricand tourna vers sa femme un visage qui reprenait peu à peu ses teintes roses, mais d'un rose mat comme celui des cochons fraîchement abattus.

« C'est que je ne peux pas y croire, expliqua-t-il doucement. Je vous parle, je vous entends, nous décidons d'abandonner notre maison, de nous enfuir sur les routes, et je ne puis croire que cela soit RÉEL, comprenez-vous ? Allez vous préparer, Charlotte, que tout soit prêt demain matin, vous pourrez arriver chez votre mère pour le dîner. Je vous rejoindrai dès que je le pourrai. »

Mme Péricand avait pris l'air résigné et aigre qu'elle arborait en même temps que sa blouse d'infirmière lorsque les enfants étaient malades ; ils s'arrangeaient en général pour être tous malades au même moment quoique de maladies différentes. Ces jours-là, Mme Péricand sortait des chambres d'enfants en tenant à la main le thermomètre, comme elle eût brandi la palme du martyre, et tout son aspect n'était qu'un cri : « Vous reconnaîtrez les vôtres, au dernier jour, mon doux Jésus ! » Elle demanda seulement :

« Et Philippe ?

— Philippe ne peut pas quitter Paris. »

Mme Péricand sortit la tête haute. Elle ne ploierait pas sous le fardeau. Elle s'arrangerait pour que demain la maisonnée fût prête pour le départ : le vieillard infirme, quatre enfants, les domestiques, le chat, l'argenterie, les pièces les plus précieuses du service, les fourrures, toutes les affaires des enfants, des provisions, en cas d'imprévu la pharmacie. Elle frémit.

Au salon, Hubert implorait son père.

« Permettez-moi de ne pas partir. Je resterai ici avec Philippe. Et… ne vous moquez pas de moi ! ne croyez-vous pas que si j'allais trouver mes camarades, jeunes, solides, prêts à tout, on pourrait former une compagnie de volontaires… On pourrait… »

M. Péricand le regarda et dit seulement :

« Mon pauvre petit !

— C'est fini ? La guerre est perdue ? balbutia Hubert. C'est… c'est pas vrai ? »

Et tout à coup, à son horreur, il sentit qu'il éclatait en sanglots. Il pleurait comme un enfant, comme Bernard eût pu le faire, sa grande bouche grimaçante, les larmes coulant à flots sur ses joues. La nuit venait, douce et tranquille. Une hirondelle passa, rasant presque le balcon dans l'air déjà sombre. Le chat poussa un petit cri de convoitise.

3

L'écrivain Gabriel Corte travaillait sur sa terrasse entre le bois mouvant et sombre et le couchant d'or vert qui s'éteignait sur la Seine. Quel calme autour de lui ! Tout près de lui se tenaient des familiers bien dressés, des grands chiens blancs qui ne dormaient pas mais demeuraient immobiles, le nez sur les dalles fraîches, les yeux mi-clos. Sa maîtresse, à ses pieds, ramassait silencieusement les pages qu'il laissait tomber. Ses domestiques, la secrétaire, étaient invisibles derrière les vitres miroitantes, cachés quelque part à l'arrière-plan de la maison, dans les coulisses d'une vie qu'il voulait éclatante, fastueuse et disciplinée comme un ballet. Il avait cinquante ans et ses propres jeux. Il était selon les jours un Maître des Cieux ou un pauvre auteur écrasé par un labeur dur et vain. Il avait fait graver sur sa table à écrire : « Pour soulever un poids si lourd, Sisyphe, il faudrait ton courage. » Ses confrères le jalousaient parce qu'il était riche. Lui-même racontait avec amertume qu'à sa première candidature à l'Académie française, un des électeurs sollicité de voter pour lui avait répondu sèchement : « Il a trois lignes de téléphone ! »

Il était beau avec des manières languides et cruelles de chat, des mains douces, expressives, et un visage de César un peu gras. Seule Florence, sa maîtresse en titre, qu'il admettait dans son lit jusqu'au matin (les autres ne dormaient jamais auprès de lui), aurait pu dire à combien de masques il pouvait ressembler, vieille coquette avec ses deux poches livides sous les paupières et des sourcils de femme, aigus, trop minces.

Ce soir il œuvrait comme de coutume, demi nu. Sa maison à Saint-Cloud était bâtie de telle sorte qu'elle échappait aux regards indiscrets jusqu'à la terrasse, vaste, admirable, plantée de cinéraires bleues. Le bleu était la couleur favorite de Gabriel Corte. Il ne pouvait écrire que lorsqu'il avait à ses côtés une petite coupe de lapis-lazuli d'un bleu intense. Il la contemplait parfois et la caressait comme une maîtresse. D'ailleurs, ce qu'il préférait en Florence, il le lui avait dit souvent, c'étaient ses yeux d'un bleu franc, qui lui donnaient la même sensation de fraîcheur que sa coupe. « Tes yeux me désaltèrent », murmurait-il. Elle avait un doux menton, un peu empâté, une voix de contralto encore belle et quelque chose de bovin dans le regard, confiait Gabriel Corte à ses amis. « J'aime cela. Une femme doit ressembler à une génisse, douce, confiante et généreuse, avec un corps blanc comme de la crème, vous savez cette peau des vieilles comédiennes qui a été assouplie par les massages, pénétrée par les fards et les poudres. » Il étendit ses doigts fins dans l'espace et les fit claquer comme des castagnettes. Florence lui présenta un citron et il mordit dedans, puis il avala une orange et quelques fraises glacées ; il consommait une quantité prodigieuse de fruits. Elle le regarda, presque agenouillée devant lui sur un pouf de velours, dans la posture d'adoration qui lui plaisait (d'ailleurs il n'en eût pas imaginé d'autre !). Il était las, mais de cette bonne fatigue qui suit un travail heureux, meilleure que celle de l'amour, ainsi qu'il l'exprimait parfois. Il considéra sa maîtresse avec bienveillance.

« Eh bien, ça n'a pas trop mal marché, je crois. Et tu sais, le centre (il dessina dans l'air un triangle et montra le sommet), ceci est dépassé. »

Elle savait ce qu'il voulait dire. L'inspiration fléchissait au milieu du roman. Corte, alors, peinait comme un cheval qui n'arrive pas à sortir sa voiture embourbée. Elle joignit ses mains dans un geste gracieux d'admiration et de surprise.

« Déjà ! Je te félicite, mon chéri. Maintenant cela ira tout seul, j'en suis sûre. »

Il murmura d'un air soucieux :

« Dieu t'entende ! Mais Lucienne m'inquiète.

— Lucienne ? »

Il la toisa et ses yeux eurent un regard dur, froid et désagréable. Quand il était de bonne humeur, Florence disait : « Tu as encore eu ton regard de basilic », et il en riait, flatté, mais dans le feu de la création il haïssait la plaisanterie.

Elle ne se souvenait pas du tout du personnage de Lucienne. Elle mentit.

« Mais oui, voyons ! je ne sais pas où j'avais la tête !

— Je me le demande moi aussi », dit-il d'un ton amer et blessé.

Mais elle parut si triste et si humble qu'il eut pitié d'elle. Il se radoucit.

« Je te l'ai toujours dit, tu n'attaches pas assez d'importance aux comparses. Un roman doit ressembler à une rue pleine d'inconnus où passent deux ou trois êtres, pas davantage, que l'on connaît à fond. Regarde d'autres comme Proust, ils ont su utiliser les comparses. Ils s'en servent pour humilier, pour rapetisser leurs principaux personnages. Rien de plus salutaire dans un roman que cette leçon d'humilité donnée aux héros. Rappelle-toi, dans *Guerre et Paix*, les petites paysannes qui traversent la route en riant devant la voiture du prince André vont le voir d'abord leur parlant à elles, à leurs oreilles, et la vision du lecteur du même coup s'élève, ce n'est plus qu'un seul visage, qu'une seule âme. Il découvre la multiplicité des moules. Attends, je vais te lire ce passage, il est remarquable. Allume, lui dit-il, car la nuit était venue.

— Des avions », répondit Florence en montrant le ciel.

Il gronda :

« Ils ne me ficheront donc pas la paix ? »

Il haïssait la guerre, elle menaçait bien plus que sa vie ou son bien-être ; elle détruisait à chaque instant l'univers de la fiction, le seul où il se sentît heureux, comme le son d'une trompette discordante et terrible qui faisait crouler les fragiles murailles de cristal élevées avec tant de peine entre lui et le monde extérieur.

« Dieu ! soupira-t-il. Quel ennui, quel cauchemar ! »

Mais il était revenu sur la terre. Il questionna :

« Tu as les journaux ? »

Elle les lui apporta sans rien dire. Ils quittèrent la terrasse. Il parcourut les feuilles, le visage assombri.

« En somme, rien de nouveau », fit-il.

Il ne voulait rien voir. Il repoussait la réalité du geste effrayé et ennuyé d'un dormeur éveillé en plein rêve. Il eut même le mouvement de la main posée en écran devant les yeux qu'il eût fait pour se protéger d'une lumière trop vive.

Florence s'approchait de la T.S.F. Il l'arrêta.

« Non, non, laisse ça tranquille.

— Mais, Gabriel… »

Il pâlit de fureur.

« Je ne veux rien entendre, je te dis. Demain, il sera temps demain. Les mauvaises nouvelles maintenant (et elles ne peuvent être que mauvaises avec ces c… au gouvernement), c'est mon élan fichu, mon inspiration coupée, une crise d'angoisse cette nuit peut-être. Tiens, tu ferais mieux d'appeler Mlle Sudre. Je crois que je vais dicter quelques pages ! »

Elle se hâta d'obéir. Comme elle revenait au salon, ayant prévenu la secrétaire, le téléphone retentit.

« C'est M. Jules Blanc qui téléphone de la présidence du Conseil et demande à parler à Monsieur », dit le valet de chambre.

Elle ferma soigneusement toutes les portes afin que pas un son ne filtrât jusqu'à la pièce où Gabriel et la secrétaire travaillaient. Cependant le valet de chambre préparait, comme à l'ordinaire, le souper froid qui attendait le bon plaisir du maître. Gabriel mangeait peu aux repas, mais il avait souvent faim la nuit. Il y avait un reste de perdreau froid, des pêches et des délicieux petits pâtés au fromage que Florence allait elle-même commander dans une boutique de la rive gauche et une bouteille de Pommery. Après de longues années de réflexion et de recherches, il était arrivé à la conclusion que le champagne seul convenait à sa maladie de foie. Florence écoutait la voix de Jules

Blanc au téléphone, une voix épuisée, presque aphone, et en même temps elle entendait tous les sons familiers de la maison, le doux cliquetis des assiettes et des verres, le timbre las, rauque et profond de Gabriel et il lui semblait vivre un rêve confus. Elle raccrocha le récepteur, appela le valet de chambre. Il était depuis longtemps à leur service et dressé à ce qu'il appelait « la mécanique de la maison ». Cet inconscient pastiche du Grand Siècle enchantait Gabriel.

« Que faire, Marcel ? Voici M. Jules Blanc qui nous conseille de partir…

— De partir ? Et pour aller où, Madame ?

— N'importe où. En Bretagne. Dans le Midi. Les Allemands auraient traversé la Seine. Que faire ? répétait-elle.

— Je sais pas du tout, Madame », dit Marcel d'un ton glacé.

Il était bien temps de lui demander son avis. Et songeur : « On aurait dû être partis la veille pour bien faire. Si c'est pas malheureux de voir les gens riches et célèbres qui n'ont pas plus de jugement que des bêtes ! et encore les bêtes flairent le danger ! » Pour lui, il n'avait pas peur des Allemands. Il les avait vus en 14. Il n'était plus mobilisable et on le laisserait tranquille. Mais il était scandalisé que l'on n'eût pas pris soin à temps de la maison, du mobilier et de l'argenterie. Il se permit un soupir à peine perceptible. Lui, il aurait tout emballé, tout caché dans des caisses, tout mis à l'abri depuis longtemps. Il ressentait envers ses maîtres une sorte de dédain affectueux d'ailleurs, comme il en éprouvait pour les lévriers blancs, beaux, mais sans esprit.

« Madame ferait bien de prévenir Monsieur », conclut-il.

Florence s'avança vers le salon, mais à peine la porte fut-elle entrouverte que la voix de Gabriel lui parvint : c'était celle des pires jours, des moments de transe, une voix lente, enrouée (coupée par instants par une toux nerveuse).

Elle donna des ordres à Marcel et à la femme de chambre, songea aux objets les plus précieux, ceux que l'on emporte avec soi dans la fuite, dans le péril. Elle fit poser sur son lit une malle légère et solide. Elle cacha d'abord les bijoux qu'elle avait eu la précaution de retirer du coffre. Elle mit dessus un peu de linge, les objets de toilette, deux blouses de rechange, une petite robe de dîner pour avoir quelque chose à mettre dès l'arrivée, car il fallait compter sur les retards de la route, un peignoir et des mules, sa boîte de fards (celle-ci prenait beaucoup de place) et naturellement les manuscrits de Gabriel. Elle essaya en vain de fermer la valise. Elle déplaça le coffret à bijoux, essaya encore. Non, décidément il fallait supprimer quelque chose. Mais quoi ? Tout était indispensable. Elle appuya un genou sur la mallette, poussa, tira la serrure inutilement. Elle s'énervait. Elle finit par appeler la femme de chambre.

« Vous arriverez peut-être à fermer ça, Julie ?

— C'est trop bourré, Madame. C'est impossible. »

Un instant, Florence hésita entre la boîte de fards et le manuscrit, puis elle choisit les fards et ferma la valise.

« On fourrera le manuscrit dans le carton à chapeaux, pensa-t-elle. Ah non ! je le connais, des éclats de fureur, sa crise d'angoisse, de la digitaline pour son cœur. Demain on verra, il vaut mieux tout préparer cette nuit pour le départ et qu'il ne sache rien. Puis on verra… »

4

Les Maltête lyonnais avaient légué aux Péricand non seulement leur fortune mais aussi une prédisposition à la tuberculose. Cette maladie emporta en bas âge deux sœurs d'Adrien Péricand. L'abbé Philippe, quelques années auparavant, avait été touché, mais deux années à la montagne semblaient l'avoir guéri au moment où enfin il venait d'être ordonné prêtre. Mais le poumon demeurait fragile et à la déclaration de guerre il fut réformé. Son apparence était cependant celle d'un homme robuste. Il avait le teint coloré, d'épais sourcils noirs et un air rustique et sain. Il était curé d'un village d'Auvergne. Mme Péricand l'avait abandonné au Seigneur lorsque sa vocation s'était affirmée. Elle eût souhaité en retour un peu de gloire mondaine et qu'il fût promis à de hautes destinées plutôt que d'enseigner le catéchisme à des petits paysans du Puy-de-Dôme. À défaut des grandes charges de l'Église, elle eût préféré pour lui le cloître à cette pauvre paroisse. « C'est du gaspillage, lui disait-elle avec force. Tu gaspilles les dons que le Bon Dieu t'a donnés. » Mais elle se consolait en pensant que le climat rude lui convenait. L'air des hautes altitudes qu'il avait respiré pendant deux ans en Suisse semblait lui être devenu nécessaire. À Paris, il retrouvait les rues, il les parcourait à grands pas souples et allongés qui faisaient sourire les passants car la soutane n'allait pas avec cette démarche.

Ainsi il s'arrêta ce matin devant un immeuble gris, entra dans une cour qui sentait le chou : l'œuvre des Petits Repentis du XVIe occupait un petit hôtel bâti derrière une haute maison de rapport. Comme s'exprimait Mme Péricand dans la lettre annuelle adressée aux amis de l'œuvre (membre fondateur, 500 francs par an, bienfaiteur, 100 francs, adhérent, 20 francs), les enfants y vivaient dans les meilleures conditions matérielles et morales, faisant leur apprentissage dans divers métiers, se livrant à une saine activité physique : un petit hangar vitré était bâti à côté de la maison ; on y trouvait un atelier de menuiserie et un établi de cordonnier. À travers les carreaux, l'abbé Péricand vit les têtes rondes des pupilles qui se levèrent une seconde en entendant le bruit de ses pas. Dans un carré de jardin, entre le perron et le hangar, deux garçons de quinze et seize ans travaillaient sous les ordres d'un surveillant. Ils ne portaient pas d'uniforme. On n'avait pas voulu perpétuer le souvenir des pénitenciers que certains connaissaient déjà. Ils étaient vêtus d'habits confectionnés par des personnes charitables qui utilisaient à leur profit des restes de laine. Un des garçons avait un chandail vert pomme qui découvrait de longs poignets maigres et velus. Ils remuaient la terre, arrachaient les herbes, rempotaient des pots de fleurs avec une parfaite discipline et en silence. Ils saluèrent l'abbé Péricand qui leur sourit. Le visage du prêtre était calme, son expression sévère et un peu triste. Mais le sourire avait une grande douceur et un peu de timidité et de tendre reproche : « Je vous aime, pourquoi ne m'aimez-vous pas ? » semblait-il dire. Les enfants le regardaient et se taisaient.

« Quel beau temps, murmura-t-il.

— Oui, monsieur le curé », répondirent-ils, les voix froides et contraintes.

Philippe leur adressa encore quelques mots puis entra dans le vestibule. La maison était grise et propre, la pièce où il se trouvait presque nue. Deux chaises cannées la meublaient ; c'était le parloir où l'on venait visiter les pupilles, ce qui était toléré mais non encouragé ! D'ailleurs ils étaient presque tous orphelins. De loin en loin, quelque voisine qui avait connu les parents morts, quelque sœur aînée placée en province se souvenait d'eux, était admise auprès d'eux. Mais jamais l'abbé Péricand n'avait rencontré un être humain dans ce parloir. Le cabinet du directeur s'ouvrait sur le même palier.

Le directeur était un petit homme pâle aux paupières roses, au nez pointu et frémissant comme un museau qui flaire la nourriture. Ses pupilles l'appelaient « le rat » ou « le tapir ». Il tendit les deux bras à Philippe, ses mains étaient froides et moites.

« Je ne sais comment vous remercier de votre obligeance, monsieur le curé ! Vous accepteriez vraiment de vous charger de nos pupilles ? »

Les enfants devaient être évacués le lendemain. Il venait d'être appelé d'urgence dans le Midi auprès de sa femme malade...

« Le surveillant craint d'être débordé, de ne pouvoir venir à bout, seul, de nos trente garçons.

— Ils semblent bien dociles, remarqua Philippe.

— Ah ! ce sont de bons enfants. Nous les assouplissons, nous dressons les plus rebelles. Mais sans me vanter, moi seul fais tout marcher ici. Les surveillants sont timorés. D'ailleurs la guerre nous a privés de l'un et de l'autre... »

Il fit une moue.

« Excellent si on ne le sort pas de ses habitudes, mais incapable de la moindre initiative, un de ces gens qui se noieraient dans un verre d'eau. Enfin, je ne savais pas à quel saint me vouer pour mener à bien cette évacuation lorsque monsieur votre père m'a dit que vous étiez de passage ici, que vous repartiez dès demain pour vos montagnes et que vous ne refuseriez pas de nous venir en aide.

— Je le ferai bien volontiers. Comment comptez-vous faire partir ces enfants ?

— Nous avons pu nous procurer deux camions. Nous avons de l'essence en quantité suffisante. Vous savez que le lieu de repliement est à une cinquantaine de kilomètres de votre paroisse. Cela n'allongera pas trop votre chemin.

— Je suis libre jusqu'à jeudi, dit Philippe. Un de mes confrères me remplace.

— Oh ! le voyage ne durera pas si longtemps. Vous connaissez la maison qu'une de ces dames bienfaitrices met à notre disposition, m'a dit monsieur votre père ? C'est une grande bâtisse au milieu des bois. La propriétaire en a hérité l'année dernière et le mobilier qui était très beau a été vendu quelque temps avant la guerre. Les enfants pourront camper dans le parc. En cette belle saison, quelle joie pour eux ! Au début de la guerre, ils ont passé ainsi trois mois dans un autre château en Corrèze offert aimablement à l'œuvre par une de ces dames. Là-bas nous n'avions aucun moyen de chauffage. Il fallait casser la glace le matin dans les brocs. Jamais les enfants ne se sont si bien portés. Le temps est passé, dit le directeur, des petites commodités, des douceurs de la paix. »

L'abbé regarda l'heure.

« Me ferez-vous le plaisir de déjeuner avec moi, monsieur le curé ? »

Philippe refusa. Il était arrivé à Paris le matin même ; il avait voyagé toute la nuit. Il avait craint il ne savait quel coup de tête d'Hubert et il était venu le chercher, mais la famille partait le jour même pour la Nièvre. Philippe comptait assister au départ : un coup de main ne serait pas de trop, songea-t-il en souriant.

« Je vais annoncer à nos pupilles que vous me remplacerez auprès d'eux, dit le directeur. Peut-être voudrez-vous leur adresser quelques mots pour prendre contact en quelque sorte avec ces jeunes. Je comptais leur parler moi-même, les élever jusqu'à la conscience des guerres traversées par la Patrie, mais je pars à quatre heures et…

— Je leur parlerai », dit l'abbé Péricand.

Il baissa les yeux, posa l'extrémité de ses doigts joints sur ses lèvres. Une expression de sévérité et de tristesse parut sur son visage, toutes deux dirigées contre lui-même, son propre cœur. Il n'aimait pas ces malheureux enfants. Il s'approchait d'eux avec douceur, avec toute la bonne volonté dont il était capable, mais en leur présence il ne sentait que de la froideur et de la répugnance, aucun jaillissement d'amour, rien de cette palpitation divine qu'éveillaient les plus misérables pécheurs implorant grâce. Il y avait plus d'humilité dans les fanfaronnades de tel vieil athée, de tel blasphémateur endurci que dans les paroles ou dans les regards de ces petits. Leur apparente docilité était affreuse. Malgré le baptême, malgré les sacrements de la communion et de la pénitence, aucun rayon sauveur ne venait jusqu'à eux. Enfants des ténèbres, ils n'avaient même pas assez de force spirituelle pour s'élever jusqu'au désir de la lumière ; ils ne la pressentaient pas, ils ne la souhaitaient pas, ils ne la regrettaient pas. L'abbé Péricand songea avec tendresse à ses bons petits enfants du catéchisme. Oh ! il ne se faisait pas d'illusions sur leur compte. Il savait déjà que dans ces jeunes âmes le mal avait des racines solides, bien dures, mais par moments quelle éclosion de tendresse, quelle grâce innocente, quel tressaillement de pitié et d'horreur lorsqu'il parlait des supplices du Christ. Il avait hâte de les retrouver. Il pensa à la cérémonie de première communion fixée au dimanche suivant.

Cependant il suivait le directeur dans la salle où les pupilles venaient d'être réunis. Les volets étaient fermés. Dans l'obscurité, il manqua une marche sur le seuil, trébucha et, pour ne pas tomber, dut se retenir au bras du directeur. Il regarda les enfants, attendant, espérant un éclat de rire étouffé. Parfois un ridicule incident de ce genre suffit à briser la glace entre maîtres et élèves. Mais non ! aucun d'eux ne broncha. Figures pâles, lèvres serrées, paupières baissées, ils se tenaient debout en demi-cercle, le dos appuyé contre le mur, les plus jeunes en avant. Ceux-là avaient de onze à quinze ans. Ils étaient presque tous petits pour leur âge et chétifs. Dans le fond se tenaient les adolescents de quinze à dix-sept ans. Quelques-uns avaient des fronts bas, de lourdes mains de tueurs. De nouveau, dès qu'il fut en leur présence, l'abbé Péricand éprouva un sentiment étrange d'aversion et presque de peur. Il devrait le vaincre à tout prix. Il s'avança vers eux, et ils reculaient imperceptiblement comme s'ils voulaient s'enfoncer dans la muraille.

« Mes enfants, à partir de demain et jusqu'au terme de notre voyage, je remplace auprès de vous, monsieur le directeur, dit-il. Vous savez que vous allez quitter Paris. Dieu seul connaît le sort qui est réservé à nos soldats, à notre chère Patrie, Lui seul, dans son infinie sagesse, connaît le sort réservé à chacun de nous dans les jours qui vont suivre. Il est hélas infiniment probable que nous souffrirons tous dans notre cœur car les malheurs publics sont faits d'une multitude de malheurs privés, et c'est le seul cas où, pauvres ingrats aveugles que nous sommes, nous avons conscience de la solidarité qui nous lie, nous membres d'un même corps. Ce que je voudrais obtenir de vous, c'est un acte de confiance en Dieu. Nous répétons du bout des lèvres : "Que votre volonté soit faite", mais nous crions au fond de nous-mêmes : "Que *ma* volonté soit faite, Seigneur." Cependant, pourquoi cherchons-nous Dieu ? Parce que nous espérons le bonheur : l'homme est ainsi fait qu'il désire le bonheur et ce bonheur, Dieu peut nous le donner tout de suite, sans attendre la mort et la Résurrection, si nous acceptons Sa volonté, si nous faisons nôtre cette volonté. Mes enfants, que chacun de vous se confie à Dieu. Qu'il s'adresse à Lui comme à un père, qu'il remette sa vie entre Ses mains adorables et la paix divine descendra aussitôt en lui. »

Il attendit un instant, les regarda.

« Nous allons dire ensemble une petite prière. »

Trente voix perçantes, indifférentes, récitèrent le Notre-Père, trente maigres visages entouraient le prêtre ; les fronts s'abaissèrent d'un mouvement brusque, mécanique, lorsqu'il traça sur eux le signe de la croix. Un gamin à la grande bouche amère tourna seul ses yeux vers la fenêtre et le rayon de soleil glissant entre les volets clos éclaira une joue délicate, couverte de taches de son, un mince nez pincé.

Aucun d'eux ne bougea ni ne répondit. Au coup de sifflet du surveillant, ils se mirent en rang et quittèrent la salle.

5

Les rues étaient vides. On fermait les volets de fer des magasins. On n'entendait dans le silence que leur bruit métallique, le son qui frappe si vivement l'oreille les matins d'émeute ou de guerre dans les villes menacées. Plus loin, sur leur route, les Michaud virent des camions chargés qui attendaient à la porte des ministères. Ils hochèrent la tête. Par habitude, ils se prirent le bras pour traverser l'avenue de l'Opéra, en face du bureau, quoique la chaussée, ce matin-là, fût déserte. Ils étaient tous deux employés de banque et travaillaient dans le même établissement, mais le mari occupait une place de comptable depuis quinze ans tandis qu'elle n'avait été engagée que quelques mois plus tôt « à titre provisoire pour la durée de la guerre ». Professeur de chant, elle avait perdu en septembre dernier tous ses élèves, enfants de famille gardés en province par crainte des bombardements. Les appointements du mari n'avaient jamais suffi à les faire vivre et leur fils unique était mobilisé. Grâce à cette place de secrétaire, ils s'étaient tirés d'affaire jusque-là et, comme elle disait : « Il ne faut pas demander l'impossible, mon pauvre mari ! » Ils avaient toujours connu une vie difficile depuis le jour où ils s'étaient sauvés de chez eux pour se marier contre le gré de leurs parents. Il y avait longtemps de cela. Elle avait encore des traces de beauté dans son maigre visage. Ses cheveux étaient gris. L'homme était de petite taille, l'air las et négligé, mais par moments, lorsqu'il se tournait vers elle, la regardait, lui souriait, une flamme moqueuse et tendre s'allumait dans ses yeux — la même, pensait-il, oui, vraiment, presque la même qu'autrefois. Il l'aida à gravir le trottoir et ramassa le gant qu'elle avait laissé tomber. Elle le remercia d'une pression légère de ses doigts sur la main qu'il lui tendait. D'autres employés se hâtaient vers la porte ouverte de la Banque. L'un d'eux demanda en passant près des Michaud :

« Est-ce qu'on part enfin ? »

Les Michaud ne savaient rien. Ce jour-là était le 10 juin, un lundi. Ils avaient quitté leur bureau l'avant-veille, et tout alors paraissait calme. On évacuait les titres en province mais rien n'était décidé pour les employés. Leur sort se réglait au premier étage où se trouvaient les cabinets directoriaux, avec deux grandes portes matelassées peintes en vert, devant lesquelles les Michaud passèrent vite et en silence. Au bout du couloir, ils se séparèrent, il montait à la comptabilité et elle demeurait dans les régions privilégiées : elle était la secrétaire d'un des directeurs, M. Corbin, véritable chef de la maison. Le second, M. le comte de Furières (marié à une Salomon-Worms), était plus particulièrement chargé des relations extérieures de la Banque, qui possédait une clientèle restreinte mais de la meilleure qualité. On n'y admettait que de gros propriétaires terriens et les plus grands noms de l'industrie métallurgique de préférence. M. Corbin espérait que son collègue, le comte de Furières, faciliterait son admission au Jockey. Depuis quelques années déjà, il vivait dans cette attente. Le comte estimait que les faveurs telles que des invitations aux dîners et aux chasses de Furières compensaient largement certaines facilités de caisse. Le soir, pour son mari, Mme Michaud mimait les entretiens de ses deux directeurs, leurs aigres sourires, les grimaces de Corbin, les regards du comte, et cela relevait un peu la monotonie du labeur quotidien. Mais depuis quelque temps, cette distraction même faisait défaut : M. de Furières était mobilisé sur le front des Alpes et Corbin menait seul la maison.

Mme Michaud entra avec le courrier dans une petite pièce voisine du cabinet directorial. Un parfum léger flottait dans l'air.

À ce signe, elle reconnut que Corbin était occupé ! Il protégeait une danseuse : Mlle Arlette Corail. On ne lui avait jamais connu que des danseuses comme maîtresses. Il semblait ne pas s'intéresser aux femmes engagées dans d'autres professions. Aucune dactylo, si jolie ou si jeune fût-elle, n'avait réussi à le détourner de cette spécialité. Il se montrait avec toutes ses employées, belles ou laides, jeunes ou vieilles, également hargneux, grossier et avare. Il parlait d'une curieuse petite voix de tête sortant d'un gros corps lourd et bien nourri ; quand il se mettait en colère, sa voix devenait aiguë et vibrante comme celle d'une femme.

Le son perçant que Mme Michaud connaissait si bien filtrait aujourd'hui à travers les portes closes. Un des employés entra et dit à voix basse :

« On part.

— Quand cela ?

— Demain. »

Dans le couloir passaient des ombres chuchotantes. On se réunissait dans les embrasures des fenêtres et sur le seuil des bureaux. Corbin ouvrit sa porte enfin et fit sortir la danseuse. Elle portait un costume de toile rose bonbon et un grand chapeau de paille sur ses cheveux teints. Elle était svelte et bien faite, le visage dur et fatigué sous le fard. Des taches rouges apparaissaient sur ses joues et son front. Elle était visiblement en fureur. Mme Michaud entendit :

« Vous voulez que je parte à pied ?

— Retournez immédiatement au garage, vous ne voulez jamais m'écouter. Ne soyez pas avare, promettez-leur ce qu'ils voudront, la voiture sera réparée.

— Puisque je vous dis que c'est impossible ! Impossible ! Vous comprenez le français ?

— Alors, ma chère amie, que voulez-vous que je vous dise ? Les Allemands sont aux portes de Paris. Et vous voulez aller sur la route de Versailles ? Pourquoi y allez-vous, d'abord ? Partez par le train.

— Vous vous rendez compte de ce qui se passe dans les gares ?

— Ce ne sera pas mieux sur les routes.

— Vous êtes… vous êtes inconscient tout simplement. Vous partez, vous avez vos deux voitures…

— Je transporte les dossiers et une partie du personnel. Qu'est-ce que vous voulez que je foute du personnel ?

— Ah ! ne soyez pas grossier, je vous prie ! Vous avez la voiture de votre femme !

— Vous voulez vous installer dans la voiture de ma femme ? L'idée est admirable ! »

La danseuse lui tourna le dos et siffla son chien qui accourut en bondissant. Elle lui attacha son collier, les mains tremblantes d'indignation.

« Toute ma jeunesse sacrifiée à un…

— Allons ! Pas d'histoires. Je vous téléphonerai ce soir, je verrai ce qu'on peut faire…

— Non, non. Je vois bien que je n'ai plus qu'à aller mourir dans un fossé sur la route… Ah ! tenez, taisez-vous, vous m'exaspérez… »

Ils s'aperçurent enfin que la secrétaire les écoutait. Ils baissèrent la voix et Corbin, prenant le bras de sa maîtresse, la reconduisit jusqu'à la porte. Il revint et lança un coup d'œil à Mme Michaud qui, se trouvant sur son chemin, recevait les premiers éclats de sa mauvaise humeur.

« Réunissez les chefs de service dans la salle du conseil. Immédiatement, je vous prie ! »

Mme Michaud sortit pour donner les ordres. Quelques instants plus tard, les employés pénétraient dans une grande pièce où se faisaient face le portrait en pied du président actuel, M. Auguste-Jean, malade depuis quelque temps d'un ramollissement du cerveau dû à son grand âge, et un buste en marbre du fondateur de la Banque.

M. Corbin les reçut debout derrière la table ovale où neuf buvards marquaient les places du conseil d'administration.

« Messieurs, nous partons demain à huit heures pour rejoindre notre succursale de Tours. J'emporte dans ma voiture les dossiers du conseil. Mme Michaud, vous et votre mari vous m'accompagnerez. Quant à ceux qui ont une voiture, qu'ils passent prendre du personnel et qu'ils se trouvent demain à six heures devant la porte de la Banque, enfin, ceux que j'ai désignés comme devant partir. Pour les autres, je tâcherai de m'arranger, sinon ils prendront le train. Je vous remercie, messieurs. »

Il disparut et aussitôt une rumeur de voix inquiètes bourdonna dans la salle. Corbin, l'avant-veille encore, avait déclaré qu'il n'envisageait aucun départ, que les bruits alarmistes étaient le fait de traîtres, que la Banque demeurerait à son poste, *elle*, et ferait son devoir *elle* si d'autres devaient y manquer. Puisque le « repli » comme on disait pudiquement avait été décidé avec cette brusquerie, tout sans doute était perdu ! Des femmes essuyèrent leurs yeux pleins de larmes. À travers les groupes, les Michaud se rejoignirent. Tous deux pensaient à leur fils Jean-Marie. Sa dernière lettre était datée du 2 juin. Huit jours seulement. Tout ce qui pouvait s'être passé depuis, mon Dieu ! Dans leur angoisse, le seul réconfort possible était celui de leur mutuelle présence.

« Quel bonheur de ne pas nous séparer », lui chuchota-t-elle.

6

La nuit était proche mais la voiture des Péricand attendait encore à la porte. Ils avaient attaché sur son toit le matelas doux et profond qui depuis vingt-huit ans ornait le lit conjugal. Une voiture d'enfants et une bicyclette étaient fixées sur le coffre à bagages. Ils essayaient en vain de caser à l'intérieur tous les sacs, les valises et les mallettes de la famille, ainsi que les paniers qui contenaient les sandwichs et le thermos du goûter, les bouteilles de lait des enfants, du poulet froid, du jambon, du pain et les boîtes de farine lactée du vieux M. Péricand, et enfin la corbeille du chat. On s'était mis en retard tout d'abord parce que le blanchisseur n'avait pas livré le linge et on ne pouvait le joindre par téléphone. Il semblait impossible d'abandonner ces grands draps brodés qui faisaient partie du patrimoine inaltérable des Péricand-Maltête au même titre que les bijoux, les plats d'argent et la bibliothèque. Toute la matinée avait été perdue en recherches ; le blanchisseur lui-même partait. Il avait fini par rendre à Mme Péricand leur bien sous forme de ballots chiffonnés et humides. Mme Péricand s'était passée de déjeuner pour veiller elle-même à l'emballage du linge. Il avait été entendu que les domestiques ainsi qu'Hubert et Bernard partiraient par le train. Mais déjà les grilles, dans toutes les gares, étaient closes et gardées par la troupe. La foule s'accrochait aux barreaux, les secouait, puis refluait en désordre dans les rues voisines. Des femmes couraient en pleurant, portant leurs enfants sur les bras. On arrêtait les derniers taxis : on offrait 2 ou 3 000 francs pour quitter Paris. « Jusqu'à Orléans seulement… » Mais les chauffeurs refusaient, ils n'avaient plus d'essence. Les Péricand durent revenir chez eux. Ils réussirent enfin à se procurer une camionnette qui transporterait Madeleine, Maria et Auguste, Bernard avec son petit frère sur les genoux. Quant à Hubert, il suivrait la caravane à bicyclette.

De loin en loin, sur le boulevard Delessert, on voyait sur le seuil d'une maison apparaître un groupe gesticulant de femmes, de vieillards et d'enfants s'efforçant calmement d'abord, fiévreusement ensuite, puis avec une excitation maladive et folle de faire entrer familles et bagages dans une Renault, dans une voiture de tourisme, dans un roadster. Il n'y avait pas une lumière aux fenêtres. Les étoiles commençaient à paraître, des étoiles de printemps qui ont un reflet argenté. Paris avait sa plus douce odeur, celle des marronniers en fleur et de l'essence avec quelques grains de poussière qui craquent sous la dent comme du poivre. Dans l'ombre, le danger grandissait. On respirait l'angoisse dans l'air, dans le silence. Les gens les plus froids, les plus tranquilles ordinairement ne pouvaient empêcher cette trouble et mortelle épouvante. Chacun avec un serrement de cœur regardait sa maison et pensait : « Demain elle sera en ruine, demain je n'aurai plus rien. On n'a fait de mal à personne. Pourquoi ? » et aussi une vague d'indifférence submergeait leur âme : « Qu'est-ce que ça fait ! Ce ne sont que des pierres, du bois, des objets inertes ! L'essentiel c'est de sauver sa vie ! » Qui pensait aux malheurs de la Patrie ? Pas ceux-là, pas ceux qui partaient ce soir. La panique abolissait tout ce qui n'était pas instinct, mouvement animal frémissant de la chair. Saisir ce qu'on avait de plus précieux au monde et puis !…. Et seul, cette nuit-là, ce qui vivait, ce qui respirait, pleurait, aimait avait de la valeur ! Rares étaient les gens qui regrettaient leurs richesses ; on enfermait dans ses deux bras serrés une femme ou un enfant, et le reste ne comptait pas ; le reste pouvait s'abîmer dans les flammes.

En prêtant l'oreille on entendait le bruit des avions dans le ciel. Français ou ennemis ? On ne savait pas. « Plus vite, plus vite », disait M. Péricand. Mais tantôt on s'apercevait que l'on avait oublié le coffret à dentelles, tantôt la planche à repasser. Il était impossible de faire entendre raison aux domestiques. Ils tremblaient de peur, ils voulaient partir mais la routine était plus forte que la terreur, et ils tenaient à ce que tout fût accompli selon les rites qui précédaient les départs pour la campagne au moment des vacances. Tout devait se trouver dans les malles à sa place accoutumée. Ils n'avaient pas compris réellement ce qui arrivait. Ils agissaient en deux temps, eût-on dit, à demi dans le présent et plongés à demi dans le passé, comme si les événements n'eussent pénétré que dans une faible partie de leur conscience, la plus superficielle, laissant toute une région profonde endormie dans la quiétude. Nounou, ses cheveux gris défaits, ses lèvres serrées, ses paupières enflammées par les larmes, pliait avec des gestes étonnamment vifs et précis les mouchoirs de Jacqueline fraîchement repassés. Mme Péricand, déjà dans l'auto, l'appelait mais la vieille femme ne répondait pas, ne l'entendait même pas. Il fallut que Philippe montât enfin à sa recherche.

« Viens, Nounou, qu'est-ce que tu as ? Il faut partir. Qu'est-ce que tu as ? répéta-t-il doucement en lui prenant la main.

— Ah ! laisse-moi, mon pauvre petit, gémit-elle, oubliant tout à coup qu'elle ne l'appelait plus que « monsieur Philippe » ou « monsieur le curé », retrouvant d'instinct le tutoiement d'autrefois : Laisse-moi, va. Tu es bon mais nous sommes perdus !

— Mais non, ne te désole pas ainsi, ma pauvre vieille, laisse les mouchoirs, habille-toi et descends vite, maman t'attend.

— Je ne reverrai plus mes garçons, Philippe !

— Mais si, mais si, disait-il et lui-même, il recoiffa la vieille femme, arrangeant ses mèches en désordre et plantant sur sa tête un chapeau de paille noire.

— Tu prieras bien la Sainte Vierge pour mes garçons ? »

Il l'embrassa légèrement sur la joue.

« Oui, oui, je te le promets. Va, maintenant. »

Dans l'escalier ils croisèrent le chauffeur et le concierge qui venaient chercher le vieux M. Péricand. On l'avait gardé jusqu'au dernier instant à l'écart du tumulte. Auguste et l'infirmier achevèrent de l'habiller. Le vieillard avait été opéré quelque temps auparavant. Il portait un bandage compliqué et, en prévision de la fraîcheur nocturne, une ceinture de flanelle si grande et si large que son corps était emmailloté comme celui d'une momie. Auguste boutonna ses bottines à l'ancienne mode et lui passa un tricot chaud et léger puis sa veste. Le vieux M. Péricand, qui jusque-là s'était laissé manier sans rien dire, comme une vieille et roide poupée, sembla s'éveiller d'un rêve et marmotta :

« Gilet de laine ! …

— Monsieur aura trop chaud », remarqua Auguste, et il voulut passer outre.

Mais le maître le fixa de son regard pâle et vitreux et répéta un peu plus haut :

« Gilet de laine !…. »

On le lui donna. On lui mit son long pardessus, son écharpe qui s'enroulait deux fois autour de son cou et s'attachait par-derrière avec une épingle de nourrice. On l'installa dans son fauteuil roulant et on lui fit descendre les cinq étages. Le fauteuil n'entrait pas dans l'ascenseur. L'infirmier, un solide Alsacien aux cheveux rouges, s'était engagé à reculons dans l'escalier et portait à bras tendus son fardeau qu'Auguste soutenait respectueusement par-derrière. Les deux hommes s'arrêtèrent à chaque palier pour essuyer la sueur qui coulait sur leur front alors que le vieux M. Péricand contemplait avec sérénité le plafond et hochait doucement sa belle barbe. Il était impossible de deviner ce qu'il pensait de ce départ précipité. Cependant, contrairement à ce qu'on eût pu croire, il n'ignorait rien des récents événements. Il avait murmuré pendant qu'on l'habillait :

« Une belle nuit claire… Je ne serais pas surpris… »

Il avait paru s'endormir et il avait achevé sa phrase quelques instants plus tard seulement, sur le seuil de la porte.

« Je ne serais pas surpris si nous étions bombardés en route !

— Quelle idée, monsieur Péricand ! » s'était exclamé l'infirmier avec tout l'optimisme inhérent à sa profession.

Mais déjà le vieillard avait repris son air de profonde indifférence. On finit enfin par faire sortir le fauteuil roulant de la maison. On installa le vieux M. Péricand dans le coin de droite, bien à l'abri des courants d'air. Sa bru elle-même, de ses mains tremblantes d'impatience, enroula autour de lui un châle écossais dont il aimait tresser les longues franges.

« Tout est en ordre ? demanda Philippe. Eh bien ! partez vite maintenant. »

« S'ils passent les portes de Paris avant demain matin, ils auront de la chance », songea-t-il.

« Mes gants », dit le vieil homme.

On lui passa ses gants. Ils s'attachaient avec difficulté sur le poignet grossi par les tricots de laine. Le vieux M. Péricand ne fit pas grâce d'une agrafe. Enfin tout était prêt. Emmanuel criait dans les bras de sa nounou. Mme Péricand embrassa son mari et son fils. Elle les serra contre elle, sans pleurer, mais ils sentaient battre son cœur à coups précipités contre leur poitrine. Le chauffeur mit la voiture en marche. Hubert enfourcha sa bicyclette. Le vieux M. Péricand leva la main.

« Un instant, prononça distinctement une voix calme et faible.

— Qu'est-ce que c'est, mon père ? »

Mais il faisait signe qu'il ne pouvait pas le dire à sa bru.

« Avez-vous oublié quelque chose ? »

Il inclina la tête. L'auto s'arrêta. Mme Péricand, pâle d'exaspération, se pencha à la portière.

« Je crois que papa a oublié quelque chose ? » cria-t-elle dans la direction du petit groupe demeuré sur le trottoir, formé de son mari, de Philippe et de l'infirmier.

Quand la voiture eut rebroussé chemin et se fut arrêtée devant la porte, le vieillard, d'un petit geste discret, appela l'infirmier et lui chuchota quelque chose à l'oreille.

« Mais qu'est-ce que c'est ? Mais c'est insensé ! Mais nous

serons encore là demain, s'exclama Mme Péricand. Que désirez-vous, mon père ? Qu'est-ce qu'il veut ? » demanda-t-elle.

L'infirmier baissa les yeux.

« Monsieur voudrait qu'on le remonte… pour sa petite commission… »

7

Charles Langelet, à genoux sur le parquet dans son salon dénudé, emballait lui-même ses porcelaines. Il était gras et il avait une maladie de cœur ; le soupir qui sortait de sa poitrine oppressée ressemblait à un râle. Il était seul dans l'appartement désert. Le ménage à son service depuis sept ans avait été pris de panique le matin même quand les Parisiens s'étaient réveillés sous un brouillard artificiel qui tombait sur eux comme une pluie de cendres. Partis de bonne heure aux provisions, ils n'étaient pas rentrés. M. Langelet songeait avec amertume aux gages et aux étrennes généreuses qu'il leur avait donnés depuis qu'ils se trouvaient chez lui et qui leur avaient permis de s'acheter, sans aucun doute, quelque maison tranquille, quelque petite ferme retirée dans leur pays natal.

Depuis longtemps M. Langelet aurait dû partir. Il se l'avouait maintenant, mais il était attaché comme un chef à ses vieilles habitudes. Frileux, dédaigneux, il n'aimait au monde que son appartement et les objets éparpillés à ses pieds, sur le plancher : les tapis étaient roulés dans la naphtaline et cachés dans la cave. Toutes les fenêtres étaient garnies de longues bandes de papier collant rose et bleu tendre. M. Langelet lui-même de ses mains grasses et pâles les avait disposées en forme d'étoiles, de navires, de licornes ! Elles faisaient l'admiration de ses amis, mais il ne pouvait vivre dans un décor terne ou vulgaire. Autour de lui, dans sa maison, tout ce qui composait son mode d'existence était fait de parcelles de beauté parfois humbles, parfois précieuses qui finissaient par créer un climat particulier, doux, lumineux, le seul enfin qui fût digne d'un homme civilisé songeait-il. À vingt ans il avait porté une bague où était gravé à l'intérieur : *This thing of Beauty is a guilt for ever.* C'était un enfantillage et il s'était défait de ce bijou (M. Langelet parlait volontiers anglais à lui-même : cette langue, par sa poésie, par sa force, convenait à certains de ses états d'âme), mais la devise demeurait en lui et il lui était resté fidèle.

Il se souleva sur un genou et jeta autour de lui un regard profond et désolé qui embrassait toutes choses : la Seine sous ses fenêtres, l'axe gracieux qui séparait les deux salons, la cheminée avec ses chenets anciens et les hauts plafonds où flottait une lumière limpide qui avait la couleur verte et la transparence de l'eau parce qu'ils étaient tamisés sur le balcon par des stores de toile amande.

Par instants le téléphone sonnait. Il y avait encore à Paris des indécis, des fous qui redoutaient le départ, espéraient on ne sait quel miracle. Avec lenteur, en soupirant, M. Langelet portait à son oreille le récepteur. Il parlait d'une voix nasillarde et tranquille, avec ce détachement, cette ironie que ses amis — une petite coterie très fermée, très parisienne — appelaient « un ton inimitable ». Oui, il s'était décidé à partir. Non, il ne craignait rien. On ne défendrait pas Paris. Ailleurs les choses ne seraient guère différentes. Le danger était partout mais ce n'était pas le danger qu'il fuyait. « J'ai vu deux guerres », disait-il. Il avait vécu en effet celle de 14 dans sa propriété de Normandie car il était cardiaque et dégagé de toute obligation militaire.

« Chère amie, j'ai soixante ans, ce n'est pas la mort que je crains !

— Pourquoi partez-vous, alors ?

— Je ne peux pas supporter ce désordre, ces éclats de haine, le spectacle repoussant de la guerre. J'irai dans un coin tranquille, à la campagne. Je vivrai avec les quelques sous qui me restent jusqu'à ce que les hommes redeviennent sages. »

Un léger ricanement lui répondit : il avait la réputation d'être avare et prudent. On disait de lui : « Charlie ? il coud des pièces d'or dans tous ses vieux vêtements. » Il eut un sourire aigre et glacé. Il savait bien qu'on enviait sa vie comblée, trop aisée. Son amie s'écriait :

« Oh ! vous ne serez pas malheureux. Mais tout le monde n'a pas votre fortune, hélas ! »

Charlie fronça les sourcils : il trouva qu'elle manquait de tact.

« Où irez-vous ? reprit la voix.

— Dans une bicoque que je possède à Ciboure.

— Près de la frontière ? » dit l'amie qui décidément perdait toute mesure.

Ils se séparèrent froidement. Charlie s'agenouilla de nouveau auprès de la caisse à demi pleine, caressant à travers la paille et les papiers de soie ses porcelaines, ses tasses de Nankin, son surtout de table de Wedgwood, ses vases de Sèvres. Ceux-là, il ne s'en séparerait qu'avec sa vie. Mais son cœur saignait ; il ne pourrait emporter une table de toilette, un saxe, une pièce de musée, avec son trumeau orné de roses qui se trouvait dans sa chambre. Cela, c'était jeté aux chiens perdus ! Il demeura un instant immobile, accroupi sur le plancher, son monocle pendant au bout du cordon noir jusqu'à terre. Il était grand et fort ; sur la peau délicate de son crâne, des cheveux légers étaient disposés avec un soin infini. Son visage avait ordinairement une expression doucereuse et méfiante comme celle d'un vieux chat qui ronronne au coin du fourneau. La fatigue du dernier jour l'avait rudement marqué et sa mâchoire détendue pendait tout à coup comme celle d'un mort. Qu'avait-elle dit, cette pimbêche au téléphone ? Elle avait insinué qu'il désirait fuir hors de France ! Pauvre imbécile ! Elle s'imaginait le vexer, lui faire honte ! Mais certainement il partirait. Qu'il parvienne seulement jusqu'à Hendaye, il s'arrangerait pour passer la frontière. Il ferait un bref séjour à Lisbonne et puis il quitterait l'Europe hideuse, dégouttante de sang. Il l'imagina en esprit, cadavre à demi décomposé, percé de mille blessures. Il frémit. Il n'était pas fait pour elle. Il n'était pas fait pour ce monde qui, de cette charogne, naîtrait comme un ver sort d'une tombe.

Monde brutal, féroce où il faudrait se défendre contre les coups de dents. Il regarda ses belles mains qui n'avaient jamais travaillé mais caressé seulement des statues, des pièces d'orfèvrerie ancienne, des reliures ou parfois quelque meuble élisabéthain. Lui, Charles Langelet, avec ses raffinements, ses scrupules, jusqu'à cette hauteur qu'il reconnaissait, qui faisait le fond de son caractère, que ferait-il au milieu de cette foule démente ? Il serait volé, dépouillé, assassiné comme un pauvre chien abandonné aux loups. Il sourit faiblement et amèrement, se représentant sous les traits d'un pékinois aux poils d'or perdu dans une jungle. Il n'était pas semblable au commun des hommes. Leurs ambitions, leurs peurs, leurs lâchetés et leurs criailleries lui étaient étrangères. Il vivait dans un univers de paix et de lumière. Il était destiné à être haï et trompé par tous. Ici il se souvint de ses domestiques et ricana. C'était l'aurore des temps nouveaux, un avertissement et un présage ! Avec peine, car les articulations de ses genoux étaient douloureuses, il se redressa, passa les mains sur le creux de ses reins et s'en alla chercher à l'office le marteau et les clous pour clouer sa caisse. Il la descendit ensuite lui-même dans l'auto : les concierges n'avaient pas besoin de savoir ce qu'il emportait.

8

Les Michaud s'étaient levés à cinq heures du matin pour avoir le temps de faire l'appartement à fond avant de le quitter. Il était évidemment étrange de prendre tant de soin de choses sans valeur et condamnées, selon toutes probabilités, à disparaître dès que les premières bombes tomberaient sur Paris. Mais, pensait Mme Michaud, on habille et on pare bien les morts qui sont destinés à pourrir dans la terre. C'est un dernier hommage, une preuve suprême d'amour à ce qui fut cher. Or ce petit appartement leur était bien cher. Ils y vivaient depuis seize ans. Ils ne pourraient pas emmener avec eux tous leurs souvenirs. Ils auraient beau faire, les meilleurs resteraient ici, entre ces pauvres murs. Ils rangèrent leurs livres au bas d'un placard et ces petites photos d'amateurs que l'on se promet toujours de coller sur des albums et qui demeuraient recroquevillées, ternies, prises dans la rainure d'un tiroir. Le portrait de Jean-Marie enfant était déjà glissé au fond de la valise, dans les plis d'une robe de rechange, et la Banque leur avait bien recommandé de ne prendre avec eux que le strict nécessaire : un peu de linge et quelques objets de toilette. Enfin tout fut prêt. Ils avaient déjeuné. Mme Michaud recouvrit le lit d'un grand drap qui protégerait contre la poussière la soie rose un peu passée qui le tapissait.

« Il est temps de partir, dit son mari.

— Descends, je te rejoindrai », dit-elle d'une voix altérée.

Il obéit, la laissant seule. Elle entra dans la chambre de Jean-

Marie. Tout était silencieux, obscur, funèbre derrière les volets clos. Elle s'agenouilla un instant auprès de son lit, dit tout haut « Mon Dieu, protégez-le », puis elle ferma la porte et descendit. Son mari l'attendait dans l'escalier. Il l'attira contre lui, et là, sans un mot, il l'enlaça étroitement et avec tant de force qu'elle laissa échapper un petit cri de douleur.

« Oh ! Maurice, tu me fais mal !

— Ça ne fait rien », murmura-t-il d'une voix enrouée.

À la Banque, les employés réunis dans le grand hall, chacun avec son petit sac sur les genoux, échangeaient à voix basse les dernières nouvelles. Corbin n'était pas là. Le chef du personnel distribuait les numéros d'ordre : chacun devait à l'appel du sien monter dans la voiture qui lui était destinée. Jusqu'à midi les départs s'effectuèrent en bon ordre et presque en silence. À midi, Corbin entra, pressé et maussade. Il descendit au sous-sol, à la salle des coffres-forts, et remonta avec un paquet qu'il tenait à demi dissimulé sous un manteau. Mme Michaud dit à l'oreille de son mari :

« Ce sont les bijoux d'Arlette. Ceux de sa femme, il les a retirés avant-hier.

— Pourvu qu'il ne nous oublie pas », soupira Maurice à la fois ironique et inquiet.

Mme Michaud se plaça résolument sur le passage de Corbin.

« Il est bien entendu que nous partons avec vous, monsieur le directeur ? »

Il fit signe que oui et les engagea d'un mot à le suivre.

M. Michaud saisit la valise et tous trois sortirent. La voiture de M. Corbin était là mais lorsqu'ils se furent approchés, Michaud, clignant ses yeux myopes, dit de sa voix douce et un peu traînante :

« Notre place est prise à ce que je vois. »

Arlette Corail, son chien, ses malles occupaient le fond de l'auto. Elle ouvrit furieusement la portière et cria :

« Vous allez me jeter sur le pavé peut-être ? »

Une querelle de ménage commença. Les Michaud, qui s'étaient éloignés de quelques pas, entendaient cependant chaque mot.

« Mais à Tours nous devons retrouver ma femme », cria enfin Corbin en donnant un coup de pied au chien.

Celui-ci poussa un gémissement et se réfugia dans les jambes d'Arlette.

« Brute !

— Ah ! taisez-vous, n'est-ce pas ! Si vous n'aviez pas vadrouillé avant-hier avec ces aviateurs anglais... encore deux que je voudrais voir au fond de l'eau... »

Elle répétait : « Brute ! brute ! » d'une voix de plus en plus aiguë. Puis tout à coup, elle remarqua avec le plus grand calme :

« À Tours j'ai un ami. Je n'aurai plus besoin de vous. »

Corbin lui lança un regard féroce mais il semblait avoir pris son parti. Il se tourna vers les Michaud.

« Je regrette, je n'ai pas de place pour vous, vous le voyez. La voiture de Mme Corail a eu un accident et elle me prie de la prendre avec moi jusqu'à Tours. Je ne peux pas refuser. Vous avez un train dans une heure. Vous serez peut-être un peu bousculés mais c'est un voyage si bref... Quoi qu'il en soit, débrouillez-vous pour nous rejoindre au plus vite. Je compte sur vous, madame Michaud. Vous êtes plus énergique que votre mari et, entre parenthèses, Michaud, il faudra vous montrer plus dynamique (il articula fortement les syllabes "dy-na-mique") que vous ne l'avez été ces derniers temps. Je ne tolérerai plus de laisser-aller. Si vous voulez garder votre place, tenez-vous-le pour dit. Soyez tous les deux à Tours après-demain au plus tard. J'ai besoin d'avoir mon personnel au complet. »

Il leur fit un petit signe de la main, monta auprès de la danseuse et la voiture partit. Les Michaud, restés sur le trottoir, se regardèrent.

« C'est la bonne formule, dit Michaud de sa voix nonchalante en haussant légèrement les épaules. Engueuler les gens qui ont à se plaindre de vous, ça prend toujours ! »

Malgré eux, ils se mirent à rire.

« Que faisons-nous maintenant ?

— Nous rentrons déjeuner », dit sa femme d'une voix furieuse.

Ils retrouvèrent leur appartement frais, la cuisine aux stores baissés, les meubles couverts de housses. Tout avait un air secret, amical et doux, comme si dans l'ombre une voix eût chuchoté : « Nous vous attendions. Tout était en ordre. »

« Restons à Paris », proposa Maurice.

Ils étaient assis sur le divan du salon, et elle, de ses mains maigres et fines, lui caressait les tempes d'un geste familier.

« Mon pauvre petit, c'est impossible, il faut vivre, nous n'avons pas un sou d'économies, tu le sais bien, depuis mon opération. Il me reste 175 francs à la Caisse d'Épargne. Tu penses que Corbin sautera sur l'occasion pour nous mettre à la porte. Après un coup pareil, toutes les maisons vont réduire leur personnel. Il faut arriver à Tours coûte que coûte.

— Je crois que ce sera impossible.

— Il faut », répéta-t-elle.

Déjà elle était debout, remettait son chapeau, saisissait de nouveau sa valise. Ils sortirent et se dirigèrent vers la gare.

Jamais ils ne purent pénétrer à l'intérieur de la grande cour fermée, cadenassée, défendue par la troupe et par la foule pressée, écrasée contre les barreaux. Ils demeurèrent là jusqu'au soir, bataillant en vain. Autour d'eux les gens disaient :

« Tant pis. On part à pied. »

Ils le prononçaient avec une sorte de stupeur accablée. Visiblement ils n'y croyaient pas. Ils regardaient autour d'eux et attendaient le miracle : une voiture, un camion, n'importe quoi qui les emporterait. Mais rien n'apparaissait. Alors ils partaient vers les portes de Paris, les franchissaient, traînaient leurs bagages derrière eux dans la poussière, marchaient, s'enfonçaient dans la banlieue puis dans la campagne et songeaient : « Je rêve ! »

Comme les autres, les Michaud avaient pris la route. C'était une nuit chaude de juin. Devant eux une femme en deuil, portant de travers sur ses cheveux blancs son chapeau orné de crêpe, trébuchait sur les pierres du chemin et marmottait avec des gestes de folle :

« Priez pour que notre fuite n'ait pas lieu en hiver… Priez… Priez ! »

9

La nuit du 11 au 12 juin, Gabriel Corte et Florence la passèrent dans leur voiture. Ils étaient arrivés vers six heures du soir et il ne restait plus à l'hôtel que deux petites pièces chaudes sous les toits. Gabriel les traversa toutes deux à grands pas furieux, ouvrit violemment les fenêtres, se pencha un instant sur la barre d'appui éclairée, se redressa et dit d'une voix brève :

« Je ne reste pas ici.

— Nous n'avons rien d'autre, monsieur, je suis désolé. Vous pensez avec cette foule de réfugiés, nous faisons coucher les gens sur les billards, dit le directeur, blême et harassé. C'est bien pour vous être agréable !

— Je ne resterai pas ici », répéta Gabriel, scandant les mots d'une voix métallique, celle qu'il prenait à la fin des discussions avec les éditeurs lorsqu'il jetait sur le seuil de la porte : « Dans ces conditions, il sera impossible de nous entendre, monsieur ! » L'éditeur alors faiblissait et de 80 montait jusqu'à 100 000 francs.

Mais le directeur se contenta de secouer tristement la tête.

« Je n'ai rien d'autre, rien.

— Est-ce que vous savez qui je suis ? demanda Gabriel dangereusement calme soudain. Je suis Gabriel Corte et je vous préviens que je préfère dormir dans ma voiture que dans ce piège à rats.

— Lorsque vous sortirez d'ici, monsieur Corte, répliqua le

directeur blessé, vous trouverez dix familles sur le palier, me demandant à genoux de leur louer cette chambre. »

Corte éclata d'un grand rire théâtral, glacé et méprisant.

« Je ne la leur disputerai certainement pas. Adieu, monsieur. »

À personne, ni même à Florence qui l'attendait dans le hall, il n'avouerait pourquoi il avait refusé cette chambre. En s'approchant de la fenêtre il avait vu tout près de l'hôtel, dans la nuit légère de juin, un réservoir d'essence et un peu plus loin ce qui lui semblait être des tanks et des automitrailleuses garés sur la place.

« Nous serons bombardés ! » songea-t-il et un tremblement le saisit, si brusque et si profond qu'il pensa : « Je suis malade, j'ai la fièvre. » Est-ce la peur ? Gabriel Corte ? Non, il ne pouvait pas avoir peur ! Allons donc ! Il sourit avec dédain et pitié comme s'il répondait à un interlocuteur invisible. Certes il n'avait pas peur mais comme il s'était penché encore une fois, il avait vu ce ciel sombre d'où, à chaque seconde, pouvaient tomber sur lui le feu et la mort, et de nouveau cette sensation affreuse l'avait envahi, d'abord ce tremblement dans ses os, et puis cette faiblesse, cette nausée, cette crispation dans les entrailles qui précède l'évanouissement. Peur ou non, qu'importe ! Il fuyait maintenant suivi de Florence et de la femme de chambre.

« Nous coucherons dans l'auto, dit-il, une nuit est vite passée ! »

Plus tard, il songea qu'ils auraient pu choisir un autre hôtel, mais pendant qu'il hésitait, il était trop tard : sans fin, par la route de Paris coulait un fleuve lent d'autos, de camions, de voitures de charretiers, de bicyclettes auquel se mêlaient les attelages des paysans qui abandonnaient leurs fermes et partaient vers le sud en traînant derrière eux enfants et troupeaux. À minuit, dans tout Orléans, il n'y avait pas une chambre libre, pas un lit. Des gens couchaient par terre dans les salles des cafés, dans les rues, dans les gares, la tête appuyée sur leurs valises. L'embouteillage était tel qu'il était impossible de sortir de la ville. Certains disaient qu'un barrage avait été établi afin de laisser la route pour la troupe.

Sans bruit, phares éteints, les autos arrivaient les unes derrière les autres, pleines à craquer, surchargées de bagages et de meubles, de voitures d'enfants et de cages à oiseaux, de caisses et de paniers à linge, chacune avec son matelas solidement attaché sur le toit ; elles formaient des échafaudages fragiles et elles paraissaient avancer sans l'aide du moteur, emportées par leur propre poids le long des rues en pente jusqu'à la place. À présent elles fermaient toutes les issues ; elles étaient pressées les unes contre les autres comme des poissons pris dans une nasse, et de même il semblait qu'un coup de filet pût les ramasser ensemble, les rejeter vers un affreux rivage. On n'entendait pas de pleurs, pas de cris, les enfants eux-mêmes se taisaient. Tout était calme. Par moments, un visage se montrait à une vitre baissée et interrogeait longuement le ciel. Une faible et sourde rumeur faite de respirations oppressées, de soupirs, de paroles échangées à mi-voix comme si on eût craint d'être entendu par un ennemi aux aguets, montait de cette multitude. Certains essayaient de dormir, le front heurtant l'angle d'une valise, les jambes douloureuses sur l'étroite banquette ou une joue chaude pressée contre la vitre. Des jeunes gens et des femmes s'interpellaient d'une voiture à une autre, et parfois riaient gaiement ! Mais une tache sombre glissait sur le ciel scintillant d'étoiles, tous devenaient attentifs, les rires cessaient. Ce n'était pas à proprement parler de l'inquiétude mais une étrange tristesse qui n'avait plus rien d'humain car elle ne comportait ni vaillance ni espérance, ainsi les bêtes attendent la mort. Ainsi le poisson pris dans les mailles du filet voit passer et repasser l'ombre du pêcheur.

L'avion avait surgi tout à coup au-dessus de leurs têtes, on entendait son bruit fin et strident qui tantôt s'éloignait, se perdait, puis dominait de nouveau les mille sons de la ville, suspendait tous les souffles haletants. Le fleuve, le pont métallique, les rails du chemin de fer, la gare, les cheminées de l'usine brillaient doucement, autant de « points stratégiques », autant de buts à atteindre pour l'ennemi. Pour cette foule silencieuse, autant de périls ! Les optimistes disaient : « Je crois que c'est un Français ! » Français, ennemi, nul ne le savait. Mais il disparaissait maintenant. Parfois une explosion lointaine retentissait : « Ce n'est pas pour nous », songeaient les gens avec un soupir de bonheur : « Ce n'est pas pour nous, c'est pour les autres. Nous avons de la chance ! »

« Quelle nuit ! quelle nuit ! » gémissait Florence.

D'une voix à peine perceptible qui s'échappait avec une sorte de sifflement de ses lèvres serrées, Gabriel lui jetait comme des os à un chien :

« Je ne dors pas MOI, n'est-ce pas ? Fais comme moi.

— Mais enfin, puisque nous avions une chambre ! Puisque nous avions la chance inouïe d'avoir une chambre !

— Tu appelles ça une chance inouïe ? Cette infâme mansarde qui sentait la punaise et l'évier. Tu n'as pas remarqué qu'elle était placée au-dessus des cuisines ? Moi, là-dedans ? Tu me vois là-dedans ?

— Mais enfin, Gabriel, tu en fais une question d'amour-propre.

— Ah ! laisse-moi tranquille, n'est-ce pas ? Je l'ai toujours pensé, il y a des nuances, des… il chercha ses mots… des pudeurs que tu ne sens pas.

— Je sens que j'ai mal aux fesses, cria Florence, oubliant brusquement les cinq dernières années de sa vie, et sa main couverte de bagues claqua sur sa cuisse avec une vigueur populacière. Oh ! là là ! j'en ai assez à la fin ! »

Gabriel tourna vers elle son visage blanc de fureur aux narines palpitantes.

« Fous le camp ! allons, fous le camp ! Je te jette dehors ! »

À cet instant précis, une lumière brusque et vive éclaira la place. C'était une fusée jaillie d'un avion. Les paroles s'arrêtèrent sur les lèvres de Gabriel. La fusée s'éteignit mais le ciel parut s'emplir d'avions. Ils passaient et repassaient au-dessus de la place, sans hâte, aurait-on dit. Les gens grondaient :

« Et les nôtres, où sont-ils ? »

À gauche de Corte se trouvait une malheureuse petite voiture qui portait sur son toit, outre le matelas, un guéridon de salon, rond, aux lourds et vulgaires ornements de bronze. À l'intérieur étaient assis un homme en casquette et deux femmes, l'une tenant un enfant sur ses genoux et l'autre une cage d'oiseaux. Ils avaient eu un accident sur la route sans doute. La carrosserie était éraflée, le pare-chocs défoncé et la grosse femme qui serrait sur son cœur la cage d'oiseaux avait la tête enveloppée de linges.

À sa droite, Gabriel vit une camionnette chargée de cageots dans lesquels les villageois transportent des volailles les jours de foire et qui maintenant étaient remplis de hardes, et à la portière toute proche de la sienne Gabriel aperçut la figure d'une vieille prostituée aux cheveux orange défaits, au front bas et dur, aux yeux peints. Elle le regardait avec insistance en mâchonnant un croûton de pain. Il frissonna.

« Quelle laideur, murmura-t-il, quels hideux visages ! »

Accablé, il se tourna vers l'angle de l'auto et ferma les paupières.

« J'ai faim, dit Florence, et toi ? »

Il fit signe que non.

Elle ouvrit la mallette et en sortit quelques sandwichs.

« Tu n'as pas dîné ce soir. Écoute. Sois raisonnable.

— Je ne peux pas manger, fit-il. Je crois que je ne pourrai plus avaler une bouchée. As-tu vu cette vieille et affreuse femme de l'autre côté avec sa cage d'oiseaux et ses linges trempés de sang ? »

Florence prit un sandwich et partagea les autres entre la femme de chambre et le chauffeur. Gabriel mit ses deux longues mains sur ses oreilles pour ne pas entendre le bruit du pain qui craquait entre les dents des domestiques.

10

Les Péricand étaient en route depuis près d'une semaine : ils avaient joué de malheur. Ils étaient restés deux jours à Gien, retenus par une panne. Plus loin, l'auto dans cette confusion et cette presse inimaginable avait heurté la camionnette qui transportait les domestiques et les bagages. Cela se passait aux environs de Nevers. Heureusement pour les Péricand, il n'était pas un coin de province où il leur fût impossible de trouver quelque ami ou quelque parent, avec de grandes maisons, des beaux jardins et des armoires pleines. Un cousin de la branche des Maltête lyonnais les avait accueillis pendant quarante-huit heures. Mais la panique grandissait, se répandait d'une ville à l'autre comme une flamme. On répara l'auto tant bien que mal et les Péricand partirent. Le samedi, à midi, il fut malheureusement certain que la voiture ne pourrait aller plus loin sans être examinée et arrangée de nouveau. Les Péricand s'arrêtèrent dans une petite ville qui était un petit peu à l'écart de la route nationale et où ils espéraient trouver une chambre libre. Mais déjà les rues étaient encombrées de véhicules de toutes sortes ; l'air retentissait du grincement des freins surmenés ; la place devant le fleuve ressemblait à un campement de bohémiens ; des hommes harassés dormaient par terre, d'autres faisaient leur toilette sur la pelouse. Une jeune femme avait accroché un petit miroir à un tronc d'arbre et se fardait debout, peignait ses cheveux. Une autre lavait des langes à la fontaine. Les habitants étaient sortis sur le pas des portes et contemplaient ce spectacle avec une expression de profonde stupeur.

« Pauvres gens ! ce qu'il faut voir tout de même ! » disaient-ils avec pitié et un secret sentiment de satisfaction : ces réfugiés venaient de Paris, du Nord, de l'Est, de provinces vouées à l'invasion et à la guerre. Mais eux, ils étaient bien tranquilles, les jours passeraient, les soldats se battraient, cependant que le quincaillier de la grand-rue et Mlle Dubois la mercière continueraient à vendre leurs casseroles et leurs rubans, à manger la soupe chaude dans la cuisine, à fermer le soir la petite barrière de bois qui séparait leur jardin du reste de l'univers.

Les voitures attendaient le jour pour s'approvisionner en essence. Déjà elle manquait. On demandait des nouvelles aux réfugiés. Ils ne savaient rien. Quelqu'un déclara que « l'on attendait les Allemands sur les monts du Morvan ». Ces paroles furent accueillies avec scepticisme.

« Voyons, ils ne sont pas venus si loin en 14 », dit le gros pharmacien en hochant la tête, et tous approuvèrent comme si le sang versé en 14 eût formé un mystique barrage opposé à l'ennemi pour l'éternité.

D'autres voitures arrivaient, d'autres encore.

« Qu'ils ont l'air fatigués, qu'ils ont chaud ! » répétaient les gens mais aucun n'avait l'idée d'ouvrir sa porte, d'inviter chez lui un de ces malheureux, de le faire pénétrer dans un de ces petits paradis ombreux que l'on apercevait vaguement derrière la maison, un banc de bois sous une charmille, ses groseilliers et ses roses. Il y avait trop de réfugiés. Il y avait trop de figures lasses, livides, en sueur, trop d'enfants en pleurs, trop de bouches tremblantes qui demandaient : « Vous ne savez pas où on peut trouver une chambre ? un lit ? », « Vous ne pourriez pas nous indiquer un restaurant, madame ? ». Cela décourageait la charité. Cette multitude misérable n'avait plus rien d'humain ; elle ressemblait à un troupeau en déroute ; une singulière uniformité s'étendait sur eux. Leurs vêtements froissés, leurs visages ravagés, leurs voix enrouées, tout les rendait semblables. Tous, ils faisaient les mêmes gestes, ils prononçaient les mêmes mots.

En sortant de la voiture, ils trébuchaient un peu comme pris de vin et ils portaient leurs mains à leur front, à leurs tempes douloureuses. Ils soupiraient : « Mon Dieu, quel voyage ! » Ils ricanaient : « Nous sommes beaux, hein ? » Ils disaient : « Il paraît que ça va mieux tout de même, là-bas », en montrant par-dessus l'épaule un point invisible.

Mme Péricand avait arrêté sa caravane dans un petit café près de la gare. On déballa un panier de provisions. On commanda de la bière. À une table voisine, un beau petit garçon très élégamment vêtu mais dont le manteau vert était tout chiffonné mangeait une tartine d'un air placide. Sur une chaise à côté de lui un bébé criait, couché dans un panier à linge. Mme Péricand, de son œil exercé, s'aperçut tout de suite que ces enfants étaient de bonne famille et que l'on pouvait leur parler. Elle s'adressa donc avec bonté au petit garçon et fit conversation avec la mère quand celle-ci apparut ; elle était de Reims ; elle jeta un regard d'envie sur le substantiel goûter des jeunes Péricand.

« Je voudrais bien du chocolat avec mon pain, maman, dit le petit garçon en vert.

— Mon pauvre chéri ! dit la jeune femme en prenant le bébé sur les genoux pour essayer de le calmer, je n'en ai pas, je n'ai pas eu le temps d'aller en acheter, tu auras un bon dessert ce soir chez grand-mère.

— Voulez-vous me permettre de vous offrir quelques biscuits ?

— Oh ! madame ! vous êtes trop aimable !

— Mais je vous en prie… »

Elles parlaient du ton le plus gai, le plus gracieux, avec des gestes et des sourires qu'elles eussent pris en temps ordinaire pour accepter ou refuser un petit-four et une tasse de thé. Cependant le bébé hurlait ; dans la salle du café entraient les uns après les autres les réfugiés avec leurs enfants, leurs bagages et leurs chiens. L'un d'eux sentit l'odeur d'Albert dans son panier et il se précipita en aboyant joyeusement sous la table des Péricand où le petit garçon en vert mangeait ses biscuits avec flegme.

« Jacqueline, tu as des sucres d'orge dans ton sac », dit Mme Péricand avec un geste discret de la main et un regard qui signifiait « tu sais bien qu'il faut partager avec ceux qui n'ont rien et s'entraider dans l'infortune. C'est le moment de mettre en pratique ce que tu as appris au catéchisme ».

Elle éprouvait un sentiment de satisfaction en se voyant à la fois si comblée de richesses de toutes sortes et si charitable ! Cela faisait honneur à sa prévoyance et à son bon cœur. Elle offrit des sucres d'orge non seulement au petit garçon mais à une famille belge qui était arrivée dans une camionnette encombrée de cages à poules. Elle ajouta des petits pains aux raisins pour les enfants. Elle se fit apporter de l'eau bouillante et prépara pour le vieux M. Péricand une infusion légère. Hubert était parti pour essayer de trouver des chambres. Mme Péricand sortit. Elle demanda son chemin ; elle cherchait l'église qui se trouvait au centre de la ville. Des familles campaient sur les trottoirs et sur les grandes marches de pierre.

L'église était blanche, toute neuve ; elle sentait encore la peinture fraîche. À l'intérieur, elle vivait d'une vie double, le petit train-train coutumier et une autre existence fiévreuse et étrange. Dans un coin, une religieuse changeait les fleurs aux pieds de la Vierge. Sans hâte, avec un doux sourire placide, elle coupait les tiges flétries et liait les roses fraîches en gros bouquets. On entendait le claquement de son sécateur et son pas tranquille sur les dalles. Puis elle moucha les bougies. Un vieux prêtre se dirigeait vers le confessionnal. Une vieille dormait sur une chaise, son chapelet aux doigts. Il y avait beaucoup de cierges allumés devant la statue de Jeanne d'Arc. Sous tout ce soleil, dans l'éblouissante blancheur des murs, toutes ces petites flammes dansaient, pâles et transparentes. Sur une plaque de marbre entre deux fenêtres étincelaient les lettres d'or qui formaient les noms des morts de 14.

Cependant une foule grandissante venait battre les murs de l'église comme un flot. Les femmes, les enfants, venaient remercier Dieu d'avoir pu arriver jusque-là ou l'implorer pour la suite du voyage ; quelques-uns pleuraient, d'autres étaient blessés, la tête enveloppée de linges ou un bras bandé. Tous les visages étaient marbrés de taches rouges, les vêtements froissés, déchirés et salis comme si les gens qui les portaient avaient dormi sans se déshabiller pendant plusieurs nuits. Sur certaines figures livides, grises de poussière, de grosses gouttes de sueur coulaient comme des larmes. Les femmes pénétraient avec brusquerie, se jetaient dans l'église comme dans un asile inviolable. Leur surexcitation, leur fièvre était telle qu'elles semblaient incapables de demeurer immobiles. Elles allaient d'un prie-Dieu à un autre, s'agenouillaient, se relevaient, quelques-unes se heurtaient aux chaises d'un air craintif et effaré comme des oiseaux de nuit dans une chambre pleine de lumière. Mais peu à peu elles se calmaient, cachaient leur figure dans leurs mains et devant le grand crucifix de bois noir, enfin, à bout de forces et de pleurs, elles trouvaient la paix.

Mme Péricand, ses prières dites, sortit de l'église. Dehors elle voulut renouveler sa provision de biscuits secs fortement écornée par ses largesses. Elle entra dans une grande épicerie.

« Nous n'avons plus rien, madame, dit la serveuse.

— Comment ? pas un petit-beurre, pas de pain d'épice, rien ?

— Rien du tout, madame. Tout est parti.

— Donnez-moi une livre de thé, du Ceylan, n'est-ce pas ?

— Il n'y a rien, madame. »

Mme Péricand se vit indiquer d'autres magasins d'alimentation, mais nulle part elle ne put rien acheter. Les réfugiés avaient dévasté la ville. Près du café, Hubert la rejoignit. Il n'avait pas trouvé de chambre.

Elle s'écria :

« Il n'y a rien à manger, les boutiques sont vides !

— Pour moi, dit Hubert, j'en ai découvert deux bien garnies.

— Ah ! vraiment ? où cela ? »

Hubert rit de tout son cœur.

« Il y en avait une qui vendait des pianos et l'autre des articles funéraires !

— Que tu es bête, mon pauvre garçon, dit la mère.

— Je crois que du train dont on y va, remarqua Hubert, les

couronnes de perles vont être aussi très demandées. On pourrait les stocker, vous ne croyez pas, maman ? »

Mme Péricand se contenta de hausser les épaules. Sur le seuil du café, elle vit Jacqueline et Bernard. Ils avaient les mains pleines de chocolat et de sucre et les distribuaient autour d'eux. Mme Péricand ne fit qu'un bond.

« Voulez-vous rentrer ! Qu'est-ce que vous faites là ? Je vous défends de toucher les provisions. Jacqueline, tu seras punie. Bernard, ton père le saura », répétait-elle entraînant par la main les deux coupables stupéfaits, mais aussi ferme qu'un roc.

La charité chrétienne, la mansuétude des siècles de civilisation tombaient d'elle comme de vains ornements révélant son âme aride et nue. Ils étaient seuls dans un monde hostile, ses enfants et elle. Il lui fallait nourrir et abriter ses petits. Le reste ne comptait plus.

11

Maurice et Jeanne Michaud marchaient l'un derrière l'autre sur la large chaussée bordée de peupliers. Ils étaient entourés, précédés, suivis de fuyards. Lorsqu'ils arrivaient sur une de ces hauteurs légères qui coupaient les routes de place en place, ils voyaient jusqu'à l'horizon, aussi loin que pouvait porter leur regard, une multitude confuse traînant les pieds dans la poussière. Les plus fortunés possédaient une brouette, une voiture d'enfant, un chariot fait de quatre planches montées sur des roues grossières qui portaient leurs bagages, étaient courbés sous le poids de sacs, de hardes, d'enfants endormis. Ceux-là étaient les pauvres, les malchanceux, les faibles, ceux qui ne savent pas se débrouiller, ceux que l'on repousse partout au dernier rang, et quelques timorés aussi, quelques avares qui avaient reculé jusqu'au dernier instant devant le prix du billet, les dépenses et les risques du voyage. Mais brusquement la panique les avait saisis comme les autres. Ils ne savaient pas pourquoi ils fuyaient : la France entière était en flammes, le danger partout. Ils ne savaient certainement pas où ils allaient. Quand ils se laissaient tomber sur le sol, ils disaient qu'ils ne se relèveraient plus, qu'ils crèveraient là, que mourir pour mourir, autant valait rester tranquille. Ils étaient les premiers debout lorsqu'un avion approchait. Il y avait entre eux de la pitié, de la charité, cette sympathie active et vigilante que les gens du peuple ne témoignent qu'aux leurs, qu'aux pauvres, et encore, en des périodes exceptionnelles de peur et de misère. Dix fois déjà de grosses et fortes commères avaient offert leur bras à Jeanne Michaud pour l'aider à marcher. Elle-même tenait des enfants par la main tandis que son mari chargeait sur son épaule tantôt un ballot de linge, tantôt un panier qui contenait un lapin vivant et des pommes de terre, seuls biens terrestres d'une petite vieille partie à pied de Nanterre. Malgré la fatigue, la faim, l'inquiétude, Maurice Michaud ne se sentait pas trop malheureux. Il avait une tournure d'esprit singulière, il n'attachait pas beaucoup d'importance à lui-même ; il n'était pas à ses propres yeux cette créature rare et irremplaçable que chaque homme voit lorsqu'il pense à lui-même. Envers ses compagnons de souffrance, il éprouvait de la pitié, mais elle était lucide et froide. Après tout, ces grandes migrations humaines semblaient commandées par des lois naturelles, songeait-il. Sans doute des déplacements périodiques considérables de masse étaient nécessaires aux peuples comme la transhumance l'est aux troupeaux. Il y trouvait un curieux réconfort. Ces gens autour de lui croyaient que le sort s'acharnait particulièrement sur eux, sur leur misérable génération ; mais lui, il se souvenait que les exodes avaient eu lieu de tout temps. Que d'hommes tombés sur cette terre (comme sur toutes les terres du monde) en larmes de sang, fuyant l'ennemi, laissant des villes en flammes, serrant leurs enfants sur leur cœur : personne n'avait jamais pensé avec sympathie à ces morts innombrables. Pour leurs descendants, ils n'avaient pas plus d'importance que des poulets égorgés. Il imagina leurs ombres plaintives se levant sur le chemin, se penchant vers lui, murmurant à son oreille :

« Nous avons connu tout cela avant toi. Pourquoi serais-tu plus heureux que nous ? »

Une grosse commère, à côté de lui, gémissait :

« On n'a jamais vu des horreurs pareilles !

— Mais si, madame, mais si », répondit-il doucement.

Ils marchaient depuis trois jours lorsqu'ils virent les premiers régiments en déroute. La confiance était tellement chevillée au cœur des Français que, en apercevant les soldats, les réfugiés pensaient qu'on allait livrer bataille, que des ordres avaient été donnés par le Haut Commandement pour faire converger ainsi vers le front, par petits groupes, par des chemins détournés, les forces armées encore intactes. Cette espérance les soutenait. Les soldats ne se montraient pas loquaces. Presque tous étaient sombres et pensifs. Quelques-uns dormaient au fond des camions. Les chars s'avançaient lourdement dans la poussière, camouflés de branchages légers. Entre les feuilles fanées par le soleil ardent paraissaient des visages pâles, fatigués, avec une expression de colère et d'extrême fatigue.

Parmi eux, Mme Michaud croyait sans cesse reconnaître son fils. Pas un jour elle ne vit le numéro de son régiment mais une sorte d'hallucination s'était emparée d'elle : chaque figure inconnue, chaque regard, chaque voix jeune parvenue jusqu'à ses oreilles lui causait un saisissement tel qu'elle s'arrêtait tout à coup, portait la main à son cœur et murmurait faiblement :

« Oh ! Maurice, ce n'est pas…

— Quoi donc ?

— Non ! rien… »

Mais il n'était pas dupe. Il hochait la tête.

« Tu vois ton fils partout, ma pauvre Jeanne ! »

Elle se contentait de soupirer.

« Il lui ressemble, tu ne trouves pas ? »

Après tout, cela pouvait arriver. Il pouvait surgir brusquement à ses côtés, son fils, son Jean-Marie échappé à la mort, lui criant de sa voix joyeuse et tendre, cette voix qu'il avait mâle et douce, elle croyait encore l'entendre : « Mais qu'est-ce que vous faites là tous les deux ? »

Oh ! le voir seulement, le serrer contre elle, sentir sa joue fraîche et rude sous ses lèvres, voir briller ses beaux yeux près des siens, ce regard perçant et vif. Il avait des yeux noisette aux longs cils de fille et qui voyaient tant de choses ! Elle lui avait appris dès l'enfance à considérer le côté comique et émouvant des autres. Elle aimait rire et avait pitié des gens, « ton esprit dickensien, petite mère », disait-il. Comme ils se comprenaient bien tous les deux ! Ils raillaient gaiement, cruellement parfois ceux dont ils avaient à se plaindre ; puis un mot, un mouvement, un soupir les désarmaient. Maurice était différent : il avait plus de sérénité et de froideur. Elle aimait et admirait Maurice, mais Jean-Marie était… Oh ! mon Dieu, tout ce qu'elle aurait voulu être et tout ce qu'elle avait rêvé, et ce qu'il y avait de meilleur en elle, et sa joie, son espoir… « Mon fils, mon petit amour, mon Jeannot », pensa-t-elle, lui donnant de nouveau le surnom qu'il avait à cinq ans, lorsqu'elle lui prenait doucement les oreilles pour l'embrasser, lui renversant la tête en arrière et le chatouillant de ses lèvres tandis qu'il éclatait de rire.

Ses pensées devenaient plus fiévreuses et confuses à mesure qu'elle avançait sur la route. Elle était bonne marcheuse : quand Maurice et elle-même étaient plus jeunes, ils avaient vagabondé souvent, sac au dos, dans la campagne, pendant leurs courtes vacances. Lorsqu'ils n'avaient pas assez d'argent pour payer l'hôtel, ils partaient ainsi à pied, avec quelques provisions et leurs sacs de couchage. Elle souffrait donc moins de la fatigue que ses compagnons, mais cet incessant kaléidoscope, ces visages inconnus passant devant elle, apparaissant, s'éloignant, disparaissant, lui causaient une sensation douloureuse pire que la lassitude physique. « Un carrousel, dans un piège », songeait-elle. Dans la foule, les autos étaient prises comme ces herbes qu'on voit flottant sur l'eau, retenues par des liens invisibles tandis que le torrent coule tout autour. Jeanne se détournait pour ne plus les voir. Elles empoisonnaient l'air avec leurs odeurs d'essence, elles assourdissaient les piétons de leurs vaines clameurs, réclamant un passage qu'on ne pouvait leur livrer. De voir la rage impuissante des conducteurs ou leur morne résignation versait un baume au cœur des réfugiés. Ils se disaient l'un à l'autre : « Ils ne vont pas plus vite que nous ! », et le sentiment d'une commune infortune leur paraissait doux.

Les fuyards allaient par petits groupes. On ne savait trop quel hasard les avait jetés l'un vers l'autre aux portes de Paris et maintenant ils ne se quittaient pas, quoique personne ne connût même le nom de son voisin. Avec les Michaud se trouvait une femme grande et maigre, vêtue d'un pauvre manteau usé et parée de bijoux faux. Jeanne se demandait vaguement quel mobile pouvait pousser quelqu'un à fuir en portant aux oreilles deux grosses perles artificielles entourées d'une poussière de diamants, aux doigts des cailloux verts et rouges, au corsage une broche de strass ornée de petites topazes. Puis venait une concierge avec sa fille, la mère petite et pâle, l'enfant lourde et forte, toutes deux vêtues de noir et traînant dans leurs bagages le portrait d'un gros homme aux longues moustaches noires. « Mon mari, gardien de cimetière », disait la femme. Sa sœur, enceinte et poussant devant elle une voiture où était couché un enfant, l'accompagnait. Celle-là était toute jeune ! Elle aussi, à chaque convoi de militaires, tressaillait et cherchait quelqu'un dans la foule. « Mon mari est là-bas », disait-elle ; là-bas ou peut-être ici… tout était possible. Et Jeanne lui confiait pour la centième fois sans doute… mais elle ne savait plus très bien ce qu'elle disait : « Mon fils aussi, le mien aussi… »

Ils n'avaient pas été mitraillés encore. Lorsque cela arriva ils ne comprirent rien, tout d'abord. Ils entendirent le bruit d'une explosion, d'une autre, puis des cris : « Sauve qui peut ! À terre ! Couchez-vous ! » Ils se jetèrent instantanément face contre le sol, et Jeanne songeait confusément : « Ce que nous devons être grotesques ! » Elle n'avait pas peur, mais son cœur battait avec tant de force qu'elle le comprimait, haletante, des deux mains et l'appuyait contre une pierre. Elle sentait sous sa bouche le frôlement d'une herbe qui portait au bout une clochette rose. Elle se rappela ensuite que pendant qu'ils étaient étendus là, un petit papillon blanc volait sans hâte d'une fleur à l'autre. Enfin elle entendit une voix dire à son oreille : « C'est fini, ils sont partis. » Elle se releva et épousseta machinalement sa jupe pleine de poussière. Personne, lui sembla-t-il, n'avait été touché. Mais après quelques instants de marche, ils virent les premiers morts : deux hommes et une femme. Leurs corps étaient déchiquetés et par hasard leurs trois visages demeuraient intacts, de si mornes, de si ordinaires visages, avec une expression étonnée, appliquée et stupide comme s'ils essayaient en vain de comprendre ce qui leur arrivait, si peu faits, mon Dieu, pour une mort guerrière, si peu faits pour la mort. La femme, de toute sa vie, n'avait pas dû prononcer autre chose que « les poireaux ont encore augmenté » ou bien « qui c'est le cochon qui a sali mes carreaux ? ».

Mais qu'est-ce que j'en sais ? se dit Jeanne. Il y avait peut-être des trésors d'intelligence et de tendresse derrière ce front bas, sous ces cheveux ternes et défaits. Que sommes-nous d'autre aux yeux des gens, Maurice et moi, qu'un couple de pauvres petits employés ? C'est vrai en un sens, et dans un autre nous sommes précieux et rares. Je le sais aussi. « Quel gaspillage immonde », songea-t-elle encore.

Elle s'appuya sur l'épaule de Maurice, tremblante et les joues mouillées de larmes.

« Allons plus loin », dit-il en l'entraînant doucement.

Tous deux pensaient : « Pourquoi ? » Ils n'arriveraient jamais à Tours. La Banque existait-elle encore ? M. Corbin n'était-il pas enterré sous les décombres avec ses dossiers ? ses valeurs ? sa danseuse ? et les bijoux de sa femme ! Mais ce serait trop beau, pensa Jeanne avec un élan de férocité. Cependant, clopin-clopant, Maurice et elle reprenaient leur chemin. Il n'y avait rien à faire qu'à marcher et à se remettre entre les mains de Dieu.

12

Le petit groupe formé par les Michaud et leurs compagnons fut recueilli le vendredi soir. Un camion militaire les ramassa. Ils roulèrent le reste de la nuit, couchés entre des caisses. Ils arrivèrent dans une ville dont ils ne devaient jamais savoir le nom. La voie de chemin de fer était intacte, leur annonça-t-on. Ils pourraient se rendre directement à Tours. Jeanne entra dans la première maison qu'elle trouva sur son chemin dans les faubourgs et demanda la permission de se laver. La cuisine était déjà encombrée de réfugiés qui rinçaient leur linge dans l'évier, mais on fit entrer Jeanne au jardin et elle fit sa toilette à la pompe. Maurice avait acheté un petit miroir retenu par une chaînette ; il le fixa à la branche d'un arbre et se fit la barbe. Ensuite ils se sentirent mieux, prêts à affronter la longue attente devant la porte de la caserne où on distribuait la soupe et celle, plus longue encore, devant les guichets des troisièmes à la gare. Ils avaient mangé ; ils traversaient la place de la gare lorsque le bombardement éclata. Des avions ennemis volaient sans arrêt au-dessus de la ville depuis trois jours. On ne cessait pas de sonner l'alerte. C'était d'ailleurs un vieil avertisseur d'incendie qui faisait office de sirène ; dans le tintamarre des autos, les cris des enfants, le bruit de la foule affolée, on entendait à peine ce faible et ridicule tintement. Des gens arrivaient, descendaient du train, demandaient : « Tiens, c'est une alerte ? » On répondait : « Mais non, c'est la fin », et cinq minutes plus tard le faible carillon se faisait entendre de nouveau. On riait. Ici il y avait encore des magasins ouverts, des petites filles qui jouaient à la marelle sur le trottoir, des chiens qui couraient dans la poussière près de la vieille cathédrale. On ne s'inquiétait même pas des avions italiens et allemands qui planaient avec tranquillité au-dessus de la ville. On avait fini par s'habituer à eux.

Soudain l'un d'eux se détacha du ciel, piqua sur la foule. Jeanne pensa : « Il tombe » puis : « Mais il tire, il va tirer, nous sommes perdus... » Instinctivement elle porta ses mains à sa bouche pour étouffer un cri. Les bombes étaient tombées sur la gare et un peu plus loin sur la voie de chemin de fer. Les vitres de la verrière s'écroulèrent et furent projetées sur la place, blessant et tuant ceux qui s'y trouvaient. Des femmes, prises de panique, jetaient leurs enfants comme des paquets encombrants et se sauvaient. D'autres saisissaient les leurs et les pressaient contre elles avec tant de force qu'elles paraissaient vouloir les faire rentrer de nouveau dans leurs flancs, comme si ce fût là le seul abri sûr. Une malheureuse roula aux pieds de Jeanne : c'était la femme aux pierres fausses. Elles scintillaient sur sa gorge et ses doigts et de sa tête fracassée s'échappait le sang. Ce sang chaud avait giclé sur la robe de Jeanne, sur ses bas et ses souliers. Heureusement, elle n'eut pas le loisir de contempler les morts autour d'elle ! Des blessés appelaient au secours sous les pierres et les vitres brisées. Elle se joignit à Maurice et à quelques autres hommes qui essayaient de déblayer les décombres. Mais c'était trop dur pour elle. Elle n'y parvenait pas. Elle pensa alors aux enfants qui erraient lamentablement sur la place, cherchant leurs mères. Elle les appelait, les prenait par la main, les groupait un peu à l'écart sous le porche de la cathédrale, puis retournait dans la foule et lorsqu'elle voyait une femme éperdue, hurlant, courant de place en place, elle lançait d'une voix calme et forte, si calme et si forte qu'elle en était étonnée elle-même :

« Les petits sont à la porte de l'église. Allez les prendre là. Que ceux qui ont égaré leurs enfants aillent les chercher à l'église. »

Les femmes se jetaient vers la cathédrale. Parfois elles pleuraient, parfois elles éclataient de rire, parfois elles poussaient une sorte de cri sauvage, étranglé, qui ne ressemblait à aucun autre. Les enfants étaient beaucoup plus calmes. Leurs larmes séchaient vite. Les mères les emportaient, pressés contre leur cœur. Aucune ne pensa à remercier Jeanne. Elle revint vers la place où on lui dit que la ville avait peu souffert mais qu'un convoi sanitaire avait été atteint par les bombes au moment où il entrait en gare ; toutefois la ligne de Tours n'avait pas été touchée. Le train se formait en ce moment même et partirait dans un quart d'heure. Déjà, les gens, oubliant morts et blessés, se précipitaient vers la gare en s'accrochant à leurs valises et à leurs cartons à chapeaux comme des naufragés à des bouées de sauvetage. On se battait pour une place. Les Michaud virent les premiers brancards sur lesquels on transportait les soldats blessés. La bousculade était telle qu'ils ne purent s'approcher ni voir leurs visages. On les chargeait sur des camions, sur des voitures civiles et militaires réquisitionnées à la hâte. Jeanne vit un officier aller vers un camion plein d'enfants, sous la conduite d'un prêtre. Elle entendit :

« Je regrette beaucoup, monsieur l'abbé, mais je vais être obligé de prendre le camion. Il nous faut conduire nos blessés à Blois. »

Le prêtre fit signe aux enfants qui commencèrent à descendre.

L'officier répéta :

« Je regrette beaucoup, monsieur l'abbé. C'est une école sans doute ?

— Un orphelinat.

— Je vous renverrai le camion si je trouve de l'essence. »

Les enfants, des adolescents de quatorze à dix-huit ans, chacun avec son petit bagage à la main, descendaient et se groupaient autour du prêtre. Maurice se tourna vers sa femme.

« Tu viens ?

— Oui. Attends.

— Mais quoi donc ? »

Elle tâchait d'apercevoir les civières qui passaient l'une après l'autre à travers la foule. Mais il y avait trop de monde : elle ne voyait rien. Auprès d'elle une autre femme se haussait également sur la pointe des pieds. Ses lèvres s'agitaient mais aucune parole distincte n'en sortait : elle priait ou répétait un nom. Elle regarda Jeanne.

« On croit toujours qu'on va voir le sien, n'est-ce pas ? » dit-elle.

Elle soupira faiblement. Il n'y avait pas de raison en effet pour que ce fût le sien plutôt que celui d'une autre qui apparût, tout à coup, à ses yeux, le sien, son fils, son amour. Peut-être est-il dans un coin tranquille ? Les batailles les plus terribles laissent des zones intactes, préservées entre des barrières de flammes.

Elle demanda à sa voisine :

« Vous ne savez pas d'où il venait, ce train ?

— Non.

— Est-ce qu'il y a beaucoup de victimes ?

— On dit que deux wagons sont pleins de morts. »

Elle cessa de résister à Maurice qui l'entraînait. Avec peine, ils se frayèrent un chemin jusqu'à la gare. Par places, ils enjambaient des moellons, des blocs de pierre et des amas de vitres brisées. Ils parvinrent enfin au troisième quai intact où se formait le train pour Tours, un tortillard de province, paisible et noir, crachant la fumée.

13

Jean-Marie avait été blessé deux jours auparavant : il se trouvait dans le train bombardé. Il n'avait pas été touché cette fois-ci mais le wagon prenait feu. Dans l'effort qu'il fit pour descendre de sa place et pour arriver jusqu'à la portière, la plaie se rouvrit. Quand on le ramassa et qu'on le hissa sur le camion, il était à demi inconscient. Il demeurait étendu sur sa civière, sa tête avait glissé et à chaque cahot heurtait lourdement une caisse vide. Trois voitures pleines de soldats avançaient lentement l'une après l'autre sur un chemin mitraillé et rendu à peine carrossable. Au-dessus du convoi passaient et repassaient les avions ennemis. Jean-Marie émergea un instant de son trouble délire pour songer : « La volaille doit se sentir comme nous quand l'épervier vole... »

Confusément, il revit la ferme de sa nourrice où on l'envoyait passer les vacances de Pâques, quand il était enfant. La cour était pleine de soleil : les poulets picoraient le grain et s'ébattaient dans le tas de cendres, puis la grande main osseuse de la nourrice saisissait l'un d'entre eux, le liait par les pattes, l'emportait, et cinq minutes plus tard... ce ruisseau de sang qui s'échappait avec un petit bruit glougloutant et grotesque. C'était la mort... « Et moi aussi j'ai été saisi et emporté..., pensa-t-il. Saisi et emporté... et demain, tout maigre et nu, jeté dans la terre, je ne serai pas plus beau qu'un poulet... »

Son front heurta si rudement la caisse qu'il poussa une sorte de faible protestation : il n'avait plus la force de crier, mais cela attira l'attention du camarade qui était couché auprès de lui, blessé à la jambe, mais plus légèrement.

« Ben quoi, Michaud ? Michaud, ça va mieux ? »

« Donne-moi à boire et arrange ma tête mieux que ça, et chasse cette mouche sur mes yeux », voulait dire Jean-Marie, mais il soupira seulement.

« Non... »

Et il ferma les paupières.

« Ils remettent ça », grogna le camarade.

Au même instant des bombes tombèrent autour du convoi. Un petit pont fut détruit : la route de Blois était coupée ; il fallait revenir en arrière, se frayer un chemin à travers la foule des réfugiés ou passer par Vendôme, on ne serait pas arrivé avant la nuit.

« Les pauv' gars », pensa le major en regardant Michaud, le plus atteint. Il lui fit une piqûre. On repartit. Les deux camions chargés de blessés légers se hissèrent vers Vendôme ; celui où se trouvait Jean-Marie s'engagea dans un chemin de traverse qui devait raccourcir la route de quelques kilomètres. Il s'arrêta bientôt, à court d'essence. Le major se mit en quête d'une maison où il pourrait installer ses hommes. Ici on était à l'écart de la débâcle, le flot des voitures coulait plus bas. De la colline où parvint le major, on voyait à travers ce crépuscule de juin tendre et paisible, d'un bleu de pervenche, une masse noire d'où s'échappaient les sons discordants, indistincts des coups de klaxon, des cris, des appels, une rumeur sourde et sinistre qui serrait le cœur.

Le major vit quelques fermes bâties l'une près de l'autre. Elles étaient habitées mais seuls des femmes et des enfants y vivaient. Les hommes étaient au front. Ce fut dans l'une d'elles que l'on transporta Jean-Marie. Les maisons voisines reçurent d'autres soldats, tandis que le major, ayant découvert une bicyclette de femme, annonçait qu'il se rendait à la ville la plus proche chercher du secours, de l'essence, des camions, ce qu'il pourrait trouver...

« S'il doit mourir, pensait-il en prenant congé de Michaud toujours étendu sur sa civière dans la grande cuisine de la ferme, tandis que les femmes bassinaient et préparaient le lit, s'il doit y rester mieux vaut que ce soit entre deux draps bien propres que sur la route… »

Il pédalait vers Vendôme. Il allait pénétrer dans la ville, ayant roulé toute la nuit, lorsqu'il tomba dans les mains des Allemands qui le firent prisonnier. Cependant, ne le voyant pas revenir, les femmes avaient couru jusqu'au bourg prévenir le docteur et les sœurs de l'hôpital. L'hôpital lui-même était plein car on y avait apporté les victimes du dernier bombardement. Les soldats demeurèrent au village. Les femmes se plaignaient : les hommes partis, elles avaient assez à faire avec les travaux des champs et les soins à donner aux bêtes sans s'occuper des blessés qu'on leur imposait ! Jean-Marie, soulevant avec peine ses paupières brûlées par la fièvre, voyait devant son lit une vieille femme au long nez jaune qui tricotait et soupirait en le regardant : « Si je savais seulement que le vieux là où il est, le pauv' gars, est soigné comme celui-ci qui ne m'est rien… » Il entendait dans son rêve confus le cliquetis des aiguilles d'acier ; la pelote de laine bondissait sur son couvre-pieds ; il lui semblait dans son délire qu'elle avait les oreilles pointues et une queue, et il étendait la main pour la caresser. Par moments, la belle-fille de la fermière s'approchait de lui ; elle était jeune, elle avait une figure fraîche, rouge, aux traits un peu gros, et des yeux bruns, vifs et limpides. Un jour, elle lui apporta un bouquet de cerises qu'elle mit auprès de lui sur l'oreiller. On lui avait défendu de les manger mais il les portait à ses joues qui brûlaient comme des flammes, et il se sentait apaisé et presque heureux.

14

Les Corte avaient quitté Orléans et ils poursuivaient leur route vers Bordeaux. Ce qui compliquait les choses, c'est qu'ils ne savaient pas exactement où ils allaient. Ils s'étaient d'abord dirigés sur la Bretagne puis ils avaient décidé de se rendre dans le Midi. Maintenant Gabriel déclarait qu'il quitterait la France.

« Nous ne sortirons pas d'ici vivants », disait Florence.

Ce qu'elle ressentait, c'était moins la fatigue et la peur que la colère, une rage aveugle, folle, qui montait en elle et l'étouffait. Il lui semblait que Gabriel avait dénoué le contrat tacite qui les liait. Après tout, entre homme et femme de leur situation, de leur âge, l'amour est un troc. Elle s'était donnée parce qu'elle espérait recevoir de lui en échange une protection non seulement matérielle mais spirituelle, et jusqu'ici elle l'avait reçue en argent, en prestige ; il l'avait payée comme il se devait. Mais brusquement, il lui paraissait une créature faible et méprisable.

« Veux-tu me dire ce que nous ferons à l'étranger ? Comment vivrons-nous ? Tout ton argent est ici puisque tu as fait la bêtise de le faire revenir de Londres, je n'ai jamais su pourquoi, par exemple !

— Parce que je croyais que l'Angleterre était plus menacée que nous. J'ai eu confiance dans mon pays, dans l'armée de mon pays, tu ne vas tout de même pas me le reprocher, non ? Et puis de quoi t'inquiètes-tu ? Dieu merci, je suis célèbre partout, je pense ! »

Il s'interrompit tout à coup, mit sa tête à la portière et puis la rejeta en arrière avec un geste irrité.

« Qu'est-ce qu'il y a encore ? murmura Florence en levant les yeux au ciel.

— Ces gens… »

Il montra la voiture qui venait de les doubler. Florence regardait ses occupants : ils avaient passé la nuit à Orléans auprès d'eux, sur la place : la carrosserie abîmée, la femme avec son enfant sur les genoux, celle dont la tête était enveloppée de linges, la cage d'oiseaux et l'homme en casquette étaient aisément reconnaissables.

« Oh ! ne les regarde pas », fit Florence excédée.

Il frappa violemment à plusieurs reprises le petit nécessaire garni d'or et d'ivoire sur lequel il s'accoudait.

« Si des épisodes aussi douloureux qu'une défaite et un exode ne sont pas rehaussés de quelque noblesse, de quelque grandeur, ils ne méritent pas d'être ! Je n'admets pas que ces boutiquiers, ces concierges, ces mal-lavés avec leurs pleurnicheries, leurs ragots, leur grossièreté, avilissent un climat de tragédie. Mais regarde-les ! regarde-les ! Les voici de nouveau. Ils me sonnent, ma parole !…. »

Il cria au chauffeur :

« Henri, accélérez un peu, voyons ! Vous ne pouvez pas semer cette tourbe ? »

Henri ne répondit même pas. L'auto faisait trois mètres, s'arrêtait, prise dans une inimaginable confusion de véhicules, de bicyclettes et de piétons. De nouveau, à deux pas de lui, Gabriel vit la femme à la tête bandée. Elle avait d'épais sourcils sombres, de longues dents blanches, brillantes, serrées, la lèvre supérieure ornée de poils. Les bandages étaient tachés de sang, des cheveux noirs étaient collés sur l'ouate et les linges. Gabriel frémit de répulsion et détourna la tête, mais la femme effectivement lui souriait et tentait de lier la conversation.

« On ne va pas vite hein ? dit-elle aimablement à travers la vitre baissée. Enfin heureusement encore qu'on est passés par ici. Qu'est-ce qu'ils ont pris de l'autre côté comme bombardement ! Tous les châteaux sur la Loire sont détruits, monsieur… »

Elle aperçut enfin le regard fixe et glacé de Gabriel. Elle se tut.

« Tu ne comprends donc pas que je ne puis pas me délivrer d'eux ?

— Ne les regarde plus !

— Comme c'est simple ! Quel cauchemar ! Oh ! la laideur, la vulgarité, l'affreuse bassesse de cette foule ! »

On approchait de Tours. Depuis quelque temps déjà Gabriel bâillait : il avait faim. Depuis Orléans, il avait à peine mangé. Comme Byron, disait-il, il était de mœurs frugales, se contentant de légumes, de fruits et d'eau gazeuse, mais une ou deux fois par semaine il lui fallait un grand et lourd repas. À présent il en sentait le besoin. Il demeurait immobile, silencieux, les yeux fermés, son beau visage pâle ravagé par une expression de souffrance comme aux instants où il formait en esprit les premières phrases sèches et pures de ses livres (il les aimait ainsi légères et bruissantes comme des cigales, ensuite venait le son sourd et passionné, ce qu'il appelait « mes violons » — « Faisons chanter mes violons », disait-il ensuite). Mais d'autres pensées l'occupaient ce soir. Il revoyait avec une intensité extraordinaire les sandwichs que Florence à Orléans lui avait offerts : ils lui avaient paru alors peu appétissants, un peu ramollis par la chaleur. C'étaient de petites brioches bourrées de mousse de foie gras, d'autres avec une rondelle de concombre et une feuille de laitue sur du pain noir qui avaient sans doute un goût agréable, frais, acide. Il bâilla de nouveau, ouvrit la mallette, trouva une serviette tachée et un flacon de pickles.

« Qu'est-ce que tu cherches ? demanda Florence.

— Un sandwich.

— Il n'y en a plus.

— Comment ? Il y en avait trois, là, tout à l'heure.

— La mayonnaise avait coulé, ils étaient immangeables, je les ai jetés. Nous pourrons dîner à Tours, j'espère », ajouta-t-elle.

On voyait les faubourgs de Tours à l'horizon mais les voitures n'avançaient plus ; un barrage avait été dressé à un croisement de routes. Il fallait attendre son tour. Une heure s'écoula ainsi. Gabriel pâlissait. Ce n'était plus de sandwich qu'il rêvait, mais de potages légers et chauds, de petits pâtés frits dans le beurre qu'il avait mangés un jour à Tours en revenant de Biarritz (il était alors avec une femme. Il revenait de Biarritz. C'était curieux, il ne se rappelait plus le nom, la figure de cette femme ; seuls étaient demeurés dans son souvenir ces petits pâtés au beurre qui portaient chacun un croissant de truffe caché dans la pâte onctueuse et lisse). Puis il songea à la viande : une grande tranche rouge et saignante de rosbeef, avec une coquille de beurre qui fond doucement sur sa chair tendre, quel délice... Oui, c'était cela qu'il lui fallait... un rosbeef... un bifteck... un chateaubriand... à la rigueur une escalope ou une côtelette de mouton. Il poussa de profonds soupirs.

C'était un soir léger et doré, sans un souffle de vent, sans chaleur excessive, la fin d'une journée divine, une ombre douce s'étendait sur les champs et les chemins, comme une aile... Une faible odeur de fraise venait du bois proche. On la percevait par instants dans l'air alourdi par les vapeurs de pétrole et de fumée. Les voitures avançaient de deux tours de roue et se trouvèrent sous un pont. Des femmes lavaient tranquillement leur linge dans la rivière. L'horreur et l'étrangeté des événements étaient rendues plus sensibles par ces images de paix. Un moulin faisait tourner sa roue très loin de là.

« L'endroit doit être poissonneux », dit rêveusement Gabriel. En Autriche, deux ans auparavant, auprès d'une petite rivière rapide et claire comme celle-ci, il avait mangé des truites au bleu ! Leur chair, sous la peau de nacre et d'azur, était rose comme celle d'un petit enfant. Et ces pommes de terre à la vapeur... si simples, classiques, avec un peu de beurre frais et de persil haché... Il regarda avec espoir les murs de la ville. Enfin, enfin on y entrait. Mais à peine eurent-ils mis la tête à la portière qu'ils virent la file des réfugiés attendant debout dans la rue. Une soupe populaire distribuait des aliments aux affamés, disait-on, mais il n'y avait rien d'autre à manger ailleurs.

Une femme bien vêtue, qui tenait un enfant par la main, se retourna vers Gabriel et Florence.

« Nous sommes là depuis quatre heures, dit-elle, l'enfant crie, c'est affreux…

— C'est affreux », répéta Florence.

Derrière eux surgit la femme à la tête bandée.

« Ce n'est pas la peine d'attendre. On ferme. Il n'y a plus rien. »

Elle fit un petit geste coupant de la main.

« Rien, rien. Pas un croûton de pain. Mon amie qui est avec moi, qui est accouchée de trois semaines, n'a rien pris depuis hier et elle allaite son gosse. Après ça on vous dit : faites des enfants. Malheur ! Des enfants, oui ! Ils me font rire ! »

Le long de la file coulait un murmure lugubre.

« Rien, rien, ils n'ont plus rien. Ils disent “revenez demain”. Ils disent que les Allemands approchent, que le régiment part cette nuit.

— Vous êtes allés voir en ville s'il n'y a rien ?

— Pensez-vous ! Tout le monde part, on dirait une ville morte. Après ça, il y en a qui stockent déjà, vous pensez bien !

— C'est affreux », gémit de nouveau Florence.

Dans son émoi elle s'adressait aux occupants de l'auto abîmée. La femme avec son enfant sur les genoux était pâle comme une morte. L'autre secouait la tête d'un air sombre.

« Ça ? C'est rien. C'est des riches tout ça, c'est l'ouvrier qui souffre le plus.

— Qu'allons-nous faire ? » dit Florence se tournant vers Gabriel avec un geste de désespoir.

Il lui fit signe de s'éloigner. Il marchait à grands pas. La lune venait de se lever et à sa lumière on pouvait se diriger sans peine dans la ville aux volets clos, aux portes verrouillées, où ne brillait pas une lampe, où personne n'apparaissait aux fenêtres.

« Tu comprends, disait-il à voix basse, ce sont des blagues tout ça… Il est impossible qu'en payant on ne trouve rien à manger. Crois-moi, il y a le troupeau des affolés et il y a les malins qui ont mis des provisions en lieu sûr. Il s'agit de trouver ces malins. »

Il s'arrêta.

« C'est Paray-le-Monial, n'est-ce pas ? Viens voir ce que je cherchais. J'ai dîné il y a deux ans dans ce restaurant. Le patron doit se souvenir de moi, attends. »

Il frappa à coups redoublés sur la porte cadenassée et appela d'une voix impérieuse :

« Ouvrez, ouvrez, mon vieux ! c'est un ami ! »

Et le miracle s'accomplit ! On entendit des pas ; une clef tourna dans la serrure, un nez inquiet se montra.

« Dites donc, vous me reconnaissez bien, n'est-ce pas ? Je suis Corte, Gabriel Corte. Je meurs de faim, mon cher. Oui, oui, je sais il n'y a rien, mais pour moi… en cherchant bien… Il ne vous reste pas quelque chose ? Ah ! Ah ! vous vous souvenez maintenant ?

— Monsieur, je suis désolé, je ne peux pas vous faire entrer chez nous, chuchota l'hôte, je serais assiégé ! Descendez jusqu'au coin de la rue et attendez-moi. Je vous rejoindrai. Je ne demande qu'à vous être agréable, monsieur Corte, mais nous sommes si dépourvus, si malheureux. Enfin, en cherchant bien…

— Oui, c'est cela, en cherchant bien…

— Par exemple, vous ne le direz à personne ? Vous ne pouvez pas vous imaginer ce qui s'est passé aujourd'hui. Des scènes de folie, ma femme en est malade. Ils dévorent tout et partent sans payer !

— Je compte sur vous, mon vieux », dit Gabriel en lui glissant de l'argent dans la main.

Cinq minutes plus tard, Florence et lui retournaient vers l'auto, portant mystérieusement un panier enveloppé d'une serviette.

« Je ne sais pas du tout ce qu'il y a dedans, murmura Gabriel du ton détaché et rêveur qu'il prenait pour parler aux femmes, aux femmes convoitées et jamais possédées encore. Non, pas du tout… Mais je crois sentir une odeur de foie gras… »

Au même instant, une ombre passa entre Gabriel et Florence, arracha le panier qu'ils tenaient, les sépara d'un coup de poing. Florence, affolée, saisit son cou à deux mains en criant « Mon collier, mon collier ! », mais le collier était toujours là ainsi que la cassette à bijoux qu'ils portaient. Les voleurs n'avaient pris que les provisions. Elle se retrouva saine et sauve auprès de Gabriel qui tamponnait sa mâchoire et son nez douloureux en répétant :

« C'est une jungle, nous sommes pris dans une jungle… »

15

« Tu n'aurais pas dû faire ça », soupira la femme qui tenait un enfant nouveau-né dans ses bras.

Un peu de couleur remontait à ses joues. La vieille Citroën à moitié défoncée avait manœuvré assez habilement pour se dégager de la mêlée et ses occupants se reposaient sur la mousse d'un petit bois. Une lune ronde et pure brillait, et à défaut de lune, un vaste incendie allumé à l'horizon eût suffi à éclairer la scène : des groupes couchés çà et là, sous les pins, ces voitures immobiles et auprès de la jeune femme et de l'homme en casquette le panier à provisions ouvert, à demi vide et le goulot d'or d'une bouteille de champagne débouchée.

« Non, tu n'aurais pas dû… ça me gêne, c'est malheureux d'être forcé à ça, Jules ! »

L'homme petit, chétif, le visage tout en front et en yeux, avec une bouche faible et un petit menton de fouine, protesta :

« Alors quoi ? faut crever ?

— Laisse-le, Aline, il a raison. Ah ! là là ! dit la femme à la tête bandée. Qu'est-ce que tu veux qu'on fasse ? Ces deux-là, ça ne mérite pas de vivre, je te dis ! »

Ils se turent. Elle était, elle, une ancienne domestique ; elle avait épousé un ouvrier qui travaillait chez Renault. On avait réussi à le garder à Paris pendant les premiers mois de la guerre, mais enfin en février il était parti et maintenant il se battait Dieu sait où. Et il avait fait l'autre guerre, et il était l'aîné de quatre enfants, mais rien n'y avait fait ! Les privilèges, les exemptions, les pistons, tout cela était pour le bourgeois. Au fond de son cœur il y avait comme des couches successives de haine qui se superposaient sans se confondre : celle de la paysanne qui d'instinct déteste les gens de la ville, celle de la domestique lasse et aigrie d'avoir vécu chez les autres, celle de l'ouvrière, enfin, car pendant ces derniers mois elle avait remplacé son mari à l'usine ; elle n'avait pas été habituée à ce travail d'homme, il lui avait endurci les bras et l'âme.

« Mais tu les as bien eus, Jules, dit-elle à son frère, ça je t'assure, je ne te croyais pas capable de ça !

— Quand j'ai vu Aline qui tournait de l'œil, et ces salauds chargés de bouteilles, de foie gras et tout, je ne me connaissais plus. »

Aline, qui paraissait plus timide et plus douce, hasarda :

« On aurait pu leur demander un morceau, tu ne crois pas, Hortense ? »

Son mari et sa belle-sœur s'exclamèrent :

« Penses-tu ! Ah ! là là ! Non, mais tu ne les connais pas ! Mais ils nous verraient crever pire que des chiens. Tu penses ! Je les connais, moi, dit Hortense. Ceux-là, c'est les pires. Je l'ai vu chez la comtesse Barral du Jeu, une vieille rombière ; il écrit des livres et des pièces de théâtre. Un fou, à ce que disait le chauffeur, et bête comme ses pieds. »

Hortense rangeait le reste des provisions tout en parlant. Ses grosses mains rouges avaient des mouvements extraordinairement légers et habiles. Puis elle prit le bébé et le démaillota.

« Pauvre chou, quel voyage ! Ah ! il aura connu la vie de bonne heure, celui-là ! Peut-être que ça vaut mieux. Des fois je ne regrette pas d'avoir été élevée à la dure : savoir se servir de ses mains, il y en a qui ne pourraient pas en dire autant ! Tu te rappelles, Jules, quand maman est morte, je n'avais pas treize ans ; j'allais au lavoir par tous les temps, cassant la glace l'hiver et chargeant des ballots de linge sur mon dos... J'en pleurais entre mes mains pleines de crevasses. Mais aussi, ça m'a appris à me débrouiller et à ne pas avoir peur.

— Pour sûr que tu n'es pas embarrassée », dit Aline avec admiration.

Le bébé changé, séché, lavé, Aline déboutonna son corsage et prit son petit contre son cœur ; les autres la regardaient en souriant.

« Au moins il aura quelque chose à bouffer, mon pauvre petit gars, va ! »

Le champagne leur montait à la tête ; ils ressentaient une douce et confuse ivresse. Ils regardaient les flammes au loin dans une hébétude profonde. Par moments ils oubliaient pourquoi ils se trouvaient dans ce lieu étrange, pourquoi ils avaient quitté leur petit appartement près de la gare de Lyon, couru sur les routes, sillonné la forêt de Fontainebleau, dévalisé Corte. Tout devenait sombre et fumeux, semblable à un rêve. La cage était accrochée à une basse branche : on nourrit les oiseaux. Hortense n'avait pas oublié au départ un paquet de graines pour eux. Elle prit quelques morceaux de sucre au fond de sa poche qu'elle jeta dans une tasse de café bouillant : le thermos n'avait pas souffert de l'accident. Elle la but avec bruit, en avançant ses grosses lèvres, et une main posée sur sa vaste poitrine pour la garantir des taches. Tout à coup, une rumeur courut parmi les groupes — « Les Allemands sont entrés à Paris ce matin ».

Hortense laissa échapper sa tasse encore à demi pleine, sa grosse figure était devenue encore plus rouge. Elle baissa la tête et se mit à pleurer.

« Ça me fait quelque chose… ça me fait quelque chose, là », disait-elle en montrant son cœur.

Ses larmes étaient rares et brûlantes, celles d'une femme dure et qui n'a pas souvent pitié d'elle-même ni des autres. Un sentiment de colère, de chagrin et de honte l'envahissait, si violent qu'elle en éprouvait un mal physique, lancinant et aigu dans la région du cœur. Elle dit enfin :

« Tu sais que j'aime mon mari… Pauvre Louis, on n'est que nous deux et il travaille, il boit pas, il court pas, enfin on s'aime, je n'ai que lui, mais on me dirait : tu ne le reverras plus, il est mort à l'heure qu'il est, mais on a la victoire… Eh ben ! j'aimerais mieux ça, ah ! je t'assure, c'est pas des blagues, j'aimerais mieux ça !

— Ah ! pour sûr, dit Aline, cherchant en vain une expression plus forte, pour sûr qu'on est ennuyé. »

Jules se taisait, songeant à son bras à demi paralysé qui lui avait permis d'échapper au service militaire et à la guerre. Il se disait : « Quelle veine j'ai eue », et en même temps quelque chose le troublait, il ne savait quoi, presque un remords.

« Enfin, c'est comme ça, c'est comme ça, nous n'y pouvons rien », dit-il aux femmes d'un air sombre.

Ils recommencèrent à parler de Corte. Ils pensaient avec satisfaction à l'excellent dîner qu'ils avaient mangé à sa place. Tout de même, ils le jugeaient à présent avec plus de douceur. Hortense, qui chez la comtesse Barral du Jeu avait vu des écrivains, des académiciens et même, un jour, la comtesse de Noailles, les fit rire aux larmes en racontant ce qu'elle savait d'eux.

« Ce n'est pas qu'ils soyent méchants. Ils connaissent pas la vie », dit Aline.

16

Les Péricand n'avaient pas trouvé de place en ville mais dans un bourg voisin, en face de l'église, dans une maison habitée par deux vieilles demoiselles où on découvrit une grande chambre libre. On coucha les enfants tout habillés, tombant de fatigue. Jacqueline réclama d'une voix tremblante que l'on mît auprès d'elle le panier du chat. Elle était poursuivie par l'idée qu'il s'échapperait, qu'il serait perdu, oublié, qu'il mourrait de faim sur les routes. Elle passa la main à travers les barreaux du panier qui formaient au chat comme une petite fenêtre par laquelle on apercevait un œil vert fulgurant et une longue moustache hérissée de colère, et alors seulement elle se calma. Emmanuel effrayé par cette chambre inconnue, immense, et par les deux vieilles filles qui couraient de côté et d'autre comme des hannetons affolés en gémissant : « On n'aura jamais vu ça… Si ça fait pas pitié… pauvres malheureux innocents… pauvre doux Jésus… » Bernard couché sur le dos les regardait sans ciller, d'un air hébété et grave en suçant un morceau de sucre qu'il avait gardé depuis trois jours au fond de sa poche où la chaleur l'avait amalgamé avec une mine de crayon, un timbre oblitéré et un bout de ficelle. L'autre lit de la pièce était occupé par le vieux M. Péricand. Mme Péricand, Hubert et les domestiques passeraient la nuit sur des chaises, dans la salle à manger.

Par les fenêtres ouvertes, on apercevait un petit jardin éclairé par la lune. Une lumière éclatante et paisible ruisselait sur les cailloux argent de l'allée où une chatte marchait doucement, et sur les grappes parfumées de lilas blanc. Dans la salle à manger se tenaient réfugiés et habitants du bourg qui écoutaient ensemble la T.S.F. Les femmes pleuraient. Les hommes, silencieux, baissaient la tête. Ils n'éprouvaient pas à proprement parler de désespoir ; c'était plutôt un refus de comprendre, une hébétude comme celle que l'on ressent en rêve, au moment où les ténèbres du sommeil vont se dissiper, où le jour est proche, où on le sent, où tout l'être se tend vers la lumière, où l'on songe : « C'est un cauchemar, je vais me réveiller. » Ils demeuraient immobiles, chacun se détournant, évitant le regard des autres. Lorsque Hubert eut fermé la T.S.F., les hommes partirent tous sans un mot. Seul resta dans la chambre le groupe des femmes. On entendait leurs murmures, leurs soupirs ; pleurant sur les malheurs de la Patrie, elles la voyaient sous les traits chéris des maris, des fils qui se battaient encore. Leur douleur était plus animale que celle de leurs compagnons, plus simple aussi et plus bavarde ; elles la soulageaient en récriminations, en exclamations : « Ainsi... C'était bien la peine !.... En arriver là... C'est pas malheureux... on a été trahis, madame, je vous le dis... on a été vendus et maintenant c'est le pauvre qui souffre... »

Hubert les écoutait, serrant le poing, la rage au cœur. Que faisait-il là ? « Tas de vieilles pies », songeait-il. Ah ! s'il avait seulement deux ans de plus ! Dans son esprit jusque-là tendre et léger, plus jeune que son âge, s'éveillaient tout à coup les passions et les tourments d'un homme mûr : angoisse patriotique, désir brûlant de sacrifice, honte, douleur et colère. Enfin, pour la première fois de sa vie une aventure si grave engageait sa propre responsabilité, pensait-il. Ce n'était pas tout de pleurer ou de crier à la trahison, il était un homme ; il n'avait pas l'âge légal de se battre mais il savait qu'il était plus fort, plus résistant à la fatigue, plus habile, plus malin que ces vieux de trente-cinq, quarante ans qu'on avait envoyés à la guerre, et il était libre, lui. Il n'était pas retenu par une famille, par un amour !

« Oh ! je veux partir, murmura-t-il, je veux partir ! »

Il se jeta vers sa mère, la prit par la main, l'entraîna.

« Maman, donnez-moi des provisions, mon chandail rouge qui est dans votre nécessaire et… embrassez-moi. Je pars », dit-il.

Il étouffait. Des larmes coulaient sur ses joues. Sa mère le regarda et comprit.

« Voyons, mon enfant, tu es fou…

— Maman, je pars. Je ne peux pas rester là… Je mourrai, je me tuerai si je dois rester là, inutile, les bras croisés pendant que… et vous ne comprenez pas que les Allemands vont arriver et enrôler tous les garçons de force, les obliger à se battre pour eux. Je ne veux pas ! Laissez-moi partir. »

Il avait insensiblement élevé la voix et il criait maintenant, il ne pouvait contenir ses cris. Il était entouré par un cercle terrifié de vieilles femmes tremblantes : un jeune garçon, à peine plus âgé que lui, le neveu des propriétaires, rose et blond, avec des cheveux frisés et de grands yeux bleus naïfs, s'était joint à lui et répétait avec un léger accent méridional (ses parents étaient fonctionnaires — il était né à Tarascon) :

« Pour sûr qu'il faut partir, et cette nuit même ! Tenez, pas bien loin d'ici, dans les bois de la Sainte il y a la troupe… On n'a qu'à prendre nos bicyclettes et filer…

— René, gémirent ses tantes, s'accrochant à lui, René, mon enfant, pense à ta mère !

— Laissez-moi, ma tante, ce n'est pas l'affaire des femmes », répondit-il en les repoussant, et son charmant visage s'empourpra de plaisir : il était fier d'avoir si bien parlé.

Il regarda Hubert qui avait séché ses larmes et qui se tenait debout devant la fenêtre, sombre et résolu. Il s'approcha de lui et lui glissa à l'oreille :

« On part ?

— On part, c'est entendu », répondit Hubert tout bas.

Il réfléchit et ajouta :

« À minuit, rendez-vous à la sortie du bourg. »

Ils se serrèrent la main à la dérobée. Autour d'eux, les femmes parlaient toutes à la fois, les adjurant de renoncer à leur projet, de garder pour l'avenir des vies si précieuses, d'avoir pitié de leurs parents. À cet instant, de l'étage supérieur, parvinrent les cris perçants de Jacqueline.

« Maman, maman, venez vite ! Albert s'est sauvé !

— Albert, votre second fils ? Ah mon Dieu ! s'exclamèrent les vieilles demoiselles.

— Non, non, c'est Albert le chat », dit Mme Péricand qui se sentait devenir folle.

Cependant des coups sourds et profonds ébranlaient l'air : le canon tonnait dans le lointain, on était environné de périls ! Mme Péricand tomba sur une chaise.

« Hubert, écoute-moi bien ! En l'absence de ton père, c'est moi qui commande ! Tu es un enfant, tu as à peine dix-sept ans, ton devoir est de te réserver pour l'avenir…

— Pour une prochaine guerre ?

— Pour une prochaine guerre, répéta machinalement Mme Péricand. En attendant tu n'as qu'à te taire et m'obéir. Tu ne partiras pas ! Si tu avais un peu de cœur, une idée aussi cruelle, aussi stupide, ne t'aurait même pas effleuré ! Tu trouves que je ne suis pas assez malheureuse, peut-être ? Est-ce que tu te rends compte que tout est perdu ? que les Allemands arrivent et que tu seras tué ou fait prisonnier avant d'avoir fait cent mètres ? Tais-toi ! Je ne veux même pas discuter avec toi, tu devras me passer sur le corps avant de sortir d'ici !

— Maman, maman, clamait cependant Jacqueline. Je veux Albert ! Qu'on aille me chercher Albert ! Les Allemands vont le prendre ! Il sera bombardé, volé, perdu ! Albert ! Albert ! Albert !

— Jacqueline, tais-toi, tu vas réveiller tes frères ! »

Toutes criaient à la fois. Hubert, les lèvres tremblantes, s'écarta de ce groupe confus, gesticulant, échevelé, de vieilles femmes. Elles ne comprenaient donc rien ? La vie était shakespearienne, admirable et tragique, et elles la rabaissaient à plaisir. Un monde s'effondrait, n'était plus que décombres et ruines, mais elles ne changeaient pas. Créatures inférieures, elles n'avaient ni héroïsme ni grandeur, ni foi ni esprit de sacrifice. Elles ne savaient que rapetisser tout ce qu'elles touchaient, à leur mesure. Oh ! Dieu, voir un homme, serrer la main d'un homme ! Même papa, songea-t-il, mais surtout le cher, le bon, le grand Philippe. Il avait un tel besoin de la présence de son frère qu'une fois de plus les larmes montèrent à ses yeux. Le bruit incessant du canon l'inquiétait et l'excitait ; son corps était secoué de frissons et il tournait brusquement la tête à droite et à gauche comme un jeune cheval effrayé. Mais il n'avait pas peur. Eh bien, non ! Il n'avait pas peur ! Il accueillait, il caressait l'idée de la mort. C'était une belle mort pour cette cause perdue. C'était mieux que de croupir dans les tranchées comme en 14. On se battait à ciel ouvert maintenant, sous le beau soleil de juin ou dans ce clair de lune éclatant.

Sa mère était montée auprès de Jacqueline, mais elle avait pris ses précautions : quand il voulut descendre au jardin, il trouva la porte verrouillée. Il la frappa, la secoua. Les propriétaires, qui s'étaient retirées dans leur chambre, protestèrent :

« Laissez cette porte, monsieur ! Il est tard. Nous sommes fatiguées, nous avons sommeil. Laissez-nous dormir. »

Et l'une d'elles ajouta :

« Allez vous coucher, mon petit ami. »

Il haussa les épaules avec fureur.

« Son petit ami… vieille chouette ! »

Sa mère rentrait.

« Jacqueline a eu une crise nerveuse, dit-elle. Heureusement j'avais un flacon de fleur d'oranger dans mon sac. Ne ronge donc pas tes ongles ! Hubert, tu m'agaces. Tiens, installe-toi dans ce fauteuil et dors.

— Je n'ai pas sommeil.

— Ça m'est égal, dors », dit-elle d'une voix impérieuse et impatiente comme elle eût parlé à Emmanuel.

L'âme pleine de révolte, il se jeta dans un vieux fauteuil de cretonne qui gémit sous son poids. Mme Péricand leva les yeux au ciel.

« Que tu es gauche, mon pauvre enfant ! Tu vas casser ce siège ! Reste donc tranquille.

— Oui, maman, dit-il d'une voix soumise.

— Tu as pensé à sortir ton imperméable de la voiture ?

— Non, maman.

— Tu ne penses à rien !

— Mais je n'en aurai pas besoin. Il fait beau.

— Il peut pleuvoir demain. »

Elle sortit son tricot de son sac. Ses aiguilles cliquetèrent. Quand Hubert était petit, elle tricotait assise auprès de lui pendant ses leçons de piano. Il ferma les yeux et fit semblant de dormir. Au bout de quelque temps, elle aussi s'endormit. Alors il sauta par la fenêtre ouverte, courut jusqu'au hangar où on avait remisé la bicyclette et, entrouvrant sans bruit la barrière, se glissa au-dehors. Tous dormaient maintenant. Le bruit du canon s'était tu. Des chats pleuraient sur des toits. Une admirable église, avec ses vitraux bleus de lune, s'élevait au milieu d'un vieux mail poussiéreux où les réfugiés avaient garé leurs voitures. Ceux qui n'avaient pas trouvé de place dans les habitations étaient couchés à l'intérieur des autos ou dans l'herbe. Les figures pâles qui suaient l'angoisse demeuraient contractées et craintives jusque dans leur sommeil. Ils reposaient si lourdement toutefois que rien ne les éveillerait avant le jour. On le voyait bien. Ils pourraient passer du sommeil à la mort sans même s'en apercevoir.

Hubert passa parmi eux, les considérant avec pitié et étonnement. Il ne ressentait pas la fatigue. Son esprit surexcité le soutenait et l'entraînait. Il pensait à sa famille abandonnée avec chagrin et avec remords. Mais ce chagrin et ce remords eux-mêmes décuplaient son exaltation. Il ne se jetait pas nu dans l'aventure ; il sacrifiait à son pays non seulement sa propre vie mais celle de tous les siens. Il s'avançait au-devant de son destin comme un jeune dieu chargé de présents. Du moins il se voyait ainsi. Il sortit du village, arriva sous le cerisier et se jeta par terre sous ses branches. Une émotion très douce faisait battre tout à coup son cœur : il pensait à ce nouveau camarade qui allait partager avec lui gloire et périls. Il lui était presque inconnu, ce garçon aux cheveux blonds, mais il se sentait attaché à lui avec une violence et une tendresse extraordinaires. Il avait entendu dire qu'à la traversée d'un pont, dans le Nord, un régiment allemand avait dû passer sur les corps des compagnons tombés au combat et qu'ils l'avaient fait en chantant : « J'avais un camarade… » Il comprenait cela, ce sentiment d'amour pur, presque sauvage. Inconsciemment il cherchait à remplacer Philippe qu'il avait tant aimé et qui se détachait de lui avec une implacable douceur, trop sévère, trop saint, pensait Hubert, et n'ayant plus d'autre affection, d'autre passion que celle du Christ.

Hubert, ces deux dernières années, s'était réellement senti très seul, et comme par un fait exprès, en classe il n'avait comme condisciples que des brutes ou des snobs. Il était sensible aussi, sans presque le savoir, à la beauté physique, et ce René avait un visage d'ange. Enfin, il l'attendait. Il tressaillait, levait la tête à chaque bruit. Il était minuit moins cinq. Un cheval passa, sans cavalier. Il y avait ainsi, par moments, des visions étranges qui rappelaient le désastre et la guerre, mais pour le reste, tout était tranquille. Il cueillit une longue herbe folle et la mordilla, puis il examina le contenu de ses poches : un croûton de pain, une pomme, des noisettes, un peu de pain d'épice émietté, un canif, un peloton de ficelle, son petit carnet rouge. À la première page, il écrivit : « Si je suis tué, que l'on prévienne mon père, M. Péricand, 18, boulevard Delessert à Paris, ou ma mère… » Il ajouta l'adresse de Nîmes. Il pensa qu'il n'avait pas fait sa prière du soir. Il s'agenouilla dans l'herbe et la récita avec un Credo spécial à l'intention de sa famille. Il se releva en soupirant profondément. Il se sentait en règle avec les hommes et Dieu. Minuit avait sonné pendant qu'il priait. Maintenant il fallait être prêt à partir. La lune éclairait la route. Il ne voyait rien. Il attendit patiemment pendant une demi-heure, puis l'inquiétude le prit. Il coucha sa bicyclette dans le fossé, s'avança vers le village au-devant de René, mais celui-ci n'apparaissait pas. Il fit demi-tour, revint sous le cerisier, attendit encore et examina le contenu de sa seconde poche : des cigarettes un peu froissées, de l'argent. Il fuma une cigarette sans aucun plaisir. Il ne s'était pas encore habitué au goût du tabac. Ses mains tremblaient d'énervement. Il arracha des fleurs et les jeta. Il était une heure passée, était-il possible que René… ? Non, non… on ne manque pas de parole ainsi… Il avait été retenu, enfermé peut-être par ses tantes, mais lui, Hubert, les précautions de sa mère ne l'avaient pas empêché de se sauver. Sa mère. Elle devait dormir encore, elle se réveillerait bientôt et que ferait-elle ? On le rechercherait partout. Il ne pouvait pas rester là, si près du bourg. Mais si René arrivait ?…. Il l'attendrait jusqu'au jour, il partirait avec le lever du soleil.

Ses premiers rayons éclairaient le chemin lorsque Hubert quitta enfin la place. Il se rendit au bois de la Sainte qui se trouvait sur une colline. Il gravit la montée avec précaution, tenant sa bicyclette à la main, préparant le discours qu'il adresserait aux soldats. Il entendait des voix, des rires, un cheval hennit. Quelqu'un cria. Hubert s'arrêta, le souffle coupé : on avait parlé allemand. Il se jeta derrière un arbre, vit un uniforme réséda à quelques pas de lui et, abandonnant sa bicyclette, détala comme un lièvre. Au bas de la montée, il se trompa de côté, courut droit devant lui et atteignit le village qu'il ne reconnut pas. Ensuite, il revint sur la route nationale et tomba parmi les autos des réfugiés. Elles passaient à une vitesse folle, folle. Il en vit une (une grosse Torpédo grise) qui venait de renverser une camionnette dans le fossé et qui s'échappait sans que le conducteur eût même ralenti un instant. Plus loin il marchait, plus vite coulait le torrent d'autos comme dans un film déréglé, songeait-il. Il vit un camion plein de soldats. Il fit des signes désespérés. Sans s'arrêter, quelqu'un lui tendit la main et le hissa parmi des canons encore camouflés de feuillage et des caisses de bâches.

« Je voulais vous prévenir, dit Hubert haletant. J'ai vu des Allemands dans un bois tout près d'ici.

— Ils sont partout, mon petit gars, répondit le soldat.

— Est-ce que je peux aller avec vous ? demanda Hubert avec timidité. Je voudrais (sa voix se brisa d'émotion), je voudrais me battre. »

Le soldat le regarda et ne répondit rien. Il semblait qu'aucune parole ni aucun spectacle ne fussent plus capables d'étonner ou d'émouvoir ces hommes. Hubert apprit qu'en cours de route on avait ramassé une femme enceinte, un enfant blessé dans un bombardement et abandonné ou perdu, un chien à la patte brisée. Il comprit encore que l'on avait pour intention de retarder l'avance ennemie et d'empêcher si c'était possible la traversée du fleuve.

« Je ne les quitte plus, songea Hubert. Maintenant ça y est, je suis dans le bain. »

Le flot grandissant des réfugiés entourait le camion, entravant sa marche. Par moments, il était impossible aux soldats d'avancer. Ils se croisaient les bras alors et attendaient qu'on voulût bien leur donner le passage. Hubert était assis à l'arrière du camion, ses jambes pendaient dans le vide. Un extraordinaire tumulte, une confusion d'idées et de passions l'agitaient, mais ce qui dominait dans son cœur, c'était le mépris qu'il éprouvait pour l'humanité tout entière. Ce sentiment était presque physique : pour la première fois de sa vie, quelques mois auparavant, des camarades l'avaient fait boire — ce goût horrible de fiel et de cendre que laisse dans la bouche le mauvais vin, il le retrouvait maintenant. Il avait été un si bon petit enfant ! Le monde à ses yeux était simple et beau, les hommes dignes de respect. Les hommes… un troupeau de bêtes sauvages et lâches. Ce René qui l'avait incité à la fuite, qui était resté ensuite à se dorloter sous la couette, tandis que la France périssait… Ces gens qui refusaient aux réfugiés un verre d'eau, un lit, ceux qui faisaient payer les œufs à prix d'or, ceux qui bourraient leurs voitures de bagages, de paquets, de provisions, de meubles même, et qui répondaient à la femme mourant de fatigue, à des enfants venus à pied de Paris : « Vous ne pouvez pas monter… vous voyez bien qu'il n'y a pas de place… » Ces valises de cuir fauve et ces femmes peintes sur un camion plein d'officiers, tant d'égoïsme, de lâcheté, de cruauté féroce et vaine l'écœurait. Et le plus affreux était qu'il ne pouvait ignorer ni les sacrifices, ni l'héroïsme, ni la bonté de certains. Philippe par exemple était un saint, ces soldats qui n'avaient ni mangé ni bu (l'officier d'approvisionnement parti le matin n'était pas revenu à temps) et qui allaient se battre pour une cause désespérée étaient des héros. Il y avait du courage, de l'abnégation, de l'amour parmi les hommes, mais cela même était effrayant : les bons paraissaient prédestinés, Philippe l'expliquait à sa façon. Lorsqu'il parlait, il semblait lumineux et brûlant à la fois, comme éclairé par un très pur brasier, mais Hubert traversait une crise de doute religieux et Philippe était loin. Le monde extérieur incohérent et hideux était peint aux couleurs de l'enfer, un enfer où jamais Jésus ne redescendrait « car ils le mettraient en pièces », songeait Hubert.

On mitrailla le convoi. La mort planait dans le ciel et tout à coup se précipitait, fondait du haut du firmament, ailes déployées, bec d'acier dardé vers cette longue file tremblante d'insectes noirs qui rampaient le long de la route. Tous se jetaient à terre, des femmes se couchaient sur leurs enfants pour les protéger de leur corps. Lorsque le feu cessait, de profonds sillons demeuraient creusés dans la foule, comme des épis de blé couchés un jour d'orage où les arbres abattus forment d'étroites et profondes tranchées. Après quelques instants de silence seulement, des gémissements et des appels s'élevaient, se répondaient, des gémissements que personne n'écoutait, des appels clamés en vain…

On remontait dans les autos arrêtées au bord du chemin et on repartait, mais quelques-unes restaient ainsi abandonnées, avec leurs portières ouvertes et leurs bagages encore attachés sur le toit, parfois une roue dans le fossé à cause de la hâte du conducteur à fuir et à se mettre à l'abri. Mais il ne reviendrait pas. Dans la voiture, parmi les paquets oubliés, on découvrait parfois un chien qui tirait sur sa laisse en criant ou un chat miaulant furieusement dans son panier fermé.

17

Des réflexes d'un autre âge se jouaient encore de Gabriel Corte : quand on lui avait fait mal, son premier mouvement était de se plaindre, le second seulement de se défendre. Pressé, entraînant avec lui Florence, il chercha dans Paray-le-Monial le maire, les gendarmes, un député, un préfet, n'importe quel représentant des autorités enfin qui pût lui rendre son dîner perdu. Mais c'était singulier… les rues étaient vides, les maisons muettes. À un carrefour, il se heurta à un petit groupe de femmes qui paraissaient errer sans but et qui répondirent à ses questions.

« Nous ne savons pas, nous ne sommes pas d'ici. Nous sommes des réfugiés comme vous », ajouta l'une d'elles.

Une très faible odeur de fumée arrivait jusqu'à eux, portée par ce doux vent de juin.

Au bout de quelque temps, ils se demandèrent où se trouvait leur voiture. Florence croyait l'avoir laissée près de la gare. Gabriel se souvenait d'un pont qui aurait pu les guider ; la lune paisible et magnifique les éclairait, mais toutes les rues dans cette vieille petite ville se ressemblaient. Partout des pignons, d'antiques bornes, des balcons penchés de côté, de noires impasses.

« Un mauvais décor d'opéra », gémit Corte.

L'odeur elle-même était celle des coulisses, fade et poussiéreuse, avec un lointain relent de latrines. Il faisait très chaud et la sueur ruisselait sur son front. Il entendait les appels de Florence demeurée en arrière et qui criait : « Attends-moi ! Arrête-toi donc, lâche, salaud ! Où es-tu Gabriel ? Où es-tu ? Je ne te vois plus Gabriel. Cochon ! » Ses vociférations frappaient les vieux murs et l'écho les renvoyait comme des balles : « Cochon, vieux salaud, lâche ! »

Elle finit par le rejoindre près de la gare. Elle se jeta sur lui et le battit, le griffa, lui cracha au visage tandis qu'il se défendait avec des clameurs aiguës. On n'aurait jamais pu imaginer que la voix basse et lasse de Gabriel Corte recelait en elle des notes aussi vibrantes et pointues, aussi féminines et sauvages. La faim, la peur, l'épuisement les rendaient fous. D'un coup d'œil ils avaient vu déserte l'avenue de la Gare et compris qu'un ordre avait été donné d'évacuer la ville.

Les autres étaient loin sur le pont éclairé par la lune. Quelques soldats harassés étaient assis à terre, en petits groupes, sur les pavés. L'un d'eux, un tout jeune garçon pâle, aux grosses lunettes, se leva avec effort et vint séparer Florence et Corte.

« Allons, monsieur… Voyons, madame, vous n'avez pas honte ?

— Mais où sont les voitures ? cria Corte.

— Parties, un ordre a été donné.

— Mais par qui ? Mais pourquoi ? Mais nos bagages ! Mes manuscrits ! Je suis Gabriel Corte !

— Mon Dieu, vous les retrouverez, vos manuscrits ! Et laissez-moi vous dire que d'autres ont perdu bien davantage !

— Philistin !

— Bien sûr, monsieur, mais…

— Qui a donné cet ordre stupide ?

— Ça, monsieur… On en a donné beaucoup qui n'étaient pas plus intelligents, je dois l'avouer. Vous retrouverez votre auto et vos papiers, j'en suis sûr. En attendant il ne faut pas rester ici. Les Allemands vont entrer d'un moment à l'autre. Nous avons ordre de faire sauter la gare.

— Où irons-nous ? gémit Florence.

— Retournez en ville.

— Mais où logerons-nous ?

— Ce n'est pas la place qui manque. Tout le monde fout le camp », dit l'un des soldats qui s'était approché d'eux et se tenait debout à quelques pas de Corte.

Un clair de lune répandait une sourde lumière bleue. L'homme avait une figure sévère, massive : deux plis verticaux creusaient ses joues épaisses. Il toucha l'épaule de Gabriel, et sans effort apparent le fit pirouetter.

« Allez, hop ! on vous a assez vus, compris ? »

Un instant Gabriel pensa qu'il allait se jeter sur le soldat, mais la pression de cette main dure sur son épaule le fit fléchir et reculer de deux pas en arrière.

« Nous roulons depuis lundi… et nous avons faim…

— Nous avons faim, soupira Florence en écho.

— Attendez jusqu'au matin. Si on est encore là, vous aurez de la soupe. »

Le soldat aux grosses lunettes répéta de sa douce voix fatiguée :

« Il ne faut pas rester ici, monsieur… Allons, partez », répétait-il en prenant Corte par la main et en le poussant légèrement, du geste dont on fait sortir du salon les enfants pour les envoyer se coucher.

Ils retraversèrent la place mais ils marchaient côte à côte maintenant, traînant leurs pieds las ; leur colère était tombée et avec eux la force nerveuse qui les avait soutenus. Ils étaient si démoralisés qu'ils n'eurent pas la force de se mettre une fois encore à la recherche d'un restaurant. Ils frappèrent à des portes qui ne s'ouvrirent pas. Ils finirent par échouer sur un banc près d'une église. Florence, avec une grimace de douleur, retira ses souliers.

La nuit passait. Il n'arrivait rien. La gare était toujours à sa place. On entendait par moments le pas des soldats dans la rue voisine. Une ou deux fois des hommes passèrent devant le banc sans même jeter un coup d'œil sur Florence et Corte, pelotonnés dans l'ombre silencieuse, rapprochant l'une de l'autre leurs têtes lourdes. Une odeur de viande avariée monta jusqu'à eux :

des abattoirs, dans les faubourgs, avaient été incendiés par une bombe ; ils s'assoupirent. Quand ils s'éveillèrent, ils virent passer des soldats qui portaient des gamelles. Florence fit entendre un faible cri de convoitise, les soldats lui donnèrent un bol de bouillon et un morceau de pain. Avec la lumière revenue, Gabriel retrouvait un peu de respect humain : il n'osait pas disputer à sa maîtresse un peu de soupe et ce croûton ! Florence buvait lentement. Pourtant, elle s'arrêta, revint vers Gabriel.

« Prends le reste », dit-elle à son amant.

Il se défendit.

« Mais non, il y en a à peine pour toi ! »

Elle lui tendit le quart d'aluminium rempli d'un liquide tiède et qui sentait le chou. Il le saisit de ses deux mains tremblantes et appuya sa bouche sur le bord, aspirant la soupe à grands traits, s'arrêtant à peine pour souffler, et quand il eut fini il poussa un soupir de bonheur.

« Ça va mieux ? » demanda le soldat.

Ils reconnurent celui qui la veille les avait chassés de la gare mais les rayons naissants du jour adoucissaient son visage de centurion farouche. Gabriel se rappela qu'il avait des cigarettes dans sa poche et les lui offrit. Les deux hommes fumèrent un instant sans parler, tandis que Florence essayait en vain de remettre ses souliers.

« Si j'étais vous, dit enfin le soldat, je me dépêcherais de filer, parce que c'est sûr, les Allemands vont rappliquer. C'est même étonnant qu'ils ne soyent pas encore là. Mais ils n'ont plus besoin de se presser, ajouta-t-il amèrement, maintenant c'est du billard jusqu'à Bayonne…

— Vous croyez que tout est perdu ? » interrogea Florence avec timidité.

Le soldat ne répondit pas et les quitta brusquement. Eux aussi, clopin-clopant, se dirigèrent droit devant eux vers les faubourgs de la ville. De cette cité qui avait paru déserte surgissaient à présent, par petits groupes, des réfugiés chargés de bagages. Partout ils se retrouvaient et se collaient les uns aux autres comme des bêtes égarées se cherchent et se rejoignent après l'orage. Ils allaient vers le pont gardé par des soldats qui les laissaient passer. Les Corte étaient là. Au-dessus d'eux scintillait le ciel d'un pur azur étincelant, sans un nuage, sans un avion. À leurs pieds coulait une belle rivière brillante. En face d'eux ils voyaient la route vers le sud et un bois tout jeune aux fraîches feuilles vertes. Tout à coup le bois parut se déplacer et s'avancer à leur rencontre. Des camions et des canons allemands camouflés roulaient vers eux. Corte vit les gens devant lui lever les bras et rebrousser chemin en courant. Au même instant, les Français tirèrent, les mitrailleuses allemandes répondirent. Pris entre deux feux, les réfugiés couraient dans toutes les directions, d'autres tournaient sur place comme frappés de folie ; une femme enjamba le parapet et se jeta dans le fleuve. Florence saisit le bras de Corte, y enfonça ses ongles, hurla :

« Retournons, viens !

— Mais le pont va sauter », cria Corte.

Il la prit par la main, l'entraînant en avant, et tout à coup la pensée le traversa, étrange, brûlante et aiguë comme un éclair, que c'était vers la mort qu'ils couraient. Il l'attira à lui, lui courba de force la tête, la cacha sous son manteau comme on bande les yeux d'un condamné, et trébuchant, haletant, la portant à demi, franchit les quelques mètres qui les séparaient de la rive opposée. Quoique son cœur semblât frapper dans sa poitrine comme le battant d'une cloche, il n'avait pas réellement peur. Il désirait avec une sauvage ardeur sauver la vie de Florence. Il avait confiance en quelque chose d'invisible, en une main tutélaire tendue sur lui, sur lui, faible, misérable, petit, si petit qu'il serait épargné par le sort comme un fétu de paille par la tempête. Ils traversèrent le pont, ils frôlèrent les Allemands dans leur course, ils dépassèrent les mitrailleuses et les uniformes verts. La route était libre, la mort derrière eux, et tout à coup ils aperçurent — oui, ils ne se trompaient pas, ils l'avaient bien reconnue — là, à l'entrée d'un petit chemin forestier, leur voiture, avec leurs fidèles domestiques qui les attendaient. Florence ne put que gémir : « Julie, Dieu soit loué. Julie ! » Les voix du chauffeur et de la femme de chambre parvenaient aux oreilles de Corte comme ces sons rauques et bizarres qui percent à demi la brume d'un évanouissement. Florence pleurait. Avec lenteur, avec incrédulité, avec des éclipses de lucidité, péniblement, graduellement, Corte comprenait que sa voiture lui était rendue, que ses manuscrits lui étaient rendus, qu'il retrouvait la vie, qu'il ne serait plus jamais un homme ordinaire, souffrant, affamé, courageux et lâche à la fois, mais une créature privilégiée et préservée de tout mal — Gabriel Corte ! ! !

18

Hubert, avec les hommes rencontrés sur la route, était arrivé enfin au bord de l'Allier. C'était le lundi 17 juin à midi. En chemin, des volontaires s'étaient joints aux soldats — des gardes mobiles, des Sénégalais, des militaires dont les compagnies défaites tentaient en vain de se reconstituer et s'accrochaient à chaque îlot de résistance avec un courage désespéré, des gamins comme Hubert Péricand séparés de leur famille en fuite ou partis pendant la nuit de chez eux « pour rejoindre la troupe ». Ces mots magiques avaient couru de village en village, de ferme en ferme. « On va rejoindre la troupe, échapper aux Allemands, se reformer derrière la Loire », répétaient des bouches de seize ans. Ces enfants portaient un balluchon sur le dos (les restes du goûter de la veille roulés à la hâte dans un chandail et une chemise par une mère en larmes) ; ils avaient des figures roses et rondes, des doigts tachés d'encre, des voix qui muaient. Trois d'entre eux étaient accompagnés par leurs pères, combattants de 14, que leur âge, d'anciennes blessures et leur situation de famille avaient gardés loin du feu depuis septembre. Le PC du chef de bataillon fut installé sous un pont de pierre près du passage à niveau. Hubert compta près de deux cents hommes dans le chemin et sur le rivage. Dans son inexpérience il crut qu'une puissante armée faisait face maintenant à l'ennemi. Il vit disposer sur le pont de pierre des tonnes de mélinite ; il ignorait seulement qu'on n'avait pu trouver de cordon Pickford pour l'allumage. Les soldats travaillaient sans prononcer une parole ou dormaient couchés sur la terre. Ils n'avaient pas mangé depuis la veille. Vers le soir des bouteilles de bière furent distribuées. Hubert n'avait pas faim mais cette bière blonde avec son goût amer et sa mousse vieillissante lui donna une sensation de bonheur. Il lui fallait cela pour se donner du courage. Personne en effet ne semblait avoir besoin de lui. Il allait de l'un à l'autre, offrant timidement ses services ; on ne lui répondait pas, on ne le regardait même pas. Il vit que deux soldats traînaient de la paille et des fagots vers le pont, un autre poussait devant lui un tonneau de goudron. Hubert saisit un énorme fagot mais si maladroitement que les épines déchirèrent ses mains et il poussa un petit cri de douleur. Un instant plus tard, pensant que personne ne l'avait entendu, il crut mourir de honte lorsque, son fardeau enfin jeté devant le pont, un des hommes lui cria :

« Qu'est-ce que tu fous là ? Tu vois pas que tu gênes ? Non ? »

Blessé au cœur, Hubert s'éloigna. Debout, immobile sur la route de Saint-Pourçain, face à l'Allier, il vit s'accomplir un travail qui lui semblait incompréhensible : la paille et les fagots arrosés de goudron étaient placés sur le pont auprès d'un bidon d'essence de cinquante litres ; on comptait sur ce barrage pour arrêter les forces ennemies tandis qu'un canon de 75 devait faire détoner la mélinite.

Le reste de la journée passa ainsi, puis la nuit et toute la matinée suivante : heures vides, étranges, incohérentes comme la fièvre. Toujours rien à manger, rien à boire. Les jeunes paysans eux-mêmes perdaient leurs fraîches couleurs et, pâlis par la faim, noirs de poussière, les cheveux en désordre, les yeux brûlants, ils semblaient tout à coup plus vieux, plus grands, avec un air têtu, douloureux et dur.

Il était deux heures quand sur la rive opposée apparurent les premiers Allemands. C'était la colonne motorisée qui avait traversé Paray-le-Monial le matin même. Hubert, la bouche ouverte, les regardait foncer sur le pont, à une vitesse inouïe, comme un éclair sauvage et guerrier qui fulgurait à travers la paisible campagne. Cela ne dura qu'un instant : un coup de canon fit sauter les tonneaux de mélinite qui formaient barrage. Des débris du pont, des engins, des hommes qui les montaient tombèrent dans l'Allier. Hubert vit courir les soldats devant lui.

« Ça y est ! on monte à l'assaut », pensa-t-il, et sa peau devint froide, sa gorge sèche comme lorsqu'il était enfant et qu'il entendait les premiers accords de la musique militaire dans la rue. Il se jeta en avant et vint buter contre la paille et les fagots qu'on allumait. La fumée noire du goudron lui entra dans la bouche et les narines. Derrière ce rideau protecteur, les mitrailleuses arrêtaient les tanks allemands. Suffoquant, toussant, éternuant, Hubert rampa de quelques pas en arrière. Il était désespéré. Il n'avait pas d'arme. Il ne faisait rien. On se battait et il demeurait les bras croisés, inerte, inutile. Il se consola un peu en pensant qu'autour de lui on se contentait de subir le feu ennemi sans répondre. Il attribua à cela de hautes raisons tactiques jusqu'au moment où il comprit que les hommes n'avaient presque pas de munitions. Cependant, se dit-il, puisqu'on nous fait rester là, c'est que nous sommes nécessaires, que nous sommes utiles, que nous protégeons, qui sait, le gros de l'armée française. Il s'attendait chaque instant à voir apparaître des troupes fraîches chargeant vers eux sur le chemin de Saint-Pourçain en criant : « Nous voilà, les enfants, vous en faites pas ! on les aura ! » ou d'autres paroles guerrières. Mais personne n'arrivait. Auprès de lui il vit un homme, la tête en sang, qui titubait comme pris de vin et qui finit par tomber dans un fourré et rester assis entre les branches dans une position bizarre et incommode, le menton sur la poitrine et les genoux repliés sous lui. Il entendit un officier s'exclamer avec colère :

« Pas de médecin, pas d'infirmier, pas d'ambulancier ! Qu'est-ce que vous voulez qu'on fasse ? »

Quelqu'un lui répondit :

« Il y en a un d'amoché dans le jardin de l'octroi.

— Qu'est-ce que vous voulez que j'y fasse, mon Dieu ? répéta l'officier. Laissez-le. »

Des obus avaient mis le feu à une partie de la ville. Dans la splendide lumière de juin, les flammes avaient une couleur transparente et rose et une longue colonne de fumée montait en panache dans le ciel, traversée d'or par les rayons du soleil, avec des reflets de soufre et de cendres.

« S'en vont les gars, dit un soldat à Hubert, lui montrant les mitrailleurs qui abandonnaient le pont métallique.

— Pourquoi, cria Hubert consterné, ils ne vont donc plus se battre ?

— Avec quoi ? »

« C'est un désastre, soupira Hubert. C'est la défaite ! J'assiste à une grande défaite, pire que Waterloo. Nous sommes tous perdus, je ne reverrai plus ni maman ni aucun des miens. Je vais mourir. » Il se sentait perdu, indifférent à tout, dans un état affreux de fatigue et de désespoir. Il n'entendit pas que l'on donnait l'ordre de la retraite. Il vit les hommes courir sous les balles de mitrailleuses, il s'élança, escalada la barrière d'un jardin où traînait encore une voiture d'enfant. La bataille n'avait pas cessé cependant. On défendait encore, sans tanks, sans artillerie, sans munitions, quelques mètres carrés de sol, une tête de pont alors que de toutes parts les Allemands vainqueurs déferlaient sur la France. Hubert fut saisi tout à coup d'une crise de courage désespéré, semblable à de la folie. Il pensa qu'il fuyait, que son devoir était de repartir vers le feu, vers ces fusils-mitrailleurs qu'il entendait encore répondre obstinément aux pistolets-mitrailleurs allemands, et de mourir avec eux. De nouveau, risquant la mort à chaque seconde, il traversa le jardinet, écrasant sous son pied des jouets épars. Où étaient les habitants de la petite maison ? Avaient-ils fui ? Il grimpa sur la clôture métallique sous une rafale de balles et, intact, retomba sur la route et recommença à ramper, les mains, les genoux en sang, vers le fleuve. Jamais il ne put y arriver. Il était à mi-chemin quand tout se tut. Il s'aperçut alors qu'il faisait nuit et il comprit qu'il avait dû s'évanouir de fatigue. C'était ce silence inouï, soudain, qui l'avait fait revenir à lui. Il s'assit. Sa tête vide sonnait comme une cloche. Un clair de lune splendide éclairait la route mais il était à l'abri dans une bande d'ombre qui tombait d'un arbre. Le quartier Villars brûlait toujours, toutes les armes s'étaient tues.

Abandonnant la route où il craignait de rencontrer des Allemands, Hubert traversa un petit bois. Par moments il s'arrêtait et se demandait où il allait. Les colonnes motorisées qui avaient envahi en cinq jours la moitié de la France seraient sans nul doute demain aux frontières d'Italie, de Suisse, d'Espagne. Il ne leur échapperait pas. Il avait oublié qu'il ne portait pas d'uniforme, que rien ne prouvait qu'il venait de se battre. Il était sûr d'être fait prisonnier. Il fuyait avec le même instinct qui l'avait porté aux lieux de combat et qui l'entraînait maintenant loin de cet incendie, de ces ponts détruits, de ces rêves où pour la première fois de sa vie il avait vu, face à face, des morts. Il supputait fiévreusement le chemin que les Allemands pourraient faire jusqu'au matin. Il imaginait ces villes tombées les unes après les autres, ces soldats vaincus, ces armes jetées, ces camions laissés sur la route faute d'essence, ces tanks, ces canons antichars dont il avait admiré les reproductions, et tout ce butin tombé aux mains des ennemis ! Il tremblait, il pleurait en avançant sur les genoux et les mains dans ce champ éclairé par la lune, et cependant il ne croyait pas encore à la défaite. Ainsi un être jeune et en pleine santé repousse l'idée de la mort. Les soldats se retrouveraient un peu plus loin, se regrouperaient, recommenceraient à se battre, et lui avec eux. Et lui… avec eux… « Mais qu'est-ce que j'ai fait ? pensa-t-il tout à coup. Je n'ai même pas tiré un coup de fusil ! » Il eut tellement honte de lui-même que des larmes de nouveau coulèrent, cuisantes et douloureuses. « Ce n'est pas ma faute, je n'avais pas d'arme, je n'avais que mes mains. » Il se revit tout à coup essayant en vain de traîner ce fagot vers le fleuve. Oui, il avait même été incapable de ça, lui qui aurait voulu s'élancer vers le pont, entraîner les soldats derrière lui, se jeter sur les tanks ennemis, mourir en criant : « Vive la France ! » Il était ivre de fatigue et de désespoir. Parfois des pensées d'une maturité étrange traversaient son esprit : il songeait au désastre, à ses causes profondes, à l'avenir, à la mort.

Puis il s'interrogeait sur lui-même, sur ce qu'il allait devenir, et petit à petit la conscience de la réalité lui revenait : « Qu'est-ce que maman va me passer, nom d'un petit bonhomme ! » murmurait-il, et son visage pâle, crispé, qui semblait avoir vieilli et maigri en deux jours, s'éclairait une seconde de son bon sourire d'enfant, naïf et large.

Entre deux champs, il trouva une petite venelle qui s'enfonçait dans la campagne. Ici rien ne parlait de la guerre. Des sources coulaient, un rossignol chantait, une cloche sonnait les heures, il y avait des fleurs sur toutes les haies, des feuilles fraîches et vertes aux arbres. Depuis qu'il avait trempé ses mains et sa bouche dans un ruisseau et bu dans ses deux mains serrées en forme de coupe, il se sentait mieux. Il cherchait désespérément des fruits aux branches. Il savait bien que ce n'était pas la saison mais il était à l'âge où l'on croit aux miracles. Au bout de la venelle, c'était de nouveau la route. Il lut sur une borne : Cressange, vingt-deux kilomètres, et il s'arrêta perplexe, puis il vit une ferme et enfin, après avoir longuement hésité, frappa au volet. Il entendit des pas à l'intérieur de la maison. On lui demanda qui il était. Sur sa réponse qu'il s'était égaré et avait faim, on le fit entrer. Il trouva là trois soldats français endormis. Il les reconnut. Ils avaient défendu le pont de Moulins. Maintenant ils ronflaient couchés sur des bancs, ils avaient des figures hâves et crasseuses rejetées en arrière comme celles des morts. Une femme les veillait en tricotant, son peloton de laine courait sur le sol poursuivi par le chat. C'était si familier à la fois et si étrange après tout ce qu'Hubert avait vu depuis huit jours qu'il s'assit, les jambes coupées. Sur la table, il vit les casques des soldats, ils les avaient couronnés de feuillage pour amortir leur reflet au clair de lune.

Un des hommes se réveilla, s'appuya sur un coude.

« T'en as vu, petit gars ? » demanda-t-il d'une voix sourde et rauque.

Hubert comprit qu'il parlait des Allemands.

« Non, non, se hâta-t-il de dire. Pas un depuis Moulins.

— Paraît, dit le soldat, qu'ils ne prennent même plus de

prisonniers. Y en a trop. Ils les désarment puis les envoient se faire foutre.

— Paraît », dit la femme.

Un silence tomba entre eux. Hubert mangea : on avait mis devant lui une assiette de soupe et du fromage. Quand il eut fini, il demanda au soldat :

« Qu'est-ce que vous faites maintenant ? »

Son compagnon avait ouvert les yeux. Ils discutèrent. L'un voulait gagner Cressange, l'autre répondait :

« Pourquoi ? y sont partout, y sont partout… » d'un air accablé en jetant autour de lui des regards douloureux et effrayés d'oiseau fasciné.

Il lui semblait vraiment les voir autour de lui, ces Allemands prêts à le saisir. De temps en temps lui échappait une sorte de rire saccadé et amer.

« Bon Dieu ! avoir fait 14 et voir ça… »

La femme tricotait placidement. Elle était très vieille. Elle portait un bonnet blanc tuyauté.

« Moi j'ai vu 70. Alors… », marmotta-t-elle.

Hubert les écoutait, il les contemplait avec effarement. Ils lui semblaient à peine réels, pareils à des fantômes, à des ombres gémissantes surgies des pages de son Histoire de France. Mon Dieu ! Le présent et ses désastres valaient mieux que ces gloires mortes et cette odeur de sang qui montait du passé. Hubert but une tasse de café très noir et très chaud, un peu de marc, remercia la femme, prit congé des soldats et se mit en route, bien résolu à atteindre Cressange dans la matinée. De là il pourrait peut-être communiquer avec les siens et les rassurer sur son sort. Il marcha jusqu'à huit heures et se trouva à quelques kilomètres de Cressange, dans un petit village, devant un hôtel d'où s'échappait une odeur délicieuse de café et de pain frais. Là Hubert sentit qu'il ne pourrait pas aller plus loin, que ses pieds ne le portaient plus. Il entra dans une salle d'auberge pleine de réfugiés. Il demanda s'il trouverait une chambre. Personne ne pouvait le renseigner. On lui dit que la patronne était sortie chercher à manger pour toute cette horde d'affamés, qu'elle allait bientôt revenir. Il sortit dans la rue et, à une fenêtre du premier étage, il vit une femme qui se fardait. Le crayon de rouge qu'elle tenait à la main lui échappa et tomba aux pieds d'Hubert ; il se précipita pour le ramasser. La femme se pencha, l'aperçut, lui sourit.

« Comment faire pour l'avoir maintenant ? » demanda-t-elle.

Et elle laissa pendre hors de la fenêtre son bras nu, sa main pâle. Ses ongles peints étincelèrent au soleil, des petits éclairs fulgurèrent aux yeux d'Hubert. Cette chair laiteuse, ces cheveux roux le blessèrent comme une lumière trop vive.

Il baissa les yeux avec précipitation et balbutia :

« Je... je peux vous le rapporter, madame.

— Oui, s'il vous plaît », dit-elle.

Et elle sourit de nouveau. Il pénétra dans la maison, traversa une salle de café, monta un petit escalier noir et vit ouverte la porte d'une chambre toute rose. Le soleil passait en effet à travers un pauvre rideau d'andrinople rouge et la pièce était emplie d'une ombre chaude, vivante, cramoisie comme un buisson de roses. La femme le fit entrer, elle polissait ses ongles. Elle prit le bâton de rouge, le regarda : « Mais, il va s'évanouir ! » Hubert sentit qu'elle lui saisissait la main, qu'elle l'aidait à franchir les deux pas qui le séparaient d'un fauteuil, qu'elle lui glissait un oreiller sous la tête. Il n'avait pas perdu conscience, cependant son cœur battait très fort. Tout dansait autour de lui comme dans le mal de mer, et de grandes vagues glacées et brûlantes le parcouraient alternativement.

Il était intimidé mais assez fier de lui-même. Quand elle lui demanda : « Fatigué ? Faim ? Qu'est-ce que c'est mon pauvre enfant ? », il exagéra encore le tremblement de sa voix pour répondre :

« Ce n'est rien, mais... j'ai marché depuis Moulins où nous avons défendu le pont. »

Elle le regarda, surprise.

« Mais quel âge avez-vous ?

— Dix-huit ans.

— Vous n'êtes pas soldat ?

— Non, je voyageais avec ma famille. Je les ai quittés. J'ai rejoint la troupe.

— Mais c'est très bien », dit-elle.

Elle avait beau parler du ton d'admiration qu'il attendait, il ne sut pourquoi, il rougit sous son regard. De près, elle ne semblait pas jeune. On voyait de petites rides sur son visage délicatement fardé. Elle était très svelte, très élégante, et elle avait des jambes admirables.

« Comment vous appelez-vous ? demanda-t-elle.

— Hubert Péricand.

— N'y a-t-il pas un Péricand conservateur du musée des Beaux-Arts ?

— C'est mon père, madame. »

Tout en parlant, elle s'était levée et lui servait du café. Elle venait de déjeuner, et le plateau avec la cafetière à demi pleine, le bol de crème et les rôties, était encore sur la table.

« Il n'est pas très chaud, fit-elle, mais buvez tout de même, il vous fera du bien. »

Il obéit.

« C'est un tel affolement en bas avec tous ces réfugiés que j'appellerais jusqu'à demain, ils ne viendraient pas ! Vous venez de Paris naturellement ?

— Oui, vous aussi, madame ?

— Oui. J'ai passé par Tours où j'ai été bombardée. Maintenant je pense rejoindre Bordeaux. Je suppose que l'Opéra a été évacué à Bordeaux.

— Vous êtes actrice, madame ? interrogea Hubert avec respect.

— Danseuse. Arlette Corail. »

Hubert n'avait jamais vu de danseuse que sur la scène du Châtelet. Instinctivement ses regards se portèrent avec curiosité et convoitise sur les longues chevilles et les mollets musclés, serrés dans des bas brillants. Il était extrêmement troublé. Une mèche blonde lui tomba dans les yeux. La femme la souleva doucement de la main.

« Et où allez-vous maintenant ?

— Je ne sais pas, avoua Hubert. Ma famille s'est arrêtée

dans un petit patelin à une trentaine de kilomètres d'ici. J'irais bien la rejoindre mais les Allemands doivent y être.

— On les attend ici d'un moment à l'autre.

— Ici ? »

Il fit un mouvement d'effroi et se souleva pour fuir. Elle le retint en riant.

« Mais que voulez-vous qu'ils vous fassent ? Un gosse comme vous...

— Tout de même, je me suis battu, protesta-t-il, blessé.

— Oui, bien sûr, mais personne n'ira leur dire, n'est-ce pas ? »

Elle réfléchissait, fronçait légèrement les sourcils.

« Écoutez. Voilà ce que vous allez faire. Je vais descendre et demander pour vous une chambre. Ils me connaissent ici. C'est un tout petit hôtel, mais une cuisine merveilleuse et j'y ai passé quelques week-ends. Ils vous donneront la chambre de leur fils mobilisé. Vous vous reposerez un ou deux jours et vous pourrez prévenir vos parents.

— Je ne sais comment vous remercier », murmura-t-il.

Elle le laissa. Quand elle revint quelques instants après, il dormait. Elle voulut lui soulever la tête et entoura de ses bras ses épaules larges, sa poitrine qui se soulevait doucement. Elle le regarda avec attention, remit de nouveau en place ses cheveux dorés qui tombaient en désordre sur son front, le considéra de nouveau d'un air rêveur et gourmand comme une chatte contemple un petit oiseau et soupira :

« Il n'est pas mal, ce petit... »

19

Le village attendait les Allemands. Les uns, à l'idée de voir pour la première fois leurs vainqueurs, éprouvaient une honte désespérée, les autres de l'angoisse, mais beaucoup ne ressentaient qu'une curiosité effrayée comme à l'annonce d'un spectacle étonnant et nouveau. La veille, les fonctionnaires, les gendarmes, les employés de la poste avaient reçu l'ordre de partir. Le maire demeurait. C'était un vieux paysan podagre et placide que rien n'émouvait. Le village serait sans chef et ne s'en porterait pas plus mal ! À midi, dans la salle à manger bruyante où Arlette Corail achevait de déjeuner, des voyageurs apportèrent la nouvelle de l'armistice. Des femmes éclatèrent en pleurs. On disait que la situation était confuse, qu'en certains endroits les soldats résistaient encore, que des civils s'étaient joints à eux ; on s'accordait pour les blâmer, tout était perdu, il n'y avait plus qu'à céder. Tous parlaient à la fois. L'air était irrespirable. Arlette repoussa son assiette et sortit dans le petit jardin de l'hôtel. Elle avait pris avec elle des cigarettes, un transatlantique, un livre. Partie de Paris une semaine auparavant dans un état de panique voisin de la folie, elle se retrouvait, après avoir traversé d'indéniables dangers, parfaitement froide et calme ; de plus, elle avait acquis la certitude qu'elle se tirerait d'affaire toujours et partout et qu'elle était douée d'un véritable génie pour se procurer en toutes circonstances le maximum d'aise et de confort. Cette souplesse, cette lucidité, ce détachement étaient des qualités qui lui avaient grandement servi dans sa carrière et dans sa vie sentimentale, mais elle n'avait pas vu jusqu'ici qu'elles lui serviraient également dans la vie quotidienne ou exceptionnelle.

Quand elle pensait maintenant qu'elle avait imploré la protection de Corbin, elle souriait de pitié. Ils étaient arrivés à Tours juste à temps pour être bombardés ; la valise de Corbin qui contenait ses effets personnels et les papiers de la Banque était restée ensevelie sous les décombres, tandis qu'elle avait émergé du désastre n'ayant pas perdu un seul mouchoir, ni une boîte de fards, ni une paire de souliers. Elle avait vu Corbin décomposé par la peur et elle songeait avec plaisir qu'elle lui rappellerait souvent ces instants. Plus tard, elle se rappela sa mâchoire affaissée comme celle d'un mort ; on avait envie de lui passer une mentonnière pour la soutenir. Lamentable ! Le laissant à Tours dans la confusion et le tumulte affreux de la ville, elle avait pris la voiture, s'était procuré de l'essence et était partie. Elle était depuis deux jours dans ce village où elle avait bien mangé, bien dormi, tandis qu'une foule lamentable campait dans les granges et sur la place. Elle s'était même offert le luxe de la charité en abandonnant sa chambre à ce gentil garçon, ce petit Péricand... Péricand ? C'était une famille bourgeoise, terne, respectable, très riche et qui avait des relations brillantes dans le monde officiel, ministrable et celui de la haute industrie grâce à son alliance avec les Maltête, ces gens de Lyon... Des relations... Elle poussa un petit soupir excédé en songeant à tout ce qu'il faudrait réviser désormais dans cet ordre d'idées et à toute la peine qu'elle s'était donnée quelque temps auparavant pour séduire Gérard Salomon-Worms, le beau-frère du comte de Furières. Conquête bien inutile et qui avait coûté beaucoup de soin et de temps.

Arlette, fronçant légèrement les sourcils, regarda ses ongles. La vue des dix petits miroirs étincelants semblait la disposer aux spéculations abstraites. Ses amants savaient que lorsqu'elle considérait ses mains de cet air réfléchi et malveillant, elle finissait par exprimer son opinion sur des choses comme la politique, l'art, la littérature et la mode, et son opinion était, à l'ordinaire, pénétrante et juste. Pendant quelques instants, dans ce petit jardin fleuri, tandis que des bourdons autour d'elle butinaient un buisson de clochettes amarante, la danseuse imagina l'avenir. Elle arriva à la conclusion que pour elle rien ne serait changé. Sa fortune était en bijoux — ils ne pourraient qu'augmenter de valeur — et en terres — elle avait fait quelques achats heureux dans le Midi, avant la guerre. D'ailleurs tout cela n'était qu'accessoire. Ses biens principaux étaient ses jambes, sa taille, son esprit d'intrigue, et ceux-là n'étaient menacés que par le temps seul. C'était d'ailleurs le point noir… Elle se rappela son âge et aussitôt, comme on touche une amulette pour conjurer le mauvais sort, elle sortit sa glace de son sac, regarda attentivement son visage. Une pensée désagréable la traversa : elle se servait d'un fard américain, irremplaçable. Elle ne pourrait pas se le procurer facilement d'ici quelques semaines. Cela assombrit son humeur. Bah ! bah ! les choses changeraient en surface et le fond serait immuable ! Il y aurait de nouveaux riches ainsi qu'aux lendemains de tous les désastres, des hommes qui seraient prêts à acheter très cher leur plaisir parce que leur argent aurait été acquis sans peine et l'amour demeurerait pareil. Mais, mon Dieu, que toute cette convulsion s'apaise au plus vite ! Qu'un mode de vie, n'importe lequel, s'établisse ; tout cela, cette guerre, ces révolutions, ces grands bouleversements de l'histoire, pouvait exciter les hommes, mais les femmes… Ah ! les femmes ne ressentaient que de l'ennui. Elle était bien sûre que toutes pensaient là-dessus comme elle-même, ennuyeux à pleurer, ennuyeux à bâiller tous les grands mots et les grands sentiments ! Les hommes… on ne savait pas, on ne pouvait pas dire… par certains côtés ces êtres simples étaient incompréhensibles, mais les femmes étaient guéries pour cinquante ans au moins de tout ce qui n'était pas le quotidien, le terre-à-terre… Elle leva les yeux et vit la patronne du petit hôtel qui regardait quelque chose, penchée à la fenêtre.

« Qu'est-ce que c'est, madame Goulot ? » demanda-t-elle.

L'autre répondit d'une voix solennelle et tremblante :

« Mademoiselle, ce sont eux... ils arrivent...

— Les Allemands ?

— Oui. »

La danseuse fit un mouvement pour se lever et aller à la barrière d'où l'on apercevait la rue, mais elle eut peur qu'en son absence quelqu'un ne s'emparât de son fauteuil de toile et de sa place à l'ombre et elle resta.

Ce n'étaient pas encore les Allemands qui arrivaient mais UN Allemand : le premier. Tout le village, derrière les portes fermées, par l'entrebâillement des persiennes demi-closes ou à la lucarne d'un grenier, le regardait venir. Il arrêta sa motocyclette sur la place déserte ; ses mains étaient gantées ; il portait un uniforme vert, un casque sous la visière duquel on aperçut, lorsqu'il leva la tête, un visage rose, maigre, presque enfantin. « Il est tout jeune ! » murmurèrent les femmes. Sans bien s'en rendre compte, elles étaient prêtes à quelque vision de l'Apocalypse, à quelque monstre étrange et effrayant. Il regardait autour de lui et cherchait quelqu'un. Alors le buraliste, qui avait fait la guerre de 14 et portait la croix de guerre et la médaille militaire au revers de son vieux veston gris, sortit de sa boutique et s'avança vers l'ennemi. Un moment, les deux hommes restèrent immobiles, face à face, sans parler. Puis l'Allemand montra sa cigarette et demanda du feu en mauvais français. Le buraliste répondit en mauvais allemand car il avait fait de l'occupation en 18, à Mayence. Le silence était tel (tout le village retenait son souffle) qu'on entendait chacune de leurs paroles. L'Allemand demanda son chemin. Le Français répondit, puis s'enhardissant :

« Est-ce que l'armistice est signé ? »

L'Allemand écarta les bras.

« Nous ne savons pas encore. Nous l'espérons », dit-il.

Et la résonance humaine de cette parole, ce geste, tout ce qui prouvait jusqu'à l'évidence que l'on avait affaire non à quelque monstre altéré de sang mais à un soldat comme les autres, cela brisa tout à coup la glace entre le village et l'ennemi, entre le paysan et l'envahisseur.

« Il n'a pas l'air méchant », chuchotèrent les femmes.

Il porta la main à son casque, mais sans raideur, en souriant, d'un geste incertain et comme inachevé, qui n'était pas tout à fait un salut militaire et pas davantage celui dont un civil prend congé d'un autre. Il jeta aux fenêtres closes un bref regard curieux. La moto démarra et disparut. Les portes s'ouvrirent alors les unes après les autres, tout le village sortit sur la place et entoura le buraliste qui, debout, immobile, les mains dans les poches, le sourcil froncé, regardait au loin. Un mode d'expressions contradictoires se lisait sur son visage : du soulagement que tout fût fini, de la tristesse et de la colère que tout fût fini de cette façon, les souvenirs du passé, la peur de l'avenir ; tous ces sentiments semblaient se refléter sur les traits des autres. Les femmes essuyèrent leurs yeux pleins de larmes ; les hommes silencieux gardaient un air buté et dur. Les enfants, un instant distraits de leurs jeux, étaient retournés à leurs billes, à leur marelle. Le ciel brillait d'un éclat lumineux et argenté ; comme il arrive souvent au milieu d'une très belle journée, une imperceptible buée tendre et irisée flottait dans l'air et toutes les fraîches couleurs de juin en étaient avivées, semblaient plus riches et plus douces comme celles que l'on voit à travers un prisme d'eau.

Tranquillement les heures passaient. Il y avait moins d'autos sur la route. Des bicyclettes filaient encore à toute allure comme emportées par le vent furieux qui depuis une semaine soufflait du nord-est et entraînait avec lui ces malheureux humains. Un peu plus tard — spectacle surprenant — quelques voitures apparurent venant en sens inverse de celui qu'elles avaient suivi depuis huit jours ; elles retournaient vers Paris. Voyant cela, des gens crurent réellement que tout était terminé. Chacun rentra chez soi. On entendit de nouveau le cliquetis de la vaisselle que les ménagères lavaient dans leur cuisine, le pas léger d'une petite vieille qui allait porter de l'herbe aux lapins, et même la chanson d'une petite fille tirant de l'eau à la pompe. Des chiens se battaient, roulaient dans la poussière.

C'était le soir, un crépuscule délicieux, un air transparent, une ombre bleue, une dernière lueur de couchant caressant les roses et la cloche de l'église appelant les fidèles à la prière, lorsque naquit et grandit sur la route un bruit qui ne ressemblait pas à celui de ces derniers jours, sourd, assuré, ce grondement semblait s'avancer sans hâte, d'une manière pesante et inexorable. Des camions roulaient vers le village. Cette fois-ci, c'étaient bien les Allemands qui arrivaient. Des camions arrêtés sur la place des hommes descendirent ; d'autres camions venaient derrière les premiers, puis d'autres, puis d'autres encore. En peu d'instants, toute la vieille place grise, depuis l'église jusqu'à la mairie, ne fut plus qu'une masse immobile et obscure de véhicules couleur de fer sur lesquels on distinguait encore quelque branche flétrie, vestige du camouflage.

Que d'hommes ! Les gens sortis de nouveau sur le pas de leur porte, silencieux, attentifs, les regardaient, les écoutaient, essayaient en vain de dénombrer ce flot. Les Allemands surgissaient de toutes parts, couvraient les places et les rues, sans cesse il en survenait d'autres. Le village, depuis septembre, s'était déshabitué d'entendre des pas, des rires, des voix jeunes. Il était étourdi, suffoqué par la rumeur qui montait de cette marée d'uniformes verts, par cette odeur d'humanité saine, une odeur de viande fraîche, et surtout par les sons de cette langue étrangère. Les Allemands envahissaient les maisons, les magasins, les cafés. Leurs bottes sonnaient sur les carreaux rouges des cuisines. Ils demandaient à manger, à boire. Ils caressaient les enfants au passage. Ils faisaient de grands gestes, ils chantaient, ils riaient aux femmes. Leur air de bonheur, leur ivresse de conquérants, leur fièvre, leur folie, leur félicité mêlée d'une sorte d'incrédulité, comme s'ils avaient peine eux-mêmes à croire à leur aventure, tout cela était d'une tension, d'un frémissement tels que les vaincus en oubliaient pendant quelques instants leur chagrin et leur rancune. Bouche bée, ils regardaient.

Dans le petit hôtel, au-dessous de la chambre où Hubert dormait toujours, la salle résonnait de cris et de chansons. Tout de suite les Allemands avaient réclamé du champagne (*Sekt ! Nahrung !*) et les bouchons sautaient entre leurs mains. Les uns jouaient au billard, d'autres entraient dans la cuisine en portant des monceaux d'escalopes crues, roses, qu'ils jetaient sur le feu et qui grésillaient en répandant une épaisse fumée. Des soldats montaient de la cave des canettes de bière, écartant dans leur impatience la servante qui voulait les aider ; un jeune homme à la figure vermeille, à la chevelure d'or, cassait lui-même des œufs sur un coin du fourneau, un autre, au jardin, arrachait les premières fraises. Deux garçons demi-nus trempaient leurs têtes dans des seaux d'eau froide tirée du puits. Ils se rassasiaient, ils se gorgeaient de toutes les bonnes choses de la terre ; ils avaient échappé à la mort, ils étaient jeunes, vivants, ils étaient vainqueurs ! Ils exhalaient leur joie délirante en paroles pressées, rapides, en mauvais français ils parlaient à tous ceux qui voulaient bien les entendre, ils montraient leurs bottes, répétaient « nous marcher, marcher, camarades tomber et toujours marcher »... Un cliquetis d'armes, de ceinturons, de casques montait de la salle. Dans son rêve, Hubert le percevait, le confondait avec les souvenirs de la veille, revoyait la bataille sur le pont de Moulins. Il s'agitait et soupirait ; il repoussait quelqu'un d'invisible ; il se plaignait et souffrait. Il s'éveilla enfin dans cette chambre inconnue. Il avait dormi toute la journée. Maintenant par la fenêtre ouverte, on voyait briller la pleine lune. Hubert fit un mouvement étonné, se frotta les yeux et vit la danseuse qui était entrée pendant qu'il dormait.

Il balbutia des remerciements et des excuses.

« Maintenant vous devez avoir faim ? » dit-elle.

Oui, c'était vrai, il mourait de faim.

« Mais peut-être vaut-il mieux dîner chez moi, vous savez ? C'est intenable en bas, plein de soldats.

— Oh ! des soldats ! dit-il en s'élançant vers la porte. Qu'est-ce qu'ils disent ? Est-ce que ça va mieux ? Où sont les Allemands ?

— Les Allemands ? Mais ils sont ici. Ce sont des soldats allemands. »

Il s'écarta brusquement d'elle d'un geste surpris et effrayé, comme le bond d'une bête poursuivie.

« Les Allemands ? Non, non, c'est une blague ? »

Il chercha en vain un autre mot et répéta d'une voix basse et tremblante : « C't une blague ? »

Elle ouvrit la porte ; de la salle monta alors, avec une épaisse et âcre fumée, ce bruit inoubliable que fait une troupe de soldats vainqueurs : cris, rires, chants, et le piétinement des bottes et le choc des lourds pistolets jetés sur les tables de marbre, et le fracas des casques heurtant les plaques de métal des ceinturons, et ce grondement joyeux qui sort d'une foule heureuse, fière, ivre de sa conquête, « comme au rugby l'équipe gagnante », pensa Hubert. Il retint avec peine des injures et des larmes. Il se jeta vers la fenêtre, regarda au-dehors. La rue maintenant commençait à se vider, mais quatre hommes marchaient de front et frappaient du poing en passant les portes des maisons ; ils criaient : « Lumière, éteignez tout ! », et l'une après l'autre, docilement, disparaissaient les lueurs des lampes. Il ne demeurait plus que la clarté de la lune qui arrachait aux casques et aux canons gris des fusils un sourd feu bleu. Hubert saisit à deux mains le rideau, le pressa convulsivement contre sa bouche et éclata en pleurs.

« Doucement, doucement, disait la femme, et elle lui caressait l'épaule avec une pitié légère. Nous n'y pouvons rien, n'est-ce pas ? Que pouvons-nous faire ? Toutes les larmes du monde n'y changeront rien. Il y aura des jours meilleurs. Il faut vivre pour les voir, avant tout il faut vivre… il faut durer… Mais vous vous êtes bravement conduit… si tous avaient été aussi braves… et vous êtes tellement jeune ! presque un enfant… »

Il secoua la tête.

« Non ? fit-elle plus bas. Un homme ? »

Elle se tut. Ses doigts tremblèrent un peu et elle crispa ses ongles sur le bras du garçon comme si elle s'emparait de quelque fraîche proie et la pétrissait avant de la porter à ses dents et d'assouvir sa faim. Elle dit très bas, d'une voix altérée :

« Il ne faut pas pleurer. Les enfants pleurent. Vous êtes un homme, un homme quand il est malheureux sait ce qu'il peut trouver… »

Elle attendit une réponse qui ne vint pas. Il baissait les paupières, la bouche close et douloureuse, mais son nez se fronçait et ses narines frémissaient. Alors elle dit d'une voix faible :

« L'amour… »

20

Dans la chambre où dormaient les enfants Péricand, le chat Albert avait fait son lit. Tout d'abord monté sur le couvre-pieds à fleurs aux pieds de Jacqueline, il avait commencé à le pétrir et à mordre doucement la cretonne qui exhalait une odeur de colle et de fruit, mais Nounou était survenue et l'avait chassé. Trois fois de suite, dès qu'elle avait le dos tourné, il avait regagné sa place d'un bond silencieux et d'une grâce aérienne, mais enfin il avait dû abandonner la lutte et il s'était couché sous la robe de chambre de Jacqueline au creux d'un fauteuil. Tout dormait dans la pièce. Les petits reposaient tranquillement et Nounou s'était endormie en disant son chapelet. Le chat, immobile, dardait sur le chapelet qui brillait au clair de lune un œil fixe et vert ; l'autre demeurait fermé. Le corps était caché sous la robe de chambre en flanelle rose. Peu à peu, avec une extrême douceur, il sortit une patte, puis l'autre, les allongea et les sentit frémir depuis l'articulation du haut, ressort d'acier dissimulé sous une douce et chaude fourrure jusqu'aux griffes dures et transparentes. Il prit son élan, sauta sur le lit de Nounou et la considéra longuement sans bouger ; seule l'extrémité de sa fine moustache frémissait. Il avança la patte et fit jouer les grains du chapelet ; d'abord il les agita à peine, puis il prit goût au contact lisse et frais de ces sphères minuscules et parfaites qui roulaient entre ses griffes ; il leur donna une secousse plus forte et le chapelet tomba à terre. Le chat prit peur et disparut sous un fauteuil.

Un peu plus tard, Emmanuel se réveilla et cria. Les fenêtres étaient ouvertes ainsi que les volets. La lune éclairait les toits du village ; les tuiles scintillaient comme des écailles de poisson. Le jardin était parfumé, paisible, et la lumière argentée semblait remuer comme une eau transparente, flotter et retomber doucement sur les arbres fruitiers.

Le chat, soulevant du museau les franges du fauteuil, regardait ce spectacle d'un air grave, étonné et rêveur. C'était un très jeune chat qui ne connaissait que la ville ; là-bas les nuits de juin on ne les sentait que de loin ; on en respirait parfois une bouffée tiède et grisante, mais ici le parfum montait jusqu'à ses moustaches, l'entourait, le saisissait, le pénétrait, l'étourdissait. Yeux à demi clos, il se sentait parcouru par des ondes d'odeurs puissantes et douces, celle des derniers lilas avec leur petit relent de décomposition, celle de la sève qui coule dans les arbres et celle de la terre ténébreuse et fraîche, celle des bêtes, oiseaux, taupes, souris, toutes les proies, senteur musquée de poils, de peau, odeur de sang… Il bâilla de convoitise, il sauta sur le bord de la fenêtre. Il se promena lentement le long de la gouttière. C'était là que, l'avant-veille, une main vigoureuse s'était emparée de lui et l'avait rejeté sur le lit de Jacqueline sanglotante. Mais cette nuit, il ne se laisserait pas prendre. Il mesura de l'œil la distance entre la gouttière et le sol. C'était un jeu pour lui de la franchir, mais il voulut se rehausser sans doute à ses propres yeux en s'exagérant la difficulté de ce bond. Il balança son arrière-train d'un air farouche et vainqueur, balaya la gouttière de sa longue queue noire, coucha les oreilles en arrière, s'élança et se retrouva sur la terre fraîchement remuée. Un instant il hésita, il enfouit son museau dans le sol, maintenant il était au centre, au creux le plus profond, dans le giron même de la nuit. C'était à terre qu'il fallait la sentir ; les parfums étaient contenus là, entre les racines et les cailloux, ils ne s'étaient pas évaporés encore, ils ne s'étaient pas évanouis vers le ciel, ils ne s'étaient pas dilués dans l'odeur des humains. Ils étaient parlants, secrets, chauds. Ils étaient vivants. Chacun d'eux évacuait une petite vie cachée, heureuse, comestible…

Hannetons, mulots, grillons et ce petit crapaud dont la voix semblait pleine de larmes cristallines… Les longues oreilles du chat, cornets roses aux poils argentés, pointus et délicatement roulées à l'intérieur comme une fleur de convolvulus, se dressèrent ; il écoutait les bruits légers des ténèbres, si fins, si mystérieux et, pour lui seul, si clairs : froissement des brins de paille dans les nids où l'oiseau veille sa couvée, frissonnement des plumes, petits coups de bec sur l'écorce d'un arbre, agitation d'ailes, d'élytres, de pattes de souris qui grattent doucement la terre et jusqu'à la sourde explosion des graines qui germent. Des yeux d'or fuyaient dans l'obscurité, les moineaux endormis sous les feuilles, le gros merle noir, la mésange, la femelle du rossignol ; le mâle était bien réveillé, lui, et chantait et lui répondait dans la forêt et sur la rivière.

On entendait encore d'autres sons : une détonation qui éclatait à intervalles réguliers montait et s'épanouissait comme une fleur et, lorsqu'elle avait cessé, le tremblement de toutes les vitres du village, le claquement des volets ouverts et refermés dans les ténèbres et des paroles angoissées qui volaient dans l'air, de fenêtre à fenêtre. Tout d'abord le chat avait sursauté à chaque coup, la queue droite : des reflets de moire passaient sur sa fourrure, ses moustaches étaient raides d'émoi, puis il s'était habitué à ce fracas qui se rapprochait de plus en plus et qu'il confondait sans doute avec le tonnerre. Il fit quelques cabrioles dans les plates-bandes, effeuilla de ses griffes une rose : elle était épanouie ; elle n'attendait qu'un souffle pour tomber et mourir ; ses pétales blancs se répandraient en pluie molle et parfumée sur le sol. Brusquement le chat grimpa jusqu'au sommet d'un arbre ; son bond était aussi rapide que celui d'un écureuil, l'écorce se déchirait sous ses pattes. Des oiseaux effrayés s'envolèrent. Sur l'extrême bout d'une branche, il exécuta une danse sauvage, guerrière, insolente et hardie, narguant le ciel, la terre, les bêtes, la lune. Par moments il ouvrait sa bouche étroite et profonde, et il en sortait un miaulement strident, un appel provocant et aigu à tous les chats du voisinage.

Dans le poulailler, dans le pigeonnier tout s'éveilla, trembla, se cacha la tête sous l'aile, sentit l'odeur de la pierre et de la mort ; une petite poule blanche grimpa précipitamment sur un baquet de zinc, le renversa et s'enfuit avec des caquètements éperdus. Mais le chat avait sauté sur l'herbe maintenant, il ne bougeait plus, il attendait. Ses yeux ronds et dorés luisaient dans l'ombre, il y eut un bruit de feuilles remuées. Il revint portant dans sa gueule un petit oiseau inerte ; il léchait doucement le sang qui coulait de sa blessure. Il but ce sang chaud, les paupières serrées, avec délice. Il avait mis ses griffes sur le cœur de la bête, tantôt les desserrant, tantôt les enfonçant dans la tendre chair, sur les os légers, d'un mouvement lent, rythmé, jusqu'à ce que ce cœur s'arrête de battre. Il mangea l'oiseau sans hâte, se lava, lustra sa queue, l'extrémité de sa belle queue de fourrure où l'humidité de la nuit avait laissé une trace mouillée et brillante. Il se sentait disposé à la bienveillance maintenant : une musaraigne fila entre ses pattes sans qu'il la retînt et il se contenta d'assener sur la tête d'une taupe un coup qui lui laissa une trace sanglante sur le museau et la laissa à demi morte, mais il n'alla pas plus loin. Il la contempla avec une petite palpitation dédaigneuse des narines et ne la toucha pas. Une autre faim s'éveillait en lui ; ses reins se creusaient, il leva le front et miaula encore une fois, un miaulement qui s'acheva en un cri impérieux et rauque. Sur le toit du poulailler, se lovant dans le clair de lune, une vieille chatte rousse venait d'apparaître. La courte nuit de juin s'achevait, les étoiles pâlissaient, l'air sentait une odeur de lait et d'herbe humide ; la lune cachée à demi derrière la forêt ne montrait plus qu'une corne rose qui s'effaçait dans le brouillard, lorsque le chat lassé, triomphant, trempé de rosée, mâchonnant un brin d'herbe entre ses dents, se coula dans la chambre de Jacqueline, sur son lit, cherchant la place tiède des petits pieds maigres. Il ronronnait comme une bouilloire.

Quelques instants plus tard, la poudrière sauta.

21

La poudrière sauta et l'horrible écho de l'explosion venait à peine de cesser (tout l'air du pays avait été déplacé ; toutes les portes et les fenêtres tremblaient, et le petit mur du cimetière s'écroula) lorsqu'une longue flamme jaillit, en sifflant, du clocher. Le bruit de la bombe incendiaire s'était confondu avec celui de la poudrière éclatée. En une seconde le village fut en flammes. Il y avait du foin dans les remises, de la paille dans les greniers, tout fut embrasé ; les toits tombèrent, les planchers se fendirent en deux ; la foule des réfugiés se jeta dans la rue ; les habitants, eux, se précipitèrent vers les portes des étables et des écuries pour sauver les bêtes ; les chevaux hennissaient, se cabraient, affolés par l'éclat et le bruit de l'incendie ; ils refusaient de sortir et venaient battre de leurs têtes et de leurs sabots levés les murs brûlants. Une vache s'enfuit, emportant au bout de ses cornes un chargement de foin qui avait pris feu et qu'elle secouait furieusement, en poussant des mugissements de douleur et d'épouvante ; les brins enflammés volaient de tous côtés. Dans le jardin, les arbres en fleurs étaient éclairés d'une lumière vermeille comme du sang. En temps ordinaire, des secours se seraient organisés. Les gens, le premier instant de terreur passé, auraient retrouvé quelque calme, mais ce malheur, arrivant après d'autres malheurs, leur faisait perdre l'esprit. De plus ils savaient que les pompiers avaient reçu l'ordre de partir avec tout leur matériel, trois jours auparavant. Ils se sentaient perdus. « Les hommes, si seulement les hommes étaient ici ! » criaient les paysannes. Mais les hommes étaient loin, des gamins couraient, criaient, s'affairaient, augmentaient encore le désordre. Les réfugiés hurlaient. Parmi eux étaient les Péricand, à demi vêtus, la figure noire, les cheveux défaits. Comme sur la route après la chute des bombes, des appels se levaient, se croisaient, tous criaient — le village n'était qu'une clameur : « Jean ! Suzanne ! maman ! grand-mère ! » —, tous appelaient à la fois. Personne ne répondait. Quelques jeunes gens qui avaient pu sortir leurs bicyclettes des hangars en flammes les poussaient brutalement dans la foule. Mais, chose étrange, il semblait aux gens qu'ils avaient gardé leur sang-froid, qu'ils se conduisaient exactement comme il le fallait. Mme Péricand tenait Emmanuel dans ses bras, Jacqueline et Bernard collés à sa jupe (Jacqueline avait même réussi à fourrer le chat dans son panier quand sa mère l'avait tirée du lit et elle le serrait convulsivement sur son cœur). Mme Péricand répétait mentalement : « Le plus précieux est sauvé ! Dieu merci ! » Ses bijoux et son argent étaient cousus dans une pochette de daim et reposaient sur sa poitrine, épinglés à l'intérieur de sa chemise, elle les sentait battre dans sa fuite. Elle avait eu la présence d'esprit de saisir son manteau de fourrure et une mallette pleine d'argenterie qu'elle avait gardés à son chevet. Les enfants étaient là, les trois enfants ! Par moments, la pensée la traversait, rapide et aiguë comme un éclair, des deux aînés en danger, loin d'elle : Philippe et ce fou d'Hubert. L'évasion d'Hubert l'avait désespérée, et cependant elle en était fière. C'était un acte irréfléchi, indiscipliné, mais digne d'un homme. Ceux-là, Philippe et Hubert, elle ne pouvait rien pour eux, mais ses trois petits ! Elle avait sauvé ses trois petits ! Un instinct l'avait avertie la veille au soir, songeait-elle ; elle les avait fait coucher à demi habillés. Jacqueline n'avait pas de robe mais une jaquette sur ses épaules nues ; elle n'aurait pas froid ; cela valait mieux que d'être en chemise ; le bébé était enveloppé dans une couverture ; Bernard avait même son béret sur la tête. Quant à elle, sans bas, des mules rouges à ses pieds nus, les dents serrées, les bras crispés autour du bébé qui ne criait pas mais roulait des yeux effarés, elle sc frayait un chemin dans la foule prise de panique, sans savoir le moins du monde où elle allait, tandis que dans le ciel des avions qui lui semblaient innombrables (il y en avait deux !) passaient et repassaient avec leur bourdonnement méchant de frelons.

« Pourvu qu'ils ne nous bombardent plus ! Pourvu qu'ils ne nous bombardent plus ! Pourvu… » Ces mots, toujours les mêmes tournaient sans arrêt dans sa tête basse. Elle disait tout haut : « Ne me lâche pas la main, Jacqueline ! Bernard, cesse de crier ! Tu n'es pas une fille ! Là, mon bébé, ce n'est rien, maman est là ! » Elle prononçait ces paroles machinalement, sans cesser de prier au-dedans d'elle-même : « Qu'ils ne nous bombardent plus ! Qu'ils bombardent les autres, mon Dieu, mais pas nous ! J'ai trois enfants ! Je veux les sauver ! Faites qu'ils ne nous bombardent plus ! »

Enfin l'étroite rue du village fut dépassée ; elle fut dehors dans la campagne ; l'incendie était derrière elle ; les flammes se déployaient en éventail sur le ciel. Une heure à peine s'était écoulée depuis l'aube où l'obus était tombé sur le clocher. Sur la route passaient et passaient encore des autos fuyant Paris, Dijon, la Normandie, la Lorraine, la France entière. Les gens sommeillaient à l'intérieur. Parfois ils levaient la tête et regardaient brûler l'horizon avec indifférence. Ils avaient vu tant de choses ! La nounou marchait derrière Mme Péricand, la terreur semblait l'avoir rendue muette ; ses lèvres s'agitaient mais aucun son n'en sortait. Elle tenait à la main son bonnet tuyauté fraîchement repassé, aux brides de mousseline. Mme Péricand lui jeta un regard indigné. « Vraiment, Nounou, vous n'auriez pas pu trouver quelque chose de plus utile à emporter, non ? » La vieille femme fit un extraordinaire effort pour parler. Sa figure devint violacée, ses yeux se remplirent de larmes. « Seigneur, songea Mme Péricand, la voilà qui devient folle ! qu'est-ce que je vais devenir ? » Mais la voix sévère de sa patronne avait rendu miraculeusement la parole à Nounou… Elle retrouva son ton normal, à la fois déférent et aigre pour répondre : « Madame ne pense pas que j'allais le laisser ? Ça ne coûte pas rien ! » Cette question de bonnet était entre elles deux un brandon de discorde car Nounou détestait ces coiffes qu'on lui imposait — « si seyantes, pensait Mme Péricand, qui conviennent si bien aux domestiques ! », car elle estimait que chaque catégorie sociale devait porter sur elle quelque signe distinctif de sa condition pour éviter toute erreur d'évaluation, comme dans un magasin on affiche les prix. « On voit bien que c'est pas elle qui lave et repasse, c'te vieille chameau ! » disait Nounou à l'office. D'une main tremblante, elle posa ce papillon de dentelle sur sa tête déjà coiffée d'un vaste bonnet de nuit. Mme Péricand la regarda, lui trouva quelque chose d'étrange mais sans comprendre ce que cela pouvait être. Tout paraissait inouï. Le monde était un rêve affreux. Elle se laissa tomber sur le talus, remit Emmanuel aux bras de Nounou, dit avec la plus grande énergie : « Maintenant il faut se sortir de là » et demeura assise, attendant le miracle. Il n'y eut pas de miracle mais une voiture attelée d'un âne passa, et en voyant le conducteur qui jetait un regard sur elle et sur ses enfants et ralentissait, l'instinct de Mme Péricand parla en elle, cet instinct né de la richesse qui sait où et quand quelque chose est à vendre.

« Arrêtez ! cria Mme Péricand. Quelle est la gare la plus proche ?

— Saint-Georges.

— Combien de temps pour y aller avec votre bête ?

— Ben, quatre heures.

— Est-ce que les trains marchent encore ?

— On dit que oui.

— C'est bien. Je monte. Viens, Bernard. Nounou, prenez le petit.

— Mais, madame, c'est que j'allais pas de ce côté et avec l'aller et le retour, ça me fera bien huit heures.

— Je vous paierai bien », dit Mme Péricand.

Elle monta dans la voiture, calculant que si les trains marchaient normalement, elle serait à Nîmes le lendemain matin. Nîmes… la vieille maison de sa mère, sa chambre à coucher, un bain ; elle se sentit défaillir à cette pensée. Y aurait-il de la place pour elle dans le train ? « Avec trois enfants, se dit-elle, j'y arriverai toujours. » Comme une personne royale, Mme Péricand, en sa qualité de mère de famille nombreuse, occupait partout et tout normalement la première place… et elle n'était pas de ces femmes qui permettent à quiconque d'oublier leurs privilèges. Elle croisa ses bras sur sa poitrine et contempla la campagne d'un air vainqueur.

« Mais, madame, l'auto ? gémit Nounou.

— Elle doit être en cendres à l'heure qu'il est, répondit Mme Péricand.

— Et les malles, les affaires des petits ? »

Les malles avaient été chargées sur la camionnette des domestiques. Il ne restait que trois valises au moment du désastre, trois valises pleines de linge…

« J'en fais le sacrifice », soupira Mme Péricand, les yeux au ciel, revoyant toutefois comme en un rêve délicieux les profondes armoires de Nîmes avec leurs trésors de toile et de linon.

Nounou, qui avait perdu sa grosse malle cerclée de fer et un sac à main en imitation peau de porc, se mit à pleurer. Mme Péricand tenta en vain de lui faire comprendre son ingratitude envers la Providence. « Pensez que vous êtes vivante, ma pauvre Nounou, qu'importe le reste ! » L'âne trottait. Le paysan prenait des petits chemins de traverse noirs de réfugiés. À onze heures, ils arrivèrent à Saint-Georges et Mme Péricand parvint à monter dans un train qui allait dans la direction de Nîmes. On disait autour d'elle que l'armistice était signé. Certains déclaraient que c'était impossible ; toutefois on n'entendait plus le canon, les bombes ne tombaient plus. « Peut-être le cauchemar est-il terminé ? » pensa Mme Péricand. Elle regarda encore une fois tout ce qu'elle emportait, « tout ce qu'elle avait sauvé ! » : ses enfants, sa mallette. Elle toucha les bijoux et l'argent cousus sur sa poitrine. Oui, elle avait agi en ces moments terribles avec fermeté, courage et sang-froid. Elle n'avait pas perdu la tête ! Elle n'avait pas perdu… Elle n'avait pas… Elle poussa brusquement un cri étranglé. Elle porta ses mains à son cou et se renversa en arrière, et sa gorge exhala un râle sourd comme si elle étouffait.

« Mon Dieu, Madame ! Madame se trouve mal ! » s'exclama la nounou.

Mme Péricand, d'une voix éteinte, put enfin gémir :

« Nounou, ma pauvre Nounou, nous avons oublié…

— Mais quoi ? quoi donc ?

— Nous avons oublié mon beau-père », dit Mme Péricand, fondant en larmes.

22

Charles Langelet était demeuré une nuit entière à son volant entre Paris et Montargis, il avait donc pris sa part des malheurs publics. Cependant il montrait une grande fermeté d'âme. Dans l'auberge où il s'arrêta pour déjeuner, comme autour de lui un groupe de réfugiés se lamentait sur les horreurs de la route et tentait de le prendre à témoin : « N'est-ce pas, monsieur ? Vous l'avez vu comme nous ? On peut pas dire qu'on exagère ! », il répondit d'un ton sec :

« Je n'ai rien vu, moi !

— Comment ? Pas un bombardement ? dit la patronne surprise.

— Mais non, madame.

— Pas un incendie ?

— Pas même un accident de voiture.

— Tant mieux pour vous, évidemment », dit la femme après un instant de réflexion mais haussant les épaules d'un air de doute, comme si elle songeait : « Voilà un original ! »

Langelet goûta du bord des lèvres l'omelette qu'on venait de lui servir, la repoussa en disant à mi-voix « immangeable », demanda sa note et repartit. Il trouvait un plaisir pervers à frustrer ces bonnes âmes du plaisir qu'elles se promettaient en le questionnant, car ELLES, créatures viles et vulgaires, s'imaginaient qu'elles éprouvaient de la pitié humaine, mais elles frémissaient d'une curiosité basse de mélodrame. « C'est inouï ce que le monde peut receler de vulgarité », songea Charlie Langelet avec tristesse. Il était toujours scandalisé et affligé lorsqu'il découvrait l'univers réel peuplé de malheureux qui n'ont jamais vu une cathédrale, une statue, un tableau. D'ailleurs des *happy few* auxquels il se flattait d'appartenir offraient aux coups du sort la même veulerie, la même imbécillité que les humbles. Dieu ! Songez à tout ce que les gens feraient plus tard de « l'exode », de « leur exode ». Il croyait les entendre, la vieille rombière qui miaulerait : « Je n'ai pas eu peur des Allemands, moi, je me suis avancée vers eux et je leur ai dit : Messieurs, vous êtes chez la mère d'un officier français — ils n'ont pas pipé. » Et celle qui raconterait : « Les balles tombaient autour de moi, et c'est drôle, ça ne me faisait pas peur. » Et tous seraient d'accord pour accumuler dans leur récit des scènes d'épouvante. Quant à lui il répondrait : « Comme c'est curieux, tout m'a paru très ordinaire. Beaucoup de monde sur les routes, voilà tout. » Il imagina leur étonnement et sourit, réconforté. Il avait besoin de réconfort. Lorsqu'il pensait à son appartement de Paris, son cœur crevait. Il se tournait par moments vers l'intérieur de l'auto, regardait avec tendresse les caisses qui contenaient ses porcelaines, ses plus chers trésors. Il y avait un groupe de Capo di Monte qui l'inquiétait : il se demandait s'il avait mis autour de lui assez de copeaux et de papier de soie. Vers la fin de l'emballage le papier de soie manquait. C'était un surtout de table, des jeunes filles dansant avec des amours et des faons. Il soupira. Il se comparait en esprit à un Romain fuyant la lave et la cendre de Pompéi, ayant abandonné ses esclaves, sa maison, son or, mais emportant avec lui, dans les plis de sa tunique, quelque statuette de terre cuite, quelque vase de forme parfaite, quelque coupe moulée sur un beau sein. Il était à la fois consolant et amer de se sentir si différent des autres hommes. Il abaissa sur eux ses yeux pâles. Le flot des voitures coulait toujours et les figures sombres et anxieuses se ressemblaient toutes. Pauvre engeance ! De quoi se préoccupaient-ils ? de ce qu'ils mangeraient, de ce qu'ils boiraient ? Lui, il pensait à la cathédrale de Rouen, aux châteaux de la Loire, au Louvre. Une seule de ces pierres vénérables valait mille vies humaines.

Il approchait de Gien. Un point noir apparut dans le ciel et avec la rapidité de l'éclair, il supposa que cette colonne de réfugiés près du passage à niveau était une cible bien tentante pour un avion ennemi, et il se jeta dans un chemin de traverse. À quelques mètres de lui, quinze minutes plus tard, des autos qui avaient voulu elles aussi quitter la route étaient précipitées l'une vers l'autre par la fausse manœuvre d'un chauffeur affolé. Elles rebondissaient d'un côté à l'autre jusque dans les champs, éparpillant des bagages, des matelas, des cages d'oiseaux, des femmes blessées. Charlie entendit des bruits confus mais ne se retourna pas. Il fuyait vers un bois touffu. Il y gara sa voiture, attendit un instant puis repartit à travers la campagne car décidément la route nationale devenait dangereuse.

Pendant quelque temps, il cessa de songer aux périls courus par la cathédrale de Rouen pour se représenter très précisément ce qui le guettait lui, Charles Langelet. Il ne voulait pas y attacher sa pensée mais les images les plus désobligeantes se présentaient à son esprit. Ses grandes mains délicates et maigres crispées sur le volant tremblaient un peu. Là où il se trouvait il y avait peu de voitures et peu d'habitations, seulement il ne se rendait pas du tout compte du lieu vers lequel il se dirigeait. Il s'était toujours très mal orienté. Il n'avait pas l'habitude de voyager sans chauffeur. Il erra quelque temps autour de Gien. Il s'énervait d'autant plus qu'il craignait de manquer d'essence. Il hocha la tête en soupirant. Il avait bien prévu ce qui arriverait : il n'était pas, lui, Charlie, fait pour cette existence grossière. Les mille petites embûches de la vie quotidienne étaient trop fortes pour lui. L'auto s'arrêta. Plus d'essence. Il s'adressa de la main un petit geste gracieux, comme on s'incline devant le courage malheureux. Il n'y avait rien à faire, il passerait la nuit dans les bois.

« Vous n'auriez pas un bidon d'essence à me céder ? » demanda-t-il à un automobiliste qui passait.

Celui-ci refusa et Charlie sourit aigrement et mélancoliquement. « Voilà bien les hommes ! race égoïste et dure. Personne ne partagerait avec son frère dans l'infortune un quignon de pain, une bouteille de bière, un malheureux bidon d'essence. » L'automobiliste se retourna pour lui crier :

« Il y en a à dix mètres d'ici, au hameau de… »

Le nom se perdit dans la distance mais déjà il repartait à travers les arbres. Charlie crut distinguer une ou deux maisons.

« Et la voiture ? Je ne peux pas laisser la voiture ! se dit Charlie désespéré. Essayons encore. » Rien ne se passa. La poussière le recouvrait comme une craie et des jeunes gens qui semblaient ivres criaient, s'agglutinaient maintenant comme des mouches à l'intérieur, sur le marchepied et jusque sur le toit d'une voiture qui avançait avec peine.

« Quelles figures de gouapes », pensa Langelet en frissonnant. Cependant il s'adressa à eux de sa voix la plus amène.

« Messieurs, vous n'auriez pas un peu d'essence ? Je ne peux pas bouger. »

Ils stoppèrent avec un grincement horrible de leurs freins surmenés. Ils regardèrent Charlie et ricanèrent.

« Combien que vous payez ? » fit enfin l'un d'eux.

Charlie sentait bien qu'il aurait fallu répondre : « Ce que vous voulez ! » mais il était avare et d'ailleurs il craignait, en se montrant trop riche, de tenter ces voyous. Enfin il avait horreur d'être dupe.

« Je la paie un prix raisonnable, répondit-il avec hauteur.

— Y en a pas », fit l'homme de la voiture cahotante, gémissante.

Il repartit dans le chemin forestier poudré de sable, tandis que Langelet, atterré, agitait les bras et appelait.

« Mais attendez donc ! Arrêtez-vous ! dites-moi au moins votre prix ! »

Ils ne répondirent même pas. Il resta seul. Ce ne fut pas pour longtemps car le soir venait et peu à peu d'autres réfugiés envahissaient la forêt. Ils n'avaient pas trouvé de place dans les hôtels, les maisons particulières elles-mêmes étaient combles et ils avaient décidé de passer la nuit dans les bois. Bientôt tout prit un air de camping en juillet à Élisabethville, songea Langelet, avec un hautle-cœur. Des gosses piaillaient, la mousse se couvrit de journaux froissés, de linges souillés et de boîtes de conserve vides. Des femmes pleuraient, d'autres criaient ou riaient, d'affreux enfants mal lavés s'approchèrent de Charlie qui les chassa sans éclats de voix car il ne voulait pas d'histoires avec les parents, mais en roulant des yeux furieux. « C'est la lie de Belleville, murmurait-il épouvanté. Où suis-je tombé ? » Le hasard avait-il groupé en ce lieu les habitants d'un des quartiers les plus mal famés de Paris ou bien l'imagination de Charlie, prompte et nerveuse, le troublait-elle ? Il trouvait à tous les hommes des airs de bandits, aux filles des figures d'entôleuses. Bientôt il fit tout à fait nuit, et sous ces arbres épais l'ombre transparente de juin se transformait en ténèbres coupées par des étendues glacées, blanches de lune. Tous les bruits prenaient une résonance particulière et sinistre : ces avions qui volaient dans le ciel, oiseaux attardés, ces détonations sourdes dont on ne pouvait dire avec certitude si c'étaient des coups de canon ou l'explosion de pneus crevés. Une ou deux fois, on vint rôder autour de lui, on vint le regarder sous le nez. Il entendait des propos à faire frémir. L'état d'esprit du peuple n'était pas ce qu'il aurait dû être… On parlait beaucoup de riches qui se sauvaient pour mettre leur peau et leur or à l'abri et qui encombraient les routes tandis que le pauvre n'avait que ses jambes pour marcher et crever. « Avec ça qu'ils n'y sont pas, eux, en auto, songeait Charlie révolté, et des autos volées sans doute ! »

Il fut extrêmement soulagé lorsque vint se ranger près de lui une petite voiturette où se trouvaient un jeune homme et une jeune fille d'une classe visiblement plus relevée que celle des autres réfugiés. Le jeune homme avait le bras légèrement déformé ; il le tenait en avant avec ostentation comme s'il eût porté dessus, en grosses lettres, le « non apte au service armé ». La femme était jeune et jolie, très pâle. Ils partagèrent des sandwichs et s'endormirent bientôt, assis à leur volant, épaule contre épaule, leurs joues se touchaient. Charlie essaya d'en faire autant, mais la fatigue, la surexcitation, la peur le tenaient éveillé. Au bout d'une heure, le jeune homme, son voisin, ouvrit les yeux et, se dégageant doucement, alluma une cigarette. Il vit que Langelet lui non plus ne dormait pas.

« Ce qu'on est mal ! dit-il à mi-voix en se penchant vers lui.

— Oui, très mal.

— Enfin, une nuit est vite passée. J'espère demain pouvoir gagner Beaugency par des chemins de traverse car la route en bas est impraticable.

— Vraiment ? et il paraît qu'on a subi des bombardements sévères. Vous avez de la chance de pouvoir partir, dit Charlie. Moi je n'ai plus une goutte d'essence. »

Il hésita.

« Si j'osais vous demander de veiller un instant sur ma voiture ("il a vraiment l'air d'un honnête homme", songea-t-il), j'irais bien jusqu'au village voisin où il y en a encore, m'a-t-on dit. »

Le jeune homme secoua la tête.

« Hélas, monsieur, il ne reste plus rien. J'ai pris les derniers bidons et à un prix extravagant. J'en aurai juste assez pour gagner la Loire, dit-il en montrant les bidons attachés sur le coffre arrière, et passer les ponts avant qu'ils ne sautent.

— Comment ? On va faire sauter tous les ponts ?

— Oui. Tout le monde le dit. On va se battre sur la Loire.

— Ainsi vous croyez qu'il n'y a plus d'essence ?

— Oh ! j'en suis sûr ! J'aurais été heureux de vous en céder mais j'en ai juste assez pour moi. Il faut que je mette ma fiancée en lieu sûr chez ses parents. Ils habitent Bergerac. Une fois la Loire franchie, nous trouverons de l'essence plus facilement, j'espère.

— Ah ! c'est votre fiancée ? dit Charlie qui pensait à autre chose.

— Oui. Nous devions nous marier le 14 juin. Tout était prêt, monsieur, les invitations lancées, les bagues achetées, la robe devait être livrée ce matin. »

Il tomba dans une rêverie profonde.

« Ce n'est que partie remise, dit poliment Charles Langelet.

— Ah ! monsieur ! qui sait où nous serons demain ? Je n'ai

sans doute pas à me plaindre. À mon âge j'aurais dû être soldat mais avec mon bras… oui, un accident au collège… mais je crois que dans cette guerre les civils courent autrement de dangers que les militaires. On dit que certaines villes… »

Il baissa la voix.

« … sont en cendres et couvertes de cadavres, des charniers. Puis on m'a raconté des histoires atroces. Vous savez qu'on a ouvert des prisons, des asiles de fous, oui, monsieur. Nos dirigeants ont perdu la tête. Un pénitencier court la route sans surveillant. On m'a dit que le directeur d'une des prisons a été assassiné par ses pensionnaires qu'il avait reçu l'ordre de faire évacuer ; ça s'est passé à deux pas d'ici. J'ai vu de mes yeux vu des villas pillées, bouleversées de fond en comble. Et ils s'attaquent aux voyageurs, ils volent les automobilistes…

— Ah ! ils volent les…

— On ne saura jamais tout ce qui s'est passé pendant l'exode. Ils disent maintenant : “Vous n'aviez qu'à rester chez vous !” Ils sont bien gentils. Pour se faire massacrer à domicile par l'artillerie et les avions. J'avais loué une petite maison à Montfort-l'Amaury pour y passer un mois bien tranquillement après le mariage, avant de rejoindre mes beaux-parents. Elle a été détruite le 3 juin, monsieur », dit-il avec indignation.

Il parlait beaucoup et fébrilement ; il semblait gris de fatigue. Il toucha tendrement des doigts la joue de sa fiancée endormie.

« Pourvu que je puisse sauver Solange !

— Vous êtes très jeunes tous les deux ?

— J'ai vingt-deux ans et Solange vingt ans.

— Elle est très mal ainsi, dit tout à coup Charles Langelet d'une voix doucereuse, d'une voix qu'il ne se connaissait pas, sucrée comme du miel, tandis que son cœur battait à grands coups précipités dans sa poitrine. Pourquoi n'iriez-vous pas tous les deux vous étendre sur l'herbe, un peu plus loin ?

— Mais l'auto ?

— Oh ! je veillerai sur l'auto, soyez tranquille », dit Charlie avec un petit rire étouffé.

Le jeune homme hésitait encore.

« Je voudrais repartir le plus tôt possible. Et j'ai un sommeil si lourd...

— Mais je vous éveillerai. À quelle heure voulez-vous partir ? Tenez, il est à peine minuit, dit-il en regardant sa montre. Je vous appellerai à quatre heures.

— Oh ! Monsieur, vous êtes trop bon !

— Non, mais à vingt-deux ans, moi aussi j'ai été amoureux... »

Le jeune homme eut un geste confus.

« Nous devions nous marier le 14 juin, répéta-t-il en soupirant.

— Oui, bien sûr, bien sûr... nous vivons une époque affreuse... mais je vous assure, il est absurde de rester cramponné à votre volant. Votre fiancée est toute courbaturée. Avez-vous une couverture ?

— Ma fiancée a un grand manteau de voyage.

— Il fait si bon sur l'herbe. Si je ne la craignais pas pour mes vieux rhumatismes... Ah ! jeune homme, qu'il est beau d'avoir vingt ans !

— Vingt-deux ans, corrigea le fiancé.

— Vous verrez des temps meilleurs, vous vous tirerez toujours d'affaire, vous, tandis qu'un pauvre vieux bonhomme comme moi... »

Il baissa les paupières comme un chat ronronnant. Puis il étendit la main vers une clairière dense que l'on apercevait vaguement entre les arbres, sous la lune.

« Ce qu'il peut faire bon par là... on oublie tout. »

Il attendit, puis glissa encore d'un air faussement indifférent :

« Vous entendez le rossignol ? »

L'oiseau chantait depuis quelque temps, perché sur une très haute branche, indifférent au bruit, aux criailleries des réfugiés, aux grands feux qu'ils avaient allumés sur l'herbe pour chasser l'humidité. Il chantait et d'autres rossignols lui répondaient dans la campagne. Le jeune homme écouta l'oiseau, la tête penchée, et son bras enlaçait sa fiancée endormie. Au bout de quelques instants, il lui chuchota quelque chose à l'oreille. Elle ouvrit les yeux. Il lui parla encore de plus près, d'un ton pressant. Charlie se détourna. Cependant les mots lui parvinrent.

« Puisque ce monsieur a dit qu'il surveillerait l'auto... » Et : « Vous ne m'aimez pas, Solange, non, vous ne m'aimez pas... Pourtant vous... »

Charlie bâilla longuement, ostensiblement, et dit à mi-voix à la cantonade, avec le naturel exagéré d'un mauvais acteur :

« Je crois bien que je vais m'endormir, moi... »

Alors Solange n'hésita plus. Avec des petits rires nerveux, des négations aussitôt étouffées, des baisers, elle dit :

« Si maman nous voyait... Oh ! Bob ! vous êtes terrible... vous ne me le reprocherez pas après, Bob ? »

Elle s'éloigna au bras de son fiancé. Charlie les vit sous les arbres, se tenant par la taille et échangeant de petits baisers. Et ils disparurent.

Il attendit. La demi-heure qui s'écoula ensuite lui parut la plus longue de sa vie. Cependant il ne réfléchissait pas. Il éprouvait de l'angoisse et une extraordinaire jouissance, ses palpitations étaient si violentes, si douloureuses qu'il murmura : « Ce cœur malade... n'y résistera pas ! »

Mais il savait qu'il n'avait jamais connu de meilleure volupté. Le chat qui couche dans des coussins de velours et se nourrit de blancs de poulet, lorsqu'un hasard lui fait retrouver la campagne, la branche sèche d'un arbre glacée de rosée, et met sous sa dent une chair d'oiseau saignante et palpitante, doit ressentir la même terreur, la même joie cruelle, songea-t-il, car il était trop intelligent pour ne pas comprendre ce qui se passait en lui. Doucement, doucement, en prenant bien garde de ne pas faire claquer les portières, il grimpa dans l'auto du voisin, détacha les bidons (il prit aussi de l'huile), déboucha le bouchon du réservoir en se déchirant les mains, fit son plein d'essence et, profitant de ce que plusieurs autres autos se mettaient en marche, partit.

Hors de la forêt, il tourna la tête en arrière, contempla en souriant la cime des arbres d'un vert argenté au clair de lune et pensa : « Ils auront bien été mariés le 14 juin, après tout... »

23

Les clameurs dans la rue éveillèrent le vieux Péricand. Il ouvrit un œil, un seul, vague, pâle, chargé d'étonnement et de reproche. « Qu'est-ce qu'ils ont à crier comme ça ? » pensa-t-il. Il avait oublié le voyage, les Allemands, la guerre. Il se croyait chez son fils, boulevard Delessert, quoique son regard fixât une chambre inconnue ; il ne comprenait rien. Il était à l'âge où la vision antérieure est plus forte que le réel ; il imaginait les tentures vertes de son lit parisien. Il étendit ses doigts tremblants sur la table où tous les jours à son réveil une main attentive disposait une assiette de porridge et des biscuits de régime. Il n'y avait pas d'assiette, pas de tasse, même pas de table. Ce fut alors qu'il entendit le grondement du feu dans les maisons voisines, qu'il sentit l'odeur de la fumée et qu'il devina ce qui se passait. Il ouvrit la bouche dans une aspiration muette, comme un poisson qu'on sort de l'eau, et il s'évanouit.

Cependant la maison n'avait pas brûlé. Seule une partie du toit fut détruite. Après beaucoup de désordre et d'épouvante, l'incendie s'apaisa. Sous les décombres de la place le feu couvait et sifflait tout bas, mais l'auberge était intacte et on découvrit vers le soir le vieux M. Péricand, seul dans son lit. Il marmottait des paroles confuses. Il se laissa emporter doucement à l'hospice.

« C'est encore là qu'il sera le mieux, j'ai pas le temps de m'en occuper, pensez ! dit la patronne, avec les réfugiés, les Allemands qui arrivent et l'incendie et tout… »

Et elle taisait ce qui lui tenait le plus au cœur : l'absence de son mari et de ses deux fils, tous trois mobilisés et disparus… Tous trois dans cette zone mal délimitée, mouvante, effroyablement proche et qu'on appelait « la guerre »…

L'hospice était très propre, très bien tenu par les sœurs du Saint-Sacrement. On installa M. Péricand dans un bon lit près de la fenêtre ; il aurait pu voir par la vitre les grands arbres verts de juin et, autour de lui, quinze vieillards silencieux, tranquilles, couchés dans leurs draps blancs. Mais il ne voyait rien. Il continuait à se croire chez lui. De temps en temps il semblait parler à ses faibles mains violettes, croisées sur la couverture grise. Il leur adressait quelques paroles entrecoupées, sévères, puis hochait longuement la tête et, à bout de souffle, fermait les yeux. Il n'avait pas été touché par les flammes, il n'était pas blessé mais il avait une très forte fièvre. Le médecin soignait à la ville voisine les victimes d'un bombardement. Tard dans la soirée il put enfin examiner M. Péricand. Il ne dit pas grand-chose : il titubait de fatigue, il ne s'était pas couché depuis quarante-huit heures et soixante blessés étaient passés entre ses mains. Il fit une piqûre et promit de revenir le lendemain. Pour les sœurs, la question était réglée, elles avaient assez l'habitude des agonisants pour reconnaître la mort à un soupir, à une plainte, à ces perles de sueur glacée, à ces doigts inertes. Elles envoyèrent chercher M. le curé qui avait accompagné le docteur à la ville et n'avait pas dormi davantage ! Il administra M. Péricand. Le vieil homme parut alors retrouver sa conscience. M. le curé, en quittant l'hospice, dit aux sœurs que le pauvre vieillard était en règle avec le bon Dieu et qu'il ferait une fin très chrétienne.

Une des sœurs était petite, maigre, avec de profonds yeux bleus, malicieux et pleins de courage qui brillaient sous sa cornette blanche ; l'autre, douce, timide, aux joues rouges, souffrait vivement des dents et tout en récitant son chapelet portait par moments sa main à sa gencive douloureuse, avec un sourire humble comme si elle avait honte que sa croix à elle fût si légère en ces jours d'affliction. Ce fut à elle que M. Péricand dit tout à coup (il était minuit passé et le tumulte du jour s'était apaisé ; on n'entendait plus que les chats pleurer dans le jardin du couvent) :

« Ma fille, je me sens mal... Allez chercher le notaire. »

Il la prenait pour sa bru. Il s'étonnait bien, dans son demi-délire, qu'elle se fût coiffée d'une cornette pour le soigner, mais malgré tout ce ne pouvait être qu'elle ! Il répéta doucement, patiemment :

« Maître Nogaret... notaire... dernières volontés...

— Que faire, ma sœur ? » dit sœur Marie du Saint-Sacrement à sœur Marie des Chérubins.

Les deux coiffes blanches s'inclinèrent et se rejoignirent presque au-dessus du corps étendu.

« Le notaire ne viendra pas à cette heure-ci, mon pauvre monsieur... Dormez... Vous aurez le temps demain.

— Non... Pas le temps..., dit la voix basse. Maître Nogaret viendra... Téléphonez, je vous prie. »

De nouveau les religieuses se concertèrent et l'une d'elles disparut, puis revint apportant une infusion très chaude. Il essaya d'avaler quelques gorgées mais les rendit aussitôt ; elles coulèrent le long de sa barbe blanche. Soudain il fut pris d'une agitation extrême ; il gémissait, il ordonnait :

« Dites-lui de se presser... il m'avait promis... dès que je l'appellerais... je vous prie... hâtez-vous, Jeanne » (car dans sa pensée ce n'était plus sa bru qui se trouvait devant lui, mais sa femme morte depuis quarante ans).

Un élancement particulièrement douloureux à sa dent malade ôta à sœur Marie du Saint-Sacrement toute possibilité de protester. Elle fit « oui, oui » de la tête et, se tamponnant la joue de son mouchoir, demeura immobile, mais sa compagne se leva avec décision.

« Il faut aller chercher le notaire, ma sœur. »

Elle était de tempérament ardent et combatif, et son inaction la désespérait. Elle avait voulu suivre le docteur et le curé à la ville mais ne pouvait abandonner les quinze vieillards de l'hospice (elle n'avait pas grande confiance dans les qualités d'initiative de sœur Marie du Saint-Sacrement). Au moment de l'incendie, elle avait frémi sous sa cornette. Elle avait réussi à rouler les quinze lits hors de la salle, elle avait préparé elle-même des échelles, des cordes et des seaux d'eau, mais le feu n'avait pas touché l'hospice qui se trouvait à deux kilomètres de l'église bombardée. Elle avait donc attendu, tressaillant aux cris de la foule apeurée, à l'odeur de la fumée et à la vue des flammes, mais vissée à son poste et prête à tout. Pourtant rien n'était arrivé. Les victimes du sinistre étaient soignées à l'hôpital civil. Il n'y avait plus qu'à préparer la soupe pour les quinze vieillards ; aussi l'arrivée subite de M. Péricand galvanisa-t-elle d'un coup toutes ses énergies.

« Il faut y aller.

— Croyez-vous, ma sœur ?

— Il a peut-être de graves volontés dernières à exprimer.

— Mais maître Charbœuf n'est peut-être pas chez lui ? »

Sœur Marie des Chérubins haussa les épaules.

« À minuit et demi ?

— Il ne voudra pas venir !

— Je voudrais bien voir ça ! C'est son devoir. Je le tirerai de son lit s'il le faut », dit la jeune religieuse avec indignation.

Elle sortit et une fois dehors elle hésita. La communauté se composait de quatre sœurs, dont deux en retraite au couvent de Paray-le-Monial début juin n'avaient pas pu rentrer encore. La communauté possédait une bicyclette, mais jusqu'ici aucune des religieuses n'avait osé s'en servir, elles craignaient de scandaliser la population et sœur Marie des Chérubins elle-même disait : « Il faut attendre que le bon Dieu nous fasse la grâce d'un cas urgent. Par exemple un malade va passer, il faut prévenir le médecin et M. le curé ! Chaque seconde est précieuse, j'enfourche ma bicyclette, les gens sont muselés ! et la deuxième fois ça ne les étonnera plus ! » Le cas urgent ne s'était pas présenté encore. Sœur Marie des Chérubins pourtant mourait d'envie de monter sur cette machine ! Autrefois, quand elle était encore dans le siècle, il y avait cinq ans, que de parties joyeuses avec ses sœurs, que de courses, que de pique-niques. Elle rejeta son voile noir en arrière, se dit : « C'est le cas ou jamais » et, le cœur battant de joie, saisit le guidon.

Au bout de quelques instants elle fut au village. Elle eut quelque peine à réveiller maître Charbœuf, qui avait le sommeil dur, et surtout à le persuader qu'il était nécessaire d'aller aussitôt à l'hospice. Maître Charbœuf, que les jeunes filles du pays appelaient « Gros bébé » à cause de ses grosses joues roses et de ses lèvres fleuries, avait le caractère facile et une femme qui le terrorisait toujours. En soupirant il s'habilla et prit le chemin de l'hospice. Il trouva M. Péricand bien éveillé, très rouge et brûlant de fièvre.

« Voici un notaire, annonça la religieuse.

— Asseyez-vous, asseyez-vous, dit le vieillard. Ne perdons pas de temps. »

Le notaire avait pris pour témoins le jardinier de l'hospice et ses trois garçons. Voyant la hâte de M. Péricand, il sortit un papier de sa poche et se prépara à écrire.

« Je vous écoute, monsieur. Faites-moi d'abord l'honneur de décliner vos nom, prénoms et qualités.

— Ce n'est donc pas Nogaret ? »

Péricand revint à lui. Il jeta un regard sur les murs de l'hospice, vers la statue de plâtre de saint Joseph en face de son lit, sur deux merveilleuses roses que sœur Marie des Chérubins cueillait à la fenêtre et mettait dans un étroit vase bleu. Il essaya de comprendre où il se trouvait et pourquoi il était seul, mais il y renonça. Il mourait, voilà tout, et il fallait mourir selon les formes. Ce dernier acte, cette mort, ce testament, combien de fois il les avait imaginés, ultime et brillante représentation d'un Péricand-Maltête sur la scène du monde. N'avoir plus été pendant dix années qu'un pauvre vieillard qu'on mouche, qu'on habille, et retrouver d'un coup toute son importance ! Punir, récompenser, décevoir, combler, partager ses biens terrestres selon sa propre volonté. Dominer autrui. Peser sur autrui. Occuper le premier plan. (Après cela il n'y aurait plus qu'une cérémonie où il occuperait la première place, dans une boîte noire, sur un tréteau, parmi des fleurs, mais il n'y figurerait qu'à titre de symbole ou comme un esprit ailé, tandis qu'ici, encore une fois, il était vivant…)

« Comment vous appelez-vous ? dit-il d'une voix basse.

— Maître Charbœuf, dit humblement le notaire.

— Bon, ça ne fait rien. Allez. »

Il commença à dicter lentement, péniblement, comme s'il lui lisait des lignes tracées pour lui et visibles pour lui seul.

« Par-devant Maître Charbœuf… notaire à… en présence de… murmura le notaire, a comparu M. Péricand… »

Il fit un faible effort pour amplifier, pour magnifier encore le nom. Comme il lui fallait ménager son souffle et qu'il lui eût été impossible d'en crier les prestigieuses syllabes, les mains violettes dansèrent un instant sur le drap comme des marionnettes : il lui semblait former des signes noirs, épais, sur du papier blanc, comme autrefois en bas des cartes, des bons, des ventes, des contrats : Péricand… Pé-ri-cand, Louis-Auguste.

« Demeurant à ?

— 89, boulevard Delessert à Paris.

— Malade de corps mais sain d'esprit, ainsi qu'il est apparu au notaire et aux témoins », dit Charbœuf levant les yeux sur le malade d'un air de doute.

Mais il était suffoqué par ce mourant. Il avait une certaine expérience ; sa clientèle se recrutait surtout parmi les fermiers des environs, mais tous les hommes riches testent de même. Celui-ci était un homme riche, il n'y avait pas à s'y tromper, quoique pour le coucher on l'eût revêtu d'une chemise grossière de l'hospice, ce devait être quelqu'un de considérable ! De l'assister ainsi à son lit de mort, maître Charbœuf se sentait flatté.

« Vous désirez donc, monsieur, instituer votre fils pour légataire universel ?

— Oui, je lègue tous mes biens meubles et immeubles à Adrien Péricand, à charge pour lui de verser immédiatement et sans délai 5 millions à l'œuvre des Petits Repentis du XVIe fondée par moi. L'œuvre des Petits Repentis s'engage à faire exécuter un portrait de moi, grandeur nature sur mon lit de mort, ou un buste qui ressuscitera mes traits et qui sera confié à un excellent artiste et placé dans le vestibule de ladite œuvre. Je lègue à ma sœur bien-aimée Adèle-Émilienne-Louise pour la dédommager de la brouille qu'occasionna entre nous l'héritage de ma mère vénérée, Henriette Maltête, je lui lègue, dis-je, en toute propriété mes terrains de Dunkerque acquis en 1912 avec tous les immeubles qui y sont élevés et la partie des docks qui m'appartient également. Je charge mon fils d'accomplir intégralement cette promesse. Mon château de Bléoville, commune de Vorhange, dans le Calvados, sera transformé en un asile pour les grands blessés de la guerre, choisis de préférence entre les paralysés et ceux dont les facultés mentales auront été atteintes. Je désire qu'une simple plaque sur les murs porte les mots « Fondation charitable Péricand-Maltête en mémoire de ses deux fils tués en Champagne ». Quand la guerre finira…

— Je crois, je crois… qu'elle est finie », glissa timidement maître Charbœuf.

Mais il ignorait qu'en esprit M. Péricand était revenu à l'autre guerre, celle qui lui avait pris deux fils et qui avait triplé sa fortune. Il se retrouvait en septembre 1918 à l'aube de la victoire, lorsqu'une pneumonie avait failli l'emporter et qu'en présence de la famille assemblée à son chevet (avec tous les collatéraux du Nord et du Midi accourus à cette nouvelle) il avait accompli ce qui était en somme la répétition générale de son décès : il avait dicté alors ses dernières volontés, il les retrouvait maintenant intactes en lui ; il leur donnait l'essor.

« Quand la guerre finira, qu'un monument aux morts pour lequel j'alloue la somme de 3 000 francs à prendre sur ma succession soit élevé sur la place de Bléoville. D'abord, en grosses lettres d'or, les noms de mes deux fils aînés, puis un espace, puis… »

Il ferma les yeux, épuisé.

« … puis tous les autres en petites lettres… »

Il se tut si longtemps que le notaire regarda les sœurs avec inquiétude. Était-il ?…. Tout était-il déjà fini ? Mais sœur Marie des Chérubins secoua sereinement sa cornette. Il n'était pas mort encore. Il réfléchissait. Dans son corps immobile, le souvenir parcourait d'immenses espaces de lieux et de temps :

« La presque totalité de ma fortune se compose de valeurs américaines que l'on me disait être de bon rendement. Je ne le crois plus. »

Il secoua lugubrement sa longue barbe.

« Je ne le crois plus. Je désire que mon fils les convertisse immédiatement en francs français. Il y a aussi de l'or, ce n'est plus la peine de le garder maintenant. Qu'on le vende. Une copie de mon portrait sera placée aussi au château de Bléoville dans la grande salle du bas. Je lègue à mon fidèle valet de chambre une rente annuelle et viagère de 1 000 francs. Pour tous mes arrière-petits-enfants à naître, que mes prénoms Louis-Auguste si ce sont des garçons, et Louise-Augustine si ce sont des filles, soient choisis par leurs parents.

— C'est tout ? » demanda maître Charbœuf.

Sa longue barbe, en s'abaissant, fit signe que oui, que c'était tout. Pendant plusieurs instants qui parurent brefs au notaire, aux témoins et aux sœurs, mais qui pour le moment étaient longs comme un siècle, longs comme le délire, longs comme un rêve, M. Péricand-Maltête refit en sens inverse le chemin qu'il lui avait été donné de parcourir sur cette terre : les dîners de famille, boulevard Delessert, les siestes au salon, le chat Albert sur ses genoux ; sa dernière entrevue avec son frère aîné dont ils étaient sortis fâchés à mort (et il avait racheté en sous-main les actions de l'affaire). Jeanne, sa femme, à Bléoville, courbée, rhumatisante, couchée sur une chaise longue de paille au jardin, un éventail de papier entre les doigts (elle était morte huit jours plus tard), et Jeanne à Bléoville, trente-cinq ans plus tôt, le lendemain de leurs noces, des abeilles étaient entrées par la fenêtre ouverte et butinaient les lis du bouquet de la mariée et la couronne de fleurs d'oranger jetée au pied du lit. Jeanne s'était réfugiée dans ses bras en riant…

Puis il sentit sans doute venir la mort ; il eut un petit geste court, étriqué, étonné aussi comme s'il essayait de passer par une porte trop étroite pour lui et disait : « Non. Après vous, je vous prie », et sur ses traits parut une expression de surprise.

« C'est donc ça ? semblait-il dire. C'est bien ça ? »

La surprise s'effaça, le visage devint sévère, sombre, et maître Charbœuf, précipitamment écrivit :

« … Au moment où on a présenté la plume au testateur pour qu'il appose sa signature sur le présent testament, il a fait un effort pour lever la tête, sans réussir, et immédiatement a rendu le dernier soupir, ce qui a été constaté par le notaire et les témoins, et ils ont néanmoins, après lecture, apposé leurs signatures pour valoir ce que de droit. »

24

Jean-Marie cependant revenait à lui. Pendant quatre jours, il avait somnolé inconscient et fiévreux. Aujourd'hui seulement il se sentait plus fort. Un médecin avait pu venir la veille ; il avait renouvelé le pansement et la température tombait. De sa place, sur le lit de parade où on l'avait couché, Jean-Marie voyait une grande cuisine un peu sombre, le bonnet blanc d'une vieille, assise dans un coin, de belles casseroles brillantes au mur et un calendrier où était peint un soldat français, rose et potelé, enlaçant deux jeunes Alsaciennes, souvenir de l'autre guerre. C'était étrange de voir à quel point les souvenirs de l'autre guerre étaient vivants ici. À la place d'honneur, quatre portraits d'hommes en uniforme, un petit nœud tricolore et une petite cocarde de crêpe attachés dans un coin, une collection de *L'Illustration* de 1914 à 1918, reliée de noir et de vert, à côté de lui pour occuper les heures de sa convalescence.

Dans les conversations qu'il entendait, revenaient sans cesse « Verdun, Charleroi, la Marne… », « Quand on a connu l'autre guerre… », « Quand j'ai fait de l'occupation à Mulhouse… ». De la guerre présente, de la défaite, on parlait peu, elle n'avait pas encore pénétré les esprits, elle ne prendrait sa forme vivante et terrible que des mois plus tard, peut-être des années, peut-être quand auraient atteint l'âge d'homme ces gamins barbouillés que Jean-Marie voyait apparaître au-dessus de la petite barrière de bois devant la porte. Chapeaux de paille déchirés, joues brunes et roses, longues baguettes vertes à la main, effarouchés, curieux, ils grimpaient sur leurs sabots pour mieux se hausser et regarder à l'intérieur le soldat blessé, et quand Jean-Marie faisait un mouvement, ils disparaissaient, plongeant comme des grenouilles dans l'eau. Parfois le portillon ouvert laissait entrer une poule, un vieux chien sévère, un dindon énorme. Jean-Marie ne voyait ses hôtes qu'aux heures des repas. Pendant le jour, il était confié à la vieille en bonnet. Quand venait le soir, deux jeunes filles s'asseyaient près de lui. On appelait l'une la Cécile, l'autre la Madeleine. Il crut pendant quelque temps qu'elles étaient sœurs. Mais non ! la Cécile était la fille de la fermière et la Madeleine enfant assistée. Toutes deux étaient plaisantes à regarder, point belles mais fraîches, Cécile avec une grosse figure rouge et de vifs yeux bruns, Madeleine blonde, plus fine, les joues éclatantes, satinées et roses comme la fleur du pommier.

Par ces jeunes filles, il apprit les événements de la semaine. En passant par leur bouche, par leur langue un peu rocailleuse, tous ces faits d'une portée considérable perdaient leur consonance tragique. Elles disaient : « C'est bien triste », et « ce n'est pas plaisant de voir ça… », « Ah ! monsieur, on est bien ennuyé ! ». Il se demandait si c'était la manière de parler commune aux gens du pays ou quelque chose de plus profond encore, qui tenait à l'âme même de ces filles, à leur jeunesse, un instinct qui leur disait que les guerres passent et que l'envahisseur s'éloigne, que la vie même déformée, même mutilée, demeure. Sa mère à lui soupirait bien, son tricot à la main, tandis que cuisait la soupe sur le feu : « 1914 ? C'est l'année où nous nous sommes mariés, ton père et moi. Nous avons été très malheureux pour finir mais très heureux pour commencer. » Et pourtant cette sinistre année avait été adoucie, colorée par le reflet de leur amour.

De même, ces jeunes filles, l'été 1940 resterait malgré tout dans leur souvenir la saison de leurs vingt ans, pensait-il. Il n'aurait pas voulu penser ; la pensée était pire que le mal physique, mais tout revenait, tout tournait inlassablement dans sa tête : son rappel de permission le 15 mai, ces quatre jours à Angers, les trains ne marchant plus, les soldats couchés sur des planches, mangés de bêtes, puis les alertes, les bombardements, la bataille de Rethel, la retraite, la bataille de la Somme, la retraite encore, les jours où on avait fui de ville en ville, sans chefs, sans ordres, sans armes, et enfin ce wagon en flammes. Il s'agitait alors et gémissait. Il ne savait plus s'il se débattait dans la réalité ou dans un songe confus né de la soif et de la fièvre. Voyons, ce n'était pas possible... Il y a des choses qui ne sont pas possibles... Quelqu'un n'avait-il pas parlé de Sedan ? C'était en 1870, c'était dans le haut de la page, dans un livre d'histoire à la couverture de toile rousse qu'il voyait encore. C'était... Il scandait doucement les mots : « Sedan, la défaite de Sedan... la désastreuse bataille de Sedan décida du sort de la guerre... » Sur le mur, l'image du calendrier, ce soldat rieur et rose et les deux Alsaciennes qui montraient leurs bas blancs. Oui, c'était cela le rêve, le passé, et lui... Il commençait à trembler et disait : « Merci, ce n'est rien, merci, ce n'est pas la peine... » tandis qu'on glissait sous ses draps une boule chaude sur ses pieds lourds et raides.

« Vous avez l'air mieux, ce soir.

— Je me sens mieux », répondit-il.

Il demanda un miroir et sourit en voyant son menton où poussait une barbe noire en collier.

« Il faudra me raser demain...

— Si vous en avez la force. Pour qui voulez-vous vous faire beau ?

— Pour vous. »

Elles rirent puis s'approchèrent de lui. Elles étaient curieuses de savoir d'où il venait, où il avait été blessé. De temps en temps, prises de scrupule, elles s'interrompaient.

« Oh ! faut pas nous laisser bavarder... ça va vous fatiguer... Puis nous on va se faire disputer... C'est Michaud que vous vous appelez ?.... Jean-Marie ?

— Oui.

— Vous êtes parisien ? Qu'est-ce que vous faites ? Vous êtes ouvrier ? Non, hein ! Je vois ça à vos mains. Vous êtes employé ou peut-être fonctionnaire ?

— Étudiant seulement.

— Ah ! vous étudiez ? Pourquoi ?

— Ma foi, fit-il en réfléchissant, je me le demande ! »

C'était drôle… lui et ses camarades ils avaient travaillé, passé et conquis des examens, des diplômes, tout en sachant très bien que c'était inutile, ne servirait à rien puisqu'il y aurait la guerre… Leur avenir était tracé d'avance, leur carrière s'était faite dans les cieux comme on disait autrefois que « les mariages se font dans les cieux ». Il était né d'une permission en 1915. Il était né de la guerre et (il l'avait toujours su) pour elle. Il n'y avait rien de morbide dans cette pensée qu'il partageait avec beaucoup de garçons de son âge, et qui était simplement logique et raisonnable. Mais, se dit-il, puisque le pire est passé maintenant, cela change tout. De nouveau il y a un avenir. La guerre est finie, terrible, honteuse, mais elle est finie. Et… il y a de l'espoir…

« Je voulais écrire des livres », dit-il timidement, révélant à ces paysannes, à ces inconnues, un vœu à peine formulé à lui-même, dans le secret de son cœur.

Puis il désira savoir le nom du lieu, de la ferme où il se trouvait.

« C'est loin de tout, dit la Cécile, c'est la cambrousse. Ah ! on ne s'amuse pas tous les jours. On devient bête à soigner les bêtes, pas Madeleine ?

— Vous êtes depuis longtemps ici, mademoiselle Madeleine ?

— J'avais trois semaines. Sa mère m'a élevée avec Cécile. On est sœurs de lait, nous deux.

— Vous vous entendez bien, je vois ça.

— On n'a pas toujours les mêmes idées, dit Cécile. Elle voudrait être sœur !

— Des fois… », dit Madeleine en souriant.

Elle avait un joli sourire lent et un peu timide.

« Je me demande d'où elle vient ? » songea Jean-Marie. Ses

mains étaient rouges mais d'une forme gracieuse ainsi que ses jambes et ses chevilles. Une enfant de l'Assistance... Il éprouva un peu de curiosité, un peu de pitié. Il lui était rcconnaissant des vagues rêveries qu'elle faisait naître en lui. Cela le divertissait, l'empêchait de penser à lui-même et à la guerre. Dommage seulement qu'il se sentît si faible. Il était difficile de rire, de plaisanter avec elles... mais c'était cela qu'elles attendaient, sans doute ! À la campagne, entre filles et garçons, des taquineries, des moqueries sont de mise... C'est convenable, ça se fait ainsi. Elles seraient déçues et déconcertées s'il ne riait pas avec elles.

Il fit un effort pour sourire.

« Un garçon viendra qui vous fera changer d'avis, mademoiselle Madeleine, vous ne voudrez plus être sœur !

— Je vous dis que ça me prend des fois !

— Quand ça ?

— Oh ! je ne sais pas... il y a des jours tristes...

— Des garçons, il n'y en a pas beaucoup par ici, dit Cécile. Je vous dis qu'on est loin de tout. Puis, le peu qu'il y a, c'est la guerre qui le prend. Alors ? Ah, on est bien malheureux d'être fille !

— Tout le monde, dit Madeleine, a du malheur ! »

Elle s'était assise près du blessé ; elle se souleva vivement.

« Cécile, tu n'y penses pas ! On n'a pas lavé le carreau.

— C'est ton tour.

— Ça alors ! tu ne manques pas de toupet ! le tien oui ! »

Elles se disputèrent un moment, puis firent la besogne ensemble. Elles étaient extraordinairement vives et habiles. Bientôt les dalles rouges brillèrent sous l'eau fraîche. Du seuil venait une odeur d'herbe, de lait, de menthe sauvage. Jean-Marie reposait la joue sur sa main. C'était étrange, le contraste entre cette paix absolue et ce tumulte en lui, car l'infernal vacarme des six derniers jours était demeuré dans ses oreilles et il lui suffisait d'un instant de silence pour le retrouver : un bruit de métal froissé, le battement du fer d'un marteau retombant à coups sourds et lents sur une enclume énorme... Il tressaillit et son corps se couvrit de sueur... C'était le bruit des wagons mitraillés, cet éclatement de poutres et d'acier couvrant les cris des hommes. Il dit tout haut :

« Il faudra tout de même oublier tout ça, n'est-ce pas ?

— Qu'est-ce que vous dites ? Vous avez besoin de quelque chose ? »

Il ne répondit pas. Il ne reconnaissait plus Cécile et Madeleine. Elles hochèrent la tête, consternées.

« C'est la fièvre qui remonte.

— Tu l'as trop fait parler, aussi !

— Penses-tu ! Lui, il ne disait rien. C'est nous qui parlions tout le temps !

— Ça l'a fatigué. »

Madeleine se pencha vers lui. Il vit tout près de la sienne cette joue rose qui sentait la fraise. Il l'embrassa ! Elle se redressa en rougissant, riant, arrangeant les mèches défaites de ses cheveux.

« Bon, bon, vous m'avez fait peur… vous n'êtes pas si malade ! »

Lui pensait : « Qu'est-ce que c'est que cette fille ? » Il l'avait embrassée comme il eût porté à ses lèvres un verre d'eau fraîche. Il brûlait, sa gorge, l'intérieur de sa bouche lui semblaient comme craquelés de chaleur, desséchés par l'ardeur d'une flamme. Cette peau éclatante et douce le désaltérait. En même temps son esprit était plein de cette lucidité que procurent l'insomnie et la fièvre. Il avait oublié le nom de ces jeunes filles et le sien propre. L'effort mental nécessaire pour comprendre sa condition présente, en ces lieux qu'il ne reconnaissait plus, lui était trop pénible. Il s'y exténua, mais dans l'abstrait son âme flottait sereine et légère, comme un poisson dans l'eau, comme un oiseau porté par le vent. Il ne se voyait pas, lui Jean-Marie Michaud, mais un autre, un soldat anonyme, vaincu, qui ne se résignait pas, un jeune homme blessé qui ne voulait pas mourir, un malheureux qui ne désespérait pas. « Il faudra tout de même s'en tirer… Il faudra sortir de là, de ce sang, de cette boue où on enfonce… On ne va pas tout de même se coucher là et mourir… Non, hein ? ce serait trop bête. Il faut s'accrocher… s'accrocher… s'accrocher… » murmura-t-il, et il se retrouva, les yeux grands ouverts, cramponné à son traversin, haussé sur le lit, regardant la nuit de pleine lune, la nuit parfumée, silencieuse, la nuit étincelante, si douce après la chaude journée et que la ferme accueillait par ses portes et fenêtres ouvertes contrairement à son habitude pour qu'elle pût rafraîchir et calmer le blessé.

25

Lorsque le curé Péricand se retrouva sur la route avec les garçons qui portaient chacun une couverture et une musette et qui le suivaient en traînant les pieds dans la poussière, il s'était dirigé vers l'intérieur du pays, quittant la Loire pleine de périls pour les bois, mais déjà la troupe y campait et l'abbé songea que les soldats ne manqueraient pas d'être repérés par les avions et que le danger était aussi grand dans ces taillis que sur les rives. Ainsi, abandonnant la nationale, il prit un chemin plein de pierres, presque une sente, se fiant à son instinct pour le conduire dans quelque demeure isolée, comme en montagne lorsqu'il guidait son équipe de skieurs vers quelque refuge perdu dans le brouillard ou la tempête de neige. Ici c'était une journée de juin admirable, si éclatante et chaude que les garçons se sentaient enivrés. Silencieux jusqu'ici et sages, trop sages, ils se bousculaient, criaient, et le curé Péricand surprenait des rires et des lambeaux de chansons étouffés. Il prêta l'oreille, entendit un refrain obscène chuchoté derrière lui, comme bourdonnant sur des lèvres à demi ouvertes. Il leur proposa de reprendre en chœur une chanson de route. Il la commença, scandant vigoureusement les paroles, mais à peine quelques voix le suivirent. Au bout de quelques instants, tous se turent. Lui aussi alors marcha sans parler, se demandant ce que cette soudaine liberté éveillait chez ces pauvres enfants, quels troubles désirs ? quels rêves ? Un des petits s'arrêta tout à coup et cria : « Un lézard, oh ! un lézard ! Regardez ! » Entre deux pierres au soleil des queues agiles apparaissaient, disparaissaient ; de fines têtes plates se montraient ; des gorges palpitantes se soulevaient et s'abaissaient dans une pulsation rapide et effrayée. Les garçons enchantés regardaient. Quelques-uns même s'étaient agenouillés sur le sentier. Le curé patienta quelques instants, puis donna le signal du départ. Docilement les enfants se relevèrent, mais à la même seconde des cailloux jaillirent de leurs doigts avec tant d'habileté, une rapidité si surprenante que deux des lézards, les plus beaux, gros, d'un gris délicat presque bleu, furent tués sur place.

« Pourquoi avez-vous fait ça ? » s'exclama le curé mécontent.

Personne ne répondit.

« Pourquoi ? C'est lâche !

— Mais c'est comme la vipère, ça mord, fit un garçon à la figure blême, hagarde, au long nez pointu.

— Quelle bêtise ! Les lézards sont inoffensifs.

— Ah ! nous ne savions pas, monsieur le curé », répliqua-t-il de sa voix de gouape, avec une feinte innocence qui ne trompa pas le prêtre.

Mais celui-ci se dit que ce n'était ni le lieu ni le moment de les reprendre là-dessus ; il se contenta d'incliner brièvement la tête comme s'il était satisfait de la réponse en ajoutant toutefois :

« Vous le saurez maintenant. »

Il les fit mettre en rangs pour le suivre. Jusqu'ici il les avait laissés marcher à leur guise, mais il pensa tout à coup que certains pourraient bien songer à s'échapper. Ils lui obéirent si parfaitement, si mécaniquement, rompus sans nul doute aux coups de sifflet, à l'alignement, à la docilité, au silence obligatoire, qu'il en eut le cœur serré. Il parcourut du regard ces visages tout à coup devenus mornes, éteints, fermés vraiment comme une maison peut être fermée, la porte verrouillée, l'âme retirée en elle-même, ou absente ou morte. Il dit :

« Il faut nous hâter si nous voulons trouver un abri pour la nuit, mais dès que je saurai où nous coucherons et dès que nous aurons soupé (car vous commencerez bientôt à avoir faim !) nous pourrons organiser un feu de camp et rester dehors aussi longtemps qu'il vous plaira. »

Il marcha entre eux, leur parlant de ses gamins d'Auvergne, des skis, des courses dans la montagne, s'efforçant de les intéresser, de les rapprocher de lui. Vains efforts. Ils semblaient ne pas même l'écouter ; il comprit que toutes les paroles qu'on leur adressait, encouragements, blâmes, enseignement, ne pourraient jamais pénétrer car ils lui opposaient une âme close, murée, sourde et muette.

« Si je pouvais les garder plus longtemps », se dit-il. Mais dans son cœur il savait qu'il ne le désirait pas. Il ne désirait qu'une chose : être débarrassé d'eux au plus vite, déchargé de sa responsabilité et du malaise qu'ils faisaient peser sur lui. Cette loi d'amour qu'il avait tenue jusqu'ici pour presque facile, tant la grâce de Dieu en lui était grande, pensait-il humblement, voici qu'il ne pouvait pas s'y soumettre « alors que pour la première fois peut-être ce serait de ma part un effort méritoire, un sacrifice réel. Que je suis faible ! » Il appela auprès de lui un des petits qui demeurait sans cesse en arrière.

« Tu es fatigué ? Tes souliers te font mal ? »

Oui, il avait deviné juste : les souliers du gamin étaient trop serrés et le faisaient souffrir. Il le prit par la main pour l'aider à marcher, lui parlant doucement et, comme il se tenait mal, les épaules voûtées, le dos rond, il lui saisit le cou légèrement, entre deux doigts, pour le forcer à se redresser. Le jeune garçon ne se défendit pas. Au contraire, les yeux au loin, la figure indifférente, il appuya le cou contre cette main et cette pression sourde, insistante, cette étrange, cette équivoque caresse ou plutôt cette attente d'une caresse firent monter le sang à la figure du prêtre. Il prit l'enfant par le menton alors et tâcha de plonger son regard dans le sien, mais, sous ses paupières baissées, les yeux étaient invisibles.

Il pressa le pas, s'efforçant de se recueillir, comme il le faisait toujours dans des moments de tristesse, une oraison intérieure ; ce n'était pas une prière à proprement parler. Souvent ce n'étaient même pas des mots qui eussent cours dans la langue humaine. C'était une sorte de contemplation ineffable dont il sortait baigné de joie et de paix. Mais toutes deux le fuyaient également aujourd'hui. La pitié qu'il éprouvait était corrompue par un grain d'inquiétude et d'amertume. À ces pauvres êtres trop visiblement la grâce manquait : Sa grâce. Il aurait voulu la faire ruisseler sur eux, inoculer des cœurs arides de foi et d'amour. Certes il suffisait d'un soupir du Crucifié, du battement d'ailes d'un de ses anges pour que le miracle s'accomplît mais lui, Philippe Péricand, n'avait-il pas été désigné par Dieu pour adoucir, entrouvrir les âmes, les préparer à la venue de Dieu ? Il souffrait d'en être incapable. Lui avaient été épargnés les instants de doute et ce dessèchement subit qui s'empare du croyant, ne le livrant pas aux princes de ce monde, mais l'abandonnant en quelque sorte à mi-chemin entre Satan et Dieu, plongé dans de profondes ténèbres.

La tentation pour lui était autre : c'était une sorte d'impatience sacrée, le désir d'accumuler autour de lui des âmes délivrées, une hâte frémissante qui, dès qu'il avait conquis un cœur à Dieu, le jetait vers d'autres batailles, le laissant toujours frustré, insatisfait, mécontent de lui-même. Ce n'était pas assez ! non, Jésus, ce n'était pas assez ! Ce vieillard mécréant qui s'était confessé, qui avait communié à son heure dernière, cette pécheresse qui avait renoncé à son vice, ce païen qui avait désiré le baptême. Pas assez, non, pas assez ! Il connaissait quelque chose de pareil alors à l'avidité d'un avare qui amasse son or. Et pourtant non, cela n'était pas tout à fait ainsi. Cela lui rappelait certaines heures passées au bord de la rivière quand il était petit : ce tressaillement de joie à chaque poisson pris (et il ne comprenait pas maintenant comment il avait pu aimer ce jeu cruel ; il lui était même pénible de manger du poisson. Des légumes, des laitages, du pain frais, des châtaignes et cette grosse soupe épaisse des paysans où la cuiller tient tout debout suffisaient à sa nourriture), mais enfant il avait été un pêcheur enragé et il se rappelait cette angoisse lorsque le soleil se cachait sur l'eau, que sa capture était petite et qu'il savait que le jour de congé était fini pour lui. On l'avait blâmé de ses excès de scrupules. Il craignait lui-même qu'ils ne vinssent pas de Dieu mais d'un Autre… Malgré tout, jamais il n'avait éprouvé cela comme aujourd'hui sur cette route, sous ce ciel où étincelaient les avions meurtriers, parmi ces enfants dont il ne sauverait que les corps…

Ils marchaient depuis quelque temps lorsqu'ils aperçurent les premières maisons d'un village. Il était très petit, intact, vide : ses habitants avaient fui. Toutefois, avant de partir ils avaient solidement cadenassé les portes et les fenêtres ; ils avaient pris les chiens avec eux, emporté les lapins et les poules. Seuls quelques chats demeuraient encore, dormaient au soleil dans les allées des jardins ou se promenaient sur les toits bas, d'un air repu et tranquille. Comme c'était la saison des roses, au-dessus de chaque porche s'ouvrait une belle fleur largement épanouie, riante, qui laissait guêpes et bourdons pénétrer en elle et lui manger le cœur. Ce village abandonné par les hommes où on n'entendait ni pas ni voix et auquel manquaient tous les bruits de la campagne — le grincement des brouettes, les roucoulements des pigeons, les piaillements des basses-cours — était devenu le royaume des oiseaux, des abeilles et des frelons. Il sembla à Philippe qu'il n'avait jamais entendu autant de chants vibrants et joyeux ni vu autour de lui de si nombreux essaims. Les rames à foin, les fraises, les cassis, les petites fleurs parfumées qui bordaient les parterres, chaque massif, chaque touffe, chaque brin d'herbe exhalait un doux ronronnement de rouet. Ces jardinets avaient été utilement soignés, avec amour ; ils possédaient tous un arceau couvert de roses, une tonnelle où demeuraient encore les derniers lilas, deux chaises de fer, un banc au soleil. Les groseilles étaient énormes, transparentes et dorées.

« Quel bon dessert ce soir, dit Philippe. Les oiseaux seront bien forcés de le partager avec nous, nous ne ferons tort à personne en cueillant ces fruits. Vous avez tous des musettes suffisamment garnies, nous ne souffrirons pas de la faim. Par exemple, ne comptez pas dormir dans des lits. Je suppose qu'une nuit à la belle étoile ne vous fait pas peur ? Vous avez de bonnes couvertures. Voyons, que nous faut-il ? Un pré, une source. Les granges et les étables ne vous disent rien, je pense ! À moi non plus… il fait si beau. Voyons, mangez quelques fruits pour vous donner du cœur et suivez-moi, nous allons tâcher de trouver une bonne place. »

Il attendit un quart d'heure tandis que les enfants se gorgeaient de fraises ; il les surveillait avec attention pour les empêcher d'écraser les fleurs et les légumes mais il n'eut pas à intervenir, ils étaient vraiment très sages. Il ne lança pas de coup de sifflet cette fois-ci, il éleva seulement la voix.

« Allons, laissez-en un peu pour ce soir. Suivez-moi. Si vous ne traînez pas en route, je vous dispense de vous mettre en rangs. »

Encore une fois ils obéirent. Ils regardaient les arbres, le ciel, les fleurs, sans que Philippe pût deviner ce qu'ils pensaient… Ce qui leur plaisait, semblait-il, ce qui parlait à leurs cœurs, ce n'était pas le monde visible mais cette odeur enivrante d'air pur et de liberté qu'ils respiraient, si nouvelle pour eux.

« Aucun de vous ne connaît la campagne ? demanda Philippe.

— Non, m'sieur le curé, non m'sieur, non », dirent-ils les uns après les autres avec lenteur.

Philippe avait remarqué déjà qu'il n'obtenait d'eux une réponse qu'après quelques secondes de silence, comme s'ils inventaient une feinte, un mensonge, ou comme s'ils ne comprenaient pas toujours exactement ce qu'on leur voulait… Toujours cette impression d'avoir affaire à des êtres… pas tout à fait humains…, songea-t-il. Tout haut, il dit :

« Allons, hâtons-nous. »

Lorsqu'ils furent sortis du village, ils virent un grand parc, mal entretenu, un bel étang profond et transparent et une maison sur une colline.

Le château, sans doute, pensa Philippe. Il sonna à la grille avec l'espoir de trouver la demeure habitée, mais la loge du gardien était fermée et personne ne vint à son appel.

« Voici pourtant un pré qui semble fait pour nous, dit Philippe en montrant de la main les rives de l'étang. Que voulez-vous, mes gars ! nous ferons moins de dégâts que dans ces petits jardins bien cultivés, nous y serons mieux que sur la route et si un orage éclate nous pourrons nous abriter dans ces petites cabines de bain sans doute… »

Le parc n'était entouré que d'une clôture de fil de fer ; ils la franchirent aisément.

« N'oubliez pas, dit Philippe en riant, que je vous donne l'exemple d'une effraction, aussi je réclame de vous le respect le plus absolu de cette propriété ; pas une branche cassée, pas un journal oublié dans l'herbe, pas une boîte de conserve vide. Entendu, hein ? Si vous êtes sages, je vous permettrai de vous baigner dans l'étang demain. »

L'herbe était si haute qu'elle montait jusqu'à leurs genoux ; ils écrasaient les fleurs ; Philippe leur montra les fleurs de la Vierge, étoiles à six pétales blancs, et celles de saint Joseph d'un lilas léger, presque rose.

« Est-ce qu'on peut les prendre, monsieur ?

— Oui. Celles-là tant que vous voudrez. Il ne faut qu'un peu de pluie et de soleil pour les faire germer. Voici ce qui a coûté beaucoup de soin et de peine », dit-il en désignant les massifs plantés autour du château.

Un des garçons, debout à côté de lui, leva sa petite figure carrée, pâle, aux os saillants vers les grandes fenêtres closes.

« Il doit y en avoir des choses là-dedans ! »

Il avait parlé bas mais avec une sourde âpreté qui troubla le prêtre. Comme il ne répondait pas, le gamin insista.

« N'est-ce pas, monsieur le curé, qu'il doit y en avoir des choses ?

— Nous, on n'a jamais vu de maisons comme ça, fit un autre.

— Sans doute, y a de très belles choses, des meubles, des tableaux, des statues… mais beaucoup de ces châtelains sont ruinés et vous seriez peut-être déçus si vous vous imaginez voir des merveilles, répondit gaiement Philippe. Ce qui vous intéresse le plus, je suppose, ce sont les provisions. Les gens de ce pays me semblent prévoyants et ils doivent avoir tout emporté. D'ailleurs comme de toute façon nous n'aurions pas pu y toucher car cela ne nous appartient pas, il vaut mieux ne pas y penser et se débrouiller avec ce que nous avons. Je vais former trois équipes : la première ramassera le bois mort, la seconde puisera de l'eau, la troisième préparera les gamelles. »

Sous sa direction, ils travaillèrent vite et bien. Un grand feu fut allumé sur les rives de l'étang ; ils mangèrent, ils burent, ils cueillirent des fraises des bois. Philippe voulut organiser des jeux mais les enfants jouaient d'un air morne et contraint, sans cris, sans rires. L'étang ne brillait plus au soleil mais luisait faiblement et on entendait les grenouilles crier sur ses bords. Le feu éclairait les garçons immobiles, roulés dans leurs couvertures.

« Vous voulez dormir ? »

Personne ne répondit.

« Vous n'avez pas froid, n'est-ce pas ? »

Encore un silence.

Ils ne sont pourtant pas tous endormis, songea le prêtre. Il se leva et marcha entre les rangs. Parfois il se baissait, couvrait un corps plus maigre, plus fluet que les autres, un crâne aux cheveux plats, aux oreilles décollées. Leurs yeux étaient fermés. Ils faisaient semblant de dormir ou réellement le sommeil s'était emparé d'eux. Philippe revint lire son bréviaire près de la flamme. Par moments il levait les yeux et regardait les reflets de l'eau. Ces instants de méditation muette le reposaient de toutes ses fatigues, le payaient de toutes ses peines. De nouveau l'amour pénétrait dans son cœur comme la pluie dans une terre aride, d'abord goutte à goutte, se frayant difficilement un chemin entre les cailloux, puis en un long ruissellement pressé ayant retrouvé le cœur.

Pauvres enfants ! L'un d'eux rêvait et en songe il exhalait une longue plainte monotone. Le prêtre éleva la main dans l'ombre, les bénit, murmura une prière. « *Pater amat vos* », chuchota-t-il. Il aimait à le dire à ses enfants du catéchisme lorsqu'il les exhortait à la pénitence, à la résignation, à la prière. « Le Père vous aime. » Comment avait-il pu croire que la grâce leur manquait, à ces malheureux ? Il serait peut-être moins aimé qu'eux, traité avec moins d'indulgence, moins de tendresse divine que le moindre, le plus déchu de ceux-là ? « Ô Jésus ! pardonne-moi ! C'était un mouvement d'orgueil, c'était un piège du démon ! Que suis-je ? Moins que rien, de la poussière sous tes pieds adorables, Seigneur ! Oui, sans nul doute, moi que tu as aimé, protégé dès l'enfance, conduit vers toi, que n'es-tu en droit de demander ? Mais ces enfants... les uns seront élus... les autres... Les saints les rachèteront... Oui, tout est bien, tout est bon, tout est grâce. Jésus, pardonne-moi ma tristesse ! »

L'eau palpitait doucement, la nuit était solennelle et tranquille. Cette présence hors de laquelle il n'eût pas pu vivre, ce Souffle, ce Regard étaient sur lui dans l'ombre. Un enfant couché dans les ténèbres, pressé sur le cœur de sa mère, n'a pas besoin de lumière pour reconnaître ses traits chéris, ses mains, ses bagues ! Il rit même tout bas de plaisir. « Jésus, tu es là, te voici de nouveau. Reste près de moi, Ami adorable ! » Une longue flamme rose, vive, jaillit d'une bûche noire. Il était tard ; la lune se levait, mais il n'avait pas sommeil. Il prit une couverture, s'étendit dans l'herbe. Il demeurait couché, les yeux grands ouverts, sentant près de sa joue le frôlement d'une fleur. Pas un bruit sur ce coin de terre.

Il n'entendit pas, il ne vit rien, il perçut par une sorte de sixième sens la course silencieuse de deux garçons qui s'enfuyaient vers le château. Ce fut si rapide que tout d'abord il crut avoir rêvé. Il ne voulut pas appeler ni donner ainsi l'éveil aux autres gamins endormis. Il se leva, vérifia sa soutane où demeuraient collés des brins d'herbe et des pétales de fleurs, et il se dirigea lui aussi vers le château. Le gazon épais étouffait les pas. Il se souvint maintenant qu'à une des fenêtres il avait bien remarqué un volet mal clos, entrebâillé. Oui, il ne s'était pas trompé ! La lune éclairait la façade. Un des garçons poussait, forçait le volet. Philippe n'eut pas le temps de crier, de les arrêter, déjà une pierre brisait la vitre ; des éclats retombèrent. Les gamins, d'un bond de chat, disparurent à l'intérieur.

« Ah ! garnements, je vais vous aider, moi ! » s'exclama Philippe.

Retroussant sa soutane jusqu'aux genoux, il prit le même chemin qu'eux, se trouva dans un salon aux meubles garnis de housses, au grand parquet froid, brillant. Il tâtonna quelques instants avant de trouver l'électricité. Quand il eut allumé, il ne vit personne. Il hésita, regarda autour de lui (les garçons s'étaient cachés ou avaient fui) : ces canapés, ce piano, ces bergères recouvertes de housses aux plis flottants, ces rideaux de perse à fleurs aux fenêtres étaient autant de cachettes. Il s'avança sous une embrasure profonde car les tentures avaient bougé ; il les écarta brusquement ; un des garçons était là, un des plus âgés, presque un homme avec une figure noirâtre, d'assez beaux yeux, un front bas, une lourde mâchoire.

« Qu'est-ce que vous êtes venus faire là ? » dit le prêtre.

Il entendit du bruit derrière lui et se retourna ; un autre garçon était dans la pièce, exactement derrière son dos ; il pouvait avoir dix-sept ou dix-huit ans lui aussi ; il avait des lèvres serrées, méprisantes dans un visage jaune ; on eût dit que la bête était injectée sous la peau. Il était sur ses gardes mais ils furent trop rapides pour lui ; en un instant ils s'étaient élancés, l'un le renversant d'un croc-en-jambe, l'autre le saisissant à la gorge. Mais Philippe silencieusement, efficacement, se débattait. Il put attraper un des garçons par le collet, resserrant si bien son étreinte que celui-ci dut lâcher prise. Au mouvement qu'il fit pour se dégager, quelque chose tomba de ses poches et roula à terre : c'était de l'argent.

« Mes compliments, tu es allé vite, dit Philippe à demi suffoqué, assis sur le plancher, songeant : “Avant tout ne rien prendre au tragique, les faire sortir d'ici et ils me suivront comme des petits chiens. Demain, on verra !” Ça suffit, hein ! assez de bêtises comme ça… filez. »

À peine avait-il prononcé ces mots que de nouveau ils se jetaient sur lui d'un bond silencieux, sauvage et désespéré ; l'un d'eux le mordit, le sang jaillit.

« Mais ils vont me tuer », se dit Philippe avec une sorte de stupeur. Ils s'accrochaient à lui comme des loups. Il ne voulait pas leur faire mal, mais il était forcé de se défendre ; à coups de poing, à coups de pied, il les repoussait et eux revenaient à la charge avec plus d'acharnement encore, ayant perdu tout trait humain, des déments, des bêtes… Philippe aurait été le plus fort malgré tout mais il reçut un meuble à la tête, un guéridon aux pieds de bronze ; il tomba et en tombant entendit un des garçons courir à la fenêtre et lancer un coup de sifflet. Du reste il ne vit rien : ni les vingt-huit adolescents brusquement réveillés, traversant la pelouse au pas de course, escaladant la fenêtre, ni la ruée vers les meubles fragiles qu'on éventrait, qu'on pillait, qu'on jetait par la fenêtre. Ils étaient ivres, ils dansaient autour du prêtre étendu, ils chantaient et criaient ; un tout-petit, à la figure de fille, sautait à pieds joints sur un sofa qui gémissait de tous ses vieux ressorts. Les plus âgés avaient découvert une cave à liqueurs, ils la traînèrent dans le salon, la poussant devant eux à coups de pied ; quand ils l'ouvrirent, ils virent qu'elle était vide mais ils n'avaient pas besoin de vin pour être gris : le carnage lui-même était suffisant pour eux, ils en ressentaient un effroyable bonheur. Ils traînèrent Philippe par les pieds hors du château, le hissant par la fenêtre, le faisant lourdement retomber sur la pelouse. Arrivés au bord de l'étang, ils s'emparèrent de lui, le balancèrent comme un paquet — « Ho ! hisse ! à mort ! », criaient-ils de leurs voix rauques, châtrées, dont quelques-unes avaient encore le timbre des voix enfantines. Mais quand il tomba à l'eau, il n'était pas mort encore. Un instinct de conservation ou un dernier sursaut de courage le retint au bord ; il tenait à deux mains une branche d'arbre et s'efforçait de soulever sa tête hors de l'étang. Sa figure meurtrie à coups de poing et de talon était cramoisie, enflée, grotesque et terrible. Ils lui jetèrent des pierres. Il tint bon d'abord, se cramponnant de toutes ses forces à la branche qui oscillait, craquait, cédait. Il essaya d'atteindre l'autre rive mais les pierres pleuvaient sur lui. Enfin il leva les deux bras, les mit devant son visage, et les garçons le virent s'enfoncer tout droit, dans sa soutane noire. Il ne s'était pas noyé : il avait été pris par la vase. Ce fut ainsi qu'il mourut, dans l'eau jusqu'à la ceinture, la tête rejetée en arrière, l'œil crevé par une pierre.

26

À la cathédrale Notre-Dame, à Nîmes, une messe était célébrée tous les ans pour les morts de la famille Péricand-Maltête, mais comme il ne demeurait à Nîmes que la mère de Mme Péricand, ce service était à l'ordinaire expédié assez vite dans une chapelle latérale devant la vieille dame à demi aveugle, obèse, dont le souffle rauque couvrait la voix du curé, et une cuisinière qui était dans la maison depuis trente ans. Mme Péricand était née Craquant, alliée à la famille Craquant de Marseille enrichie par le commerce des huiles. Cette origine lui paraissait honorable certes (et la dot avait été de 2 millions, 2 millions d'avant-guerre), mais elle pâlissait devant l'éclat de sa nouvelle parenté. Sa mère, la vieille Mme Craquant, partageait cette manière de voir et, retirée à Nîmes, elle observait tous les rites des Péricand avec une grande fidélité, priait pour les morts et adressait aux vivants des lettres de félicitations aux mariages et aux baptêmes, comme ces Anglais des colonies qui se saoulaient solitairement lorsque Londres fêtait l'anniversaire de la reine.

Cette messe des défunts en particulier était agréable à Mme Craquant parce que, après la cérémonie, en rentrant de la cathédrale, elle se rendait chez un pâtissier et là elle buvait une tasse de chocolat et mangeait deux croissants. Très grasse, son médecin lui faisait suivre un régime sévère, mais comme elle s'était levée plus tôt que d'habitude et qu'elle avait traversé toute la cathédrale depuis la grande porte sculptée jusqu'à son banc, ce qui la fatiguait beaucoup, elle absorbait sans remords ces aliments reconstituants. Parfois même lorsque sa cuisinière qu'elle craignait avait le dos tourné et se tenait rigide et silencieuse près de la porte, les deux paroissiens à la main et le châle noir de maître Craquant sur le bras, cette dernière attirait à elle une assiette de gâteaux et d'un air distrait avalait tantôt un chou à la crème, tantôt une tartelette aux cerises, tantôt les deux.

Dehors la voiture, attelée de deux vieux chevaux et conduite par un cocher presque aussi gros que Mme Craquant elle-même, attendait sous le soleil et les mouches.

Cette année-ci, tout était bouleversé ; les Péricand repliés à Nîmes après les événements de juin venaient d'apprendre la mort du vieux Péricand-Maltête et celle de Philippe. La première leur avait été annoncée par les sœurs de l'hospice où le vieillard avait fait une fin « bien douce, bien consolante, bien chrétienne », ainsi que l'écrivait sœur Marie du Saint-Sacrement, ayant poussé la bonté pour les siens jusqu'à se préoccuper dans ses moindres détails du testament qui serait transcrit aussitôt que possible.

Mme Péricand lut et relut la dernière phrase, soupira, et un air d'inquiétude se répandit sur ses traits, mais il fit place aussitôt à la componction de la chrétienne qui apprend qu'un être aimé est parti en paix avec le bon Dieu.

— Votre bon-papa est près du petit Jésus, mes enfants, dit-elle.

Deux heures plus tard, le deuxième coup qui frappait la famille lui fut révélé mais il n'y avait aucun détail ; le maire d'un petit village du Loiret lui révélait que le curé Philippe Péricand avait trouvé une mort accidentelle et lui renvoyait les papiers qui établissaient son identité d'une manière indubitable. Quant aux trente pupilles dont il avait la charge, ils avaient disparu. Comme la moitié de la France cherchait alors l'autre moitié, cela n'étonna personne. On parlait d'un camion tombé dans la rivière, non loin de l'endroit où Philippe avait trouvé la mort, et ses parents demeurèrent persuadés que c'était bien de lui et des malheureux orphelins qu'il s'agissait. Enfin on lui dit qu'Hubert avait été tué à la bataille de Moulins. Cette fois, la catastrophe était complète. La plénitude de son malheur lui arracha un cri d'orgueil désespéré.

« J'avais donné le jour à un héros et à un saint, dit-elle. Nos fils paient pour ceux des autres, murmura-t-elle sombrement en regardant sa cousine Craquant dont le fils unique avait trouvé un petit poste tranquille dans la défense passive à Toulouse. Chère Odette, mon cœur saigne, tu sais que je n'ai vécu que pour mes enfants, que j'ai été mère, uniquement mère (Mme Craquant, qui avait été légère dans sa jeunesse, baissa la tête), mais je te le jure, la fierté que je ressens me fait oublier mon deuil. »

Et droite et fière, digne, sentant déjà voltiger des crêpes autour d'elle, elle accompagna jusqu'à la porte sa cousine qui soupirait humblement :

« Oh ! toi, tu es une véritable Romaine.

— Une bonne Française simplement », dit Mme Péricand d'un ton sec en lui tournant le dos.

Ces paroles avaient un peu allégé son chagrin vif et profond. Elle avait toujours respecté Philippe et en quelque sorte compris qu'il n'était pas de ce monde, elle savait qu'il avait rêvé des Missions et que, s'il y avait renoncé, c'était par un raffinement d'humilité, choisissant pour servir Dieu ce qui lui était le plus dur : un assujettissement aux plus quotidiens devoirs. Elle avait la certitude que son fils était près de Jésus. Quand elle le disait de son beau-père, c'était avec un doute intérieur qu'elle se reprochait, mais enfin… Quant à Philippe : « Je le vois comme si j'y étais ! » songeait-elle. Oui, elle pouvait être fière de Philippe et l'éclat de cette âme rejaillissait sur elle-même. Mais le plus étrange était le travail qui s'accomplissait en elle vis-à-vis d'Hubert, Hubert qui récoltait les zéros au lycée, qui rongeait ses ongles, Hubert avec ses taches d'encre aux doigts, sa bonne figure joufflue, sa large bouche fraîche. Hubert, mort en héros, c'était… inconcevable… Lorsqu'elle racontait à ses amis émus le départ d'Hubert (« J'ai essayé de le retenir, je voyais bien que c'était impossible. C'était un enfant, mais un brave enfant, et il est tombé pour l'honneur de la France » — comme le dit Rostand, « c'est bien plus beau lorsque c'est inutile »), elle recréait le passé. Il lui semblait qu'elle avait prononcé en effet toutes ces fières paroles, qu'elle avait envoyé son fils à la guerre.

Nîmes, qui l'avait considérée jusqu'ici non sans aigreur, éprouvait pour cette mère douloureuse une estime presque tendre.

« On aura toute la ville aujourd'hui », soupira la vieille Mme Craquant avec une mélancolique satisfaction.

C'était le 31 juillet. À dix heures devait être célébrée cette messe des morts à laquelle trois noms s'étaient si tragiquement ajoutés.

« Oh ! maman, qu'est-ce que ça fait ? » répondit sa fille, sans que l'on pût savoir si ses paroles se rapportaient à la vanité d'une telle consolation ou à la piètre opinion qu'elle avait de ses concitoyens.

La ville brillait sous un soleil ardent. Dans les quartiers populeux un vent sournois et sec agitait les rideaux de perles de couleur au seuil des portes. Les mouches piquaient, on sentait l'orage. Nîmes, habituellement endormie à cette époque de l'année, était pleine de monde. Les réfugiés qui l'avaient envahie y demeuraient encore retenus par le manque d'essence et par la fermeture provisoire de la frontière sur la Loire. Les rues et les places étaient transformées en parcs d'autos. Il ne restait pas une chambre de libre. Jusqu'ici, des gens avaient dormi dans la rue et une botte de paille, en guise de lit, devenait un luxe. Nîmes se flattait d'avoir fait son devoir et plus que son devoir vis-à-vis des réfugiés. Elle les avait accueillis à bras ouverts, pressés contre son cœur. Il n'était pas une famille qui n'ait offert l'hospitalité aux malheureux. Il était dommage seulement que cet état de chose se prolongeât plus que de raison. Il y avait la question du ravitaillement et il ne fallait pas oublier non plus, disait Nîmes, que tous ces pauvres réfugiés exténués par leur voyage allaient être la proie des plus terribles épidémies. Aussi, à mots couverts, par la voie de la presse, et d'une manière moins voilée, plus brutale que par la bouche des habitants, on les priait instamment chaque jour de s'en aller au plus vite, ce que jusqu'ici les circonstances n'avaient pas permis de faire.

Mme Craquant, qui logeait toute sa famille chez elle et qui pouvait ainsi refuser tête haute, fût-ce une paire de draps, goûtait assez cette animation qui parvenait jusqu'à ses oreilles à travers les jalousies baissées. Elle prenait son petit déjeuner du matin, ainsi que les enfants Péricand, avant de se rendre à l'église. Mme Péricand les regardait manger, sans toucher aux mets servis qui étaient appétissants malgré les restrictions, grâce aux stocks de vivres accumulés dans les vastes placards depuis la déclaration de la guerre.

Mme Craquant, la serviette d'une blancheur de neige étalée sur sa vaste poitrine, achevait sa troisième rôtie beurrée mais elle sentait qu'elle la digérerait mal ; l'œil fixe et froid de sa fille la troublait. Elle s'arrêtait parfois et regardait Mme Péricand avec timidité.

« Je ne sais pas pourquoi je mange, Charlotte, disait-elle, ça ne passe pas ! »

Mme Péricand répondait d'un ton d'une ironie glaciale :

« Il faut vous forcer, maman. »

Et elle poussait devant le couvert de sa mère la chocolatière pleine.

« Eh bien ! sers-moi encore une demi-tasse, Charlotte, mais par exemple pas plus d'une demi-tasse !

— Vous savez que c'est la troisième ? »

Mais Mme Craquant paraissait brusquement atteinte de surdité.

« Oui, oui, disait-elle vaguement en hochant la tête. Tu as raison Charlotte, il faut se restaurer avant la triste cérémonie. » Et elle absorbait le chocolat mousseux avec un soupir !

Cependant on sonna et le domestique vint apporter un paquet à Mme Péricand. Il contenait les portraits de Philippe et d'Hubert. Elle avait donné à encadrer les photos de ses fils. Elle les considéra longuement, puis se leva, les posa sur la console, se recula un peu pour juger de l'effet, puis elle alla dans sa chambre et revint portant deux rosettes de crêpe et deux rubans tricolores. Elle les drapa autour des cadres. À ce moment, on entendit les sanglots de la nounou qui se tenait debout sur le seuil, Emmanuel dans ses bras. Jacqueline et Bernard se mirent aussi à pleurer. Mme Péricand les prit chacun par la main, les força doucement à se lever et les conduisit jusqu'à la console.

« Mes chéris ! regardez bien vos deux grands frères. Demandez au bon Dieu qu'il vous fasse la grâce de leur ressembler. Tâchez d'être comme eux des enfants bien sages, obéissants et studieux. Ils ont été de si bons fils, dit Mme Péricand la voix étouffée par la douleur, que cela ne m'étonne pas que Dieu les ait récompensés en leur accordant la palme du martyre. Il ne faut pas pleurer. Ils sont près du bon Dieu ; ils nous voient, ils nous protègent. Ils nous accueilleront là-haut et, en attendant, ici-bas, nous pouvons être fiers d'eux, comme chrétiens et comme Français. »

Tout le monde pleurait maintenant ; Mme Craquant elle-même avait abandonné son chocolat et cherchait son mouchoir d'une main tremblante. Le portrait de Philippe était extraordinairement ressemblant. C'était bien son regard profond et pur. Il paraissait contempler les siens avec le doux sourire qu'il avait parfois, indulgent et tendre.

« … Et il ne faut pas oublier dans vos prières, acheva Mme Péricand, les petits malheureux qui ont disparu avec lui.

— Ils ne sont peut-être pas tous morts ?

— C'est possible, fit distraitement Mme Péricand, bien possible. Pauvres petits… D'autre part cette œuvre est une lourde charge », ajouta-t-elle, et sa pensée revint au testament de son beau-père.

Mme Craquant essuya ses yeux.

« Le petit Hubert… il était si gentil, si farceur. Je me souviens, un jour, quand vous étiez en visite ici, je m'étais endormie au salon après le déjeuner, et voilà ce polisson qui décroche le papier pour les mouches attaché au lustre et le fait descendre tout doucement sur ma tête. Je me réveille, je pousse un cri, tu l'as bien corrigé ce jour-là, Charlotte.

— Je ne me rappelle pas, fit Charlotte d'un ton sec. Mais, maman, finissez votre chocolat et hâtons-nous. La voiture est en bas. Il va être dix heures. »

Ils descendirent dans la rue, la grand-mère d'abord, lourde et le souffle court, appuyée sur sa canne, puis Mme Péricand, tous crêpes dehors, puis les deux enfants en noir et Emmanuel en blanc, enfin quelques domestiques en grand deuil. Le coupé attendait ; le cocher descendait de son siège pour ouvrir la portière lorsque, tout à coup, Emmanuel tendit son petit doigt et montra quelqu'un dans la foule.

« Hubert, voilà Hubert ! »

Nounou se tourna machinalement vers le point qu'il indiquait, devint toute pâle et poussa un cri étranglé.

« Jésus ! ma bonne Vierge ! »

Une sorte de hurlement rauque sortit des lèvres de la mère ; elle rejeta en arrière son voile noir, fit deux pas dans la direction d'Hubert, puis glissa sur le trottoir et s'effondra dans les bras du cocher qui s'était avancé à temps pour la soutenir.

C'était bien Hubert, une mèche dans l'œil, la peau rose et dorée comme un brugnon, sans bagages, sans bicyclette, sans blessures, qui s'avançait en souriant de toute sa grande bouche épanouie.

« B'jour, maman ! B'jour, grand-mère ! Tout le monde va bien ?

— C'est toi ? c'est toi ? Tu es vivant ! dit Mme Craquant riant et sanglotant à la fois. Ah ! mon petit Hubert, je savais bien que tu n'étais pas mort ! Tu es bien trop polisson pour ça, mon Dieu ! »

Mme Péricand revenait à elle.

« Hubert ? C'est bien toi ? » balbutia-t-elle d'une voix éteinte.

Hubert était à la fois content et gêné de cet accueil. Il fit deux pas vers sa mère, lui tendit ses deux joues qu'elle embrassa sans bien savoir ce qu'elle faisait, puis il resta debout, se dandinant devant elle comme lorsqu'il rapportait du lycée un zéro en version latine.

Elle soupira « Hubert » et se jeta à son cou, accrochée à lui, le couvrant de baisers et de larmes. Une petite foule attendrie les entourait. Hubert, qui ne savait pas quelle contenance prendre, tapotait le dos de Mme Péricand, comme si elle eût avalé de travers.

« Vous ne m'attendiez pas ? »

Elle fit signe que non.

« Vous alliez sortir ?

— Petit malheureux ! nous allions à la cathédrale célébrer une messe pour le repos de ton âme ! »

Du coup il la lâcha :

« Sans blague ?

— Mais enfin, où étais-tu ? Qu'est-ce que tu as fait pendant ces deux mois ? On nous avait dit que tu avais été tué à Moulins.

— Ben, vous voyez bien que c'était pas vrai puisque je suis là.

— Mais tu es allé te battre ? Hubert, ne mens pas ! Tu avais bien besoin de te fourrer là, petit imbécile. Et ta bicyclette ? Où est la bicyclette ?

— Perdue.

— Naturellement ! ce garçon me fera mourir ! Enfin quoi, raconte, parle, où étais-tu ?

— J'essayais de vous rejoindre.

— Tu aurais mieux fait de ne pas nous quitter, dit Mme Péricand avec sévérité. Ton père sera content quand il saura », dit-elle enfin d'une voix entrecoupée.

Puis tout à coup, elle se mit à pleurer follement, à l'embrasser encore. Cependant l'heure passait, elle s'essuya les yeux mais les larmes coulaient toujours.

« Allons, monte, va te laver ! As-tu faim ?

— Non, j'ai très bien déjeuné, merci.

— Change de mouchoir, de cravate, lave-toi les mains, sois décent, mon Dieu ! et dépêche-toi de nous rejoindre à la cathédrale.

— Comment ? vous y allez encore ? Puisque je suis vivant, vous n'aimeriez pas mieux remplacer ça par un bon gueuleton ? au restaurant, non ?

— Hubert !

— Mais quoi donc ? C'est parce que j'ai dit "gueuleton" ?

— Non, mais... »

« C'est affreux de lui dire ça, comme ça, en pleine rue », songea-t-elle. Elle lui prit la main et le fit monter dans le coupé.

« Mon petit, il est arrivé deux grands malheurs. D'abord bon-papa, le pauvre bon-papa est mort, et Philippe… »

Il reçut le coup d'une manière étrange. Deux mois plus tôt il aurait éclaté en pleurs, de grosses larmes transparentes et salées coulant sur ses joues roses. Il devint excessivement pâle, et son visage prit une expression qu'elle ne lui connaissait pas, virile, presque dure.

« Bon-papa, ça m'est égal, dit-il après un long silence. Quant à Philippe…

— Hubert, es-tu fou ?

— Oui, ça m'est égal, et à vous aussi. Il était très vieux et malade. Qu'est-ce qu'il aurait fait dans tout ce fourbi ?

— Dis donc ! » protesta Mme Craquant, blessée.

Mais il continua sans l'écouter.

« Quant à Philippe… Mais d'abord, êtes-vous sûrs ? Ce ne sera pas le même coup que pour moi ?

— Hélas, nous sommes sûrs…

— Philippe… »

Sa voix frémit et se brisa.

« Il n'était pas d'ici, les autres ils parlent toujours du ciel mais ils ne pensent qu'à la terre… Lui, il venait de Dieu et il doit être bien heureux maintenant. »

Il cacha sa figure dans ses mains et demeura longtemps immobile. On entendit alors les cloches de la cathédrale. Mme Péricand toucha le bras de son fils.

« Nous partons ? »

Il fit signe que oui. Tous montèrent dans la voiture et dans celle qui suivait. Ils se rendirent à la cathédrale. Hubert marchait entre sa mère et sa grand-mère. Toutes deux l'encadrèrent lorsqu'il s'agenouilla sur son prie-dieu. On l'avait reconnu ; il entendit des chuchotements, des exclamations étouffées. Mme Craquant ne s'était pas trompée ; toute la ville était là. Tous purent voir le rescapé qui venait rendre grâces à Dieu pour sa délivrance le jour même où l'on priait pour les défunts de sa famille. En général, les gens étaient contents : un bon petit garçon comme Hubert échappé aux balles allemandes, cela flattait leur sens de la justice et leur appétit de miracles. Chaque mère privée de nouvelles depuis le mois de mai (et elles étaient nombreuses !) sentait son cœur battre d'espoir ! Et il était impossible de penser aigrement, comme elles auraient pu être tentées de le faire : « Il y en a qui ont trop de chance », puisque, hélas, le pauvre Philippe (un excellent prêtre, disait-on) avait trouvé la mort.

Ainsi malgré la majesté du lieu, bien des femmes sourirent à Hubert. Il ne les regardait pas, il n'était pas sorti encore de l'état de stupeur où les paroles de sa mère l'avaient plongé. La mort de Philippe le déchirait. Il retrouvait l'horrible état d'esprit qui avait été le sien au moment de la débâcle, avant la défense désespérée et vaine de Moulins. « Si nous étions tous pareils, cochons et chiennes ensemble ! pensait-il en contemplant l'assistance, ce serait encore compréhensible, mais des saints comme Philippe, qu'est-ce qu'on les envoie faire ici ? Si c'est pour nous, pour racheter nos péchés, c'est comme si on offrait une perle en échange d'un sac de cailloux. »

Ceux qui l'entouraient, sa famille, ses amis, éveillaient en lui un sentiment de honte et de fureur. Il les avait vus sur la route ceux-là et leurs pareils, il se rappelait les voitures pleines d'officiers qui fuyaient avec leurs belles malles jaunes et leurs femmes peintes, les fonctionnaires qui abandonnaient leurs postes, les politiciens qui dans la panique semaient sur la route les pièces secrètes, les dossiers, les jeunes filles qui après avoir pleuré comme il convenait le jour de l'Armistice se consolaient à présent avec les Allemands. « Et dire que personne ne le saura, qu'il y aura autour de ça une telle conspiration de mensonges que l'on en fera encore une page glorieuse de l'histoire de France. On se battra les flancs pour trouver des actes de dévouement, d'héroïsme. Bon Dieu ! ce que j'ai vu, moi ! Les portes closes où l'on frappait en vain pour obtenir un verre d'eau, et ces réfugiés qui pillaient les maisons ; partout, de haut en bas, le désordre, la lâcheté, la vanité, l'ignorance ! Ah ! nous sommes beaux ! »

Cependant il suivait l'office du bout des lèvres, le cœur si lourd et si dur qu'il lui faisait physiquement mal. Plusieurs fois il poussa un soupir rauque qui inquiéta sa mère. Elle se tourna vers lui ; ses yeux pleins de larmes brillaient à travers le crêpe. Elle murmura :

« Tu n'es pas souffrant ?

— Non, maman », répondit-il en la regardant avec une froideur qu'il se reprocha mais sans parvenir à la vaincre.

Il jugeait les siens avec une amertume et une sévérité douloureuses ; il ne formulait pas ses griefs d'une manière distincte ; il les accueillait tous ensemble en lui sous forme d'images violentes et brèves : son père disant de la République « ce régime pourri… » ; le même soir, à la maison, le dîner de vingt-quatre couverts, avec les plus belles nappes, le foie gras admirable, les vins précieux en l'honneur d'un ancien ministre qui pouvait le redevenir et dont M. Péricand recherchait les faveurs. (Oh ! la bouche de sa mère en cul-de-poule : « Mon cher Président… ») Les voitures chargées à éclater de linge et d'argenterie prises dans la foule des fuyards et sa mère, montrant les femmes et les enfants qui allaient à pied avec quelques vêtements noués dans un mouchoir, disant : « Voyez comme le petit Jésus est bon. Songez que nous aurions pu être à la place de ces malheureux ! » Hypocrites ! Sépulcres blanchis ! Et lui-même, que venait-il faire là ? Le cœur plein de révolte et de haine, il faisait semblant de prier pour Philippe ! Mais Philippe était… « Mon Dieu ! Philippe, mon frère chéri ! » chuchota-t-il, et comme si ces mots avaient eu un pouvoir divin d'apaisement, son cœur serré se dilata, ses larmes chaudes et pressées coulèrent. Des pensées de douceur, de pardon pénétrèrent en lui. Elles ne venaient pas de lui mais du dehors, comme si quelque ami se fût penché à son oreille, eût murmuré : « Une famille, une race qui ont produit Philippe ne peuvent pas être mauvaises. Tu es bien sévère, tu n'as vu que les événements extérieurs, tu ne connais pas les âmes. Le mal est visible, il brûle, il s'étale avec complaisance à tous les yeux. Un seul a compté les sacrifices, mesuré le sang versé et les pleurs. » Il regarda la plaque de marbre où étaient gravés les noms des morts de la guerre… l'autre. Parmi eux des Craquant et des Péricand, des oncles, des cousins qu'il n'avait pas connus, des enfants à peine plus âgés que lui, tués dans la Somme, dans les Flandres, à Verdun, tués deux fois puisqu'ils étaient morts pour rien. Peu à peu, de ce chaos, de ces sentiments contradictoires, naquit une étrange, une amère plénitude. Il avait acquis une riche expérience ; il savait, et non plus d'une manière abstraite, livresque, mais avec son cœur qui avait battu si follement, avec ses mains qui s'étaient écorchées en aidant à la défense du pont de Moulins, avec ses lèvres qui avaient caressé une femme tandis que les Allemands fêtaient leur victoire. Il savait ce que signifiaient les mots : danger, courage, peur, amour… Oui, l'amour lui-même… Il se sentait bien fort maintenant, et bien sûr de lui. Il ne verrait plus jamais par les yeux d'autrui, mais aussi ce qu'il aimerait et croirait désormais, ce serait bien à lui et non inspiré par d'autres. Lentement, il joignit les mains, courba la tête et, enfin, pria.

La messe finit. Sur le parvis on l'entoura, on l'embrassa, on félicita sa mère.

« Et il a toujours ses bonnes joues, disaient les dames. Après de telles fatigues, il a à peine maigri, il n'a pas changé. Cher petit Hubert… »

27

Les Corte arrivèrent au Grand Hôtel à sept heures du matin ; ils chancelaient de fatigue ; ils regardaient devant eux avec crainte, comme s'ils s'attendaient, une fois franchies les portes tournantes, à retomber dans un univers incohérent de cauchemar, où des réfugiés dormiraient sur les tapis crème du salon réservé à la correspondance, où le concierge ne les reconnaîtrait pas et leur refuserait une chambre, où ils ne trouveraient pas d'eau chaude pour se laver, où des bombes tomberaient dans le hall. Mais, Dieu merci, la reine des stations thermales de France demeurait intacte et le lac vivait d'une existence bruyante, fiévreuse mais somme toute normale. Le personnel était à sa place. Le directeur assurait bien que l'on manquait de tout ; cependant le café était délectable, les boissons au bar frappées, les robinets laissaient couler à volonté de l'eau froide ou brûlante. On s'était inquiété au début : l'attitude inamicale de l'Angleterre faisait craindre le maintien du blocus qui eût interdit tout arrivage de whisky, mais on disposait de stocks importants. On pouvait attendre.

Dès leurs premiers pas sur le marbre du hall, les Corte se sentirent renaître : tout était calme, on entendait à peine le ronronnement lointain des grands ascenseurs. Par les baies ouvertes on apercevait sur les pelouses du parc l'arc-en-ciel liquide et tremblant des gerbes d'arrosage. On les reconnut, on les entoura. Le directeur du Grand Hôtel, où Corte descendait tous les ans depuis vingt ans, leva les bras au ciel et leur dit que tout était fini, qu'on roulait dans l'abîme et qu'il fallait restaurer dans le peuple le sens du devoir et de la grandeur ; puis il leur confia que l'on attendait d'un moment à l'autre l'arrivée du gouvernement, que les appartements étaient retenus depuis la veille, que l'ambassadeur de Bolivie couchait sur un billard, mais que pour lui, Gabriel Corte, il s'arrangerait toujours ; enfin à peu de chose près ce qu'il disait au Normandy de Deauville au moment des courses lorsqu'il y avait fait ses premières armes de sous-directeur !

Corte passa sa main lasse sur son front accablé.

« Mon pauvre ami, installez-moi un matelas dans un W.-C., si vous voulez ! »

Tout, autour de lui, s'accomplissait d'une manière discrète, ouatée, convenable. Il n'y avait plus de femmes accouchant dans un fossé, plus d'enfants perdus, plus de ponts qui retombaient en gerbes de feu comme des fusées, pulvérisant les maisons voisines, éclatant sous leur charge de mélinite mal calculée. On fermait une fenêtre pour qu'il ne sentît pas les courants d'air, on ouvrait les portes devant lui, il sentait d'épais tapis sous les pieds.

« Vous avez tous vos bagages ? Vous n'avez rien perdu ? Quelle chance ! Des gens sont arrivés ici sans un pyjama, sans une brosse à dents. Il y a même un malheureux qui a été entièrement déshabillé par une déflagration ; il a fait le voyage depuis Tours, tout nu, enroulé dans une couverture et grièvement blessé.

— Moi j'ai failli perdre mes manuscrits, dit Corte.

— Ah ! mon Dieu, quel malheur ! Mais vous les avez retrouvés intacts ? Ce qu'on aura vu tout de même ! Ce qu'on aura vu ! Pardon, monsieur, excusez-moi, madame, je vous précède. Voici l'appartement que je vous destinais, au quatrième, vous m'excuserez, n'est-ce pas ?

— Ah ! murmura Corte, tout m'est égal à présent.

— Je comprends, dit le directeur en inclinant la tête d'un air attristé. Un tel désastre… Je suis suisse de naissance, français de cœur. Je comprends », répéta-t-il.

Et il demeura quelques instants immobile, le front baissé comme au cimetière lorsqu'on a salué la famille et qu'on n'ose pas se précipiter tout de suite vers la sortie. Il avait pris si souvent cette attitude depuis quelques jours que sa figure aimable, potelée, en était toute changée. Il avait toujours eu le pas léger et la voix douce comme il était nécessaire dans sa profession. Exagérant encore ses dispositions naturelles, il était arrivé à circuler silencieusement, comme dans une chambre mortuaire, et lorsqu'il dit à Corte : « Je fais monter les petits déjeuners ? » ce fut sur un ton discret et funèbre comme s'il lui demandait en lui montrant le corps d'un parent cher : « Est-ce que je peux l'embrasser une dernière fois ? »

« Les petits déjeuners ? soupira Corte, revenant avec peine à la réalité quotidienne et à ses futiles soucis. Je n'ai pas mangé depuis vingt-quatre heures », ajouta-t-il avec un pâle sourire.

Ce qui avait été vrai la veille mais ne l'était plus, car il avait pris un repas abondant le matin même à six heures. Il ne mentait pas d'ailleurs : il avait mangé distraitement à cause de son extrême fatigue et du trouble où le jetaient les malheurs de la Patrie. Il lui semblait encore être à jeun.

« Oh ! mais il faut vous forcer, monsieur ! Oh ! je n'aime pas vous voir comme cela, monsieur Corte. Il faut prendre sur vous. Vous vous devez à l'humanité. »

Corte fit un petit signe de tête désespéré qui indiquait qu'il le savait, qu'il ne contestait pas les droits de l'humanité sur lui-même, mais qu'en l'occurrence on ne pouvait exiger de lui plus de courage que du plus humble citoyen.

« Mon pauvre ami, dit-il en se détournant pour cacher ses larmes, ce n'est pas seulement la France qui meurt, c'est l'Esprit.

— Jamais tant que vous serez là, monsieur Corte », répondit chaleureusement le directeur qui, depuis la débâcle avait prononcé cette phrase un certain nombre de fois.

Corte était, dans l'ordre des célébrités, la quatorzième arrivée de Paris après les douloureux événements, et le cinquième écrivain venu se réfugier au palace.

Corte sourit faiblement et demanda que le café fût très chaud.

« Bouillant », assura le directeur qui sortit après avoir donné par téléphone les ordres nécessaires.

Florence s'était retirée chez elle et, sa porte verrouillée, elle se regardait avec consternation dans la glace. Son visage habituellement si doux, si bien fardé, si reposé, la sueur le recouvrait comme un enduit luisant ; il n'absorbait plus la poudre et la crème, mais les rejetait en épais grumeaux comme une mayonnaise qui a tourné, les ailes du nez étaient pincées, les yeux caves, la bouche molle et flétrie. Elle se détourna du miroir avec horreur.

« J'ai cinquante ans », dit-elle à sa femme de chambre.

C'était l'expression de la plus exacte vérité, mais elle prononça ces paroles d'un tel accent d'incrédulité et de terreur que Julie les comprit comme il le fallait, c'est-à-dire comme une image, une métaphore pour désigner l'extrême vieillesse.

« Après ce qu'on a passé, je comprends ça… Que Madame fasse un petit somme.

— C'est impossible… dès que je ferme les yeux, j'entends les bombes, je revois ce pont, ces morts…

— Madame oubliera.

— Ah ! non jamais ! Vous pourrez l'oublier, vous ?

— Moi, c'est pas pareil.

— Pourquoi ?

— Madame a tant d'autres choses à penser ! dit Julie. Est-ce que je sors la robe verte de Madame ?

— Ma robe verte ? avec la tête que j'ai ? »

Florence s'était laissée aller contre le dossier de sa chaise, les yeux fermés, mais d'un coup elle rallia toutes ses énergies éparses comme le chef d'armée qui, malgré son besoin de repos et constatant l'inefficacité de ses subalternes, reprend en main le commandement et, chancelant encore de fatigue, dirige lui-même ses troupes sur le champ de bataille.

« Écoutez, voilà ce que vous allez faire. D'abord préparez-moi, en même temps que le bain, un masque pour la figure, le n° 3, celui de l'Institut américain, puis vous téléphonerez au coiffeur, vous demanderez s'ils ont toujours Luigi. Qu'il vienne avec la manucure dans trois quarts d'heure. Enfin préparez-moi mon petit tailleur gris, avec la blouse de linon rose.

— Celle qui a le col comme ça ? » demanda Julie en faisant un mouvement avec le doigt pour indiquer la forme d'un décolleté.

Florence hésita.

« Oui... non... oui... celle-là, le petit chapeau neuf avec des bleuets. Ah, Julie, j'ai bien pensé que je ne le mettrais jamais, ce petit chapeau-là. Enfin... Vous avez raison, il ne faut plus penser à tout ça, on deviendrait fou... Je me demande s'ils ont encore de la poudre ocre, la dernière...

— On verra ça... Madame ferait bien d'en prendre plusieurs boîtes. Elle venait d'Angleterre.

— Ah ! je le sais bien ! Voyez-vous, Julie, nous ne nous rendons pas bien compte de ce qui se passe. Ce sont des événements d'une portée incalculable, je vous le dis, incalculable... La vie des gens sera changée pour des générations. Nous aurons faim cet hiver. Vous me sortirez le sac de daim gris avec le fermoir d'or, tout simple... Je me demande de quoi Paris a l'air », dit Florence en entrant dans la salle de bains mais le bruit des robinets que Julie venait de tourner étouffa ses paroles.

Cependant, des pensées moins frivoles occupaient l'esprit de Corte. Il était, lui aussi, étendu dans sa baignoire. Les premiers instants avaient été remplis d'une joie telle, d'une paix champêtre si profonde qu'ils lui rappelaient les délices de l'enfance : le bonheur de manger une meringue glacée pleine de crème, de tremper ses pieds dans une source froide, de serrer sur son cœur un jouet neuf. Il n'avait plus ni désir, ni regret, ni angoisse. Sa tête était vide et légère. Il se sentait flotter dans un élément liquide, tiède, qui caressait, chatouillait doucement sa peau, lavait sa poussière, sa sueur, s'insinuait entre ses orteils, glissait sous ses reins comme une mère soulève un enfant endormi. La salle de bains sentait le savon au goudron, la lotion pour les cheveux, l'eau de Cologne, l'eau de lavande. Il souriait, étirait ses bras, faisait craquer les jointures de ses longs doigts pâles, savourait le divin et simple plaisir d'être à l'abri des bombes et de prendre un bain frais par une journée brûlante. Il n'aurait pas su dire à quel instant l'amertume pénétra en lui comme un couteau au cœur d'un fruit. Ce fut peut-être lorsque son regard tomba sur la valise aux manuscrits posée sur une chaise ou lorsque, le savon tombant dans l'eau, il dut faire pour le repêcher un effort qui troubla son euphorie, mais à un certain moment ses sourcils se froncèrent, son visage qui avait paru plus pur, plus lisse que d'habitude, rajeuni, retrouva un air sombre et inquiet.

Qu'allait-il devenir, lui, Gabriel Corte ? Où allait le monde ? Que serait l'esprit de demain ? Ou bien les gens ne penseraient plus qu'à manger et il n'y aurait plus de place pour l'art, ou bien un nouvel idéal, comme après chaque crise, s'emparerait du public ? Un nouvel idéal ? Cynique et las, il pensa : « Une nouvelle mode ! » Mais lui, Corte, était trop vieux pour s'adapter à des goûts nouveaux. Il avait déjà en 1920 renouvelé sa manière. Une troisième fois, ce serait impossible. Il s'essoufflait à le suivre, ce monde qui allait naître. Ah ! qui pourrait prévoir la forme qu'il prendrait au sortir de cette dure matrice de la guerre de 1940, comme d'un moule d'airain, il allait sortir géant ou contrefait (ou les deux), cet univers dont on percevait les premiers soubresauts. C'était terrible de se pencher sur lui, de le regarder… et de ne rien y comprendre. Car il ne comprenait rien. Il pensa à son roman, à ce manuscrit sauvé du feu, des bombes, et qui reposait sur une chaise. Il éprouva un intense découragement. Les passions qu'il décrivait, ses états d'âme, ses scrupules, cette histoire d'une génération, la sienne, tout cela était vieux, inutile, périmé. Il dit avec désespoir : périmé ! Et une seconde fois le savon, qui glissait comme un poisson, disparut dans l'eau. Il poussa un juron, se dressa, sonna furieusement ; son domestique apparut.

« Frictionnez-moi », soupira Gabriel Corte d'une voix tremblante.

Quand on eut frotté ses jambes avec le gant de crin et l'eau de Cologne il se sentit mieux. Tout nu, il commença à se raser tandis que le domestique préparait ses vêtements : une chemise de lin, un costume de tweed léger, une cravate bleue.

« Il y a des gens qu'on connaît ? demanda Corte.

— Je ne sais pas, Monsieur. Je n'ai pas encore vu grand monde mais on m'a dit que beaucoup de voitures sont arrivées la nuit dernière et reparties presque aussitôt pour l'Espagne. Entre autres, M. Jules Blanc. Il se rendait au Portugal.

— Jules Blanc ? »

Corte demeura immobile, levant en l'air la lame de rasoir pleine de savon. Jules Blanc, parti pour le Portugal, en fuite ! Cette nouvelle le frappait douloureusement. Comme tous ceux qui s'arrangent pour tirer de la vie le maximum de confort et de jouissances, Gabriel Corte possédait un homme politique à sa dévotion. En échange de bons dîners, de brillantes réceptions, de menues faveurs accordées par Florence, en échange de quelques articles opportuns, il obtenait de Jules Blanc (titulaire d'un portefeuille dans presque toutes les combinaisons ministérielles, deux fois président du Conseil, quatre fois ministre de la Guerre) mille passe-droits qui facilitaient l'existence. C'était grâce à Jules Blanc qu'on lui avait commandé cette série des Grands Amoureux dont il avait parlé à la radio d'État l'hiver précédent. Toujours à la radio, c'était Jules Blanc qui l'avait chargé d'allocutions patriotiques, d'exhortations impériales, morales selon les circonstances. Jules Blanc avait insisté auprès du directeur d'un grand quotidien pour que le roman de Corte lui fût payé 130 000 francs au lieu des 80 000 primitivement fixés. Enfin, il lui avait promis la cravate de commandeur. Jules Blanc était un humble mais nécessaire rouage dans la mécanique de cette carrière car le génie lui-même ne peut planer au sein des cieux mais doit manœuvrer sur la terre.

En apprenant la chute de son ami (fallait-il qu'il fût compromis pour avoir pris ce parti désespéré, lui qui se plaisait à répéter qu'en politique la défaite prépare la victoire), Corte se sentit seul et abandonné au bord d'un gouffre. De nouveau, avec une force terrible, l'impression lui revint d'un monde différent, inconnu de lui, d'un monde où les gens seraient tous devenus par miracle chastes, désintéressés, remplis du plus noble idéal. Mais déjà, ce mimétisme qui est une forme de l'instinct de conservation pour les plantes, les bêtes et les hommes, lui faisait dire :

« Ah ! il est parti ? L'époque est passée de ces jouisseurs, de ces politicards… »

Après un silence, il ajouta :

« Pauvre France… »

Il enfila lentement ses chaussettes bleues. Debout en chaussettes et jarretelles de soie noire, le reste du corps nu, glabre et d'un blanc poli, aux reflets jaunâtres d'ivoire, il exécuta quelques mouvements des bras et quelques flexions du torse. Il se regarda dans la glace d'un air approbateur.

« Ça va nettement mieux », dit-il en s'adressant à son domestique et comme s'il pensait lui procurer par ces paroles un grand plaisir.

Puis il acheva de s'habiller. Il descendit au bar un peu après midi. Dans le hall on remarquait un certain affolement, il était visible que quelque chose se passait, que de grandes catastrophes au loin ébranlaient le reste de l'univers ; des bagages avaient été oubliés là et entassés sans ordre sur l'estrade où l'on dansait à l'ordinaire. On entendait des éclats de voix venant des cuisines ; des femmes pâles, défaites, erraient dans les couloirs à la recherche d'une chambre, les ascenseurs ne fonctionnaient pas. Un vieillard pleurait devant le portier qui lui refusait un lit.

« Vous comprenez, monsieur, ce n'est pas mauvaise volonté, mais c'est impossible, impossible. Nous sommes sur les dents, monsieur.

— Rien qu'un petit coin de chambre, suppliait le pauvre homme. J'avais donné rendez-vous à ma femme ici. Nous nous sommes perdus pendant le bombardement d'Étampes. Elle me croira mort. J'ai soixante-dix ans, monsieur, et elle soixante-huit. Nous ne nous sommes jamais quittés. »

Il sortit son portefeuille d'une main tremblante.

« Je vous donnerai 1 000 francs », dit-il.

Et sur sa figure honnête et modeste de Français moyen on lisait la honte d'avoir à offrir pour la première fois de sa vie un pot-de-vin, et aussi la douleur d'avoir à se séparer de son argent, mais le portier refusa le billet tendu.

« Puisque je vous dis que c'est impossible, monsieur. Essayez en ville.

— En ville ? Mais j'en viens, monsieur ! J'ai frappé à toutes les portes depuis cinq heures du matin. On me renvoie comme un chien ! Je ne suis pas n'importe qui. Je suis professeur de physique au lycée de Saint-Omer. J'ai les palmes. »

Mais s'apercevant enfin que le portier ne l'écoutait plus depuis longtemps et lui tournait le dos, il ramassa un petit carton à chapeau qu'il avait laissé tomber à terre et qui contenait sans doute ses bagages, et partit sans bruit. Le portier à présent se débattait entre quatre Espagnoles au visage poudré, aux cheveux noirs. L'une d'elles s'accrochait à son bras.

« Une fois dans la vie, ça va, mais deux c'est trop, clamait-elle en mauvais français d'une voix rauque et forte : avoir vécu la guerre en Espagne, se sauver en France et tomber là-dedans, c'est trop !

— Mais, madame, je n'y peux rien, moi !

— Vous pouvez me donner une chambre !

— Impossible, madame, impossible. »

L'Espagnole chercha une riposte cinglante, une injure, ne put y parvenir, suffoqua un instant et lui jeta :

« Tenez, vous n'êtes pas un homme !

— Moi ? s'écria le portier qui perdit tout à coup son impassibilité professionnelle et bondit sous l'outrage. Est-ce que vous n'avez pas fini de m'insulter, vous ? D'abord vous êtes étrangère, pas ? Bouclez-la ou je vais appeler la police, acheva-t-il avec plus de dignité en ouvrant la porte aux quatre personnes qui vociféraient des injures en castillan et en les poussant dehors.

— Quelles journées, monsieur, quelles nuits, dit-il à Corte. Le monde est devenu fou, monsieur ! »

Corte trouva une longue galerie fraîche, silencieuse et sombre, et le grand bar tranquille. Toute agitation s'arrêtait au seuil de ce lieu. Les volets fermés ainsi que les grandes fenêtres le protégeaient contre l'ardeur d'un soleil orageux, on y respirait un arôme cuivré de cuir, d'excellents cigares et de vieille fine. Le barman, un Italien, vieil ami de Corte, le reçut d'une façon parfaite, lui témoignant sa joie de le revoir et sa sympathie pour les malheurs de la France, d'une manière noble, si pleine de tact, sans jamais oublier la réserve commandée par les événements ni l'infériorité de sa condition vis-à-vis de Corte, si bien que ce dernier en fut tout réconforté.

« Ça me fait plaisir de vous revoir, mon vieux, dit-il avec reconnaissance.

— Monsieur a eu du mal pour quitter Paris ?

— Ah ! » fit simplement Corte.

Il leva les yeux au ciel. Joseph, le barman, fit un petit geste pudique de la main comme s'il repoussait des confidences, se refusait à éveiller des souvenirs si récents et pénibles, et du ton dont le médecin dit au malade qu'on lui présente en pleine crise : « Buvez d'abord ceci, puis vous m'expliquerez votre cas », il murmura respectueusement :

« Je prépare un martini, n'est-ce pas ? »

Le verre embué de glace posé devant lui entre deux petites assiettes dont l'une contenait des olives et l'autre des pommes chips, Corte adressa au décor familier qui l'entourait un pâle sourire de convalescent, puis il regarda les hommes qui venaient d'entrer, les reconnaissant les uns après les autres. Mais oui ! ils étaient tous là, cet académicien et ancien ministre, ce grand industriel, cet éditeur, ce directeur de journal, ce sénateur, cet auteur dramatique et celui qui signait Général X ces articles si documentés, si sérieux, si techniques, dans une grande revue parisienne où il commentait les événements militaires et les faisait digérer aux masses, y ajoutant des précisions toujours optimistes mais peu précises (disant par exemple : « Le prochain théâtre des opérations militaires sera dans le nord de l'Europe ou dans les Balkans ou dans la Ruhr ou dans ces trois endroits à la fois, ou encore dans un point du globe qu'il est impossible de déterminer »). Oui, ils étaient tous là en parfaite santé. Corte éprouva un bref instant de stupeur. Il n'eût pas su dire pourquoi, mais il lui avait semblé pendant vingt-quatre heures que l'univers ancien s'écroulait et qu'il restait seul sur des décombres. C'était un soulagement inexprimable de retrouver toutes ces figures célèbres d'amis, d'ennemis peu importants pour lui aujourd'hui. Ils étaient du même bord, ils étaient ensemble ! Ils se prouvaient l'un à l'autre jusqu'à l'évidence que rien ne changeait, que tout demeurait pareil, que l'on n'assistait pas à quelque cataclysme extraordinaire, à la fin du monde comme on l'avait cru, mais à une série de relations purement humaines, limitées dans le temps et dans l'espace, et qui ne touchait fortement en somme que des inconnus.

Ils échangèrent des propos pessimistes, presque désespérés mais d'une voix allègre. Les uns avaient bien profité de la vie ; ils étaient à l'âge où l'on se dit en contemplant les jeunes : « Qu'ils se débrouillent ! » Les autres recensaient, en hâte, dans leur esprit, toutes les pages qu'ils avaient écrites, tous les discours qu'ils avaient prononcés, qui pourraient les servir auprès du nouveau régime (et comme ils avaient tous plus ou moins déploré que la France perdît le sens de la grandeur, du risque et ne fît plus d'enfants, ils étaient tranquilles de ce côté !). Les hommes politiques, un peu plus inquiets, car certains étaient fortement compromis, méditaient des renversements d'alliance. L'auteur dramatique et Corte parlaient l'un à l'autre de leurs propres œuvres et oubliaient le monde.

28

Les Michaud n'étaient jamais arrivés à Tours. Une explosion avait détruit la voie ferrée. Le train s'arrêta. Les réfugiés se retrouvèrent sur la route, mêlés maintenant aux colonnes allemandes. Ils reçurent l'ordre de rebrousser chemin. À Paris, les Michaud retrouvèrent une ville à demi vide. Ils rentrèrent chez eux à pied ; ils avaient été quinze jours absents, mais comme lorsqu'on revient d'un long voyage, on s'attend à retrouver toutes choses bouleversées, ils s'avançaient dans ces rues intactes et ne pouvaient en croire leurs yeux : tout était à sa place, les maisons aux volets clos, comme le jour où ils étaient partis, étaient éclairées par un soleil d'orage, un flux brusque de chaleur avait grillé les feuilles des platanes, personne ne les balayait et les réfugiés les foulaient de leurs pieds las. Les magasins d'alimentation semblaient tous fermés. Par moments cette apparence désertique surprenait ; on aurait dit une ville nettoyée par la peste et, au moment où on s'écriait, le cœur serré : « Mais tous sont partis ou morts », on se trouvait nez à nez avec une petite femme gentiment habillée et peinte, ou bien, comme ce fut le cas pour les Michaud, entre une boucherie et une boulangerie verrouillée on apercevait la boutique ouverte d'un coiffeur où une cliente se faisait faire une permanente. C'était le coiffeur de Mme Michaud ; elle l'appela ; lui-même, son aide, sa femme et la cliente accoururent sur le seuil et s'exclamèrent :

« Vous avez fait la route ? »

Elle montra ses jambes nues, ses jupes déchirées, son visage souillé de sueur et de poussière.

« Vous voyez bien ! et chez moi ? demanda-t-elle anxieusement.

— Eh bien ! mais tout est en ordre. Je passais encore aujourd'hui sous vos fenêtres, dit la femme du coiffeur. On n'a rien touché.

— Mais mon fils ? Jean-Marie ? On ne l'a pas vu ?

— Comment veux-tu qu'on l'ait vu, ma pauvre femme ? fit Maurice en se montrant à son tour. Tu déraisonnes !

— Et toi, avec ton calme. Tu me feras mourir, répondit-elle vivement. Mais peut-être la concierge… et elle s'élançait déjà.

— Ne vous fatiguez pas, madame Michaud ! Il n'y a rien, je l'ai demandé en passant, et d'ailleurs le courrier n'arrive plus ! »

Jeanne essaya de dissimuler sa cruelle déception sous un sourire.

« Bon, il n'y a qu'à attendre », dit-elle, mais ses lèvres tremblaient.

Elle s'assit machinalement et murmura :

« Que faire maintenant ?

— Si j'étais à votre place, dit le coiffeur qui était un petit homme gras, à la figure ronde et douce, je commencerais à me faire un shampooing ; ça vous éclaircira les idées, on pourrait aussi rafraîchir un peu M. Michaud, et pendant ce temps ma femme vous fricoterait quelque chose. »

Ce fut arrangé ainsi. On frictionnait la tête de Jeanne avec de l'essence de lavande quand le fils du coiffeur accourut pour dire que l'Armistice était signé. Dans l'état de fatigue et d'accablement où elle se trouvait, elle comprit à peine la portée de cette nouvelle ; ainsi au chevet d'un mourant lorsqu'on a pleuré toutes ses larmes, il n'en reste plus pour son dernier soupir. Mais Maurice, se souvenant de la guerre de 14, de ses combats, de ses blessures, de ses souffrances, sentit un flot d'amertume monter dans son cœur. Toutefois il n'y avait plus rien à dire. Il se tut.

Ils demeurèrent plus d'une heure dans la boutique de Mme Josse et sortirent de là pour se rendre chez eux. On disait que les pertes de l'armée française étaient relativement peu élevées mais que le nombre des prisonniers atteignait deux millions. Peut-être Jean-Marie se trouvait-il parmi ces derniers ? Ils n'osaient rien espérer d'autre. Ils s'approchaient de leur maison et, malgré toutes les assurances données par Mme Josse, ils ne parvenaient pas à croire qu'elle fût debout et non réduite en cendres comme les immeubles en flammes de la place du Martroi, à Orléans, qu'ils avaient traversée la semaine dernière. Mais voici qu'ils reconnaissaient la porte, la loge de la concierge, le casier aux lettres (vide !), la clef qui les attendait et la concierge elle-même ! Lazare revenant au jour, et retrouvant ses sœurs et la soupe sur le feu, dut éprouver un sentiment analogue fait de stupeur et de sourde fierté : « Tout de même, nous sommes revenus, nous sommes là », pensaient-ils. Et aussitôt, Jeanne :

« Mais à quoi bon ? si mon fils… »

Elle regarda Maurice qui lui sourit faiblement, puis dit tout haut à la concierge :

« Bonjour, madame Nonnain. »

La concierge était âgée et à moitié sourde. Les Michaud écourtèrent autant que possible les récits de l'exode faits de part et d'autre, car Mme Nonnain avait suivi sa fille qui était blanchisseuse jusqu'à la porte d'Italie. Arrivée là elle s'était disputée avec son gendre et était rentrée chez elle.

« Ils ne savent pas ce que je suis devenue ; ils vont me croire morte, dit-elle avec satisfaction ; ils croiront déjà tenir mes économies. C'est pas qu'elle soye méchante, ajouta-t-elle en parlant de sa fille, mais elle est vive. »

Les Michaud lui dirent qu'ils étaient fatigués et montèrent chez eux. L'ascenseur était en panne.

« C'est le dernier coup », gémit Jeanne qui riait malgré tout.

Tandis que son mari gravissait doucement l'escalier, elle s'élançait, ayant retrouvé ses jambes et son souffle de jeune fille. Mon Dieu : dire qu'elle avait pesté parfois contre cet escalier sombre, contre cet appartement qui manquait de placards, qui n'avait pas de salle de bains (si bien qu'on avait dû installer le tub dans la cuisine) et dont les radiateurs se détraquaient régulièrement au plus froid de l'hiver ! Il lui était rendu, ce petit univers clos, douillet, où elle avait vécu quinze ans et qui enfermait entre ses murs de si doux, de si chauds souvenirs. Elle se pencha par-dessus la rampe, vit Maurice très loin en dessous d'elle. Elle était seule. Elle se pencha et posa ses lèvres sur le bois de la porte, puis saisit sa clef et ouvrit. C'était son appartement, son refuge. Voici la chambre de Jean-Marie, voici la cuisine, voici le salon et le canapé où le soir, en revenant de la Banque, elle étendait ses pieds fatigués.

Le souvenir de la Banque la fit tressaillir tout à coup. Elle n'y avait pas pensé depuis huit jours. Quand Maurice la rejoignit, il vit qu'elle était soucieuse et que la joie du retour avait disparu.

« Qu'est-ce que c'est ? demanda-t-il. Jean-Marie ? »

Elle hésita un peu :

« Non, la Banque.

— Mon Dieu ! nous avons fait tout ce qui était humainement possible et même au-delà pour arriver à Tours. On ne peut rien nous reprocher.

— On ne nous reprochera rien, dit-elle, si on veut nous garder, mais je n'y étais que par intérim depuis la guerre, et toi, mon pauvre ami, tu n'as jamais pu t'entendre avec eux, alors s'ils veulent se débarrasser de nous, l'occasion est belle.

— J'y ai pensé. »

Comme toujours, lorsqu'il ne la contredisait pas mais abondait dans son sens, elle changea d'opinion avec vivacité.

« Tout de même, s'ils ne sont pas les derniers des salauds…

— Ils sont les derniers des salauds, dit Maurice avec douceur, mais tu ne sais pas ? On a eu notre part d'inquiétude. Nous sommes ensemble, nous sommes chez nous. Ne pensons à rien d'autre… »

Ils ne parlèrent pas de Jean-Marie, ils ne pouvaient prononcer son nom sans larmes et ils ne voulaient pas pleurer. Il y avait toujours en eux une ardente volonté de bonheur ; sans doute parce qu'ils s'étaient beaucoup aimés, ils avaient appris à vivre au jour le jour, à oublier volontairement le lendemain.

Ils n'avaient pas faim. Ils ouvrirent un pot de confiture, une boîte de biscuits, et Jeanne prépara avec des soins infinis un café dont il ne restait qu'un quart de livre, un pur moka réservé aux grandes occasions jusqu'ici.

« Mais quelles plus grandes occasions trouverons-nous ? dit Maurice.

— Aucune de ce genre, je l'espère, répondit sa femme. Cependant il ne faut pas se dissimuler que si la guerre dure on ne retrouvera pas de sitôt un café pareil.

— Tu lui donnes presque la saveur du péché », dit Maurice en aspirant le parfum que répandait la cafetière.

Après leur léger repas, ils s'assirent devant la fenêtre ouverte. Chacun avait sur ses genoux un livre qu'il ne lisait pas. Ils s'endormirent enfin côte à côte, leurs mains entrelacées.

Ils vécurent ainsi quelques jours assez tranquilles. Comme le courrier n'arrivait pas, ils savaient qu'ils ne pouvaient avoir aucune nouvelle, bonne ou mauvaise. Il n'y avait qu'à attendre. Au début de juillet, M. de Furières revint à Paris. Le comte de Furières avait fait une belle guerre, comme on disait après l'armistice de 1919 : il s'était exposé héroïquement pendant quelques mois, puis il avait épousé une jeune fille très riche. Il avait eu alors un peu moins de goût pour se faire tuer, ce qui était assez naturel ! Sa femme avait des relations brillantes mais il ne s'en servit pas. Il ne rechercha plus le danger, il ne le fuit pas non plus. Il termina la guerre sans une blessure, content de lui-même, de sa belle conduite au feu, de sa confiance intérieure et de son étoile. En 39, il avait une situation mondaine de tout premier ordre ; sa femme était une Salomon-Worms, sa sœur avait épousé le marquis de Maigle ; il était membre du Jockey, ses dîners et ses chasses étaient célèbres ; il avait deux filles charmantes dont l'aînée venait de se fiancer. Il avait beaucoup moins d'argent qu'en 1920 mais il connaissait mieux qu'alors la façon de s'en passer ou de s'en procurer à l'occasion. Il avait accepté le poste de directeur de la banque Corbin.

Corbin n'était qu'un grossier personnage ; il avait commencé sa carrière d'une façon basse et presque ignoble. On racontait qu'il avait été groom dans un établissement de crédit de la rue

Trudaine, mais Corbin avait de grandes capacités bancaires et, en somme, lui et le comte s'entendaient assez bien. Ils étaient tous deux fort intelligents et comprenaient qu'ils étaient utiles l'un à l'autre ; cela finissait par créer une sorte d'amitié à base de cordial mépris, comme certaines liqueurs âcres et amères qui, lorsqu'elles sont mélangées, ont une saveur agréable. « C'est un dégénéré comme tous les nobles », disait Corbin. « Le pauvre homme mange avec ses doigts », soupirait Furières. En faisant miroiter aux yeux de Corbin son admission au Jockey, le comte tirait de ce dernier ce qu'il voulait.

En somme Furières avait très confortablement arrangé son existence. Lorsque la seconde Grande Guerre du siècle éclata, il éprouva à peu près les sentiments d'un enfant qui a bien travaillé en classe, qui a la conscience tranquille, qui joue maintenant de tout son cœur et qu'on vient arracher de nouveau à ses amusements. Pour un peu il aurait crié : « Une fois ça va, deux fois c'est trop ! Zut ! à d'autres ! » Comment ? Il avait fait tout son devoir ! On lui avait pris cinq ans de sa jeunesse, voici qu'on lui volait maintenant ces années de maturité, si belles, si précieuses, où l'homme enfin comprend ce qu'il va perdre et se hâte d'en jouir.

« Non, c'est trop fort, dit-il avec accablement à Corbin en prenant congé de lui le jour de la mobilisation générale. Il était écrit là-haut que je n'en réchapperais pas. »

Il était officier de réserve, il devait partir, il aurait pu certes s'arranger… mais il fut retenu par le désir de continuer à s'estimer lui-même, désir très fort chez lui et qui lui permettait une attitude ironique et sévère envers le reste du monde. Il partit. Son chauffeur, qui était de la même classe que lui, disait :

« Faut y aller, on y va. Mais s'ils croient que ça va être comme en 14, ils se trompent (ce mot « ils » dans son esprit s'adressait à quelque aréopage mythique de gens dont c'était le métier et la passion d'envoyer les autres à la mort), s'ils s'imaginent qu'on va faire *ça* de plus (en faisant claquer son ongle sur sa dent), *ça* de plus que ce qui est strictement nécessaire, ils se fourrent le doigt dans l'œil, c'est moi qui vous le dis. »

Le comte de Furières n'aurait certes pas exprimé ainsi ses pensées, mais elles avaient quelque analogie avec celles de son chauffeur et ces dernières ne faisaient que refléter l'état d'esprit de beaucoup d'anciens combattants. Avec une rancune sourde ou avec une révolte désespérée contre le destin qui leur jouait deux fois dans une vie ce tour atroce, bien des hommes partirent.

Pendant la débâcle de juin, le régiment de Furières tomba presque tout entier aux mains de l'ennemi. Lui-même avait une chance de salut, il la prit. En 14 il se serait fait tuer pour ne pas survivre au désastre. En 40, il préféra vivre. Il retrouva sa femme qui déjà le pleurait, ses charmantes filles dont l'aînée venait de faire un très joli mariage (elle avait épousé un jeune inspecteur des Finances) et son château de Furières. Le chauffeur eut moins de chance : il fut interné au stalag VII A, sous le n° 55.481.

Le comte, dès son retour, se mit en rapport avec Corbin demeuré en zone libre et tous deux s'occupèrent de rassembler les services épars de la Banque. La comptabilité était à Cahors, les titres à Bayonne, le secrétariat avait été dirigé sur Toulouse mais s'était égaré entre Nice et Perpignan. Personne ne savait où avait échoué le portefeuille.

« C'est un chaos, une pagaille, un désordre sans nom », disait Corbin à Furières le matin de leur première entrevue.

Il avait franchi la ligne de démarcation dans la nuit. Il recevait Furières chez lui, dans son appartement parisien dont les domestiques avaient fui pendant l'exode ; il les soupçonnait d'avoir emporté les valises toutes neuves et son habit, ce qui augmentait encore en lui la fureur patriotique :

« Vous me connaissez ? Je ne suis pas un sensible ! J'ai failli pleurer, mon cher, pleurer comme un enfant quand j'ai vu le premier Allemand à la frontière, très correct, pas ce petit air dégagé du Français, vous savez, l'air de dire “on a gardé les cochons ensemble”. Non, vraiment très bien, le petit salut, l'attitude ferme, sans raideur, très bien… Mais qu'est-ce que vous dites de ça, hein ? Qu'est-ce que vous dites de tout ça ? Ils sont beaux les officiers !

— Permettez, dit Furières d'un ton cassant, je ne vois pas ce qu'on peut reprocher aux officiers. Que voulez-vous faire sans armes et avec des hommes gâtés, pourris, qui ne demandent qu'une chose, qu'on leur f… la paix. Donnez-nous des hommes d'abord.

— Ah ! mais eux ils disent : "Nous n'étions pas commandés !" dit Corbin, enchanté de vexer Furières, et entre nous, mon vieux, j'ai vu de lamentables spectacles…

— Sans les civils, sans les paniquards, sans ce flot de réfugiés qui encombrait la route, il y aurait eu une chance de salut.

— Ah ! ça vous avez raison ! Cette panique a été affreuse. Les gens sont extraordinaires. On leur répète depuis des années : "la guerre totale, la guerre totale…" Ils auraient dû s'y attendre, mais non ! tout de suite la panique, le désordre, la fuite, et pourquoi ? Je vous le demande ? C'est insensé ! Moi qui suis parti parce que les banques avaient reçu l'ordre de partir. Sans ça, vous comprenez…

— À Tours, ça a été terrible ?

— Oh ! terrible… mais toujours pour la même raison : l'afflux des réfugiés. Je n'ai pas trouvé de chambre libre aux environs de Tours, j'ai dû coucher en ville et naturellement nous avons été bombardés, incendiés, dit Corbin pensant avec indignation à ce petit château dans la campagne où on avait refusé de le recevoir parce qu'on y abritait des réfugiés belges. Ils n'avaient pas été touchés, eux, tandis que Corbin avait failli être enseveli sous les décombres de Tours. Et ce désordre, répéta-t-il, chacun ne pensant qu'à soi ! Cet égoïsme… Ah ! ça donne une fière idée de l'homme ! Quant à vos employés, ils ont été au-dessous de tout. Pas un n'a été fichu de me rejoindre à Tours. Ils ont perdu contact les uns avec les autres. J'avais recommandé à tous nos services de demeurer groupés. Je t'en fiche ! Les uns sont au midi, les autres au nord. On ne peut compter sur personne. C'est dans des crises pareilles qu'on juge l'homme pourtant, son allant, son mordant, son cran. Un paquet de nouilles, je vous dis, un paquet de nouilles ! ne pensant qu'à sauver leur peau ! et ne se préoccupant ni de la maison ni de moi. Aussi il y en a quelques-uns que je sacquerai, je vous en réponds. D'ailleurs je ne prévois pas un grand courant d'affaires. »

La conversation prit un tour plus technique, ce qui leur rendit l'agréable sentiment de leur importance, quelque peu affaibli depuis les derniers événements.

« Un groupe allemand, dit Corbin, va racheter les Aciéries de l'Est. Nous ne sommes pas dans une mauvaise position de ce côté-là. Il est vrai que l'affaire des docks rouennais… »

Il s'assombrit. Furières prenait congé. Il voulut l'accompagner et, dans le salon aux volets fermés, il tourna le bouton électrique mais il n'y eut pas de lumière. Il poussa un juron.

« Ils m'ont coupé l'électricité, les salauds. »

« Que cet homme est vulgaire », songea le comte.

Il lui conseilla :

« Donnez un coup de téléphone, ce sera vite réparé. Le téléphone marche.

— Mais vous n'imaginez pas à quel point tout est désorganisé chez moi, dit Corbin qui étouffait de fureur. Les domestiques ont foutu le camp, mon cher ! Tous, je vous dis ! et cela m'étonnerait fort qu'ils n'aient pas fait main basse sur l'argenterie. Ma femme n'est pas là. Je suis perdu au milieu de tout ça, moi…

— Mme Corbin est en zone libre ?

— Oui », grogna Corbin.

Sa femme et lui avaient eu une scène pénible ; dans le désordre du départ précipité ou peut-être avec une intention malicieuse, la femme de chambre avait glissé dans le nécessaire de Mme Corbin un petit cadre qui appartenait à M. Corbin et qui contenait la photo d'Arlette nue. Cette nudité en elle-même n'eût peut-être pas offusqué l'épouse légitime : c'était une personne pleine de bon sens, mais la danseuse portait à son cou un collier magnifique : « Je t'assure qu'il est faux ! » disait M. Corbin, empoisonné. Sa femme n'avait pas voulu le croire. Quant à Arlette, elle ne donnait plus signe de vie. On assurait toutefois qu'elle se trouvait à Bordeaux et qu'on la voyait souvent en compagnie d'officiers allemands. Ce souvenir augmenta la mauvaise humeur de M. Corbin. Il sonna de toutes ses forces.

« Je n'ai plus que la dactylo, dit-il, une gamine que j'ai ramassée à Nice. Bête comme ses pieds mais assez jolie d'ailleurs. Ah ! c'est vous, dit-il brusquement à la jeune brune qui venait d'entrer. On m'a coupé l'électricité, voyez un peu ce que vous pouvez faire. Téléphonez, gueulez, débrouillez-vous, et puis vous m'apporterez le courrier.

— Le courrier, il n'est pas monté ?

— Non, il est chez la concierge. Trottez-vous. Apportez-le. Est-ce que je vous paie à ne rien faire ?

— Je vous quitte, vous me faites peur », dit Furières.

Corbin surprit le sourire légèrement dédaigneux du comte ; sa colère augmenta, « chichiteur, faisan », pensa-t-il.

Tout haut, il répondit :

« Que voulez-vous ? Ils me mettent hors de moi. »

Le courrier contenait une lettre des Michaud. Ils s'étaient présentés au siège de la Banque à Paris mais on n'avait pas pu leur donner d'indications précises. Ils avaient écrit à Nice et la lettre venait d'être retournée à Corbin. Les Michaud y demandaient des instructions et de l'argent. La mauvaise humeur diffuse de Corbin trouva enfin où se fixer ; il s'exclama :

« Ah ! elle est bonne celle-là ! Ils s'en font pas ! Voilà des gens qui ne s'en font pas ! On court, on se décarcasse, on se fait casser la gueule sur toutes les routes de France. M. et Mme Michaud passent à Paris d'agréables vacances et ils ont encore le toupet de réclamer de l'argent. Vous allez leur écrire, dit-il à la dactylo terrifiée, vous allez écrire :

Paris, le 25 juillet 1940

Monsieur Maurice Michaud
23, rue Rousselet
Paris VIIe

Monsieur,

Le 11 juin nous vous avions donné ainsi qu'à Mme Michaud l'ordre de rejoindre votre poste à l'endroit où la Banque s'était repliée, c'est-à-dire à Tours. Vous n'ignorez pas qu'en ces moments décisifs, tout employé de banque, et vous en par-

ticulier qui occupiez un poste de confiance, était assimilé à un combattant. Vous savez ce que signifie en des temps pareils l'abandon d'un poste. Le résultat de votre carence à tous deux a été la désorganisation complète des services qui vous avaient été confiés — le secrétariat et la comptabilité. Ce n'est pas l'unique reproche que nous avons à vous adresser. Ainsi que nous vous l'avions dit au moment des gratifications du 31 décembre écoulé lorsque vous aviez sollicité de porter les vôtres à 3 000 francs, il vous avait été signalé que, malgré ma bonne volonté à votre égard, cela m'était impossible, le rendement de votre service ayant été minime en comparaison avec celui que nous avait donné votre prédécesseur. Dans ces conditions, tout en regrettant que vous ayez si longtemps attendu pour vous mettre en rapport avec votre direction, nous considérons l'absence de nouvelles de votre part jusqu'à ce jour comme une démission, tant en ce qui vous concerne qu'en ce qui concerne Mme Michaud. Cette démission, qui est de votre seul fait et qui n'a fait l'objet d'aucun préavis, ne nous oblige à vous payer quelque indemnité que ce soit. Toutefois, tenant compte de votre longue présence à la Banque ainsi que des circonstances actuelles, nous vous allouons à titre exceptionnel et purement bénévole une indemnité correspondant à deux mois de vos appointements. Veuillez donc trouver ci-joint Frs…, en un chèque barré à votre ordre sur la Banque de France à Paris. Veuillez nous en accuser réception pour la bonne règle et agréer, Monsieur, l'expression de nos sentiments distingués.

Corbin

Cette lettre plongea les Michaud dans le désespoir. Ils ne possédaient pas 5 000 francs d'économies car les études de Jean-Marie avaient coûté cher. Avec leurs deux mois d'appointements et cette somme, ils réunissaient à peine 15 000 francs et ils devaient de l'argent au percepteur. Les places étaient presque impossibles à trouver en ce moment ; tout travail était rare et mal payé. Ils avaient toujours vécu assez isolés ; ils n'avaient pas de famille, personne à qui demander de l'aide. Ils étaient épuisés de leur voyage et déprimés par l'angoisse au sujet de leur fils. Au cours d'une existence non exempte de traverses quand Jean-Marie était petit, Mme Michaud avait pensé souvent : « Si seulement il était à l'âge de se tirer d'affaire tout seul, rien ne m'atteindrait réellement. » Elle se savait forte et bien portante, elle se sentait courageuse, elle ne craignait rien pour elle-même ni pour son mari avec qui elle ne se séparait pas en pensée.

Maintenant Jean-Marie était un homme. Où qu'il fût, s'il vivait, il n'avait plus besoin d'elle. Mais elle n'en était pas consolée. D'abord elle ne pouvait imaginer que son enfant pût se passer d'elle. Et en même temps, elle comprenait qu'elle, maintenant, avait besoin de lui. Toute sa vaillance l'avait abandonnée ; elle voyait la fragilité de Maurice : elle se sentait seule, vieille, malade. Que feraient-ils pour trouver du travail ? Comment vivraient-ils quand ces 15 000 francs seraient dépensés ? Elle avait quelques petits bijoux : elle les aimait. Elle disait toujours : « Ils n'ont aucune valeur », mais dans son cœur elle ne pouvait croire que cette charmante petite broche ornée de perles, que ce modeste anneau garni d'un rubis, cadeaux de Maurice au temps de leur jeunesse et qui lui plaisaient tant, ne puissent être vendus un bon prix. Elle les offrit à un bijoutier dans son quartier, puis à une grande maison de la rue de la Paix, toutes deux refusèrent : la broche et la bague étaient d'un joli travail mais ils ne s'intéressaient qu'aux pierres et celles-ci étaient si petites qu'il ne valait pas la peine de les acheter. Mme Michaud fut secrètement heureuse à la pensée de garder son bien, mais le fait était là : c'était leur seule ressource. Or le mois de juillet avait déjà passé et fortement écorné leurs réserves. Ils avaient tous deux pensé d'abord à aller trouver Corbin, à lui expliquer qu'ils avaient fait tout leur possible pour rejoindre Tours et que, s'il persistait à les renvoyer, il leur devait au moins l'indemnité prévue. Mais ils avaient assez pratiqué leur Corbin pour savoir qu'ils n'étaient pas de force contre lui. Ils n'avaient pas les moyens nécessaires de lui intenter un procès et Corbin n'était pas facile à intimider. Et puis ils éprouvaient une insurmontable répugnance à solliciter cet homme qu'ils détestaient et méprisaient.

« Je ne peux pas le faire, Jeanne. Ne me le demande pas, je ne peux pas le faire, disait Maurice de sa voix douce et faible. Je crois que si je me trouvais en face de lui, je lui cracherais à la figure et ça n'arrangerait pas les choses.

— Non, dit Jeanne, souriant malgré elle, mais notre situation est effrayante, mon pauvre petit. On dirait qu'on s'avance vers un grand trou et on voit à chaque pas la distance diminuer sans pouvoir s'échapper. C'est insupportable.

— Il faudra bien le supporter pourtant », répondit-il d'un ton tranquille.

Il avait eu la même inflexion de voix pour lui dire, quand il avait été blessé en 1916 et qu'elle avait été appelée à l'hôpital auprès de lui : « Je considère que mes chances de guérison sont de l'ordre de quatre sur dix. » Il avait réfléchi et ajouté, pris de scrupule : « Trois et demi, pour être exact. »

Elle lui posa doucement, avec tendresse, la main sur le front, pensant avec désespoir : « Ah ! si Jean-Marie était là, il nous protégerait, il nous sauverait lui. Il est jeune, il est fort… » En elle s'entremêlaient curieusement le besoin de protéger de la mère et le besoin d'être protégée de la femme. « Où est-il mon pauvre petit ? Est-ce qu'il vit ? Est-ce qu'il souffre ? Ce n'est pas possible, mon Dieu ! qu'il soit mort », songea-t-elle, et son cœur se glaça en supputant combien au contraire cela était possible. Les larmes qu'elle avait retenues courageusement depuis tant de jours jaillirent de ses yeux. Elle s'écria avec révolte :

« Mais pourquoi la souffrance est-elle toujours pour nous ? et pour des gens comme nous ? Pour les gens ordinaires ? pour les petits-bourgeois ? Que la guerre arrive, que le franc baisse, qu'il y ait chômage ou crise ou révolution, les autres s'en tirent. Nous sommes toujours écrasés ! Pourquoi ? Qu'est-ce que nous avons fait ? Nous payons pour toutes les fautes. Bien sûr, on ne nous craint pas, nous ! Les ouvriers se défendent, les riches sont forts. Nous, nous sommes les moutons bons à tondre. Qu'on m'explique pourquoi ! Qu'est-ce qui se passe ? Je ne comprends pas. Tu es un homme, toi, tu devrais comprendre, dit-elle à Maurice avec colère, ne sachant déjà plus à qui s'en prendre du désastre qui les atteignait. Qui a tort ? Qui a raison ? Pourquoi Corbin ? Pourquoi Jean-Marie ? Pourquoi nous ?

— Qu'est-ce que tu veux comprendre ? Il n'y a rien à comprendre, dit-il en s'efforçant de la calmer. Il y a des lois qui régissent le monde et qui ne sont faites ni pour ni contre nous. Quand l'orage éclate, tu n'en veux à personne, tu sais que la foudre est le produit de deux électricités contraires, les nuages ne te connaissent pas. Tu ne peux leur faire aucun reproche. Et d'ailleurs ce serait ridicule, ils ne comprendraient pas.

— Mais ce n'est pas la même chose. Ici ce sont des phénomènes purement humains.

— Seulement en apparence, Jeanne. Ils semblent dus à tel ou tel homme, à telle circonstance mais c'est comme dans la nature, à une période de calme succède l'orage qui a son commencement, son point culminant, sa fin et qui est saisi d'autres périodes de tranquillité plus ou moins longues ! Pour notre malheur nous sommes nés dans un siècle d'orages, voilà tout. Ils s'apaiseront.

— Oui, fit-elle, mais elle ne le suivait pas sur ce terrain abstrait, mais Corbin ? ce n'est pas une force de la nature, Corbin, non ?

— C'est une espèce malfaisante comme celle des scorpions, des serpents, des champignons vénéneux. Au fond il y a un peu de notre faute. Nous avons toujours su ce qu'était Corbin. Pourquoi sommes-nous restés là, chez lui ? Tu ne touches pas les mauvais champignons, il faut se garder des mauvaises gens. Il y a eu bien des circonstances où, avec un peu de courage et d'endurance, nous aurions pu trouver une autre situation. Et rappelle-toi, quand nous étions jeunes, quand on m'a offert cette place de répétiteur à São Paulo, mais tu n'as pas voulu me laisser partir.

— Bon, c'est une vieille histoire, dit-elle en haussant les épaules.

— Non, je disais seulement…

— Oui, tu disais qu'il ne faut pas en vouloir aux hommes. Mais tu dis toi-même que si tu le rencontrais, Corbin, tu lui cracherais à la figure. »

Ils continuèrent à discuter, non parce qu'ils espéraient ou même désiraient se convaincre l'un l'autre, mais parce qu'en parlant ils oubliaient un peu leurs cruels soucis.

« À qui pourrait-on s'adresser ? s'écria enfin Jeanne.

— Tu n'as pas encore compris que tout le monde se fiche de tout le monde, non ? »

Elle le regarda.

« Tu es étrange, Maurice. Tu les as vus les plus cyniques, les plus désenchantés et en même temps, tu n'es pas malheureux, je veux dire, pas malheureux intérieurement ! Est-ce que je me trompe ?

— Non.

— Mais enfin qu'est-ce qui te console alors ?

— La certitude de ma liberté intérieure, dit-il après avoir réfléchi, ce bien précieux inaltérable, et qu'il ne dépend que de moi de perdre ou de conserver. Que les passions poussées à leur paroxysme comme elles le sont maintenant finissent par s'éteindre. Que ce qui a eu un commencement aura une fin. En un mot, que les catastrophes passent et qu'il faut tâcher de ne pas passer avant elles, voilà tout. Donc d'abord vivre : *Primum vivere*. Au jour le jour. Durer, attendre, espérer. »

Elle l'avait écouté sans rien dire. Tout à coup, elle se leva et saisit son chapeau qu'elle avait laissé sur la cheminée. Il la regarda avec étonnement.

« Et moi, dit-elle, que "Aide-toi, le ciel t'aidera". C'est pourquoi je vais aller trouver Furières. Il a toujours été gentil avec moi et il nous aidera, ne fût-ce que pour embêter Corbin. »

Jeanne ne s'était pas trompée ! Furières la reçut et promit qu'elle et son mari toucheraient une indemnité correspondant à six mois de leurs appointements respectifs, ce qui porta leur capital à une soixantaine de mille francs.

« Tu vois, je me suis débrouillée, le ciel m'a aidée, dit Jeanne en rentrant à son mari.

— Et moi, j'ai espéré ! répondit-il en souriant. Nous avions tous deux raison ! »

Ils étaient très satisfaits du résultat de cette démarche mais ils sentaient que désormais leur esprit, libéré des soucis d'argent au moins pour l'immédiat avenir, serait rempli tout entier par leur angoisse au sujet de leur fils.

29

En automne, Charles Langelet revint chez lui. Les porcelaines n'avaient pas souffert du voyage. Il déballa lui-même les grandes caisses, frémissant de joie lorsqu'il touchait, sous les copeaux et les papiers de soie, la lisse fraîcheur d'une statuette de Sèvres, d'une potiche de la famille rose. Il pouvait à peine croire qu'il était chez lui, qu'il avait retrouvé ses richesses. Il levait la tête parfois et regardait à travers les vitres qui portaient encore leurs zébrures de papier collant la courbe délicieuse de la Seine.

À midi, la concierge monta faire le ménage ; il n'avait pas encore engagé de domestiques. Les événements graves, heureux ou malheureux ne changent pas l'âme d'un homme mais ils la précisent, comme un coup de vent en balayant d'un coup les feuilles mortes révèle la forme d'un arbre ; ils mettent en lumière ce qui était laissé dans l'ombre ; ils inclinent l'esprit dans la direction où il croîtra désormais. Charlie avait toujours été regardant, près de ses sous. À son retour de l'exode il se sentit avare, ce lui fut une réelle jouissance d'épargner lorsque cela était possible, et il se rendit compte de cela car, par-dessus le marché, il était devenu cynique. AVANT, jamais il n'aurait pensé s'installer dans une maison désorganisée, pleine de poussière ; il aurait reculé à l'idée d'aller au restaurant le jour même de son retour. Mais maintenant il avait passé par tant de choses que rien ne lui faisait peur. Quand la concierge lui dit que de toute façon elle ne pourrait pas finir le ménage aujourd'hui, que Monsieur ne se rendait pas compte du travail qu'il faudrait, Charlie répondit d'une voix douce mais inflexible :

« Vous vous arrangerez, madame Logre. Vous travaillerez un peu plus vite, voilà tout.

— Vite et bien ne vont pas toujours ensemble, Monsieur !

— Ils iront ensemble cette fois-ci, les temps de la facilité sont passés, dit Charlie sévèrement. Je rentrerai à six heures. J'espère que tout sera prêt », ajouta-t-il.

Et après un coup d'œil majestueux à la concierge qui se tut, la rage au cœur, et un dernier regard tendre à ses porcelaines, il sortit. En descendant l'escalier, il calcula ce qu'il économisait ; il n'aurait plus à payer le déjeuner de Mme Logre. Pendant quelque temps, elle s'occuperait de lui deux heures par jour ; une fois le plus gros du travail fait, l'appartement n'aurait besoin que d'un peu d'entretien. Il chercherait tranquillement ses domestiques, un ménage sans doute. Jusqu'ici il avait toujours eu un ménage, valet de chambre et cuisinière.

Il alla déjeuner sur les quais, dans un petit restaurant qu'il connaissait. Il ne mangea pas mal compte tenu des circonstances. D'ailleurs il n'était pas un gros mangeur, mais il but du vin excellent. Le patron lui dit à l'oreille qu'il avait encore un peu de vrai café en réserve. Charlie alluma un cigare et trouva la vie bonne. C'est-à-dire, non, elle n'était pas bonne, on ne pouvait pas oublier la défaite de la France et toutes les souffrances, toutes les humiliations qui en découlaient, mais pour lui, Charlie, elle était bonne parce qu'il prenait l'existence comme elle venait, qu'il ne gémissait pas sur le passé et ne redoutait pas l'avenir.

« L'avenir sera ce qu'il sera, pensa-t-il, je m'en soucie comme de ça… » Il secoua la cendre de son cigare. Son argent était en Amérique, et comme il était bloqué, heureusement, cela lui permettait d'obtenir une diminution d'impôts ou même de ne rien payer du tout. Le franc demeurerait longtemps en baisse. Sa fortune, au jour où il pourrait la toucher, en serait automatiquement décuplée. Quant aux dépenses courantes, depuis longtemps il s'était préoccupé d'en avoir en réserve. Il était défendu d'acheter ou de vendre de l'or, et sur le marché noir il atteignait déjà des prix fous. Il pensa avec étonnement à ce vent de panique qui avait soufflé sur lui lorsqu'il avait voulu quitter la France et aller vivre au Portugal ou en Amérique du Sud. Certains de ses amis l'avaient fait, mais il n'était ni juif ni franc-maçon, lui, Dieu merci, songea-t-il avec un sourire méprisant. Il ne s'était jamais occupé de politique et il ne voyait pas pourquoi on ne le laisserait pas tranquille, un pauvre homme bien tranquille, bien inoffensif qui ne faisait de mal à personne et qui n'aimait au monde que ses porcelaines. Il se dit plus sérieusement que c'était cela le secret de son bonheur au milieu de tant de secousses. Il n'aimait rien, rien du moins de vivant que le temps altérait, que la mort emportait ; qu'il avait eu raison de ne pas se marier, de ne pas avoir d'enfants… Mon Dieu, tous les autres étaient dupes. Lui seul était sage.

Mais pour en revenir à ce projet insensé de s'expatrier, il lui avait été inspiré par cette pensée singulière et presque folle que le monde en l'espace de quelques jours allait être changé, allait devenir un enfer, un lieu d'horreurs. Et voilà… Tout demeurait pareil ! Il se rappela l'histoire sainte et la description de la terre avant le Déluge : comment était-ce déjà ? Ah oui : les hommes bâtissaient, se mariaient, mangeaient et buvaient… Eh bien ! le Livre sacré était incomplet. Il aurait dû dire : « Les eaux du Déluge se retirèrent et les hommes recommencèrent à bâtir, à se marier, à manger et à boire… » D'ailleurs les hommes n'avaient pas beaucoup d'importance. Il fallait préserver les œuvres d'art, les musées, les collections. Ce qui était terrible dans la guerre d'Espagne, c'est qu'on avait laissé périr les chefs-d'œuvre ; mais ici l'essentiel avait été sauvé sauf certains châteaux pourtant, sur la Loire. Cela, c'était impardonnable, mais le vin qu'il avait bu était si bon qu'il se sentait enclin à l'optimisme. Après tout il y avait des ruines, de très belles ruines. À Chinon, par exemple, quoi de plus admirable que cette salle sans plafond et ces murs qui avaient vu Jeanne d'Arc où nichaient des oiseaux, où poussait dans un angle un cerisier sauvage.

Le déjeuner fini, il voulut flâner un peu dans les rues, mais il les trouva tristes. Il n'y avait presque pas d'autos, un extraordinaire silence, de grands étendards rouges à croix gammée flottaient partout. Devant la porte d'une crémerie, des femmes attendaient leur tour. C'était la première guerre qu'il voyait. La foule était morne. Charlie se hâta de prendre le métro, seul moyen de locomotion possible, et d'aller dans un bar qu'il fréquentait très régulièrement à une heure ou à sept heures. C'étaient des havres de grâce, ces bars ! Ils étaient très chers et la clientèle était composée d'hommes riches, plus que mûrs, que ni la mobilisation ni la guerre n'avaient touchés. Pendant quelque temps, Charlie resta seul, mais vers six heures et demie tous arrivèrent, tous les anciens habitués, tous bien portants, sains et saufs, la mine fleurie, accompagnant des femmes charmantes, bien peintes, bien arrangées, aux adorables petits chapeaux, et on s'exclama :

« Mais c'est lui, mais c'est Charlie ?.... Alors, pas trop fatigué ? Revenu à Paris ?

— Paris est affreux, n'est-ce pas ? »

Et presque aussitôt, comme si on s'était retrouvé après le plus paisible, le plus ordinaire des étés, commença ce genre de conversation vive et légère qui effleurait toutes choses et ne s'appesantissait sur aucune, que Charlie appelait les « glissez, mortels — n'appuyez pas ». Entre autres, il apprit la mort ou la captivité de quelques jeunes gens, et il dit :

« Oh ! pas possible ! tiens ! Je n'en avais pas la moindre idée, c'est terrible ! Pauvres petits ! »

Le mari d'une de ces dames était prisonnier en Allemagne.

« Je reçois assez régulièrement de ses nouvelles, il n'est pas malheureux, mais l'ennui, vous comprenez ?.... J'espère pouvoir le faire libérer prochainement. »

De plus en plus, en bavardant, en écoutant, Charlie retrouvait ses esprits, sa bonne humeur un instant assombrie par le spectacle de la rue parisienne, mais ce qui acheva de le remettre tout à fait, ce fut le chapeau d'une femme qui venait d'entrer ; toutes étaient bien habillées mais avec une certaine affectation de simplicité, disant : « On ne s'habille pas, vous pensez ! d'abord on n'a pas d'argent et puis ce n'est pas le moment, je finis mes vieilles robes… », mais celle-ci arborait avec crânerie, avec courage, avec un insolent bonheur, un délicieux petit chapeau neuf, à peine plus grand qu'un rond de serviette, fait de deux peaux de zibeline, avec une voilette rousse sur ses cheveux d'or. Quand il eut vu ce chapeau, Charlie fut tout à fait rasséréné. Il était tard ; il voulait encore passer chez lui avant le dîner ; il était temps de partir mais il ne pouvait se décider à quitter ses amis. Quelqu'un proposa :

« Si nous dînions ensemble ?

— C'est une excellente idée », dit chaleureusement Charlie.

Et il proposa le petit restaurant où il avait si bien déjeuné, car sa nature était celle des chats qui s'attachent vite aux endroits où ils ont été bien traités.

« Il faut reprendre le métro ! Quelle plaie ce métro, il empoisonne la vie, dit-il.

— Moi, j'ai pu avoir de l'essence, un permis. Je ne vous offre pas de vous reconduire parce que j'ai promis d'attendre Nadine, dit la femme au chapeau neuf.

— Mais comment faites-vous ? C'est extraordinaire de se débrouiller comme ça !

— Ah ! voilà ! dit-elle en souriant.

— Alors, écoutez, rendez-vous dans une heure, une heure un quart.

— Voulez-vous que je passe vous prendre ?

— Non merci, vous êtes gentille, c'est à deux pas de chez moi.

— Méfiez-vous, vous savez, il fait nuit noire. Ils sont très stricts là-dessus. »

« En effet, quelles ténèbres ! » pensa Charlie lorsqu'il émergea de cette cave tiède et pleine de lumières dans la rue noire. Il pleuvait, c'était un soir d'automne comme ceux qu'il aimait tant autrefois à Paris, mais l'horizon gardait alors un reflet de flammes. À présent tout était obscur et sinistre comme l'intérieur d'un puits.

Heureusement la bouche du métro était proche. Chez lui, Charlie vit Mme Logre qui n'avait pas encore achevé le ménage et balayait d'un air concentré et sombre. Mais le salon était fait. Sur la table chippendale à la surface brillante, Charlie voulut placer une statuette de Sèvres qu'il aimait entre toutes et qui représentait Vénus au miroir. Il la sortit de la caisse, défit le papier de soie qui l'emmaillotait, la contempla amoureusement, et il la portait vers la table lorsque quelqu'un sonna.

« Allez voir ce que c'est, madame Logre. »

Mme Logre sortit et revint en disant :

« Monsieur, j'avais dit que Monsieur cherchait quelqu'un et la concierge du 6 m'envoie cette personne qui veut se placer. »

Comme Charlie hésitait, elle ajouta :

« C'est une personne très bien qui a été femme de chambre chez Mme la comtesse Barral du Jeu. Elle s'était mariée et elle ne voulait plus se placer, mais son mari est prisonnier et elle a besoin de gagner sa vie. Monsieur peut toujours voir !

— Eh bien ! faites-la entrer », dit Langelet en plaçant la statuette sur un guéridon.

La femme se présenta très bien, d'un air modeste et tranquille, visiblement désireuse de plaire mais sans servilité. On voyait tout de suite qu'elle était stylée et qu'elle avait servi dans de bonnes maisons. Elle était forte. Charlie mentalement le lui reprocha ; il aimait les femmes de chambre minces et un peu sèches, mais elle paraissait trente-cinq à quarante ans, ce qui était un âge parfait pour une domestique, âge où on a cessé de courir et où on a en même temps assez de santé et de force pour fournir un bon travail. Elle avait une figure large, de vastes épaules, et elle était simplement mise mais convenablement vêtue ; certainement sa robe, son manteau et son chapeau étaient la mise bas d'une ancienne patronne.

« Comment vous appelez-vous ? demanda Charlie favorablement impressionné.

— Hortense Gaillard, Monsieur.

— Très bien. Vous cherchez une place ?

— C'est-à-dire, Monsieur, que j'ai quitté Mme la comtesse

Barral du Jeu il y a deux ans pour me marier. Je ne pensais plus reprendre du service, mais mon mari qui était mobilisé a été fait prisonnier et Monsieur comprend qu'il faut que je gagne ma vie. Mon frère est chômeur et il est à ma charge, avec une femme malade et un petit enfant.

— Je comprends. Je pensais prendre un ménage…

— Je sais, Monsieur, mais peut-être pourrai-je faire l'affaire ? J'ai été première femme de chambre chez Mme la comtesse, mais auparavant j'avais servi chez la mère de Mme la comtesse où j'étais cuisinière. Je pourrais m'occuper de la cuisine et du ménage.

— Oui, c'est intéressant », murmura Charlie en pensant que cette combinaison était très avantageuse.

Naturellement il y avait la question du service à table. Il venait du monde mais il ne comptait pas beaucoup recevoir cet hiver.

« Vous savez bien repasser le linge d'homme ? Je suis exigeant sur ce chapitre, je vous préviens.

— C'était moi qui repassais les chemises de M. le comte.

— Et pour la cuisine ? Je dîne souvent au restaurant. Il me faut une cuisine simple mais soignée.

— Si Monsieur veut voir mes certificats ? »

Elle les sortit d'un sac en imitation de peau de porc et les lui tendit. Il lut l'un puis l'autre ; ils étaient rédigés dans les termes les plus chaleureux — travailleuse, parfaitement stylée, d'une honnêteté scrupuleuse, sachant très bien faire la cuisine et même la pâtisserie.

— Même la pâtisserie ? C'est très bien. Je crois, Hortense, que nous pourrons nous entendre. Vous êtes restée longtemps chez Mme la comtesse Barral du Jeu ?

— Cinq ans, Monsieur.

— Et cette dame est à Paris ? Je préfère, vous comprenez, les renseignements personnels.

— Je comprends tout à fait Monsieur. Mme la comtesse est à Paris. Si Monsieur veut son numéro de téléphone ? Auteuil 38.14.

— Merci. Inscrivez, voulez-vous, madame Logre ? Et pour les gages ? Combien voulez-vous gagner ? »

Hortense demanda 600 francs. Il offrit 450. Hortense réfléchit. Son petit œil noir, vif et pénétrant avait percé jusqu'à l'âme ce monsieur insolent et bien nourri. « Rat, tatillon, songeait-elle, mais je m'en tirerai. » Et le travail était rare. Elle dit avec décision :

« Je ne peux pas à moins de 550. Monsieur comprendra. J'avais quelques économies, je les ai toutes mangées pendant cet affreux voyage.

— Vous aviez quitté Paris ?

— Pendant l'exode, oui, Monsieur. Bombardés et tout, sans compter qu'on a failli mourir de faim en route. Monsieur ne sait pas comme c'était dur.

— Mais je sais, je sais, dit Charlie en soupirant. J'ai fait le même chemin. Ah ! ce sont de tristes événements. Nous disons donc 550. Écoutez, je veux bien parce que je crois que vous les valez. Je tiens à une parfaite honnêteté.

— Oh ! Monsieur, dit Hortense d'un ton discrètement scandalisé comme si une pareille réflexion eût été en elle-même injurieuse, et Charlie se hâta de lui faire comprendre par un sourire rassurant qu'il ne disait cela que pour la forme, qu'il ne mettait pas en doute un instant sa stricte probité et que d'ailleurs l'idée même d'une indélicatesse était si insupportable à son esprit qu'il ne pouvait y arrêter sa pensée.

— J'espère que vous êtes adroite et soigneuse. J'ai une collection à laquelle je tiens. Je ne laisse à personne le soin d'épousseter les pièces les plus rares, mais cette vitrine-ci par exemple, je vous la confierai. »

Hortense, comme il semblait l'y inviter, jeta un regard sur les caisses à demi déballées :

« Monsieur a de belles choses. Avant d'entrer au service de la mère de la comtesse, j'étais placée chez un Américain, M. Mortimer Shaw. Lui, c'étaient les ivoires.

— Mortimer Shaw ? Comment donc ! Je le connais bien, c'est un grand antiquaire.

— Il s'était retiré des affaires, Monsieur.

— Et vous êtes restée longtemps chez lui ?

— Quatre ans. Ce sont les seules places que j'ai faites. »

Charlie se leva et dit d'un ton encourageant en accompagnant Hortense jusqu'à la porte :

« Revenez demain chercher une réponse définitive, voulez-vous ? Si les renseignements oraux sont aussi bons que les certificats, ce dont je ne doute pas un instant, je vous engage. Vous pourrez commencer bientôt ?

— Dès lundi, si Monsieur veut. »

Hortense partie, Charlie se hâta de changer de col, de manchettes, de se laver les mains. Au bar, il avait bu beaucoup d'alcool. Il se sentait extraordinairement léger et satisfait de lui-même. Il n'attendit pas l'ascenseur, qui était une lente et antique machine, mais descendit l'escalier avec le pas vif d'un jeune homme. Il allait retrouver des amis agréables, une femme charmante. Il se réjouissait de leur faire connaître ce petit restaurant qu'il avait découvert.

« Je me demande s'il leur reste encore de ce corton », pensa-t-il. La grande porte cochère aux panneaux de bois sculpté de sirènes et de tritons (une merveille, une pièce d'art classée par la commission des Monuments historiques de Paris) s'ouvrit et se referma derrière lui avec un bruit sourd et gémissant. Une fois le seuil franchi, Charlie pénétra d'emblée dans d'opaques ténèbres, mais, gai et insouciant ce soir comme à vingt ans, il n'y prit pas garde et traversa la rue dans la direction des quais ; il avait oublié sa lampe de poche, « mais je connais chaque pierre de mon quartier, se dit-il. Il n'y a qu'à suivre la Seine et à traverser le pont Marie. Il ne doit pas y avoir beaucoup d'autos », pensa-t-il. Et au moment même où il prononçait mentalement ces paroles, il vit surgir à deux pas de lui une voiture qui allait extrêmement vite, les phares peints en bleu selon les règlements répandant une douteuse et lugubre lumière. Surpris, il fit un bond en arrière, glissa, sentit qu'il perdait l'équilibre, battit l'air des deux mains et, ne trouvant que l'espace où se raccrocher, tomba. L'auto fit une embardée, une voix de femme cria avec angoisse : « Attention ! » Il était trop tard.

« Mais je suis perdu. Je vais être écrasé ! Avoir passé par tant de dangers pour finir comme ça, c'est trop… c'est trop bête… On s'est moqué de moi… Quelqu'un, quelque part, me joue cette farce grossière et affreuse… » Comme un oiseau affolé par un coup de feu s'envole hors de son nid et disparaît, ainsi cette dernière pensée consciente traversa l'esprit de Charlie et l'abandonna en même temps que la vie. Il reçut un coup terrible sur la tête. L'aile de la voiture avait fait voler en éclats sa boîte crânienne. Du sang et de la cervelle jaillirent avec tant de force que quelques gouttes tombèrent sur la femme qui conduisait — une jolie femme, coiffée d'un chapeau pas plus grand qu'un rond de serviette fait de deux peaux de zibeline cousues ensemble et d'une voilette rousse flottant sur des cheveux d'or. Arlette Corail, qui était rentrée de Bordeaux la semaine dernière et qui regardait maintenant, atterrée, le cadavre en murmurant :

« Quelle poisse, non mais quelle poisse ! »

Elle était une femme de précaution ; elle avait sa lampe électrique sur elle. Elle examina le visage ou du moins ce qui en restait, reconnut Charlie Langelet : « Ah ! le pauvre type !…. J'allais vite, c'est certain, mais il ne pouvait pas faire attention, ce vieil imbécile. Que faire maintenant ? »

Pourtant, elle se rappela que l'assurance, le permis, tout était en ordre, et elle connaissait quelqu'un d'influent qui arrangerait tout pour elle. Rassérénée mais le cœur battant encore, elle s'assit sur le marchepied de l'auto, se reposa une seconde, alluma une cigarette, se repoudra de ses mains tremblantes et alla chercher du secours.

Mme Logre avait enfin terminé le ménage du bureau et de la bibliothèque. Elle revint décrocher l'aspirateur qui était branché sur la prise du salon. Dans le mouvement qu'elle fit, le manche de l'aspirateur heurta la table où se trouvait la Vénus au miroir. Mme Logre poussa un cri : la statuette avait roulé sur le parquet. La tête de la Vénus était en miettes.

Mme Logre s'essuya le front de son tablier, hésita un instant, puis laissant la statuette où elle était, d'un pas léger et silencieux, inattendu d'une aussi forte personne, après avoir remis l'aspirateur en place, elle s'élança hors de l'appartement.

« Ma foi, je dirai que la porte en s'ouvrant a fait courant d'air et que la statue est tombée. C'est sa faute aussi, pourquoi l'a-t-il laissée au bord de la table ? Et puis qu'il dise ce qu'il voudra, qu'il crève ! » dit-elle avec colère.

30

Si on avait dit à Jean-Marie qu'il se trouverait un jour dans un village perdu loin de son régiment, sans argent, dans l'impossibilité de communiquer avec les siens, ne sachant pas s'ils étaient en bonne santé à Paris, ou comme tant d'autres ensevelis dans un trou d'obus au bord d'une route, si on lui avait dit surtout que, la France vaincue, il continuerait à vivre et même connaîtrait des moments heureux, il ne l'aurait pas cru. C'était ainsi pourtant. La plénitude même du désastre, ce qu'il avait d'irréparable contenait un secours, comme certains poisons violents fournissent leur antidote, tous les maux dont il souffrait étaient irrémédiables. Il ne pouvait pas faire que la ligne Maginot n'eût pas été tournée ou enfoncée (on ne savait pas au juste), que deux millions de soldats ne fussent prisonniers, que la France n'eût pas été battue. Il ne pouvait pas faire marcher la poste, le télégraphe ou le téléphone, ni se procurer de l'essence ou une voiture pour arriver jusqu'à la gare distante de vingt et un kilomètres, où d'ailleurs les trains ne passaient plus car la ligne avait été détruite. Il ne pouvait pas aller à pied jusqu'à Paris car il avait été grièvement blessé et commençait seulement à se lever. Il ne pouvait pas payer ses hôtes car il n'avait pas d'argent et aucun moyen d'en obtenir. Tout cela était au-dessus de ses forces ; il lui fallait donc demeurer tranquillement où il était et attendre.

Cette sensation de dépendance absolue vis-à-vis du monde extérieur procurait une sorte de paix. Il n'avait même pas de vêtements à lui : son uniforme déchiré, brûlé par places était inutilisable. Il portait une chemise kaki et le pantalon de secours d'un des gars de la ferme. Au bourg il acheta des sabots. Cependant il avait réussi à se faire démobiliser en traversant clandestinement la ligne de démarcation et en indiquant un lieu de domicile faux ; il ne risquait donc plus d'être fait prisonnier. Il vivait toujours à la ferme, mais depuis qu'il était guéri, il ne couchait plus dans le lit de parade à la cuisine. On lui avait donné une petite chambre au-dessus du grenier à foin. Par une fenêtre ronde, il voyait un admirable et paisible pays de champs, de riches terres, de bois. La nuit il entendait courir les souris au-dessus de lui et le roucoulement des colombes dans le pigeonnier.

Cette existence à base de mortelles angoisses n'est supportable qu'à la condition de vivre au jour le jour, de se dire quand le soir est venu : « Encore vingt-quatre heures où il ne s'est rien passé de spécialement mauvais, Dieu merci ! attendons à demain. » Tous ceux qui entouraient Jean-Marie pensaient ainsi ou du moins agissaient comme s'ils pensaient ainsi. On s'occupait des bêtes, du foin, du beurre, on ne parlait jamais du lendemain. On prévoyait bien les années futures, on plantait des arbres qui donneraient leurs fruits dans cinq ou six saisons ; on engraissait le cochon qui serait mangé dans deux ans, mais on n'escomptait pas sur l'avenir immédiat. Lorsque Jean-Marie demandait s'il ferait beau demain (la phrase banale du Parisien en vacances), « Ah ben ! nous ne savons pas ! comment qu'on peut savoir ? disaient-ils. — Est-ce qu'il y aura des fruits ? — Il y en aura peut-être un peu », répondaient-ils en regardant avec méfiance les petites poires dures et vertes qui poussaient sur les branches taillées en espalier, « mais on ne peut pas dire… on ne sait pas… on verra à ce moment-là… » Une expérience héréditaire des embûches du sort, des gelées d'avril, des grêles qui ravageaient les champs prêts pour la moisson, de la sécheresse de juillet qui grille un potager, leur inspirait cette sagesse et cette lenteur, mais en même temps ils faisaient ce qu'il y avait à faire tous les jours. Ils n'étaient pas sympathiques mais estimables, pensait Jean-Marie qui connaissait à peine la campagne : depuis cinq générations les Michaud étaient citadins.

Les gens de ce hameau étaient accueillants, aimables, les hommes beaux parleurs, les filles coquettes. Quand on s'était familiarisé avec eux, on découvrait des traits d'âpreté, de dureté, de méchanceté même qui étonnaient, qui s'expliquaient peut-être par d'obscures réminiscences ataviques, par des haines et des craintes séculaires, transmises avec le sang d'une génération à une autre. En même temps ils étaient généreux. La fermière n'aurait pas donné un œuf à une voisine et, lorsqu'elle vendait une volaille, elle ne faisait pas grâce d'un sou, mais quand Jean-Marie avait voulu quitter la ferme en disant qu'il n'avait pas d'argent, qu'il ne voulait pas leur être à charge et qu'il essaierait de gagner Paris à pied, toute la famille l'avait écouté dans un silence consterné et la mère avait dit, avec une étrange dignité :

« Faut pas parler comme ça, monsieur, vous nous vexez…

— Mais que faire alors ? dit Jean-Marie qui se sentait encore très faible et demeurait assis auprès d'elle, sans bouger, la tête dans ses mains.

— Il n'y a rien à faire. Il faut attendre.

— Oui, bien sûr, la poste va fonctionner bientôt, murmura le jeune homme, et si seulement mes parents sont à Paris…

— On verra à ce moment-là », dit la fermière.

Nulle part il n'eût été aussi facile d'oublier le monde. Sans lettres ni journaux, le seul lien avec le reste de l'univers était la radio, mais on avait dit aux paysans que les Allemands prendraient les postes, et ils les avaient cachés dans les greniers, dans les vieilles armoires, ou enterrés dans les champs avec les fusils de chasse qui n'avaient pas été livrés à la réquisition. Le pays était en zone occupée, tout près de la ligne de démarcation, mais les troupes allemandes ne faisaient que le traverser et n'y cantonnaient pas ; d'ailleurs elles ne passaient qu'au bourg et ne montaient jamais les deux kilomètres pierreux et rudes de la côte. Dans les villes et dans certains départements, la nourriture commençait à manquer ; ici elle était en plus grande abondance que d'habitude car les produits ne pouvaient être transportés et on la consommait sur place. De sa vie, Jean-Marie n'avait mangé autant de beurre, de poulets, de crème, de pêches. Il se remettait vite. Il commençait à engraisser même, disait la fermière, et dans sa bonté envers Jean-Marie il y avait un obscur désir de s'arranger avec le bon Dieu, de lui offrir une vie sauvée en échange de celle qu'Il tenait entre Ses mains ; comme elle donnait du grain pour les poules contre des œufs à couver, de même elle essayait de troquer Jean-Marie contre son gars à elle. Jean-Marie le comprenait bien, mais cela n'altérait en rien sa gratitude vis-à-vis de la vieille femme qui l'avait soigné. Il essayait de se rendre utile, il bricolait à la ferme, travaillait au jardin.

Les femmes quelquefois l'interrogeaient sur la guerre, sur cette guerre-ci, les hommes jamais ! Ils étaient tous d'anciens combattants, les jeunes gens étaient partis. Leurs souvenirs restaient fixés à 14. Le passé avait déjà eu le temps d'être filtré, décanté par eux, débarrassé de sa lie, de son poison, assimilable pour les âmes, tandis que les événements récents demeuraient troubles et tout mêlés de venin ! D'ailleurs, au fond de leurs cœurs, ils croyaient que tout ça c'était la faute des jeunes qui avaient moins de santé qu'eux, moins de patience et qui avaient été gâtés à l'école. Et comme Jean-Marie était jeune, ils évitaient par délicatesse d'être entraînés à le juger, lui et ses contemporains.

Ainsi tout conspirait à engourdir et bercer le soldat, qu'il reprenne force et courage. Il était seul presque tous les jours ; c'était l'époque des grands travaux champêtres. Les hommes quittaient la maison avec le jour. Les femmes étaient occupées aux bêtes et au lavoir. Jean-Marie avait proposé ses services mais on l'avait envoyé promener. « Ça tenait à peine debout et ça parlait de travailler ! » Alors il sortait de la salle, traversait la cour où criaient les dindons et descendait jusqu'à un petit pré clos par une barrière. Des chevaux mangeaient l'herbe. Il y avait une jument d'un brun doré avec ses deux petits poulains café au lait aux courtes et rudes crinières noires. Ils venaient frotter leur museau aux jambes de la mère qui continuait à paître en secouant la queue d'un air impatient pour éloigner les mouches. Parfois l'un des poulains tournait la tête vers Jean-Marie couché près de la barrière, le regardait de son œil humide et noir, et hennissait joyeusement. Jean-Marie ne pouvait pas se lasser de les contempler. Il aurait voulu écrire l'histoire imaginaire de ces charmants petits chevaux, dépeindre ce jour de juillet, ce pays, cette ferme, ces gens, la guerre, lui-même. Il écrivait avec un méchant bout de crayon à demi rongé, sur un petit carnet d'écolier qu'il cachait sur son cœur. Il se hâtait, quelque chose en lui l'inquiétait, frappait à une porte invisible. En écrivant il ouvrait cette porte, il donnait l'essor à ce qui désirait naître. Puis brusquement il se décourageait, ressentait de l'écœurement, de la fatigue. Il était fou. Qu'est-ce qu'il faisait là à écrire de petites histoires stupides, à se laisser dorloter par la fermière, tandis que ses camarades étaient en prison, que ses parents désespérés le croyaient mort, que l'avenir était si incertain, le passé si noir. Mais tandis qu'il réfléchissait ainsi, il voyait l'un des poulains courir joyeusement en avant, puis s'arrêter, se rouler dans l'herbe, frapper l'air de ses sabots, se frotter contre le sol et le regarder de ses yeux brillants de tendresse et de malice. Il cherchait comment décrire ce regard, il cherchait avec curiosité, impatience, avec une anxiété bizarre et douce. Il ne trouvait pas mais il comprenait ce que devait ressentir le petit cheval, comme l'herbe fraîche et craquante était bonne ! les mouches insupportables ! l'air libre et fier lorsqu'il levait les naseaux et courait et ruait. Il écrivait vite quelques lignes incomplètes, maladroites, mais ce n'était rien, ce n'était pas cela l'essentiel, cela viendrait ; il fermait le cahier et demeurait enfin immobile, les mains ouvertes, les yeux clos, heureux et las.

Quand il rentra, à l'heure de la soupe, il vit aussitôt qu'il était arrivé un événement en son absence. Le petit domestique était allé au bourg chercher du pain ; il en rapportait quatre belles miches dorées en forme de couronnes enfilées au guidon de la bicyclette ; les femmes l'entouraient. En apercevant Jean-Marie, une des filles lui cria :

« Eh ! Monsieur Michaud, vous allez être content, la poste marche.

— Pas possible, fit Jean-Marie, tu es sûr, vieux ?

— Sûr. J'ai vu la poste ouverte et des gens qui lisaient des lettres.

— Alors je monte écrire un mot pour les miens et je cours le porter au bourg. Tu me prêteras bien ta bicyclette ? »

Au bourg, il mit non seulement sa lettre à la poste mais il acheta les journaux qui venaient d'arriver. Que tout cela était bizarre ! Il ressemblait à un naufragé qui retrouve son pays natal, la civilisation, la société de ses semblables. Sur la petite place on lisait les lettres arrivées par le courrier du soir ; des femmes pleuraient. Beaucoup de prisonniers donnaient de leurs nouvelles, mais ils communiquaient les noms des camarades tués. Comme on l'en avait prié à la ferme, il demanda si personne ne savait où se trouvait le fils Benoît.

« Ah ! c'est vous le soldat qui habitez là ? dirent les paysannes. Nous, on ne sait point, mais maintenant que les lettres arrivent, on saura bien où ils sont nos hommes ! »

Et l'une d'elles, une vieille qui pour descendre au bourg avait mis un petit chapeau noir pointu, orné d'une rose sur le sommet de sa tête, dit en pleurant :

« Il y en a qui le sauront bien assez tôt. J'aimerais mieux n'avoir pas reçu ch't maudit papier. Le mien qu'était matelot sur le *Bretagne* a disparu qu'ils disent, quand les Anglais ont torpillé le bateau. C'est trop de malheur !

— Faut pas vous désoler. Disparu ça veut pas dire mort. L'est peut-être prisonnier en Angleterre ! »

Mais à toutes les consolations, elle répondait seulement en secouant la tête et la fleur artificielle tremblait à chaque mouvement sur sa tige de laiton.

« Non, non, c'est perdu, mon pauvre gars ! C'est trop de malheur… »

Jean-Marie reprit le chemin du hameau. Il rencontra au bord du chemin Cécile et Madeleine qui étaient venues à sa rencontre ; elles demandèrent en même temps :

« Vous savez rien de mon frère ? Vous savez rien du Benoît ?

— Non, mais ça ne veut rien dire. Vous pensez combien il y a de courrier en retard ? »

La mère, elle, ne demanda rien. Elle mit sa main jaune et sèche en écran devant ses yeux, le regarda, il fit non de la tête. La soupe était sur la table, les hommes rentraient, tous mangèrent. Après le dîner et quand la vaisselle fut essuyée et la salle balayée, Madeleine alla cueillir des pois au jardin. Jean-Marie la suivit. Il pensait qu'il allait bientôt quitter la ferme et tout prenait à ses yeux plus de beauté, plus de paix.

Depuis quelques jours la chaleur était très forte, on respirait seulement quand venait le soir. À cette heure-ci le jardin était délicieux ; le soleil avait grillé les marguerites et les œillets blancs qui bordent le potager, mais les rosiers plantés près du puits étaient couverts de fleurs épanouies ; un parfum de sucre, de musc, de miel montait d'un massif de petites roses rouges à côté des ruches. La lune pleine avait la couleur de l'ambre et elle rayonnait si vivement que le ciel semblait illuminé jusqu'à ses plus lointaines profondeurs, d'une clarté égale, sereine, d'un vert tendre et transparent.

« Quel bel été on a eu », dit Madeleine.

Elle avait pris son panier et elle se dirigeait vers les rames de petits pois.

« Juste huit jours de mauvais temps au commencement du mois et depuis, pas une petite pluie, pas un nuage, même que si ça continue on va plus avoir de légumes… et le travail est dur à cette chaleur ; mais c'est égal, c'est plaisant, comme si le ciel voulait consoler le pauvre monde. Si vous voulez m'aider, vous savez, faut pas vous gêner, ajouta-t-elle.

— Que fait la Cécile ?

— La Cécile, elle coud. Elle se fait une belle robe qu'elle mettra dimanche pour la messe. »

Ses doigts habiles et forts plongeaient dans les feuilles vertes et fraîches des pois, cassaient en deux la tige, jetaient les pois dans la corbeille ; elle travaillait le visage baissé.

« Alors comme ça, vous allez nous quitter ?

— Il le faut bien. Je serai content de revoir mes parents et il faut que je cherche du travail, mais… »

Tous deux se turent.

« Bien sûr, vous ne pouviez pas rester ici toute votre vie, dit-elle en baissant encore plus bas la tête. On sait bien ce que c'est que la vie, on se rencontre, on se sépare…

— On se sépare, répéta-t-il à mi-voix.

— Enfin, vous êtes bien remis maintenant. Vous avez pris des couleurs…

— Grâce à vous qui m'avez si bien soigné. »

Les doigts s'arrêtèrent au cœur d'une feuille.

« Vous vous êtes plu chez nous ?

— Vous le savez bien.

— Alors, faudra pas nous laisser sans nouvelles, faudra nous écrire », dit-elle, et il vit tout près de lui ses yeux pleins de larmes. Elle se détourna aussitôt.

« Certainement j'écrirai, je vous le promets, fit Jean-Marie, et timidement il toucha la main de la jeune fille.

— Oh ! on dit ça… Nous ici, quand vous serez parti, on aura le temps de penser à vous, mon Dieu… Maintenant encore c'est la saison du travail, on est après du matin jusqu'au soir… mais vient l'automne, puis l'hiver, et on n'a rien qu'à panser les bêtes, et le reste du temps on s'occupe à la maison en regardant tomber la pluie, puis la neige. Des fois je me demande si j'irai pas me placer en ville…

— Non, Madeleine, ne faites pas ça, promettez-le-moi. Vous serez plus heureuse ici.

— Vous croyez ? » murmura-t-elle d'une voix basse et étrange.

Et, saisissant le panier, elle s'éloigna de lui, le feuillage la cacha à ses yeux. Il arrachait machinalement les pois.

« Est-ce que vous croyez que je pourrai vous oublier ? dit-il enfin. Est-ce que vous croyez que j'ai de si beaux souvenirs pour négliger celui-ci ? Pensez donc ! la guerre, l'horreur, la guerre.

— Mais avant ça ? Ça n'a pas toujours été la guerre, non ? Alors avant, il y a eu…

— Quoi ? »

Elle ne répondit pas.

« Vous voulez dire des femmes, des jeunes filles ?

— Dame, bien sûr !

— Rien de bien intéressant, ma petite Madeleine.

— Mais vous partez, dit-elle et, sans forces maintenant pour retenir ses larmes, elle les laissa couler sur ses grosses joues, disant d'une voix entrecoupée : Moi, ça me fait deuil de vous quitter. Je devrais pas vous le dire, vous vous moquerez de moi, et Cécile encore plus... mais ça m'est bien égal... ça me fait deuil...

— Madeleine... »

Elle se redressa, leurs regards se rencontrèrent. Il la rejoignit et la prit doucement par la taille ; quand il voulut l'embrasser, elle le repoussa avec un soupir.

« Non, c'est pas ça que je veux... ça c'est trop facile...

— Qu'est-ce que vous voulez, Madeleine ? Que je vous promette de ne jamais vous oublier ? Vous pouvez me croire ou non, mais c'est la vérité, je ne vous oublierai pas », dit-il, et il lui prit la main et la baisa ; elle rougit de plaisir.

« Madeleine, c'est vrai que vous voulez devenir sœur ?

— C'est vrai. Je voulais avant, mais à présent... c'est pas que je n'aime plus le bon Dieu mais je crois que je ne suis pas faite pour ça !

— Bien sûr que non ! Vous êtes faite pour aimer et être heureuse.

— Heureuse ? je ne sais pas, mais je crois que je suis faite pour avoir un mari et des enfants, et si le Benoît n'a point été tué, eh bien...

— Le Benoît ? Je ne savais pas...

— Oui, on s'était parlé... moi je ne voulais point. C'était mon idée de me faire sœur. Mais s'il revient... c'est un bon gars...

— Je ne savais pas », répéta-t-il.

Comme ils étaient secrets ces paysans ! Discrets, méfiants, fermés à double tour... comme leurs grandes armoires. Il avait vécu plus de deux mois parmi eux et il n'avait jamais soupçonné un attachement entre Madeleine et le fils de la maison, et maintenant qu'il y pensait, c'était à peine si on lui avait parlé de ce Benoît... Ils ne parlaient jamais de rien. Ils n'en pensaient pas moins.

La fermière appela Madeleine, ils rentrèrent.

Quelques jours passèrent ; il n'y avait pas de nouvelles du Benoît mais bientôt Jean-Marie reçut une lettre des siens et de l'argent. Il ne s'était plus jamais trouvé seul avec Madeleine. Il comprenait bien qu'on les surveillait. Il prit congé de toute la famille assemblée sur le seuil de la porte. C'était un matin de pluie, le premier depuis de longues semaines ; un air froid soufflait des collines. Quand il se fut éloigné, la fermière rentra dans la maison. Les deux jeunes filles restèrent là longtemps, écoutant le bruit de la carriole sur le chemin.

« Enfin c'est pas malheureux ! s'écria Cécile, comme si elle avait retenu longtemps et avec effort un flot de paroles furieuses. On pourra enfin tirer un peu de travail de toi... Ces derniers temps t'étais dans la lune, tu me laissais tout faire...

— C'est pas à toi de me faire des reproches, toi qui ne faisais que coudre et te regarder dans la glace... C'est moi qui ai tiré les vaches hier et c'était pas mon tour, répliqua Madeleine avec colère.

— Qu'est-ce que j'en sais ? C'est la mère qui t'a commandé.

— Si la mère m'a commandé, je sais bien qui est allé lui mettre la puce à l'oreille.

— Eh ! pense donc ce que tu veux !

— Hypocrite !

— Dévergondée ! et ça veut être sœur !....

— Avec ça que tu ne tournais pas après lui. Mais il s'en fichait pas mal !

— Ben et toi donc ? Il est parti et tu ne le reverras pas. »

Les yeux étincelants de rage, elles se regardèrent un instant, et tout à coup une expression douce et étonnée passa sur le visage de Madeleine.

« Oh ! Cécile, on était comme des sœurs... On s'était jamais querellées avant… Ça vaut pas la peine, va. Il n'est ni pour toi ni pour moi, le gars ! »

Elle entoura de ses bras le cou de Cécile qui pleurait.

« Ça passera, va, ça passera… Essuie tes yeux. Ta mère verrait que tu as pleuré.

— Oh ! la mère… elle sait tout mais elle ne dit rien. »

Elles se séparèrent ; l'une alla vers l'étable et l'autre à la maison. C'était lundi, jour de lessive, elles eurent à peine le temps d'échanger deux paroles, mais leurs regards, leurs sourires montraient qu'elles s'étaient réconciliées. Le vent rabattait vers le hangar la fumée de la lessiveuse. C'était un de ces jours tumultueux et sombres où on sent au cœur du mois d'août les premiers souffles de l'automne. En savonnant, en tordant, en rinçant son linge, Madeleine n'avait pas le loisir de la réflexion et endormait ainsi sa douleur. Quand elle levait les yeux, elle voyait le ciel gris, les arbres battus par la tempête. Une fois, elle dit :

« On dirait bien que l'été est fini…

— Pas malheureux. Le sale été », répondit la mère avec un accent de rancune.

Madeleine la regarda avec surprise, puis seulement elle se rappela la guerre, l'exode, l'absence de Benoît, le malheur universel, cette guerre qui continuait au loin et tant de morts. Elle se remit à travailler en silence.

Le soir, elle venait de fermer les poules et traversait la cour à la hâte, sous l'averse, lorsqu'elle vit un homme qui s'approchait à grands pas sur le chemin. Son cœur se mit à battre ; elle pensa que Jean-Marie était revenu. Une joie sauvage s'empara d'elle ; elle courut vers l'homme et à deux pas de lui poussa un cri.

« Benoît ?….

— Ben oui, c'est moi, fit-il.

— Mais comment ?…. Oh ! que ta mère sera heureuse… tu as donc échappé, Benoît ? On craignait tant de te voir prisonnier. »

Il rit silencieusement. C'était un grand garçon à la large figure brune, aux yeux hardis et clairs.

« Je l'ai été, mais pas longtemps !

— Tu t'es évadé ?

— Oui.

— Comment ?

— Ben, avec des copains. »

Et, en le revoyant, elle retrouva tout à coup sa timidité de paysanne, cette faculté de souffrir et d'aimer en silence que Jean-Marie lui avait fait perdre. Elle ne le questionna pas, elle marcha près de lui sans rien dire.

« Et ici, ça va ? demanda-t-il.

— Ça va.

— Rien de nouveau ?

— Non, rien », dit-elle.

Et franchissant la première les trois marches de la cuisine, elle entra dans la maison et appela :

« Mère, venez vite, le Benoît est revenu ! »

31

L'hiver précédent — le premier de la guerre — avait été long et dur. Mais que dire de celui de 1940-1941 ? Dès la fin de novembre commencèrent le froid et la neige. Elle tombait sur les maisons bombardées, sur les ponts que l'on rebâtissait, sur les rues de Paris où il ne passait plus d'autos ni d'autobus, où marchaient des femmes vêtues de manteaux de fourrure et coiffées de capuchons de laine, où d'autres femmes grelottaient à la porte des magasins. Elle tombait sur les rails de chemin de fer, sur les fils télégraphiques qui sous son poids traînaient jusqu'à terre et parfois se brisaient, sur les uniformes verts des soldats allemands aux portes des casernes, sur les étendards rouges à croix gammée au fronton des monuments. Dans les appartements glacés, elle laissait pénétrer une lumière livide et lugubre qui augmentait encore la sensation de froid et d'inconfort. Dans les familles pauvres, les vieillards et les enfants demeurèrent au lit pendant des semaines : c'était le seul endroit où il fût possible d'avoir chaud.

La terrasse des Corte, cet hiver-là, était recouverte d'une épaisse couche de neige où l'on mettait le champagne à frapper. Corte écrivait auprès d'un feu de bois qui n'arrivait pas à remplacer la chaleur absente des radiateurs. Son nez était bleu ; il pleurait presque de froid. D'une main il serrait sur son cœur une boule de caoutchouc pleine d'eau bouillante, de l'autre il écrivait.

À Noël, le froid redoubla de violence ; dans les couloirs du métro seulement on se dégelait un peu. Et la neige tombait toujours, inexorablement, douce et tenace sur les arbres du boulevard Delessert où les Péricand étaient revenus habiter — car ils appartenaient à cette classe de la haute bourgeoisie française qui aime mieux voir ses enfants privés de pain, de viande et d'air plutôt que de diplômes, et il ne fallait à aucun prix interrompre les études d'Hubert, déjà si compromises par les événements de l'été dernier, ni celles de Bernard qui allait sur ses huit ans, avait oublié tout ce qu'il avait appris avant l'exode et à qui sa mère faisait réciter : « La Terre est une boule ronde qui ne repose absolument sur rien », comme s'il n'avait que sept ans au lieu de huit (c'était désastreux !).

Des flocons de neige s'accrochaient au voile de deuil de Mme Péricand, lorsqu'elle longeait fièrement la queue des clients debout devant le magasin et ne s'arrêtait qu'au seuil de la porte, agitant comme un drapeau dans sa main sa carte de priorité délivrée aux mères de familles nombreuses.

Sous la neige, Jeanne et Maurice Michaud attendaient leur tour, s'épaulant l'un l'autre comme les chevaux fatigués avant de reprendre la route.

La neige recouvrait la tombe de Charlie Langelet au Père-Lachaise et le cimetière d'autos près du pont de Gien — toutes les autos bombardées, brûlées, abandonnées au mois de juin et qui reposaient de chaque côté de la route, penchées sur une roue ou sur le côté, ou béantes ou ne laissant plus voir qu'un amas tordu de ferraille. La campagne était blanche, vaste, muette ; la neige fondait pendant quelques jours ; les paysans se réjouissaient. « Ça fait du bien de voir la terre », disaient-ils. Mais le lendemain elle tombait de nouveau, les corbeaux criaient dans le ciel. « Il y en a beaucoup cette année », murmuraient les jeunes en pensant aux champs de bataille, aux villes bombardées, mais les vieux répondaient : « Pas plus que d'habitude ! » À la campagne rien ne changeait, on attendait. On attendait la fin de la guerre, la fin du blocus, le retour des prisonniers, la fin de l'hiver.

« Il n'y aura pas de printemps cette année », soupiraient les femmes en voyant passer février, puis le début de mars sans que la température s'adoucît. La neige avait disparu, mais la terre était grise, dure, sonore comme le fer. Les pommes de terre gelaient. Les bêtes n'avaient plus de fourrage, elles auraient dû déjà chercher leur nourriture dehors, mais pas un brin d'herbe n'apparaissait. Au hameau des Labarie, les vieux se claquemuraient derrière les grandes portes de bois que l'on clouait à la nuit. La famille se réunissait autour du poêle et l'on tricotait pour les prisonniers, sans échanger une parole. Madeleine et Cécile taillaient de petites chemises et des langes dans de vieux draps : Madeleine avait épousé le Benoît au mois de septembre et elle attendait un enfant. Quand un coup de vent trop fort secouait la porte, « Hé là, mon Dieu, c'est trop de misère », disaient les vieilles.

Dans la ferme voisine criait un petit garçon né un peu avant Noël et dont le père était prisonnier. La mère avait déjà trois enfants. C'était une longue et maigre paysanne, pudique, silencieuse, réservée, qui ne se plaignait jamais. Lorsqu'on lui disait : « Comment allez-vous vous en tirer, Louise, sans homme à la maison, avec tout ce travail, personne pour vous aider et les quatre petits ? », elle souriait légèrement tandis que ses yeux demeuraient froids et tristes et répondait : « Il faut bien… » Le soir, quand les enfants étaient endormis, on la voyait apparaître chez les Labarie. Elle s'asseyait avec son tricot, tout près de la porte pour entendre dans le silence nocturne les voix des enfants s'ils l'appelaient. Quand on ne la regardait pas, elle levait furtivement les paupières et contemplait Madeleine avec son jeune mari, sans jalousie, sans malveillance, avec une muette tristesse, puis elle baissait vite son regard sur son travail et au bout d'un quart d'heure se levait, prenait ses sabots, disait à mi-voix : « Allons, faut que je m'en aille. Bonsoir et bonne nuit, messieurs dames », et rentrait chez elle. C'était une nuit de mars. Elle ne pouvait dormir. Presque toutes ses nuits s'écoulaient ainsi à chercher le sommeil dans ce lit froid et vide. Elle avait songé à coucher l'aîné des enfants avec elle, mais elle avait été arrêtée par une sorte de crainte superstitieuse : la place devait demeurer libre pour l'absent.

Cette nuit-là, un vent violent soufflait, une tempête qui des monts du Morvan passait sur le pays. « Encore de la neige demain ! » avaient dit les gens. La femme, dans sa grande maison silencieuse qui craquait de toutes parts comme un bateau à la dérive, se laissait aller pour la première fois, fondait en larmes. Cela ne lui était pas arrivé quand son mari était parti en 39, ni lorsqu'il la quittait après les brèves permissions, ni lorsqu'elle avait appris qu'il était prisonnier, ni lorsqu'elle avait accouché sans lui. Mais elle était à bout de forces : tant de travail… le petit qui était si fort et l'épuisait avec son appétit et ses cris… la vache qui ne donnait presque plus de lait à cause du froid… des poules qui n'avaient plus de grain et ne voulaient pas pondre, la glace qu'il fallait casser au lavoir… C'était trop… Elle n'en pouvait plus… elle n'avait plus de santé… elle ne désirait même plus vivre… et à quoi bon vivre ? Elle ne reverrait pas son mari, ils s'ennuyaient trop l'un de l'autre, il mourrait en Allemagne. Qu'il faisait froid dans ce grand lit : elle retira la boule de grès qu'elle avait glissée sous ses draps deux heures auparavant brûlante et qui n'avait plus maintenant un atome de chaleur, elle la posa doucement sur le sol carrelé et, retirant sa main, elle toucha un instant le parquet glacé et eut encore plus froid, jusqu'au cœur. Les sanglots la secouaient. Qu'est-ce qu'on pouvait dire pour la consoler ? « Vous n'êtes pas la seule… » Elle le savait bien mais d'autres avaient de la chance… Madeleine Labarie, par exemple… Elle ne lui souhaitait pas de mal… Mais c'était trop ! Le monde était trop malheureux. Son maigre corps était transi. Elle avait beau se blottir sous la couverture, sous l'édredon, il lui semblait que le froid la pénétrait jusque dans les jointures de ses os. « Ça passera, il reviendra et la guerre finira ! » disaient les gens. Non ! Non ! Elle ne le croyait plus, ça durerait et ça durerait… Le printemps lui-même qui ne voulait pas venir… Est-ce qu'on avait jamais vu un temps pareil en mars ? Bientôt la fin de mars et cette terre gelée, glacée jusqu'au cœur comme elle-même.

Quelles rafales ! Quel bruit ! Des tuiles allaient être arrachées bien sûr. Elle se souleva à demi sur son lit, écouta un instant, et tout à coup, sur le visage mouillé de larmes et douloureux, passa une expression adoucie, incrédule. Le vent s'était tu ; né il ne savait comment, il était reparti elle ne savait où. Il avait brisé des branches, secoué les toits dans sa rage aveugle ; il avait emporté les dernières traces de neige sur la colline, et maintenant d'un ciel sombre et bouleversé par la tempête, la première pluie de printemps tombait froide encore mais ruisselante, pressée, se frayant un chemin jusqu'aux racines obscures des arbres, jusqu'au sein de la terre noir et profond.

DOLCE

1

Chez les Angellier, on mettait sous clef les papiers de famille, l'argenterie et les livres : les Allemands entraient à Bussy. Pour la troisième fois depuis la défaite le bourg allait être occupé par eux. C'était le dimanche de Pâques, à l'heure de la grand-messe. Il tombait une pluie froide. Au seuil de l'église, un petit pêcher rose, en fleur, agitait lamentablement ses branches. Les Allemands marchaient par rangs de huit ; ils étaient en tenue de campagne, casqués de métal. Leurs visages gardaient l'air impersonnel et impénétrable du soldat sous les armes, mais leurs yeux interrogeaient furtivement, avec curiosité, les façades grises de ce bourg où ils allaient vivre. Personne aux fenêtres. Devant l'église, ils entendirent les sons de l'harmonium et un bourdonnement de prières ; mais un fidèle effarouché ferma la porte. Le bruit des bottes allemandes régna seul. Le premier détachement passé, un gradé s'avança à cheval ; la belle bête à la robe pommelée semblait furieuse d'être forcée à une allure si lente ; elle posait ses sabots sur le sol avec une précaution rageuse, frémissait, hennissait et secouait sa tête fière. De grands chars gris de fer martelèrent les pavés. Puis venaient les canons sur leurs plates-formes roulantes, un soldat couché sur chacune d'elles, le regard à la hauteur de l'affût. Ils étaient si nombreux qu'une espèce de tonnerre ininterrompu ne cessa de résonner sous les voûtes de l'église pendant tout le temps que dura le sermon du curé. Les femmes soupiraient dans l'ombre. Lorsque décrut ce grondement d'airain, apparurent les motocyclistes entourant l'auto du commandant. Derrière lui, à une distance convenable, les camions chargés jusqu'au bord de grosses boules de pain noir firent vibrer les vitraux. La mascotte du régiment — un chien-loup maigre, silencieux, dressé pour la guerre, accompagnait les cavaliers qui fermaient la marche. Ceux-ci, soit parce qu'ils formaient au régiment un groupe privilégié, soit parce qu'ils étaient très loin du commandant qui ne pouvait les voir, ou pour toute autre raison qui échappait aux Français, se tenaient d'une manière plus familière, plus cordiale que les autres. Ils parlaient entre eux et riaient. Le lieutenant qui les commandait regarda avec un sourire le pêcher rose, humble, tremblant, battu par le vent aigre ; il cueillit une branche. Autour de lui, il ne voyait que des fenêtres fermées. Il se croyait seul. Mais derrière chaque volet clos un œil de vieille femme, perçant comme un dard, épiait le soldat vainqueur. Au fond des chambres invisibles des voix gémissaient.

« On aura tout vu…

— Ça démolit nos arbres à fruits, malheur ! »

Une bouche édentée chuchota :

« Paraît que ceux-là sont les plus mauvais. Paraît qu'ils ont fait vilain avant de venir ici. On a bien de la misère. C'est qu'ils prendraient nos draps, disait une ménagère, les draps qui viennent de ma mère, pensez ! Il leur faut ce qu'il y a de meilleur. »

Le lieutenant cria un ordre. Les hommes paraissaient tous très jeunes ; ils avaient la peau vermeille, des cheveux d'or ; ils montaient de magnifiques chevaux, gras, bien nourris, aux larges croupes luisantes. Ils les attachèrent sur la place, autour du monument aux morts. Les soldats rompirent les rangs, s'installèrent. Le bourg s'emplit d'un bruit de bottes, de voix étrangères, du cliquetis des éperons et des armes. Dans les maisons bourgeoises, on cachait le beau linge.

Les dames Angellier — la mère et la femme de Gaston Angellier, prisonnier en Allemagne — achevaient leurs rangements. La vieille Mme Angellier, une personne maigre, pâle, fragile et sèche, enfermait elle-même chaque volume dans la bibliothèque, après avoir lu à mi-voix le titre et caressé pieusement du plat de la main la reliure.

« Les livres de mon fils, murmurait-elle, les voir aux mains d'un Allemand !.... J'aimerais mieux les brûler.

— Mais s'ils demandent la clef de la bibliothèque, gémit la grosse cuisinière.

— Ils me la demanderont à moi, dit Mme Angellier et, se redressant, elle frappa d'un coup léger la poche cousue à l'intérieur de sa jupe de lainage noir ; le trousseau qu'elle portait toujours sur elle tinta. Ils ne me la demanderont pas deux fois », acheva-t-elle d'un air sombre.

Sa bru, Lucile Angellier, ôta sous sa direction les bibelots qui ornaient la cheminée. Elle voulut laisser un cendrier. La vieille Mme Angellier s'y opposa d'abord.

« Mais ils jetteront la cendre sur les tapis », fit remarquer Lucile, et Mme Angellier céda en pinçant les lèvres.

Cette vieille femme avait une figure si blanche et transparente qu'elle semblait n'avoir plus une goutte de sang sous la peau, des cheveux de neige, la bouche comme le fil d'un couteau, d'une teinte rose fané, presque lilas. Un col haut, à l'ancienne mode, de mousseline mauve, soutenu par des baleines, voilait sans le dissimuler un cou aux os pointus que l'émotion faisait palpiter, comme bat la gorge d'un lézard. Quand on entendait, près de la fenêtre, le pas ou la voix d'un soldat allemand, elle frémissait tout entière, depuis l'extrémité de son petit pied chaussé d'une bottine aiguë jusqu'au front couronné de nobles bandeaux.

« Dépêchez-vous, dépêchez-vous, ils arrivent », disait-elle.

On ne laissa dans la pièce que le strict nécessaire : pas une fleur, pas un coussin, pas un tableau. On enfouit dans le grand placard de la lingerie, sous une pile de draps, l'album de la famille, pour dérober aux regards sacrilèges de l'ennemi la vue de la grand-tante Adélaïde en communiante et celle de l'oncle Jules à six mois, tout nu sur un coussin. Jusqu'à la garniture de la cheminée : deux vases Louis-Philippe qui représentaient des perroquets en porcelaine tenant dans le bec une guirlande de roses, cadeau de noces d'une parente qui venait de loin en loin à la maison et que l'on n'osait offusquer en se débarrassant de son présent — oui, jusqu'à ces deux vases dont Gaston avait dit : « Si la bonne les casse d'un coup de balai, je l'augmente », ceux-là même furent mis à l'abri. Ils avaient été donnés par une main française, regardés par des yeux français, touchés par des plumeaux de France — ils ne seraient pas souillés par le contact de l'Allemand. Et le crucifix ! Dans l'angle de la chambre, au-dessus du canapé ! Mme Angellier le décrocha elle-même et le mit sur son sein, sous le fichu de dentelle.

« Je crois que c'est tout », dit-elle enfin.

Elle récapitula mentalement : les meubles du grand salon enlevés, les rideaux décrochés, les provisions entassées dans la cabane où le jardinier mettait ses outils — oh, les grands jambons boucanés couverts de cendre, les jarres de beurre fondu, de beurre salé, de fine et pure graisse de porc, les lourds saucissons marbrés — tous ses biens, tous ses trésors... Le vin, depuis le jour où l'armée anglaise s'était rembarquée à Dunkerque, dormait enterré dans la cave. Le piano était fermé à clef ; le fusil de chasse de Gaston, dans une cachette inviolable. Tout était en ordre. Il ne restait qu'à attendre le conquérant. Pâle et muette, d'une fine main tremblante elle ferma à demi les volets, comme dans la chambre d'un mort, et sortit suivie de Lucile.

Lucile était une blonde jeune femme aux yeux noirs, très belle, mais silencieuse, effacée, « l'air absent », lui reprochait la vieille Mme Angellier. On l'avait prise pour ses alliances et pour sa dot (elle était la fille d'un grand propriétaire foncier de la région), mais le père de Lucile avait fait de mauvaises spéculations, compromis sa fortune, hypothéqué ses terres ; le mariage n'était donc pas des plus réussis ; enfin, elle n'avait pas d'enfants.

Les deux femmes entrèrent dans la salle à manger ; le couvert était mis. Il était plus de midi, mais à l'église et à la mairie seulement qui, par contrainte, marquaient l'heure allemande ; chaque demeure française retardait ses pendules de soixante minutes, par point d'honneur ; chaque femme française disait avec un accent de mépris : « Chez nous, on ne vit pas à l'heure des Allemands. » Cela laissait de place en place dans la journée de grands espaces de temps vides, inemployés, comme celui, mortel, qui s'étendait le dimanche entre la fin de la messe et le début du déjeuner. On ne lisait pas. La vieille Mme Angellier, lorsqu'elle voyait un livre aux mains de Lucile, la considérait d'un air étonné, réprobateur : « Tiens ? Vous lisez ? » Elle avait une voix douce et distinguée, frêle comme un soupir de harpe : « Vous n'avez donc rien à faire ? » On ne travaillait pas : c'était le dimanche de Pâques. On ne parlait pas. Entre ces deux femmes, chaque sujet de conversation ressemblait à un buisson d'épines ; on ne s'en approchait qu'avec prudence ; en y portant la main on risquait une blessure. Chaque mot entendu éveillait en Mme Angellier le souvenir d'un deuil, d'un procès de famille, d'un grief ancien que Lucile ignorait. Après chaque phrase prononcée du bout des lèvres, elle s'arrêtait et regardait sa belle-fille d'un air vague, douloureux et surpris, comme si elle pensait : « Son mari est prisonnier des Allemands, et elle peut respirer, bouger, parler, rire ? C'est étrange… » Elle admettait à peine qu'il fût question entre elles de Gaston. Le ton de Lucile n'était jamais ce qu'il aurait dû être. Tantôt il lui paraissait trop triste : est-ce qu'elle parlait d'un mort ? D'ailleurs, son devoir de femme, d'épouse française était de supporter la séparation avec courage, comme elle-même, Mme Angellier, avait supporté celle de 1914-1918 au lendemain ou presque de ses propres noces. Mais lorsque Lucile murmurait des paroles de consolation, d'espoir, « Ah, on voit bien qu'elle ne l'a jamais aimé, songeait aigrement la mère, je l'ai toujours soupçonné. Maintenant, je le vois, j'en suis sûre… Il y a un accent qui ne trompe pas. C'est une nature froide et indifférente. Elle ne manque de rien, elle, tandis que mon fils, mon pauvre enfant… » Elle imaginait le camp, les barbelés, les geôliers, les sentinelles. Des larmes emplissaient ses yeux et elle disait d'une voix brisée :

« Ne parlons pas de lui… »

Elle tirait de son sac un fin mouchoir propre qui était toujours en réserve au cas où l'on évoquerait le souvenir de Gaston ou celui des malheurs de la France, et elle essuyait très délicatement ses paupières du geste dont on cueille une tache d'encre avec le coin d'un papier buvard.

Ainsi, immobiles et muettes, près de la cheminée éteinte, les deux femmes attendaient.

2

Les Allemands avaient pris possession de leurs logis et faisaient connaissance avec le bourg. Les officiers allaient seuls ou par couples, la tête dressée très haut, faisaient sonner leurs bottes sur les pavés ; les soldats formaient des groupes désœuvrés qui arpentaient d'un bout à l'autre l'unique rue ou se pressaient sur la place, près du vieux crucifix. Lorsque l'un d'eux s'arrêtait, toute la bande l'imitait et la longue file d'uniformes verts barrait le passage aux paysans. Ceux-ci, alors, enfonçaient plus profondément leurs casquettes sur le front, se détournaient et, sans affectation, gagnaient les champs par de petites ruelles tortueuses qui se perdaient dans la campagne. Le garde champêtre, sous la surveillance de deux sous-officiers, collait des affiches sur les murs des principaux édifices. Ces affiches étaient de toutes sortes : les unes représentaient un militaire allemand aux cheveux clairs, un large sourire découvrant des dents parfaites, entouré de petits enfants français qu'il nourrissait de tartines. La légende disait : « Populations abandonnées, faites confiance aux soldats du Reich ! » D'autres, par des caricatures ou des graphiques, illustraient la domination anglaise dans le monde et la tyrannie détestable du Juif. Mais la plupart commençaient par le mot *Verboten* — « Interdit ». Il était interdit de circuler dans les rues entre neuf heures du soir et cinq heures du matin, interdit de garder chez soi des armes à feu, de donner « abri, aide ou secours » à des prisonniers évadés, à des ressortissants des pays ennemis de l'Allemagne, à des militaires anglais, interdit d'écouter les radios étrangères, interdit de refuser l'argent allemand. Et sous chaque affiche, on retrouvait le même avertissement en caractères noirs, deux fois souligné : « Sous peine de mort. »

Cependant, comme la messe était finie, les commerçants ouvraient leurs boutiques. Au printemps de 1941, en province, les marchandises ne manquaient pas encore : les gens avaient tellement de stocks d'étoffes, de chaussures, de vivres qu'ils étaient assez disposés à les vendre. Les Allemands n'étaient pas difficiles : on leur refilerait tous les rossignols, des corsets de femme qui dataient de l'autre guerre, des bottines 1900, du linge orné de petits drapeaux et de tours Eiffel brodés (primitivement destinés aux Anglais). Tout leur était bon.

Aux habitants des pays occupés, les Allemands inspiraient de la peur, du respect, de l'aversion et le désir taquin de les rouler, de profiter d'eux, de s'emparer de leur argent.

« C'est toujours le nôtre… celui qu'on nous a pris », pensait l'épicière en offrant avec son plus beau sourire à un militaire de l'armée d'invasion une livre de pruneaux véreux et en les facturant le double de ce qu'ils valaient.

Le soldat examinait la marchandise d'un air méfiant et on voyait qu'il pressentait la fraude mais, intimidé par l'expression impénétrable de la marchande, il se taisait. Le régiment avait été cantonné dans une petite ville du Nord depuis longtemps dévastée et vidée de tous ses biens. Dans cette riche province du Centre, le soldat retrouvait quelque chose à convoiter. Ses yeux s'allumaient de désir devant les étalages. Ils rappelaient les douceurs de la vie civile, ces meubles de pitchpin, ces complets de confection, ces jouets d'enfants, ces petites robes roses. D'un magasin à un autre, la troupe marchait, grave, rêveuse, faisant sonner son argent dans ses poches. Derrière le dos des soldats, ou par-dessus leurs têtes, d'une fenêtre à une autre, les Français échangeaient de petits signes — yeux levés au ciel, hochements de tête, sourires, légères grimaces de dérision et de défi, toute une mimique qui exprimait tour à tour qu'il fallait avoir recours à Dieu dans de telles traverses, mais que Dieu lui-même… ! qu'on entendait rester libre, en tout cas libre d'esprit, sinon en actes ou en paroles, que ces Allemands n'étaient tout de même pas bien malins puisqu'ils prenaient pour argent comptant les grâces qu'on leur faisait, qu'on était forcé de leur faire, car après tout, ils étaient les maîtres. « Nos maîtres », disaient les femmes qui regardaient l'ennemi avec une sorte de concupiscence haineuse. (Ennemis ? Certes… Mais des hommes, et jeunes…) Surtout, cela faisait plaisir de les rouler. « Ils pensent qu'on les aime, mais nous, c'est pour avoir des laissez-passer, de l'essence, des permis », pensaient celles qui avaient déjà vu l'armée occupante à Paris ou dans les grandes villes de province, tandis que les naïves campagnardes, sous les regards des Allemands, baissaient timidement les yeux.

Dans les cafés, en entrant, les soldats dégrafaient tout d'abord leurs ceinturons, les lançaient à la volée sur les guéridons de marbre, puis s'attablaient. À l'Hôtel des Voyageurs, les sous-officiers réservèrent la pièce principale pour leur mess. C'était une salle profonde et sombre d'auberge de campagne. Au-dessus de la glace du fond, deux drapeaux rouges ornés de la croix gammée cachaient le haut du vieux cadre doré sculpté d'amours et de flambeaux. Le poêle, malgré la saison, brûlait encore ; des hommes avaient traîné leurs chaises devant le feu et se chauffaient d'un air béat et engourdi. Le grand poêle noir et pourpre s'entourait par moments d'une fumée âcre, mais les Allemands ne la craignaient pas. Ils s'approchaient davantage ; ils séchaient leurs vêtements et leurs bottes ; ils regardaient pensivement autour d'eux, d'un regard à la fois ennuyé et vaguement anxieux qui semblait dire : « On a vu tant de choses… Voyons ce que sera celle-ci… »

C'étaient les plus vieux, les plus sages. Les tout jeunes gens faisaient de l'œil à la servante qui, dix fois par minute, levait la trappe de la cave, s'enfonçait dans ses ténèbres souterraines et revenait au jour portant d'une seule main douze canettes de bière, de l'autre un casier plein de bouteilles de mousseux (« *Sekt !* réclamaient les Allemands. Champagne français, s'il vous plaît, mam'zelle ! *Sekt !* »).

La servante — grasse, ronde et rose — passait prestement entre les tables. Les soldats lui souriaient. Elle, alors, prise entre l'envie de leur sourire aussi, parce qu'ils étaient jeunes, et la peur de se faire mal voir, car c'étaient des ennemis, fronçait les sourcils et pinçait sévèrement la bouche, sans pouvoir effacer les deux fossettes que creusait sur ses joues la jubilation intérieure. Tant d'hommes, mon Dieu ! Tant d'hommes pour elle toute seule, car dans les autres établissements c'étaient les filles des patrons qui servaient, et elles étaient tenues par leurs parents, tandis qu'elle... Ils faisaient avec leurs lèvres, en la regardant, un bruit de baisers. Retenue par un reste de pudeur, elle feignait de ne pas entendre leurs appels et répondait parfois, à la cantonade : « Voilà, voilà, on y va ! Vous êtes bien pressés ! » Ils lui parlaient dans leur langue, et elle disait d'un air fier :

« Je comprends-t-y votre charabia, moi ? »

Mais au fur et à mesure que les portes ouvertes laissaient entrer un flot sans cesse renaissant d'uniformes verts, elle se sentait grisée, anéantie, sans résistance, et ne réagissait plus que par de faibles cris, des : « Non, mais voulez-vous me laisser, à la fin ? En voilà des sauvages ! » aux sollicitations ardentes.

D'autres militaires lançaient sur le drap vert des boules de billard. Les rampes d'escalier, le rebord des fenêtres, le dos des chaises étaient ornés de ceinturons, de casquettes, de pistolets et de cartouchières.

Cependant, les cloches sonnaient vêpres.

3

Les dames Angellier sortaient de leur maison pour se rendre à vêpres lorsque l'officier allemand qui devait loger chez elles y entra. On se rencontra sur le seuil. Il claqua des talons, salua. La vieille Mme Angellier devint plus pâle encore et lui accorda avec effort un muet signe de tête. Lucile leva les yeux, et un instant l'officier et elle se regardèrent. Un monde de pensées traversa en une seconde l'esprit de Lucile : « C'est peut-être lui, se dit-elle, qui a fait Gaston prisonnier ? Mon Dieu, combien de Français a-t-il tués ? Combien de larmes ont été versées à cause de lui ? Il est vrai que si la guerre avait tourné autrement, Gaston aurait pu, aujourd'hui, entrer en maître dans une maison allemande. C'est la guerre, ce n'est pas la faute de ce garçon. »

Il était jeune, maigre, avec de belles mains et de grands yeux. Elle remarqua la beauté de ses mains parce qu'il tenait ouverte devant elle la porte de la maison. Il avait à l'annulaire une bague faite d'une pierre gravée foncée et opaque ; un rayon de soleil parut entre deux nuages ; il fit jaillir de la bague un éclair pourpre ; il joua sur le visage à la peau vermeille, éventée par le grand air et duveteuse comme un beau fruit d'espalier. La pommette était haute, d'un modelé fort et délicat, la bouche coupante et fière. Lucile, malgré elle, ralentit le pas : elle ne pouvait cesser de regarder cette main grande et fine, aux longs doigts (elle l'imaginait tenant un lourd revolver noir, ou une mitraillette ou une grenade, n'importe quelle arme qui dispense la mort avec indifférence), elle contemplait cet uniforme vert (combien de Français, dans les nuits de veille, avaient guetté dans l'ombre d'un sous-bois l'apparition d'un uniforme semblable...) et ces bottes étincelantes... Elle se rappela les soldats vaincus de l'armée française qui, une année auparavant, dans leur fuite, avaient traversé le bourg, sales, épuisés, traînant dans la poussière leurs lourds godillots. Oh, mon Dieu, c'était cela la guerre... Un soldat ennemi ne semblait jamais seul — un être humain vis-à-vis d'un autre — mais suivi, pressé de toutes parts par un peuple innombrable de fantômes, ceux des absents et des morts. On ne s'adressait pas à un homme mais à une multitude invisible ; aussi aucun des mots que l'on prononçait n'était-il dit simplement ni écouté de même ; on avait toujours cette sensation singulière de n'être qu'une bouche qui parlait pour tant d'autres, muettes.

« Et lui ? Que pense-t-il ? se dit la jeune femme. Qu'éprouve-t-il en mettant le pied dans cette maison française dont le maître est absent, fait prisonnier par lui ou par ses camarades ? Est-ce qu'il nous plaint ? Est-ce qu'il nous hait ? Ou bien entre-t-il ici comme dans une auberge, ne pensant qu'au lit, s'il est bon, et à la servante, si elle est jeune ? » Depuis longtemps la porte s'était refermée sur l'officier ; Lucile avait suivi sa belle-mère ; elle était entrée à l'église ; elle s'était agenouillée à son banc, mais elle ne pouvait oublier l'ennemi. Il était seul dans la maison maintenant ; il s'était réservé le bureau de Gaston qui avait une sortie particulière ; il prendrait ses repas au-dehors ; elle ne le verrait pas ; elle entendrait son pas, sa voix, son rire. Hélas, il pouvait rire ! Il en avait le droit. Elle regarda sa belle-mère, immobile, la figure cachée dans ses mains et pour la première fois, cette femme qu'elle n'aimait pas lui inspira de la pitié et une vague tendresse. Elle s'inclina vers elle et dit doucement :

« Récitons notre chapelet pour Gaston, ma mère. »

La vieille femme acquiesça d'un signe de tête. Lucile commença à prier avec une ferveur sincère, mais peu à peu ses pensées lui échappaient et retournaient vers un passé proche à la fois et lointain, sans doute en raison de la coupure sombre de la guerre. Elle revoyait son mari, cet homme gras et ennuyé, passionné seulement par l'argent, les terres et la politique locale ; elle ne l'avait jamais aimé. Elle l'avait épousé parce que son père le souhaitait. Née et grandie à la campagne, elle n'avait connu du reste du monde que de brefs séjours à Paris, chez une parente âgée. La vie dans ces provinces du Centre est opulente et sauvage ; chacun vit chez soi, sur son domaine, rentre ses blés et compte ses sous. Les longues ripailles, la chasse, occupent les loisirs. Le bourg avec ses maisons revêches, défendues par de grandes portes de prison, ses salons bourrés de meubles, toujours clos et glacés pour épargner les feux, était pour Lucile l'image de la civilisation. Lorsqu'elle avait quitté la maison perdue dans les bois, elle avait éprouvé une excitation joyeuse à l'idée d'habiter au bourg, d'avoir une voiture, d'aller déjeuner à Vichy parfois... Sévèrement et chastement élevée, jeune fille elle n'avait pas été malheureuse, parce que le jardin, les travaux de la maison, une bibliothèque où elle furetait en cachette — pièce immense, humide où moisissaient les livres — suffisaient à la distraire. Elle s'était mariée ; elle avait été une femme docile et froide. Gaston Angellier n'était âgé que de vingt-cinq ans au moment de son mariage, mais il avait cet aspect de maturité précoce que donne au provincial son existence sédentaire, la nourriture lourde et excellente dont il est gavé, l'abus du vin, l'absence de toute émotion vive et forte. C'est un sérieux trompeur qui ne touche que les habitudes et les pensées de l'homme, tandis que le sang chaud et riche de la jeunesse joue toujours en lui.

Au cours d'un de ses voyages d'affaires à Dijon, où il avait été étudiant, Gaston Angellier retrouva une ancienne maîtresse, une modiste dont il s'était séparé ; il s'éprit d'elle pour la seconde fois et plus violemment que jadis ; il lui fit un enfant ; il lui loua une petite maison dans les faubourgs et s'arrangea pour passer la moitié de sa vie à Dijon. Lucile n'ignorait rien, mais se taisait, par timidité, par dédain ou par indifférence. Puis la guerre…

Et maintenant, depuis un an, Gaston était prisonnier. Pauvre garçon… « Il souffre, songeait Lucile, tandis que les grains du chapelet glissaient machinalement entre ses doigts. Que lui manque-t-il surtout ? Son bon lit, ses bons dîners, sa maîtresse… » Elle aurait voulu lui rendre tout ce qu'il avait perdu, tout ce qui lui avait été retiré… Oui… Tout, même cette femme… À cela, à la spontanéité et à la sincérité de ce sentiment elle mesura le vide de son cœur ; il n'avait jamais été comblé ni par l'amour, ni par une aversion jalouse. Son mari la traitait rudement parfois. Elle lui pardonnait ses infidélités, mais lui n'avait jamais oublié les spéculations du beau-père. Elle entendit sonner à ses oreilles les paroles qui plus d'une fois lui avaient donné la sensation d'un soufflet reçu : « Tu penses, si j'avais su plus tôt qu'il n'avait pas d'argent ! »

Elle baissa la tête. Mais non ! il n'y avait plus de ressentiment en elle. Ce que son mari avait enduré sans doute depuis la défaite, les dernières batailles, la fuite, la capture par les Allemands, ces marches forcées, le froid, la faim, les morts autour de lui et maintenant ce camp de prisonniers où on l'avait jeté, cela effaçait tout. « Qu'il revienne seulement et qu'il retrouve tout ce qu'il a aimé : sa chambre, ses pantoufles fourrées, les promenades au jardin à l'aube, les pêches froides cueillies à l'espalier, et les bons plats, les grands feux bondissants, tous ses plaisirs, ceux que j'ignore, tout ce que je devine, qu'il les retrouve ! Je ne demanderai rien pour moi. Je voudrais le voir heureux. Moi, moi ? »

Dans sa rêverie, le chapelet lui échappa et tomba à terre ; elle s'aperçut alors que tous étaient debout, que les vêpres finissaient. Dehors, les Allemands peuplaient la place. Les galons d'argent sur leurs uniformes, leurs yeux clairs, leurs têtes blondes, les plaques de métal sur leurs ceinturons brillaient au soleil et donnaient à cet espace poussiéreux devant l'église, enfermé entre de hauts murs (les restes des antiques remparts), une gaîté, un éclat, une vie nouvelle. On promenait les chevaux. Des Allemands avaient organisé une salle à manger en plein air : des planches prises au magasin du menuisier et qu'il destinait à des cercueils formaient une table et des bancs. Les hommes mangeaient et regardaient les habitants avec une expression de curiosité amusée. On voyait que onze mois d'occupation ne les avaient pas blasés encore ; ils considéraient les Français avec l'étonnement enjoué des premiers jours ; ils les trouvaient drôles, étranges ; ils ne s'étaient pas habitués à leur parole rapide ; ils cherchaient à deviner s'ils étaient haïs, tolérés, aimés par ces vaincus ? Ils souriaient aux jeunes filles de loin, en dessous, et les jeunes filles passaient, fières et dédaigneuses — c'était le premier jour ! Alors les Allemands baissaient les yeux vers la marmaille qui les entourait : tous les enfants du bourg étaient là, fascinés par les uniformes, par les chevaux et par les hautes bottes. Les mères avaient beau appeler, ils n'entendaient pas. Ils touchaient furtivement de leurs doigts sales le gros drap des vestes. Les Allemands leur faisaient signe de venir et leur fourraient des bonbons et des sous dans les mains.

Cependant, le bourg avait son air habituel de paix dominicale ; les Allemands mettaient une note étrange dans le tableau, mais le fond demeurait pareil, songeait Lucile. Il y avait eu quelques instants de trouble ; quelques femmes (mères de prisonniers comme Mme Angellier ou veuves de l'autre guerre) étaient rentrées chez elles à la hâte et avaient fermé les fenêtres et baissé les rideaux pour ne pas voir les Allemands. Dans de petites chambres sombres on pleurait en relisant de vieilles lettres ; on baisait des portraits jaunis ornés d'un crêpe et d'une rosette tricolore… Mais les plus jeunes, comme tous les dimanches, demeuraient sur la place à bavarder. Elles n'allaient pas perdre, à cause des Allemands, un après-midi de fête, des loisirs ; elles avaient des chapeaux neufs : c'était le dimanche de Pâques. Les hommes examinaient les Allemands à la dérobée ; on ne pouvait savoir ce qu'ils pensaient : les figures paysannes sont impénétrables. Un Allemand s'approcha d'un groupe et demanda du feu ; on le servit ; on répondit pensivement à son salut ; il s'éloigna ; les hommes continuèrent à parler du prix de leurs bœufs. Comme tous les dimanches, le notaire se rendait au Café des Voyageurs pour y jouer au tarot ; des familles revenaient de la promenade hebdomadaire au cimetière : presque une partie de plaisir dans ce pays qui ignorait les divertissements ; on y allait en bande ; on cueillait des bouquets parmi les tombes. Les sœurs du patronage sortaient de l'église avec les enfants ; elles se frayèrent un chemin parmi les soldats ; elles étaient impassibles sous leurs cornettes.

« Ils restent longtemps ? murmura le percepteur à l'oreille du greffier en lui montrant les Allemands.

— On dit : trois mois », fit l'autre du même ton.

Le percepteur soupira.

« Ça va faire monter les prix. »

Et, machinalement, il frottait sa main labourée par un éclat d'obus en 1915. Puis ils parlèrent d'autre chose. Les cloches qui avaient sonné pour la sortie des vêpres s'apaisaient ; les derniers tintements grêles se perdaient dans l'air du soir.

Ces dames Angellier suivaient, pour rentrer chez elles, un chemin sinueux dont Lucile connaissait chaque pierre. Elles marchaient sans parler, répondant par des signes de tête aux bonjours des paysans. On n'aimait pas Mme Angellier dans le pays, mais Lucile inspirait de la sympathie, parce qu'elle était jeune, avec un mari prisonnier, et qu'elle n'était pas fière. On venait parfois lui demander conseil à propos de l'éducation des enfants ou d'un corsage neuf. Ou encore lorsqu'il fallait adresser un colis en Allemagne. On savait que l'officier ennemi logerait chez les Angellier — ils avaient la plus belle maison — et on les plaignait de les voir assujetties à la loi commune.

« Vous voilà bien servies, chuchota la couturière en passant près d'elles.

— Espérons qu'ils ne vont pas tarder à s'en retourner », dit la pharmacienne.

Et une petite vieille qui trottinait à pas menus derrière une chèvre au doux pelage blanc se haussa sur la pointe des pieds pour glisser à Lucile :

« Paraît qu'ils sont bien mauvais, bien méchants, qu'ils font de la misère au pauvre monde. »

La chèvre bondit et donna des cornes dans la longue cape grise d'un officier allemand. Il s'arrêta, se mit à rire et voulut la caresser. Mais la chèvre s'enfuit ; la petite vieille effarouchée disparut et les dames Angellier fermèrent derrière elles la porte de leur maison.

4

La maison était la plus belle du pays ; elle avait cent ans ; elle était longue, basse, faite d'une pierre poreuse, jaune, qui au soleil prenait une couleur chaude de pain doré ; les fenêtres, du côté de la rue (celles des pièces d'apparat), étaient soigneusement closes, les volets fermés, et défendues par des barres de fer contre les voleurs ; le petit œil-de-bœuf de la resserre (là où on cachait les pots, les jarres, les dames-jeannes qui contenaient toutes les denrées interdites) était bordé d'un grillage épais dont les hautes pointes en forme de lys empalaient les chats errants. La porte, peinte en bleu, avait un verrou de prison et une clef énorme qui grinçait plaintivement dans le silence. L'appartement du bas exhalait une odeur de renfermé, une odeur froide de maison inhabitée, malgré la présence constante des maîtres. Pour ne pas faire pâlir les tentures et afin de préserver les meubles, l'air et la lumière étaient bannis. À travers les carreaux du vestibule, faits de verres de couleur qui ressemblaient à des tessons de bouteilles, filtrait un jour glauque, incertain ; il noyait d'ombre les bahuts, les cornes de cerf pendues aux murs et de vieilles petites gravures décolorées par l'humidité.

Dans la salle à manger (on n'allumait le poêle que là !) et chez Lucile qui se permettait parfois une flambée le soir, on respirait la douce émanation des feux de bois, un parfum de fumée, d'écorce de châtaigne. Devant les portes de la salle s'étendait le jardin. En cette saison il avait le plus triste aspect :

les poiriers étendaient leurs bras crucifiés sur des fils de fer, les pommiers taillés en cordon étaient rugueux et tourmentés, hérissés de branches griffues ; de la vigne il ne restait que des sarments nus. Mais encore quelques jours de soleil, et ce ne serait pas seulement le petit pêcher hâtif sur la place de l'église qui se couvrirait de fleurs, mais chaque arbre s'épanouirait. De sa fenêtre, en brossant ses cheveux avant de se mettre au lit, Lucile regardait le jardin au clair de lune. Sur le mur bas, des chats pleuraient. Autour du jardin on découvrait tout le pays, vallons pleins de bois profonds, fertile, secret, d'un gris doux de perle sous la lune.

Dans sa chambre vaste et vide Lucile se sentait mal à l'aise le soir. Autrefois Gaston y couchait ; il se déshabillait, grognait, remuait les meubles : c'était un compagnon, une créature humaine. Depuis un an bientôt, il n'y avait personne. Pas un bruit. Au-dehors, tout dormait. Involontairement elle prêta l'oreille, épiant un signe de vie dans la pièce voisine où dormait l'officier allemand. Mais elle n'entendit rien : peut-être n'était-il pas rentré encore ? ou bien les murs épais étouffaient-ils les sons ? ou peut-être demeurait-il immobile et silencieux comme elle-même ? Au bout de quelques instants elle perçut un frôlement, un soupir, puis un faible sifflotement, et elle pensa qu'il se tenait à la fenêtre et regardait le jardin. À quoi pouvait-il songer ? Elle n'arrivait pas à l'imaginer : malgré elle, elle ne lui prêtait pas les réflexions, les désirs naturels à un être ordinaire. Elle ne parvenait pas à croire qu'il contemplait le jardin en toute innocence, qu'il admirait ce miroitement du vivier où glissaient de muettes formes d'argent : les carpes pour le dîner du lendemain. « Il exulte, se disait-elle. Il se rappelle ses batailles, il revoit les dangers passés. Tout à l'heure il va écrire chez lui, en Allemagne, à sa femme — non ! il ne doit pas être marié, il est trop jeune —, à sa mère, à une fiancée, à une maîtresse ; il écrira : “J'occupe une maison française ; nous n'avons pas souffert pour rien, Amalia (elle doit s'appeler Amalia, ou Cunégonde ou Gertrude, pensa-t-elle, cherchant exprès des noms inharmonieux, grotesques), puisque nous sommes vainqueurs.” »

Elle ne percevait plus rien maintenant ; il ne bougeait pas ; il retenait son souffle. « Tio », fit un crapaud dans l'ombre. C'était comme une exhalaison musicale basse et douce, une note tremblante et pure, une bulle d'eau qui crevait avec un bruit argentin. « Tio, tio... » Lucile ferma à demi les yeux. Quelle paix, triste et profonde... Par moments, quelque chose en elle se réveillait, se révoltait, réclamait du bruit, du mouvement, du monde. De la vie, mon Dieu, de la vie ! Combien de temps durerait cette guerre ? Combien d'années faudrait-il demeurer ainsi, dans cette sombre léthargie, ployé, docile, écrasé comme un bétail sous l'orage ? Elle regrettait le vacarme familier de la radio, mais dès l'arrivée des Allemands l'appareil avait été caché à la cave. On disait qu'ils les prenaient ou les détruisaient. Elle sourit : « Il doit trouver les maisons françaises plutôt démeublées », songea-t-elle en se rappelant tout ce que Mme Angellier avait enfoui dans les armoires et enfermé à clef pour le dérober à l'ennemi.

Au moment du dîner, l'ordonnance de l'officier était entré dans la salle à manger portant une petite lettre :

Le lieutenant Bruno von Falk présente ses compliments à Mesdames Angellier et les prie de bien vouloir remettre au soldat porteur de ce mot la clef du piano et celle de la bibliothèque. Le lieutenant s'engage sur l'honneur à ne pas emporter l'instrument avec lui et à ne pas déchirer les livres.

Mais Mme Angellier ne s'était pas montrée sensible à cette plaisanterie. Elle avait levé les yeux au ciel, remué les lèvres comme si elle prononçait une courte prière et s'en remettait à la volonté divine : « La force prime le droit, n'est-ce pas ? » avait-elle demandé au soldat qui, ne comprenant pas le français, s'était contenté de faire : « *Ja wohl* », avec un large sourire, en hochant la tête plusieurs fois de haut en bas.

« Dites au lieutenant von... von... (elle bredouilla avec mépris) qu'il est le maître. »

Elle détacha du trousseau les deux clefs demandées et les jeta sur la table. Puis, dans un chuchotement tragique à sa belle-fille :

« Il va jouer la *Wacht am Rhein*…

— Je crois qu'ils ont un autre hymne national à présent, ma mère. »

Mais le lieutenant n'avait rien joué du tout. Le plus profond silence n'avait cessé de régner, puis le bruit de la porte cochère qui résonnait comme un gong dans la paix du soir apprit à ces dames que l'officier sortait ; elles avaient poussé un soupir de soulagement. « Maintenant, pensa Lucile, il a quitté la fenêtre. Il marche de long en large. Les bottes… Ce bruit de bottes… Cela passera. L'occupation finira. Ce sera la paix, la paix bénie. La guerre et le désastre de 1940 ne seront plus qu'un souvenir, une page d'histoire, des noms de batailles et de traités que les écoliers ânonneront dans les lycées, mais moi, aussi longtemps que je vivrai, je me rappellerai ce bruit sourd et régulier des bottes martelant le plancher. Et pourquoi ne se couche-t-il pas ? Pourquoi ne met-il pas de pantoufles chez lui, le soir, comme un civil, comme un Français ? Il boit. (Elle entendit le jaillissement du siphon d'eau de Seltz et le faible son "jzz, jzz" d'un citron pressé. Sa belle-mère aurait dit : "Et voilà pourquoi nous manquons de citrons. Ils nous prennent tout !") Maintenant, il tourne les pages d'un livre. Oh, c'est odieux, cette pensée… » Elle tressaillit. Il avait ouvert le piano ; elle reconnaissait le choc du couvercle rejeté en arrière et le grincement du tabouret qui pivotait. « Non ! tout de même, il ne va pas se mettre à jouer au milieu de la nuit ! » Il est vrai qu'il était neuf heures. Peut-être dans le reste de l'univers les gens ne se couchaient pas si tôt ?…. Oui, il jouait. Elle écouta, baissant le front, mordant nerveusement ses lèvres. Ce fut moins un arpège qu'une sorte de soupir qui montait du clavier, une palpitation de notes ; il les effleurait, les caressait, et cela finit par un trille léger et rapide comme un chant d'oiseau. Tout se tut.

Lucile resta longtemps immobile, son peigne à la main, ses cheveux dénoués sur ses épaules. Puis elle soupira, pensa vaguement : « C'est dommage ! » (Dommage que le silence fût si profond ? Dommage que ce garçon s'arrêtât de jouer ? Dommage qu'il fût là, lui, l'envahisseur, l'ennemi, lui, et non un autre ?) Elle eut un petit mouvement irrité de la main, comme si elle repoussait des nappes d'air trop lourd, irrespirable. Dommage… Elle se coucha dans le grand lit vide.

5

Madeleine Labarie était seule à la maison ; elle était assise dans la salle où Jean-Marie avait vécu pendant plusieurs semaines. Tous les jours, la jeune femme faisait le lit où il avait dormi. Cela irritait Cécile. « Laisse donc ! Puisque personne n'y couche jamais, il n'a pas besoin d'être arrangé avec des draps propres, comme si tu attendais quelqu'un. Est-ce que tu attends quelqu'un ? »

Madeleine ne répondait pas et continuait à secouer tous les matins le grand matelas plein de duvet.

Elle était heureuse d'être seule avec le petit qui tétait, la joue appuyée sur le sein nu. Quand elle le changea de côté, il avait une partie du visage moite, rouge et brillante comme une cerise, et le dessin de la mamelle s'y était imprimé en creux ; elle l'embrassa doucement. Elle songea une fois de plus : « Je suis contente que ce soit un garçon, les hommes ont moins de misères. » Elle somnolait en regardant le feu : elle n'avait jamais assez de sommeil. Il y avait tant d'ouvrage qu'on ne se couchait guère avant dix, onze heures, et parfois on se relevait encore pour prendre dans la nuit la radio anglaise. Le matin, il fallait être debout à cinq heures pour panser les bêtes. C'était agréable, aujourd'hui, de faire une courte sieste, le dîner sur le feu, la table mise, tout bien en ordre autour d'elle. La lumière amortie d'un printemps pluvieux éclairait la tendre verdure et le ciel gris. Dans la cour les canards claquaient du bec sous la pluie, tandis que les poules et les dindons, petit tas de plumes ébouriffées, se réfugiaient tristement sous la remise. Madeleine entendit aboyer le chien.

« Est-ce qu'ils rentrent déjà ? » se demanda-t-elle.

Benoît avait conduit la famille au bourg.

Quelqu'un traversa la cour, quelqu'un qui n'était pas chaussé de sabots comme Benoît. Or, chaque fois qu'elle entendait un pas qui n'était pas celui de son mari ou d'un des habitants de la ferme, chaque fois que dans le lointain elle voyait une silhouette étrangère, au moment même où elle pensait fiévreusement : « Ce n'est pas Jean-Marie, ce ne peut pas être lui, je suis folle, d'abord, il ne reviendra pas, et puis, même s'il venait, qu'est-ce que ça changerait puisque j'ai épousé Benoît ? Je n'attends personne, au contraire je prie Dieu que Jean-Marie ne revienne jamais, parce que, peu à peu, je m'habituerai à mon mari et je serai heureuse. Mais je ne sais pas ce que je vais chercher, ma parole d'honneur, je n'ai plus ma tête à moi. Je suis heureuse. » Au moment même où elle songeait ainsi, son cœur qui était moins raisonnable qu'elle-même commençait à battre avec tant de violence qu'il étouffait tous les bruits extérieurs, si bien qu'elle cessait d'entendre la voix de Benoît, les cris de l'enfant, le vent sous la porte, et que le tumulte de son sang l'assourdissait comme lorsqu'on plonge sous une vague. Pendant quelques instants elle perdait à demi connaissance ; elle ne revenait à elle que pour voir le facteur qui apportait un catalogue de graines (et qui avait ce jour-là mis des chaussures neuves) ou le vicomte de Montmort, le propriétaire.

« Eh bien, Madeleine, tu ne dis pas bonjour ? s'étonnait la mère Labarie.

— Je crois que je vous ai réveillée, disait le visiteur tandis qu'elle s'excusait faiblement et murmurait :

— Oui, vous m'avez fait peur… »

Réveillée ? De quel songe ?

Cette fois encore elle sentit en elle cet émoi, cette panique intérieure que provoquait l'inconnu entrant (ou revenant) dans sa vie. Elle se dressa à demi sur sa chaise, regarda fixement la porte. Un homme ? C'était un pas, une toux légère d'homme, un parfum de cigarettes fines !.... Une main d'homme, soignée et blanche, sur le loquet, puis apparut un uniforme allemand. Comme toujours lorsque celui qui entrait n'était pas Jean-Marie, la déception fut si forte qu'elle demeura étourdie un instant ; elle ne songea même pas à boutonner son corsage. L'Allemand, un gradé, un jeune homme qui ne devait pas avoir plus de vingt ans, la figure presque sans couleurs, les cils, les cheveux, la courte moustache également pâles, d'un blond clair et brillant, regarda la poitrine découverte, sourit et salua avec une correction exagérée, presque insultante. Certains Allemands savaient mettre dans leur salut aux Français (ou peut-être cela semblait-il ainsi au vaincu, aigri, humilié, plein de colère ?) une affectation de politesse. Ce n'était plus la courtoisie due à un semblable, mais celle que l'on témoigne à un cadavre, tel le « Présentez armes » devant le corps de celui qu'on vient d'exécuter.

« Vous désirez, monsieur ? demanda enfin Madeleine, fermant sa robe d'une main hâtive.

— Madame, j'ai un billet de logement dans la ferme des Non-nains, répondit le jeune homme qui parlait fort bien le français. Je m'excuse de vous importuner. Veuillez me montrer ma chambre.

— On nous avait dit qu'on aurait de simples soldats, fit timidement Madeleine.

— Je suis lieutenant interprète à la Kommandantur.

— Vous serez loin du bourg et je crains que la chambre ne soit pas assez bonne pour un gradé. Ce n'est qu'une ferme, ici, et vous n'aurez pas d'eau courante ni d'électricité chez nous, ni rien de ce qu'un monsieur a besoin. »

Le jeune homme regarda la salle. Il examina le carreau d'un rouge passé, presque rose par places, le grand fourneau qui occupait le centre de la pièce, le lit de parade dans son coin, le rouet (on l'avait descendu du grenier où il était depuis l'autre guerre : toutes les jeunes filles du pays apprenaient à filer la laine depuis qu'on n'en trouvait plus de toute faite dans les magasins). L'Allemand considéra encore avec attention les photographies encadrées au mur, les diplômes des concours agricoles et la petite niche vide qui autrefois avait contenu la statuette d'une sainte, les délicates peintures à demi effacées l'entourant d'une frise ; enfin ses yeux s'abaissèrent de nouveau sur la jeune paysanne qui tenait son enfant dans ses bras. Il sourit :

« Ne vous inquiétez pas pour moi. Je serai très bien. »

Il avait une voix au timbre étrangement dur et vibrant qui rappelait le froissement du métal. Les yeux gris de fer, l'arête coupante du visage, la nuance particulière de ses cheveux blond pâle, lisses et clairs comme un casque, donnaient à ce jeune homme une apparence frappante aux yeux de Madeleine ; il y avait en son aspect physique quelque chose de parfait, de précis, d'étincelant qui faisait penser davantage, se dit-elle, à une machine qu'à un être humain. Malgré elle, elle était fascinée par ses bottes et la boucle de son ceinturon : le cuir et l'acier lançaient des éclairs.

« J'espère, dit-elle, que vous avez une ordonnance. Ici personne ne pourrait faire briller vos bottes comme ça. »

Il rit et répéta :

« Ne vous inquiétez pas pour moi. »

Madeleine avait couché son fils. Dans un miroir incliné au-dessus du lit passa le reflet de l'Allemand. Elle vit son regard et son sourire. Elle pensa avec crainte : « S'il va me courir après, que dira Benoît ? » Ce jeune homme lui déplaisait et lui faisait un peu peur, mais malgré elle, elle était attirée par une certaine ressemblance avec Jean-Marie, non avec Jean-Marie en tant qu'homme, mais en tant que bourgeois, que Monsieur. Tous deux étaient bien rasés, bien élevés, les mains blanches, la peau fine. Elle comprit que la présence de cet Allemand serait doublement pénible à Benoît : parce que c'était un ennemi et parce que ce n'était pas un paysan comme lui, surtout parce qu'il détestait ce qui, en Madeleine, révélait l'intérêt, la curiosité inspirés par la classe supérieure ; au point que, depuis quelque temps, il lui arrachait des mains les journaux de mode ou disait, lorsqu'elle lui demandait de se raser, de changer de chemise :

« Faut en prendre ton parti. Tu as pris un homme de la campagne, un cul-terreux, je n'ai pas de belles manières, moi... » avec tant de rancune, avec une si profonde jalousie qu'elle devinait bien d'où soufflait le vent, et que Cécile avait dû bavarder. Cécile non plus n'était pas la même à son égard. Elle soupira. Bien des choses avaient changé depuis cette guerre maudite...

« Je vais vous montrer votre chambre », dit-elle enfin.

Mais il refusa ; il prit une chaise et s'assit près du poêle.

« Tout à l'heure, si vous le permettez. Faisons connaissance. Comment vous appelez-vous ?

— Madeleine Labarie.

— Moi, Kurt Bonnet (il prononçait Bonnett). C'est un nom français, comme vous voyez. Mes ancêtres devaient être de vos compatriotes, chassés de France sous Louis XIV. Il y a du sang français en Allemagne, et des mots français dans notre langage.

— Ah ? » dit-elle avec indifférence.

Elle aurait voulu répondre : « Il y a du sang allemand en France, mais dans la terre et depuis 1914. » Mais elle n'osa pas : il était plus sage de se taire. C'était étrange : elle ne haïssait pas les Allemands ; elle ne haïssait personne, mais la vue de cet uniforme semblait faire d'elle, jusqu'ici libre et fière, une sorte d'esclave, pleine de ruse, de prudence et de peur, habile à cajoler le conquérant, quitte à cracher derrière la porte close : « Qu'ils crèvent ! » comme le faisait sa belle-mère qui, elle, du moins, ne savait pas feindre, ni prendre des airs caressants avec le vainqueur, pensa-t-elle. Elle eut honte d'elle-même ; elle fronça les sourcils, donna à son visage une expression glaciale et recula sa chaise pour faire comprendre à l'Allemand qu'elle ne désirait plus lui parler et que sa présence lui était pénible.

Lui, cependant, la regardait avec plaisir. Comme beaucoup de très jeunes gens, plié dès l'enfance à une dure discipline, il avait pris l'habitude d'étayer son être intime par l'arrogance et la raideur du dehors. Il croyait qu'un homme digne de ce nom devait être de fer. Il s'était montré tel, d'ailleurs, dans la guerre, en Pologne et en France, et pendant l'Occupation. Mais il obéissait beaucoup moins à des principes qu'à l'impulsivité de l'extrême jeunesse. (Madeleine, en le voyant, lui avait donné vingt ans. Il en avait moins encore ; il avait eu ses dix-neuf ans pendant la campagne de France.) Il se montrait bienveillant ou cruel selon l'impression que lui faisaient choses et gens. S'il avait pris quelqu'un en grippe, il s'arrangeait pour lui faire le plus de mal possible. Pendant la retraite de l'armée française, lorsqu'il avait été chargé de conduire jusqu'en Allemagne le lamentable troupeau des prisonniers, pendant ces journées terribles où on avait l'ordre d'abattre ceux qui faiblissaient, ceux qui ne marchaient pas assez vite, il l'avait fait sans remords et même avec plaisir pour ceux dont la tête ne lui revenait pas. Il s'était montré au contraire infiniment bon et secourable vis-à-vis de certains prisonniers qui lui avaient paru sympathiques, et quelques-uns de ces derniers lui devaient la vie. Il était cruel, mais c'était la cruauté de l'adolescence, celle qui vient d'une imagination très vive et délicate, tout entière tournée vers soi, sa propre âme ; on ne s'apitoie pas sur les souffrances d'autrui : on ne les voit pas, on ne voit que soi. Dans cette cruauté il entrait un peu d'affectation qui venait de son âge autant que d'un certain penchant au sadisme. Par exemple, dur envers les hommes, il montrait aux bêtes la plus grande sollicitude ; c'était à son inspiration que l'on avait dû un ordre de la Kommandantur de Calais paru quelques mois auparavant. Bonnet avait remarqué que les paysans, les jours de foire, portaient leurs poulets tête en bas et pattes liées. « Par un souci d'humanité » il était désormais interdit de le faire. Les paysans n'en tinrent pas compte, ce qui augmenta l'aversion de Bonnet pour les Français « barbares et légers », tandis que les Français s'indignaient fort de lire un pareil avis au-dessous d'un autre où il était écrit qu'en représailles d'un acte de sabotage huit hommes avaient été exécutés. Dans la ville du Nord où il avait été cantonné, Bonnet ne s'était lié qu'avec sa logeuse parce que, un jour où il avait la grippe, cette femme s'était donné la peine de lui porter son petit déjeuner au lit. Bonnet se rappela sa mère, ses années d'enfance, et remercia les larmes aux yeux cette Mme Lili qui était une ancienne tenancière de maison close. Désormais il fit tout pour elle, lui accordant des permis de toutes sortes, des bons d'essence, etc., passant ses soirées avec cette vieille rombière parce que, disait-il, elle était seule et âgée et s'ennuyait, lui rapportant de Paris où il allait pour affaires de service des colifichets qu'il payait fort cher ; il n'était pas riche.

Ces sympathies avaient parfois pour origine des impressions musicales, littéraires, ou, comme ce matin de printemps où il pénétra chez les Labarie, picturales : Bonnet était très cultivé, doué pour tous les arts. La ferme des Labarie, avec cette atmosphère un peu humide et sombre que lui donnait le jour pluvieux, avec la teinte rose passée du carreau, avec la petite niche vide où l'on imaginait la statue de la Vierge ôtée à la dernière révolution, avec la branche de buis béni au-dessus du berceau et l'étincellement d'une bassinoire de cuivre dans les demi-ténèbres, avait quelque chose qui rappelait, pensa Bonnet, un « intérieur » de l'école flamande. Cette jeune femme assise sur une chaise basse, son enfant dans ses bras, un sein délicieux à demi nu brillant dans l'ombre, cette ravissante figure aux joues vermeilles, au front et au menton très blancs, valait à elle seule un tableau. En la regardant, en l'admirant, il lui semblait presque se retrouver dans un musée de Munich ou de Dresde, seul en face d'une de ces toiles qui lui procuraient un enivrement à la fois sensuel et cérébral qu'il préférait à tout au monde. Cette femme pourrait désormais lui témoigner de la froideur ou de l'hostilité, cela ne le toucherait pas ; il ne s'en apercevrait même pas. Il ne lui demanderait, à elle comme à tout son entourage, que de lui dispenser des bienfaits purement artistiques : de garder cet éclairage de chef-d'œuvre, cette luminosité des chairs, ce velouté des fonds.

À cet instant, une grande horloge sonna midi. Bonnet rit, presque de plaisir. Ce son grave, profond, un peu fêlé sortant de cette antique machine au caisson peint, il avait cru parfois l'entendre lorsqu'il regardait telle ou telle toile de peintre hollandais et imaginait l'odeur des harengs frais préparés par la ménagère ou le bruit de cette rue entrevue derrière la fenêtre aux carreaux verdis ; il y avait toujours sur ces lambris sombres une horloge semblable à celle-là.

Cependant il voulait faire parler Madeleine ; il désirait entendre encore cette voix fraîche, un peu chantante.

« Vous habitez seule ici ? Votre mari est prisonnier, sans doute ?

— Mais non », dit-elle vivement.

Elle eut peur de nouveau en pensant que Benoît avait été prisonnier des Allemands et s'était sauvé ; elle crut tout à coup que l'Allemand le devinerait et arrêterait le fugitif. « Que je suis donc bête », songea-t-elle, mais instinctivement elle se radoucit : il fallait être aimable avec le vainqueur ; elle prit une voix candide et soumise pour demander :

« Vous restez longtemps chez nous ? On dit trois mois.

— Nous ne le savons pas nous-mêmes, expliqua Bonnet. C'est la vie militaire : on dépend d'un ordre, d'un caprice des généraux ou d'un hasard de la guerre. Nous étions sur le chemin de la Yougoslavie, mais tout est terminé là-bas.

— Ah ? Tout est terminé ?

— C'est une question de jours. De toute façon, nous arriverions après la victoire. Aussi je pense qu'on nous gardera ici tout l'été, à moins qu'on ne nous expédie en Afrique ou en Angleterre.

— Et… vous aimez ça ? fit Madeleine en prenant à dessein un air naïf, mais avec un petit frémissement de dégoût qu'elle ne put dissimuler, comme si elle eût interrogé un cannibale, “c'est vrai que vous aimez la chair humaine ?”

— L'homme est fait pour être un guerrier, comme la femme pour le divertissement du guerrier, répondit Bonnet, et il sourit parce qu'il trouvait comique de citer Nietzsche à la jolie fermière française. Votre mari, s'il est jeune, doit penser la même chose. »

Madeleine ne répondit pas. Au fond, elle connaissait très peu les pensées de Benoît, songea-t-elle, quoiqu'elle eût été élevée à ses côtés. Benoît était taciturne et revêtu comme d'une triple armure de pudeur, masculine, paysanne et française. Elle ne savait ni ce qu'il haïssait ni ce qu'il aimait, mais seulement qu'il était capable d'amour et de haine.

« Mon Dieu, se dit-elle, pourvu qu'il ne prenne pas l'Allemand en grippe. »

Elle l'écoutait parler, mais lui répondait à peine, l'oreille tendue vers les bruits du chemin ; les carrioles passaient sur la route, les églises sonnaient la prière du soir ; on les entendait les unes après les autres dans la campagne ; d'abord la petite chapelle de Montmort, légère comme un grelot d'argent, puis le son grave qui venait du bourg, puis un petit carillon pressé à Sainte-Marie que l'on ne percevait que par mauvais temps, quand le vent soufflait du haut des collines.

« La famille ne va pas tarder », murmura Madeleine.

Elle ajouta au couvert un pichet de faïence crémeuse plein de myosotis.

« Vous ne mangerez pas ici, je pense ? » demanda-t-elle tout à coup.

Il la rassura.

« Non, non, j'ai pris pension au bourg pour mes repas. Je vous demanderai seulement le café au lait du matin.

— C'est bien facile, ça, monsieur. »

C'était une phrase particulière au pays ; elle se disait en souriant et sur un ton câlin ; elle ne signifiait absolument rien d'ailleurs : c'était une formule de politesse qui n'abusait personne, elle ne voulait pas dire qu'on serait servi. Ce n'était qu'une politesse, et si cette promesse n'était pas suivie de réalisation, on avait une autre formule prête, prononcée, celle-ci, d'un ton de regret et d'excuse : « Ah, c'est qu'on ne fait pas toujours ce qu'on veut. » Mais l'Allemand fut charmé.

« Que tout le monde est aimable dans ce pays, dit-il naïvement.

— Vous trouvez, monsieur ?

— Et vous me porterez mon café au lit, j'espère ?

— Ça se fait pour les malades », dit Madeleine d'un air moqueur.

Il voulut lui prendre les mains ; elle les retira brusquement.

« Voilà mon mari. »

Ce n'était pas encore lui, mais il arriverait bientôt ; elle reconnaissait le pas de la jument sur la route. Elle sortit dans la cour ; la pluie tombait. Sous le portail passa l'antique break qui n'avait plus servi depuis l'autre guerre et qui remplaçait maintenant l'auto inutilisable. Benoît conduisait. Les femmes étaient assises sous des parapluies mouillés. Madeleine courut vers son mari et le prit par le cou.

« Il y a un Boche, lui glissa-t-elle à l'oreille.

— Il va loger chez nous ?

— Oui.

— Malheur !

— Bah, fit Cécile, c'est pas des méchantes gens si on sait y faire, et ils paient bien. »

Benoît détela et conduisit la jument à l'écurie. Cécile, intimidée par l'Allemand, mais consciente d'être à son avantage car elle avait sa robe des dimanches, un chapeau et des bas de soie, entra fièrement dans la salle.

6

Le régiment passa sous les fenêtres de Lucile. Les soldats chantaient ; ils avaient des voix admirables, mais ce chœur grave, menaçant et triste, moins guerrier semblait-il que religieux, étonnait les Français.

« C'est-y leurs prières ? » demandaient les femmes.

La troupe revenait des manœuvres ; il était de si bon matin que tout le bourg dormait encore. Des femmes réveillées en sursaut se penchaient aux croisées et riaient. Quel tendre et frais matin ! Les coqs faisaient entendre leurs cuivres, enroués par la nuit froide. L'air tranquille avait des reflets de rose et d'argent. Cette lumière innocente brillait sur les figures heureuses des hommes qui défilaient (comment ne pas être heureux par un printemps si beau ?). Ces hommes grands, bien bâtis, avec leurs visages durs et leurs voix harmonieuses, les femmes les suivaient longtemps du regard. On commençait à reconnaître certains des soldats. Ils ne formaient plus cette masse anonyme des premiers jours, cette marée d'uniformes verts où n'apparaissait pas un seul trait distinct des autres, pas plus qu'une vague dans la mer n'a sa physionomie à elle, mais se confond avec les vagues qui la précèdent et qui la suivent. Maintenant ces soldats avaient des noms : « Voici, disaient les habitants, le petit blond qui habite chez le sabotier et que ses camarades appellent Willy. Celui-là, c'est le rouquin qui se commande des omelettes de huit œufs et boit dix-huit verres de fine d'affilée sans se soûler et sans être malade. Le petit jeune, qui se tient si raide, c'est l'interprète. Il fait, à la Kommandantur, la pluie et le beau temps. Et voilà l'Allemand des Angellier. »

Comme on avait donné autrefois aux fermiers les noms des domaines où ils vivaient, si bien que le facteur descendant des métayers établis jadis sur les terres des Montmort s'appelait à ce jour Auguste de Montmort, les Allemands héritaient en quelque sorte de l'état civil de leurs logeurs. On disait : « Fritz de Durand, Ewald de la Forge, Bruno des Angellier ».

Celui-ci était à la tête de son détachement de cavalerie. Les bêtes, bien nourries et ardentes, qui caracolaient et regardaient la foule d'un bel œil impatient et fier, faisaient l'admiration des paysans.

« Maman ? T'as vu ? » criaient les gamins.

Le cheval du lieutenant avait une robe d'un brun doré, aux reflets de satin. Tous deux ne semblaient pas insensibles aux exclamations, aux cris de plaisir des femmes. L'admirable animal arquait le cou, secouait furieusement son mors. L'officier souriait légèrement et parfois faisait entendre un petit claquement caressant des lèvres qui maîtrisait la bête mieux que la cravache. Lors-qu'une jeune fille, à sa fenêtre, s'exclama : « Il monte bien, le Boche, tout de même », il porta sa main gantée à sa casquette et salua gravement.

Derrière la jeune fille, on entendit un chuchotement agité.

« Tu sais bien qu'ils aiment pas qu'on les appelle comme ça. T'es pas folle ?

— Eh bien, quoi ! j'ai oublié », se défendit la jeune fille, rouge comme une cerise.

Sur la place, le détachement se dispersa. Les hommes rentrèrent chez eux avec un grand bruit de bottes et d'éperons. Le soleil brillait, très chaud maintenant, presque estival. Dans les cours, les soldats se lavaient ; leurs torses nus, rouges, étaient brûlés par le grand air et mouillés de sueur. Un soldat avait fixé un petit miroir à un tronc d'arbre et se rasait. Un autre plongeait sa tête et ses bras nus dans un grand seau d'eau fraîche. Un autre criait à une jeune femme :

« Belle journée, madame !

— Tiens, vous parlez donc français ?

— Un peu. »

On se regardait ; on se souriait. Les femmes s'approchaient des puits et déroulaient les longues chaînes grinçantes. Quand le seau remontait à la lumière, plein d'une eau glacée, tremblante, où le ciel se reflétait en bleu sombre, il se trouvait toujours un soldat pour se précipiter, pour prendre le fardeau des mains de la femme. Les uns pour lui montrer que, quoique allemand, on était poli, les autres par bienveillance naturelle, d'autres encore parce que la belle journée, une sorte de plénitude physique causée par le grand air, la saine fatigue et l'attente du repos les mettaient dans cet état d'exaltation, de force intérieure où l'homme se sent d'autant plus doux vis-à-vis des faibles qu'il se montrerait volontiers méchant envers les forts (c'était l'esprit, sans doute, qui porte les mâles des animaux à se battre entre eux au printemps et à mordiller le sol, jouer et gambader dans la poussière devant les femelles). Un jeune soldat accompagna une femme jusqu'à la maison où elle habitait ; il portait gravement pour elle deux bouteilles de vin blanc qu'elle venait de tirer du puits. C'était un tout jeune homme aux yeux clairs, au nez retroussé, aux grands bras vigoureux.

« Beau ça, disait-il en regardant les jambes de la femme : beau ça, madame… »

Elle se retourna et mit son doigt sur ses lèvres.

« Chut… Mon mari…

— Ah, mari, *böse*… méchant », s'écria-t-il, et il fit semblant d'avoir très peur.

Le mari, derrière la porte fermée, écoutait, et comme il était très sûr de sa femme, il n'éprouvait pas de colère, mais une sorte de fierté : « Tiens, on a de belles femmes, nous », pensait-il. Son petit vin blanc du matin lui paraissait meilleur.

Des soldats entrèrent dans la boutique du sabotier. C'était un mutilé de guerre qui travaillait à son établi ; l'air sentait une odeur végétale et pénétrante de bois frais ; des billots de sapin qui venaient d'être coupés pleuraient encore leurs larmes de résine. Sur une étagère étaient rangés des sabots sculptés, ornés de chimères, de serpents, de têtes de bœuf. Une paire était travaillée en forme de groins de porc. Un des Allemands les regarda avec admiration.

« Ouvrage magnifique », dit-il.

Le sabotier, maladif et taciturne, ne répondit rien, mais sa femme, qui dressait la table, ne put s'empêcher de demander avec curiosité :

« Qu'est-ce que vous faisiez en Allemagne ? »

Le soldat ne comprit pas tout de suite, mais finit par dire qu'il était serrurier. La femme du sabotier réfléchit et chuchota à l'oreille de son mari :

« Faudrait lui montrer la clef du buffet qu'est cassée, il l'arrangerait peut-être...

— Laisse, fit le mari en fronçant les sourcils.

— Vous ? déjeuner ? continua le soldat. Il montra le pain blanc dans une assiette à fleurs : pain français... léger... pas dans l'estomac... rien... »

Il voulait dire que ce pain ne lui semblait pas nourrissant, ne tenait pas au corps, mais les Français ne pouvaient croire que quelqu'un fût assez fou pour méconnaître l'excellence d'un de leurs mets, et surtout de ces miches blondes, de ces grands pains en forme de couronne qu'on allait remplacer bientôt, leur disait-on, par un alliage de son et de farine inférieure. Mais ils ne pouvaient pas y croire. Ils prirent les paroles de l'Allemand pour un compliment et ils se sentirent flattés. Le sabotier lui-même adoucit l'expression revêche de sa physionomie. Il se mit à table avec sa famille. Les Allemands s'assirent à l'écart, sur des escabeaux.

« Et le pays vous plaît ? » continua la femme du sabotier.

Elle était d'un naturel sociable et souffrait des longs silences de son mari.

« Oh oui, beau...

— Et chez vous ? Ça ressemble par ici ? » demanda-t-elle à l'autre soldat.

Le visage de celui-ci fut parcouru de frémissements ; on

voyait qu'il cherchait avec ardeur des mots pour décrire sa propre contrée, ses houblonnières ou ses forêts profondes. Mais il ne trouva rien ; il se contenta d'écarter les bras.

« Grand… bonne terre… »

Il hésita et soupira.

« Loin…

— Vous avez de la famille ? »

Il fit signe que oui.

Mais le sabotier dit à sa femme :

« T'as pas besoin de causer avec eux. »

La femme eut honte. Elle continua sa besogne en silence, versant le café, coupant les tartines aux enfants. Une rumeur joyeuse montait du dehors. Les rires, le cliquetis des armes, les pas et les voix des soldats faisaient un gai vacarme. On ne savait pourquoi, on se sentait le cœur léger. Peut-être à cause du beau temps ? Ce ciel, si bleu, semblait s'incliner avec douceur à l'horizon et caresser la terre. Des poules étaient accroupies dans la poussière : elles agitaient leurs plumes par moments avec un cot-cot-cot ensommeillé. Des brins de paille, du duvet, un pollen impalpable volaient dans l'air. C'était la saison des nids.

Depuis si longtemps le bourg était vide d'hommes que même ceux-là, les envahisseurs, y paraissaient à leur place. Ils le sentaient, se carraient au soleil ; les mères des prisonniers ou de soldats tués à la guerre, en les voyant, appelaient tout bas sur leurs têtes la malédiction divine, mais les jeunes filles les regardaient.

7

Dans une salle de l'école libre, les dames du bourg et quelques grosses fermières des environs s'étaient réunies pour la séance mensuelle du colis au prisonnier. La commune avait pris à sa charge les enfants de l'Assistance habitant la région avant les hostilités et faits prisonniers. La présidente de l'œuvre était Mme la vicomtesse de Montmort. C'était une jeune femme timide et laide, qui souffrait chaque fois qu'il lui fallait prendre la parole en public ; elle bégayait ; ses mains devenaient moites ; ses jambes tremblaient ; enfin, elle était aussi sujette au trac qu'une personne royale. Mais elle considérait que c'était un devoir, et qu'elle était chargée, elle, par la nature, d'éclairer ces bourgeoises et ces paysans, de leur montrer la route, de faire lever en eux le bon grain.

« Vous comprenez, Amaury, expliqua-t-elle à son époux, je ne puis croire qu'il y ait une différence essentielle entre elles et moi. Elles ont beau me décevoir (elles se montrent si grossières, si mesquines, si vous saviez !), je persiste à chercher en elles une lumière. Oui, ajoutait-elle en levant vers lui ses yeux qui se remplissaient de larmes — elle pleurait facilement —, oui, Notre Seigneur ne serait pas mort pour ces âmes s'il n'y avait eu en elles quelque chose… Mais l'ignorance, mon ami, l'ignorance où elles se trouvent est effrayante. Aussi, au début de chaque séance, je leur fais une courte allocution pour qu'elles comprennent pourquoi elles sont punies, et (vous pouvez rire,

Amaury) j'ai vu sur ces joues épaisses un éclair de compréhension parfois. Je regrette, achevait pensivement la vicomtesse, je regrette de ne pas avoir suivi ma vocation : j'aurais aimé évangéliser une contrée déserte, être le bras droit de quelque missionnaire dans la savane ou dans une forêt vierge. Enfin, n'y pensons plus. Là où nous avons été envoyés par le Seigneur, là est notre mission. »

Elle était debout sur une petite estrade dans la salle de l'école que l'on avait débarrassée à la hâte de ses pupitres ; une douzaine d'élèves choisies parmi les plus méritantes avaient été admises à venir écouter les paroles de la vicomtesse. Elles raclaient le sol de leurs sabots et regardaient l'espace de leurs gros yeux calmes, « comme des vaches », pensa la vicomtesse avec une certaine irritation. Elle résolut de s'adresser plus spécialement à elles.

« Mes chères petites filles, dit-elle, vous êtes précocement meurtries par les douleurs de la Patrie… »

Une des fillettes écoutait avec une telle attention qu'elle tomba par terre de l'escabeau où elle était assise ; les onze autres étouffèrent des fous rires dans leurs tabliers ; la vicomtesse fronça le sourcil et continua d'une voix plus forte.

« Vous vous livrez aux jeux de votre âge. Vous paraissez insouciantes, mais votre cœur est empli de chagrin. Quelles prières vous élevez soir et matin à Dieu tout-puissant pour qu'Il prenne en pitié les malheurs de notre chère France ! »

Elle s'interrompit et fit un salut fort sec à l'institutrice de la laïque qui venait d'entrer : c'était une femme qui n'allait pas à la messe et qui avait fait enterrer son mari civilement ; ses élèves ajoutaient même qu'elle n'avait pas été baptisée, ce qui semblait moins scandaleux qu'invraisemblable, comme si on eût dit d'une créature humaine qu'elle était née avec une queue de poisson. La conduite de cette personne étant irréprochable, la vicomtesse la haïssait d'autant plus, « car, expliquait-elle au vicomte, si elle buvait ou si elle avait des amants, on pourrait l'expliquer par le manque de religion, mais songez, Amaury, à la confusion qui peut se faire dans l'esprit du peuple lorsqu'il voit la vertu pratiquée par des gens qui ne pensent pas bien ».

La présence de l'institutrice étant odieuse à la vicomtesse, cette dernière fit passer en quelque sorte dans sa voix un peu de la chaleur passionnée que la vue d'un ennemi nous verse au cœur et ce fut avec une véritable éloquence qu'elle continua :

« Mais les prières, les larmes ne suffisent pas. Je ne le dis pas seulement pour vous ; je le dis pour vos mères. Il nous faut pratiquer la charité. Or que vois-je ? Personne ne pratique la charité ; personne ne s'oublie pour les autres. Ce n'est pas de l'argent que je vous demande ; l'argent, hélas, ne peut plus grand-chose à présent, dit la vicomtesse avec un soupir, en se rappelant qu'elle avait payé 850 francs les souliers qu'elle avait aux pieds (heureusement, le vicomte était le maire de la commune et elle avait des bons de chaussures quand elle voulait). Non, ce n'est pas de l'argent, mais des denrées dont la campagne est si riche et dont je voudrais garnir les colis de nos prisonniers. Chacune de vous pense au sien, au mari, au fils, au frère, au père qui est captif, et pour celui-là, rien n'est difficile ; on lui envoie du beurre, du chocolat, du sucre et du tabac, mais ceux qui n'ont pas de famille ? Ah, mesdames, songez, songez au sort de ces malheureux qui ne reçoivent jamais de colis ni de nouvelles ! Voyons, que pouvez-vous faire pour eux ? J'accepte tous les dons, je les centralise ; je les adresse à la Croix-Rouge qui les répartira dans les différents stalags. Je vous écoute, mesdames. »

Un silence suivit ; les fermières regardaient les dames du bourg, et ces dernières, pinçant les lèvres, considéraient les paysannes.

« Voyons, je commence, dit la vicomtesse avec douceur. Voici mon idée : on pourrait, au prochain colis, joindre une lettre écrite par une de ces enfants. Une lettre où, en paroles simples et touchantes, elle épancherait son cœur et exprimerait ses sentiments douloureux et patriotiques. Pensez, continua la vicomtesse d'une voix vibrante, pensez à la joie du pauvre abandonné lorsqu'il lira ces lignes où palpitera en quelque sorte l'âme du pays et qui lui rappellera les hommes, les femmes, les enfants, les arbres, les maisons de sa chère petite patrie, celle, comme l'a dit le poète, qui nous fait aimer la grande davantage. Surtout, mes enfants, laissez aller votre cœur. Ne cherchez pas des effets de style : que le talent épistolaire se taise et que parle le cœur. Ah, le cœur, dit la vicomtesse en fermant à demi les yeux, rien de beau, rien de grand ne se fait sans lui. Vous pourrez mettre dans votre lettre quelque modeste fleur des champs, une pâquerette, une primevère… je ne pense pas que les règlements s'y opposent. Cette idée vous plaît-elle ? demanda la vicomtesse en mettant la tête un peu de côté avec un gracieux sourire : voyons, voyons, j'ai assez parlé. À vous maintenant. »

La femme du notaire, une personne moustachue, aux traits durs, fit d'un ton aigre :

« Ce n'est pas le désir de gâter nos chers prisonniers qui nous manque. Mais que pouvons-nous faire, nous malheureux habitants du bourg ? Nous n'avons rien. Nous n'avons pas de vastes domaines comme vous, madame la vicomtesse, ni les belles fermes des gens de la campagne. Nous avons le plus grand mal à nous nourrir nous-mêmes. Ma fille, qui vient d'accoucher, ne peut pas trouver le lait dont elle a besoin pour son enfant. Les œufs se vendent 2 francs pièce et sont introuvables.

— C'est-y que vous voulez dire que, nous autres, on fait du marché noir ? » demanda Cécile Labarie qui était présente dans l'assistance. Quand elle était en colère, elle gonflait le cou comme un dindon et devenait d'un rouge violacé.

« Je ne veux pas dire cela, mais…

— Mesdames, mesdames », murmura la vicomtesse, et elle pensa avec découragement : « Décidément, il n'y a rien à faire, elles ne sentent rien, elles ne comprennent rien, ce sont des âmes basses. Que dis-je ? Des âmes ? Ce sont des ventres doués de parole. »

« C'est malheureux d'entendre ça, continua Cécile en haussant les épaules, c'est malheureux de voir des maisons qu'on a tout ce qu'on veut et qui crient misère. Allez, tout le monde sait que les bourgeois ont de tout. Vous entendez bien ? De tout ! Vous croyez qu'on ne sait pas qui rafle toute la viande ? On ramasse les tickets dans les domaines. C'est connu. Cent sous la feuille de viande. Ceux qu'ont l'argent, bien sûr, ils manquent de rien mais le pauvre monde…

— Il faut bien que nous ayons de la viande, nous, madame, dit majestueusement la femme du notaire qui pensa avec angoisse qu'on l'avait vue sortir un gigot, l'avant-veille, de chez le boucher (le second depuis le début de la semaine). Nous ne tuons pas de cochons, nous ! Nous n'avons pas, dans notre cuisine, des jambons, des quartiers de lard et des saucissons qui sèchent et qu'on préfère voir manger aux vers plutôt que de les céder aux malheureux des villes.

— Mesdames, mesdames, supplia la vicomtesse : pensez à la France, élevez vos cœurs… Dominez-vous ! Faites taire ces dissentiments pénibles. Songez à notre situation ! Nous sommes ruinés, battus… Nous n'avons qu'une seule consolation : notre cher Maréchal… Et vous parlez d'œufs, de lait et de cochons ! Qu'importe la nourriture ? Fi donc, mesdames, tout cela est vulgaire ! Nous avons bien d'autres sujets de tristesse. De quoi s'agit-il au fond ? D'un peu d'entraide, d'un peu de tolérance. Soyons unies comme l'étaient les poilus dans les tranchées, comme le sont, je n'en doute pas, nos chers prisonniers dans leurs camps, derrière leurs fils de fer barbelés… »

C'était étrange. Jusqu'ici, on l'avait à peine écoutée. Ses exhortations, c'était comme les sermons de M. le curé que l'on entend sans les comprendre. Mais l'image, celle d'un camp en Allemagne, avec ces hommes parqués derrière les barbelés, les émut. Toutes ces fortes et lourdes créatures avaient là-bas un être qu'elles aimaient ; elles travaillaient pour lui ; elles épargnaient pour lui ; elles enfouissaient de l'argent pour son retour, pour qu'il dise : « Tu as bien fait tout marcher, ma femme. » Chacune revit en esprit l'absent, un seul, le sien ; chacune imagina à sa façon le lieu où il était captif ; l'une pensait à des forêts de sapins, l'autre à une chambre froide, l'autre encore à des murs de forteresse, mais toutes finissaient par se représenter ces kilomètres de barbelés qui enfermaient les hommes et les séparaient du monde. Bourgeoises et paysannes sentirent leurs yeux se remplir de larmes.

« Je vas vous apporter quelque chose, dit l'une d'elles.

— Moi, soupira une autre, je trouverai ben aussi un morceau.

— Je verrai ce que je peux faire », promit la notairesse.

Mme de Montmort se hâtait d'inscrire les dons. Chacune se levait de sa place, s'avançait vers la présidente et lui chuchotait quelque chose à l'oreille, parce que maintenant elles étaient touchées au cœur, attendries, elles voulaient bien donner, non seulement aux fils et aux époux, mais aux inconnus, aux enfants assistés. Seulement, elles se méfiaient de la voisine ; elles ne voulaient pas paraître plus riches qu'elles n'étaient ; elles craignaient les dénonciations : de maison à maison on cachait ses biens ; la mère et la fille s'espionnaient et se dénonçaient mutuellement ; les ménagères fermaient la porte de leur cuisine au moment des repas pour que l'odeur ne trahisse point le lard qui crépitait sur la poêle, ni la tranche de viande interdite, ni le gâteau fait avec de la farine prohibée. Mme de Montmort inscrivait :

Madame Bracelet, fermière aux Roches, deux saucissons crus, un pot de miel, un pot de rillettes... Madame Joseph, au domaine du Rouet, deux pintades en pots, du beurre salé, du chocolat, du café, du sucre...

« Je compte sur vous, n'est-ce pas, mesdames ? » dit encore la vicomtesse.

Mais les paysannes la regardèrent, étonnées : on ne revenait pas sur sa parole. Elles prirent congé ; elles tendaient à la vicomtesse une main rouge, crevassée par le froid de l'hiver, par les soins donnés aux bêtes, par la lessive, et chaque fois la vicomtesse devait faire un petit effort pour serrer cette main dont le contact lui était physiquement désagréable. Mais elle dominait ce sentiment contraire à la charité chrétienne et par esprit de mortification, elle se forçait à embrasser les enfants qui accompagnaient leurs mères ; ils étaient tous gras et roses, gavés et barbouillés comme de petits porcs.

Enfin, la salle fut vide. L'institutrice avait fait sortir les fillettes ; les fermières étaient parties. La vicomtesse soupira, non de fatigue, mais d'écœurement. Que l'humanité était laide et basse ! Quel mal il fallait se donner pour faire palpiter une lueur d'amour dans ces tristes âmes… « Pouah ! » se dit-elle tout haut, mais comme le lui recommandait son directeur de conscience, elle offrit à Dieu les fatigues et les travaux de cette journée.

8

« Et que pensent les Français, monsieur, de l'issue de la guerre ? » demanda Bonnet.

Les femmes se regardèrent avec une expression scandalisée. Ça ne se faisait pas. On ne parlait pas avec un Allemand de la guerre, ni de celle-ci ni de l'autre, ni du maréchal Pétain, ni de Mers-el-Kébir, ni de la coupure de la France en deux tronçons, ni des troupes occupantes, ni de rien qui comptât. Il n'y avait qu'une attitude possible : une affectation de froide indifférence, le ton par lequel Benoît répondit en levant son verre plein à ras bord de vin rouge :

« Ils s'en foutent, monsieur. »

C'était le soir. Le couchant, pur et glacial, présageait le gel pour la nuit, mais le lendemain il ferait sans doute un temps splendide. Bonnet avait passé toute la journée au bourg. Il rentrait se coucher et avant de monter chez lui, par condescendance, bonté naturelle, souci de se faire bien voir ou désir de se chauffer un instant au coin du feu, il s'était attardé dans la salle. Le dîner finissait ; Benoît seul était à table ; les femmes, déjà debout, rangeaient la pièce, lavaient la vaisselle. L'Allemand examina curieusement le grand lit inutile.

« Personne ne couche ici, n'est-ce pas ? Ça ne sert à rien ? Que c'est drôle.

— Ça sert des fois », dit Madeleine qui pensait à Jean-Marie.

Elle croyait que personne ne la devinerait, mais Benoît

fronça les sourcils : chaque allusion à l'aventure de l'été écoulé lui perçait le cœur avec la rapidité et la sûreté d'une flèche, mais c'était son affaire… à lui seul. Il réprima d'un regard le petit ricanement de Cécile et répondit à l'Allemand avec une grande politesse :

« Des fois, ça pourrait vous servir, on ne sait jamais, s'il vous arrivait malheur, par exemple (non que je le souhaite…). On couche les morts, chez nous, sur ces lits-là. »

Bonnet le regarda, amusé, avec un peu de cette pitié méprisante qu'on ressent en voyant un fauve grincer des dents derrière les barreaux d'une cage. « Heureusement, songea-t-il, que l'homme, pris par son travail, ne sera pas souvent là… et les femmes sont plus accessibles. » Il sourit :

« En temps de guerre, aucun de nous n'espère mourir dans un lit. »

Madeleine, cependant, venait de sortir dans le jardin ; elle revint avec des fleurs pour orner la cheminée. C'étaient les premiers lilas, d'un blanc de neige, les pointes verdissantes, formées de petits boutons serrés et clos encore, plus bas, épanouies en grappes parfumées. Bonnet plongea sa figure pâle dans le bouquet.

« C'est divin… et comme vous savez bien arranger les fleurs… »

Une seconde, ils demeurèrent debout, côte à côte et sans parler. Benoît songeait qu'elle (sa femme, sa Madeleine) semblait toujours à son aise lorsqu'il s'agissait de quelque besogne de dame — lorsqu'elle choisissait des fleurs, se polissait les ongles, se coiffait d'une manière qui n'était pas celle des femmes du pays, lorsqu'elle parlait à un étranger, lorsqu'elle tenait un livre… « On ne devrait pas prendre une fille de l'Assistance, on ne sait pas d'où ça vient », se dit-il une fois de plus douloureusement, et quand il pensait « on ne sait pas d'où ça vient », ce qu'il imaginait, ce qu'il redoutait ce n'était pas quelque ascendance d'alcoolique ou de voleuse, mais cela, ce sang de bourgeois qui la faisait soupirer : « Ah, qu'on s'ennuie à la campagne… » ou « Je voudrais, moi, de jolies choses… », et qui la liait, pensait-il, d'une obscure complicité à un inconnu, à un ennemi, pourvu qu'il fût un monsieur, qu'il eût du linge fin et les mains propres.

Il repoussa violemment sa chaise et sortit. C'était l'heure d'enfermer les bêtes. Il demeura un long moment dans l'ombre et la tiédeur de l'étable. Une vache avait mis bas la veille. Elle léchait tendrement le petit veau à grosse tête, aux minces pattes tremblantes. Une autre soufflait doucement dans son coin. Il écouta ces respirations profondes et calmes. De sa place il voyait la porte ouverte de la maison ; une ombre parut sur le seuil. Quelqu'un s'inquiétait de son absence, le cherchait. Sa mère ou Madeleine ? Sa mère, sans doute… Hélas, rien que sa mère… Il ne bougerait pas d'ici avant que l'Allemand fût rentré chez lui. Il le verrait allumer sa lampe. Bien sûr, l'électricité ne lui coûtait rien à lui. En effet, au bout de quelques instants, une lumière brilla au bord de la fenêtre. Au même moment, l'ombre qui guettait se détacha du seuil et courut jusqu'à lui, légère. Il se sentit le cœur dilaté, comme si une invisible main ôtait tout à coup de sa poitrine un poids qui depuis longtemps l'écrasait.

« T'es là, Benoît ?

— Oui, je suis là.

— Qu'est-ce que tu fais ? J'avais peur.

— Peur ? De quoi ? T'es folle.

— Je ne sais pas. Viens.

— Attends. Attends un peu. »

Il l'attira contre lui. Elle se débattait et faisait semblant de rire, mais il sentait, il ne savait à quel raidissement de tout le corps, qu'elle n'avait pas envie de rire, qu'elle ne le trouvait pas drôle, qu'elle n'aimait pas à être bousculée dans le foin et sur la paille fraîche, qu'elle ne l'aimait pas… Non ! Elle ne l'aimait pas… elle n'avait pas de plaisir avec lui. Il lui dit tout bas, d'une voix sourde :

« Tu n'aimes donc rien ?

— Si, j'aime bien… Mais pas ici, pas comme ça, Benoît. J'ai honte.

— De qui ? Des vaches qui te regardent ? dit-il d'un ton dur. Tiens, va-t'en ! »

Elle poussa cette plainte désolée qui lui donnait envie à la fois de pleurer et de la tuer.

« Comme tu me parles ! Des fois, on dirait que tu m'en veux. De quoi ? C'est Cécile qui… »

Il lui mit la main sur la bouche ; elle l'écarta brusquement et acheva :

« C'est elle qui te monte la tête.

— Personne ne me monte la tête. Je ne vois pas par les yeux des autres, moi. Je sais seulement que quand je m'approche de toi, c'est toujours : "Attends. Une autre fois. Pas cette nuit, le gosse m'a fatiguée." Qui t'attends ? gronda-t-il tout à coup. Pour qui tu te gardes ? Hein ? Hein ?

— Lâche-moi ! cria-t-elle comme il lui pétrissait les bras et les hanches. Lâche-moi ! Tu me fais mal. »

Il la repoussa de nouveau avec tant de force qu'elle heurta du front le portail bas. Ils se regardèrent un instant, sans rien dire. Il avait pris un râteau et remuait furieusement la paille.

« T'as tort, dit enfin Madeleine, et d'une voix tendre elle murmura : Benoît… Pauvre petit Benoît… T'as tort de te faire des idées… Va, je suis ta femme à toi ; si je te parais froide, des fois, c'est que l'enfant m'a fatiguée. C'est tout.

— Sortons de là, dit-il brusquement. Montons nous coucher. »

Ils traversèrent la salle déjà vide et sombre. Il faisait jour encore, mais au ciel seulement et sur les cimes des arbres. Le reste, la terre, la maison, les prés, tout était plongé dans une obscurité fraîche. Ils se déshabillèrent et se mirent au lit. Cette nuit, il n'essaya pas de la prendre. Ils demeurèrent étendus, immobiles, sans dormir, écoutant au-dessus de leurs têtes le souffle de l'Allemand, les craquements du lit où il couchait. Madeleine, dans les ténèbres, chercha la main de son mari et la serra avec force.

« Benoît !

— Eh bien ?

— Benoît, j'y pense tout à coup… Faut cacher ton fusil. Tu as lu les affiches au bourg ?

— Oui, dit-il d'un ton moqueur. *Verboten. Verboten.* La mort. N'ont que ces mots-là à la bouche, les bougres.

— Où on va le cacher ?

— Laisse-le. Il est bien où il est.

— Benoît, ne t'obstine pas ! C'est grave. Tu sais combien il y a eu de fusillés pour n'avoir pas remis les armes à la Kommandantur.

— Tu voudrais que j'aille leur remettre mon fusil ? Mais y a que les trembleurs qui font ça ! J'ai pas peur d'eux. Tu ne sais pas comment je me suis échappé, l'autre été, non ? J'en ai tué deux. Ils ont pas fait ouf ! J'en descendrai bien encore, fit-il avec rage, et il montra le poing dans la nuit à l'Allemand invisible.

— Je te dis pas de le rendre, mais de le cacher, de l'enterrer… Les cachettes ne manquent pas.

— Ça ne se peut pas.

— Mais pourquoi ?

— Faut que je l'aie sous la main. Crois-tu que je vais laisser les renards et les autres bêtes puantes approcher de nous ? Le parc du château, là-haut, ça en fourmille. Le vicomte, il a bien trop peur. Il fait dans ses chausses. Il abattrait rien. En voilà un qui a remis son fusil à la Kommandantur, et avec de beaux saluts encore… "Je vous en prie, messieurs, vous me faites bien de l'honneur…" Heureusement que moi et des copains on visite son parc à la nuit. Sans quoi le pays serait ruiné.

— Ils n'entendent pas les coups de feu ?

— Penses-tu ! C'est vaste, autant dire une forêt.

— Tu y vas souvent ? dit Madeleine, curieuse. Je ne savais pas.

— Y a des choses que tu ne sais pas, ma fille… On va y chercher ses plants de tomates et de betteraves, ses fruits, tout ce qu'il veut pas vendre. Le vicomte… »

Il se tut, rêva un instant et ajouta :

« Le vicomte, c'est un des pires… »

De père en fils, les Labarie étaient métayers sur les terres des Montmort. De père en fils, on se haïssait. Les Labarie disaient que les Montmort étaient durs aux pauvres, fiers, pas francs, et les Montmort accusaient leurs métayers d'avoir le « mauvais esprit ». C'était prononcé à voix basse, en haussant les épaules et en levant les yeux au ciel, une formule qui signifiait plus de choses encore que ne le croyaient les Montmort eux-mêmes. C'était une manière de concevoir la pauvreté, la richesse, la paix, la guerre, la liberté, la propriété qui n'était pas en elle-même moins raisonnable que celle des Montmort, mais opposée à la leur comme le feu l'est à l'eau. Maintenant, il s'y ajoutait encore d'autres griefs. Aux yeux du vicomte, Benoît était un soldat de 40, et c'était l'indiscipline des soldats, leur manque de patriotisme, leur « mauvais esprit » enfin qui avaient causé la défaite, songeait-il, tandis que Benoît voyait en Montmort un de ces beaux officiers aux guêtres jaunes qui filaient vers la frontière espagnole, bien à l'aise dans leurs voitures, avec leurs femmes et leurs valises, pendant les journées de juin. Puis il y avait la « collaboration »...

« Il lèche les bottes aux Allemands, fit sombrement Benoît.

— Prends garde, dit Madeleine. Tu dis trop ce que tu penses. Et ne sois pas malhonnête avec l'Allemand là-haut...

— S'il vient rôder autour de toi, je...

— Mais tu es fou !

— J'ai des yeux.

— Tu vas être jaloux de celui-là aussi, à présent ! » s'écria Madeleine.

Dès que les mots furent hors de sa bouche, elle les regretta : il ne fallait pas donner un corps, un nom aux rêveries du jaloux. Mais après tout, à quoi bon taire ce que tous deux savaient. Benoît fit cette réponse :

« Pour moi, les deux, c'est la même chose. »

Cette race d'hommes bien rasés, bien lavés, à la parole prompte et légère, et que les filles regardent... malgré elles... parce qu'elles sont flattées d'être choisies, recherchées par des Messieurs... voilà ce qu'il voulait dire, pensa Madeleine. S'il savait ! S'il se doutait qu'elle avait aimé Jean-Marie dès le premier instant, dès qu'elle l'avait aperçu, las, boueux, dans son uniforme en sang, couché sur une civière ! Aimé. Oui. À elle-même, dans les ténèbres, dans le secret de son propre cœur, mille et mille fois elle répéta : « Je l'ai aimé. Voilà. Je l'aime encore. Il n'y a rien à faire. »

Au premier chant du coq enroué qui perçait l'aube, tous deux, sans avoir dormi, se levèrent. Elle s'en fut chauffer le café, et lui, panser les bêtes.

9

Avec un livre et un ouvrage, Lucile Angellier s'était assise à l'ombre des cerisiers. C'était le seul coin du jardin où on avait laissé pousser des arbres et des plantes sans s'inquiéter du produit matériel qu'ils pourraient donner, car ces cerisiers n'avaient que peu de fruits. Mais c'était la saison des fleurs. Sur un ciel de pur et inaltérable azur, le bleu de Sèvres, à la fois riche et brillant, de certaines porcelaines précieuses, flottaient des branches qui semblaient couvertes de neige ; le souffle qui les agitait était froid encore en ce jour de mai ; les pétales se défendaient doucement, se recroquevillaient avec une sorte de grâce frileuse, tournant vers le sol leur cœur aux pistils blonds. Le soleil traversait certaines d'entre elles et révélait alors un entrelacs de petites veines délicates, visibles dans la blancheur des pétales et qui à la fragilité, à l'immatérialité de la fleur ajoutaient quelque chose de vivant, de presque humain dans le sens où ce mot humain signifie à la fois faiblesse et résistance ; on comprenait comment le vent pouvait secouer ces ravissantes créatures sans les détruire, sans même les friper ; elles se faisaient balancer rêveusement ; elles semblaient prêtes à tomber, mais elles étaient solidement attachées à leurs branches fines, luisantes et dures, des branches qui avaient quelque chose de métallique dans l'aspect, ainsi que le tronc lui-même, élancé, lisse, d'une seule venue aux reflets gris et pourpres. Entre les bouquets blancs apparaissaient de petites feuilles allongées ; dans l'ombre elles étaient d'un vert tendre, couvertes de poils d'argent ; au soleil, elles semblaient roses. Le jardin longeait une rue étroite, une venelle campagnarde où s'élevaient des maisonnettes ; les Allemands y avaient installé leur dépôt de poudre ; une sentinelle marchait de long en large sous l'affiche rouge qui portait en grosses lettres :

VERBOTEN

et plus loin, en petits caractères, en français :

Il est interdit de s'approcher de ce lokal sous peine de mort

Les soldats pansaient les chevaux, sifflotaient, et les chevaux mangeaient les pousses vertes des jeunes arbres. Partout, dans les jardins qui bordaient la rue, des hommes travaillaient d'un air paisible. En manches de chemise, en pantalon de velours, un chapeau de paille sur la tête, ils bêchaient, échenillaient, arrosaient, semaient, plantaient. Parfois un militaire allemand poussait la clôture d'un de ces petits jardins et venait demander du feu pour sa pipe, ou un œuf frais, ou un verre de bière. Le jardinier lui donnait ce qu'il désirait, puis, appuyé sur sa bêche, il le regardait pensivement s'éloigner, et enfin il reprenait son travail avec un haussement d'épaules qui répondait sans doute à un monde de pensées, si nombreuses, si profondes, si graves et étranges qu'il ne trouvait pas de mots pour s'exprimer.

Lucile faisait un point à une broderie, puis la laissait retomber. Les fleurs de cerisier au-dessus de sa tête attiraient les guêpes et les abeilles ; on les voyait aller, venir, voltiger, s'introduire dans les calices et boire goulûment, la tête en bas et le corps frémissant d'une sorte de spasmodique allégresse, tandis que, semblant se moquer de ces agiles travailleuses, un gros bourdon doré se balançait sur l'aile du vent comme sur un hamac, bougeant à peine et remplissant l'air de son chant paisible et doré.

De sa place, Lucile pouvait voir à une fenêtre l'officier allemand qui logeait chez elle ; il avait avec lui depuis quelques jours le chien-loup du régiment. Il était assis dans la chambre de Gaston Angellier, sur le bureau Louis XIV ; il secouait les cendres de sa pipe dans une tasse bleue où la vieille Mme Angellier versait autrefois de la tisane pour son fils ; il frappait distraitement du talon les ornements de bronze doré qui soutenaient la table ; le chien avait posé son museau sur la jambe de l'Allemand ; il aboyait et tirait sur sa chaîne. L'officier lui disait alors, en français et assez haut pour que Lucile l'entendît (dans ce calme jardin, tous les sons flottaient longtemps, comme portés par l'air tranquille) :

« Non, Bubi, vous n'irez pas vous promener. Vous mangeriez toutes les salades de ces dames et elles ne seraient pas contentes ; elles diraient que nous sommes des soldats grossiers et mal élevés. Il faut rester là, Bubi, et regarder le beau jardin. »

« Quel gosse ! » pensa Lucile. Elle ne put s'empêcher de sourire. L'officier reprit :

« C'est malheureux, n'est-ce pas, Bubi ? Vous aimeriez faire des trous dans la terre avec votre nez, je pense. S'il y avait un petit enfant dans la maison, cela irait... Il nous ferait signe de venir. Nous avons toujours fait bon ménage avec les petits enfants, mais il n'y a ici que deux dames très sérieuses, très silencieuses et... il vaut mieux rester où nous sommes, Bubi ! »

Il attendit encore un instant et, comme Lucile se taisait, il parut déçu. Il se pencha davantage à la fenêtre, fit un grand salut et demanda cérémonieusement :

« Est-ce que vous verriez quelque inconvénient, madame, à me permettre de cueillir des fraises dans vos plates-bandes ?

— Vous êtes chez vous », dit Lucile avec une vivacité ironique.

L'officier salua de nouveau.

« Je ne me permettrais pas de vous demander cela pour moi-même, je vous assure, mais ce chien adore les fraises. Je tiens à vous signaler d'ailleurs que c'est un chien français. Il a été trouvé dans un village abandonné en Normandie, pendant la bataille, et recueilli par mes camarades. Vous ne refuserez pas vos fraises à un compatriote. »

« Nous sommes idiots », pensa Lucile. Elle dit simplement :

« Venez, vous et votre chien, et cueillez ce que vous voulez.

— Merci, madame », s'écria joyeusement l'officier, et aussitôt il sauta par la fenêtre, le chien derrière lui.

Tous deux s'approchèrent de Lucile ; l'Allemand sourit.

« Je suis très indiscret, madame, ne m'en veuillez pas, mais ce jardin, ces cerisiers, cela semble un coin de paradis pour un pauvre militaire.

— Vous avez passé l'hiver en France ? demanda Lucile.

— Oui. Dans le Nord, cantonné par le mauvais temps à la caserne et au café. Je logeais chez une pauvre jeune femme qui venait de se marier et son époux a été fait prisonnier deux semaines après. Quand elle me rencontrait dans le couloir, elle se mettait à pleurer, et moi, je me sentais un criminel. Ce n'est pourtant pas ma faute… et j'aurais pu lui dire que j'étais marié moi aussi, et séparé de ma femme par la guerre.

— Vous êtes marié ?

— Oui. Cela vous étonne ? Quatre ans marié. Quatre ans soldat.

— Vous êtes si jeune !

— J'ai vingt-quatre ans, madame. »

Ils se turent. Lucile reprit sa broderie. L'officier, un genou à terre, se mit à ramasser des fraises ; il les mettait dans le creux de sa main, où Bubi venait les chercher de son museau humide et noir.

« Vous vivez seule ici avec madame votre mère ?

— C'est la mère de mon mari ; il est prisonnier. Vous pouvez demander une assiette à la cuisine pour vos fraises.

— Ah, très bien… Merci, madame. »

Il revint au bout de quelques instants avec une grande assiette bleue et poursuivit sa cueillette. Puis il offrit les fraises à Lucile qui en prit quelques-unes et lui dit de manger les autres. Il se tenait debout devant elle, adossé à un tronc de cerisier.

« Elle est jolie, votre maison, madame. »

Le ciel s'était voilé de vapeurs légères et la maison, sous cette lumière adoucie, avait un ton d'ocre presque rose qui rappelait la couleur de certaines coquilles d'œuf ; Lucile, enfant, les appelait des œufs bruns et ils lui paraissaient plus savoureux que les autres, que les blancs de neige pondus par la plupart des poules. Ce souvenir la fit sourire ; elle regarda cette maison, avec son toit d'ardoise bleutée, ses seize fenêtres aux volets prudemment entrouverts afin que le soleil printanier ne vînt pas faner les tapisseries, avec à son fronton la grande cloche rouillée qui ne sonnait plus jamais, avec sa marquise de verre où se reflétait le ciel. Elle demanda :

« Vous la trouvez jolie ?

— On dirait la demeure d'un personnage de Balzac. Un riche notaire de province retiré à la campagne a dû la faire bâtir. Je l'imagine, la nuit, dans la chambre que j'occupe, comptant des rouleaux de louis d'or. Il était libre-penseur, mais sa femme allait le matin à la première messe, celle que j'entends sonner quand je rentre des manœuvres de nuit. La femme devait être rose, blonde et porter un grand châle de cachemire.

— Je demanderai à ma belle-mère, dit Lucile, qui a fait construire cette maison. Les parents de mon mari étaient propriétaires terriens, mais sans doute au XIXe siècle, il y a eu des notaires, des avoués, des médecins et avant cela, des paysans. Je sais qu'à cette place, il y a cent cinquante ans, s'élevait leur ferme.

— Vous demanderez ? Vous ne le savez pas ? Cela ne vous intéresse pas, madame ?

— Je ne sais pas, dit Lucile, mais ma maison natale, je pourrais vous dire quand elle a été bâtie et par qui. Ici, je ne suis pas née. Je vis seulement.

— Où êtes-vous née ?

— Pas très loin d'ici, mais dans une autre province. Une maison dans les bois… où les arbres poussent si près du salon que l'été leur ombre verte baigne tout comme dans un aquarium.

— Il y a des forêts chez moi, dit l'officier. De grandes, de très grandes forêts. On chasse tout le jour. Un aquarium, vous avez raison, ajouta-t-il après avoir réfléchi. Les glaces du salon sont toutes vertes et sombres, et troubles comme l'eau. Il y a aussi des étangs où nous chassons le canard sauvage.

— Est-ce que vous aurez bientôt une permission pour rentrer chez vous ? » demanda Lucile.

Un éclair de joie illumina le visage de l'officier.

« Madame, je pars dans dix jours, lundi en huit. Je n'ai eu, depuis le commencement de la guerre, qu'une courte permission pour Noël, moins d'une semaine. Ah, madame, comme on les attend, ces permissions ! Comme on compte les jours. Comme on espère ! Et puis on arrive, et on voit qu'on ne parle plus le même langage.

— Parfois, murmura Lucile.

— Toujours.

— Vous avez encore vos parents ?

— Oui. Ma mère doit être assise comme vous au jardin en ce moment, avec un livre et un ouvrage.

— Et votre femme ?

— Ma femme, dit-il, m'attend, ou plutôt elle attend quelqu'un qui est parti pour la première fois il y a quatre ans et qui ne reviendra jamais… tout à fait pareil. L'absence est un phénomène bien curieux !

— Oui », soupira Lucile.

Et elle songea à Gaston Angellier. Mais il y a celles qui attendent le même homme, et celles qui attendent un homme différent de celui qui est parti, se dit-elle, et toutes deux sont déçues. Elle se força à imaginer son mari, séparé d'elle depuis un an, tel qu'il devait être devenu, souffrant, rongé de regrets (mais regrettait-il sa femme ou la modiste de Dijon ?). Elle était injuste ; il devait douloureusement ressentir l'humiliation de la défaite, la perte de tant de biens… Brusquement la vue de l'Allemand (non ! pas de l'Allemand lui-même, mais de son uniforme, de la couleur particulière vert amande, tirant sur le gris, de son dolman, le miroitement des hautes bottes) lui fut pénible. Elle prétexta un travail à la maison et rentra. De sa chambre, elle le voyait aller et venir dans l'allée étroite entre les grands poiriers qui étendaient leurs bras chargés de fleurs. Quelle douce journée… La lumière, peu à peu, faiblissait et les branches des cerisiers devenaient bleuâtres et légères comme des houppes pleines de poudre. Le chien marchait sagement près de l'officier et, parfois, posait l'extrémité de son museau sur la main du jeune homme ; celui-ci le flatta doucement à plusieurs reprises. Il était tête nue : ses cheveux, d'un blond métallique, brillaient au soleil. Lucile vit qu'il regardait la maison.

« Il est intelligent et bien élevé, pensa-t-elle. Mais je suis contente qu'il parte bientôt ; ma pauvre belle-mère souffre de le voir installé dans la chambre de son fils. Les êtres passionnés sont simples, se dit-elle encore ; elle le hait, et tout est dit. Heureux sont ceux qui peuvent aimer et haïr sans feinte, sans détour, sans nuance. En attendant, me voilà confinée à la chambre par ce beau jour parce qu'il plaît à ce monsieur de se promener. C'est trop bête. »

Elle ferma la fenêtre et, se jetant sur son lit, poursuivit la lecture commencée. Elle persévéra jusqu'à l'heure du dîner, mais elle s'endormait à demi sur son livre, fatiguée par la chaleur et l'éclat du jour. Quand elle entra dans la salle à manger, elle trouva sa belle-mère déjà assise à sa place accoutumée, en face de la chaise vide occupée autrefois par Gaston. Elle était si pâle, si rigide, les yeux rongés de larmes, que Lucile effrayée demanda :

« Qu'est-il arrivé ?

— Je me demande..., répondit Mme Angellier, serrant l'une contre l'autre ses mains avec tant de violence que Lucile vit blanchir les ongles. Je me demande pourquoi vous avez épousé Gaston ? »

Il n'y a rien de plus constant chez un être humain que sa manière d'exprimer la colère ; celle de Mme Angellier était à l'ordinaire trouble et subtile comme le sifflement de la vipère ; Lucile n'avait jamais supporté une aussi rude et brusque attaque ; elle en fut moins indignée que peinée ; elle comprit tout à coup combien sa belle-mère devait souffrir. Elle se rappela la chatte noire, toujours dolente, hypocrite et caressante, qui donnait de sournois coups de griffes en ronronnant. Une seule fois elle avait sauté aux yeux de la cuisinière ; elle avait failli l'aveugler, c'était le jour où on avait noyé sa portée de chatons, puis elle avait disparu.

« Qu'est-ce que j'ai fait ? demanda Lucile à voix basse.

— Comment avez-vous pu, ici, dans sa maison, sous ses fenêtres, lui absent, prisonnier, peut-être malade, maltraité par ces brutes, comment avez-vous pu sourire à un Allemand, parler familièrement à un Allemand ? C'est inconcevable !

— Il m'a demandé la permission de descendre au jardin cueillir des fraises. Je ne pouvais pas refuser. Vous oubliez qu'il est en ce moment le maître, hélas… Il a gardé les réflexes de la bonne éducation, mais il pourrait prendre ce qui lui plaît, entrer où il veut et même nous mettre dehors. Il met des gants blancs pour exercer ses droits de conquête. Je ne peux lui en vouloir. Je trouve qu'il a raison. Ce n'est pas ici un champ de bataille. On peut garder au fond de soi tous les sentiments que l'on voudra, mais, extérieurement du moins, pourquoi ne pas être poli et bienveillant ? Il y a quelque chose d'inhumain dans cette situation. Pourquoi exagérer cela ? Ce n'est pas… ce n'est pas raisonnable, ma mère, s'écria Lucile avec une violence qui la surprit elle-même.

— Raisonnable ! s'exclama Mme Angellier. Mais, ma pauvre fille, ce mot seul prouve que vous n'aimez pas votre mari, que vous ne l'avez jamais aimé et que vous ne le regrettez pas ! Est-ce que vous pensez que je raisonne, moi ? Je ne peux pas le voir, cet officier ! J'ai envie de lui arracher les yeux ! Je voudrais le voir mort. Ce n'est ni juste, ni humain, ni chrétien, mais je suis une mère, je souffre sans mon fils, je déteste ceux qui me l'ont pris, et si vous étiez une vraie femme, vous n'auriez pu supporter la présence de cet Allemand à côté de vous. Vous n'auriez pas eu peur de paraître vulgaire, mal élevée, ridicule. Vous vous seriez levée et, avec ou sans excuse, vous l'auriez quitté. Mon Dieu ! cet uniforme, ces bottes, ces cheveux blonds, cette voix, et cet air de santé, de bonheur, tandis que mon malheureux fils… »

Elle s'interrompit et se mit à pleurer.

« Voyons, ma mère… »

Mais la fureur de Mme Angellier redoubla.

« Je me demande pourquoi vous l'avez épousé ! s'écria-t-elle de nouveau. Pour l'argent, pour les propriétés sans doute, mais alors…

— Ce n'est pas vrai ! Vous savez bien que ce n'est pas vrai ! Je me suis mariée parce que j'étais une petite oie, que papa m'avait dit : "C'est un brave garçon. Il te rendra heureuse." Je n'imaginais pas être trompée dès le lendemain des noces avec une modiste de Dijon !

— Mais qu'est-ce que c'est ?…. Qu'est-ce que c'est que cette histoire ?

— C'est l'histoire de mon mariage, dit amèrement Lucile. Il y a en ce moment à Dijon une femme qui tricote un chandail pour Gaston, qui lui confectionne des douceurs, qui lui envoie des colis et qui lui écrit probablement : "Je m'ennuie bien toute seule, dans notre grand dodo, cette nuit, mon pauvre loup."

— Une femme qui l'aime », murmura Mme Angellier, et ses lèvres prirent la teinte de l'hortensia fané et devinrent minces et coupantes comme un fil.

« À cet instant, se dit Lucile, elle me chasserait volontiers pour mettre la modiste à ma place », et, avec la perfidie qui n'abandonne jamais même la meilleure des femmes, elle insinua :

« C'est vrai qu'elle lui est chère… très chère… Vous n'avez qu'à voir les souches de son carnet de chèques. Je l'ai retrouvé dans son bureau quand il est parti.

— Elle lui coûte de l'argent ? s'écria Mme Angellier, horrifiée.

— Oui ; ça m'est bien égal. »

Il y eut un long silence. On entendait les sons familiers du soir : la radio du voisin qui égrenait une série de notes monotones, plaintives et stridentes comme la musique arabe ou comme le crissement des cigales : c'était la BBC de Londres brouillée par les ondes adverses, quelque part, dans la nuit, le mystérieux murmure d'une source perdue dans la campagne, le « tio » insistant, altéré du crapaud qui implorait la pluie. Dans la salle, l'antique suspension de cuivre, frottée et polie par des générations jusqu'à avoir perdu son éclat d'or rose et pris une couleur blonde et pâle de lune à son premier quartier, éclairait la table et les deux femmes. Lucile éprouvait de la tristesse et du remords.

« Quelle mouche m'a piquée ? pensait-elle. J'aurais dû écouter ses reproches et me taire. Elle se tourmentera davantage maintenant. Elle voudra excuser son fils, nous raccommoder… Dieu ! quel ennui ! »

Le repas se termina sans que Mme Angellier ouvrît la bouche. Après le dîner, on s'installa au salon où la cuisinière annonça la visite de la vicomtesse de Montmort. Cette dame, naturellement, ne fréquentait pas les bourgeois du village ; elle ne les invitait pas plus chez elle que ses fermiers, mais quand elle avait besoin d'un service, elle venait le demander à domicile avec une simplicité, une ingénuité, une insolence naïve qui prouvaient qu'elle était vraiment « née ». Elle arrivait en voisine, habillée comme une femme de chambre, coiffée d'un petit feutre rouge à plume de faisan qui avait vu des temps meilleurs ; les bourgeois ne pensaient pas que par cette absence de pose elle marquait mieux que ne l'eussent fait de la hauteur ou des manières cérémonieuses le profond dédain dans lequel elle les tenait : pour eux, il n'était pas plus nécessaire de faire toilette que pour entrer en passant dans une ferme demander un verre de lait. Désarmés, les bourgeois se disaient : « Elle n'est pas fière », ce qui ne les empêchait pas d'ailleurs de l'accueillir avec une morgue extraordinaire, aussi inconsciente que l'était la prétendue simplicité de la comtesse.

Mme de Montmort entra dans le salon des Angellier à grands pas ; elle les salua cordialement ; elle ne s'excusa pas d'être venue à une heure si tardive ; elle prit le livre de Lucile et lut le titre à voix haute : *Connaissance de l'Est*, par Claudel.

« Mais c'est très bien, lui dit-elle avec un sourire encourageant, comme elle eût félicité une des gamines de l'école libre de lire, sans y être forcée, l'Histoire de France. Vous aimez les lectures sérieuses, c'est très bien. »

Elle se baissa pour ramasser la pelote de laine de la vieille Mme Angellier que celle-ci venait de laisser tomber à terre.

Vous voyez, semblait dire la vicomtesse, que j'ai été élevée à respecter les gens âgés ; leur origine, leur éducation, leur fortune ne comptent pas à mes yeux ; je ne vois que leurs cheveux blancs.

Cependant Mme Angellier, avec une frigide inclinaison de tête, desserrant à peine les lèvres, indiquait un siège à la vicomtesse et tout en elle clamait silencieusement, si on peut dire : « Si vous croyez que je vais me montrer flattée de votre visite, vous vous trompez. Il est possible que mon arrière-arrière-grand-père ait été le fermier des vicomtes de Montmort, mais c'est de l'histoire ancienne et personne ne le sait, tandis que tout le monde connaît le chiffre d'hectares que votre défunt beau-père, qui avait besoin d'argent, a cédé à feu mon mari ; d'ailleurs, votre époux s'est arrangé pour revenir de la guerre, tandis que mon fils est prisonnier. Vous devez respecter en moi la mère douloureuse. » Aux questions de la vicomtesse, elle répondit d'une voix faible que sa santé était bonne, qu'elle avait eu dernièrement des nouvelles de son fils.

« Vous n'avez pas d'espoir ? » s'informa la vicomtesse, en entendant « l'espoir de le voir revenir bientôt ».

Mme Angellier secoua la tête et leva les yeux au ciel.

« Que c'est triste ! dit la vicomtesse. Nous sommes bien éprouvés », ajouta-t-elle.

Elle disait « nous » à cause de ce sentiment de pudeur qui nous fait, vis-à-vis d'un malheureux, feindre des maux semblables aux siens (mais l'égoïsme déforme si naïvement nos meilleures intentions que nous disons en toute innocence à un tuberculeux au dernier degré : « Je vous plains, je sais ce que c'est, j'ai un rhume dont je n'arrive pas à me débarrasser depuis trois semaines »).

« Très éprouvés, madame, murmura Mme Angellier avec froideur et mélancolie. Nous avons de la compagnie, comme vous savez, ajouta-t-elle en indiquant la chambre voisine et en souriant amèrement. Un de ces messieurs… Vous en hébergez aussi, sans doute ? » dit-elle, quoiqu'elle sût par la rumeur publique que le château, grâce aux relations personnelles du vicomte, était vierge d'Allemands.

La vicomtesse ne répondit pas à cette interrogation, mais d'un ton indigné :

« Vous ne devinerez jamais ce qu'ils ont eu le toupet de réclamer ! L'accès au lac, pour la pêche et la natation. Moi qui passais mes meilleures heures sur l'eau, je peux en faire mon deuil pour tout l'été.

— Ils vous interdisent d'y aller ? C'est un peu fort tout de même, s'écria Mme Angellier, légèrement réconfortée par l'humiliation infligée à la vicomtesse.

— Non, non, assura cette dernière, au contraire, ils se sont montrés tout à fait corrects : “Vous nous indiquerez à quelles heures nous pouvons nous y rendre pour ne pas vous déranger”, m'ont-ils dit. Mais, vous me voyez me trouvant face à face avec un de ces messieurs en tenue estivale ? Vous savez qu'ils se mettent à demi nus même pour manger ? Ils occupent l'école libre et prennent leurs repas dans la cour, torse et jambes nus, avec une espèce de cache-sexe ! On est obligé de garder les volets fermés dans la classe des grandes qui donne justement dans cette cour pour ne pas que les enfants voient... ce qu'ils ne doivent pas voir. Par cette chaleur, vous pensez comme c'est agréable ! »

Elle soupira : sa situation était très difficile. Au début de la guerre, elle s'était montrée ardemment patriote et antiallemande, non qu'elle détestât les Allemands plus que les autres étrangers (elle les englobait tous dans un même sentiment d'aversion, de défiance et de dédain), mais il y avait dans le patriotisme et dans la germanophobie, comme d'ailleurs dans l'antisémitisme et plus tard, dans la dévotion au maréchal Pétain, quelque chose de théâtral qui la faisait vibrer. En 39, elle avait fait à l'école libre, devant un auditoire composé des sœurs de l'Hôpital, des dames du bourg et des riches fermières, une série de conférences populaires au sujet de la psychologie hitlérienne, où elle dépeignait tous les Allemands, sans exception, sous les traits de fous, de sadiques et de criminels. Immédiatement après la débâcle, elle avait persévéré dans son attitude, car il aurait fallu posséder une souplesse et une agilité d'esprit dont elle était dépourvue pour tourner casaque aussi vite. À cette époque, elle avait tapé elle-même à la machine et distribué à plusieurs dizaines d'exemplaires, dans la campagne, les célèbres prédictions de sainte Odile, qui prophétisaient pour la fin de 1941 l'extermination des Allemands. Mais le temps avait passé ; l'année s'était terminée ; les Allemands étaient toujours là et de plus, le vicomte ayant été nommé maire de son village, se trouvait devenu un personnage officiel et forcé de suivre les vues du gouvernement : or, ce dernier inclinait tous les jours davantage vers la politique dite de collaboration. Aussi, Mme de Montmort se voyait-elle chaque jour contrainte de mettre, quand elle parlait des événements, de l'eau dans son vin. Cette fois encore, elle se rappela qu'elle ne devait pas témoigner de mauvais sentiments envers le vainqueur et elle dit avec tolérance (d'ailleurs, Jésus n'ordonne-t-il pas d'aimer les ennemis ?) :

« Je comprends d'ailleurs qu'ils se mettent en tenue légère après leurs fatigantes manœuvres. Après tout, ce sont des hommes comme les autres. »

Mais Mme Angellier refusa de la suivre sur ce terrain.

« Ce sont des êtres malfaisants, qui nous détestent. Ils ont dit qu'ils ne seraient heureux que lorsqu'ils verraient les Français manger de l'herbe.

— C'est abominable », dit la vicomtesse, sincèrement indignée.

Et comme, après tout, la politique de collaboration n'avait que quelques mois d'existence, tandis que la germanophobie était vieille de près d'un siècle, Mme de Montmort reprit instinctivement le langage d'autrefois.

« Notre pauvre pays… dépouillé, opprimé, perdu… Et que de drames ! Regardez la famille du forgeron : trois fils, un tué, l'autre prisonnier, le troisième disparu à Mers-el-Kébir… Chez les Bérard de la Montagne, dit-elle, faisant suivre, à la mode du pays, le nom des fermiers par celui du domaine où ils habitaient, depuis que le mari est prisonnier, la pauvre femme, de fatigue et d'ennui, est devenue folle. Il reste pour cultiver la ferme le grand-père et une petite fille de treize ans. Chez les Clément, la mère est morte à la tâche ; les quatre petits ont été pris par des voisins. Des drames innombrables… Pauvre France ! »

Mme Angellier, ses pâles lèvres serrées, tricotait et opinait de la tête. Cependant, la vicomtesse et elle cessèrent bientôt de parler des calamités d'autrui pour s'entretenir de leurs propres embêtements ; elles le faisaient sur un ton vif et passionné qui contrastait avec le débit lent, emphatique, cérémonieux dont elles s'étaient servies pour évoquer les malheurs du prochain. Ainsi un écolier récite avec gravité, respect et ennui l'épisode de la mort d'Hippolyte qui ne le touche en rien, mais sa voix retrouve, par miracle, persuasion et chaleur lorsqu'il s'interrompt pour se plaindre au maître qu'on lui a chipé ses billes.

« C'est honteux, honteux, disait Mme Angellier : je paie 27 francs la livre de beurre. Tout passe au marché noir. Les villes doivent vivre, c'est entendu, mais…

— Ah, ne m'en parlez pas, je me demande à quel prix on vend les denrées à Paris… C'est parfait pour ceux qui ont de l'argent, mais enfin, il y a les pauvres, fit remarquer vertueusement la vicomtesse, et elle goûtait le plaisir d'être bonne, de montrer qu'elle n'oubliait pas les misérables, plaisir assaisonné par le sentiment qu'elle-même ne serait jamais dans le cas d'être plainte, grâce à sa grande fortune.

— On ne pense pas assez aux pauvres », dit-elle.

Mais tout cela n'était que marivaudage ; il était temps d'en arriver à l'objet de sa visite : elle désirait se procurer du blé pour ses volailles. Elle avait une basse-cour renommée dans le pays ; en 1941, le blé devait être tout entier livré à la réquisition ; il était, en principe, interdit d'en donner aux poules, mais « interdiction » ne signifiait pas « impossibilité de passer outre », mais simplement « difficulté de le faire » ; une question de tact, de chance et d'argent. La vicomtesse avait écrit un petit article qui avait été accepté par le journal local, une feuille bien-pensante, où collaborait M. le curé. L'article était intitulé : « Tout pour le Maréchal ! » Il commençait ainsi : « Qu'on se le dise ! qu'on se le répète sous les chaumes et dans les veillées, autour des feux brûlant sous la cendre : un Français digne de ce nom n'abandonnera plus à ses poules un seul grain de blé, ne livrera pas à son porc une seule pomme de terre ; il épargnera l'avoine et le seigle, l'orge et le colza, mais ayant ramassé toutes ces richesses, fruits de son travail et arrosées de sa sueur, il les liera en une gerbe nouée d'un ruban tricolore, symbole de son patriotisme, et les portera aux pieds du Vénérable Vieillard qui nous a rendu l'espérance ! » Mais de toutes ces basses-cours dans lesquelles, selon la vicomtesse, il ne devait plus demeurer un seul grain de blé, elle exceptait naturellement la sienne : c'était son orgueil et l'objet de ses plus tendres soins ; il y avait des sujets rares, primés dans les grands concours agricoles, en France et à l'étranger ; la vicomtesse possédait les plus beaux domaines du pays, mais elle n'osait pas s'adresser aux paysans pour une aussi délicate transaction : il ne fallait pas donner aux prolétaires barre sur soi ; ils lui feraient payer cher toute complicité de ce genre, tandis qu'avec Mme Angellier, c'était autre chose. On pourrait toujours s'arranger. Mme Angellier, soupirant profondément dit :

« Je pourrais peut-être... un ou deux sacs... Vous, de votre côté, madame, par M. le Maire, ne pourriez-vous pas nous faire donner un peu de charbon ? En principe, nous n'y avons pas droit, mais... »

Lucile les laissa et s'approcha de la fenêtre. Les volets n'étaient pas encore clos. Le salon donnait sur la place. Il y avait un banc en face du monument aux morts, dans l'ombre. Tout paraissait dormir. C'était une admirable nuit de printemps, pleine d'étoiles argentées. On voyait luire faiblement dans la nuit les toits des maisons voisines : la forge, où un vieillard pleurait ses trois fils perdus, la petite échoppe du cordonnier tué à la guerre et qu'une pauvre femme et un gamin de seize ans remplaçaient de leur mieux. En prêtant l'oreille, de chacune de ces demeures basses, sombres, tranquilles, il aurait dû s'exhaler une plainte, pensait Lucile. Mais... qu'entendait-elle ? Des ténèbres montaient un rire, un frôlement de jupes. Puis une voix d'homme, une voix étrangère demanda :

« Comment, en français, ça ? Baiser ? Oui ? Oh, ça bon... »

Plus loin, des ombres erraient ; on voyait vaguement la blancheur d'un corsage, un nœud dans des cheveux dénoués, le miroitement d'une botte et d'un ceinturon. La sentinelle faisait toujours les cent pas devant le « lokal » dont il était interdit de s'approcher sous peine de mort, mais ses camarades jouissaient de leurs loisirs et de la belle nuit. Deux soldats, dans un groupe de jeunes filles, chantaient :

Trink mal noch ein Tröpfchen !
Ach ! Suzanna…

et les jeunes filles fredonnaient ensuite en sourdine.

À un moment où Mme Angellier et la vicomtesse se taisaient, elles entendirent les dernières notes de la chanson.

« Qui peut chanter à cette heure ?

— Ce sont des femmes avec des soldats allemands.

— Quelle horreur ! » s'écria la vicomtesse.

Elle fit un geste d'effroi et de dégoût.

« Je voudrais bien savoir quelles sont les effrontées ? Je les signalerai à M. le curé. »

Elle se pencha et scruta avidement la nuit.

« On ne les voit pas. Elles n'oseraient pas en plein jour… Ah, mesdames, ceci est pire que tout ! Voici qu'ils débauchent les Françaises, à présent ! Pensez donc, leurs frères, leurs maris sont prisonniers et elles font la vie avec les Allemands ! Mais qu'est-ce que certaines femmes ont dans le corps ? » s'écria la vicomtesse dont l'indignation avait des causes multiples : patriotisme blessé, sens des convenances, doutes sur l'efficacité de son rôle social (elle faisait des conférences tous les samedis soir sur « La véritable jeune fille chrétienne » ; elle avait créé une bibliothèque rurale et, parfois, elle invitait la jeunesse du pays à venir voir chez elle des films instructifs et édifiants, tels que *Une journée à l'abbaye de Solesmes* ou *De la chenille au papillon*. Et tout cela, pourquoi ? pour donner au monde une vue affreuse, avilissante de la femme française ?), enfin, chaleur d'un tempérament que certaines images troublaient sans qu'elle pût espérer quelque apaisement de la part du vicomte, peu porté sur les femmes en général et sur la sienne en particulier.

« C'est un scandale ! s'exclama-t-elle.

— C'est triste », dit Lucile, songeant à toutes ces filles dont la jeunesse s'écoulait en vain : les hommes étaient absents, prisonniers ou morts. L'ennemi prenait la place. C'était déplorable, mais personne ne le saurait demain. Ce serait une de ces choses que la postérité ignorerait, ou dont elle se détournerait par pudeur.

Mme Angellier sonna. La cuisinière vint fermer les volets et les fenêtres et tout rentra dans la nuit : les chansons, la rumeur des baisers, le doux éclat des étoiles, le pas du conquérant sur le pavé et le soupir du crapaud altéré qui demandait de l'eau, en vain, au ciel.

10

L'Allemand avait rencontré une ou deux fois Lucile dans le vestibule à demi sombre ; lorsqu'elle prenait le chapeau de jardin accroché à une corne de cerf, elle faisait tinter un plat de cuivre qui ornait le mur juste au-dessous de la patère. L'Allemand semblait guetter ce bruit léger dans le silence de la maison ; il ouvrait la porte et venait aider Lucile ; il portait son panier, son sécateur, son livre, son ouvrage, sa chaise longue jusqu'au jardin, mais elle ne lui parlait plus ; elle se contentait de le remercier d'un signe de tête et d'un sourire contraint ; elle croyait sentir sur elle le regard de la vieille Mme Angellier à l'affût derrière une persienne. L'Allemand comprit ; il cessa de se montrer ; il partait presque chaque nuit, avec son régiment, pour les manœuvres ; il ne rentrait qu'à quatre heures de l'après-midi et s'enfermait dans sa chambre avec son chien. Au soir, en traversant le village, Lucile l'apercevait parfois dans un café, seul, un livre à la main, un verre de bière devant lui, sur la table. Il évitait de la saluer et se détournait en fronçant les sourcils. Elle comptait les jours : « Il partira lundi, se disait-elle. À son retour, le régiment aura peut-être quitté le bourg. De toute façon, il a compris que je ne lui adresserai plus la parole. »

Tous les matins, elle interrogeait la cuisinière :

« L'Allemand est toujours là, Marthe ?

— Ma foi, oui, il n'a pas l'air méchant, disait la cuisinière : il a demandé si ça ne ferait pas plaisir à Madame d'avoir des fruits.

Il en donnerait bien volontiers. Pardi, ils ne manquent de rien, eux ! Ils ont des caisses d'oranges. C'est bien rafraîchissant », ajouta-t-elle, partagée entre un sentiment de bienveillance vis-à-vis de l'officier qui lui en offrait et qui se montrait toujours, comme elle disait, « bien joli, bien aimable ; celui-là, on ne le craint pas », et un élan de colère en imaginant ces fruits dont les Français étaient privés.

Cette dernière pensée fut sans doute la plus forte, car elle acheva avec dégoût :

« Quelle sale race, tout de même ! Moi, je lui prends tout ce que je peux, à l'officier : son pain, son sucre, les gâteaux qu'il reçoit de chez lui (et c'est fait avec de la bonne farine, j'assure Madame), et son tabac que j'envoie à mon prisonnier.

— Oh, il ne faut pas, Marthe ! »

Mais la vieille cuisinière haussa les épaules.

« Puisqu'ils nous prennent tout, c'est bien le moins... »

Un soir, au moment où Lucile sortait de la salle à manger, Marthe ouvrit la porte de la cuisine et appela :

« Si Madame veut bien venir par ici ? Il y a quelqu'un qui veut la voir. »

Lucile entra avec la crainte d'être surprise par Mme Angellier qui n'aimait pas voir dans cette pièce, ni dans celle aux provisions, une personne étrangère. Non qu'elle soupçonnât sérieusement Lucile de chiper les confitures, quoiqu'elle inspectât ostensiblement les placards en sa présence, mais plutôt parce qu'elle éprouvait la pudeur agacée d'un artiste dérangé dans son atelier ou d'une mondaine devant sa table à fards : la cuisine était un domaine sacré qui n'appartenait qu'à elle, à elle seule. Marthe était depuis vingt-sept ans chez elle. Depuis vingt-sept ans, Mme Angellier mettait précisément tous ses soins à ce que Marthe n'oubliât jamais qu'elle n'était pas dans sa propre maison, mais chez autrui, qu'elle pouvait être forcée à chaque instant de quitter ses plumeaux, ses casseroles, son fourneau, comme le fidèle doit, d'après les rites de la religion chrétienne, se souvenir sans cesse que les biens de ce monde ne lui sont accordés qu'à titre temporaire et peuvent être retirés du jour au lendemain par une fantaisie du Créateur.

Marthe ferma la porte derrière Lucile et lui dit d'un air rassurant :

« Madame est à la prière. »

La cuisine était une pièce vaste comme une salle de bal, avec deux grandes fenêtres ouvertes sur le jardin. Un homme était assis devant la table. Lucile vit un brochet magnifique, son corps d'argent parcouru des derniers frémissements de l'agonie ; il était jeté sur la nappe de toile cirée, entre un grand pain blond et une bouteille de vin à demi vide. L'homme leva la tête ; Lucile reconnut Benoît Labarie.

« Où avez-vous pris ça, Benoît ?

— Dans l'étang de M. de Montmort.

— Vous vous ferez prendre un de ces jours. »

L'homme ne répondit pas. Il souleva par les ouïes l'énorme poisson qui respirait faiblement et balançait sa queue transparente.

« C'est un cadeau ? demanda Marthe, qui était parente des Labarie.

— Si vous voulez.

— Donne-moi ça, Benoît. Madame sait qu'on diminue encore la ration de viande ? Ça va être la mort et la fin du monde, ajouta-t-elle, haussant les épaules et accrochant un grand jambon qui pendait des solives. Benoît, profite de ce que Madame n'est pas là pour dire ce qui t'amène à Mme Gaston.

— Madame, dit Benoît avec effort, il y a un Allemand chez nous qui tourne après ma femme. L'interprète de la Kommandantur, un gamin de dix-neuf ans. Je ne peux plus supporter ça.

— Mais que puis-je faire ?

— Un de ses camarades loge ici…

— Je ne lui parle jamais.

— Ne me dites pas ça », fit Benoît en levant les yeux.

Il s'approcha du fourneau et machinalement, tordit et redressa entre ses doigts le pique-feu ; il était d'une force physique extraordinaire.

« On vous a vue lui parler dans le jardin l'autre jour, rire avec lui et manger des fraises. Je vous en fais pas le reproche, ça vous regarde, mais je viens vous supplier. Qu'il fasse entendre raison à son camarade pour qu'il prenne un autre logement. »

« Quel pays ! pensait cependant Lucile. Les gens ont des yeux qui percent les murs. »

Au même moment, un orage qui menaçait depuis plusieurs heures éclata et on entendit, après un seul coup de tonnerre, bref et solennel, des torrents de pluie pressée et froide. Le ciel s'assombrit ; toutes les lumières s'éteignirent, comme cela arrivait neuf fois sur dix les jours de grand vent, et Marthe dit avec satisfaction :

« Voilà Madame retenue à l'église maintenant. »

Elle en profita pour apporter à Benoît un bol de café chaud. Les éclairs illuminaient la cuisine ; les carreaux ruisselaient d'une eau brillante qui, dans cette lumière sulfureuse, paraissait verte. La porte s'ouvrit et l'officier allemand, chassé de sa chambre par l'orage, entra en demandant deux bougies.

« Comment, vous êtes là, madame ? ajouta-t-il en reconnaissant Lucile. Je vous demande pardon, je ne vous avais pas vue dans cette obscurité.

— Il n'y a pas de bougies, dit cependant Marthe d'un ton revêche. Il n'y a plus de bougies en France depuis que vous y êtes. »

Elle était mécontente de voir l'officier dans sa cuisine ; dans les autres pièces, c'était supportable, mais ici, entre le fourneau et l'armoire aux provisions, cela lui semblait scandaleux et presque sacrilège : il violait le cœur de la maison.

« Donnez-moi au moins une allumette, implora l'officier en prenant à dessein un air plaintif pour désarmer la cuisinière, mais elle secoua la tête.

— Il n'y a plus d'allumettes non plus. »

Lucile se mit à rire.

« Ne l'écoutez pas. Tenez, voilà les allumettes, derrière vous, sur le fourneau. Voici justement quelqu'un qui voulait vous parler, monsieur ; il a à se plaindre d'un soldat allemand.

— Ah, vraiment ? J'écoute, fit l'officier avec vivacité. Nous tenons beaucoup à ce que les soldats de la Reichswehr[1] se montrent parfaitement corrects avec les habitants. »

Benoît se taisait. Ce fut Marthe qui prit la parole.

« Il court après sa femme, fit-elle d'un ton où on n'aurait pas su démêler ce qui dominait en elle : l'indignation vertueuse ou le regret de ne plus être à l'âge où l'on est exposé à de telles traverses.

— Mais, mon garçon, vous vous faites une idée exagérée du pouvoir des chefs dans l'armée allemande ; je peux, certes, punir mon gaillard s'il importune votre femme, mais si elle le trouve à son goût…

— Plaisantez pas ! gronda Benoît en faisant un pas vers l'officier.

— Plaît-il ?

— Plaisantez pas, je vous dis. On n'avait pas besoin de ces sales… »

Lucile poussa un cri d'angoisse et d'avertissement. Marthe donna un coup de coude à Benoît ; elle devinait qu'il allait dire le mot interdit, « boche », que les Allemands punissaient de prison. Benoît se tut avec effort.

« On n'avait pas besoin de vous autres après nos femmes.

— Mais, mon ami, c'était avant qu'il fallait les défendre, vos femmes », dit doucement l'officier.

Il avait violemment rougi et son visage avait pris une expression hautaine et désagréable. Lucile intervint.

« Je vous en prie, dit-elle à voix basse, cet homme est jaloux. Il souffre. Ne le poussez pas à bout.

— Comment s'appelle cet homme ?

— Bonnet.

— L'interprète de la Kommandantur ? Mais il n'est pas soumis à mon autorité. Il a le même grade que moi. Il m'est impossible d'intervenir.

— Même à titre amical ? »

1. Irène Némirovsky a confondu la Reichswehr, armée de la république de Weimar, issue du traité de Versailles, avec la Wehrmacht qui la remplaçait depuis 1935 (*N.d.É.*).

L'officier haussa les épaules.

« Impossible. Je vous expliquerai pourquoi. »

La voix de Benoît, calme et âpre, l'interrompit.

« Inutile d'expliquer ! À un soldat, à un pauvre bougre, on peut faire des défenses. *Verboten*, comme vous dites dans votre langue. Mais pourquoi troubler les plaisirs de messieurs les officiers ? Dans toutes les armées du monde, c'est pareil.

— Je ne lui parlerai certes pas, parce que ce serait le piquer au jeu et vous rendre un mauvais service », répondit l'Allemand et, tournant le dos à Benoît, il s'approcha de la table. « Faites-moi du café, ma bonne Marthe, je pars dans une heure.

— Encore vos manœuvres ? Ça fait trois nuits de suite », s'écria Marthe qui n'arrivait pas à mettre au point ses sentiments envers l'ennemi, tantôt disant avec satisfaction, lorsqu'elle voyait rentrer le régiment au petit jour : « Qu'ils ont chaud, qu'ils sont fatigués… Ah, ça fait plaisir », tantôt oubliant qu'ils étaient allemands et sentant en elle une sorte de pitié maternelle : « Quand même, les pauvres gars, c'est pas une vie… »

Pour des raisons obscures, ce fut cette vague de tendresse féminine qui fut la plus forte en elle ce soir-là.

« Allons, je vas tout de même vous faire une tasse de café. Mettez-vous là. Vous en prendrez bien aussi, madame.

— Non… » commença Lucile.

Benoît, cependant, avait disparu ; il avait sauté sans bruit par la fenêtre.

« Oh, je vous en prie, murmura l'Allemand à voix basse. Je ne vais plus vous importuner bien longtemps maintenant : je pars après-demain, et il est question d'envoyer le régiment en Afrique à mon retour. Nous ne nous reverrons jamais et il me serait doux de penser que vous ne me haïssez pas.

— Je ne vous hais pas, mais…

— Je sais. N'approfondissons pas. Acceptez de me tenir compagnie… »

Cependant Marthe, avec un sourire attendri, complice et scandalisé, comme lorsqu'on donne en cachette une tartine à des enfants punis, mettait la table. Sur un torchon propre deux grands bols de faïence à fleurs, la cafetière brûlante et une vieille lampe à pétrole qu'elle avait sortie d'un placard, garnie et allumée. La douce flamme jaune éclairait les murs couverts de cuivres que l'officier considérait curieusement.

« Comment appelez-vous ça, madame ?

— Ça, c'est une bassinoire.

— Et ça ?

— Un gaufrier. Il a presque cent ans. On ne s'en sert plus. »

Marthe vint apporter un sucrier monumental qui ressemblait à une urne funéraire avec ses pieds de bronze et son couvercle sculpté, et de la confiture dans un verre gravé.

« Alors, après-demain, à cette heure-ci, dit Lucile, vous prendrez une tasse de café avec votre femme ?

— Je l'espère. Je lui parlerai de vous. Je lui décrirai la maison.

— Elle ne connaît pas la France ?

— Non, madame. »

Lucile aurait voulu savoir si la France plaisait à l'ennemi, mais une sorte de fierté pudique retint les mots sur ses lèvres. Ils continuèrent à boire leur café, en silence et sans se regarder.

Puis l'Allemand parla de son pays, des grandes avenues de Berlin, l'hiver, sous la neige, de cet air âpre et vif qui souffle sur les plaines de l'Europe centrale, des lacs profonds, des bois de sapins et des sablonnières.

Marthe brûlait de prendre part à la conversation.

« Ça va durer longtemps, cette guerre ? demanda-t-elle.

— Je ne sais pas, dit l'officier en souriant et en haussant légèrement les épaules.

— Mais que pensez-vous ? fit à son tour Lucile.

— Madame, je suis soldat. Les soldats ne pensent pas. On me dit d'aller là, j'y vais. De me battre, je me bats. De me faire tuer, je meurs. L'exercice de la pensée rendrait la bataille plus difficile, et la mort plus terrible.

— Mais l'enthousiasme…

— Madame, pardonnez-moi, c'est un mot de femme. Un homme fait son devoir même sans enthousiasme. C'est d'ailleurs à cela qu'on reconnaît qu'il est un homme, un vrai.

— Peut-être. »

On entendait chuchoter la pluie dans le jardin ; les dernières gouttes tombaient lentement des lilas ; le vivier qui se remplissait d'eau faisait entendre un murmure paresseux. La porte d'entrée s'ouvrit.

« Sauvez-vous, voilà Madame ! » fit Marthe dans un souffle épouvanté.

Et elle poussa dehors l'officier et Lucile.

« Passez par le jardin ! Qu'est-ce qu'elle va me disputer, bonne Vierge ! »

Elle se hâta de verser le reste du café dans l'évier, de cacher les tasses et d'éteindre la lampe.

« Sauvez-vous vite, je vous dis ! Heureusement qu'il fait nuit ! »

Ils se retrouvèrent tous les deux dehors. L'officier riait. Lucile tremblait un peu. Cachés dans l'ombre, ils virent Mme Angellier traverser la maison, précédée de Marthe qui portait une lumière, puis tous les volets furent fermés ; on assujettit les barres de fer ; en entendant le grincement des gonds, un bruit de chaînes rouillées et le son funèbre des grandes portes verrouillées, l'Allemand remarqua :

« On dirait une prison. Comment rentrerez-vous, madame ?

— Par la petite porte de l'office. Marthe l'aura laissée ouverte. Et vous ?

— Oh, je sauterai le mur. »

Il le franchit en effet d'un bond leste et dit doucement :

« *Gute Nacht. Schlafen Sie wohl.*

— *Gute Nacht* », répondit-elle.

Son accent fit rire l'officier. Elle écouta un instant dans l'ombre ce rire qui s'éloignait. Un peu de vent secoua sur ses cheveux les branches mouillées du lilas. Elle se sentait légère et joyeuse ; elle rentra en courant.

11

Mme Angellier, tous les mois, visitait ses domaines ; elle choisissait un dimanche pour trouver son « monde » à la maison, ce qui exaspérait les métayers ; ils cachaient précipitamment, dès qu'elle apparaissait, le café, le sucre et le marc des fins de déjeuner : Mme Angellier était de la vieille école — elle considérait la nourriture de ses gens comme autant de pris sur ce qui aurait dû lui revenir à elle-même ; elle faisait d'aigres reproches à ceux qui prenaient, chez le boucher, de la viande de première qualité. Elle avait dans le bourg sa police, comme elle disait, et ne gardait pas les métayers dont la femme ou la fille achetait trop souvent des bas de soie, des parfums, des pochettes de poudre ou des romans. Mme de Montmort gouvernait son monde avec des principes analogues, mais, comme elle était aristocrate et plus attachée aux valeurs spirituelles que la bourgeoisie âpre et matérialiste dont sortait Mme Angellier, elle s'inquiétait surtout du côté religieux de la question ; elle s'informait si tous les enfants avaient été baptisés, si on communiait deux fois par an, si les femmes allaient à la messe (pour les hommes, elle passait condamnation, c'était trop difficile à obtenir). Aussi, des familles qui se partageaient le pays — les Montmort et les Angellier, la plus exécrée était encore la première.

Mme Angellier se mit en route dès la sombre aurore. L'orage de la veille avait changé le temps : il tombait des flots de pluie froide. L'auto ne marchait plus, car il n'y avait ni permis de circuler ni essence, mais Mme Angellier avait fait exhumer d'une remise où elle reposait depuis trente ans une espèce de victoria qui, attelée de deux bons chevaux, faisait assez de chemin. Toute la maison était sur pied pour voir partir la vieille dame. À la dernière minute (et à regret) elle confiait ses clefs à Lucile. Elle ouvrit son parapluie ; l'averse redoublait.

« Madame ferait mieux d'attendre demain, dit la cuisinière.

— Il faut bien que je m'occupe de tout, puisque le maître est prisonnier de ces messieurs », répondit Mme Angellier d'un ton sarcastique, à très haute voix, sans doute pour frapper de remords deux soldats allemands qui passaient.

Elle leur lança un regard semblable à ceux dont parle Chateaubriand quand il évoque son père en disant que « la prunelle étincelante semblait se détacher et venir frapper les gens comme une balle ».

Mais les soldats, qui ne comprenaient pas un mot de français, prirent sans doute ce regard pour un hommage adressé à leur belle taille, à leur prestance, à leur parfaite tenue militaire, car ils sourirent avec une bonne grâce timide. Mme Angellier, dégoûtée, ferma les yeux. La voiture partit. Une rafale de vent secouait les portes.

Un peu plus tard dans la matinée, Lucile se rendit chez la couturière, une jeune femme qui faisait, chuchotait-on, la vie avec les Allemands. Elle lui apporta une coupure d'étoffe légère dont elle voulait faire un peignoir. La couturière hocha la tête :

« Vous avez de la chance d'avoir encore de la soie comme ça. Nous, on n'a plus rien. »

Elle le disait sans jalousie apparente, mais avec considération, comme si elle eût reconnu à la bourgeoisie non un droit de priorité, mais une espèce d'astuce naturelle qui lui permettait d'être servie avant les autres, comme l'habitant des plaines dit du montagnard : « Pas de danger qu'il perde pied, celui-là ! Il pratique les Alpes depuis son enfance. » Elle jugeait même sans doute que Lucile, par sa naissance, par un don atavique, était plus apte qu'elle-même à frauder les lois, à tourner les règlements, car elle fit, en clignant de l'œil avec un bon sourire :

« Vous vous débrouillez, ça se voit. C'est très bien. »

À cet instant Lucile aperçut sur le lit le ceinturon dénoué d'un soldat allemand. Les yeux des deux femmes se rencontrèrent. Ceux de la couturière prirent une expression rusée, attentive et implacable ; elle ressemblait à une chatte qui, lorsqu'on veut lui ôter des griffes l'oiseau qu'elle va tuer, lève le museau et miaule avec arrogance comme si elle disait : « Non ? Mais, des fois ? C'est à moi ou à toi, le bon morceau ? »

« Comment pouvez-vous ? » murmura Lucile.

La couturière hésita entre plusieurs attitudes. Son visage afficha un air d'insolence, d'incompréhension et de mensonge. Mais tout à coup elle baissa la tête.

« Et après ? Allemand ou Français, ami ou ennemi, c'est d'abord un homme, et moi je suis une femme. Il est doux pour moi, tendre, aux petits soins… C'est un garçon des villes ; il est soigné comme le sont pas les gars d'ici ; il a une belle peau, des dents blanches. Quand il embrasse, il a le souffle frais, ça ne sent pas l'alcool comme les gars du pays. Moi, ça me suffit. Je ne cherche pas autre chose. On nous complique bien assez l'existence avec les guerres et tout le tremblement. Entre un homme et une femme, ça ne joue pas, tout ça. S'il était anglais ou nègre et que je le trouvais à mon goût, je me l'offrirais, si je pouvais. Je vous dégoûte ? Bien sûr, vous, vous êtes riche, vous avez des plaisirs que je n'ai pas…

— Des plaisirs ! interrompit Lucile avec une amertume involontaire, se demandant ce que la couturière pouvait imaginer de plaisant dans une existence comme celle des Angellier : sans doute visiter ses propriétés et placer son argent.

— Vous avez de l'instruction. Vous voyez des gens. Nous c'est rien que travail et trime. S'il n'y avait pas l'amour, il y aurait qu'à se jeter tout de suite dans le puits. Et quand je dis l'amour, ne croyez pas que ce soit seulement à la chose que je pense. Tenez, cet Allemand, l'autre jour, il était à Moulins, il m'a acheté un petit sac en imitation crocodile ; une autre fois, il m'a apporté des fleurs, un bouquet de la ville, comme pour une dame. C'est idiot, vu qu'on ne manque pas de fleurs à la campagne, mais c'est une attention, ça fait plaisir. Moi, jusqu'ici, les hommes, c'était seulement pour la chose. Mais celui-ci, je ne peux pas vous dire, je ferais tout pour lui, je le suivrais partout. Et lui, il m'aime… Oh, j'ai assez pratiqué d'hommes pour savoir qu'il y en a un qui ne ment pas. Alors, vous comprenez, qu'on me dise : "Allemand, Allemand, c'est un Allemand", ça me fait ni chaud ni froid. C'est des gens comme nous.

— Oui, mais ma pauvre fille, quand on dit : "un Allemand", tout le monde sait bien que ce n'est qu'un homme, ni meilleur ni pire que tous les autres, mais ce qui est sous-entendu, ce qui est terrible, c'est qu'il a tué des Français, qu'ils tiennent les nôtres prisonniers, qu'ils nous affament…

— Vous croyez que je n'y pense jamais ? Des fois, je suis couchée contre lui et je me dis : "C'est peut-être tout de même son père qui a tué le tien" ; papa, comme vous savez, est mort pendant l'autre guerre… J'y pense bien, et puis, au fond, je m'en fous. D'un côté il y a lui et moi ; de l'autre, il y a les gens. Les gens ne se soucient pas de nous ; ils nous bombardent et nous font souffrir, et nous tuent pis que des lapins. Eh ben, nous, on se soucie pas d'eux. Vous comprenez, s'il fallait vraiment marcher pour les autres, on serait pires que des bêtes. Dans le pays on dit que je suis une chienne. Non ! Les chiens, c'est ceux qui vont en bande et mordent si on leur ordonne de mordre. Moi et Willy… »

Elle s'interrompit, soupira.

« Je l'aime, dit-elle enfin.

— Mais le régiment partira.

— Je sais bien, mais madame, après la guerre, Willy a dit qu'il me ferait venir chez lui.

— Et vous le croyez ?

— Je le crois, oui, répondit-elle avec défi.

— Vous êtes folle, dit Lucile, il vous oubliera dès qu'il sera parti. Vous avez des frères prisonniers ; quand ils reviendront… Croyez-moi, prenez garde, c'est très dangereux ce que vous faites là. Dangereux et mal, acheva-t-elle.

— Quand ils reviendront… »

Elles se regardèrent en silence. Dans cette pièce close et

encombrée de lourds meubles campagnards, Lucile respirait une odeur profonde et secrète qui la troublait d'un étrange malaise.

En partant, elle croisa dans l'escalier des marmots barbouillés ; ils descendaient les marches quatre à quatre.

« Où courez-vous comme ça ? demanda Lucile.

— On va s'amuser au jardin Perrin. »

Les Perrin étaient une riche famille du bourg qui avait pris la fuite en juin 40, laissant leur maison ouverte dans l'excès de leur peur, toutes les portes béantes, l'argenterie dans les tiroirs, les robes dans les penderies ; les Allemands l'avaient pillée : le grand jardin lui-même, abandonné, saccagé, piétiné, ressemblait à une jungle.

« Les Allemands vous permettent d'y aller ? »

Ils ne répondirent pas et se sauvèrent en riant.

Sous la pluie, Lucile rentrait chez elle. Elle vit le jardin Perrin ; entre les branches, malgré l'averse glacée, passaient et repassaient les petits tabliers bleus et roses des gamins du village. On voyait briller par moments une joue malpropre et lustrée où la pluie coulait et qui resplendissait, ruisselante d'eau, comme une pêche. Des enfants arrachaient les fleurs de cerisiers et des lilas, se poursuivaient sur les pelouses. Tout en haut d'un cèdre, un petit garçon en culotte rouge était perché et sifflait comme un merle.

Ils achevaient de détruire ce qui restait du jardin si ordonné autrefois, si aimé, où la famille Perrin ne venait plus s'asseoir au crépuscule, sur des chaises de fer, les hommes en veston noir et les femmes en longues robes bruissantes pour regarder en famille mûrir les fraises et les melons. Un tout petit garçon, en tablier rose, marchait le long de la grille de fer, se tenant en équilibre entre les fers de lance.

« Tu vas tomber, petit malheureux », dit Lucile.

Il la regarda fixement sans répondre ; elle envia tout à coup ces enfants qui prenaient leur plaisir sans souci du temps, de la guerre, du malheur. Il lui sembla que, parmi un peuple d'esclaves, eux seuls étaient libres, « et de la vraie liberté », se dit-elle.

Elle revint à contrecœur vers la maison morose, muette, flagellée par l'averse.

12

Lucile fut surprise de voir sortir le facteur de chez elle : elle recevait peu de lettres. Il y avait une carte à son nom sur la table de l'antichambre.

Madame, vous rappelez-vous le vieux couple que vous avez hébergé chez vous en juin dernier ? Nous avons souvent pensé à vous depuis, Madame, à votre bon accueil, à cette halte dans votre maison au cours d'un voyage maudit. Nous serions heureux d'avoir de vos nouvelles. Votre mari est-il rentré sain et sauf de la guerre ? Pour nous, nous avons eu le grand bonheur de retrouver notre fils. Croyez, Madame, à nos sentiments les plus distingués.

Jeanne et Maurice Michaud
12, rue de la Source, Paris (XVIe)

Lucile eut un mouvement de plaisir. Les braves gens… Ils étaient plus heureux qu'elle… Ils s'aimaient, ils avaient affronté et traversé ensemble tous les périls… Elle cacha la carte dans son secrétaire et se rendit dans la salle à manger. Décidément c'était un bon jour malgré l'averse qui ne cessait pas ; il y avait un seul couvert ; elle se réjouit de nouveau de l'absence de Mme Angellier : elle pourrait lire en mangeant. Elle déjeuna très vite, puis s'approcha de la fenêtre et regarda tomber la pluie. C'était une queue d'orage, comme disait la cuisinière. Le temps avait changé en quarante-huit heures jusqu'à faire du plus radieux printemps une sorte de saison indéterminée, cruelle, bizarre, où la dernière neige et les premières fleurs se mêlaient, des pommiers en une nuit avaient perdu leurs bouquets de pétales ; les rosiers étaient noirs et gelés ; le vent avait fracassé les pots de terre où poussaient les géraniums et les pois de senteur. « Tout va être perdu ; on n'aura pas de fruits, gémissait Marthe en desservant la table. Je fais du feu dans la salle, ajouta-t-elle. Il fait un froid qui ne peut pas s'endurer. Il y a l'Allemand qui m'a demandé d'allumer sa cheminée, mais elle n'a pas été ramonée et il va se faire enfumer. Tant pis pour lui. Je lui ai dit, il ne veut rien entendre, il croit que c'est de la mauvaise volonté, comme si, après tout ce qu'ils nous ont pris, on ne leur donnerait pas encore deux ou trois bûches… Tenez ! le voilà qui tousse ! Bonne Vierge ! Si c'est pas malheureux d'avoir à servir les Boches. On y va, on y va ! » dit-elle avec mauvaise humeur. Lucile l'entendit ouvrir la porte et répondre à l'Allemand qui parlait d'une voix irritée :

« Eh, je vous l'avais bien dit ! avec le vent qu'il fait, une cheminée qui n'a pas été ramonée rabat la fumée à l'intérieur.

— Mais pourquoi n'a-t-elle pas été ramonée, *mein Gott* ? cria l'Allemand exaspéré.

— Pourquoi ? Pourquoi ? J'en sais rien. Je ne suis pas la patronne. Vous croyez qu'avec votre guerre on fait ce qu'on veut ?

— Ma bonne femme, si vous croyez, vous, que je vais me laisser enfumer comme un lapin ici, vous vous trompez ! Où sont ces dames ? Elles n'ont qu'à m'installer au salon si elles ne peuvent me fournir une chambre habitable. Faites du feu au salon.

— C'est impossible, monsieur, je regrette, dit Lucile qui s'était avancée. Le salon, dans nos maisons de province, est une pièce d'apparat où on ne séjourne pas. La cheminée est fausse, comme vous pouvez le constater.

— Quoi ? Ce monument en marbre blanc avec des amours sculptés qui se chauffent les doigts ?

— N'a jamais servi à faire du feu, acheva Lucile en souriant. Mais je vous invite dans la salle si vous voulez : le poêle est allumé. C'est vrai que votre chambre est dans un triste état, ajouta-t-elle en voyant les flots de fumée qui s'en échappaient.

— Ah ! Madame, j'ai failli périr asphyxié ! Le métier de soldat est décidément plein de périls ! Mais je ne voudrais pour rien au monde vous importuner. Il y a dans le bourg des cafés-billards poussiéreux où volent des nuages de craie... Madame votre belle-mère...

— Elle est absente pour la journée.

— Ah ! eh bien, je vous remercie beaucoup, madame. Je ne vous gênerai pas. J'ai du travail pressé à terminer », dit-il en montrant une carte et des plans.

Il prit place à la table desservie et Lucile s'assit dans un fauteuil au coin du feu ; elle tendait les mains vers la chaleur et par moments, les frottait distraitement l'une contre l'autre. « J'ai des gestes de vieille, pensa-t-elle tout à coup avec tristesse, des gestes et une vie de vieille. »

Elle laissa retomber ses mains sur ses genoux. En levant le front, elle vit que l'officier avait abandonné ses cartes ; il s'était approché de la fenêtre et, soulevant le rideau, regardait les poiriers crucifiés par le ciel gris.

« Quel triste pays, murmura-t-il.

— Qu'est-ce que ça vous fait à vous ? répondit Lucile. Vous le quittez demain.

— Non, fit-il, je ne le quitte pas.

— Ah ! je croyais...

— Toutes les permissions sont suspendues.

— Tiens ? Pourquoi ? »

Il haussa légèrement les épaules.

« Nous ne savons pas. Suspendues, voilà tout. C'est la vie militaire. »

Elle eut pitié de lui : il s'était tellement réjoui de cette permission.

« C'est très ennuyeux, dit-elle avec compassion, mais ce n'est que partie remise...

— À trois mois, six mois, à jamais… Cela m'afflige surtout pour ma mère. Elle est âgée et fragile. Une vieille petite dame blanche, en chapeau de jardin, qu'un souffle ferait tomber… Elle m'attend demain soir et n'aura qu'un télégramme.

— Vous êtes fils unique ?

— J'avais trois frères. Un a été tué pendant la campagne de Pologne, un autre, il y a un an, juste quand nous sommes entrés en France. Le troisième est en Afrique.

— C'est très triste, pour votre femme aussi…

— Oh ! ma femme… Ma femme se consolera. Nous nous sommes mariés très jeunes ; nous étions presque des enfants. Que pensez-vous de ces unions conclues après quinze jours de camaraderie, de vagabondage sur les lacs ?

— Je n'en sais rien ! Les mariages ne se font pas ainsi en France.

— Ce n'est quand même plus comme autrefois, où l'on se mariait après deux entrevues chez des amis de la famille, comme dans votre Balzac ?

— Peut-être pas tout à fait, mais il n'y a pas une si grande différence, du moins en province…

— Ma mère me déconseillait d'épouser Édith. Mais j'étais amoureux. *Ach, Liebe*… Il faudrait pouvoir grandir ensemble, vieillir ensemble… Mais viennent la séparation, la guerre, les épreuves, et on se trouve lié à une enfant qui a toujours dix-huit ans, tandis qu'on a soi-même… »

Il leva les bras, les laissa retomber.

« Parfois douze et parfois cent ans…

— Oh ! vous exagérez.

— Mais non, le soldat reste puéril par certains côtés, et par d'autres il est si vieux, si vieux… Il n'a plus d'âge. Il est contemporain des choses les plus anciennes de la terre, du meurtre d'Abel par Caïn, des festins de cannibales, de l'âge de pierre… Enfin, ne parlons plus de ces choses. Me voilà enfermé ici, dans ce lieu qui est comme une tombe… Mais non !…. Une tombe dans un cimetière de campagne, plein de fleurs, d'oiseaux et d'ombres charmantes, mais enfin une tombe… Comment pouvez-vous vivre ici toute l'année ?

— Avant la guerre, nous sortions quelquefois…

— Mais vous ne voyagiez jamais, je parie ? Vous ne connaissez ni l'Italie, ni l'Europe centrale… à peine Paris… Songez à tout ce qui nous manque… les musées, les théâtres, les grands concerts… Ah ! c'est surtout les concerts que je regrette. Et je n'ai ici qu'un malheureux outil sur lequel je n'ose même pas jouer parce que j'ai peur d'offenser vos légitimes susceptibilités françaises, dit-il avec rancune.

— Mais jouez tout ce qu'il vous plaira, monsieur… Tenez, vous êtes triste, je ne suis pas gaie non plus !…. Mettez-vous au piano et jouez. Nous oublierons le mauvais temps, l'absence, tous nos malheurs…

— Vraiment, vous voulez bien ? J'ai du travail, dit-il en regardant ses cartes. Bah ! Vous allez prendre un ouvrage ou un livre, vous asseoir près de moi et m'écouter ! Je ne joue bien que lorsque j'ai un public. Je suis très… comment dites-vous en France ? Cabot ? C'est cela !

— Oui. Cabot. Mes compliments pour votre connaissance du français… »

Il s'assit au piano, le poêle chauffait et ronflait doucement, répandant une douce odeur de fumée et de châtaignes grillées. De grosses gouttes de pluie coulaient le long des vitres, comme des larmes ; la maison était silencieuse et vide, la cuisinière à Vêpres.

« Je devrais y aller moi aussi, songea Lucile, mais tant pis ! Il pleut trop. » Elle regardait courir sur le clavier les mains maigres et blanches. La bague ornée d'une pierre rouge foncé qu'il portait au doigt le gênait pour jouer ; il l'ôta et machinalement la tendit à Lucile ; elle la prit et la garda un instant, tiède encore du contact de ses mains. Elle la fit miroiter à la pâle lumière grise qui tombait de la fenêtre. On discernait en transparence deux lettres gothiques et une date. Elle pensa à un souvenir d'amour. Mais non !…. la date était 1775 ou 1795, elle ne se distinguait pas bien, sans doute un bijou de famille ; elle la reposa doucement sur la table. Elle se dit qu'il jouait ainsi, sans doute, le soir auprès de sa femme… Comment s'appelait-elle ?

Édith ? Comme il jouait bien ! Elle reconnaissait certains morceaux. Elle demanda timidement :

« Bach, n'est-ce pas ? Mozart ?

— Mais vous êtes musicienne ?

— Non ! non ! je n'y connais rien. Je jouais un peu avant mon mariage, mais j'ai oublié ! J'aime la musique, vous avez beaucoup de talent, monsieur ! »

Il la regarda et dit gravement, avec une tristesse qui la surprit :

« Oui, je crois que j'ai du talent. »

Il fit monter du clavier une série d'arpèges légers et moqueurs. Puis :

« Écoutez ceci maintenant. »

Il jouait, disait à mi-voix :

« Voici le temps de paix, voici le rire des jeunes filles, les sons joyeux du printemps, la vue des premières hirondelles qui reviennent du sud… C'est dans une ville d'Allemagne, en mars, quand la neige commence seulement à fondre. Voici le bruit de source que fait la neige lorsqu'elle coule le long des vieilles rues. Et maintenant la paix est finie… Les tambours, les camions, les pas des soldats… Entendez-vous ? Entendez-vous ? Ce piétinement lent, sourd, inexorable… Un peuple en marche… Le soldat est perdu parmi eux… À cette place il doit y avoir un chœur, une espèce de chant religieux qui n'est pas terminé encore. Maintenant, écoutez ! c'est la bataille… »

La musique était grave, profonde, terrible.

« Oh ! c'est beau, dit doucement Lucile. Que c'est beau !

— Le soldat meurt, et au moment de mourir, il entend de nouveau ce chœur qui n'est plus de la terre mais des milices divines… Comme ceci, écoutez… Cela doit être suave et éclatant à la fois. Entendez-vous les célestes trompettes ? Entendez-vous les sonorités de ces cuivres qui font crouler les murailles ? Mais tout s'éloigne, s'affaiblit, cesse, disparaît… Le soldat est mort.

— C'est vous qui avez écrit cela ? C'est votre œuvre ?

— Oui ! je me destinais à la musique. Maintenant, c'est fini !

— Pourquoi ? Mais la guerre…

— La musique est une maîtresse exigeante. On ne peut pas l'abandonner pendant quatre ans. Quand on revient vers elle, elle a fui. À quoi pensez-vous ? demanda-t-il en voyant le regard de Lucile fixé sur lui.

— Je pense... que l'individu ne devrait pas être sacrifié ainsi. Je parle pour nous tous. On nous a tout pris ! Amour, famille... C'est trop !

— Ah ! Madame, ceci est le problème principal de notre temps, individu ou communauté, car la guerre, n'est-ce pas, est l'œuvre commune par excellence. Nous autres, Allemands, nous croyons en l'esprit de la communauté dans le sens où l'on dit qu'il y a chez les abeilles l'esprit de la ruche. Nous lui devons tout : sucs, éclats, parfums, amours... Mais ce sont des considérations bien austères. Écoutez ! je vais vous jouer une sonate de Scarlatti. La connaissez-vous ?

— Non ! je ne crois pas, non !.... »

Elle pensait : « Individu ou communauté ?.... Eh ! mon Dieu ! ce n'est pas nouveau, ils n'ont rien inventé. Nos deux millions de morts, pendant l'autre guerre, ont été sacrifiés également à “l'esprit de la ruche” ! Ils sont morts... et vingt-cinq ans après... Quelle duperie ! Quelle vanité !.... Il y a des lois qui règlent le destin des ruches et des peuples, voilà tout ! L'esprit du peuple lui-même, sans doute, est régi par des lois qui nous échappent, ou par des caprices que nous ignorons. Pauvre monde, si beau et si absurde... Mais ce qu'il y a de sûr, c'est que dans cinq, dix ou vingt ans ce problème-ci qui est celui de notre temps, selon lui, n'existera plus, sera remplacé par d'autres... Tandis que cette musique, ce bruit de la pluie sur les vitres, ces grands craquements funèbres du cèdre dans le jardin d'en face, cette heure si douce, si étrange au milieu de la guerre, ça, ça ne bougera plus... C'est éternel... »

Il cessa de jouer tout à coup et dit en la regardant :

« Vous pleurez ? »

Elle essuya vivement ses yeux pleins de larmes.

« Je vous demande pardon. La musique est indiscrète. Peut-être la mienne vous rappelle-t-elle... un absent ? »

Elle murmura malgré elle :

« Non ! personne… C'est justement cela qui… personne… »

Ils se turent. Il abaissa le couvercle du piano.

« Madame, après la guerre, je reviendrai. Permettez-moi de revenir. Tous nos démêlés entre France et Allemagne seront vieux… oubliés… au moins pour quinze ans. Je sonnerai un soir à la porte. Vous m'ouvrirez et vous ne me reconnaîtrez pas, car je serai en vêtements civils. Alors, je dirai : mais je suis… l'officier allemand… vous rappelez-vous ? C'est la paix maintenant, le bonheur, la liberté. Je vous enlève. Tenez, nous partons ensemble. Je vous ferai visiter beaucoup de pays. Moi, je serai un compositeur célèbre, naturellement, vous serez aussi jolie que maintenant…

— Et votre femme, et mon mari, qu'en faisons-nous ? » dit-elle en s'efforçant de rire.

Il sifflota doucement.

« Qui sait où ils seront ? et nous-mêmes ? Mais, madame, c'est très sérieux. Je reviendrai.

— Jouez encore, dit-elle après un court silence.

— Non ! assez ! trop de musique *ist gefährlich*… dangereux. Maintenant, soyez la dame du monde. Invitez-moi à prendre le thé.

— Il n'y a plus de thé en France, *mein Herr*. Je vous offre du vin de Frontignan et des biscuits. Vous aimez ?

— Oh ! oui ! mais je vous en prie, n'appelez pas votre domestique. Permettez-moi de vous aider à mettre la table. Dites-moi où sont les nappes ? Dans ce tiroir ? Permettez-moi de choisir : vous savez bien que nous, Allemands, n'avons aucun tact. Je voudrais la rose… non !…. la blanche brodée de petites fleurs, brodée par vous ?

— Mais oui !

— Pour le reste, je vous laisse faire.

— C'est heureux, dit-elle en riant. Où est votre chien ? Je ne le vois plus.

— Il est parti en permission : il appartient au régiment entier, à tous les camarades ; l'un d'eux, Bonnet, l'interprète, celui dont votre ami rustique a eu à se plaindre, l'a pris avec lui. Ils sont partis il y a trois jours pour Munich, mais les nouvelles dispositions vont les faire revenir.

— À propos de Bonnet, lui avez-vous parlé ?

— Madame, mon ami Bonnet n'est pas une âme simple. Où il n'a vécu jusqu'ici qu'un divertissement innocent, il est capable si le mari l'exaspère d'y mettre plus de passion, de *Schadenfreude*, comprenez-vous ? Il peut même tomber amoureux pour tout de bon, et si la jeune femme n'est pas sérieuse...

— De cela il ne peut être question, dit Lucile.

— Elle aime ce rustaud ?

— Sans doute. D'ailleurs, ne croyez pas, parce que certaines filles, ici, se laissent serrer de près par vos soldats, que toutes seront pareilles. Madeleine Labarie est une honnête femme et une bonne Française.

— J'ai compris », dit l'officier en inclinant la tête.

Il aida Lucile à tirer la table à jeu près de la fenêtre ; elle disposa des verres de cristal ancien taillés à grosses facettes ainsi que la carafe au bouchon de vermeil, des petites assiettes à sujets. Elles dataient du premier Empire et étaient peintes de scènes militaires : Napoléon passant sur le front des troupes, des hussards dorés bivouaquant dans des clairières, une parade au Champ-de-Mars. L'Allemand admira les fraîches et naïves couleurs.

« Quels beaux uniformes ! et que j'aimerais avoir un dolman brodé d'or comme celui de ce hussard !

— Prenez ces gâteaux, *mein Herr* ! Ils sont faits à la maison. »

Il leva les yeux vers elle et sourit.

« Madame, avez-vous entendu parler de ces cyclones qui soufflent dans les mers du Sud ? Ils forment (si j'ai bien compris mes lectures) une sorte de cercle dont les bords sont faits de tempêtes et dont le centre est immobile, si bien qu'un oiseau ou un papillon qui se trouverait au cœur de l'orage n'en souffrirait pas ; ses ailes ne seraient même pas froissées, tandis que les pires ravages se déchaîneraient autour de lui. Regardez cette maison ! Regardez-nous en train de prendre du vin de Frontignan et des biscuits et pensez à ce qui se passe dans le monde !

— J'aime mieux ne pas y penser », dit tristement Lucile.

Cependant, elle ressentait en son âme une sorte de chaleur jamais éprouvée. Les mouvements eux-mêmes étaient plus légers, plus adroits que de coutume, et elle entendait sonner à ses oreilles sa propre voix comme celle d'une étrangère. Elle était plus basse qu'à l'ordinaire, cette voix, plus profonde et vibrante ; elle ne la reconnaissait pas. Ce qui était plus délicieux que tout, c'était cet isolement au sein de la maison hostile, et cette étrange sécurité : personne ne viendrait ; il n'y aurait ni lettres, ni visites, ni téléphone. L'horloge elle-même qu'elle avait oublié de remonter ce matin (que dirait la vieille Mme Angellier — « Naturellement, quand je ne suis pas là, tout va à la dérive »), l'horloge elle-même dont elle redoutait les graves et mélancoliques sonneries s'était tue. Enfin, l'orage avait une fois de plus démoli la centrale électrique ; le pays était privé pour quelques heures de lumière et de la radio. La radio muette... quel repos... Il était impossible de céder à la tentation. On ne chercherait plus Paris, Londres, Berlin, Boston sur ce cadran obscur. On n'entendrait plus ces voix maudites, invisibles, funèbres, parler de navires coulés, d'avions brûlés, de villes détruites, dénombrer les morts, annoncer les futurs massacres... Bienheureux oubli... Jusqu'au soir, rien, des heures lentes, une présence humaine, un vin léger et parfumé, de la musique, de longs silences, le bonheur...

13

Un mois plus tard, par un après-midi de pluie comme celui que l'Allemand et Lucile avaient passé ensemble, Marthe annonça une visite pour les dames Angellier. On fit entrer au salon trois personnes voilées, vêtues de longs manteaux noirs et coiffées de chapeaux de deuil. Leurs crêpes qui tombaient du sommet du crâne presque jusqu'à terre les isolaient dans une sorte de cage funèbre et impénétrable. Les Angellier ne recevaient pas souvent ; la cuisinière, dans son émoi, avait oublié de retirer leurs parapluies aux visiteuses ; chacune d'elles gardait le sien à la main et épanchait sur lui, entrouvert et évasé comme un calice, les dernières gouttes de pluie qui coulaient de leurs voiles, comme les pleureuses versent leurs larmes dans des urnes de pierre sur les tombes des héros. Mme Angellier eut quelque peine à reconnaître les trois formes noires. Puis elle dit avec surprise :

« Mais ce sont ces dames Perrin ! »

La famille Perrin (les propriétaires du beau domaine saccagé par les Allemands) était « ce qu'il y avait de mieux dans le pays ». Mme Angellier éprouvait vis-à-vis des porteurs de ce nom un sentiment semblable à celui que les personnes royales ont les unes pour les autres : la calme certitude qu'on est entre gens du même sang avec les mêmes vues sur toutes choses, que des divergences passagères peuvent séparer certes, mais qui demeurent unis malgré les guerres ou les incartades des ministres par un lien indissoluble, si bien qu'un trône ne peut s'écrouler en Espagne sans que celui de Suède ne tremble du même coup. Lorsque, un notaire de Moulins ayant levé le pied, les Perrin avaient perdu 900 000 francs, les Angellier avaient frémi. Lorsque Mme Angellier avait acquis pour un morceau de pain une terre qui « de tout temps » avait appartenu aux Montmort, les Perrin s'étaient réjouis. On ne pouvait comparer à cet attachement de classe l'aigre respect que les Montmort inspiraient aux bourgeois.

Avec un affectueux respect, Mme Angellier fit rasseoir Mme Perrin qui s'était légèrement soulevée sur son siège en la voyant venir. Elle n'éprouvait pas ce frisson désagréable qui la secouait quand Mme de Montmort entrait dans la maison. Elle savait qu'aux yeux de Mme Perrin, tout ceci était bien : la fausse cheminée, l'odeur de cave, les persiennes à demi closes, les housses sur les meubles, la tapisserie olive à palmes d'argent. Tout était convenable ; elle offrirait tout à l'heure à ses visiteuses une carafe d'orangeade et des petits-beurre poussiéreux. Mme Perrin ne serait pas choquée par la mesquinerie de cette collation ; elle y verrait une preuve nouvelle de la richesse des Angellier car plus on est riche, plus on est avare ; elle y reconnaîtrait son propre souci de l'épargne et ce goût d'ascétisme qui est au fond de la bourgeoisie française et relève ses plaisirs secrets et honteux d'une amertume tonique.

Mme Perrin raconta la mort héroïque de son fils tué en Normandie lors de l'avance allemande ; elle avait obtenu la permission d'aller sur sa tombe. Elle se plaignit longuement du prix de ce voyage et Mme Angellier l'approuva. L'amour maternel et l'argent étaient deux choses différentes. Les Perrin habitaient Lyon.

« En ville la misère est grande. J'ai vu vendre des corbeaux jusqu'à 15 francs pièce. Des mères ont donné des bouillons de corneille à leurs enfants. Ne croyez pas que je vous parle des ouvriers ! Non, madame ! Il s'agit de gens comme vous et moi ! »

Mme Angellier soupira douloureusement ; elle imagina des personnes de ses relations, sa famille, en train de partager un corbeau pour leur souper. L'idée avait quelque chose de grotesque, d'infamant (tandis que s'il s'était agi d'ouvriers, il n'y aurait eu en somme qu'à dire « Pauvres malheureux » et passer outre).

« Mais du moins vous êtes libres ! Vous n'avez pas d'Allemands chez vous et nous en logeons un. Un officier ! Oui, madame, dans cette maison, derrière ce mur, dit-elle en montrant le papier olive à palmes d'argent.

— Nous le savons, dit Mme Perrin avec un peu d'embarras. Nous l'avons appris par la dame du notaire, qui, dernièrement, a passé la ligne. C'est même à ce sujet que nous venions vous trouver. »

Tous les regards, involontairement, se tournèrent vers Lucile.

« Expliquez-vous, mesdames, dit froidement la vieille Mme Angellier.

— Cet officier, m'a-t-on dit, se montre parfaitement correct ?

— C'est exact.

— Et on l'a même vu à plusieurs reprises vous parler avec beaucoup de politesse ?

— Il ne m'adresse pas la parole, dit Mme Angellier avec hauteur. Je ne le souffrirais pas. J'admets que ce ne soit pas une attitude bien raisonnable (elle appuya sur ce mot), comme on me l'a fait remarquer, mais je suis mère de prisonnier et à ce titre, on ne me ferait pas, pour tout l'or du monde, considérer un de ces messieurs autrement que comme un ennemi mortel. Mais certaines personnes sont plus… comment dirais-je ?…. plus souples, plus réalistes, peut-être… et ma belle-fille en particulier…

— Je lui réponds quand il me parle, en effet, dit Lucile.

— Mais vous avez tout à fait raison, vous avez mille fois raison ! s'écria Mme Perrin. Ma chère petite, c'est en vous que je mets tous mes espoirs. Il s'agit de notre pauvre maison ! Elle est bien abîmée, n'est-ce pas ?

— Je n'ai vu que le jardin… à travers la grille…

— Ma chère enfant, ne pouvez-vous pas nous faire rendre

certains objets qui s'y trouvent et auxquels nous tenons particulièrement ?

— Moi, madame, mais...

— Ne refusez pas ! Il s'agirait d'aller trouver ces messieurs et d'intercéder en notre faveur. Naturellement, tout est peut-être brisé, brûlé, mais je ne puis croire que le vandalisme ait été poussé jusqu'à ce point et qu'il soit impossible de retrouver des portraits, des lettres de famille ou des meubles n'ayant qu'une valeur de souvenir...

— Madame, adressez-vous vous-même aux Allemands qui occupent la maison et...

— Jamais, dit Mme Perrin en se redressant de toute sa taille. Jamais je ne franchirai le seuil de ma demeure tant que l'ennemi s'y trouvera. C'est une question de dignité et aussi de sentiment... Ils ont tué mon fils, un fils qui venait d'être reçu à Polytechnique dans les six premiers... J'occuperai une chambre jusqu'à demain avec mes filles à l'Hôtel des Voyageurs. Si vous pouviez vous arranger pour faire sortir certains objets dont je vous donnerai la liste, je vous serais éternellement reconnaissante. Si je me trouvais face à face avec un Allemand (je me connais !), je serais capable de me mettre à chanter *La Marseillaise*, dit-elle d'une voix vibrante, et de me faire déporter en Prusse. Cela ne serait pas un déshonneur, loin de là, mais j'ai des filles ! Je dois me conserver pour ma famille. Aussi, je vous supplie instamment, ma chère Lucile, de faire pour moi ce que vous pouvez.

— Voici la liste », dit la seconde fille de Mme Perrin.

Elle la déplia et lut : Une cuvette et un pot à eau de porcelaine, avec notre chiffre et un motif de papillons, un panier à salade, le service à thé blanc et or (28 pièces, le sucrier n'avait plus de couvercle), deux portraits de grand-papa :

1) sur les genoux de sa nourrice,

2) sur son lit de mort.

Les cornes de cerf qui sont dans l'antichambre, souvenir de mon oncle Adolphe, l'assiette à bouillie de bonne-maman (porcelaine et vermeil), le râtelier de rechange de papa qu'il avait oublié dans le cabinet de toilette, le canapé du salon, noir et rose. Enfin, dans le tiroir de gauche du bureau dont voici la clef :

La première page d'écriture de mon frère, les lettres de papa à maman pendant la cure que papa faisait à Vittel en 1924 (ces lettres sont nouées d'une faveur rose), tous nos portraits.

Elle lisait dans un silence funèbre. Mme Perrin, sous son voile, pleurait doucement.

« C'est dur, c'est dur de voir arrachées ces choses auxquelles on tenait tant… Je vous en prie, ma petite Lucile, n'épargnez aucun effort. Soyez éloquente, habile… »

Lucile regarda sa belle-mère.

« Ce… ce militaire, dit Mme Angellier en desserrant les lèvres avec peine, n'est pas rentré encore. Vous ne le verrez pas ce soir, Lucile, il est trop tard, mais vous pourrez, dès demain matin, vous adresser à lui et solliciter son appui.

— C'est entendu. Je le ferai. »

Mme Perrin, de ses mains gantées de noir, attira Lucile contre elle.

« Merci, merci ! chère enfant… Et maintenant nous allons nous retirer.

— Pas avant d'avoir pris un rafraîchissement, dit Mme Angellier.

— Oh ! mesdames, nous allons vous déranger…

— Vous plaisantez… »

Il y eut un murmure doux et courtois autour de la carafe d'orangeade et des petits-beurre que Marthe venait d'apporter. Un peu rassérénées, ces dames parlèrent de la guerre. Elles redoutaient la victoire allemande, elles ne désiraient pas non plus la victoire anglaise. En somme, elles souhaitaient que tout le monde fût vaincu. Elles accusaient de tous leurs maux l'esprit de jouissance qui s'était emparé du peuple. Puis la conversation redevint personnelle. Mme Perrin et Mme Angellier parlèrent de leurs maladies. Mme Perrin s'étendit longuement sur sa dernière crise de rhumatisme, Mme Angellier l'écoutait avec impatience et dès que Mme Perrin s'arrêtait pour reprendre haleine, elle disait : « C'est comme moi… » et parlait de sa crise de rhumatisme à elle.

Les filles de Mme Perrin mangeaient discrètement leurs petits-beurre. Au-dehors, la pluie tombait.

14

La pluie avait cessé le lendemain matin. Le soleil éclairait une terre chaude, moite et heureuse. De bonne heure, Lucile, qui avait peu dormi, était assise sur un banc de jardin et guettait le passage de l'Allemand. Dès qu'elle le vit sortir de la maison, elle alla vers lui et lui exposa sa requête ; tous deux se sentaient épiés par la vieille Mme Angellier et par la cuisinière, sans compter les voisines qui, chacune derrière ses persiennes closes, regardaient le couple debout au milieu d'une allée.

« Si vous voulez bien m'accompagner jusqu'à la demeure de ces dames, dit l'Allemand, je ferai rechercher devant vous tous les objets qu'elles réclament ; mais plusieurs de nos camarades ont été cantonnés dans cette maison abandonnée par ses maîtres et je crois qu'elle a été fort éprouvée. Allons voir. »

Ils traversèrent le bourg, côte à côte, et presque sans se parler.

Lucile vit flotter à une croisée de l'Hôtel des Voyageurs le voile noir de Mme Perrin. On regardait Lucile et son compagnon d'un air curieux mais complice et vaguement approbateur. Tous savaient sans doute qu'elle allait arracher à l'ennemi une bribe de ses conquêtes (sous forme d'un râtelier, d'un service de porcelaine et autres objets d'une valeur ménagère ou sentimentale). Une vieille femme qui ne pouvait voir l'uniforme allemand sans terreur s'approcha cependant de Lucile et lui dit à mi-voix :

« C'est bien ça… à la bonne heure… vous ne les craignez pas, vous, au moins… »

L'officier sourit.

« Ils vous prennent pour Judith allant braver Holopherne sous sa tente. J'espère que vous n'avez pas d'aussi noirs desseins que cette dame ! Nous voici arrivés. Donnez-vous la peine d'entrer, madame. »

Il poussa devant lui la lourde grille et à son faîte sonna un petit grelot mélancolique, celui qui avertissait autrefois les Perrin de l'arrivée de visiteurs. En une année, le jardin avait pris un aspect négligé qui eût serré le cœur en un jour moins beau que celui-là. Mais c'était un matin de mai, un lendemain d'orage. L'herbe étincelait, les allées étaient envahies par des marguerites, des bleuets, toutes sortes de fleurs mouillées et sauvages qui brillaient au soleil. Les arbustes avaient poussé en désordre et des grappes fraîches de lilas souffletèrent doucement Lucile au passage. La maison était occupée par une dizaine de jeunes soldats et par tous les enfants du bourg qui passaient des journées charmantes dans le vestibule (comme celui des Angellier, il était sombre, avec une vague odeur de moisissure, des glaces verdâtres et des trophées de chasse aux murs). Lucile reconnut les deux petites filles du charron, assises sur les genoux d'un soldat blond, à la large bouche rieuse. Le petit garçon du menuisier jouait à cheval sur le dos d'un autre soldat. Quatre petits marmots de deux à six ans, bâtards de la couturière, couchés sur le parquet, tressaient des couronnes de myosotis et de ces petits œillets blancs parfumés qui bordaient autrefois si sagement les parterres.

Les soldats bondirent et s'immobilisèrent dans l'attitude réglementaire, le menton levé et dressé en avant, tout le corps si tendu qu'on voyait trembler légèrement les veines de leur cou.

L'officier dit à Lucile :

« Voulez-vous avoir la bonté de me remettre votre liste ? Nous chercherons ensemble. »

Il la lut et sourit.

« Commençons par le canapé, il doit se trouver au salon. Le salon est ici, je présume ? »

Il poussa une porte et entra dans une pièce très grande, encombrée de meubles, les uns renversés, les autres brisés, des tableaux étaient rangés à terre le long des murs, certains avaient été crevés à coups de talon. À terre traînaient des bouts de journaux, de la paille (vestiges sans doute de la fuite en juin 40) et des cigares à demi consumés laissés par l'envahisseur. Sur un socle était demeuré un bouledogue empaillé couronné de fleurs passées et le museau cassé en deux.

« Quel spectacle ! » dit Lucile navrée.

Malgré tout il y avait quelque chose de comique dans cette pièce et surtout dans la mine penaude des soldats et de l'officier. Ce dernier vit le regard de Lucile et son expression de reproche ; il dit vivement :

« Mes parents avaient une villa sur le Rhin ; vos soldats l'ont occupée pendant l'autre guerre ; ils ont brisé de rares et précieux instruments de musique qui étaient dans la famille depuis deux cents ans, et mis en pièces des livres ayant appartenu à Goethe. »

Lucile ne put s'empêcher de sourire ; il se défendait d'un ton rude et vexé comme un petit garçon que l'on accuse d'un méfait et qui répond avec indignation : « Mais, madame, ce n'est pas moi qui ai commencé, ce sont les autres… »

Elle ressentit un plaisir bien féminin, une sorte de sensuelle douceur à voir cet air enfantin sur un visage qui était, après tout, celui d'un ennemi implacable, d'un dur guerrier. « Car il ne faut pas nous dissimuler, songea-t-elle, que nous sommes tous entre ses mains. Nous sommes sans défense. Si notre vie et nos biens sont saufs, ce n'est que parce qu'il le veut bien. » Elle eut presque peur des sentiments qui s'éveillaient en elle et qui ressemblaient à ce qu'elle eût éprouvé en caressant une bête sauvage, quelque chose d'âpre et de délicieux, un mélange d'attendrissement et de terreur.

Elle voulut jouer plus longtemps ainsi, elle fronça les sourcils.

« Vous devriez avoir honte ! Ces maisons vides étaient sous la sauvegarde de l'armée allemande, de son honneur ! »

Il l'écoutait en fouettant légèrement d'une badine le revers de ses bottes. Il se tourna vers les soldats et les apostropha rudement. Lucile comprit qu'il leur enjoignait de mettre de l'ordre dans la maison, de raccommoder ce qui était brisé, de nettoyer les planchers et les meubles. Lorsqu'il parlait allemand, surtout avec ce ton de chef, sa voix prenait une sonorité vibrante et métallique qui procurait à l'ouïe de Lucile un plaisir du même ordre qu'un baiser un peu brutal qui s'achève en morsure. Elle porta doucement ses mains à ses joues brûlantes et se dit à elle-même : « Arrête-toi ! détourne de lui tes pensées, tu es sur un chemin redoutable... »

Elle fit quelques pas vers la porte.

« Je ne reste pas ici. Je rentre. Vous avez la liste ; vous ferez rechercher par vos soldats les objets réclamés. »

D'un bond, il la rejoignit.

« Je vous en supplie, ne partez pas fâchée... Tout sera réparé dans la mesure du possible, je vous en donne ma parole. Écoutez ! Laissons-les chercher ; ils chargeront tout sur une brouette et iront le déposer aux pieds de ces dames Perrin, cela sous vos ordres. Je vous accompagnerai pour présenter mes excuses. Je ne peux pas faire davantage. En attendant, venez au jardin. Nous nous promènerons un moment et je vous cueillerai de belles fleurs.

— Non ! je rentre !

— C'est impossible ! Vous avez promis à ces dames de leur rendre leurs biens. Vous devez veiller à l'exécution de vos ordres », dit-il en la prenant par le bras.

Ils étaient sortis de la maison. Ils se trouvaient dans une allée bordée de lilas en fleur. Mille et mille abeilles, bourdons et guêpes voltigeaient autour d'eux, pénétrant dans les fleurs, les suçant et venant ensuite se poser sur les bras et les cheveux de Lucile ; elle n'était pas rassurée ; elle riait nerveusement.

« Sortons d'ici. Je vais de péril en péril.

— Venez plus loin. »

Au fond du jardin, ils retrouvèrent les gosses du village. Les uns jouaient au milieu des parterres, parmi les massifs piétinés, arrachés ; d'autres, grimpés sur les poiriers cassaient les branches.

« Les petits barbares, dit Lucile. Il n'y aura pas de fruits.

— Oui, mais les fleurs sont si belles ! »

Il tendit les bras aux enfants qui leur jetèrent des bouquets aux tendres pétales.

« Prenez-les, madame, ce sera ravissant dans une coupe sur la table.

— Jamais je n'oserai traverser le pays avec des branches d'arbres fruitiers, protesta Lucile en riant… Attendez, polissons ! Le garde champêtre va vous prendre !

— Pas de danger, dit une fillette en tablier noir. »

Elle mordait dans une tartine et grimpait sur un arbre qu'elle entourait de ses petites jambes poussiéreuses.

« Pas de danger… les Bo… les Allemands le laisseront pas rentrer. »

La pelouse qui n'avait pas été fauchée depuis deux étés était parsemée de boutons-d'or. L'officier s'assit dans l'herbe et jeta à terre sa grande cape d'un vert pâle tirant sur le gris, de la couleur de l'amande. Les enfants les avaient suivis ; la fillette en tablier noir cueillait des coucous ; elle les réunissait en grosses boules jaunes fraîches où elle enfouissait son petit nez, mais ses yeux noirs, à la fois futés et innocents, ne quittaient pas les grandes personnes. Elle regardait Lucile avec curiosité et aussi avec un certain esprit critique : un regard de femme à femme. « Elle a l'air d'avoir peur, pensait-elle. Je me demande pourquoi elle a peur. Il n'est pas méchant, l'officier. Je le connais bien, il me donne des sous, et l'autre fois il a pris mon ballon qu'était resté dans les branches du grand cèdre. Qu'il est beau cet officier ! Il est plus beau que papa et que tous les garçons du pays. La dame a une jolie robe ! »

Elle s'approcha sournoisement et toucha de son petit doigt sale un volant de la robe légère, simple, de mousseline grise qu'ornaient seuls un petit col et des manchettes de linon plissées. Elle tira l'étoffe assez fort et Lucile se retourna brusquement ; la petite fille fit un bond en arrière, mais Lucile la regardait avec de grands yeux effarés comme si elle ne la reconnaissait pas. La petite fille vit que la dame était très pâle et que sa bouche tremblait. Décidément, elle avait peur de se trouver seule ici avec l'Allemand. Comme s'il allait lui faire du mal !

Il lui parlait bien gentiment. Mais, par exemple, il lui tenait la main si fort qu'elle ne pouvait pas songer à s'échapper. La petite fille se dit confusément que les garçons, petits ou grands, étaient tous pareils ! Ils aimaient taquiner les filles et leur faire peur. Elle se coucha tout entière dans l'herbe si haute qu'elle y disparut ; elle se sentait toute petite et invisible et les herbes lui chatouillaient le cou, les jambes, les paupières, c'était délicieux !

L'Allemand et la dame parlaient à voix basse. Lui aussi, il était blanc comme un linge maintenant. Par moments, elle entendait sa voix stridente retenue, comme s'il avait envie de crier ou de pleurer et n'osait pas le faire. Ses paroles n'avaient pour la petite fille aucune signification. Elle comprit vaguement qu'il parlait de sa femme à lui et du mari de la dame. Elle entendit qu'il répétait plusieurs fois : « Si encore vous étiez heureuse… Je sais comment vous vivez… Je sais que vous êtes seule, que votre mari vous délaissait… J'ai fait parler les gens du pays. » Heureuse ? Elle n'était donc pas heureuse la dame qui avait de jolies robes, une belle maison ? En tout cas, elle ne tenait pas à être plainte, elle voulait s'en aller. Elle lui commandait de la laisser et de se taire. Ma foi, elle n'avait plus peur, c'était lui plutôt, malgré ses grandes bottes et son air fier, qui semblait tout intimidé. À ce moment, une coccinelle se posa sur la main de la petite fille ; elle l'observa un long moment ; elle avait envie de la tuer mais elle savait que cela porte malheur de tuer une bête à bon Dieu. Elle se contenta de souffler sur elle, tout doucement d'abord, pour soulever les fines ailes ouvragées et transparentes, puis de toutes ses forces, si bien que la bestiole devait se sentir comme un naufragé sur un radeau au sein d'une mer en furie, mais la coccinelle s'envola. « Elle est sur votre bras, madame ! » cria la petite fille. De nouveau, l'officier et la dame tournèrent les yeux et la regardèrent sans la voir. L'officier fit cependant un geste impatient de la main comme s'il chassait une mouche. « Je ne m'en irai pas », se dit la petite fille avec défi. D'abord, qu'est-ce qu'ils font ici ? Un monsieur et une dame : ils n'ont qu'à rester au salon ! Avec malveillance, elle prêta l'oreille. Qu'est-ce qu'ils racontaient ? « Jamais, disait l'officier d'une voix basse et rauque, jamais je ne vous oublierai ! »

Un grand nuage couvrit la moitié du ciel ; les fleurs, les fraîches et brillantes couleurs de la pelouse, tout s'éteignit. La dame arrachait les petites fleurs mauves des trèfles et les déchiquetait.

« C'est impossible », dit-elle, et les larmes tremblèrent dans sa voix.

« Qu'est-ce qui est impossible ? » se demanda la petite fille.

« Moi aussi, j'ai pensé… je l'avoue, je ne parle pas… d'amour… mais j'aurais voulu avoir un ami comme vous… Je n'ai jamais eu d'ami. Je n'ai personne ! Mais c'est impossible.

— À cause des gens ? » fit l'officier avec un grand air de mépris.

Mais elle le regarda fièrement.

« Les gens ? Si vis-à-vis de moi-même je me sentais innocente… Mais non ! il ne peut rien y avoir entre nous.

— Il y a déjà beaucoup de choses que vous n'effacerez jamais : notre journée sous la pluie, le piano, cette matinée, nos promenades dans les bois…

— Ah ! je n'aurais pas dû…

— Mais c'est fait ! c'est trop tard… vous n'y pouvez rien ! Tout cela a été… »

La petite fille mit sa figure sur ses deux bras repliés et n'entendit plus qu'un lointain murmure comme le ronronnement d'une abeille. Ce grand nuage, ces éclairs de soleil brûlant présageaient la pluie. Si la pluie se mettait à tomber tout à coup, que feraient la dame et l'officier ? Ce serait drôle de les voir courir sous l'averse, elle avec son chapeau de paille et lui avec sa belle cape verte ? Mais ils pourraient se cacher dans le jardin. S'ils voulaient la suivre, elle leur montrerait une charmille où on était à l'abri de tous les regards. « Voilà midi, se dit-elle en entendant sonner l'angélus. Ils vont rentrer déjeuner ? Qu'est-ce qu'ils mangent ces riches ? Du fromage blanc comme nous ? du pain ? des pommes de terre ? des bonbons ? Si je leur demandais des bonbons ? » Elle s'approchait déjà d'eux et allait les tirer par la main et demander des bonbons — c'était une fille hardie que la petite Rose — lorsqu'elle les vit se lever d'un bond et demeurer debout, tremblants. Oui, ce monsieur et cette dame tremblaient, comme lorsqu'on a escaladé le cerisier de l'école et que, la bouche encore pleine de cerises, on entend la voix de la maîtresse qui commande : « Rose, petite voleuse, descends d'ici immédiatement ! » Mais ce qu'ils voyaient, ce n'était pas la maîtresse d'école, c'était un soldat au garde-à-vous, qui parlait très vite dans son langage incompréhensible ; les mots faisaient dans sa bouche le bruit d'un torrent sur un lit de cailloux.

L'officier s'écarta de la dame pâle et défaite.

« Qu'est-ce qu'il y a ? Qu'est-ce qu'il dit ? » murmura-t-elle.

L'officier semblait aussi effaré qu'elle ; il écoutait sans comprendre. Enfin, sa figure pâle s'éclaira d'un sourire.

« Il dit que tout est retrouvé… mais que le râtelier du vieux monsieur est cassé parce que les enfants se sont amusés avec : ils ont voulu l'introduire dans la gueule du bouledogue empaillé. »

Tous deux — l'officier et la dame — graduellement semblaient s'arracher à une sorte de rite et retourner sur la terre. Ils abaissèrent les yeux sur la petite Rose et cette fois-ci, la virent. L'officier lui tira l'oreille.

« Qu'avez-vous fait, polissons ? »

Mais sa voix était incertaine et dans le rire de la dame on entendait une sorte d'écho vibrant comme un bruit étouffé de sanglots. Elle riait ainsi que les gens qui ont eu très peur et qui, tout en riant, ne peuvent oublier encore qu'ils ont échappé à un péril mortel. La petite Rose, très ennuyée, essayait en vain de fuir. « Le râtelier… oui… bien sûr… on a voulu voir si le bouledogue aurait l'air de mordre avec de belles dents blanches toutes neuves… » Mais elle redoutait la colère de l'officier (vu de près, il paraissait très grand et effrayant) et elle préféra dire en pleurnichant :

« On n'a rien fait, non… on l'a seulement pas vu votre râtelier. »

De toutes parts, d'ailleurs, arrivaient les enfants. Leurs voix fraîches et perçantes se confondaient. La dame supplia.

« Non ! Non ! Taisez-vous ! Ça ne fait rien ! C'est déjà beau d'avoir retrouvé le reste. »

Une heure plus tard sortirent du jardin Perrin une troupe de marmots en tabliers barbouillés, deux soldats allemands voiturant une brouette qui contenait des tasses de porcelaine dans une corbeille, un canapé les quatre pieds en l'air dont un cassé, un album de peluche, la cage d'un canari que les Allemands avaient pris pour le panier à salade réclamé par les propriétaires et bien d'autres objets. Enfin, fermant la marche, s'avançaient Lucile et l'officier. Ils traversèrent tout le bourg sous les yeux curieux des femmes, on remarqua qu'ils ne se parlaient pas, qu'ils ne se regardaient même pas et qu'ils étaient livides ; l'officier avait un air glacé et impénétrable. Les femmes chuchotèrent :

« Elle a dû lui dire sa façon de penser... que c'était une honte de mettre une maison dans cet état-là. Il est en rage. Dame ! ils n'ont pas l'habitude qu'on leur tienne tête ! Elle a raison. On n'est pas des chiens ! Elle est brave la jeune dame Angellier, elle n'a pas peur », disaient les femmes.

L'une d'elles, même, qui gardait une chèvre (la petite vieille qui avait dit aux dames Angellier revenant des vêpres, le dimanche de Pâques : « Ces Allemands-là, c'est tout ce qu'il y a de mauvais »), une toute petite femme candide, aux cheveux blancs, aux yeux bleus, chuchota en passant près de Lucile :

« Allez, madame ! montrez-leur qu'on n'a pas peur ! C'est votre prisonnier qui serait fier de vous », ajouta-t-elle, et elle se mit à pleurer, non qu'elle eût elle-même un prisonnier car elle avait depuis longtemps passé l'âge d'avoir un mari, un fils à la guerre, mais parce que les préjugés survivent aux passions et qu'elle était patriote et sentimentale.

15

La vieille Mme Angellier et l'Allemand, lorsqu'ils se trouvaient face à face, faisaient tous deux un mouvement instinctif de retrait, qui pouvait passer de la part de l'officier pour une affectation de courtoisie, le désir de ne pas importuner de sa présence la maîtresse de maison, et ressemblait plutôt à l'écart d'un cheval de sang lorsqu'il voit une vipère à ses pieds, tandis que Mme Angellier ne se donnait même pas la peine de réprimer le frisson qui la secouait et demeurait raidie dans l'attitude d'effroi que peut causer le contact d'une bête dangereuse et immonde. Mais cela ne durait qu'un instant : la bonne éducation est faite justement pour corriger les réflexes de la nature humaine. L'officier se redressait davantage, donnait à tous ses traits une rigidité, un sérieux d'automate, inclinait la tête et claquait les talons (« Oh ! ce salut à la prussienne », murmurait Mme Angellier, sans penser que de la part d'un homme né en Allemagne orientale, ce salut était, en somme, celui auquel il aurait fallu s'attendre plus qu'au baisemain d'un Arabe ou au *shake-hand* d'un Anglais). Mme Angellier, elle, croisait les mains sur son estomac d'un geste semblable à celui d'une bonne sœur quand elle a veillé un mort et se lève pour saluer un membre de la famille soupçonné d'anticléricalisme, ce qui fait passer sur sa figure des ombres diverses : le respect apparent (« Vous êtes le maître »), le blâme (« Mais le monde vous connaît, mécréant que vous êtes !), la soumission (« Offrons nos répugnances au

Seigneur »), et enfin un éclair de joie féroce (« Attends, mon bon ami, tu brûleras en enfer pendant que je reposerai sur le cœur de Jésus »), cette dernière pensée étant d'ailleurs remplacée dans l'esprit de Mme Angellier par le souhait qu'elle formulait intérieurement chaque fois qu'elle apercevait un membre de l'armée occupante : « J'espère qu'il sera bientôt au fond de la Manche », car on attendait à cette époque un essai d'invasion de l'Angleterre, et chaque jour pour le lendemain. Mme Angellier, prenant ses désirs pour des réalités, croyait même voir l'Allemand sous les traits d'un noyé blême, bouffi, rejeté par les flots, et cela seul lui permettait de reprendre figure humaine, de laisser errer sur ses lèvres un pâle sourire, comme le dernier rayon d'un astre qui s'éteint, et de répondre à son interlocuteur qui s'informait de sa santé : « Je vous remercie. Je vais aussi bien que possible » avec une note lugubre résonnant sur les derniers mots et qui signifiait : « aussi bien que l'état désastreux de la France le permet. »

Derrière Mme Angellier venait Lucile. Elle était, ces jours-ci, plus qu'à l'ordinaire froide, distraite et rétive. Elle inclinait silencieusement le front en quittant l'Allemand qui ne disait rien non plus, mais qui, croyant ne pas être vu, la suivait d'un long regard ; Mme Angellier semblait avoir des yeux dans le dos pour le surprendre. Sans tourner la tête, elle murmurait en colère à Lucile : « Ne faites pas attention à lui. Il est toujours là. » Elle ne respirait librement que lorsque la porte s'était refermée derrière elles, et alors elle dardait sur sa bru un coup d'œil meurtrier : « Vous n'êtes pas coiffée comme d'habitude aujourd'hui… » ou bien : « Vous avez mis votre robe neuve ? Elle ne vous va pas », achevait-elle d'un ton sec.

Et pourtant, malgré la haine qu'elle éprouvait par moments envers Lucile, simplement parce qu'elle était là et son propre fils absent, malgré tout ce qu'elle aurait pu deviner, pressentir, elle ne pensait pas qu'il pût exister un sentiment tendre entre sa belle-fille et l'Allemand. Après tout, on ne juge le monde que d'après son propre cœur. L'avare seul voit les gens menés par l'intérêt, le luxurieux par l'obsession du désir. Pour

Mme Angellier, un Allemand n'était pas un homme, c'était une personnification de la cruauté, de la perversité et de la haine. Que d'autres eussent un jugement différent était impossible, invraisemblable… Elle ne pouvait pas plus se représenter Lucile amoureuse d'un Allemand qu'elle n'eût imaginé l'accouplement d'une femme et d'une bête fabuleuse, comme la licorne, le dragon ou la tarasque. L'Allemand non plus ne lui semblait pas amoureux de Lucile, elle lui déniait tout sentiment humain. Elle pensait que par ses regards il voulait insulter davantage cette demeure française profanée par lui, qu'il éprouvait un sauvage plaisir à voir à sa merci la mère et la femme d'un prisonnier français. Ce qu'elle appelait « l'indifférence » de Lucile l'irritait par-dessus tout : « Elle essaie de nouvelles coiffures, elle met des robes neuves ! Elle ne comprend donc pas que l'Allemand croira que c'est pour lui ! Quel manque de dignité ! » Elle aurait voulu couvrir le visage de Lucile d'un masque et la vêtir d'un sac. Elle souffrait de la voir belle et en bonne santé. Son cœur saignait : « Et pendant ce temps, mon fils, mon fils, à moi… »

Un jour, elle connut un instant de joie quand elles eurent croisé l'Allemand dans le vestibule, elles virent qu'il était très pâle et qu'il portait le bras en écharpe avec ostentation, jugea Mme Angellier. Elle fut scandalisée d'entendre Lucile demander rapidement, presque malgré elle :

« Que vous est-il arrivé, *mein Herr* ?

— J'ai fait une chute de cheval. Une bête difficile que je montais pour la première fois.

— Vous avez bien mauvaise mine, dit Lucile, en regardant la figure défaite de l'Allemand. Allez donc vous étendre.

— Oh ! non ! ce n'est qu'une égratignure et d'ailleurs… »

Il lui fit signe d'écouter le régiment qui passait sous les fenêtres.

« Manœuvres…

— Comment ? Encore ?

— Nous sommes en guerre », dit-il.

Il sourit légèrement et après un bref salut, il partit.

« Que faites-vous ? » s'écria aigrement Mme Angellier.

Lucile avait soulevé le rideau et suivait des yeux les soldats qui s'éloignaient.

« Vous n'avez donc aucun sens des convenances. Les Allemands doivent défiler devant des fenêtres fermées et des persiennes closes… comme en 70…

— Oui, quand ils entrent pour la première fois dans une ville, mais comme ils passent dans nos rues presque tous les jours, nous serions condamnés à une obscurité perpétuelle si nous suivions les traditions à la lettre », répondit Lucile avec impatience.

C'était un soir orageux ; une sulfureuse lumière baignait tous ces visages levés, toutes ces bouches ouvertes d'où sortait un chant cadencé, exhalé à mi-voix, comme retenu, comme réprimé et qui éclaterait tout à l'heure en un chœur sombre et magnifique. Les gens du pays disaient :

« Ils ont des chants rigolos qui vous entraînent, on dirait des prières ! »

Au couchant fulgura un éclair rouge qui sembla teindre par le sang ces têtes casquées, jugulaire au menton, ces uniformes verts et l'officier qui commandait le détachement à cheval. Mme Angellier elle-même en fut frappée. Elle murmura :

« Si cela pouvait être un présage… »

Les manœuvres prirent fin à minuit. Lucile entendit le bruit de la porte cochère ouverte et refermée. Elle reconnut les pas de l'officier sur les dalles du vestibule. Elle soupira. Elle ne pouvait pas dormir. Encore une mauvaise nuit ! Elles se ressemblaient toutes maintenant ; veilles douloureuses et cauchemars incohérents… À six heures, elle était debout. Mais cela n'arrangeait rien ! Cela ne faisait que rendre les journées plus longues, plus vides.

La cuisinière apprit à ces dames Angellier que l'officier était rentré malade, que le major était venu lui rendre visite, lui avait trouvé de la fièvre et lui avait ordonné de garder la chambre. À midi, deux soldats allemands se présentèrent avec un repas que le blessé ne voulut pas prendre. Il s'était enfermé chez lui ; il ne restait pas couché. On l'entendait aller et venir dans la pièce, et le piétinement monotone irritait tellement Mme Angellier qu'elle se retira chez elle aussitôt après le déjeuner, contrairement à son habitude, car jusqu'à quatre heures, d'ordinaire, elle faisait ses comptes ou tricotait dans la salle, l'été près de la fenêtre, l'hiver près du feu. Après quatre heures seulement, elle montait au second étage où elle habitait, où aucun bruit ne pouvait l'atteindre. Lucile, alors, respirait jusqu'à ce qu'elle entendît de nouveau un pas léger qui descendait l'escalier, errait dans la maison au hasard, semblait-il, puis se perdait dans les profondeurs du deuxième étage. Elle s'était parfois demandé ce que sa belle-mère faisait là-haut, dans l'ombre, car elle fermait les volets et les fenêtres et n'allumait pas les lampes. Donc elle ne lisait pas. D'ailleurs elle ne lisait jamais. Peut-être continuait-elle son tricot dans l'obscurité ! C'étaient des cache-nez pour les prisonniers, de grandes bandes droites qu'elle confectionnait sans regarder, avec une sûreté d'aveugle. Est-ce qu'elle priait ? Est-ce qu'elle dormait ? Elle descendait à sept heures, sans qu'un cheveu de sa coiffure fût dérangé, droite et muette dans sa robe noire.

Ce jour-là et les suivants, Lucile l'entendit donner un tour de clef à la porte de sa chambre, puis plus rien ; la maison semblait morte ; seul le pas régulier de l'Allemand rompait le silence. Mais il ne parvenait pas jusqu'aux oreilles de la vieille Mme Angellier, à l'abri derrière ses murs épais, ses tentures qui étouffaient tous les sons. C'était une grande pièce sombre et encombrée de meubles. Mme Angellier commençait par la faire plus sombre encore en fermant les volets et tirant les rideaux, puis elle s'asseyait dans un grand fauteuil à tapisserie verte ; elle croisait sur ses genoux ses mains transparentes. Elle fermait les yeux ; parfois coulaient sur ses joues quelques larmes rares et brillantes, ces pleurs de la vieillesse qui semblent sourdre à regret, comme si l'âge avait reconnu enfin l'inutilité, la vanité de toute plainte. Elle les essuyait d'un mouvement presque farouche. Elle se redressait, elle se parlait à elle-même, à mi-voix. Elle disait : « Viens, tu n'es pas fatigué ? Tu as encore couru après le déjeuner, en pleine digestion ; tu es en nage. Allons, viens, Gaston, prends ton petit tabouret. Mets-toi là, près de maman. Viens, je vais te faire lire. Mais tu peux te reposer un instant, tu peux mettre ta petite tête sur les genoux de maman », disait-elle, et doucement, tendrement, elle caressait des boucles imaginaires.

Ce n'était pas le délire ni un début de folie ; jamais elle n'avait été plus durement lucide et consciente d'elle-même, mais une sorte de comédie volontaire, qui seule lui procurait quelque soulagement comme en peuvent donner le vin ou la morphine. Dans l'obscurité, dans le silence, elle recréait le passé ; elle exhumait des instants qu'elle avait crus elle-même oubliés à jamais ; elle mettait au jour des trésors ; elle retrouvait tel mot de son fils, telle intonation de sa voix, tel geste de ses petites mains potelées de bébé qui, vraiment, pour une seconde, abolissaient le temps. Ce n'était plus de l'imagination mais la réalité elle-même lui était rendue dans ce qu'elle avait d'impérissable, car rien ne pouvait faire que tout cela n'eût pas eu lieu. L'absence, la mort même, n'étaient pas capables d'effacer le passé ; un tablier rose que son fils avait porté, le mouvement par lequel il lui avait tendu en pleurant sa main piquée par une ortie, tout cela avait existé et il était en son pouvoir, tant qu'elle était vivante encore, que cela existât de nouveau. Il n'y fallait que la solitude, l'ombre, et autour d'elle ces meubles, ces objets qu'avait connus son fils. Elle variait ses hallucinations à son gré. Elle ne se contentait pas du passé ; elle escomptait l'avenir ! Elle changeait le présent selon sa volonté ; elle mentait et se trompait elle-même, mais comme ses mensonges étaient ses propres œuvres, elle les chérissait. Pour de brefs instants, elle était heureuse. Il n'y avait plus à son bonheur ces limites imposées par le réel. Tout était possible, tout était à sa portée. D'abord, la guerre était finie. C'était cela le point de départ du rêve, le tremplin d'où l'on s'élançait vers une félicité sans bornes. La guerre était finie… C'était un jour comme les autres jours… Pourquoi pas demain ? Elle ne saurait rien jusqu'à la dernière minute ; elle ne lisait plus les journaux, elle n'écoutait pas la radio. Cela éclaterait comme un coup de tonnerre. Un matin, en descendant à la cuisine, elle verrait Jeanne, les yeux hors de la tête : « Madame ne sait pas ? » C'était comme cela qu'elle avait appris la capitulation du roi des Belges, la prise de Paris, l'arrivée des Allemands, l'Armistice… Alors, pourquoi pas la paix ? Pourquoi pas : « Madame, il paraît que c'est fini ! Il paraît qu'on ne se bat plus, que ce n'est plus la guerre, que les prisonniers vont revenir ! » Victoire des Anglais ou des Allemands, que lui importait ! Elle ne se souciait que de son fils. Blême, les lèvres tremblantes, les yeux clos, elle dessinait le tableau dans son esprit, avec cette profusion de détails qu'on retrouve dans les peintures des fous. Elle voyait chaque petite ride sur le visage de Gaston, sa coiffure, son habillement, les lacets de ses brodequins de soldat ; elle entendait chaque inflexion de sa voix. Elle tendit les mains en chuchotant : « Eh bien ! entre, tu ne reconnais plus ta maison ? »

Lucile s'effacerait pendant ces premiers instants où il n'appartiendrait qu'à elle seule. Elle n'abuserait pas des baisers et des larmes. Elle lui ferait préparer un bon déjeuner, un bain, et tout de suite après : « Tu sais, j'ai bien pris soin de tes affaires. Ce domaine que tu convoitais, près de l'Étang-Neû, je l'ai, il est à toi. J'ai acheté aussi le pré des Montmort qui est mitoyen du nôtre et que le vicomte ne voulait pour rien au monde nous céder. Moi, j'ai attendu le moment favorable. J'ai obtenu ce que je voulais. Es-tu content ? J'ai mis en lieu sûr ton or, ton argenterie, les bijoux de famille. J'ai tout accompli, affronté, seule. S'il avait fallu compter sur ta femme… N'est-ce pas que c'est moi ta seule amie ? Que moi seule je te comprends ? Mais va, mon fils ! Va auprès de ta femme. N'attends pas grand-chose d'elle. C'est une créature froide et rétive. Mais à nous deux, nous saurons la plier à nos volontés mieux que je ne pouvais le faire seule, quand elle m'échappait par ses longs silences. Toi, tu as le droit de demander : “À quoi penses-tu ?” Tu es le maître, tu peux exiger une réponse. Va chez elle, va ! Prends d'elle tout ce qui t'appartient : sa beauté, sa jeunesse… On m'a dit qu'à Dijon… Il ne faut pas, mon petit ! Une maîtresse coûte cher. Mais cette longue absence t'aura fait aimer davantage notre vieille maison… Oh ! les bonnes, les paisibles journées que nous allons passer ensemble », murmura Mme Angellier. Elle s'était levée et marchait doucement à travers la pièce. Elle tenait une main imaginaire ; elle s'appuyait à une épaule de rêve. « Viens, nous allons descendre. Dans la salle, j'ai fait préparer une collation, tu as maigri, mon fils. Il faut te restaurer, viens. »

Machinalement elle ouvrit la porte, descendit l'escalier. Oui, ainsi, le soir, elle sortirait de sa chambre. Elle irait surprendre les enfants. Elle trouverait Gaston dans un fauteuil près de la fenêtre et sa femme à côté de lui, en train de lui faire la lecture. C'était son devoir, son rôle, de le garder, de le distraire. Quand il avait été convalescent de la typhoïde, Lucile lui lisait les journaux. Sa voix était douce et agréable à l'ouïe et elle-même l'écoutait parfois avec plaisir. Une voix douce et basse… Mais ne l'entendait-elle pas ? Voyons, elle rêvait ! Elle avait poussé le rêve au-delà des limites permises. Elle se raidit, fit quelques pas, entra dans la salle et vit dans le fauteuil poussé près de la fenêtre, son bras malade posé sur l'accoudoir, la pipe à la bouche, les pieds sur le tabouret où Gaston, enfant, s'était assis, elle vit, dans son uniforme vert, l'envahisseur, l'ennemi, l'Allemand, et Lucile auprès de lui, qui lisait à haute voix un livre.

Il y eut un moment de silence. Tous deux se levèrent. Lucile laissa échapper le volume qu'elle tenait à la main et qui tomba à terre. L'officier se précipita pour le ramasser ; il le reposa sur la table et murmura :

« Madame, votre belle-fille a bien voulu m'autoriser à venir lui tenir compagnie pendant quelques instants. »

La vieille femme, très pâle, inclina la tête.

« Vous êtes le maître.

— Et comme on m'avait envoyé de Paris un paquet de livres nouveaux, je me suis permis…

— Vous êtes le maître ici », répéta Mme Angellier.

Elle se détourna et sortit. Lucile l'entendit dire à la cuisinière :

« Jeanne, je ne quitterai plus ma chambre. Vous me monterez là-haut mes repas.

— Aujourd'hui, Madame ?

— Aujourd'hui, demain, et tant que ces messieurs seront ici. »

Quand elle se fut éloignée et qu'on n'entendit plus son pas dans les profondeurs de la maison :

« Ce sera le paradis », fit l'Allemand à voix basse.

16

La vicomtesse de Montmort souffrait d'insomnies ; elle avait l'esprit cosmique ; tous les grands problèmes de l'heure trouvaient en son âme un écho. Quand elle pensait à l'avenir de la race blanche, aux relations franco-allemandes, au péril franc-maçon et au communisme, le sommeil la fuyait. Des ondes glacées parcouraient son corps. Elle se levait. Elle sortait dans le parc après avoir mis sur ses cheveux une vieille fourrure rongée de vers. Elle méprisait la toilette, peut-être parce qu'elle avait perdu l'espoir de corriger par l'effet d'une belle robe un assemblage de traits assez fâcheux — un long nez rouge, une taille presque contrefaite, une peau boutonneuse —, peut-être par un orgueil naturel qui croit en son mérite éclatant et ne peut imaginer qu'il demeure caché aux yeux d'autrui, même sous un feutre cabossé ou un manteau de laine tricoté (épinard et canari) que sa cuisinière eût repoussé avec horreur, peut-être par dédain des contingences. « Quelle importance cela a-t-il, mon ami ? » disait-elle avec douceur à son époux lorsqu'il lui reprochait de paraître à table avec des souliers qui n'étaient pas de la même paire. Cependant, elle descendait d'un coup de ses hauteurs lorsqu'il fallait faire travailler les domestiques ou garder les propriétés.

Pendant ses insomnies, elle se promenait dans son parc en récitant des vers ou elle poussait une pointe du côté du poulailler et examinait les trois énormes serrures qui en défendaient l'entrée ; elle avait l'œil sur les vaches ; depuis la guerre on ne cultivait plus de fleurs sur les pelouses, mais le bétail y passait la nuit, et dans la douce clarté de la lune elle arpentait le potager et comptait les plants de maïs. On la volait. Avant la guerre, la culture du maïs était presque inconnue dans ce riche pays qui nourrissait ses volailles de blé et d'avoine. Maintenant, les agents de la réquisition fouillaient les greniers pour y chercher les sacs de blé et les ménagères n'avaient plus de grains à donner à leurs poules. On s'était adressé au château afin d'obtenir des plants, mais les Montmort en gardaient d'abord pour eux, puis pour tous leurs amis et connaissances qui peuplaient la contrée. Les paysans se fâchaient. « Nous voulons bien payer », disaient-ils. Ils n'auraient rien payé d'ailleurs, mais là n'était pas la question. Ils le sentaient du reste obscurément ; ils devinaient qu'ils se heurtaient à une sorte de franc-maçonnerie, une solidarité de classe qui faisait qu'eux et leur argent passaient après le plaisir d'obliger le baron de Montrefaut ou la comtesse de Pignepoule. Ne pouvant acheter, les paysans prenaient. Au château, il n'y avait plus de gardes ; ils étaient prisonniers et n'avaient pas été remplacés ; le pays manquait d'hommes. Impossible également de trouver des ouvriers et des matériaux pour relever les murs qui tombaient en ruine. Les paysans s'introduisaient par les brèches, braconnaient, pêchaient dans l'étang, emportaient des poules, des plants de tomates ou de maïs, enfin se servaient à leur convenance. La situation de M. de Montmort était délicate. Il était le maire et ne voulait pas se mettre ses administrés à dos, d'une part. De l'autre, il était naturellement attaché à ses propriétés. Il aurait pris cependant le parti de fermer les yeux sans sa femme, qui par principe refusait tout compromis, toute faiblesse. « Vous ne cherchez que la paix, disait-elle aigrement à son époux. Notre Seigneur lui-même a dit : "Je ne suis pas venu apporter la paix, mais le glaive." — Vous n'êtes pas Jésus-Christ », répondait Amaury d'un air grognon, mais il était entendu depuis longtemps dans la famille que la vicomtesse avait une âme d'apôtre et que ses vues étaient prophétiques. Amaury était d'autant plus enclin à épouser les jugements de la vicomtesse que c'était elle qui avait la fortune du ménage et qu'elle tenait serrés les cordons de la bourse. Il la soutenait donc avec loyalisme et faisait une guerre acharnée aux braconniers, aux maraudeurs, à l'institutrice qui n'allait pas à la messe et au postier soupçonné d'être « front populaire », quoiqu'il affichât avec ostentation sur la porte de la cabine téléphonique un portrait du maréchal Pétain.

La vicomtesse se promenait donc dans son parc par une belle nuit de juin et récitait des vers qu'elle voulait faire dire par ses protégées de l'école libre le jour de la Fête des mères. Elle aurait aimé en composer elle-même ; mais douée pour la prose (en écrivant l'afflux des idées était si puissant en elle qu'elle devait souvent poser la plume et tremper ses mains dans l'eau froide pour faire descendre le sang qui lui était monté à la tête), elle l'était moins pour les vers. Cet assujettissement aux rimes était insupportable. Elle décida donc de remplacer le poème qu'elle eût désiré faire à la gloire de la Mère française par une invocation en prose : « Ô mère ! » dirait une des élèves de la petite classe, vêtue de blanc et tenant à la main un bouquet de fleurs champêtres : « Ô mère ! voir ton doux visage penché sur mon petit lit tandis qu'au-dehors gronde la tempête. Le ciel est noir sur le monde, mais une aube radieuse va se lever. Souris, ô tendre mère ! Regarde, ton enfant suit le Maréchal qui tient par la main la paix et le bonheur. Entre avec moi dans la joyeuse ronde que forment tous les enfants et toutes les mamans de France autour du vénérable Vieillard qui nous rend l'espérance ! »

Mme de Montmort prononça à voix haute ces paroles qui retentirent dans le parc muet. Quand l'inspiration la saisissait, elle n'était plus maîtresse d'elle-même. Elle allait et venait à grands pas. Puis elle se laissa tomber sur la mousse humide et, serrant sa fourrure autour de ses maigres épaules, elle médita longuement. La méditation prenait vite chez elle la forme de revendications passionnées. Pourquoi, douée comme elle l'était, n'y avait-il autour d'elle ni chaleur d'admiration ni amour ? Pourquoi avait-elle été épousée pour son argent ? Pourquoi était-elle impopulaire ? Quand elle traversait le bourg, les enfants se cachaient ou ricanaient derrière son dos. Elle savait qu'on l'appelait « la folle ». C'était très dur d'être détestée, tout le mal qu'elle s'était donné pour les paysans pourtant… La bibliothèque (mais ces livres choisis avec amour, de bonnes lectures qui élèvent l'âme, les laissaient de glace ; les filles réclamaient des romans de Maurice Dekobra, quelle génération…), les films éducatifs (ils avaient également peu de succès, ces films…), une fête tous les ans dans le parc, avec un spectacle monté par les enfants de l'école libre, mais il lui était revenu aux oreilles l'écho de vives critiques. On lui en voulait parce que, au cas où le temps ne permettrait pas de s'ébattre sous les arbres, des sièges avaient été disposés dans le garage. Qu'est-ce que ces gens demandaient ? Elle n'allait pas les faire entrer dans le château ? Ils en seraient les premiers gênés. Ah ! le nouvel esprit, le déplorable esprit qui soufflait sur la France ! Elle seule savait le reconnaître et lui donner un nom. Le peuple devenait bolchevik. Elle avait cru que la défaite lui serait salutaire, le détournerait de ses dangereuses erreurs, le forcerait de nouveau à respecter ses chefs, mais non ! Il était pire que jamais.

Parfois elle en arrivait, elle, ardente patriote, à se féliciter de la présence de l'ennemi, pensa-t-elle en écoutant sur la route en bordure du parc le pas des sentinelles allemandes. Ils parcouraient le pays toute la nuit, par équipes de quatre ; on entendait à la fois le carillon de l'église, bruit doux et familier qui berçait les gens dans leurs songes, et le martèlement des bottes, le cliquetis des armes, comme dans une cour de prison. Oui, la vicomtesse de Montmort en était venue à se demander s'il ne fallait pas remercier le bon Dieu d'avoir permis l'entrée des Allemands en France. Non qu'elle les aimât, Seigneur ! Elle ne pouvait les souffrir, mais sans eux… qui sait ?…. Amaury avait beau lui dire : « Des communistes, les gens d'ici ? Mais ils sont plus riches que vous… » Ce n'était pas seulement une question d'argent ou de propriétés, mais aussi, mais surtout de passion. Elle le sentait confusément sans parvenir à l'expliquer. Peut-être n'avaient-ils qu'une notion confuse de ce qu'était réellement le communisme, mais il flattait leur désir d'égalité, désir que la possession de l'argent et des terres exaspérait au lieu de combler. Cela leur faisait malice, selon leur expression, de posséder une fortune en cheptel, de pouvoir payer le collège à leurs fils et des bas de soie à leurs filles, et de se sentir, malgré tout, inférieurs aux Montmort. Les paysans trouvaient qu'on ne leur témoignait jamais assez d'égards, surtout depuis que le vicomte était le maire du pays… Le vieux paysan qui l'avait précédé à cette place tutoyait tout le monde, il était avare, grossier, dur, il injuriait ses administrés… on lui passait tout ! Mais ils reprochaient au vicomte de Montmort de se montrer fier et cela ne pardonne pas… Est-ce que les paysans pensaient qu'il se lèverait en les voyant entrer dans la salle de la mairie ? qu'il les accompagnerait jusqu'à la porte ou quoi ? Ils ne supportaient aucune supériorité, ni celle de la naissance ni celle de la fortune. On avait beau dire, les Allemands avaient bien du mérite. Voilà un peuple discipliné, docile, pensa Mme de Montmort en écoutant presque avec plaisir le pas cadencé qui s'éloignait, et la voix rauque qui criait *Achtung* dans le lointain… Il devait être agréable de posséder de grandes terres en Allemagne, tandis qu'ici…

Les soucis la rongeaient. Cependant la nuit s'avançait et elle allait rentrer, lorsqu'elle vit — crut voir — une ombre qui longeait le mur, se baissait, disparaissait du côté du potager. Enfin, elle allait surprendre un des voleurs de maïs. Elle tressaillit d'aise. Il est caractéristique qu'elle n'eût pas peur un seul instant. Amaury craignait les mauvais coups, mais pas elle… Le danger réveillait en elle ses goûts de chasseresse. Elle suivit l'ombre en se dissimulant derrière les troncs d'arbres, mais auparavant elle avait exploré le pied du mur et trouvé une paire de sabots cachés sous la mousse. Le voleur marchait en chaussons pour faire moins de bruit. Elle manœuvra de telle sorte que, lorsqu'il sortit du potager, il la trouva devant lui. Il fit un brusque mouvement pour fuir, mais elle lui cria d'une voix méprisante :

« J'ai tes sabots, mon ami. Les gendarmes sauront bien découvrir à qui ils appartiennent. »

L'homme alors s'arrêta, revint vers elle et elle reconnut Benoît Labarie. Ils demeurèrent l'un en face de l'autre, en silence.

« C'est du joli », dit enfin la vicomtesse d'une voix tremblante de haine.

Elle le détestait. De tous les paysans, c'est lui qui se montrait le plus insolent, le plus intraitable ; à propos du foin, du bétail, des clôtures, de tout et de rien, le château et la ferme se livraient une sourde et incessante guérilla. Elle dit avec indignation :

« Eh bien ! mon garçon, je connais le voleur maintenant, je vais de ce pas avertir le maire. Tu ne l'emporteras pas au paradis !

— Dites donc, est-ce que je vous tutoie, moi ? Les voilà vos plants, fit Benoît en les jetant sur le sol où ils s'éparpillèrent à la lueur de la lune. Est-ce qu'on refuse de payer ? Est-ce que vous croyez qu'on n'a pas assez d'argent ? Depuis le temps qu'on vous demande de rendre service… pour ce que ça vous coûterait… Mais non ! Vous préférez qu'on crève.

— Voleur, voleur, voleur ! criait cependant la vicomtesse d'une voix suraiguë. Le maire…

— Eh, j'm'en fous du maire ! Vous n'avez qu'à l'aller chercher. Je le lui dirai en face.

— Vous osez me parler sur ce ton ?

— C'est qu'on en a assez dans le pays, si vous voulez le savoir ! Vous avez tout et vous gardez tout ! votre bois, vos fruits, vos poissons, votre gibier, vos poules, vous n'en vendriez pas, vous n'en céderiez pas ni pour or ni pour argent. Monsieur le maire fait des grands discours sur l'entraide et le reste. Je t'en fous ! Votre château, il est plein de la cave au grenier, on le sait, on l'a vu. Est-ce qu'on vous demande la charité ? Mais c'est justement ça qui vous vexe, la charité vous la feriez encore parce que ça vous plairait assez d'humilier le pauvre, mais quand on vient pour un service, d'égal à égal : “Je paie et j'emporte”, plus personne. Pourquoi vous n'avez pas voulu me vendre vos plants ?

— Ça me regarde, je suis chez moi, je pense, insolent !

— Ce maïs n'était pas pour moi, ça je vous le jure ! J'aimerais mieux crever que rien demander à des gens de votre espèce. C'était pour la Louise, que son mari est prisonnier, pour lui rendre service, parce que je rends service, moi !

— En volant ?

— Mais qu'est-ce que vous voulez qu'on fasse d'autre ? Vous êtes trop durs, trop regardants aussi ! Qu'est-ce que vous voulez qu'on fasse d'autre ? répéta-t-il avec fureur. Je ne suis pas le seul à me servir chez vous. Tout ce que vous refusez, sans raison, par méchanceté pure, on le prend. Et ce n'est pas fini. Attendez l'automne ! Monsieur le maire chassera avec les Allemands…

— Ce n'est pas vrai ! C'est un mensonge ! Jamais il n'a chassé avec les Allemands. »

Elle frappait du pied avec colère ; elle était folle de rage. Encore cette calomnie stupide ! Les Allemands les avaient invités tous les deux, il était vrai, à l'une de leurs chasses l'hiver dernier. Ils avaient refusé mais n'avaient pu faire autrement que d'assister au repas qui terminait la journée. Bon gré mal gré, il fallait suivre la politique du gouvernement. Et puis enfin, ces officiers allemands, c'était des gens bien élevés après tout ! Ce qui sépare ou unit les êtres, ce n'est pas le langage, les lois, les mœurs, les principes, mais une manière identique de tenir son couteau et sa fourchette !

Benoît continua.

« À l'automne, il chassera avec les Allemands, mais je reviendrai, moi, dans votre parc, et je ne me gênerai ni pour les lièvres ni pour les renards. Vous pourrez bien mettre le régisseur, les gardes et les chiens derrière moi ! Ils ne seront point si malins que Benoît Labarie ! Ils ont assez couru après moi tout l'hiver sans m'attraper !

— Je n'irai chercher ni le régisseur ni les gardes, mais les Allemands. Ceux-là vous font peur, hein ? Vous crânez mais quand vous voyez un uniforme allemand, vous filez doux !

— Dites donc, je les ai vus de près, moi, en Belgique et sur la Somme, les Boches ! C'est pas comme votre mari ! Où a-t-il fait la guerre, lui ? Dans les bureaux où il emmerdait le monde !

— Grossier personnage !

— À Chalon-sur-Saône qu'il était, votre mari, depuis septembre jusqu'au jour où les Allemands sont venus. Alors il a filé, la voilà sa guerre !

— Vous êtes… vous êtes abominable ! Allez-vous-en ou je crie. Allez-vous-en ou j'appelle !

— C'est ça, appelez les Boches ! Vous êtes bien contente qu'ils soient là, hein ? Ça fait la police, ça garde vos propriétés. Priez le bon Dieu qu'ils restent longtemps parce que le jour où ils seront partis… »

Il n'acheva pas. Il arracha brusquement les sabots, la pièce à conviction qu'elle tenait à la main, les chaussa, franchit le mur et disparut. Presque aussitôt, on entendit le pas des Allemands qui s'approchaient.

« Oh ! j'espère bien qu'ils l'ont pris ! J'espère bien qu'ils l'ont tué, se disait la vicomtesse en courant vers le château. Quel homme ! quelle espèce ! quels ignobles gens ! Mais c'est ça le bolchevisme, c'est ça ! Mon Dieu ! qu'est devenu le peuple ! Du temps de papa, un braconnier qu'on arrêtait dans les bois, il pleurait et demandait pardon. Naturellement on pardonnait. Papa, qui était la bonté même, criait, tempêtait, puis lui faisait donner un verre de vin dans la cuisine… J'ai vu ça plus d'une fois dans mon enfance ! Mais alors le paysan était pauvre. Depuis qu'il a de l'argent, on dirait que tous ses mauvais instincts se sont éveillés en lui. “Le château plein de la cave au grenier”, répéta-t-elle avec fureur. Eh bien ! et chez lui ? Mais ils sont plus riches que nous. Qu'est-ce qu'ils veulent ? C'est l'envie, les bas sentiments qui les dévorent. Ce Labarie est un homme dangereux. Il s'est vanté de venir chasser chez nous ! Il a donc gardé son fusil ! Il est capable de tout. S'il fait un mauvais coup, s'il tue un Allemand, le pays entier sera responsable de l'attentat et le maire le premier ! Ce sont des gens comme lui qui causent tous nos malheurs. C'est un devoir de le dénoncer. Je le ferai comprendre à Amaury, et… s'il le faut, j'irai moi-même à la Kommandantur. Il court les bois la nuit, au mépris des règlements, il a une arme à feu, son compte est bon ! »

Elle se jeta dans la chambre à coucher, réveilla Amaury, lui fit le récit de ce qui s'était passé et acheva :

« Voilà où nous en sommes ! On vient me braver, me voler, m'insulter chez moi ! Oh, tout cela n'est rien ! Est-ce que les injures d'un paysan m'atteignent ? Mais c'est un homme dangereux. Il est prêt à tout. Je suis sûre que si je n'avais pas eu la présence d'esprit de me taire, si j'avais appelé les Allemands qui passaient sur la route, il aurait été capable de se jeter sur eux à coups de poing ou bien… »

Elle poussa un cri et pâlit.

« Il avait un couteau à la main. J'ai vu briller la lame d'un couteau, j'en suis sûre ! Vous imaginez ce qui se serait passé ensuite ? Le meurtre d'un Allemand, la nuit, dans notre parc ? Allez donc prouver que vous n'y êtes pour rien. Amaury, votre devoir est tout tracé. Il faut agir. Cet homme a des armes chez lui puisqu'il s'est vanté d'avoir chassé tout l'hiver dans le parc. Des armes ! Quand les Allemands ont dit et répété qu'ils ne le toléreraient plus ! S'il les garde chez lui, c'est qu'il prépare quelque mauvais coup, un attentat certainement ! Est-ce que vous vous rendez compte ? »

Dans la ville voisine un soldat allemand avait été tué et les notables (le maire en premier lieu) emprisonnés comme otages jusqu'à la découverte du coupable. Dans un petit village, à onze kilomètres de là, un gamin de seize ans, saoul, avait allongé un coup de poing à une sentinelle qui voulait l'arrêter après l'heure du couvre-feu. Le garçon avait été fusillé, mais s'il n'y avait eu que ça ! Après tout, s'il avait obéi aux règlements, rien ne serait arrivé, mais le maire, considéré comme responsable de ses administrés, avait bien failli y passer, lui aussi.

« Un canif », grogna Amaury, mais elle n'écoutait pas.

« Je commence à croire, dit Amaury en s'habillant avec des mains tremblantes (il était près de huit heures), je commence à croire que je n'aurais pas dû accepter ce poste.

— Vous allez porter plainte à la gendarmerie, j'espère ?

— À la gendarmerie ? Vous êtes folle ! Nous aurons le pays contre nous. Vous savez que, pour ces gens-là, prendre ce qu'on refuse de céder contre argent comptant, ce n'est pas du vol. C'est une bonne farce. On nous fera la vie impossible. Non, je m'en vais de ce pas à la Kommandantur. Je leur demanderai de garder la chose secrète, ce qu'ils feront certainement car ils sont discrets et comprendront la situation. On ira fouiller chez les Labarie, on trouvera certainement une arme…

— Vous êtes sûr qu'on trouvera ? Ces gens-là…

— Ces gens-là se croient très malins, mais leurs cachettes, je les connais, moi… Ils se vantent au cabaret, après boire… C'est le grenier, la cave ou l'écurie des cochons. On arrêtera le Benoît, je ferai promettre aux Allemands de ne pas le punir sévèrement. Il en sera quitte pour quelques mois de prison. Nous en serons débarrassés pendant ce temps-là et après, je vous réponds qu'il se tiendra coi. Les Allemands s'entendent à les mater. Mais qu'est-ce qu'ils ont ? s'écria tout à coup le vicomte qui était en chemise à cet instant, les pans de toile battant ses mollets nus, mais qu'est-ce qu'ils ont dans le ventre ? Pourquoi ne peuvent-ils pas rester tranquilles ? Qu'est-ce qu'on leur demande ? Se taire, rester tranquilles. Mais non ! ils rouspètent, ils ergotent, ils crânent. À quoi cela les avance-t-il, je vous le demande ? On a été battus, n'est-ce pas ? On n'a qu'à filer doux. On dirait qu'ils font ça exprès pour m'embêter. J'avais réussi, à force d'efforts, à être bien avec les Allemands. Songez que nous n'en logeons pas un seul au château. C'est une grande faveur. Et enfin le pays… je fais ce que je peux pour lui… j'en perds le sommeil… Les Allemands se montrent corrects vis-à-vis de tous. Ils saluent les femmes, ils caressent les enfants. Ils paient comptant. Eh bien, non ! ce n'est pas encore ça ! Mais qu'est-ce qu'on voudrait ? qu'ils rendent l'Alsace et la Lorraine ? Qu'ils se foutent en République sous la présidence de Léon Blum ? Quoi ? Quoi ?

— Ne vous irritez pas, Amaury. Regardez-moi, je suis calme. Faites votre devoir sans espérer de récompense ailleurs qu'au ciel. Croyez-moi, Dieu lit dans nos cœurs.

— Je sais, je sais, mais c'est dur tout de même », soupira amèrement le vicomte.

Et sans prendre le temps de déjeuner (il avait la gorge si serrée qu'une miette de pain n'y passerait pas, dit-il à sa femme), il sortit et fit demander audience, dans le plus grand secret, à la Kommandantur.

17

Une réquisition de chevaux avait été ordonnée par l'armée allemande : une jument valait alors dans les 60, 70 000 francs ; les Allemands payaient (promettaient de payer) la moitié de la somme. Le moment des grands travaux approchait et les paysans demandaient amèrement au maire comment ils allaient se débrouiller :

« Avec nos bras, pas ?.... mais on vous dit une bonne chose, si on ne nous laisse pas travailler, c'est les villes qui crèveront de faim.

— Mais, mes bons amis, je n'y peux rien, moi ! » murmurait le maire.

Les paysans avaient beau savoir qu'effectivement il n'y pouvait rien, ils s'en prenaient à lui dans le secret de leur cœur. « Il se débrouillera, lui, il s'arrangera, on n'y touchera point à ses chevaux de malheur ! » Tout allait mal. Depuis la veille, un vent d'orage soufflait. Les jardins étaient saturés de pluie ; la grêle avait ravagé les champs. Quand Bruno partit à cheval de la maison Angellier, au matin, pour se rendre à la ville voisine où devait avoir lieu la réquisition, il vit un paysage désolé, battu par l'averse. Les grands tilleuls du mail étaient secoués avec violence et ils gémissaient et craquaient comme des mâts de navire. Bruno, cependant, éprouvait un sentiment d'allégresse en galopant sur la route ; cet air froid, rude et pur lui rappelait celui de la Prusse-Orientale. Ah ! quand reverrait-il ces plaines, ces herbes pâles, ces marais, l'extraordinaire beauté des ciels de printemps… les printemps tardifs des pays du Nord… ciel d'ambre, nuages de nacre, joncs, roseaux, rares bouquets de bouleaux… ? Quand chasserait-il de nouveau le héron et le courlis ? Il croisa sur son chemin des chevaux et leurs conducteurs qui, de tous les villages, de tous les bourgs, de tous les domaines de la région se rendaient à la ville. « De bonnes bêtes, songea-t-il, mais mal soignées. Les Français — tous les civils d'ailleurs — n'entendent rien aux chevaux. »

Il s'arrêta un instant pour les laisser passer. Ils zigzaguaient par petits groupes. Bruno examinait les bêtes d'un regard attentif ; il cherchait parmi elles celles qui conviendraient à la guerre. La plupart seraient envoyées en Allemagne pour les travaux des champs mais quelques-unes connaîtraient les charges furieuses dans les sables d'Afrique ou dans les houblonnières du Kent. Dieu seul savait où soufflerait désormais le vent de la guerre. Bruno se rappela les hennissements des chevaux effrayés dans Rouen en flammes. La pluie tombait. Les paysans marchaient tête basse, la relevant un peu lorsqu'ils voyaient ce cavalier immobile, sa cape verte sur ses épaules. Un instant, leurs regards se rencontraient. « Qu'ils sont lents, pensait Bruno, qu'ils sont malhabiles ! Ils arriveront avec deux heures de retard et quand pourra-t-on déjeuner ? Il faudra d'abord s'occuper des chevaux. Mais, allez, allez donc », murmurait-il en frappant avec impatience de son stick le revers de ses bottes, se retenant pour ne pas crier à pleine voix des ordres comme aux manœuvres. Des vieillards passaient devant lui, des enfants et même quelques femmes ; tous ceux d'un même village marchaient ensemble. Puis il y avait un vide. L'espace, le silence n'étaient remplis alors que par le vent bondissant. Profitant d'une de ces éclaircies, Bruno lança son cheval au galop dans la direction de la ville. Derrière lui, la file patiente se reforma. Les paysans se taisaient. On avait pris les jeunes hommes ; on avait pris le pain, le blé, la farine et les patates ; on avait pris l'essence et les voitures, maintenant les chevaux. Demain, quoi ? Certains d'entre eux étaient en route depuis minuit. Ils marchaient tête basse, courbés, visage impénétrable. Ils avaient eu beau dire au maire que c'était fini, qu'on n'en foutrait plus que dalle, ils savaient bien que les travaux devraient être terminés, la récolte faite. Il faut bien manger. « Dire qu'on était si heureux, pensaient-ils. Les Allemands… tas de vaches… Faut être juste aussi… C'est la guerre… tout de même, ça durera-t-y longtemps, mon Dieu ? Ça durera-t-y longtemps ? » murmuraient les paysans en regardant ce ciel de tempête.

Sous la fenêtre de Lucile, tout le jour étaient passés des chevaux et des hommes. Elle se bouchait les oreilles pour ne plus les entendre. Elle ne voulait plus rien savoir. Assez de ces visions de guerre, de ces sombres images ! Elles la troublaient, elles lui déchiraient le cœur ; elles ne lui permettaient pas d'être heureuse. Heureuse, mon Dieu ! « Eh bien, oui, la guerre, se disait-elle, eh bien, oui, les prisonniers, les veuves, la misère, la faim, l'Occupation. Et après ? Je ne fais rien de mal. C'est l'ami le plus respectueux, les livres, la musique, nos longues conversations, nos promenades dans les bois de la Maie… Ce qui les rend coupables, c'est l'idée de la guerre, de ce malheur universel. Mais il n'en est pas plus responsable que moi ! Ce n'est pas notre faute. Qu'on nous laisse tranquilles… Qu'on nous laisse ! » Elle s'effrayait parfois et s'étonnait même de sentir en son cœur une telle rébellion — contre son mari, sa belle-mère, l'opinion publique, cet « esprit de la ruche » dont parlait Bruno. Essaim grondant, malfaisant, qui obéit à des fins inconnues… Elle le haïssait… « Qu'ils aillent où ils veulent ; moi, je ferai ce que je voudrai. Je veux être libre. Je demande moins la liberté extérieure, celle de voyager, de quitter cette maison (quoique ce serait un bonheur inimaginable !), que d'être libre intérieurement, choisir ma direction à moi, m'y tenir, ne pas suivre l'essaim. Je hais cet esprit communautaire dont on nous rebat les oreilles. Les Allemands, les Français, les gaullistes s'entendent tous sur un point : il faut vivre, penser, aimer avec les autres, en fonction d'un État, d'un pays, d'un parti. Oh, mon Dieu ! je ne veux pas ! Je suis une pauvre femme inutile ; je ne sais rien mais je veux être libre ! Des esclaves nous devenons, pensa-t-elle encore ; la guerre nous envoie ici ou là, nous prive de bien-être, nous enlève le pain de la bouche ; qu'on me laisse au moins le droit de juger mon destin, de me moquer de lui, de le braver, de lui échapper si je peux. Un esclave ? Cela vaut mieux qu'un chien qui se croit libre quand il trotte derrière son maître. Ils ne sont même pas conscients de leur esclavage, se dit-elle en écoutant le bruit des hommes et des chevaux, et moi je leur ressemblerais si la pitié, la solidarité, "l'esprit de la ruche" me forçaient à repousser le bonheur. » Cette amitié entre elle et l'Allemand, ce secret dérobé, un monde caché au sein de la maison hostile, que c'était doux, mon Dieu ! Elle se sentait alors un être humain, fier et libre. Elle ne permettait pas à autrui d'empiéter sur ce qui était son domaine propre. « Personne ! Ça ne regarde personne ! Qu'ils se battent, qu'ils se haïssent ! Que son père et le mien se soient battus autrefois ! Qu'il ait fait de sa main mon mari prisonnier (idée qui obsède ma malheureuse belle-mère) ! Qu'est-ce que ça fait ? Lui et moi, nous sommes amis. » Amis ? Elle traversait le vestibule sombre ; elle s'approcha de la glace posée sur la commode, une glace dans un cadre de bois noir ; elle regarda ses yeux sombres et sa bouche tremblante ; elle sourit. « Amis ? Il m'aime », chuchota-t-elle. Elle approcha ses lèvres de la glace et doucement baisa son image. « Mais oui, il t'aime. Ce mari qui t'a trompée, délaissée, tu ne lui dois rien. Il est prisonnier, ton mari est prisonnier et tu laisses un Allemand s'approcher de toi, prendre la place de l'absent ? Eh bien, oui ! Eh bien, après ? L'absent, le prisonnier, le mari, je ne l'ai jamais aimé. Qu'il meure ! Qu'il disparaisse ! Mais voyons, réfléchis, continua-t-elle, le front appuyé contre la glace, et il lui semblait vraiment parler à une partie d'elle-même inconnue jusque-là, invisible, et qu'elle apercevait pour la première fois, une femme aux yeux bruns, aux minces lèvres frémissantes, une flamme aux joues, qui était elle et pas tout à fait elle… Voyons, réfléchis… la raison… la voix de la raison… tu es une Française raisonnable… ça te mènera à quoi, tout ça ? Il est soldat, il est marié, il partira ; ça te mènera à quoi ? Eh bien, quand ça ne serait qu'à un instant de bonheur ? même pas de bonheur, de plaisir ? Sais-tu seulement ce que c'est ? » La contemplation de son image dans la glace la fascinait ; elle lui plaisait et lui faisait peur.

Elle entendit le pas de la cuisinière dans la resserre aux provisions près du vestibule ; elle fit un mouvement effrayé et commença à marcher sans but dans la maison. Quelle immense maison vide, mon Dieu ! Sa belle-mère, comme elle l'avait promis, ne quittait plus sa chambre ; on lui montait ses repas là-haut, mais même absente on croyait la voir. Cette maison était le reflet d'elle-même, la part la plus vraie de son être comme la part la plus vraie de Lucile était cette mince jeune femme amoureuse, hardie, gaie, désespérée, qui lui souriait tout à l'heure dans la glace au cadre noir… (Elle avait disparu, elle n'avait laissé qu'un fantôme sans vie, cette Lucile Angellier qui errait à travers les chambres, collait son visage aux vitres, remettait machinalement en place les objets laids et inutiles qui garnissaient les cheminées.) Quel temps ! L'air était lourd, le ciel gris. Les tilleuls en fleur étaient secoués par des rafales de vent froid. « Une chambre, une maison à moi seule, pensait Lucile, une chambre parfaite, presque nue, une belle lampe… Si je fermais les volets ici, si j'allumais l'électricité pour ne pas voir ce temps ! Jeanne viendrait me demander si je suis malade ; elle préviendrait ma belle-mère qui ferait éteindre les lampes et ouvrirait les rideaux parce que l'électricité coûte cher. Je ne peux pas jouer du piano : cela serait une offense à l'absent. J'irais bien dans les bois malgré la pluie, mais tout le monde le saurait. On dirait : "Lucile Angellier est devenue folle." Cela suffit pour enfermer une femme dans un pays comme le nôtre. » Elle rit en se rappelant une jeune fille dont on lui avait parlé, que ses parents avaient enfermée dans une maison de santé parce qu'elle s'échappait les soirs de lune et courait jusqu'à l'étang. « Avec un garçon, ça se comprendrait ! ce serait de la mauvaise conduite… Mais, seule ? elle est folle… » L'étang, la nuit… L'étang sous cette pluie torrentielle. Oh ! n'importe où, loin d'ici… Ailleurs… Ces chevaux, ces hommes, ces pauvres dos courbés et résignés sous l'averse ! Elle s'éloigna résolument de la fenêtre ; elle avait beau se dire : « Il n'y a rien de commun entre eux et moi ! », elle sentait la présence d'un lien invisible.

Elle entra dans la chambre de Bruno. Elle s'était glissée chez lui, le cœur battant, plus d'un soir. Il était à demi couché, tout habillé sur son lit ; il lisait ou écrivait, le métal blond de ses cheveux brillait sous la lampe. Dans un coin étaient jetés sur un fauteuil le lourd ceinturon avec sa plaque gravée *Gott mit uns*, un pistolet noir, une casquette plate et un grand manteau vert amande ; ce manteau, il le prenait, et il le posait sur les genoux de Lucile parce que les nuits depuis la semaine dernière, avec leurs orages incessants, étaient froides. Ils étaient seuls — ils se croyaient seuls — dans la grande maison endormie. Pas un aveu, pas un baiser, le silence… puis des conversations fiévreuses et passionnées où ils parlaient de leurs pays respectifs, de leurs familles, de musique, de livres… L'étrange bonheur qu'ils éprouvaient… cette hâte à découvrir leur cœur l'un à l'autre… une hâte d'amant qui est déjà un don, le premier, le don de l'âme avant celui du corps. « Connais-moi, regarde-moi. Je suis ainsi. Voilà comme j'ai vécu, voilà ce que j'ai aimé. Et toi ? et toi, mon bien-aimé ? » Mais jusqu'ici, pas de parole d'amour. À quoi bon ? Elles sont inutiles quand les voix s'altèrent, quand les bouches tremblent, quand tombent ces longs silences… Doucement, Lucile toucha les livres sur la table, des livres allemands aux pages écrites de cette écriture gothique qui semble bizarre, et repoussante. Allemands, allemands… « Un Français ne m'aurait pas laissée partir sans autre geste d'amour que celui de baiser mes mains et ma robe… »

Elle sourit, haussa légèrement les épaules ; elle savait que ce n'était ni de la timidité ni de la froideur, mais cette profonde et âpre patience allemande qui ressemble à celle du fauve, qui attend son heure, qui attend que la proie fascinée se laisse prendre d'ellemême. « À la guerre, disait Bruno, il nous arrivait de passer des nuits en embuscade dans la forêt de la Mœuvre. L'attente, alors, est érotique… » Elle avait ri de ce mot. Il lui semblait moins drôle maintenant. Que faisait-elle d'autre aujourd'hui ? Elle attendait. Elle l'attendait. Elle rôdait dans ces pièces sans vie. Encore deux, trois heures. Puis le dîner dans la solitude. Puis le bruit de la clef fermant la porte de sa belle-mère. Puis Jeanne, traversant le jardin avec une lanterne pour aller fermer la grille. Puis l'attente de nouveau, brûlante, étrange… et enfin le hennissement du cheval dans la rue, un cliquetis d'armes, des ordres donnés au palefrenier qui s'éloigne avec la bête. Sur le seuil, ce bruit d'éperons… Puis cette nuit, cette nuit orageuse, avec ce grand souffle froid dans les tilleuls et le roulement lointain du tonnerre, elle lui dirait enfin — oh ! elle n'était pas hypocrite, elle lui dirait en bon français clair et net — que la proie convoitée était à lui. « Et demain ? Demain ? » murmura-t-elle ; un sourire malicieux, hardi, voluptueux la transfigura soudain comme le reflet d'une flamme illumine et change un visage. Éclairés par un incendie, les traits les plus doux prennent un air diabolique qui attire et fait peur. Elle sortit sans bruit de la chambre.

18

Quelqu'un frappait à la porte de la cuisine, des coups bas et timides, étouffés par le bruit de la pluie. Des gosses qui veulent se mettre à l'abri de l'orage, pensa la cuisinière. Elle regarda et vit Madeleine Labarie, debout sur le seuil, tenant à la main son parapluie ruisselant. Jeanne la regarda un instant, bouche bée ; les gens des domaines ne descendaient guère en ville que le dimanche pour la grand-messe.

« Qui c'est-y qui t'arrive ? Entre vite. Tout va bien chez toi ?

— Non ! il est arrivé un grand malheur. Je voudrais parler tout de suite à Madame, dit Madeleine à voix basse.

— Seigneur Jésus ! un malheur ! vous voulez parler à Mme Angellier ou à Mme Lucile ? »

Madeleine hésita.

« À Mme Lucile. Mais allez doucement… Que cet Allemand de malheur ne sache point que je suis ici.

— L'officier ? Il est parti pour la réquisition des chevaux. Mets-toi près du feu, tu es trempée. Je vais chercher Madame. »

Lucile achevait son dîner solitaire. Un livre était ouvert devant elle, sur la nappe. « Pauvre petite femme, se dit Jeanne dans un brusque éclair de lucidité. Est-ce que c'est une vie pour elle… L'une sans mari depuis deux ans… L'autre… Quel malheur a pu arriver ? Encore un coup des Allemands pour sûr ! »

Elle dit à Lucile qu'on la demandait.

« Madeleine Labarie, Madame. Il lui est arrivé un grand malheur… Elle voudrait point être vue.

— Faites-la entrer ici ! L'Allemand… Le lieutenant von Falk n'est pas rentré ?

— Non, Madame. J'entendrai bien le cheval revenir. J'avertirai Madame.

— Oui, c'est cela. Allez. »

Lucile attendait, le cœur battant. Madeleine Labarie, livide, le souffle court, entra dans la pièce. La pudeur et la circonspection paysannes luttaient en elle avec l'émotion qui la bouleversait ; elle serra la main de Lucile, murmura selon l'usage « Je ne vous dérange pas ? » et « Ça va bien chez vous ? », puis elle dit tout bas, en faisant un effort terrible pour retenir ses larmes, parce qu'on ne pleure pas en public, sauf au chevet d'un mort… pour le reste il faut se tenir, cacher à autrui une peine comme d'ailleurs un plaisir trop grand…

« Ah ! Madame Lucile ! Que faire ? Je viens vous demander conseil parce que nous, on est perdus. Les Allemands sont venus ce matin arrêter le Benoît. »

Lucile poussa une exclamation.

« Mais pourquoi ?

— Soi-disant qu'il avait un fusil caché. Comme tout le monde, vous pensez… Mais on n'est venu chez personne, seulement chez nous. Benoît a dit “cherchez”. Ils ont cherché et ils ont trouvé. Il était enterré dans le foin, dans le vieux râtelier aux vaches. Notre Allemand, celui qu'on logeait chez nous, l'interprète, était dans la salle quand les hommes de la Kommandantur sont revenus avec le fusil et ont dit à mon mari de les suivre. “Minute, qu'il a fait. Le fusil n'est pas à moi. C'est un voisin qui l'a caché ici pour me dénoncer ensuite. Passez-le-moi et je vous le prouverai.” Il parlait si naturellement que les hommes ne se sont pas méfiés. Mon Benoît prend l'arme, fait semblant de l'examiner et tout à coup… Ah ! madame Lucile, les deux coups de feu sont partis presque en même temps. D'un coup il tue Bonnet et de l'autre Bubi, un grand chien-loup qu'était avec Bonnet…

— Je sais, je sais, murmura Lucile.

— Puis saute par la fenêtre de la salle et disparaît, les Allemands derrière… Mais il connaît mieux le pays qu'eux, vous pensez ! Ils l'ont point trouvé. L'orage tombait si fort qu'on n'y voyait pas à deux pas devant soi, heureusement. Bonnet, sur mon lit où on l'avait transporté ! S'ils trouvent Benoît, ils le fusilleront. Rien que pour l'arme cachée il aurait été fusillé ! Mais là on aurait pu encore avoir de l'espoir, tandis que maintenant on sait ce qui l'attend, n'est-ce pas ?

— Pourquoi a-t-il tué Bonnet ?

— C'est sûrement lui qui l'a dénoncé, madame Lucile. Il vivait chez nous. Il a dû trouver le fusil. Ces Allemands, c'est tous des traîtres ! Et celui-là… me faisait la cour, vous comprenez… mon mari le savait ! Peut-être qu'il a voulu le punir, peut-être qu'il s'est dit : “Tant qu'à faire, il sera pas là à rôder autour de ma femme, moi absent.” Peut-être… Et puis il les détestait, madame Lucile. C'était son rêve d'en descendre un.

— Ils l'ont cherché toute la journée sans doute ? Vous êtes sûre qu'ils ne l'ont pas découvert encore ?

— Sûre, dit Madeleine après un instant de silence.

— Vous l'avez vu ?

— Oui. C'est la vie ou la mort, madame Lucile. Vous… vous ne direz rien ?

— Oh ! Madeleine !

— Eh bien ! il s'est caché chez notre voisine, la Louise, la femme du prisonnier.

— Ils vont battre le pays, ils vont fouiller partout…

— Heureusement, aujourd'hui c'était la réquisition des chevaux, tous les gradés sont partis. Les soldats attendent les ordres. Demain ils vont fouiller le pays. Mais, madame Lucile, les cachettes ne manquent point dans les domaines. On en a fait passer sous leur nez, déjà, des prisonniers évadés. La Louise le cacherait bien, mais voilà, il y a les gosses, et les gosses ça joue avec les Allemands, ça les craint pas, ça bavarde, c'est trop petit aussi pour entendre raison. La Louise m'a dit : “Je sais ce que je risque. Je le fais de bon cœur pour ton mari comme tu l'aurais fait pour le mien, mais tant qu'à faire vaut mieux trouver une autre maison où on pourra le tenir jusqu'à ce qu'il y ait une occasion de quitter le pays." Maintenant tous les chemins vont être surveillés, vous pensez ! Mais les Allemands sont point là pour l'éternité. Ce qu'il faudrait, c'est une grande maison où il y ait point de gosses.

— Ici ? dit Lucile en la regardant.

— Ici, j'avais pensé, oui…

— Vous savez qu'un officier allemand habite chez nous ?

— Ils sont partout.

— L'officier ne doit guère bouger de chez lui ? Et on m'a dit… pardon, madame Lucile, on m'a dit qu'il était amoureux de vous et que vous en faisiez ce que vous vouliez. Je ne vous offense point ? C'est des hommes comme les autres, bien sûr, et ils s'ennuient. Alors, en lui disant : "Je ne veux pas que vos soldats dérangent tout ici. C'est ridicule. Vous savez bien que je n'ai caché personne. D'abord j'aurais trop peur…" Des choses comme les femmes peuvent en dire. Et puis dans cette maison si grande, si vide, il est facile de trouver un recoin, une cachette. Enfin, c'est une chance de salut. C'est la seule ! Vous me direz que si vous êtes découverte, vous risquez la prison… peut-être même la mort… Avec ces brutes c'est possible. Mais si on ne s'aide pas entre Français, alors qui nous aidera ? La Louise, elle, elle a des gosses et elle a point eu peur. Vous êtes seule.

— Je n'ai pas peur », dit lentement Lucile.

Elle réfléchissait ; chez elle ou ailleurs, le danger pour Benoît serait le même. « Pour elle ? moi ? ma vie ? Pour ce que j'en fais », pensa-t-elle avec un involontaire désespoir. Vraiment, cela n'avait aucune importance. Elle se rappela tout à coup les journées de juin 40 (deux ans, juste deux ans écoulés[1]). Alors aussi, dans le tumulte, dans le danger, elle n'avait pas pensé à elle-même. Elle s'était laissé entraîner comme par le cours rapide d'un fleuve. Elle murmura :

1. En réalité, une année seulement s'est écoulée dans le récit, mais cette parenthèse, peut-être un commentaire de l'auteur au fil du manuscrit, indiquerait que ce chapitre fut rédigé en juin 1942 (*N.d.É.*).

« Il y a ma belle-mère, mais elle ne sort plus de chez elle. Elle ne verra rien. Il y a Jeanne.

— Oh ! Jeanne, madame, c'est de la famille. C'est une cousine à mon mari. Il y a point de danger de ce côté-là. On a confiance dans la famille. Mais où le cacher ?

— J'ai pensé à la chambre bleue près du grenier, la vieille chambre à jouets qui a une espèce d'alcôve… Et puis, et puis, ma pauvre Madeleine, il ne faut pas vous faire d'illusions. Ils le trouveront là comme ailleurs si le sort est contre nous, et si Dieu le veut il leur échappera. Après tout, il y a eu des attentats commis en France contre les soldats allemands et on n'a jamais découvert les coupables. Il faut faire de notre mieux pour le cacher… et… espérer, n'est-ce pas ?

— Oui, madame, espérer… », dit Madeleine tandis que les larmes qu'elle ne pouvait plus retenir coulaient lentement sur ses joues.

Lucile la prit par les épaules et l'embrassa.

« Allez le chercher. Passez par le bois de la Maie. Il pleut toujours. Il n'y aura personne dehors. Méfiez-vous de tous, des Français comme des Allemands, croyez-moi. Je vous attendrai à la petite porte du jardin. Je vais prévenir Jeanne.

— Merci, madame, balbutia Madeleine.

— Allez, vite. Dépêchez-vous. »

Madeleine ouvrit la porte sans bruit et se glissa dans le jardin désert, mouillé, où pleuraient les arbres. Une heure après, Lucile faisait entrer Benoît par la petite porte peinte en vert qui donnait sur les bois de la Maie. L'orage avait cessé mais un vent furieux soufflait encore.

19

De sa chambre, la vieille Mme Angellier entendit le garde champêtre crier sur la place de la Mairie :

« Avis
Ordre de la Kommandantur »

À chaque fenêtre apparurent des visages inquiets : « Qu'est-ce qu'ils ont encore inventé ? » pensaient les gens avec peur et haine. Leur crainte des Allemands était telle que même lorsque la Kommandantur par la voix du garde champêtre prescrivait la destruction des rats ou la vaccination obligatoire des enfants, même alors ils ne se montraient rassurés que longtemps après le dernier roulement de tambour et lorsqu'ils s'étaient fait répéter par des personnes instruites, comme le pharmacien, le notaire ou le chef des gendarmes, ce qu'on venait de dire. Ils demandaient anxieusement :

« C'est tout ? C'est bien tout ? Ils ne nous prennent plus rien ? »

Puis, se calmant par degrés :

« Ah bon ! bon, alors ça va ! Mais je me demande de quoi ils se mêlent… »

C'était tout juste s'ils n'ajoutaient pas :

« C'est nos rats et nos gosses à nous. De quel droit est-ce qu'ils veulent détruire les uns et vacciner les autres ? Est-ce que ça les regarde ? »

Les Allemands qui se trouvaient sur la place commentaient les ordres.

« Tous en bonne santé maintenant, les Français et les Allemands… »

Avec un air de feinte soumission (« Oh ! ces sourires d'esclaves », pensait la vieille Mme Angellier), les paysans se hâtaient d'acquiescer :

« Pour sûr… C'est très bien… C'est dans l'intérêt de tous… On comprend bien. »

Et chacun, rentré chez soi, jetait la mort-aux-rats dans le feu, puis se dépêchait d'aller chez le médecin demander qu'on ne vaccinât pas le gosse « parce qu'il relevait des oreillons, parce qu'il n'était pas bien fort avec c'te mauvaise nourriture ». D'autres, franchement, disaient : « On aimerait encore mieux qu'il y en ait un ou deux de malades : des fois que ça ferait partir les Fritz ! » Les Allemands restés seuls sur la place regardaient autour d'eux avec bienveillance et songeaient que peu à peu la glace fondait entre les vaincus et eux.

Ce jour-là, cependant, aucun Allemand ne souriait, ne parlait aux indigènes. Ils se tenaient debout, très droits, un peu pâles, le regard dur et fixe. Le garde champêtre, jouissant visiblement de l'importance des paroles qu'il allait prononcer, bel homme d'ailleurs et du Midi, toujours heureux d'occuper l'attention des femmes, venait d'exécuter un dernier roulement de tambour ; il avait glissé sous le bras ses deux baguettes et avec une grâce et une habileté de prestidigitateur, d'une belle voix mâle, grasse, qui résonnait dans le silence, il lut :

Un membre de l'armée allemande a été victime d'un attentat : un officier de la Wehrmacht a été lâchement assassiné par le nommé : Labarie Benoît, domicilié aux…, commune de Bussy.

Le criminel a réussi à prendre la fuite. Toute personne coupable de lui donner abri, aide ou protection ou qui, connaissant sa retraite, aura omis dans un délai de quarante-huit heures de le faire savoir à la Kommandantur, encourra la même peine que l'assassin, à savoir :

SERA FUSILLÉ IMMÉDIATEMENT

Mme Angellier avait entrouvert la fenêtre ; lorsque le garde champêtre se fut éloigné, elle se pencha et regarda la place. Les gens murmuraient, frappés de stupeur. Enfin ! la veille on ne s'entretenait que de la réquisition des chevaux, et ce nouveau malheur ajouté à l'ancien éveillait dans ces lents esprits paysans une sorte d'incrédulité : « Le Benoît ! Le Benoît qu'aurait fait ça ? C'est pas possible ! » Le secret avait été bien gardé : les habitants du bourg ignoraient ce qui se passait à la campagne, dans ces grands domaines jalousement gardés. Les Allemands, eux, étaient mieux renseignés. On comprenait maintenant la raison de cette rumeur, de ces coups de sifflet dans la nuit, de la défense qui avait été faite la veille de sortir après huit heures : « Sans doute qu'ils ramenaient le corps, qu'ils voulaient pas qu'on le voie. » Dans les cafés, les Allemands parlaient à voix basse entre eux. Eux aussi, ils éprouvaient une impression d'irréalité et d'horreur. Depuis trois mois, ils vivaient avec ces Français, ils étaient mêlés à eux ; ils ne leur avaient fait aucun mal ; ils avaient réussi enfin à force d'égards, de bons procédés, à établir entre envahisseurs et vaincus des relations humaines ! Voici que le geste d'un fou remettait tout en question. Le crime lui-même ne les affectait pas d'ailleurs autant que cette solidarité, cette complicité qu'ils sentaient autour d'eux (car enfin, pour qu'un homme échappe à un régiment lancé à ses trousses, c'est que le pays tout entier l'aide, l'abrite, lui donne à manger, à moins naturellement qu'il ne fût terré dans les bois — mais on avait passé la nuit à les battre — ou, chose plus vraisemblable encore, qu'il n'eût quitté la région, mais cela, de nouveau, ne pouvait se faire qu'avec l'aide active ou passive des gens). « Alors, moi, pensait chaque soldat, moi que l'on reçoit, moi à qui on sourit, moi à qui on fait une place à table, moi à qui on permet de prendre les enfants sur les genoux, que demain un Français me tue, et il ne se trouvera pas une voix pour me plaindre et tous couvriront de leur mieux l'assassin ! » Ces paysans tranquilles au visage impénétrable, ces femmes qui hier leur souriaient, leur parlaient et qui, aujourd'hui, en passant devant eux, gênées, détournaient le regard, c'était une assemblée d'ennemis ! Ils pouvaient à peine y croire ; de si braves gens pourtant… Lacombe, le sabotier qui avait offert une bouteille de vin blanc à des Allemands la semaine dernière parce que sa fille venait de passer le certificat d'études et qu'il ne savait comment exprimer sa joie ; Georges, le meunier, un combattant de l'autre guerre, qui avait dit : « Vivement la paix et chacun chez soi ! C'est tout ce qu'on veut, nous autres » ; les jeunes filles toujours prêtes à rire, à chanter, à se laisser embrasser en cachette, nous alors et pour toujours ennemis ?

Les Français, cependant, se disaient : « Ce Willy qui a demandé la permission d'embrasser ma gosse, disant qu'il en avait une du même âge en Bavière, ce Fritz qui m'a aidée à soigner mon mari malade, cet Erwald qui trouve la France un si beau pays, et cet autre qui s'est découvert devant le portrait du père tué en 15, alors si demain l'ordre lui est donné, il m'arrêtera, il me tuera de sa main sans remords ?…. La guerre… oui, on sait bien ce que c'est. Mais l'Occupation en un sens, c'est plus terrible, parce qu'on s'habitue aux gens ; on se dit : "Ils sont comme nous autres après tout", et pas du tout, ce n'est pas vrai. On est deux espèces différentes, irréconciliables, à jamais ennemis », songeaient les Français.

Mme Angellier les connaissait si bien, ses paysans, qu'elle croyait lire leurs pensées sur leurs visages. Elle ricana. Elle n'avait pas été dupe, elle ! Elle ne s'était pas laissé acheter ! Car tous étaient à vendre, dans le petit bourg de Bussy comme dans le reste de la France. Les Allemands offraient de l'argent aux uns (ces marchands de vin qui faisaient payer 100 francs aux membres de la Wehrmacht une bouteille de chablis, ces paysans qui cédaient leurs œufs 5 francs pièce), aux autres, aux jeunes, aux femmes, du plaisir… On ne s'ennuyait plus depuis que les Allemands étaient là. On avait enfin à qui parler. Dieu…

sa bru elle-même !.... Elle ferma à demi les yeux et étendit devant ses paupières baissées une longue main blanche et transparente, comme si elle se refusait à voir un corps nu. Oui ! Les Allemands croyaient acheter ainsi la tolérance et l'oubli. Ils y parvenaient. Amèrement, Mme Angellier passa en revue tous les notables du bourg, tous avaient fléchi, tous s'étaient laissé séduire : les Montmort... ils recevaient les Allemands ; on racontait que dans le parc du vicomte, sur l'étang, les Allemands organisaient une fête. Mme de Montmort disait à qui voulait l'entendre qu'elle était indignée, qu'elle fermerait ses fenêtres pour ne pas entendre la musique ni voir les feux de Bengale sous les arbres. Mais quand le lieutenant von Falk et Bonnet, l'interprète, étaient allés lui rendre visite pour obtenir d'elle des chaises, des coupes, des nappes, elle les avait gardés près de deux heures. Mme Angellier le savait par la cuisinière qui le savait du régisseur. Ces nobles étaient d'ailleurs à demi étrangers eux-mêmes, en y regardant bien. Est-ce que du sang bavarois, prussien (abomination !) ou rhénan ne coulait pas dans leurs veines ? Les familles nobles s'allient entre elles sans égard aux frontières, mais en y réfléchissant les grands bourgeois ne valaient guère mieux. On chuchotait les noms de ceux qui trafiquaient avec les Allemands (et on criait ces noms tous les soirs à la radio anglaise), les Maltête de Lyon, les Péricand à Paris, la banque Corbin... d'autres encore... Mme Angellier en arrivait à se trouver seule de son espèce, farouche, irréductible comme une forteresse, la seule forteresse qui demeurait debout en France, hélas ! mais que rien ne pourrait abattre ni réduire, car ses bastions n'étaient pas faits de pierres, ni de chair ni de sang d'ailleurs, mais de ce qu'il y avait au monde de plus immatériel et de plus invincible à la fois : l'amour et la haine.

Elle marchait rapidement et silencieusement dans la pièce. Elle murmurait : « Il ne sert à rien de fermer les yeux. Lucile est prête à tomber dans les bras de cet Allemand. » Et que pouvait-elle faire ? Les hommes ont les armes, savent se battre. Elle ne pouvait qu'épier, que regarder, qu'écouter, que guetter dans le silence de la nuit un bruit de pas, un soupir, pour que ça au moins ne soit ni pardonné ni oublié, pour que Gaston à son retour… Elle tressaillit d'une sauvage allégresse. Dieu ! qu'elle détestait Lucile ! Lorsque tout dormait enfin dans la maison, la vieille femme faisait ce qu'elle appelait sa ronde. Rien alors ne lui échappait. Elle comptait dans les cendriers les bouts de cigarettes qui gardaient des traces de rouge ; elle ramassait silencieusement un mouchoir froissé et parfumé, une fleur jetée, un livre ouvert. Souvent elle entendait les sons du piano ou la voix très basse et très douce de l'Allemand qui fredonnait, indiquait une phrase musicale. Ce piano… Comment peut-on aimer la musique ? Chaque note semblait jouer sur ses nerfs mis à nu et lui arrachait un gémissement. Elle préférait encore leurs longues conversations dont elle percevait un écho affaibli en se penchant à la fenêtre, juste au-dessus de celle du bureau qu'ils laissaient ouverte par ces belles nuits d'été. Elle préférait même les silences qui tombaient entre eux ou le rire de Lucile (rire ! lorsqu'on a un mari prisonnier !…. dévergondée, femelle, âme basse !). Tout valait mieux que la musique, car la musique seule abolit entre deux êtres les différences de langage ou de mœurs et touche en eux quelque chose d'indestructible. Quelquefois, Mme Angellier s'était approchée de la chambre de l'Allemand. Elle avait écouté son souffle, sa toux légère de fumeur. Elle avait traversé le vestibule où pendait sous la tête du cerf empaillé la grande cape d'officier et elle avait glissé dans la poche quelques brins de bruyère, cela porte malheur disaient les gens. Elle n'y croyait pas, elle… mais on peut toujours essayer…

Depuis quelques jours, l'avant-veille exactement, l'atmosphère de la maison paraissait plus menaçante encore. Le piano s'était tu. Mme Angellier avait entendu Lucile et la cuisinière parler longtemps ensemble à voix basse. (« Celle-là aussi me trahit, sans doute ? ») Les cloches commencèrent à sonner. (« Ah ! c'est l'enterrement de l'officier tué… ») Voici les soldats en armes, voici le cercueil, voici des couronnes de fleurs rouges… L'église avait été réquisitionnée. Les Français n'étaient pas admis à y pénétrer. On entendait un chœur de voix admirables scander un chant religieux ; il venait de la chapelle de la Vierge.

Les enfants du catéchisme avaient cassé cet hiver un carreau qui n'avait pas été remplacé. Le chant s'élevait de cette antique petite fenêtre ouverte derrière l'autel de la Vierge et assombrie par le grand tilleul de la place. Comme les oiseaux chantaient gaiement ! Leurs voix aiguës couvraient presque, par instants, l'hymne des Allemands. Mme Angellier ignorait le nom, l'âge du mort. La Kommandantur avait seulement dit : « Un officier de la Wehrmacht. » Cela suffisait. Sans doute il était jeune. Ils étaient tous jeunes. « Eh bien, c'est fini pour toi. Que veux-tu ? C'est la guerre. Sa mère le comprendra enfin à son tour », murmurait Mme Angellier, jouant nerveusement avec son collier de deuil, le collier de jais et d'ébène qu'elle avait mis à la mort de son mari.

Jusqu'au soir elle demeura immobile, comme rivée à sa place, suivant des yeux tous ceux qui traversaient la rue. Le soir… pas un bruit. « On n'entend pas le petit craquement sur la troisième marche de l'escalier, celui qui révèle que Lucile est sortie de sa chambre et descend au jardin, car les portes complices ne grincent pas, mais cette vieille marche fidèle m'avertit, songe Mme Angellier. Non, on n'entend rien. Se sont-ils rejoints, déjà ? Est-ce pour plus tard ? »

La nuit s'écoula. Une curiosité brûlante s'empare de Mme Angellier. Elle se glisse hors de chez elle. Elle va coller son oreille contre la porte de la salle. Rien. Pas un bruit ne sort de la chambre de l'Allemand. Elle pourrait penser qu'il n'est pas rentré encore si elle n'avait entendu plus tôt dans la soirée un pas d'homme dans la maison. On ne la trompe pas. Une présence masculine qui n'est pas celle de son fils l'offense ; elle respire l'odeur du tabac étranger en pâlissant, portant ses mains à son front, comme une femme qui va se trouver mal. Où est-il cet Allemand ? Plus proche d'elle qu'à l'ordinaire puisque la fumée pénètre par la croisée ouverte. Est-ce qu'il visite la maison ? Elle imagine qu'il partira bientôt, qu'il le sait, qu'il fait son choix parmi les meubles : sa part de butin. Est-ce que les Prussiens en 70 ne volaient pas les pendules ? Ceux d'aujourd'hui ne doivent pas avoir tellement changé ! Elle pense à des mains sacrilèges fouillant le grenier, la resserre à provisions, et la cave ! à y bien réfléchir, c'est pour la cave que Mme Angellier tremble surtout. Elle ne boit jamais de vin ; elle se souvient d'avoir pris une gorgée de champagne pour la première communion de Gaston et pour ses noces. Mais le vin fait en quelque sorte partie de l'héritage et, à ce titre, est sacré, comme tout ce qui est destiné à durer après notre mort. Ce château-d'yquem, ce... elle les a reçus de son mari pour les transmettre à son fils. On a enterré les meilleures bouteilles dans le sable, mais cet Allemand... qui sait ?.... guidé peut-être par Lucile ?.... Allons voir... Voici la cave, sa porte bardée de fer comme celle d'une forteresse. Voici la cachette qu'elle seule reconnaît à une marque sur le mur en forme de croix. Non, ici également tout paraît intact. Et cependant le cœur de Mme Angellier bat avec violence. Lucile est descendue à la cave il y a quelques instants sans doute car son parfum flotte encore dans l'air. Suivant ce parfum à la piste, Mme Angellier remonte, traverse la cuisine, la salle, et dans l'escalier croise enfin Lucile qui descend avec une assiette, un verre et une bouteille vide à la main, qui ont contenu des aliments et du vin. Voilà pourquoi elle se rendait à la cave et à la resserre aux provisions, où Mme Angellier a cru entendre un pas.

« Un petit souper d'amoureux ? dit Mme Angellier d'une voix basse et cinglante comme la lanière d'un fouet.

— Je vous en supplie, taisez-vous ! Si vous saviez...

— Avec un Allemand ! sous mon toit ! dans la maison de votre mari, malheureuse...

— Mais taisez-vous donc ! L'Allemand n'est pas rentré, n'est-ce pas ? Il sera là d'une minute à l'autre. Laissez-moi passer et remettre ceci en place. Et vous, en attendant, montez, ouvrez la porte de l'ancienne chambre à jouets et regardez qui est là... Puis, quand vous aurez vu, venez me rejoindre dans la salle. Vous direz ce que vous voulez faire. J'ai eu tort, grand tort d'agir à votre insu, car je n'avais pas le droit de risquer votre vie...

— Vous avez caché chez moi ce paysan... accusé d'un crime ? »

À cet instant, on entendit le bruit du régiment qui passait, les rauques voix allemandes qui criaient des ordres et presque aussitôt le pas de l'Allemand sur les marches du perron, impossible à confondre avec un pas français à cause du martèlement des bottes, du son de l'éperon, et surtout parce que cette démarche ne pouvait être que celle d'un vainqueur, fier de lui-même, foulant le pavé ennemi, piétinant avec joie la terre conquise.

Mme Angellier ouvrit la porte de sa propre chambre, y fit entrer Lucile, la suivit et poussa le verrou. Elle prit l'assiette et le verre des mains de Lucile, les lava dans le cabinet de toilette, les essuya avec soin, rangea la bouteille après avoir regardé l'étiquette. Du vin ordinaire ? Oui, à la bonne heure ! « Elle veut bien être fusillée, pensa Lucile, pour avoir caché chez elle l'homme qui a tué un Allemand, mais elle ne lui sacrifierait pas une bouteille de vieux bourgogne. Heureusement qu'il faisait nuit dans la cave et que le hasard m'a fait prendre un litre de rouge à 3 francs. » Elle se taisait, attendant avec une profonde curiosité les premières paroles de Mme Angellier. Elle n'aurait pas pu lui cacher plus longtemps une présence étrangère : cette vieille femme semblait, du regard, sonder les murailles.

« Avez-vous cru que j'irais vendre cet homme à la Kommandantur ? » demanda enfin Mme Angellier. Ses narines pincées frémissaient, ses yeux brillaient. Elle semblait heureuse, exaltée, un peu folle, comme une vieille actrice qui a retrouvé le rôle où elle a brillé jadis et dont les intonations, les gestes lui sont devenus familiers, une seconde nature.

« Il y a longtemps qu'il est ici ?

— Trois jours.

— Pourquoi ne m'avez-vous rien dit ? »

Lucile ne répondit pas.

« Vous êtes folle de l'avoir caché dans la chambre bleue. C'est ici qu'il doit rester. Comme on me porte mes repas en haut, vous ne risquerez plus d'être surprise : l'excuse est toute trouvée. Il dormira sur le sofa, dans le cabinet de toilette.

— Ma mère, réfléchissez ! Si on le découvre dans votre maison, le risque est terrible. Mais je peux prendre la chose sur moi, dire que j'ai agi à votre insu, ce qui est en somme la vérité, tandis que dans votre chambre… »

Mme Angellier haussa les épaules.

« Racontez-moi, dit-elle avec une vivacité que depuis longtemps Lucile ne lui connaissait plus. Racontez-moi exactement comment la chose s'est passée ? Je ne sais rien de plus que l'annonce du garde. Qui a-t-il tué ? Un seul Allemand ? Il n'en a pas blessé d'autres ? C'était un gradé… un officier supérieur au moins ? »

« Comme elle est à son aise, pensait Lucile, comme elle "répond" immédiatement à tous ces appels au meurtre, au sang… Les mères et les amoureuses, féroces femelles. Moi qui ne suis ni mère ni amoureuse (Bruno ? non… il ne faut pas songer à Bruno en ce moment, il ne faut pas…), je ne peux pas prendre cette histoire de la même façon. Je suis plus détachée, plus froide, plus calme, plus civilisée, je persiste à le croire. Et puis… je ne peux pas imaginer que tous les trois, nous jouions vraiment nos têtes… Cela paraît excessif, mélodramatique, et pourtant Bonnet est mort… tué par ce paysan que les uns traiteront de criminel et les autres de héros… Et moi ? Je dois prendre parti. J'ai déjà pris parti, déjà… malgré moi. Et je me croyais libre… »

« Vous interrogerez Labarie vous-même, ma mère, dit-elle. Je vais le chercher et le conduire près de vous. Vous l'empêcherez de fumer ; le lieutenant pourrait sentir dans la maison l'odeur d'un tabac qui n'est pas le sien. C'est le seul danger, je pense ; ils ne fouilleront pas la maison ; ils ne croient plus guère qu'on ait osé cacher l'homme dans le bourg même. Ils feront des descentes dans les fermes. Mais nous pouvons être dénoncés.

— Les Français ne se vendent pas les uns les autres, dit fièrement la vieille femme. Vous l'avez oublié, ma petite, depuis que vous connaissez les Allemands. »

Lucile se rappela une confidence du lieutenant von Falk : « À la Kommandantur, avait-il dit, le jour même de notre arrivée, nous attendait un paquet de lettres anonymes. Les gens s'accusaient mutuellement de propagande anglaise et gaulliste, d'accaparement des denrées, d'espionnage. S'il avait fallu en tenir compte, tout le pays serait en prison ! J'ai fait jeter le lot entier au feu. Les hommes ne valent pas cher, et la défaite éveille ce qu'il y a de plus mauvais en eux. Chez nous, c'était la même chose. » Mais Lucile se tut et laissa sa belle-mère, ardente, allègre, rajeunie de vingt ans, arranger en lit le sofa du cabinet de toilette. Avec son propre matelas, son oreiller, les draps les plus fins, elle préparait avec amour la couche de Benoît Labarie.

20

Depuis longtemps toutes les dispositions étaient prises par les Allemands pour organiser une fête au château de Montmort dans la nuit du 21 au 22 juin. C'était la date anniversaire de l'entrée du régiment à Paris, mais aucun Français ne connaîtrait la raison exacte qui avait fait choisir ce jour à l'exclusion de tout autre : le mot d'ordre avait été donné par les chefs, il fallait ménager l'orgueil national des Français. Les peuples connaissent très bien leurs propres défauts ; ils les connaissent mieux que ne peut le faire l'observateur étranger le plus malveillant. Dans une conversation amicale que Bruno von Falk avait eue dernièrement avec un jeune Français, celui-ci avait dit :

« Nous oublions tout très vite, c'est à la fois notre faiblesse et notre force ! Nous avons oublié après 1918 que nous étions vainqueurs, c'est ce qui nous a perdus ; nous oublierons après 1940 que nous avons été battus, ce qui peut-être nous sauvera !

— Pour nous autres, Allemands, ce qui est à la fois notre défaut national et notre plus grande qualité, c'est le manque de tact, autrement dit défaut d'imagination ; nous sommes incapables de nous mettre à la place d'autrui ; nous le blessons gratuitement ; nous nous faisons haïr, mais cela nous permet d'agir d'une manière inflexible et sans défaillance. »

Comme les Allemands se méfiaient de ce manque de tact, ils surveillaient particulièrement toutes leurs paroles lorsqu'ils s'entretenaient avec les indigènes, ce qui les faisait taxer par ceux-ci d'hypocrisie. Même à Lucile qui lui demandait : « En quel honneur cette soirée ? », Bruno avait répondu évasivement qu'on avait l'habitude chez eux de se réunir aux environs du 24 juin, nuit la plus courte de l'année, mais pour le 24 étaient commandées des grandes manœuvres ; on avait donc avancé la date.

Tout était prêt. Il y aurait des tables dressées dans le parc ; les habitants avaient été priés de céder pour quelques heures leurs plus belles nappes. Avec respect, avec un soin infini, les soldats sous la direction de Bruno lui-même avaient fait leur choix parmi les piles de linge damassé qui sortaient des profondes armoires. Les bourgeoises, les yeux levés au ciel — comme si elles s'attendaient, pensait Bruno avec malice, à voir descendre de là-haut sainte Geneviève en personne qui foudroierait les Allemands sacrilèges, coupables de mettre la main dans ce trésor familial de toile fine, de jours échelle et de monogrammes brodés de fleurs et d'oiseaux —, les bourgeoises montaient la garde et comptaient devant eux les serviettes de toilette. « J'en avais quatre douzaines : quarante-huit, monsieur le Lieutenant, je n'en retrouve plus que quarante-sept. — Permettez-moi de compter avec vous, madame. Je suis sûr qu'on ne vous a rien pris, l'émotion vous égare, madame. Voici la quarante-huitième serviette tombée à vos pieds. Permettez-moi de la ramasser et de vous la rendre. — Ah ! oui, je vois, pardon, monsieur, mais, répondait la bourgeoise avec son sourire le plus acide, quand on dérange tout comme ça, les choses disparaissent si on n'y fait pas attention. » Cependant il avait trouvé une façon de les amadouer, il disait avec un beau salut : « Naturellement, nous n'avons pas le droit de vous demander cela. Vous comprenez que cela ne rentre pas dans les contributions de guerre… »

Il insinuait même que si le général savait… « Il est si sévère… il pourrait nous gronder parce que nous agissons avec un sans-gêne coupable… Mais on s'ennuie tellement. On voudrait avoir une belle fête. C'est un service que nous vous demandons, madame. Vous êtes parfaitement libre de refuser. » Paroles magiques ! la figure la plus renfrognée s'éclairait aussitôt d'un semblant de sourire (un pâle et aigre soleil d'hiver, songeait Bruno, sur une de leurs vieilles maisons opulentes et décrépites).

« Mais, monsieur, pourquoi ne pas vous faire plaisir ? Vous en prendrez bien soin des nappes qui m'ont été données en dot ?

— Ah ! madame, je vous jure qu'on vous les rendra savonnées, repassées, intactes...

— Non ! Non ! rendez-les-moi telles quelles ! Merci ! savonner mes draps ! Mais, monsieur, nous ne les donnons pas au blanchisseur, nous autres ! La bonne fait toute la lessive sous mes yeux ! Nous employons de la cendre fine... »

Là, il ne restait qu'à dire avec un doux sourire :

« Tiens, c'est comme ma mère...

— Ah, vraiment ? Madame votre mère aussi... ? C'est curieux... Peut-être avez-vous besoin aussi de serviettes de table ?

— Madame, je n'osais pas vous le demander.

— Je vous en mets deux, trois, quatre douzaines. Voulez-vous des couverts ? »

On sortait les bras chargés de linge frais et parfumé, les poches pleines de couteaux à dessert, quelque antique bol à punch, quelque cafetière Napoléon à l'anse ornée de feuillage, portée à la main comme le saint sacrement. Tout cela reposait dans les cuisines du château en attendant la fête.

Les jeunes filles interpellaient les soldats en riant.

« Comment vous ferez pour danser sans femmes ?

— On sera bien forcés, mesdemoiselles. C'est la guerre. »

Les musiciens joueraient dans la serre. On avait dressé à l'entrée du parc des colonnes et des mâts couverts de guirlandes, où se déploieraient les drapeaux — celui du régiment qui avait fait les campagnes de Pologne, de Belgique et de France et traversé vainqueur trois capitales, puis l'étendard à croix gammée, teint, dirait Lucile à voix basse, de tout le sang de l'Europe. Hélas, oui, de l'Europe entière, Allemagne comprise, le plus noble sang, le plus jeune, le plus ardent, celui qui coule le premier dans les combats, et avec ce qui demeure ensuite il faut vivifier le monde. C'est pour cela que les lendemains de guerre sont si difficiles...

De Chalon-sur-Saône, de Moulins, de Nevers, de Paris et d'Épernay, les camions militaires arrivaient chaque jour avec des caisses de champagne. S'il n'y avait pas de femmes, il y aurait du vin, de la musique et des feux d'artifice sur l'étang.

« Nous irons voir ça, avaient dit les jeunes Françaises. Tant pis pour le couvre-feu cette nuit-là. Vous entendez ? Puisque vous rigolez, c'est bien le moins qu'on s'amuse un peu, nous aussi. On ira sur la route près du parc et on vous regardera danser. »

Elles essayaient en riant des chapeaux de cotillons, des cabriolets en dentelle d'argent, des masques, des coiffures en fleurs de papier. À quelle fête avaient-ils été destinés ? Tout cela était un peu fripé, un peu pâli, avait déjà été porté ou faisait partie d'un stock garé à Cannes ou à Deauville par quelque tenancier de boîte de nuit qui, avant septembre 1939, escomptait les saisons futures.

« Que vous serez drôles, là-dessous », disaient les femmes.

Les soldats se pavanaient avec des grimaces.

Champagne, musique, danse, une bouffée de plaisir... de quoi oublier pendant quelques instants la guerre et le temps qui passait. On ne s'inquiétait que d'un orage possible ce soir-là. Mais les nuits étaient si sereines... Et, tout à coup, ce grand malheur ! Un camarade tué, tombé sans gloire, frappé lâchement par quelque paysan ivre. On avait pensé à décommander la fête. Mais non ! L'esprit guerrier régnait ici. Celui qui admet tacitement qu'à peine mort, les camarades disposeront de vos chemises, de vos bottes, et joueront toute la nuit aux cartes pendant que vous reposerez dans un coin de la tente... si on a retrouvé vos restes ! Mais esprit en revanche qui accepte la mort d'autrui comme chose naturelle, lot ordinaire du soldat, et refuse de lui sacrifier le plus mince divertissement. D'ailleurs, les gradés devaient penser avant tout aux inférieurs qu'il convenait d'arracher le plus vite possible à des rêveries démoralisantes sur les dangers futurs, sur la brièveté de la vie. Non ! Bonnet était mort sans trop souffrir. On lui avait fait un bel enterrement. Lui-même n'aurait pas voulu que les camarades fussent déçus à cause de lui. La fête aurait lieu au jour convenu.

Bruno s'abandonnait à cette excitation puérile à la fois un peu folle et presque désespérée qui s'empare des soldats dans les moments où le combat fait trêve et où il espère quelque diversion à l'ennui quotidien. Il ne voulait pas penser à Bonnet, ni imaginer ce qui se chuchotait dans ces maisons grises, froides, ennemies, aux volets clos. Il avait envie de dire, comme un enfant à qui l'on a promis le cirque et que l'on voudrait garder à la maison sous prétexte qu'une parente âgée et ennuyeuse est malade : « Mais ça n'a aucun rapport. Ce sont vos histoires à vous. Est-ce que ça me regarde ? » Est-ce que ça le regardait lui, Bruno von Falk ? Il n'était pas uniquement soldat du Reich. Il n'était pas mû simplement par les intérêts du régiment et de la patrie. Il était le plus humain des hommes. Il songea qu'il cherchait comme tous les êtres le bonheur, le libre épanouissement de ses facultés et que (comme tous les êtres, hélas, en ce temps-ci) ce désir légitime était constamment contrarié par une sorte de raison d'État qui s'appelait guerre, sécurité publique, nécessité de maintenir le prestige de l'armée victorieuse. Un peu comme les enfants des princes qui n'existent que pour les desseins des rois, leurs pères. Il sentait cette royauté, ce reflet sur lui de la grandeur de la puissance allemande lorsqu'il passait dans les rues de Bussy, lorsqu'il traversait à cheval un village, lorsqu'il faisait sonner ses éperons sur le seuil d'une maison française. Mais ce que les Français n'auraient pu comprendre, c'est qu'il n'était pas orgueilleux ni arrogant, mais sincèrement humble, effrayé de la grandeur de sa tâche.

Mais justement aujourd'hui, il n'y voulait pas penser. Il préférait jouer avec cette idée de bal ou bien rêver à des choses irréalisables, à une Lucile toute proche de lui par exemple, à une Lucile qui pourrait le suivre à la fête… « Je délire, se dit-il en souriant. Bah ! tant pis ! En mon âme, je suis libre. » Dans son esprit, il dessinait une robe à Lucile, pas une robe de ce temps-ci, mais semblable à une gravure romantique ; une robe blanche aux grands volants de mousseline, évasée comme une corolle, afin qu'en dansant avec elle, en la tenant dans ses bras, il sentît par moments, autour de ses jambes, le fouettement d'écume de ses dentelles. Il pâlit et se mordit les lèvres. Elle était si belle… Cette femme auprès de lui, par une nuit comme celle-ci, dans le parc de Montmort, avec les fanfares et les feux d'artifice au loin… une femme, surtout, qui comprendrait, qui partagerait ce frisson presque religieux de l'âme, né de la solitude, des ténèbres et de la conscience de cette obscure et terrible multitude — le régiment, les soldats au loin — et plus loin encore l'armée souffrante et militante et l'armée victorieuse campant dans les villes.

« Avec cette femme, j'aurais du génie », se dit-il. Il avait beaucoup travaillé. Il vivait dans une perpétuelle exaltation créatrice, fou de musique, disait-il en riant. Oui, avec cette femme et avec un peu de liberté, un peu de paix, il aurait pu faire de grandes choses. « C'est dommage, soupira-t-il, c'est dommage… un de ces jours arrivera l'ordre de départ, et de nouveau la guerre, d'autres gens, d'autres pays, une fatigue physique telle que je n'arriverai même jamais à finir ma vie de soldat. Et elle demande à être accueillie… Et sur le seuil se pressent des phrases musicales, des accords délicieux, de subtiles dissonances… créatures ailées et sauvages que le bruit des armes effarouche. C'est dommage, Bonnet aimait-il autre chose que les combats ? J'ignore. On ne connaît jamais un être complètement. Mais si… c'est ainsi… il s'est réalisé davantage, lui qui est mort à dix-neuf ans, que moi qui vis encore. »

Il s'arrêta devant la maison des Angellier. Il était chez lui. Il avait pris l'habitude, en trois mois, de considérer comme siennes cette porte bardée de fer, cette serrure de prison, cette antichambre avec cette odeur de cave et le jardin par-derrière, le jardin baigné de lune et ces bois, au loin. C'était un soir de juin, d'une douceur divine ; les roses s'ouvraient, mais leur parfum était moins fort que celui du foin et de la fraise qui flottait dans le pays depuis la veille, car c'était l'époque des grands travaux champêtres. Le lieutenant avait croisé sur sa route des chars pleins de foin frais et conduits par des bœufs puisque les chevaux manquaient. Il avait admiré en silence le cheminement des bœufs lents, majestueux, précédant leurs charges odorantes. Les paysans se détournaient sur son passage ; il l'avait bien vu... mais... Il se sentait d'humeur gaie de nouveau, et légère. Il se rendit à la cuisine et demanda à manger. La cuisinière le servit avec une hâte inaccoutumée mais sans répondre à ses plaisanteries.

« Où est Madame ? dit-il enfin.

— Je suis là », fit Lucile.

Elle était entrée sans bruit pendant qu'il achevait de dévorer une tranche de jambon cru sur un gros morceau de pain frais. Il leva les yeux vers elle :

« Comme vous êtes pâle, dit-il d'un air tendre et inquiet.

— Pâle ? Non. Mais il a fait bien chaud toute la journée.

— Où est madame Mère ? demanda-t-il en souriant. Allons faire un tour dehors. Venez me rejoindre au jardin. »

Un peu plus tard, tandis qu'il marchait lentement dans la grande allée, entre les arbres fruitiers, il l'aperçut. Elle s'avançait vers lui, tête basse. À quelques pas de lui, elle hésita, puis, comme à l'ordinaire, dès qu'ils furent cachés à tous les yeux par le grand tilleul, elle vint vers lui et prit son bras. Ils firent quelques pas en silence.

« On a fauché les prés », dit-elle enfin.

Il respira l'arôme, les yeux fermés. La lune était couleur de miel dans un firmament trouble, laiteux où passaient de légers nuages. Il faisait jour encore.

« Un beau temps, demain, pour notre fête.

— C'est pour demain ? Je croyais... »

Elle s'interrompit.

« Pourquoi non ? fit-il en fronçant les sourcils.

— Rien, je croyais... »

De la badine qu'il tenait à la main, il fouettait nerveusement les fleurs.

« Que dit-on dans le pays ?

— À propos de… ?

— Vous savez bien. À propos du crime.

— Je ne sais pas. Je n'ai vu personne.

— Et vous-même, qu'en pensez-vous ?

— Que c'est terrible, évidemment.

— Terrible et incompréhensible. Enfin, que leur avons-nous fait, nous, en tant qu'hommes ? Si nous les gênons parfois, ce n'est pas notre faute, nous ne faisons qu'exécuter les ordres ; nous sommes des soldats. Et j'ai conscience que le régiment a fait tout ce qu'il pouvait pour se montrer correct, humain, n'est-il pas vrai ?

— Certes, dit Lucile.

— Naturellement, à une autre, je ne le dirais pas… Il est entendu entre nous qu'on ne doit pas s'apitoyer sur le sort d'un camarade tué. C'est contraire à l'esprit militaire qui exige que nous nous considérions uniquement en fonction d'un tout. Périssent les soldats pourvu que le régiment demeure ! C'est pourquoi nous ne remettons pas la fête de demain, continua-t-il. Mais à vous, Lucile, je peux bien le dire. Mon cœur saigne à la pensée de ce garçon de dix-neuf ans assassiné. Il était vaguement mon parent. Nos familles se connaissaient… Et puis il y a encore une chose stupide mais qui me révolte. Pourquoi a-t-il tué ce chien, notre mascotte, notre pauvre Bubi ? Si jamais je le découvre, cet homme, ce sera pour moi un plaisir de l'abattre de mes propres mains.

— C'est sans doute, dit Lucile à voix basse, ce qu'il a dû se dire lui-même pendant longtemps ! Si je mets la main sur un de ces Allemands, et à défaut d'eux, sur un de leurs chiens, quel plaisir ! »

Ils se regardèrent, consternés ; les mots étaient sortis de leurs lèvres, presque à leur insu. Le silence les eût aggravés seulement.

« C'est la vieille histoire, dit Bruno, en s'efforçant de prendre un ton léger : *es ist die alte Geschichte*. Le vainqueur ne comprend pas pourquoi on le boude. Après 1918, vous vous êtes en vain efforcés de nous convaincre que nous avions mauvais caractère parce que nous ne pouvions oublier notre flotte coulée, nos colonies perdues, notre Empire détruit. Mais comment comparer le ressentiment d'un grand peuple à l'aveugle sursaut de haine d'un paysan ? »

Lucile cueillit quelques brins de réséda, les respira, les froissa dans sa main.

« On ne l'a pas retrouvé ? demanda-t-elle.

— Non. Oh ! il est loin maintenant. Aucun de ces braves gens n'aura osé le cacher. Ils savent trop ce qu'ils risquent et ils tiennent à leur peau, n'est-ce pas ? Presque autant qu'à leurs sous... »

Avec un léger sourire, il regarda toutes ces maisons basses, trapues, secrètes, endormies dans le crépuscule et qui pressaient le jardin de toutes parts. On voyait qu'il les imaginait peuplées de vieilles femmes bavardes et sentimentales, de bourgeoises prudentes, tatillonnes, rapaces et, au-delà, dans la campagne, de paysans semblables à des bêtes. C'était presque la vérité, une partie de la vérité. Ce qui demeurait, c'était cette part d'ombre, de ténèbres, de mystère, proprement incommunicable et sur laquelle, pensa tout à coup Lucile se rappelant une lecture d'écolière, « le plus fier tyran n'aura jamais l'empire ».

« Allons plus loin », dit-il.

L'allée était bordée de lys ; les longs boutons satinés avaient éclaté aux derniers rayons du soleil et maintenant les fleurs orgueilleuses, raides, parfumées, s'ouvraient au vent du soir. Depuis trois mois qu'ils se connaissaient, Lucile et l'Allemand avaient fait ensemble bien des promenades, jamais par un temps aussi beau, aussi propice à l'amour. D'un commun accord, ils essayèrent d'oublier tout ce qui n'était pas eux-mêmes. « Ça ne nous regarde pas, ce n'est pas notre faute. Dans le cœur de chaque homme et de chaque femme subsiste une espèce d'Éden où il n'y a ni mort ni guerres, où les fauves et les biches jouent en paix. Il ne s'agit que de retrouver ce paradis, que de fermer les yeux à ce qui n'est pas lui. Nous sommes un homme et une femme. Nous nous aimons. »

Ils se disaient que la raison, le cœur lui-même pouvaient les faire ennemis, mais qu'il y avait un accord des sens que rien ne pourrait rompre, la muette complicité qui lie d'un commun désir l'homme amoureux et la femme consentante. À l'ombre d'un cerisier chargé de fruits, près de la petite fontaine d'où montait la plainte altérée des crapauds, il voulut la prendre. Il la saisit dans ses bras avec une brutalité dont il n'était plus maître, déchirant ses vêtements, pressant ses seins. Elle poussa un cri : « Jamais, non ! non ! jamais ! » Jamais elle ne lui appartiendrait. Elle avait peur de lui. Elle ne désirait plus ses caresses. Elle n'était pas assez dépravée (trop jeune peut-être !) pour que de cette peur même naquît une volupté. L'amour, qu'elle avait accueilli si complaisamment qu'elle avait refusé de le croire coupable, lui apparaissait tout à coup comme un honteux délire. Elle mentait ; elle le trahissait. Pouvait-on appeler cela de l'amour ? Alors ? une heure de plaisir seulement ?.... Mais le plaisir lui-même, elle était incapable de le ressentir. Ce qui les faisait ennemis, ce n'était ni la raison ni le cœur mais ces mouvements obscurs du sang sur lesquels ils avaient compté pour les unir, sur lesquels ils n'avaient pas de pouvoir. Il la touchait avec de belles mains fines mais ces mains dont elle avait souhaité la caresse, elle ne les sentait pas, tandis que le froid de cette boucle de ceinturon pressée contre sa poitrine la glaçait jusqu'au cœur. Il lui murmurait des mots allemands. Étranger ! Étranger ! ennemi, malgré tout et pour toujours ennemi avec son uniforme vert, avec ses beaux cheveux d'un blond qui n'était pas d'ici et sa bouche confiante. Tout à coup ce fut lui qui la repoussa.

« Je ne vous prendrai pas de force. Je ne suis pas un soudard ivre… Allez-vous-en. »

Mais la ceinture de mousseline de sa robe s'était accrochée aux boutons de métal de l'officier. Doucement, les mains tremblantes, il la dénoua. Elle, cependant, regardait avec angoisse du côté de la maison. Les premières lampes s'allumaient. Est-ce que la vieille Mme Angellier se rappellerait qu'il fallait bien fermer les doubles rideaux pour que l'ombre du fugitif n'apparût pas sur la vitre ? On ne se méfiait pas assez de ces beaux crépuscules de juin ! Ils révélaient les secrets des chambres ouvertes sans défense, où pénétraient les regards. On ne se méfiait de rien. La radio anglaise s'entendait distinctement d'une maison voisine ; le char qui passait sur la route était chargé de marchandises de contrebande ; dans chaque demeure étaient cachées des armes. Tête basse, Bruno tenait entre ses mains les longs pans de la ceinture flottante. Il n'osait plus bouger ni parler. Il dit enfin avec tristesse :

« Je croyais… »

Il n'acheva pas, hésita, reprit :

« Que vous aviez pour moi… un peu de tendresse…

— Je le croyais aussi.

— Et c'est non ?

— Non. C'est impossible. »

Elle s'éloigna et demeura debout à quelques pas de lui. Un instant, ils se regardèrent. Les sons déchirants d'une trompette retentirent : le couvre-feu. Les soldats allemands passaient parmi les groupes, sur la place. « Allez, au lit ! » disaient-ils sans rudesse. Les femmes protestaient et riaient. Une seconde fois la trompette sonna. Les habitants rentrèrent chez eux. Les Allemands régnaient seuls. Le bruit de leur ronde monotone jusqu'au jour troublerait seul le sommeil.

« Le couvre-feu, dit Lucile d'une voix blanche. Il faut que je rentre. Il faut que je ferme toutes les fenêtres. On m'a dit hier à la Kommandantur que les lumières du salon n'étaient pas assez voilées.

— Tant que je suis là, ne vous inquiétez de rien. On vous laissera tranquille. »

Elle ne répondit pas. Elle lui tendit la main qu'il baisa et elle se dirigea vers la maison. Bien après minuit, il se promenait encore dans le jardin. Elle entendait les brefs appels monotones des sentinelles dans la rue et sous ses fenêtres, ce pas lent et mesuré de geôlier. Parfois, elle pensait : « Il m'aime, il n'a pas de soupçons », et parfois : « Il se méfie, il guette, il attend. »

« C'est dommage, pensa-t-elle tout à coup, dans un brusque éclair de sincérité. C'est dommage, c'était une belle nuit… faite pour l'amour… il ne fallait pas la laisser perdre. Le reste n'a pas d'importance. » Mais elle ne fit pas un mouvement pour se lever de son lit, pour s'approcher de la fenêtre. Elle se sentait — ligotée — captive — solidaire de ce pays prisonnier qui soupirait tout bas d'impatience et rêvait ; elle laissa s'écouler la nuit vaine.

21

Dès le début de l'après-midi, le bourg avait pris un aspect joyeux. Les soldats avaient garni de feuillage et de fleurs les mâts sur la place, et sur le balcon de la mairie flottaient au-dessous de l'étendard à croix gammée des banderoles de papier rouge et noir qui portaient des inscriptions en lettres gothiques. Le temps était admirable. Un vent frais et léger agitait drapeaux et rubans. Deux jeunes soldats à figure vermeille traînaient une charrette pleine de roses.

« C'est pour les tables ? demandaient les femmes curieuses.

— Oui, répondirent les soldats avec fierté. L'un d'eux choisit un bouton à peine éclos et l'offrit en faisant un grand salut à une jeune fille rougissante.

— Ce sera une belle fête.

— *Wir hoffen so*. Nous l'espérons. On se donne assez de mal », répondirent les soldats.

Les cuisiniers travaillaient en plein air à confectionner les pâtés et les pièces montées pour le souper. Ils s'étaient installés à l'abri de la poussière sous les grands tilleuls qui entouraient l'église. Le chef, en uniforme, mais avec un haut bonnet et un tablier d'une blancheur éblouissante qui protégeait son dolman, mettait la dernière main à un gâteau. Il le décorait d'arabesques de crème et le piquait de fruits confits. L'odeur du sucre emplissait l'air. Les gamins poussaient des cris de joie. Le chef, crevant d'orgueil mais ne voulant pas le laisser paraître, fronçait les sourcils et disait sévèrement aux enfants : « Allons, reculez un peu, est-ce qu'on peut travailler avec vous ? » Les femmes d'abord avaient fait mine de se désintéresser du gâteau : « Peuh !.... ça sera grossier… Ils ont pas la farine qu'il faut… » Peu à peu, elles se rapprochèrent, timidement d'abord, puis avec assurance, puis avec insolence, à la manière des femmes elles donnaient leur avis.

« Hé, monsieur, il est pas assez décoré de ce côté… Monsieur, c'est de l'angélique qu'il vous faut. »

Elles finirent par collaborer à l'œuvre. Repoussant les enfants ravis, elles s'affairaient avec les Allemands autour de la table ; l'une d'elles hachait les amandes ; l'autre pilait le sucre.

« C'est pour les officiers ? ou bien les soldats en auront aussi ? demandèrent-elles.

— Tout le monde, tout le monde. »

Elles ricanaient.

« Sauf nous ! »

Le chef éleva dans ses bras les plats de faïence que couronnait l'énorme gâteau et avec un petit salut le présenta à la foule qui rit et applaudit. On posa le gâteau avec d'infinies précautions sur une énorme planche portée par deux soldats (l'un à la tête, l'autre aux pieds) et il prit également le chemin du château. Cependant, de toutes parts arrivaient les officiers des régiments cantonnés dans le voisinage et qui étaient invités à la fête. Leurs longues capes vertes flottaient derrière eux. Les commerçants, avec des sourires, les attendaient sur le pas des portes. Depuis le matin, on avait sorti des caves les derniers stocks : les Allemands achetaient tout ce qu'ils pouvaient et payaient cher. Un officier rafla les dernières bouteilles de bénédictine, un autre prit pour 1 200 francs de lingerie de femme ; les soldats se pressaient aux devantures et regardaient d'un air attendri des bavoirs roses et bleus. Enfin, l'un d'eux n'y put tenir, et dès que l'officier se fut éloigné il appela la vendeuse et lui désigna des objets de layette : c'était un tout jeune soldat aux yeux bleus.

« Garçon ? Fille ? demanda la vendeuse.

— Je ne sais pas, dit-il naïvement. Ma femme m'écrit ; ça date de la dernière permission, il y a un mois. »

Tous autour de lui éclatèrent de rire. Il rougissait mais semblait très content. On lui fit acheter un hochet et une petite robe. Il traversa la rue en triomphateur.

La musique répétait sur la place, et auprès du cercle formé par les tambours, les trompettes et les fifres, un autre cercle entourait le vaguemestre. Les Français regardaient ça, bouche ouverte, les yeux brillants d'espoir, et hochaient la tête d'un air cordial et mélancolique en pensant : « On sait ce que c'est… quand on attend des nouvelles du pays… On a tous passé par là… » Cependant, un jeune Allemand taillé en colosse, avec des cuisses énormes et un gros derrière qui semblait faire craquer sa culotte de cheval tendue sur lui comme un gant, entrait pour la troisième fois à l'Hôtel des Voyageurs et demandait à consulter le baromètre. Le baromètre était toujours au beau fixe. L'Allemand, rayonnant de satisfaction, dit :

« Rien à craindre. Pas d'orage ce soir. *Gott mit uns.*

— Oui, oui », opina la servante.

Ce contentement ingénu se communiqua au patron lui-même (qui était d'opinion anglophile) et aux consommateurs ; tous se levèrent et s'approchèrent du baromètre : « Rien à craindre ! Rien. Bon ça, belle fête », disaient-ils en s'efforçant de parler petit-nègre pour être mieux compris, et à tous l'Allemand tapait sur l'épaule avec un large sourire en répétant :

« *Gott mit uns.*

— Bien sûr, bien sûr, God miou, l'a bu, le Fritz, murmuraient-ils derrière son dos, avec un accent de sympathie : on sait ce que c'est. L'a arrosée depuis hier, sa fête… Un beau gaillard… Eh bien ! quoi ! pourquoi qu'ils s'embêteraient ? C'est des hommes après tout ! »

Ayant créé par son apparence et ses paroles un climat sympathique et vidé coup sur coup trois bouteilles de bière, l'Allemand, radieux, se retira. À mesure que la journée s'écoulait, tous les habitants commençaient à se sentir bien et enivrés comme si eux aussi allaient participer à la fête. Dans les cuisines, les jeunes filles rinçaient languissamment les verres et à chaque instant se penchaient aux fenêtres pour voir monter par groupes les Allemands vers le château.

« T'as vu le sous-lieutenant qui loge à la cure ? Qu'il est beau et bien rasé ! Voilà le nouvel interprète de la Kommandantur ! Quel âge que tu lui donnes ? Pour moi, l'a pas plus de vingt ans, ce garçon ! Ils sont tous bien jeunes. Oh, voilà le lieutenant des dames Angellier. Il me ferait faire des folies ce jeune homme-là. On voit qu'il est bien élevé. Le beau cheval ! Qu'ils ont donc de beaux chevaux, mon Dieu », soupiraient les jeunes filles.

Et la voix aigre de quelque vieillard assoupi près du poêle s'élevait :

« Pardi, ce sont les nôtres ! »

Le vieillard crachait dans les cendres en grommelant des imprécations que les jeunes filles n'entendaient pas. Elles n'avaient qu'une hâte : finir la vaisselle et aller voir les Allemands au château. Un chemin bordé d'acacias, de tilleuls et de beaux trembles au feuillage sans cesse frissonnant, sans cesse agité, longeait le parc. Entre les branches, on pouvait apercevoir le lac, la pelouse où les tables étaient dressées et, sur une hauteur, le château, portes et fenêtres ouvertes, où jouerait la musique du régiment. À huit heures, tout le pays était là ; les jeunes filles avaient entraîné leurs parents ; les jeunes femmes n'avaient pas voulu laisser leurs enfants à la maison, quelques-uns dormaient dans les bras des mères, d'autres couraient et criaient et jouaient avec des cailloux ; d'autres, écartant les branches douces des acacias, regardaient curieusement le spectacle : les musiciens installés sur la terrasse, des officiers allemands couchés sur l'herbe ou se promenant lentement parmi les arbres, les tables couvertes de nappes éblouissantes, d'argenterie qui brillait aux derniers feux du soleil et, derrière chaque chaise, un soldat immobile comme à la parade : les ordonnances chargées du service. Enfin, la musique joua un air particulièrement gai et entraînant ; les officiers prirent place. Avant de s'asseoir, celui qui occupait le haut de la table (« la place d'honneur… un général », chuchotaient les Français) et tous les officiers au garde-à-vous poussèrent un grand cri en levant leurs verres : « *Heil Hitler !* » crièrent-ils ; la clameur mit longtemps à s'éteindre ; elle vibra dans l'air avec une sonorité métallique, sauvage et pure. Puis, on entendit le brouhaha des conversations, le cliquetis des couverts et le chant des oiseaux attardés.

Les Français essayaient de reconnaître, au loin, les figures de connaissance. Près du général aux cheveux blancs, à la figure fine, au long nez busqué, étaient placés les officiers de la Kommandantur.

« Celui-là que tu vois à gauche, tiens, c'est lui qui m'a pris la voiture, tu parles d'une vache ! Le petit blond et rose à côté, il est gentil, il cause bien français. Où est l'Allemand des Angellier ? Le Bruno qu'il s'appelle… Un joli nom… C'est dommage, bientôt il fera nuit ; on ne verra rien… Le Fritz du sabotier m'a dit qu'ils s'éclaireraient aux flambeaux ! Oh ! maman, que ce sera joli ! On restera jusque-là. Qu'est-ce qu'ils disent de ça les châtelains ? Ils ne pourront pas dormir cette nuit ! Qui est-ce qui mangera les restes ? dis, maman ? C'est monsieur le maire ? Tais-toi donc, petit sot, il n'y en aura pas de restes, va, ils ont bon appétit ! »

L'ombre, peu à peu, envahissait la pelouse ; on voyait briller encore, mais d'un éclat amorti, les décorations d'or des uniformes, les cheveux blonds des Allemands, les cuivres des musiciens sur la terrasse. Toute la clarté du jour, fuyant la terre, sembla un court instant se réfugier dans le ciel ; des nuages roses en coquille entourèrent la pleine lune qui avait une couleur étrange, d'un vert très pâle comme un sorbet à la pistache et d'une transparence dure de glace : elle se reflétait dans le lac. D'exquis parfums d'herbe, de foin frais et de fraises des bois emplissaient l'air. La musique jouait toujours. Tout à coup, les flambeaux s'allumèrent ; ils étaient tenus par des soldats et éclairaient la table défaite, les verres vides, car les officiers se pressaient autour du lac, chantaient et riaient. On entendait le bruit des bouchons de champagne qui sautaient avec une détonation vive et gaie.

« Ah ! les salauds, disaient les Français, mais sans trop de rancune, parce que toute gaieté est contagieuse et désarme l'esprit de haine, dire que c'est notre vin qu'ils boivent… »

D'ailleurs, les Allemands avaient l'air de le trouver si bon ce champagne (et ils le payaient si cher !) que les Français étaient obscurément flattés de leur bon goût.

« Ils s'amusent, heureusement que c'est pas toujours la guerre. T'en fais pas, ils en verront encore… Ils disent que ce sera fini cette année. Pour sûr, c'est malheureux si c'est eux qui gagnent, mais y a rien à faire, faut qu'ça finisse… On est trop misérables dans les villes… et qu'on nous rende nos prisonniers. »

Les jeunes filles, sur le chemin, dansaient en se tenant par la taille, tandis que la musique jouait, vibrante et légère. Les tambours et les cuivres donnaient à ces airs, la valse et l'opérette, une sonorité éclatante, quelque chose de vainqueur, de gai, d'héroïque et de joyeux en même temps qui faisait battre les cœurs ; et parfois un souffle bas, prolongé et puissant, s'élevait tout à coup parmi ces notes allègres comme l'écho d'une tempête lointaine.

Quand la nuit fut tout à fait venue, les chœurs retentirent. Des groupes de militaires se répondaient de la terrasse au parc, et des berges de la rive jusque sur le lac où glissaient des bateaux ornés de fleurs. Les Français écoutaient, charmés malgré eux. Il était près de minuit mais personne ne songeait à quitter sa place dans l'herbe haute, entre les branches.

Les flambeaux, les feux de Bengale, éclairaient seuls les arbres. Ces voix admirables emplissaient la nuit. Soudain, il se fit un grand silence. On vit les Allemands courir comme des ombres sur ce fond de flammes vertes et de clair de lune.

« Ça va être le feu d'artifice ! Pour sûr que ça va être le feu d'artifice ! Je le sais. Les Fritz me l'ont dit », cria un gamin.

Sa voix perçante traversait le lac. Sa mère le gourmanda.

« Tais-toi. Il faut pas les appeler des Fritz ou des Boches. Jamais ! Ils n'aiment pas ça. Tais-toi et regarde. »

Mais on ne voyait plus rien qu'un va-et-vient d'ombres agitées. Quelqu'un du haut de la terrasse cria quelque chose qu'on n'entendit pas ; une longue et basse clameur répondit comme un roulement de tonnerre.

« Qu'est-ce qu'ils crient ? Vous avez entendu ? Ça doit être "*Heil Hitler, Heil Goering ! Heil* le Troisième Reich !", quelque chose dans ce goût-là. On n'entend plus rien. Ils ne disent plus rien. Tiens, les musiciens s'en vont ! C'est-il qu'ils auraient reçu une nouvelle ? Des fois qu'ils auraient débarqué en Angleterre ? Pour moi, ils ont eu froid dehors et ils vont continuer la fête au château », dit d'un air insinuant le pharmacien qui craignait l'humidité du soir pour ses rhumatismes.

Il prit le bras de sa jeune femme.

« Si on rentrait nous aussi, Linette ? »

Mais la pharmacienne ne voulait rien entendre.

« Oh ! restons, attends encore un peu. Ils vont se remettre à chanter, c'était si joli. »

Les Français attendirent mais le chant ne reprit pas. Des soldats, porteurs de flambeaux, couraient du château au parc comme s'ils transmettaient des ordres. On entendait, par moments, un appel bref. Les barques, sur le lac, flottaient, vides, dans le clair de lune ; les officiers avaient tous sauté à terre. Ils se promenaient sur la rive en discutant vivement à voix haute. On pouvait entendre leurs paroles, mais personne ne les comprenait. Un à un les feux de Bengale s'éteignirent. Les spectateurs se mirent à bâiller. « Il est tard. Rentrons. Pour sûr la fête est finie. »

Les jeunes filles, se tenant par le bras, les parents derrière, les enfants ensommeillés traînant la jambe, par petits groupes on reprit le chemin du village. Devant la première maison, un vieillard fumait sa pipe, assis sur une chaise de paille au bord du chemin.

« Alors ? demanda-t-il. La fête est finie ?

— Mais, oui. Oh ! ils se sont bien amusés.

— Ils ne s'amuseront plus bien longtemps, dit le vieux d'un ton placide. À la radio, on vient d'annoncer qu'ils sont en guerre avec la Russie. »

Il frappa plusieurs fois la pipe contre le bois de sa chaise pour en faire tomber la cendre et murmura en regardant le ciel :

« C'est encore la sécheresse pour demain ; ça va finir par faire du mal aux jardins, c'temps-là ! »

22

Ils s'en vont !

Depuis plusieurs jours on attendait le départ des Allemands. Eux-mêmes l'avaient annoncé : on les envoyait en Russie. Les Français, à cette nouvelle, les observaient curieusement (« Sont-ils contents, inquiets ? Vont-ils perdre ou gagner ? »). De leur côté, les Allemands essayaient de deviner ce que l'on pensait d'eux : est-ce que ces gens se réjouissaient de les voir partir ? Est-ce qu'ils leur souhaitaient à tous la mort dans le secret de leur cœur ? Est-ce que certains d'entre eux les plaignaient ? Les regretterait-on ? Non en tant qu'Allemands, en tant que conquérants (ils n'étaient pas assez naïfs pour se poser la question), mais est-ce qu'ils regretteraient ces Paul, Siegfried, Oswald qui avaient vécu pendant trois mois sous leur toit, qui leur avaient montré des photos de leurs femmes ou de leurs mères, qui avaient bu avec eux plus d'une bouteille de vin ? Mais Français et Allemands demeuraient impénétrables ; ils échangeaient des paroles courtoises et mesurées — « C'est la guerre… On n'y peut rien… n'est-ce pas ? Ça ne durera pas longtemps, faut l'espérer ! » Ils prenaient congé des uns et des autres comme les passagers d'un bateau à la dernière escale. On s'écrirait. Un jour on se reverrait. On garderait toujours un bon souvenir des semaines passées côte à côte. Plus d'un soldat murmura dans l'ombre à une jeune fille pensive : « Après la guerre je reviendrai. » Après la guerre… Que c'était loin !

Ils s'en allaient aujourd'hui, 1er juillet 1941. Ce qui préoccupait avant tout les Français, c'était de savoir si le bourg allait héberger d'autres soldats ; parce que alors, songeaient-ils amèrement, ce n'était pas la peine de changer. On s'était habitués à ceux-là. Qui sait si on ne perdra pas au change ?

Lucile se glissa dans la chambre de Mme Angellier pour lui dire que c'était décidé, qu'on avait reçu les ordres, que les Allemands partaient cette nuit même. Avant d'en voir arriver de nouveaux, on pouvait raisonnablement espérer quelques heures de répit et il faudrait en profiter pour faire évader Benoît. Il était impossible de le cacher jusqu'à la fin de la guerre, impossible également de le renvoyer chez lui tant que le pays demeurait occupé. Il ne restait qu'un espoir — passer la ligne de démarcation, mais elle était étroitement surveillée et le serait davantage encore tant que durerait le mouvement des troupes.

« C'est très dangereux, très », murmura Lucile. Elle était pâle et semblait fatiguée : depuis plusieurs nuits elle dormait à peine. Elle regarda Benoît, debout en face d'elle ; elle éprouvait à son égard un sentiment étrange, fait de crainte, d'incompréhension et d'envie : son expression imperturbable, sévère, presque dure, l'intimidait. C'était un homme de grande taille, musculeux, le teint coloré ; il avait sous d'épais sourcils des yeux clairs au regard insoutenable par moments. Les mains brunies et ravinées étaient des mains de laboureur et de soldat qui remuaient indifféremment la terre et le sang, pensa Lucile. Elle en était sûre : ni le remords ni l'angoisse ne troublaient son sommeil, tout était simple pour cet homme.

« J'ai bien réfléchi, madame Lucile », dit-il à voix basse.

Malgré ces murs de forteresse et ces portes fermées, tous trois, lorsqu'ils étaient réunis, se sentaient épiés et disaient ce qu'ils avaient à dire très vite et presque dans un murmure.

« Personne en ce moment ne me fera passer la ligne. C'est trop de risques. Oui, il faut partir, mais je voudrais aller à Paris.

— À Paris ?

— Pendant mon temps de régiment j'avais des copains… »

Il hésita.

« On a été faits prisonniers ensemble. On s'est évadés ensemble. Ils travaillent à Paris. Si je peux mettre la main sur eux, ils m'aideront. Il y en a un qui ne serait pas en vie à l'heure qu'il est sans… »

Il regarda ses mains et se tut.

« Ce qu'il faut, c'est arriver à Paris sans être coffré en route et trouver quelqu'un de sûr qui me garderait un jour ou deux jusqu'à ce que je trouve les copains.

— Je ne connais personne à Paris, murmura Lucile. Mais de toute façon, il vous faut des papiers d'identité.

— Dès que j'aurai retrouvé les amis, j'aurai des papiers, madame Lucile.

— Comment ? Que font-ils donc vos amis ?

— De la politique, dit brièvement Benoît.

— Ah ! des communistes, murmura Lucile, se rappelant certains bruits qui couraient le pays sur les idées, les façons d'agir de Benoît. Les communistes seront traqués maintenant. Vous risquez votre vie.

— Ce n'est pas la première fois ni la dernière, madame Lucile, dit Benoît. On s'habitue.

— Et comment aller à Paris ? En chemin de fer, impossible ; votre signalement est donné partout.

— À pied. À bicyclette. Quand je me suis évadé, j'ai fait la route à pied, ça ne me fait pas peur.

— Les gendarmes…

— Les gens chez qui j'ai couché il y a deux ans me reconnaîtront bien et n'iront pas me vendre aux gendarmes. C'est plus chanceux qu'ici vu qu'il y a bien des gens qui me détestent. Le pire, c'est le pays. Ailleurs, on ne m'aime ni me déteste. C'est plus facile.

— Cette longue route, à pied, seul… »

Mme Angellier, qui n'avait pas parlé jusque-là et qui, debout près de la fenêtre, contemplait de ses yeux pâles le va-et-vient des Allemands sur la place, leva la main en un geste d'avertissement.

« On monte. »

Tous trois se turent. Lucile avait honte des battements de son cœur ; ils étaient si violents et précipités que les deux autres les entendraient, semblait-il. La vieille femme et le paysan demeuraient impassibles. On entendait la voix de Bruno en bas ; il cherchait Lucile ; il ouvrit plusieurs portes. Il demanda à la cuisinière :

« Savez-vous où est la jeune Madame ?

— Elle est sortie », répondit Jeanne.

Lucile respira.

« Il faut que je descende, dit-elle. Il me cherche sans doute pour me faire ses adieux.

— Profitez-en, fit tout à coup Mme Angellier, pour lui demander un bon d'essence et un permis de circuler. Vous prendrez la vieille voiture : celle qui n'a pas été réquisitionnée. Vous direz à l'Allemand que vous devez conduire en ville un de vos métayers malade. Avec un permis de la Kommandantur, on ne vous arrêtera pas en route et vous pourrez arriver sans risques jusqu'à Paris.

— Oh ! dit Lucile avec répugnance, mentir ainsi…

— Que faites-vous d'autre depuis dix jours ?

— Et une fois à Paris, jusqu'à ce qu'il retrouve ses amis, où le cacher ? Où découvrir des gens assez courageux, assez dévoués, à moins… que… »

Un souvenir lui traversa l'esprit.

« Oui, dit-elle, tout à coup. C'est possible… En tout cas c'est une chance à courir. Vous vous rappelez ces réfugiés parisiens qui se sont arrêtés chez nous en juin 40 ? Un couple d'employés de banque, déjà âgés, mais pleins d'endurance et de courage. Ils m'ont écrit dernièrement : j'ai leur adresse. Ils s'appelaient Michaud. Oui, c'est cela, Jeanne et Maurice Michaud. Ils accepteront peut-être… Ils accepteront sûrement… mais il faudrait écrire et attendre la réponse… ou au contraire risquer le tout pour le tout… Je ne sais pas…

— Demandez toujours le permis, conseilla Mme Angellier. Avec un pâle et aigu sourire, elle ajouta : C'est le plus facile.

— J'essaierai », murmura Lucile.

Elle redoutait l'instant de se trouver seule avec Bruno. Elle se hâta cependant de descendre. Autant en finir. S'il se doutait de quelque chose ? Ah ! tant pis ! c'était la guerre. Elle subirait la loi de la guerre. Elle n'avait peur de rien. Son âme vide et lasse souhaitait obscurément quelque grand péril.

Elle frappa à la porte de l'Allemand. Elle fut surprise en entrant de ne pas le trouver seul. Le nouvel interprète de la Kommandantur, un maigre garçon roux, au visage osseux et dur, aux cils blonds, et un très jeune officier, petit, potelé et rose, avec un regard et un sourire d'enfant, étaient en visite chez lui. Tous trois écrivaient des lettres et faisaient leurs paquets : ils envoyaient chez eux ces bibelots que le soldat achète dès qu'il est pour quelque temps à la même place comme pour se créer l'illusion d'un intérieur et qui l'embarrassent dès qu'il se met en campagne : cendriers, pendulette, gravures, livres surtout. Lucile voulut partir mais on la pria de rester. Elle s'assit dans un fauteuil que Bruno lui avança et elle regarda les trois Allemands qui, après s'être excusés, continuaient leur besogne : « Car nous voudrions expédier tout cela par le courrier de cinq heures », dirent-ils.

Elle vit un violon, une petite lampe, un dictionnaire franco-allemand, des volumes français, allemands et anglais, et une belle gravure romantique représentant un voilier sur la mer.

« Je l'ai trouvée à Autun chez un marchand de bric-à-brac », dit Bruno.

Il hésita.

« Et puis, non… je ne l'envoie pas… Je n'ai pas de carton convenable. Il s'abîmerait. Voulez-vous me faire le très grand plaisir de l'accepter, madame ? Il fera bien aux murs de cette pièce un peu sombre. Le sujet est de circonstance. Voyez plutôt. Un temps menaçant, noir, un navire qui s'éloigne… et tout au loin une ligne de clarté à l'horizon… un vague, très pâle espoir… Acceptez-la en souvenir d'un soldat qui part et ne vous reverra plus.

— Je le garderai, *mein Herr*, à cause de cette ligne blanche à l'horizon », dit Lucile à voix basse.

Il s'inclina et reprit ses préparatifs. Une bougie était allumée sur la table ; il approchait de la flamme la cire à cacheter, apposait un sceau sur le paquet ficelé et pressait la cire brûlante avec la bague qu'il avait ôtée de son doigt. Lucile, en la regardant, se souvenait du jour où il avait joué du piano pour elle et où elle avait tenu entre ses mains la bague tiède encore du contact de sa chair.

« Oui, dit-il, en levant brusquement les yeux. Le bonheur est fini.

— Croyez-vous que cette nouvelle guerre durera longtemps ? » demanda-t-elle, et aussitôt elle s'en voulut d'avoir posé cette question. Comme si on demandait à un homme s'il pensait vivre longtemps ! Que présageait, qu'annonçait cette nouvelle guerre ? une série de victoires foudroyantes ou la défaite, une longue lutte ? Qui pouvait savoir ? Qui osait scruter l'avenir ? Quoique personne ne fît rien d'autre… et toujours en vain…

Il sembla lire dans ses pensées.

« En tout cas, beaucoup de souffrances, de déchirements et de sang », dit-il.

Ses deux camarades, comme lui-même, mettaient en ordre leurs affaires. Le petit officier emballait une raquette de tennis avec un soin minutieux, et l'interprète des grands et beaux livres reliés de cuir jaune : « Des traités de jardinage, expliqua-t-il à Lucile, parce que dans le civil, ajouta-t-il d'un ton légèrement pompeux, je suis architecte de jardins qui datent de ce temps, sous Louis XIV. »

Dans tout le bourg maintenant, dans les cafés, dans les maisons bourgeoises qu'ils avaient occupées, combien d'Allemands écrivaient à leurs femmes, à leurs fiancées, se séparaient de leurs possessions terrestres, comme à la veille de mourir ? Lucile ressentit une profonde pitié. Elle vit passer dans la rue les chevaux qui revenaient de chez le maréchal-ferrant et le sellier, déjà prêts pour le départ sans doute. Cela paraissait étrange de penser à ces chevaux arrachés aux labours de France et que l'on envoyait à l'autre bout du monde. L'interprète, qui avait suivi la direction de son regard, dit gravement :

« Où nous allons, c'est un fort beau pays pour les chevaux… »

Le petit lieutenant fit une grimace.

« Un peu moins beau pour les hommes… »

Lucile songea que l'idée de cette nouvelle guerre les emplissait, visiblement, de tristesse, mais elle se défendit de trop approfondir leurs sentiments : elle ne voulait pas surprendre à la faveur de l'émotion quelques éclairs de ce qu'on eût appelé « le moral du combattant ». C'était presque une besogne d'espion ; elle aurait eu honte de la commettre. D'ailleurs, elle les connaissait assez à présent pour savoir qu'ils se battraient bien de toute façon !…. Enfin, il y a un abîme entre le jeune homme que je vois ici et le guerrier de demain, se dit-elle. On sait bien que l'être humain est complexe, multiple, divisé, à surprises, mais il faut un temps de guerre ou de grands bouleversements pour le voir. C'est le plus passionnant et le plus terrible spectacle, songea-t-elle encore ; le plus terrible parce qu'il est plus vrai ; on ne peut se flatter de connaître la mer sans l'avoir vue dans la tempête comme dans le calme. Celui-là seul connaît les hommes et les femmes qui les a observés en un temps comme celui-ci, pensa-t-elle. Celui-là seul se connaît lui-même. Comment aurait-elle pu se croire capable de dire à Bruno de ce ton naturel, candide, qui avait l'accent même de la sincérité :

« J'étais venue vous demander une grande faveur.

— Dites, madame, en quoi puis-je vous être utile ?

— Pouvez-vous me recommander à un de ces messieurs de la Kommandantur pour me faire obtenir d'urgence un permis de circuler et un bon d'essence. Je dois conduire à Paris… »

En parlant, elle réfléchissait : « Si je lui parle d'un métayer malade, il s'étonnera : il y a de bonnes cliniques dans le voisinage, au Creusot, à Paray ou à Autun… »

« Je dois conduire un de mes fermiers à Paris. Sa fille est placée là-bas ; gravement malade, elle le réclame. Avec le train cela ferait perdre trop de temps à ce pauvre homme. Vous savez que c'est la saison des grands travaux. Si vous m'accordez ce que je demande, nous ferons le trajet, aller et retour, en une journée.

— Vous n'aurez pas à vous adresser à la Kommandantur,

madame Angellier, fit vivement le petit officier qui lui jetait de loin des regards timides et pleins d'admiration. J'ai tous pouvoirs pour vous donner ce que vous demandez. Quand voulez-vous partir ?

— Demain.

— Ah bon ! murmura Bruno. Demain… alors vous serez là pour notre départ.

— À quelle heure l'a-t-on fixé ?

— À onze heures. Nous voyageons de nuit à cause des bombardements. La précaution semble vaine car la lune éclaire comme en plein jour. Mais le militaire vit de traditions.

— Je vais vous quitter maintenant », dit Lucile après avoir pris les deux bouts de papier griffonnés par l'Allemand : la vie et la liberté d'un homme sans doute. Elle les plia calmement et les glissa dans sa ceinture sans que la moindre précipitation trahît son trouble.

« Je serai là pour vous voir partir. »

Bruno la regarda, et elle comprit sa muette prière :

« Vous viendrez prendre congé de moi, *Herr* lieutenant ? Je sors, mais je serai rentrée à six heures. »

Les trois jeunes gens se levèrent en claquant les talons ; elle avait trouvé comique autrefois cette courtoisie surannée, un peu affectée des soldats du Reich. Maintenant, elle pensait qu'elle regretterait ce tintement léger des éperons, ces baisemains, cette espèce d'admiration que lui témoignaient presque malgré eux ces soldats sans famille, sans femme (sinon de la plus basse espèce). Dans leur respect pour elle, il y avait une nuance de mélancolie attendrie : comme s'ils retrouvaient, grâce à elle, un peu de cette vie d'autrefois où la gentillesse, la bonne éducation, la politesse envers les femmes étaient des vertus plus prisées que celles qui consistent à boire avec excès ou à emporter d'assaut une position ennemie. Il y avait de la reconnaissance et de la nostalgie dans leur attitude vis-à-vis d'elle ; elle le devinait et en était touchée. Elle attendait huit heures avec une profonde anxiété. Que lui dirait-il ? Comment se quitteraient-ils ? Il y avait, entre eux, tout un monde de nuances troubles, inexprimées, quelque chose de fragile comme un cristal précieux qu'un mot suffirait à briser. Il le sentit sans doute car il ne demeura qu'un court instant seul avec elle. Il se découvrit (son dernier geste de civil, peut-être, pensa Lucile avec un sentiment tendre et douloureux), lui prit les deux mains. Avant de les baiser, il appuya un instant sur elles sa joue, d'un mouvement doux et impérieux à la fois, une prise de possession ? une tentative pour apposer sur elle, comme un sceau, la brûlure d'un souvenir ?

« Adieu, lui dit-il, adieu. Jamais je ne vous oublierai. »

Elle ne répondait rien. En la regardant, il vit qu'elle avait les yeux pleins de larmes. Il détourna la tête.

« Écoutez, dit-il au bout d'un instant. Je veux vous donner l'adresse d'un de mes oncles, un von Falk comme moi, un frère de mon père. Il a fait une brillante carrière et il est à Paris auprès du… »

Il prononça un nom allemand très long.

« Jusqu'à la fin de la guerre, c'est lui le commandant du grand Paris, une espèce de vice-roi en somme, et il se repose en tout sur mon oncle. Je lui ai parlé de vous et je lui demande, si jamais vous vous trouvez en difficulté (nous sommes en guerre, Dieu seul sait ce qui nous arrivera à tous encore…) de vous aider dans la mesure de ses moyens.

— Vous êtes très bon, Bruno », dit-elle à voix basse.

En cet instant elle n'avait pas honte de l'aimer, parce que son désir était mort et qu'elle éprouvait seulement pour lui de la pitié et une profonde, presque maternelle tendresse. Elle s'efforça de sourire.

« Comme la mère chinoise qui envoyait son fils à la guerre en lui recommandant la prudence "parce que la guerre n'est pas sans périls", je vous prie, en souvenir de moi, de ménager autant que possible votre vie.

— Parce qu'elle a du prix pour vous ? demanda-t-il avec anxiété.

— Oui. Parce qu'elle a du prix pour moi. »

Lentement, ils se serrèrent la main. Elle l'accompagna jusqu'au perron. Là une ordonnance attendait, tenant le cheval de Bruno par la bride. Il était tard, mais personne ne songeait à dormir. Tous voulaient voir le départ des Allemands. En ces dernières heures, une sorte de mélancolie, de douceur humaine liait les uns aux autres, les vaincus et les vainqueurs, le gros Erwald aux fortes cuisses qui buvait si bien, qui était si drôle et si robuste, le petit Willy, agile et gai et qui avait appris des chansons françaises (on disait qu'il était clown dans le civil), le pauvre Johann qui avait perdu toute sa famille dans un bombardement, « sauf ma belle-mère parce que je n'ai jamais eu de chance ! » disait-il tristement, tous allaient être exposés au feu, aux balles, à la mort. Combien resteraient ensevelis dans les plaines russes ? Si vite, si heureusement que finisse la guerre avec l'Allemagne, combien de pauvres gens ne verraient pas cette fin bénie, ce jour de résurrection ? C'était une nuit admirable, pure, éclairée par la lune, sans un souffle de vent. C'était la saison où l'on coupe les branches des tilleuls. Les hommes et les gamins montent sur les branches des beaux arbres aux lourds feuillages, les dépouillent ; femmes et petites filles avec, à leurs pieds, ces brassées odorantes, enlèvent ces fleurs qui sécheront tout l'été dans les greniers provinciaux et l'hiver, serviront à faire les tisanes. Un parfum délicieux, enivrant, flottait dans l'air. Que tout était bon, que tout était paisible ! Les enfants jouaient et se poursuivaient en courant ; ils montaient sur les marches du vieux calvaire et regardaient la route.

« Est-ce qu'on les voit ? demandaient les mères.

— Pas encore. »

Le rassemblement avait été fixé devant le château et le régiment en ordre de marche défilerait à travers le bourg. Çà et là, dans l'ombre d'une porte, on entendait un murmure, un bruit de baisers… quelques adieux plus tendres que d'autres. Les soldats avaient leur tenue de campagne, leurs casques écrasants, leurs masques à gaz sur la poitrine. Enfin, on entendit un bref roulement de tambour. Les hommes parurent, marchant par rangs de huit, et à mesure qu'ils s'avançaient les retardataires, après un dernier adieu, un baiser envoyé du bout des lèvres, se hâtaient de prendre leur place, marquée à l'avance, la place où le destin les trouverait. Encore quelques rires, quelques plaisanteries partirent, échangés entre les soldats et la foule, mais bientôt tout se tut. Le général était là. Il passa à cheval le front des troupes. Il les salua légèrement, il salua aussi les Français et partit. Derrière lui venaient les officiers puis les motocyclistes qui gardaient une auto grise où se tenait la Kommandantur. Ensuite passa l'artillerie, les canons sur leurs plates-formes roulantes, un homme couché sur chacune d'elles, le visage à la hauteur de l'affût, les mitrailleurs, tous ces légers et meurtriers engins que l'on avait vus passer pendant les manœuvres, qu'on s'était habitué à considérer sans peur, avec indifférence, et que l'on ne pouvait regarder tout à coup sans frissonner, les canons de la DCA braqués vers le ciel. Le camion, plein jusqu'au bord de grosses boules de pain noir, fraîchement pétries et odorantes, les voitures de la Croix-Rouge, vides encore… La roulante qui sautillait à la fin du cortège comme une casserole à la queue d'un chien. Les hommes se mirent à chanter, un chant grave et lent qui se perdait dans la nuit. Bientôt, sur la route, à la place du régiment allemand, il ne resta qu'un peu de poussière.

ANNEXES

I

Notes manuscrites d'Irène Némirovsky sur l'état de la France et son projet *Suite française*, relevées dans son cahier

Mon Dieu ! que me fait ce pays ? Puisqu'il me rejette, considérons-le froidement, regardons-le perdre son honneur et sa vie. Et les autres, que me sont-ils ? Les Empires meurent. Rien n'a d'importance. Si on le regarde du point de vue mystique ou du point de vue personnel, c'est tout un. Conservons une tête froide. Durcissons-nous le cœur. Attendons.

21 juin. Entretien avec Pied-de-Marmite. La France va marcher main en main avec l'Allemagne. On va mobiliser bientôt ici « mais seulement les jeunes ». Ceci est dit sans doute par égard pour Michel. Une armée traverse la Russie, l'autre vient d'Afrique. Suez est pris. Le Japon avec sa flotte formidable bat l'Amérique. L'Angleterre demande grâce.

25 juin. Chaleur inouïe. Le jardin est pavoisé aux couleurs de juin — azur, vert tendre et rose. J'ai perdu mon stylo. Il y a encore d'autres soucis tels que menace du camp de concentration, statut des Juifs, etc. Journée de dimanche inoubliable. Le coup de tonnerre de la Russie tombant sur nos amis après leur « folle nuit » au bord de l'étang. Et pour faire le ? avec eux tout le monde est saoul. Décrirai-je cela un jour ?

28 juin. Ils partent. Ils ont été abattus pendant 24 heures, maintenant ils sont gais, surtout quand ils sont ensemble. Le petit chéri dit tristement que « les temps heureux sont passés ». Ils envoient chez eux leurs paquets. Ils sont surexcités, cela se voit. Discipline admirable et, je crois, au fond du cœur pas de révolte. Je fais ici serment de ne jamais plus reporter ma rancune, si justifiée soit-elle, sur une masse d'hommes quels que soient race, religion, conviction, préjugés, erreurs. Je plains ces pauvres enfants. Mais je ne puis pardonner aux individus, ceux qui me repoussent, ceux qui froidement nous laissent tomber, ceux qui sont prêts à vous donner un coup de vache. Ceux-là… que je les tienne un jour… Quand cela finira-t-il ? Les troupes qui étaient ici l'été dernier disaient « Noël », puis juillet. Maintenant fin 41. On parle ici de libérer le territoire sauf la zone interdite et les côtes. En zone libre, il paraît qu'on se fout de la guerre. La relecture attentive du *Journal officiel* me remet dans les dispositions d'il y a quelques jours,

Pour soulever un poids si lourd
Sisyphe, il faudrait ton courage.
Je ne manque pas de cœur à l'ouvrage
Mais le but est long et le temps est court

Le Vin de solitude par Irène NÉMIROVSKY pour Irène NÉMIROVSKY.

1942

Les Français étaient las de la République comme d'une vieille épouse. La dictature était pour eux une passade, un adultère. Mais ils voulaient bien tromper leur femme, ils n'entendaient pas l'assassiner. Ils la voient maintenant morte, leur République, leur liberté. Ils la pleurent.

Tout ce qui se fait en France dans une certaine classe sociale depuis quelques années n'a qu'un mobile : la peur. Elle a causé la guerre, la défaite et la paix actuelle. Le Français de cette caste n'a de haine envers personne ; il n'éprouve ni jalousie ni ambition déçue, ni désir réel de revanche. Il a la trouille. Qui lui fera le moins de mal (pas dans l'avenir, pas dans l'abstrait, mais tout de suite et sous forme de coups dans le cul et de gifles) ? Les Allemands ? Les Anglais ? Les Russes ? Les Allemands l'ont battu mais la correction est oubliée et les Allemands peuvent le défendre. C'est pourquoi il est « pour les Allemands ». Au collège, l'écolier le plus faible préfère l'oppression d'un seul à l'indépendance ; le tyran le brime mais défend aux autres de lui chiper ses billes, de le battre. S'il échappe au tyran, il est seul, abandonné dans la mêlée.

Il y a un abîme entre cette caste qui est celle de nos dirigeants actuels et le reste de la Nation. Les autres Français, possédant moins, ont moins peur. La lâcheté n'étouffant plus dans l'âme les bons sentiments, ceux-ci (patriotisme, amour de la liberté, etc.) peuvent naître. Certes, beaucoup de fortunes ont été édifiées dans le peuple ces derniers temps, mais c'est une fortune en argent déprécié qu'il est impossible de transformer en biens réels, terres, bijoux, or, etc. Notre boucher, qui a gagné cinq cent mille francs d'une monnaie dont il connaît le taux à l'étranger (exactement zéro), tient moins à son argent qu'un Péricand, un Corbin[1] à leurs propriétés, à leurs banques, etc. De plus en plus le monde est divisé en possédants et non-possédants. Les premiers ne veulent rien abandonner et les seconds tout prendre. Qui l'emportera ?

Les hommes les plus haïs en France en 1942 :

Philippe Henriot[2] et Pierre Laval. Le premier comme le Tigre, le second comme l'Hyène : on respire autour du premier l'odeur de sang frais, et la puanteur de la charogne autour du deuxième.

Mers-el-Kébir stupeur douloureuse
Syrie indifférence
Madagascar indifférence encore plus grande. En somme il n'y a que le premier choc qui compte. On s'habitue à tout, tout ce qui se fait en zone occupée : les massacres, la persécution, le pillage organisé sont comme des flèches qui s'enfonceraient dans la boue ! ... dans la boue des cœurs.

On veut nous faire croire que nous sommes dans un âge communautaire où l'individu doit périr pour que la société vive, et nous ne voulons pas voir que c'est la société qui périt pour que vivent les tyrans.

Cet âge qui se croit « communautaire » est plus individualiste que celui de la Renaissance ou de l'époque des grands féodaux. Tout se passe comme s'il y avait une somme de liberté et de puissance dans le monde partagée tantôt entre des millions, tantôt entre *un seul* et des millions. « Prenez mes restes », disent les dictateurs. Qu'on ne me parle donc pas de l'esprit communautaire. Je veux bien mourir mais français et raisonneur, j'entends comprendre pourquoi je meurs, et moi, Jean-Marie Michaud[3], je péris pour P. Henriot et P. Laval et d'autres seigneurs, comme un poulet est égorgé pour être servi sur la table de ces traîtres. Et je maintiens, moi, que le poulet vaut mieux que ceux qui le mangeront. Je sais que je suis plus intelligent, meilleur, plus précieux aux regards du bien que ceux ci-dessus nommés. Ils ont la force mais une force tempo-

1. Personnage du roman *Tempête en juin*. (Toutes les notes sont de l'éditeur.)

2. Député catholique de la Gironde, Philippe Henriot (1889-1944) fut un des propagandistes les plus écoutés et les plus efficaces du régime de Vichy. Membre de la Milice dès sa création en 1943, il entra au début de 1944 dans le gouvernement présidé par Pierre Laval et y prêcha la collaboration à outrance. Il fut abattu par la Résistance en juin 1944.

3. Personnage du roman.

raire et illusoire. Elle leur sera retirée par le temps, une défaite, un coup du sort, la maladie (comme ce fut le cas pour Napoléon). Et le monde s'ébahira : Comment ? diront les gens, c'est devant ça que nous avons tremblé ! J'ai réellement l'esprit communautaire si je défends ma part et celle de tous contre la voracité. L'individu n'a de prix que s'il sent les autres hommes, c'est entendu. Mais que ce soient « les autres hommes » et non « un homme ». La dictature s'établit sur cette confusion. Napoléon ne désire que la grandeur de la France, dit-il, mais il crie à Metternich « je me fous de la vie de millions d'hommes ».

Hitler : « Je ne travaille pas pour moi mais pour l'Europe » (il a commencé par dire « je ne travaille pas pour le peuple allemand »). Sa pensée est celle de Napoléon : « Je me fous de la vie et de la mort de millions d'hommes. »

POUR *TEMPÊTE EN JUIN :*

Ce qu'il faudrait avoir :

1) Une carte de France extrêmement détaillée ou un guide Michelin.
2) La collection complète de plusieurs journaux français et étrangers entre le 1er juin et le 1er juillet.
3) Un traité sur les porcelaines.
4) Les oiseaux en juin, leurs noms et leurs chants.
5) Un livre mystique (celui de parrain), l'abbé Bréchard.

Commentaires sur ce qui a déjà été écrit :

1) Testament — Il parle trop.
2) Mort curé — Mélo.
3) Nîmes ? Pourquoi pas Toulouse que je connais ?
4) En général, pas assez de simplicité !

[En russe, Irène Némirovsky a ajouté : « en général ce sont souvent des personnages trop haut placés »]

30 juin 1941. Insister sur les figures des Michaud. Ceux qui trinquent toujours et les seuls qui soient nobles vraiment. Curieux que la masse, masse haïssable, soit formée en majorité de ces braves types. Elle n'en devient pas meilleure ni eux pires.

Quels sont les tableaux qui méritent de passer à la postérité ?

1) Les queues au petit jour.
2) L'arrivée des Allemands.

3) Beaucoup moins les attentats et les otages fusillés que la profonde indifférence des gens.

4) Si je veux faire quelque chose de frappant, ce n'est pas la misère que je montrerai mais la prospérité à côté d'eux.

5) Quand Hubert échappe à la prison où on a amené les malheureux, au lieu de décrire la mort des otages, c'est la fête à l'Opéra que je dois faire voir, et simplement les colleurs d'affiches sur les murs : un tel a été fusillé à l'aube. De même après la guerre et sans appesantir Corbin. Oui ! ça doit être fait à force d'oppositions : un mot pour la misère, dix pour l'égoïsme, la lâcheté, la confrérie, le crime. Jamais rien n'aura été aussi chic ! Mais il est vrai que cet air, je le respire. Il est facile d'imaginer cela : l'obsession de la nourriture.

6) Penser aussi à la messe de la rue de la Source, le matin dans la nuit noire. Oppositions ! oui, il y a quelque chose là-dedans, quelque chose qui peut être très fort et très neuf. Pourquoi est-ce que je m'en sers si peu dans *Dolce ?* Pourtant, au lieu de m'appesantir sur Madeleine — par exemple tout le chapitre Madeleine-Lucile peut être supprimé, réduit en quelques lignes d'explications qui passeraient dans le chapitre Mme Angellier-Lucile. En revanche, décrire minutieusement les préparatifs de la fête allemande. C'est peut-être *an impression of ironic contrast, to receive the force of the contrast. The reader has only to see and hear*[1].

Personnages au fur et à mesure de leur apparition (autant que je me rappelle):

Les Péricand — Les Corte — Les Michaud — Les propriétaires — Lucile — Les gouapes ? — Les paysans, etc. — Les Allemands — Les nobles.

Bon, il faudrait coller au début : Hubert, Corte, Jules Blanc, mais ça me détruirait mon unité de ton pour *Dolce*. Décidément je crois qu'il faut laisser *Dolce* comme ça et en revanche retrouver tous les personnages de *Tempête*, mais s'arranger pour qu'ils aient tous une influence fatale sur Lucile, Jean-Marie et les autres (et la France).

Je crois que (résultat pratique), *Dolce* doit être court. En effet, vis-à-vis des 80 pages de *Tempête*, *Dolce* en aura probablement une soixan-

1. Une impression de contraste ironique. Percevoir la force de ce contraste. Le lecteur n'a qu'à voir et entendre.

taine, pas plus. *Captivité*, en revanche, devrait aller jusqu'à 100. Mettons donc :

TEMPÊTE	80 PAGES
DOLCE	60 "
CAPTIVITÉ	100 "
Les deux autres	50 "

390[1], mettons 400 pages, multipliées par 4. Seigneur ! cela fait 1 600 pages dactylographiées ! *Well, well, if I live in it !* Enfin, si le 14 juillet arrivent ceux qui l'ont promis, cela aura entre autres conséquences deux ou au moins une partie de moins.

En effet, c'est comme la musique où on entend parfois l'orchestre, parfois le violon seul. Du moins ça devrait être ainsi. Combiner [deux mots en russe...] et les sentiments individuels. Ce qui m'intéresse ici c'est l'histoire du monde.

Gare au danger : oublier les modifications de caractères. Évidemment, le temps écoulé est court. Les trois premières parties, en tous les cas, ne couvriront qu'un espace de trois ans. Pour les deux dernières, c'est le secret de Dieu et je donnerai cher pour le connaître. Mais à cause de l'intensité, de la gravité des expériences, il faut que ces gens à qui ces choses arrivent soient changés (...)

Mon idée est que cela se déroule comme un film, mais la tentation est grande par moments, et j'y ai cédé en paroles brèves ou bien dans l'épisode qui suit la séance à l'école libre en donnant mon propre point de vue. Faut-il pourchasser cela sans merci ?

Méditer aussi : *the famous « impersonality » of Flaubert and his kind lies only in the greater fact with which they express their feelings — dramatizing them, embodying them in living form, instead of stating them directly ?*

Such... il y a des cas où il ne faut pas savoir ce que Lucile a dans le cœur, mais la montrer par les yeux d'autrui.

Avril 1942

Il faut faire une suite de *Tempête*, *Dolce*, *Captivité*. Il faut remplacer la ferme Desjours par la ferme des Mounain. J'ai envie de la situer à

1. L'erreur de calcul figure dans le manuscrit.

Montferroux. Double avantage : on relie *Tempête* à *Dolce* et on supprime ce qu'il y a de déplaisant dans le ménage Desjours. Il faut faire quelque chose de grand et cesser de se demander à quoi bon.

Ne pas se faire d'illusions : ce n'est pas pour maintenant. Alors il ne faut pas se retenir, il faut taper à tour de bras où on veut.

Pour *Captivité :* Les attitudes successives de Corte : révolution nationale, nécessité d'un chef. Sacrifice (tout le monde étant d'accord sur la nécessité du sacrifice à condition que ce soit celui du voisin) puis la phrase lapidaire qui fait tout pour sa gloire car au début Corte est assez mal considéré : il prend une attitude trop française mais il s'aperçoit à des signes légers et menaçants que ce n'est pas ce qu'il faut. Oui, il est patriote mais ensuite : *aujourd'hui le Rhin coule sur les monts de l'Oural, il a un moment d'hésitation mais après tout cela vaut bien toutes les fantaisies géographiques qui ont eu cours ces dernières années — la frontière anglaise est sur le Rhin et pour finir la ligne Maginot et la ligne Siegfried sont toutes deux en Russie, dernière création d'Horace (down him).*

Sur L.[1] Il faudrait que ce soit lui parce que c'est une fripouille. Et dans les temps où nous vivons une fripouille vaut mieux qu'un honnête homme.

Captivité — pas de chichis. Raconter ce que deviennent les gens et voilà tout. Aujourd'hui 24 avril, un peu de calme pour la première fois depuis bien longtemps, se pénétrer de la conviction que la série des *Tempêtes*, si je puis dire, doit être, est un chef-d'œuvre. Y travailler sans défaillance.

Corte est un de ces écrivains dont l'utilité se révèle éclatante dans les années qui suivirent la défaite ; il n'avait pas son pareil pour trouver les formules décentes qui servaient à parer les réalités désagréables. Ex : l'armée française n'a pas reculé, elle s'est repliée ! Quand on baise la botte des Allemands c'est qu'on a le sens des réalités. Avoir l'esprit communautaire signifie l'accaparement des denrées à l'usage exclusif de quelques-uns.

Je pense qu'il faudra remplacer les fraises par les myosotis. Il semble impossible de coller à la même période le temps des cerisiers en fleur et les fraises mangeables.

1. Cette initiale est sans doute celle de Laval.

Trouver le moyen de raccorder Lucile à *Tempête*. Quand les Michaud se reposent la nuit sur la route, cette oasis et ce petit déjeuner et tout ce qui doit paraître si excellent — les tasses en porcelaine, les roses humides en bouquets serrés sur la table (les roses au cœur noir), la cafetière qui s'entoure de fumées bleuâtres, etc.

Taper sur les littérateurs. Ex. A.C., le A.R. qui a écrit un article « la tristesse d'Olympio est-elle un chef-d'œuvre ? » On n'a jamais tapé sur certains littérateurs genre A.B., etc. (les loups ne se mangent pas entre eux).

En somme, chapitres déjà faits au 13 mai 1942 :

1) L'arrivée — 2) Madeleine — 3) Madeleine et son mari — 4) Les vêpres — 5) La maison — 6) Les Allemands dans le bourg — 7) L'école libre — 8) Le jardin et la visite de la vicomtesse — 9) La cuisine — 10) Départ de Mme Angellier. Première vue sur le jardin Perrin — 11) Le jour de pluie.

À FAIRE :

12) L'Allemand malade — 13) Les bois de la Maie — 14) Les dames Perrin — 15) Le jardin Perrin — 16) La famille de Madeleine — 17) La vicomtesse et Benoît — 18) La dénonciation ? — 19) La nuit — 20) La catastrophe chez Benoît — 21) Madeleine chez Lucile — 22) La fête sur l'eau — 23) Le dé.

Restent à faire : 12, la moitié de 13, 16, 17, et la suite.
Madeleine chez Lucile — Lucile chez Mme Angellier — Lucile avec l'Allemand — La fête sur l'eau — Le départ.

POUR *CAPTIVITÉ* POUR LE CAMP DE CONCENTRATION LE BLASPHÈME DES JUIFS BAPTISÉS « MON DIEU PARDONNEZ-NOUS NOS OFFENSES COMME NOUS VOUS PARDONNONS » — Évidemment, les martyrs n'auraient pas dit ça.

Pour bien faire, il faudrait faire 5 parties :
1) *Tempête*
2) *Dolce*
3) *Captivité*

4) *Batailles ?*
5) *La paix ?*

Titre général : Tempête ou Tempêtes et la 1re partie pourrait s'appeler Naufrage.

Malgré tout, ce qui relie tous ces êtres entre eux c'est l'époque, uniquement l'époque. Est-ce bien assez ? Je veux dire : est-ce que ce lien se sent suffisamment ?

Donc Benoît, après avoir tué (ou tenté de) tuer Bonnet (car il faut que je voie encore s'il ne vaut pas mieux pour l'avenir le laisser vivre), Benoît se sauve ; il se cache dans les bois de la Maie, puis comme Madeleine a peur d'être suivie quand elle ira le ravitailler, chez Lucile. Enfin à Paris, chez les Michaud où Lucile l'a envoyé. Poursuivi, il file à temps, mais la Gestapo perquisitionne chez les Michaud, trouve des notes prises par Jean-Marie pour un livre futur, les prend pour des tracts et l'emprisonne. Il retrouve là Hubert qui s'est fait prendre pour des conneries. Hubert pourrait sortir tranquillement, pistonné par sa puissante famille qui est tout entière collaborationniste, mais par gaminerie, par goût des romans d'aventure, etc., il préfère risquer la mort en s'évadant avec Jean-Marie. Benoît et des copains les aident. Plus tard, bien plus tard, car il faut entre-temps que Jean-Marie et Lucile s'aiment, l'évasion hors de France. Cela devrait terminer *Captivité* et ainsi que je l'ai dit :

— Benoît Communiste
— Jean-Marie Bourgeois

Jean-Marie meurt héroïquement. Mais comment ? et qu'est-ce que l'héroïsme de nos jours ? Il faudrait, parallèlement à cette mort, montrer celle de l'Allemand en Russie, les deux pleines de douloureuse noblesse.

Adagio : Il faudrait retrouver tous ces termes de musique (*presto*, *prestissimo*, *adagio*, *andante*, *con amore*, etc.)

Musique : Adagio de l'op. 106, l'immense poème de la solitude — la 20e variation sur le thème de Diabelli, ce sphynx aux sourcils sombres qui contemple l'abîme — le Benedictus de la *Missa solemnis* et les dernières scènes de *Parsifal*.

Il sort de là : ceux qui s'aimeront vraiment sont Lucile et Jean-Marie. Que faire d'Hubert ? Plan vague : Benoît après avoir tué Bonnet se sauve. On le cache chez Lucile. Après le départ des Allemands, Lucile a peur de le laisser au bourg et pense soudain à Michaud.

D'autre part, je voudrais que J. Marie et Hubert soient mis au bloc par les Allemands pour des raisons différentes. Ainsi on pourrait postposer la mort de l'Allemand. Lucile pourrait avoir l'idée de s'adresser à lui pour sauver J. Marie ? Tout cela est très vague. À voir.

D'un côté je voudrais une sorte d'idée générale. De l'autre… Tolstoï par exemple avec une idée gâte tout. Il faut des hommes, des réactions humaines, et voilà tout…

Contentons-nous des grands hommes d'affaires et des écrivains célèbres. Après tout, ce sont les vrais rois.

Pour *Dolce*, une femme d'honneur peut avouer sans honte « ces surprises des sens que la raison surmonte », dira Pauline (Corneille).

2 juin 1942 : ne jamais oublier que la guerre passera et que toute la partie historique pâlira. Tâcher de faire le plus possible de choses, de débats… qui peuvent intéresser les gens en 1952 ou 2052. Relire Tolstoï. Inimitables les peintures mais non historiques. Insister sur cela. Par exemple dans *Dolce*, les Allemands au village. Dans *Captivité*, la première communion de Jacqueline et la soirée chez Arlette Corail.

2 JUIN 42 — Commencer à me préoccuper de la forme qu'aura ce roman terminé ! Considérer que je n'ai pas encore fini la 2e partie, que je vois la 3e ? Mais que la 4e et la 5e sont dans les limbes et quelles limbes ! C'est vraiment sur les genoux des dieux puisque ça dépend de ce qui se passera. Et les dieux peuvent s'amuser à mettre 100 ans d'intervalle ou 1 000 ans comme c'est à la mode de dire : et moi je serai loin. Mais les dieux ne me feront pas ça. Je compte aussi beaucoup sur la prophétie de Nostradamus.

1944 Oh ! God.

En attendant la forme… c'est plutôt le rythme que je devrais dire : le rythme au sens cinématographique… relations des parties entre elles. La *Tempête*, *Dolce*, douceur et tragédie. *Captivité ?* quelque chose de sourd, d'étouffé, d'aussi méchant que possible. Après je ne sais pas.

L'important — les relations entre différentes parties de l'œuvre. Si je connaissais mieux la musique, je suppose que cela pourrait m'aider. À défaut de musique, ce qu'on appelle rythme au cinéma. En somme, souci de la variété d'un côté et harmonie de l'autre. Au cinéma, un film doit avoir une unité, un ton, un style. Ex : ces films américains de la rue où toujours on retrouve les gratte-ciel, où on devine l'atmosphère chaude, sourde, poisseuse d'un côté new-yorkais. Donc unité pour tout le film mais variété entre les parties. Poursuite — les amoureux — le rire, les larmes, etc. C'est ce genre de rythme que je voudrais atteindre.

Maintenant question plus terre à terre et à laquelle je ne peux trouver de réponse : N'oubliera-t-on pas les héros d'un livre à l'autre ? C'est pour éviter cet inconvénient que je voudrais faire non un ouvrage en plusieurs volumes mais un gros volume de 1 000 pages.

3 juillet 42 — Décidément, et à moins que les choses ne durent et ne se compliquent en durant ! Mais que ça finisse bien ou mal !

Il ne faut que 4 mouvements. Dans le 3e, *Captivité*, le destin communautaire et le destin individuel sont fortement liés. Dans le 4e, quel que soit le résultat ! (JE ME COMPRENDS !), le destin individuel se dégage de l'autre. D'un côté le destin du peuple, de l'autre Jean-Marie et Lucile, leur amour, la musique de l'Allemand, etc.

Maintenant, voici ce que j'ai imaginé :

1) Benoît est tué dans une révolution ou une bagarre ou dans un essai de révolte selon ce que donnera la réalité.

2) Corte. Je crois que ce sera peut-être bon. Corte a eu très peur des bolcheviks. Il est violemment collaborationniste mais, par suite d'un attentat commis sur son ami ou par vanité déçue, il a l'idée que les Allemands sont perdus. Il veut donner des gages aux gauches-gauches ! Il pense d'abord à Jules Blanc, mais l'ayant vu, il le trouve [mot russe illisible], il se tourne résolument vers un groupe jeune, agissant, qui a fondé… [phrase sans suite].

Pour *Captivité :*

Commencer par : Corte, Jules Blanc chez Corte.

Puis un contraste : Lucile peut-être chez les Michaud. Puis : les Péricand.

Le plus possible de réunions non historiques mais foule, mondanités ou guerres dans la rue ou quelque chose comme ça !

Arrivée

Matin

Départ

Ces trois épisodes doivent être rehaussés davantage. Ce livre doit valoir par les mouvements de foule.

Dans la 4e partie, je ne sais que la mort de l'Allemand en Russie.

Oui, pour bien faire, il faudrait cinq parties de 200 pages chacune. Un livre de 1 000 pages. Ah ! God !

Remarque. Le vol du souper de Corte par les prolétaires doit avoir, pour l'avenir, une grosse influence. Normalement, Corte devrait devenir violemment nazi, mais je peux aussi si je veux, si j'en ai besoin, faire en sorte qu'il se dise : « Il n'y a pas à se faire d'illusions : l'avenir est à ça, l'avenir est à cette force brutale qui m'a arraché mon repas. Donc deux positions : lutter contre elle ou, au contraire, prendre dès à présent la tête du mouvement. Se laisser porter par le flot, mais en première ligne ? Mieux, tenter de le diriger ? L'écrivain officiel du parti. Le grand homme du Parti, hé ! hé ! hé ! » d'autant plus que l'Allemagne est bien avec l'URSS et devra de plus en plus la tolérer. Tant que dure la guerre, ce serait en effet une folie de la part de l'Allemagne, etc. Plus tard, ce sera différent… Mais plus tard on verra. On volera au secours du plus fort. Est-ce qu'un Corte peut avoir des idées aussi cyniques ? Mais oui, à certains moments. Quand il a bu ou bien quand il a fait l'amour de la façon qu'il préfère, façon dont le simple mortel ne peut avoir qu'une faible idée, et l'eût-il eue, elle ne lui causerait qu'ahurissement et panique. Le difficile là-dedans, c'est comme toujours le côté pratique de la chose. Un journal, une espèce de radio. Liberté, subvention en douce par les Allemands. À voir.

All action is a battle, the only business is peace

Est-ce que *the pattern is less* une roue qu'une vague qui monte et descend, et tantôt sur sa cime on trouve une mouette, tantôt l'Esprit du Mal et tantôt un rat mort. Exactement la réalité, *notre* réalité (il n'y a pas de quoi être fier !).

Le rythme doit être ici dans les mouvements de masse, tous les endroits où on voit la foule dans le 1er volume, la fuite, les réfugiés, l'arrivée des Allemands dans le village.

Dans *Dolce :* l'arrivée des Allemands, mais elle doit être revue, le matin, le départ. Dans *Captivité*, la 1re communion, une manifestation (celle du 11 novembre 41), une guerre ? À voir. Je n'y suis pas encore et j'aborde la dictée de la réalité.

Si je montre des gens qui « agissent » sur ces événements c'est la gaffe. Si je montre des gens agir, cela se rapproche certes de la réalité, mais aux dépens de l'intérêt. Cependant il faut s'arrêter à ça.

C'est assez juste (et d'ailleurs banal, mais admirons et aimons la banalité), ce que dit Percy — que les scènes historiques les meilleures (voir *Guerre et Paix*), sont celles qui sont vues à travers les personnages. J'ai tâché de faire la même chose dans *Tempête*, mais dans *Dolce*, tout ce qui se rapporte aux Allemands, tout cela peut et doit être à part.

Ce qui serait bien en somme, mais est-ce faisable ? c'est de montrer *toujours* dans les scènes non vues à travers les personnages la marche de l'armée allemande. Il faudrait donc commencer *Tempête* par une image de ruée en France.

Difficile.

Je crois que ce qui donne à *Guerre et Paix* cette expansion dont parle Forster, c'est tout simplement le fait que dans l'esprit de Tolstoï, *Guerre et Paix* n'est qu'un premier volume qui devrait être suivi par *Les Décembristes*, mais ce qu'il a fait inconsciemment (peut-être, car naturellement je n'en sais rien, j'imagine), enfin ce qu'il a fait consciemment ou non est très important à faire dans un livre comme *Tempête*, etc., même si certains personnages arrivent à une conclusion, le livre lui-même doit donner l'impression de n'être qu'un épisode… ce qu'est réellement notre époque, comme toutes les époques bien sûr.

22 juin 42 — J'ai découvert, il y a déjà quelque temps, une technique qui m'a rendu de grands services — la méthode indirecte. Exactement chaque fois qu'il y a une difficulté de traitement, cette méthode me sauve, donne de la fraîcheur et de la force à toute l'histoire. Je m'en sers dans *Dolce* chaque fois qu'il y a Mme Angellier en scène. Mais cette méthode d'apparition que je n'ai pas encore employée est susceptible d'infinis développements.

1er juillet 42, trouvé ceci pour *Captivité :*

En unifiant, en simplifiant toujours le livre (en son entier) doit se résoudre en une lutte entre le destin individuel et le destin communautaire. Il n'y a pas à prendre parti.

Mon parti : régime bourgeois représenté par Angleterre malheureusement fichu, demande du moins à être renouvelé car au fond il est immuable dans son essence ; mais il ne se reprendra sans doute qu'après ma mort : restent donc en présence deux formes de socialisme. Ne m'enchantent ni l'un ni l'autre mais *there are facts !* Un d'eux me rejette, donc… le second… Mais ceci est hors de la question. En tant qu'écrivain je dois poser correctement le problème.

Cette lutte entre les deux destins, cela arrive chaque fois qu'il y a un chambardement, ce n'est pas raisonné ; c'est instinctif ; je crois qu'on y laisse une bonne partie de sa peau mais pas tout entière. Le salut, c'est qu'en général le temps qui nous est dévolu est plus long que celui dévolu à la crise. Contrairement à ce qu'on croit, le général passe, le particulier demeure, le destin communautaire est plus court que celui du simple individu (ce n'est pas tout à fait exact. C'est une autre échelle du temps : nous ne nous intéressons qu'aux secousses ; les secousses, ou bien elles nous tuent, ou bien elles durent moins que nous).

Pour en revenir à mon sujet : J. Marie d'abord a une attitude réfléchie et détachée vis-à-vis de cette grande partie d'échecs. Naturellement, il voudrait la revanche de la France mais il se rend compte que ce n'est pas un but car qui dit revanche dit haine et vengeance, la guerre éternelle et le chrétien que gêne l'idée de l'enfer et du châtiment éternel ; il est lui ennuyé par cette idée qu'il y aura toujours un plus fort et un plus faible ; il va donc vers l'unification… Ce qu'il désire, ce qui lui fait envie, c'est la concorde et la paix. Or le collaborationnisme tel qu'actuellement il se pratique le dégoûte, et de l'autre côté, il voit le communisme qui convient à Benoît mais pas à lui. Donc il essaie de vivre comme si le grand et urgent problème commun ne se posait pas, comme s'il n'avait à résoudre que ses propres problèmes. Mais voici qu'il apprend que Lucile a aimé et aime peut-être encore un Allemand. Du coup il prend parti car l'abstraction a pris tout à coup figure de haine. Il hait un Allemand et, en lui, à travers lui, il hait ou croit haïr, ce qui est la même chose, une forme d'esprit. En réalité, ce qui se passe, c'est qu'il oublie son propre destin et le confond avec celui d'autrui. Pratiquement, à la fin de *Captivité*, Lucile et J. Marie s'aiment ; cet amour est douloureux, inachevé, inavoué, en pleine lutte ! J. Marie s'enfuit pour se battre contre les Allemands — si à la fin de 42 c'est encore possible !

La 4e partie devrait être le retour, sinon le triomphe du chapitre où paraîtra J. Marie. Ne jamais oublier que le public aime qu'on lui décrive la vie des « riches ».

En somme : lutte entre le destin individuel et le destin communautaire. Pour finir, l'accent est posé sur l'amour de Lucile et de Jean-Marie et sur la vie éternelle. Le chef-d'œuvre musical de l'allemand. Il faudrait aussi un rappel de Philippe. *Ce qui en somme correspondrait à ma conviction profonde. Ce qui demeure :*

1) Notre humble vie quotidienne

2) L'art

3) Dieu

Bois de la Maie : 11 juillet 42

Les pins autour de moi. Je suis assise sur mon chandail bleu au milieu d'un océan de feuilles pourries et trempées par l'orage de la nuit dernière comme sur un radeau, les jambes repliées sous moi ! J'ai mis dans mon sac le tome II Anna Karenine, *le Journal de K.M. et une orange. Mes amis les bourdons, insectes délicieux, semblent contents d'eux-mêmes et leur bourdonnement est profond et grave. J'aime les tons bas et graves dans les voix et dans la nature. Ce « chirrup, chirrup » pointu des petits oiseaux dans les branches m'agace... Tout à l'heure je tâcherai de retrouver l'étang perdu.*

Captivité :

1) Réaction de Corte.

2) Attentat par les amis de Benoît qui épouvante Corte.

3) Corte a connaissance par le bavard Hubert...

4) Par Arlette Corail, etc.

5) Ses coquetteries.

6) Dénonciation. Hubert et J. Marie sont coffrés parmi beaucoup d'autres.

7) Hubert, grâce aux démarches de sa riche et bien-pensante famille, est relâché, J. Marie est condamné à mort ?

8) Ici intervient Lucile, l'Allemand. J. Marie est gracié (ici condenser la prison ou quelque chose dans ce genre).

9) Benoît le fait évader. Évasion retentissante.

10) Réaction de J. Marie vis-à-vis de l'Allemagne et des Allemands.

11) Lui et Hubert s'enfuient en Angleterre.

12) Mort de Benoît. Sauvage et pleine d'espoir.

À travers tout cela doit passer l'amour de Lucile pour Jean-Marie.

Le plus important ici et le plus intéressant est la chose suivante : les faits historiques, révolutionnaires, etc., doivent être effleurés, tandis que ce qui est approfondi, c'est la vie quotidienne, affective et surtout la comédie que cela présente.

II

Correspondance 1936-1945

7 octobre 1936
Irène Némirovsky à Albin Michel.

Je vous remercie du chèque de 4 000 F. Permettez-moi de vous rappeler à ce sujet la visite que je vous ai faite au printemps dernier et où je venais vous demander s'il vous était possible d'envisager un arrangement quelconque pour l'avenir, car vous comprenez que la situation est devenue très dure pour moi maintenant. Vous m'aviez alors répondu que vous feriez de votre mieux pour me donner satisfaction et que je devais avoir pleine confiance en vous. Vous n'avez pas voulu à ce moment me dire de quelle manière vous vous proposiez d'arranger les choses, mais vous m'avez promis de me fixer au plus tard dans deux mois. Toutefois vous ne m'avez rien écrit là-dessus depuis cette entrevue qui remonte à près de quatre mois. Je viens donc vous demander vos intentions, car hélas vous comprenez les nécessités de la vie pour quelqu'un qui, comme moi, ne possède aucune fortune et ne vit que de ce qu'il gagne en écrivant.

10 octobre 1938
Éditions Genio (Milan) à Albin Michel.

Nous vous serions infiniment obligés si vous pouviez nous dire si Mme I. Némirovsky est de race israélite. Suivant la loi italienne, ne doit pas être considérée de race israélite la personne dont l'un des parents, le père ou la mère, est de race aryenne.

28 août 1939
Michel Epstein[1] à Albin Michel.

1. Mari d'Irène Némirovsky. Comme elle réfugié russe ayant fui la révolution bol-

Ma femme est actuellement à Hendaye (Villa Ene Exea, Hendaye-Plage) avec les enfants. Je suis inquiet pour elle en ces temps difficiles, car elle n'a personne pour lui venir en aide en cas de besoin. Puis-je compter sur votre amitié pour me faire envoyer, si cela vous est possible, un mot de recommandation dont elle pourrait faire éventuellement usage auprès des autorités et de la presse de cette région (Basses-Pyrénées, Landes, Gironde) ?

28 août 1939
Albin Michel à Michel Epstein.
Le nom d'Irène Némirovsky doit pouvoir lui faire ouvrir toutes les portes ! Malgré cela, je ne demande pas mieux que de donner à votre femme des mots d'introduction auprès des journaux que je connais, mais j'aurais besoin d'avoir certaines précisions que vous êtes seul en mesure de me fournir. Je vous demande donc de venir me voir aujourd'hui dans la soirée.

28 septembre 1939
Robert Esménard[1] à Irène Némirovsky.
Nous vivons en ce moment des heures angoissantes qui peuvent devenir tragiques du jour au lendemain. Or, vous êtes russe et israélite, et il pourrait se faire que ceux qui ne vous connaissent pas — mais qui doivent être rares toutefois, étant donné votre renom d'écrivain — vous créent des ennuis, aussi, comme il faut tout prévoir, j'ai pensé que mon témoignage d'éditeur pourrait vous être utile.

Je suis donc prêt à attester que vous êtes une femme de lettres de grand talent, ainsi qu'en témoigne d'ailleurs le succès de vos œuvres tant en France qu'à l'étranger où il existe des traductions de certains de vos ouvrages. Je suis tout disposé aussi à déclarer que depuis octobre 1933, époque à laquelle vous êtes venue chez moi après avoir publié chez mon confrère Grasset quelques livres dont l'un, *David Golder*, fut une éclatante révélation, et donna lieu à un film remarquable, j'ai toujours entretenu avec vous et votre mari les relations les plus cordiales, en plus de nos rapports d'éditeur.

21 décembre 1939
Carte de circulation temporaire du 24 mai au 23 août 1940
(pour Irène Némirovsky)

---

chevique pour vivre à Paris, où il fut fondé de pouvoir à la Banque des Pays du Nord. Arrêté en octobre 1942, il fut déporté d'abord à Drancy puis quelque temps après succomba à Auschwitz.

1. Directeur des Éditions Albin Michel et gendre d'Albin Michel, qui, à cette époque, n'assumait plus seul la gestion de sa maison pour des raisons de santé.

Nationalité : russe
Autorisée à se rendre à Issy-l'Évêque,
Mode de locomotion autorisé : chemin de fer
Motif : voir ses enfants évacués

12 juillet 1940
Irène Némirovsky à Robert Esménard.

Depuis deux jours seulement la poste est à peu près rétablie dans le petit village où je me trouve. Je vous écris à tout hasard à votre adresse de Paris. J'espère de tout mon cœur que vous avez heureusement traversé ces terribles moments et que vous n'avez d'inquiétude pour aucun des vôtres. En ce qui me concerne, les opérations militaires, bien que s'étant déroulées tout près de nous, nous ont épargnés. Actuellement mon plus grave souci est de me procurer de l'argent.

9 août 1940
Irène Némirovsky à Mlle Le Fur[1].

J'espère que vous avez bien reçu ma lettre vous accusant réception des 9 000 F. Voici pour quelle raison je m'adresse à vous aujourd'hui. Imaginez-vous que dans un petit journal de la région, j'ai lu l'entrefilet que je vous communique :

En vertu d'une décision récente, aucun étranger ne pourra collaborer au nouveau journal.

Je voudrais bien avoir des précisions au sujet de cette mesure et j'ai pensé que vous pourriez peut-être m'en fournir.

Croyez-vous que cela concerne une étrangère qui habite comme moi en France depuis 1920 ? S'agit-il d'écrivains politiques ou également d'écrivains d'imagination ?

En général, vous savez que je me trouve tout à fait isolée du monde et que j'ignore tout des mesures qui auraient été adoptées ces temps derniers dans la presse.

Si vous jugez que quelque chose pourrait m'intéresser, soyez assez gentille pour me le faire savoir. Ce n'est pas tout. Je vais encore vous mettre à contribution, me souvenant combien vous êtes aimable et complaisante. Je voudrais savoir quels sont les écrivains qui sont à Paris et dont on voit la signature dans les journaux qui paraissent. Pourriez-vous savoir si *Gringoire* et *Candide*, ainsi que les grandes revues, envisagent de rentrer à Paris ? Et les maisons d'édition ? Lesquelles sont ouvertes ?

1. Secrétaire de Robert Esménard.

8 septembre 1940

Irène Némirovsky à Mlle Le Fur.

En ce qui me concerne, des bruits qui courent ici avec persistance me font croire que nous pourrions être un de ces jours en zone libre et je me demande comment alors je toucherai mes mensualités.

4 octobre 1940

Loi sur les ressortissants de race juive.

Les ressortissants étrangers de race juive pourront, à dater de la promulgation de la présente loi, être internés dans des camps spéciaux par décision du préfet du département de leur résidence.

Les ressortissants de race juive pourront en tout temps se voir assigner une résidence forcée par le préfet du département de leur résidence.

14 avril 1941

Irène Némirovsky à Madeleine Cabour[1].

Vous connaissez maintenant tous les ennuis qui me sont survenus. De plus, nous logeons depuis quelques jours un nombre considérable de ces messieurs. Cela se fait sentir à tous les points de vue. J'envisagerais donc avec plaisir le patelin que vous m'indiquez, mais puis-je vous demander quelques renseignements.

1) Importance de Jailly au point de vue habitants et fournisseurs.

2) Y a-t-il un médecin et un pharmacien ?

3) Y a-t-il des troupes d'occupation ?

4) Peut-on se ravitailler largement ? Avez-vous du beurre et de la viande ? Ceci est particulièrement important pour moi maintenant à cause des enfants dont l'une vient de subir l'opération que vous savez.

10 mai 1941

Irène Némirovsky à Robert Esménard.

Cher Monsieur, vous vous souvenez que, d'après nos accords, je devais toucher 24 000 F le 30 juin. Je n'ai pas besoin de cet argent actuellement, mais je vous avoue que les dernières ordonnances concernant les Juifs me font craindre que des difficultés ne surgissent lors de ce paiement jusqu'auquel il reste encore six semaines, et cela serait pour moi un désastre. J'ai donc recours à votre obligeance pour vous demander d'avancer ce paiement en versant dès maintenant cette somme en

1. Madeleine Cabour, née Avot, est une grande amie d'Irène Némirovsky, avec laquelle, jeune fille, elle a entretenu une riche correspondance. Son frère, René Avot, prendra Élisabeth en charge au moment où la tutrice légale des deux sœurs repartira aux États-Unis. Elle restera chez eux jusqu'à sa majorité.

un chèque à mon beau-frère Paul Epstein, à son ordre. Je lui demande d'ailleurs de vous téléphoner pour s'entendre avec vous là-dessus. Bien entendu, un reçu signé par lui vous donnera pleine et entière décharge de ma part. Je suis désolée de vous ennuyer à nouveau mais je suis sûre que vous comprendrez les raisons de mon inquiétude. J'espère que vous avez toujours d'excellentes nouvelles d'A. Michel.

17 mai 1941

Irène Némirovsky à Robert Esménard.

Cher M. Esménard, mon beau-frère m'a fait savoir que vous lui aviez remis les 24 000 F que vous deviez me verser le 30 juin. Je vous remercie beaucoup de votre extrême gentillesse à mon égard.

2 septembre 1941

Michel Epstein au Sous-Préfet d'Autun[1].

L'on m'écrit de Paris que les personnes assimilées aux Juifs ne peuvent quitter la commune où elles résident sans autorisation préfectorale.

Je me trouve dans ce cas, ainsi que ma femme, puisque, bien qu'étant catholiques, nous sommes d'origine juive. Je me permets donc de vous demander de bien vouloir autoriser ma femme, née Irène Némirovsky, ainsi que moi-même, de passer six semaines à Paris où nous avons également un domicile, 10, avenue Constant-Coquelin, pendant la période allant du 20 septembre au 5 novembre 1941.

Cette demande est motivée par la nécessité où nous nous trouvons de régler les affaires de ma femme avec son éditeur, de visiter l'oculiste qui l'a toujours soignée ainsi que les médecins qui nous soignent, le Professeur Vallery-Radot et le Pr Delafontaine. Nous comptons laisser à Issy nos deux enfants âgés de 4 et de 11 ans, et bien entendu, nous voudrions être sûrs que rien ne s'opposera à notre retour à Issy, une fois nos affaires parisiennes réglées.

Docteur d'Issy : A. Bendit-Gonin.

8 août 1941

Dans *Le Progrès de l'Allier* n° 200.

Acte de présence obligatoire pour les ressortissants soviétiques, lithuaniens, estoniens et lettoniens.

Tout ressortissant masculin, âgé de plus de 15 ans, de nationalité soviétique, lithuanienne, estonienne et lettonienne, ainsi que se trouvant sans

1. Le département de la Saône-et-Loire étant divisé par la ligne de démarcation, c'est le sous-préfet d'Autun qui tenait lieu de préfet pour la partie occupée, dans laquelle se trouvait la commune d'Issy-l'Évêque.

nationalité qui auparavant possédaient la nationalité soviétique, lithuanienne, estonienne et lettonienne, devront se présenter à la Kreiskommandantur de leur arrondissement au plus tard samedi 9 août 1941 (midi) munis de leurs papiers d'identité. Toute personne ne se présentant pas sera punie d'après le décret concernant cet ordre de présence.

Le Feldkommandant.

9 septembre 1941

Irène Némirovsky à Madeleine Cabour.

J'ai loué finalement ici la maison que je voulais, qui est confortable et qui a un beau jardin. Je dois m'y installer le 11 novembre si ces Messieurs ne nous devancent pas car on les attend de nouveau.

13 octobre 1941

Irène Némirovsky à Robert Esménard.

J'ai été heureuse ce matin de recevoir votre lettre non seulement parce qu'elle confirme mon espoir que vous ferez tout votre possible pour m'aider, mais encore parce qu'elle m'apporte l'assurance qu'on pense à moi, ce qui est un grand réconfort.

Comme vous vous en doutez, la vie ici est bien triste, et s'il n'y avait le travail… Ce travail lui-même devient pénible quand on n'est pas sûr du lendemain…

14 octobre 1941

Irène Némirovsky à André Sabatier[1].

Cher ami, je suis très touchée de votre gentille lettre. Ne croyez pas surtout que je méconnaisse votre amitié ni celle de M. Esménard ; d'autre part, je sais parfaitement quelles sont les difficultés de la situation. J'ai montré jusqu'ici autant de patience et de courage qu'il m'a été possible d'en fournir. Mais, que voulez-vous, il y a des moments très durs. Les faits sont là : impossibilité de travailler et nécessité d'assurer l'existence de 4 personnes. À cela s'ajoutent des vexations stupides — je ne peux pas aller à Paris ; je ne peux pas faire venir ici les choses les plus indispensables à la vie, telles que couvertures, lits pour les enfants, etc., ni mes livres. Une interdiction générale et absolue a été formulée au sujet de tous les appartements habités par mes pareils. Je ne vous raconte pas cela pour vous apitoyer, mais pour vous expliquer que mes pensées ne peuvent être que noires […]

1. Directeur littéraire aux Éditions Albin Michel.

27 octobre 1941

Robert Esménard à Irène Némirovsky.

J'ai exposé votre situation à mon beau-père et lui ai d'ailleurs remis les dernières lettres que vous m'avez adressées.

Comme je vous l'ai dit, M. A. Michel ne demande qu'à vous être agréable dans toute la mesure du possible et m'a prié de vous offrir pour l'année 1942 des mensualités de 3 000 F correspondant en somme à celles qu'il vous versait alors qu'il avait la possibilité de publier vos ouvrages et d'en obtenir une vente régulière. Vous seriez très aimable de me confirmer votre accord.

Toutefois, je dois vous signaler que conformément aux indications très précises que nous avons reçues du Syndicat des Éditeurs au sujet de l'interprétation des dispositions résultant de l'ordonnance allemande du 26 avril, article 5, nous nous trouvons dans l'obligation d'affecter à leur « compte bloqué » tous paiements revenant à des auteurs israélites. Partant de ce principe, il est dit que « les éditeurs doivent payer les droits d'auteur aux auteurs israélites en les adressant à leur compte dans une banque après avoir eu de cette banque l'assurance que ce compte est bloqué ».

D'autre part, je vous retourne la lettre que vous avez reçue des Films GIBE (après en avoir conservé une copie). Des renseignements que j'ai obtenus de source qualifiée, il résulte qu'une affaire de ce genre ne peut être réalisée que lorsque l'auteur d'un roman susceptible d'être adapté à l'écran est d'origine aryenne, aussi bien dans cette zone-ci que dans l'autre. Je ne puis donc traiter une telle affaire que quand l'auteur de l'ouvrage à porter à l'écran me donne les garanties les plus formelles à ce sujet.

30 octobre 1941

Irène Némirovsky à Robert Esménard.

Je viens de recevoir votre lettre du 27 octobre m'offrant des mensualités de 3 000 F pour l'année 1942. J'apprécie beaucoup l'attitude de M. Michel à mon égard. Je l'en remercie vivement ainsi que vous-même, et votre fidèle amitié à tous les deux m'est aussi précieuse que l'aide matérielle que vous voulez m'apporter ainsi. Toutefois, vous comprendrez que, si cet argent doit être bloqué dans une banque, il ne peut m'être d'aucune utilité.

Je me demande si dans ces conditions il ne serait pas plus simple de faire bénéficier de ces mensualités mon amie, Mlle Dumot[1], qui habite

1. Irène Némirovsky et son mari Michel Epstein avaient fait venir Julie Dumot à Issy-l'Evêque, au cas où ils auraient été arrêtés. Elle avait été dame de compagnie chez les grands-parents maternels des enfants.

avec moi et qui est l'auteur du roman intitulé *Les Biens de ce monde* dont M. Sabatier a le manuscrit. [...]

Mlle Dumot est indiscutablement aryenne et peut vous donner toutes preuves à cet égard. C'est une personne que je connais depuis l'enfance et si elle pouvait s'arranger avec vous en ce qui concerne ces mensualités, elle me prendrait à sa charge. [...]

13 juillet 1942

Télégramme Michel Epstein à Robert Esménard et André Sabatier.

Irène partie aujourd'hui subitement destination Pithiviers (Loiret) — espère que pourrez intervenir urgence — essaie vainement téléphoner. Michel Epstein.

Juillet 1942

Télégramme Robert Esménard-André Sabatier à Michel Epstein.

Venons d'avoir votre télégramme. Démarches communes faites aussitôt par Morand, Grasset, Albin Michel. À vous.

Les deux dernières lettres d'Irène Némirovsky[1].

Toulon S/Arroux le 13 juillet 1942 — 5 heures [rédigée au crayon et non oblitérée]

Mon cher amour, pour le moment je suis à la gendarmerie où j'ai mangé des cassis et des groseilles en attendant qu'on vienne me prendre. Surtout, sois calme, j'ai la conviction que ce ne sera pas bien long. J'ai pensé qu'on pourrait aussi s'adresser à Caillaux et à l'abbé Dimnet. Qu'en penses-tu ?

Je couvre de baisers mes filles bien-aimées, que ma Denise soit raisonnable et sage... Je te serre sur mon cœur ainsi que Babet, que le bon Dieu vous protège. Pour moi je me sens calme et forte.

Si vous pouvez m'envoyer quelque chose, je crois que la 2e paire de lunettes est restée dans l'autre valise (dans le portefeuille). Livres SVP, si possible également un peu de beurre salé. Au revoir mon amour !

Jeudi matin — juillet 42 Pithiviers [rédigée au crayon et non oblitérée]
Mon cher aimé, mes petites adorées, je crois que nous partons aujourd'hui. Courage et espoir. Vous êtes dans mon cœur, mes biens-aimés. Que Dieu nous aide tous.

1. La première a sans doute été généreusement transmise par un gendarme et la deuxième par un voyageur rencontré à la gare de Pithiviers.

14 juillet 1942

Michel Epstein à André Sabatier.

J'ai essayé en vain de vous joindre hier par téléphone. Je vous ai télégraphié ainsi qu'à M. Esménard. La gendarmerie a emmené hier ma femme. Destination paraît-il — le camp de concentration de Pithiviers (Loiret). Raison : mesure générale contre les Juifs apatrides de 16 à 45 ans. Ma femme est catholique et nos enfants sont français. Peut-on quelque chose pour elle ?

Réponse d'André Sabatier :

En tout état de cause plusieurs jours seront indispensables. Votre Sabatier.

15 juillet 1942

André Sabatier à J. Benoist-Méchin, Secrétaire d'État à la Vice-présidence du Conseil.

Notre auteur et notre amie I. Némirovsky vient d'être dirigée d'Issy-l'Évêque où elle habitait sur Pithiviers. Son mari vient de m'en informer. Russe blanche (israélite comme tu le sais), n'ayant jamais eu d'activité politique, romancière de très grand talent, ayant toujours fait le plus grand honneur à son pays d'adoption, mère de deux petites filles de 5 et 10 ans. Je te supplie de faire tout ce que tu pourras. Merci d'avance et bien fidèlement à toi.

16 juillet 1942

Télégramme de Michel Epstein à Robert Esménard et André Sabatier.

Ma femme doit être arrivée à Pithiviers — Crois utile intervenir auprès préfet régional Dijon — Sous-préfet Autun et autorités Pithiviers. Michel Epstein,

16 juillet 1942

Télégramme Michel Epstein à André Sabatier.

Merci cher ami — j'espère en vous. Michel Epstein.

17 juillet 1942

Télégramme Michel Epstein à André Sabatier.

Compte que vous me télégraphierez nouvelles bonnes ou mauvaises. Merci cher ami.

17 juillet 1942
Lebrun[1] (Pithiviers) À Michel Epstein — Télégramme.
Inutile envoyer colis n'ayant pas vu votre femme.

18 juillet 1942
Télégramme Michel Epstein à André Sabatier.
Aucune nouvelle de ma femme — Ignore où elle est — Tâchez vous renseigner et me télégraphier la vérité — avec préavis pouvez me téléphoner à toute heure. 3e ISSY-L'ÉVÊQUE.

20 juillet 1942
Télégramme oncle Abraham Kalmanok[2] à Michel Epstein.
As-tu envoyé certificat médical pour Irène — il faut le faire immédiatement. Télégraphier.

22 juillet 1942
Michel Epstein à André Sabatier.
J'ai reçu de ma femme, du camp de Pithiviers, datée de jeudi dernier, une lettre m'annonçant son départ probable pour une destination inconnue, que je suppose être lointaine. J'ai télégraphié, réponse payée, au commandant de ce camp, mais je suis sans nouvelles de lui. Votre ami serait peut-être plus heureux, peut-être pourrait-il obtenir le renseignement que l'on me refuse ? Merci pour tout ce que vous faites. Tenez-moi au courant, je vous prie, même des nouvelles mauvaises. Bien à vous.
Réponse :
Vu personnellement mon ami[3]. On fera l'impossible.

Samedi 24 juillet 1942
André Sabatier à Michel Epstein.
Si je ne vous ai pas écrit c'est que je n'ai rien pour l'instant de précis à vous faire connaître et que je suis incapable de vous dire autre chose que ce qui pourrait être de nature à atténuer votre angoisse. Tout le nécessaire a été fait. J'ai revu mon ami qui m'a dit qu'il n'y avait plus qu'à attendre. J'ai signalé, au reçu de votre première lettre, la nationalité française de vos deux enfants, et au reçu de la seconde, le départ possible du camp du Loiret. J'attends et cette attente, je vous prie de le croire, m'est, à titre d'ami, *très* pénible... c'est vous assurer que je me mets à

1. Un intermédiaire auprès de la Croix-Rouge.
2. Grand-oncle de Denise et Élisabeth Epstein.
3. La teneur de la lettre du 15 juillet laisse penser qu'il s'agit de Jacques Benoist-Méchin.

votre place ! Espérons que j'aurai prochainement à vous apprendre une nouvelle précise et heureuse. Je suis avec vous de tout cœur.

26 juillet 1942

Michel Epstein à André Sabatier.

Peut-être faudrait-il dans l'affaire de ma femme, signaler qu'il s'agit d'une Russe blanche, qui n'a jamais voulu accepter la nationalité soviétique, qui s'est enfuie de Russie après pas mal de persécutions avec ses parents dont la fortune tout entière a été confisquée. Je me trouve, moi, dans la même situation et je ne crois pas exagérer en chiffrant à une centaine de millions de francs d'avant-guerre ce qui nous a été pris là-bas à ma femme et à moi. Mon père était Président du Syndicat des Banques russes et Administrateur délégué de l'une des plus grandes banques de Russie, la Banque de Commerce d'Azov-Don. Les autorités compétentes peuvent donc être assurées que nous n'avons pas la moindre sympathie pour le régime russe actuel. Mon frère cadet, Paul, était un ami personnel du grand-duc Dimitri de Russie, et la famille impériale résidant en France a été souvent reçue chez mon beau-père, en particulier les grands-ducs Alexandre et Boris. D'autre part, je vous signale, si je ne vous l'ai pas déjà dit, que les sous-officiers allemands qui ont passé quelques mois chez nous, à Issy, m'ont laissé en partant un papier ainsi conçu :

« O.U. den I, VII, 41

« Kameraden. Wir haben längere Zeit mit der Familie Epstein zusammengebelt und Sie als eine sehr anständige und zuvorkommende Familie kennengelernt, Wir bitten Euch daher, sie damitsprechend zu behandeln. Heil Hitler !

Hammberger, Feldw. 23599 A. »

J'ignore toujours où ma femme se trouve. Les enfants sont en bonne santé, quant à moi je suis encore debout.

Merci pour tout, cher ami. Peut-être serait-il utile que vous entreteniez de tout cela le comte de Chambrun[1] et Morand. Bien à vous. Michel.

27 juillet 1942

? à Michel Epstein.

Y a-t-il dans l'œuvre de votre femme, en dehors d'une scène du *Vin de solitude*, des passages de romans, nouvelles ou articles pouvant être signalés comme nettement antisoviétiques ?

1. Le comte René de Chambrun, avocat, était le gendre de Pierre Laval, dont il avait épousé la fille unique, Josée.

27 juillet 1942

Michel Epstein à André Sabatier.

J'ai reçu ce matin votre lettre de samedi. Merci mille fois pour tous vos efforts. Je sais que vous faites et que vous ferez tout pour m'aider. J'ai de la patience et du courage. Pourvu que ma femme ait la force physique nécessaire pour supporter ce coup ! Ce qui est très dur, c'est qu'elle doit être horriblement inquiète au sujet des enfants et de moi-même et que je n'ai aucun moyen de communiquer avec elle puisque je ne sais même pas où elle se trouve.

Vous trouverez ci-joint une lettre que je tiens absolument à faire parvenir à l'ambassadeur d'Allemagne, et ceci d'URGENCE. Si vous pouvez trouver quelqu'un qui puisse l'approcher personnellement et la lui remettre (le comte de Chambrun peut-être, qui, je crois, veut bien s'intéresser à ma femme), ce serait parfait. Mais si vous ne voyez personne susceptible de le faire RAPIDEMENT, voulez-vous avoir l'obligeance de la faire déposer à l'ambassade ou, simplement, de la mettre à la poste. Merci d'avance. Bien entendu, si cette lettre gêne les démarches déjà faites, déchirez-la, sinon je tiens beaucoup à ce qu'elle arrive à destination.

Je crains pour moi-même une mesure similaire. Pour parer à des soucis matériels, pourriez-vous faire envoyer à Mlle Dumot une avance sur ses mensualités de 43 ? J'ai peur pour les enfants.

27 juillet 1942

Michel Epstein à l'ambassadeur d'Allemagne Otto Abetz.

Je sais que le fait de m'adresser à vous directement est d'une grande audace. Néanmoins, je tente cette démarche car je crois que vous seul pouvez sauver ma femme, je mets en vous mon dernier espoir.

Permettez-moi de vous exposer ce qui suit : avant de quitter Issy, les soldats allemands qui l'occupaient m'ont laissé, en reconnaissance de ce que nous avons fait pour leur bien-être, une lettre ainsi conçue :

« O.U. den I — VII, 41

Kameraden !

Wir haben längere Zeit mit der Familie Epstein zusammengebelt une Sie als eine sehr anständige und sworkommende Familie Kennengelernt. Wir bitten Euch daher, Sie damitsprechernd zu behandeln.

Hammberger, Feldw, 23 599 A. »

Or, le lundi 13 juillet, on est venu arrêter ma femme. Elle a été conduite au camp de concentration de Pithiviers (Loiret) et, de là, dirigée vers une destination que j'ignore. Cette arrestation, m'a-t-on dit, était due à des instructions d'ordre général données par les autorités occupantes en ce qui concerne les Juifs.

Ma femme, Mme M. Epstein, est une romancière très connue, I. Némirovsky. Ses livres ont été traduits dans un grand nombre de pays, et deux d'entre eux au moins — *David Golder* et *Le Bal* — en Allemagne. Ma femme est née à Kiev (Russie) le 11 février 1903. Son père était un banquier important. Le mien était Président du Comité central des Banques de Commerce de Russie et Administrateur délégué de la Banque d'Azov-sur-le-Don. Nos deux familles ont perdu en Russie des fortunes considérables ; mon père a été arrêté par les bolcheviks et emprisonné dans la forteresse Saint-Pierre-et-Paul à Pétersbourg. C'est avec beaucoup de difficultés que nous avons réussi à nous enfuir de Russie en 1919 et nous nous sommes alors réfugiés en France que nous n'avons pas quittée depuis. Tout cela vous donne l'assurance que nous ne pouvons avoir que de la haine pour le régime bolchevique.

En France, aucun membre de notre famille ne s'est jamais occupé de politique. J'y étais fondé de pouvoir d'une banque, quant à ma femme, elle est devenue une romancière estimée. Dans aucun de ses livres (ils n'ont d'ailleurs pas été interdits par les autorités occupantes), vous ne trouverez un mot contre l'Allemagne et, bien que ma femme soit de race juive, elle y parle des juifs sans aucune tendresse. Les grands-parents de ma femme, ainsi que les miens, étaient de religion israélite ; nos parents ne professaient aucune religion ; quant à nous, nous sommes catholiques ainsi que nos enfants qui sont nés à Paris et qui sont français.

Je me permets aussi de vous signaler que ma femme s'est toujours tenue à l'écart de tout groupement politique, qu'elle n'a jamais bénéficié d'aucune faveur des gouvernements ni de gauche ni de droite, et que le journal auquel elle collaborait en tant que romancière, *Gringoire*, dont le directeur est H. de Carbuccia, n'a certainement jamais été favorable ni aux juifs ni aux communistes.

Enfin, ma femme souffre depuis des années d'un asthme chronique (son médecin, le Professeur Vallery-Radot pourrait en témoigner), et un internement dans un camp de concentration serait pour elle mortel.

Je sais, Monsieur l'Ambassadeur, que vous êtes l'un des hommes les plus éminents du gouvernement de votre pays. Je suis persuadé que vous êtes également un homme juste. Or, il me paraît injuste et illogique que les Allemands fassent emprisonner une femme qui, bien que d'origine juive, n'a — tous ses livres le prouvent — aucune sympathie ni pour le judaïsme ni pour le régime bolchevique.

28 juillet 1942

André Sabatier au comte de Chambrun.

Je reçois à l'instant une lettre du mari de l'auteur de *David Golder* dont je me permets de vous adresser ci-joint une copie. Cette lettre contient des précisions qui me semblent intéressantes. Espérons qu'elles vous permettront d'aboutir à une décision heureuse. Je vous remercie à l'avance de tout ce que vous pourrez tenter pour notre amie.

28 juillet 1942

André Sabatier à Mme Paul Morand.

J'ai écrit hier à M. Epstein dans le sens dont nous étions convenus, pensant qu'il valait mieux procéder ainsi que d'envoyer un télégramme. Ce matin je trouve à mon courrier la copie. Elle contient évidemment des précisions intéressantes.

28 juillet 1942

Michel Epstein à André Sabatier.

J'espère que vous avez reçu ma lettre d'hier et que celle destinée à l'Ambassadeur lui a été remise, soit par Chambrun ou un autre, soit directement. Merci d'avance.

Réponse à votre mot d'hier : je crois que, dans *David Golder*, le chapitre où David traite avec les bolcheviks d'une cession de puits de pétrole ne doit pas être tendre pour eux, mais je n'ai pas de *D. Golder* ici, voulez-vous voir ? *Les Échelles du Levant*, dont vous avez le manuscrit et qui ont paru dans *Gringoire*, sont plutôt féroces pour le héros, un médecin charlatan d'origine levantine, mais je ne me souviens pas si ma femme a spécifié qu'il s'agissait d'un juif. Je crois que oui.

Je vois, chapitre XXV de *La Vie de Tchekhov*, la phrase suivante « La salle n° 6 a beaucoup contribué à la célébrité de Tchekhov en Russie ; à cause d'elle, l'URSS le revendique comme sien et affirme, que s'il avait vécu, il eût appartenu au parti marxiste. La gloire posthume d'un écrivain a de ces surprises… » Malheureusement, je ne vois pas autre chose, et c'est peu.

N'y a-t-il vraiment aucun moyen d'apprendre par les autorités françaises, si oui ou non ma femme est toujours au camp de Pithiviers. Il y a dix jours, j'avais télégraphié, réponse payée, au commandant de ce camp, et aucune réponse. Savoir seulement où elle est, est-il possible que cela soit défendu ? On m'a bien fait savoir que mon frère Paul est à Drancy, pourquoi m'est-il défendu de savoir où est ma femme ? Enfin…

Au revoir cher ami. Je ne sais pourquoi j'ai confiance dans ma lettre à l'Ambassadeur. Michel.

29 juillet 1942
André Sabatier à Mme Paul Morand.

Voici la lettre dont je vous ai parlé au téléphone. Je crois que vous êtes mieux placée que quiconque pour savoir s'il convient de donner à cette lettre la destination que souhaite son auteur. Sur le fond je ne puis guère me prononcer, quant au détail il me semble que certaines phrases ne sont pas très heureuses.

29 juillet 1942
Mavlik[1] à Michel Epstein.

Mon chéri. J'espère que tu as reçu mes lettres mais j'ai peur qu'elles ne se soient perdues car j'ai écrit à Julie et la tante avait mal compris son nom par téléphone. Mon chéri, encore une fois je te supplie de tenir ferme pour Irène, pour les petites, pour les autres. Nous n'avons pas le droit de perdre courage puisque nous sommes croyants. J'ai été folle de désespoir mais j'ai repris le dessus, je cours toute la journée pour les nouvelles, voyant ceux qui sont dans la même situation. Germaine[2] est rentrée avant-hier, elle doit partir pour Pithiviers aussitôt qu'elle aura tout ce qu'il faut. Comme il paraît que Sam est à Beaune-la-Rolande, près de Pithiviers, elle veut à tout prix tâcher de réussir à leur donner des nouvelles à Irène et à lui. Nous n'avons pas eu de nouvelles sauf d'Ania qui est à Drancy qui demande du linge et des livres. Il y a eu plusieurs lettres de Drancy où les gens disent qu'ils sont bien traités et nourris. Mon chéri, je t'en supplie, du courage. L'argent a eu du retard à cause du nom mal compris. Je retourne demain voir Joséphine[3]. Germaine a vu le monsieur qui a sa bonne à Pithiviers. Il faut aussi que je voie Germaine avant qu'elle ne parte. Elle a eu un mot de Sam mais, c'est venu de Drancy encore. Je t'écrirai le jour où elle partira mais je voudrais que tu m'envoies un mot, mon petit. Quant à moi, je tiens debout je ne sais comment et j'espère comme toujours. Je t'embrasse de toute mon infinie tendresse et les petites.

3 août 1942
Mme Rousseau (Croix-Rouge française) à Michel Epstein.

Le docteur Bazy[4] est parti ce matin quelques jours pour la zone libre, il va s'occuper sur place du cas de Mme Epstein et fera son possible

1. Sœur de Michel Epstein, qui sera arrêtée en même temps que lui et déportée à Auschwitz où ils furent gazés ensemble.
2. Une amie française de Samuel Epstein, frère aîné de Michel Epstein.
3. Joséphine était la femme de chambre d'Irène Némirovsky.
4. Président de la Croix-Rouge.

pour qu'une intervention soit faite en sa faveur. N'ayant pas le temps de vous répondre avant son départ, il m'a chargée de vous prévenir qu'il avait bien reçu votre lettre et qu'il ne manquerait pas de mettre tout en œuvre pour vous venir en aide.

6 août 1942

Michel Epstein à Mme Rousseau.

J'ai été heureux d'apprendre que le Docteur Bazy fait des démarches en faveur de ma femme. Je me demande s'il ne serait pas opportun de les coordonner avec celles qui ont déjà été effectuées par :

1) L'éditeur de ma femme, M. Albin Michel (la personne qui s'en occupe plus spécialement est M. André Sabatier, l'un des directeurs de la maison).

2) Mme Paul Morand.

3) Henri de Régnier.

4) Le comte de Chambrun.

M. Sabatier auquel j'envoie une copie de cette lettre pourra vous donner tous les renseignements dont vous auriez besoin (tél. : Dan 87.54). Il m'est particulièrement pénible de ne pas savoir où se trouve ma femme (elle était au camp de Pithiviers — Loiret, le jeudi 17 juillet et, depuis, je n'ai pas reçu la moindre nouvelle d'elle). Je voudrais qu'elle sache que nos enfants et moi-même, nous n'avons pas été touchés jusqu'ici par les récentes mesures et que nous sommes tous en bonne santé. La Croix-Rouge pourrait-elle lui faire parvenir un pareil message ? Peut-on lui envoyer des colis ?

6 août 1942

Michel Epstein à André Sabatier.

Ci-joint copie d'une lettre que j'envoie à la Croix-Rouge. Toujours sans la moindre nouvelle de ma femme. C'est dur. A-t-on pu joindre M. Abetz et lui remettre ma lettre ? Michel.

P.-S. Pourriez-vous m'indiquer l'adresse du comte de Chambrun ?

9 août 1942

Michel Epstein à André Sabatier.

Je viens d'apprendre, d'une source très sérieuse, que les femmes (les hommes aussi d'ailleurs et les enfants) internées dans le camp de Pithiviers ont été conduites à la frontière d'Allemagne et de là dirigées vers l'Est — Pologne ou Russie probablement. Ceci se serait passé il y a environ trois semaines.

Jusqu'à maintenant, je croyais ma femme dans un camp quelconque en France, sous la garde de soldats français. Savoir qu'elle se trouve dans un pays sauvage, dans des conditions probablement atroces, sans argent ni vivres et parmi des gens dont elle ne connaît même pas la langue, c'est intolérable. Il ne s'agit plus maintenant d'essayer de la faire sortir plus ou moins rapidement d'un camp mais de lui sauver la vie.

Vous devez avoir reçu mon télégramme d'hier ; je vous ai signalé un livre de ma femme *Les Mouches d'automne*, paru d'abord chez Kra, en édition de luxe, et ensuite chez Grasset. Ce livre est nettement anti-bolchevique et je suis désolé de ne pas y avoir pensé plus tôt. J'espère qu'il n'est pas trop tard pour insister, cette nouvelle preuve en main, auprès des autorités allemandes.

Je sais, cher ami, que vous faites tout ce que vous pouvez pour nous sauver, mais je vous en supplie, trouvez, imaginez encore autre chose, consultez de nouveau Morand, Chambrun, votre ami et plus particulièrement le Dr Bazy, Président de la Croix-Rouge, 12, rue Newton, tél. : KLE.84.05 (le chef de son secrétariat particulier est Mme Rousseau, même adresse) en leur signalant ce nouveau motif que sont *Les Mouches d'automne*. Il est tout de même inconcevable que nous, qui avons tout perdu à cause des bolcheviks, nous soyons condamnés à mort par ceux qui les combattent !

Enfin, cher ami, c'est un dernier appel que je lance. Je sais que je suis impardonnable d'abuser ainsi de vous et des amis qui nous restent encore, mais, je le répète, c'est une question de vie ou de mort non seulement pour ma femme mais aussi pour nos enfants, sans parler de moi-même. C'est sérieux. Seul ici, avec les gosses, presque en prison puisqu'il m'est interdit de bouger, je n'ai même pas la consolation d'agir. Je ne peux plus ni dormir ni manger, que cela serve d'excuse à cette lettre incohérente.

10 août 1942

Je, soussigné, comte W. Kokovtzoff, ancien Président du Conseil, Ministre des Finances de Russie, certifie par la présente que je connaissais feu M. Efim Epstein, administrateur de banque en Russie, membre du Comité des Banques qui fonctionnait à Paris sous ma présidence, qu'il avait la réputation d'un financier d'une honorabilité irréprochable et que son action et ses sentiments étaient nettement anticommunistes.

[certifié par commissariat de police]

12 août 1942

André Sabatier à Michel Epstein.

J'ai reçu votre télégramme et vos lettres. J'y réponds avant de m'absenter pour quelques semaines aux environs de Paris. Si vous avez à m'écrire pendant cette période du 15 août au 15 septembre, faites-le à l'adresse de la maison qui en prendra connaissance aussitôt, fera le nécessaire s'il y a lieu et me tiendra au courant immédiatement. Voici où j'en suis : beaucoup de démarches pour l'heure sans résultat.

1) Aucune réponse du comte de Chambrun à qui j'ai écrit. Ne le connaissant pas, je ne puis le relancer, ne sachant si son silence n'est pas le signe d'une volonté de ne pas intervenir. Son adresse est : 6 *bis*, place du Palais-Bourbon — VIIe

2) En revanche, Mme P. Morand est d'un inlassable dévouement. Elle multiplie ses démarches, votre lettre est entre ses mains et l'essentiel doit en être communiqué, avec un certificat médical, par un de ses amis communs à elle et à l'Ambassade, ces jours-ci. *Les Mouches d'automne*, qu'elle a lu, ne lui paraît nullement répondre à ce qu'elle cherchait : antirévolutionnaire certes mais non pas antibolchevique. Elle suggère que vous ne fassiez pas de démarches en ordre dispersé et inutiles à son sens. La seule porte où vous devriez frapper, toujours d'après elle, est celle de l'Union israélite qui seule, par ses ramifications, peut vous renseigner sur le lieu où se trouve votre femme et peut-être lui faire parvenir des nouvelles des enfants. Voici son adresse : 29, rue de la Bienfaisance, VIIIe.

3) Mon ami m'a fait savoir sans détour que ses démarches avaient abouti à cette constatation qu'il ne pouvait rien.

4) Même réponse, non moins catégorique, de mon père, après ses démarches auprès des autorités régionales françaises.

5) Un ami a touché à ma demande l'auteur de *Dieu est-il français* (Friedrich Sieburg) qui a promis de voir, non en vue d'une libération d'après lui douteuse, mais enfin d'avoir de ses nouvelles.

6) J'ai téléphoné hier à la Croix-Rouge où j'ai eu la remplaçante de Mme Rousseau, très aimable et au courant de l'affaire. Le Dr Bazy est actuellement en zone non occupée et s'informe en haut lieu de ce qu'il serait possible d'obtenir. Il doit rentrer jeudi, je lui téléphonerai alors avant de m'en aller,

Mon sentiment personnel est le suivant

1) La mesure qui a touché votre femme est d'ordre général (Ici, à Paris seulement, elle semble avoir touché plusieurs milliers d'apatrides), ce qui explique en partie l'impossibilité où l'on semble être d'obtenir une mesure de faveur spéciale, mais ce qui aussi permet d'espérer qu'il n'a rien pu arriver de spécial à votre femme.

2) La mesure prise l'a été par certaines autorités allemandes qui sont toutes-puissantes en ce domaine et auprès desquelles tant les autres autorités allemandes militaires ou civiles que les autorités françaises,

même les plus haut placées, semblent n'avoir que peu de possibilités d'action.

3) Le départ pour l'Allemagne est vraisemblable, non pas pour des camps d'après Mme P. Morand, mais pour des villes de Pologne où l'on regroupe les apatrides.

Tout ceci est très dur, je ne le conçois que trop vivement, cher Monsieur. Votre seul devoir est de penser aux enfants et de tenir pour eux, conseil bien facile à donner… me direz-vous. Hélas ! j'ai fait tout ce que je pouvais. Je suis votre très fidèlement. André.

14 août 1942

Michel Epstein à Mme Cabour.

Malheureusement Irène est partie — pour où ? Je l'ignore. Vous vous rendez compte de mon anxiété ! Elle a été emmenée le 13 juillet et depuis je n'ai pas eu de nouvelles d'elle. Je suis seul ici avec les deux petites dont s'occupe Julie. Vous vous souvenez peut-être l'avoir vue avenue du Président-Wilson. Si un jour je reçois des nouvelles d'Irène, je vous les communiquerai aussitôt. Vous voulez bien, chère Madame, nous offrir votre aide. J'en profite sans savoir si cela entre dans le domaine des choses faisables. Pourriez-vous nous procurer du fil et du coton ainsi que du papier pour machine à écrire ? Vous nous rendriez le plus grand service.

20 août 1942

Michel Epstein à Mme Cabour.

Irène a été emmenée le 13 juillet par la Gendarmerie, agissant sur ordre de la police allemande, et conduite à Pithiviers — ceci en sa qualité d'apatride de race juive, sans tenir compte de ce qu'elle est catholique, que ses enfants sont français et qu'elle s'était réfugiée en France pour échapper aux bolcheviks, qui ont d'ailleurs saisi la fortune de ses parents. Elle est arrivée à Pithiviers le 15 juillet et, suivant la seule lettre que j'ai reçue d'elle, elle devait en repartir le 17 pour une destination inconnue. Depuis rien. Aucune nouvelle, j'ignore où elle est et même si elle est en vie. Comme je n'ai pas le droit de bouger d'ici, j'ai demandé l'intervention de différentes personnalités, sans résultat jusqu'ici. Si vous pouvez faire quoi que ce soit, faites-le je vous en supplie, car cette angoisse est insupportable. Songez que je ne peux même pas lui envoyer à manger, qu'elle n'a ni linge ni argent… Jusqu'à maintenant, on m'a laissé ici car j'ai plus de 45 ans…

15 septembre 1942

Michel Epstein à André Sabatier.

Toujours pas le moindre signe de vie d'Irène. Ainsi que me l'avait conseillé Mme Paul[1], je n'ai entrepris aucune nouvelle démarche. Je ne compte que sur elle. Je ne crois pas pouvoir supporter très longtemps cette incertitude. Vous m'aviez dit que vous attendiez des nouvelles du Dr Bazy. Je suppose que vous n'en avez pas eu ? Si la Croix-Rouge pouvait au moins faire parvenir à Irène, avant que l'hiver ne vienne, des vêtements, de l'argent et des vivres.

Si vous voyez Mme Paul, voulez-vous avoir l'obligeance de lui dire que j'ai reçu une carte de Mgr Ghika[2], qui, il y a six mois, était toujours en bonne santé à Bucarest.

17 septembre 1942

André Sabatier à Michel Epstein.

Dès mon retour, j'ai téléphoné à Mme Paul. Je lui ai fait part de votre gratitude et je lui ai dit que vous aviez suivi son conseil. Toutes ses démarches, même celles auprès de la personnalité pour qui vous aviez rédigé une lettre, n'ont pu encore donner de résultats. « On se heurte à des murs », m'a-t-elle dit. Mme Paul pense que pour être fixé il faut attendre que ce grand brassage de monde soit canalisé et stabilisé en quelque sorte.

19 septembre 1942

Michel Epstein à André Sabatier.

Nos lettres se sont croisées. Je vous remercie de m'avoir donné des nouvelles si désolantes qu'elles soient. Voyez, voulez-vous, s'il ne serait pas possible de nous faire échanger nos places ma femme et moi — je pourrais peut-être rendre plus de service à la sienne et elle serait mieux placée ici. Si cela est impossible, ne pourrait-on pas me faire conduire auprès d'elle — ensemble nous serions mieux. Évidemment il faudrait que je puisse m'entretenir avec vous de tout cela personnellement.

23 septembre 1942

André Sabatier à Michel Epstein.

Dès le 14 juillet je me suis dit que si un voyage jusqu'à Issy était nécessaire, je l'entreprendrais sans hésiter. Je ne crois pas que, même maintenant, celui-ci puisse aboutir à une décision précise et valable. Voilà pourquoi.

1. Épouse de Paul Morand, mais par mesure de sécurité il fallait éviter de mettre les noms au clair.

2. Un prince-évêque roumain qui venait très souvent voir Irène Némirovsky.

Un échange de places est actuellement impossible. Il ne ferait qu'un interné de plus, bien que le motif que vous invoquez à ce propos soit évidemment bien fondé. Lorsque nous saurons avec précision où est Irène, c'est-à-dire lorsque tout cela sera « organisé », alors et alors seulement, il sera peut-être utile de poser cette question.

Ensemble, dans un même camp ! autre impossibilité, la séparation étant rigoureuse et absolue entre les femmes et les hommes.

La Croix-Rouge vient de me faire demander une précision que je n'ai pas et que je vous ai, à mon tour, demandée ce matin par télégramme. Je la transmettrai aussitôt. On espère y être sur la voie de nouvelles.

29 septembre 1942

Michel Epstein à André Sabatier.

Je vous avais promis de vous accaparer de demandes et je tiens ma promesse. Voici de quoi il s'agit. Ma carte d'identité d'étranger, valable jusqu'à novembre prochain, doit être renouvelée. Cela dépend du Préfet de Saône-et-Loire, Mâcon, et je dois lui adresser une demande de renouvellement ces jours-ci. Je voudrais que cette demande ne nous occasionne pas de nouveaux ennuis. Je vous demande donc une intervention auprès du Préfet de Mâcon. Je suis parfaitement en règle à tous les points de vue, mais les circonstances peu propices aux gens de ma catégorie me font craindre des embêtements de chancellerie, etc. Puis-je compter sur vous ? Je ne ferai aucune démarche avant d'avoir votre réponse mais cela presse.

5 octobre 1942

André Sabatier à Michel Epstein.

Je viens de recevoir votre lettre du 29. Je l'ai lue, je l'ai fait lire. Aucun doute, ma réponse est très nette : Ne bougez pas, toute démarche me paraît extrêmement imprudente. J'attends la visite du chanoine Dimnet et serai heureux de m'entretenir avec lui.

12 octobre 1942

André Sabatier à Michel Epstein.

J'ai reçu ce matin votre mot du 8 ainsi que le double de la lettre que vous avez envoyée à Dijon. Je vous écris pour vous dire ceci :

Notre amie était en règle parfaite et reconnaissez que cela n'a rien empêché.

En ce qui concerne les enfants, étant donné qu'ils sont français et pour employer votre propre expression, je n'ai pas l'impression qu'un changement de climat soit indispensable, mais ce n'est qu'une expression.

Il me semble que sur ce point la Croix-Rouge serait à même de vous renseigner avec plus de précision et plus de sûreté.

19 octobre 1942
Michel Epstein à André Sabatier (prison du Creusot).
[lettre écrite au crayon]
Je suis toujours au Creusot, fort bien traité et en parfaite santé. J'ignore quand nous reprendrons notre voyage et où nous irons. Je compte sur votre amitié pour les miens. Elle leur sera nécessaire. Je suis sûre que vous vous occuperez d'eux. À part ça, rien à vous dire sauf que je garde tout mon courage et que je vous serre les mains.

1er octobre 1944
Julie Dumot à Robert Esménard.
Je viens vous remercier de continuer les mensualités. Vous avez compris que j'ai eu des inquiétudes. Depuis sept mois j'ai dû les isoler de nouveau en des endroits différents. Maintenant j'espère que ce cauchemar est fini. Je suis allée chercher les enfants pour les mettre à la pension. Mon aînée est en 3e et Babet en cours moyen première année, elles sont heureuses de pouvoir être enfin libres car Denise sera plus calme pour travailler à ses études car il y va aussi de son avenir.

10 octobre 1944
Julie Dumot à André Sabatier.
J'ai reçu les 15 000 F. Depuis la fin de février, j'ai été bien inquiète pour mes enfants. Il m'a fallu encore les cacher. C'est certainement pour cela que la sœur Saint-Gabriel ne vous a pas répondu. Elles n'ont pas pu suivre de cours depuis sept mois. Maintenant j'espère que nous serons plus calmes et qu'elles vont bien travailler. Je les ai remises à la pension. Denise est rentrée en 3e et Babet au cours moyen 1re année. Elles sont très heureuses d'avoir retrouvé leurs camarades et les bonnes sœurs qui m'ont beaucoup aidée dans les moments difficiles. J'espère que maintenant plus rien ne viendra nous torturer en attendant le retour de nos exilés. Maintenant, peut-on mettre les œuvres de tous les auteurs en vente ou la vente n'est pas encore libre ?

30 octobre 1944
Robert Esménard à Julie Dumot.
Je vous remercie de votre lettre du 1er octobre. Je vois que vous avez

dû vivre encore de bien cruelles et angoissantes journées. Vous voilà tranquille maintenant sur le sort des petites qui vont pouvoir en toute quiétude poursuivre leurs études ; il faut espérer que cet affreux cauchemar prendra bientôt fin et que dans un très proche avenir vous recevrez des nouvelles de leurs parents. C'est vous le savez un de mes vœux les plus chers...

9 novembre 1944
André Sabatier à Julie Dumot.
J'ai appris non sans frémir les craintes que vous avez encore eues récemment pour vos enfants. Je ne puis que me réjouir de vous savoir maintenant à l'abri de toutes mesures du genre de celles auxquelles vous faites allusion. Il ne reste plus qu'à souhaiter le retour pas trop lointain de ceux qui ont été enlevés.

M. Esménard a donné les instructions nécessaires pour que soient vendus, bien entendu, les exemplaires restant des livres de M. I. Némirovsky. Je me suis posé, quant à moi, la question de savoir s'il convenait de publier maintenant les deux manuscrits que je possède d'elle, son roman *Les Biens de ce monde* et sa biographie de Tchekhov. M. Esménard comme moi-même estimons qu'il est préférable de surseoir à une telle publication, car il serait peut-être dangereux d'attirer l'attention à un moment où sa situation ne la met pas à l'abri des mesures de représailles toujours à craindre.

27 décembre 1944
Robert Esménard à Julie Dumot.
Que 1945 nous apporte enfin la paix et vous rende vos chers absents.

1945
Albin Michel à Julie Dumot.
9 000 F (juin — juillet — août 1945)

8 janvier 1945
Réponse de Robert Esménard à R. Adler.
La carte du 13 octobre 1944 au nom de Mme Némirovsky nous est bien parvenue, mais hélas ! nous n'avons pas pu la faire suivre à sa destinataire. En effet, Mme Némirovsky a été arrêtée le 13 juillet 1942 à Issy où elle vivait depuis 1940 et emmenée au camp de concentration de Pithiviers, puis déportée le même mois. Son mari a été arrêté quelques semaines plus tard et déporté également. Toutes les démarches faites en leur faveur ont été vaines et nul n'a jamais reçu de leurs nouvelles. Les

deux petites ont pu heureusement être sauvées grâce au dévouement d'une amie avec qui elles vivent en province. Croyez que nous sommes profondément désolés de transmettre ces nouvelles.

16 janvier 1945

Réponse Albin Michel à A. Shal.

Je vous remercie de la carte du 6 novembre 1944 que vous avez bien voulu adresser à Mme I. Némirovsky. Hélas ! il ne nous sera pas possible d'expédier cette carte à l'intéressée car notre auteur et notre amie nous a été enlevée au cours de 1942 et acheminée vers je ne sais quel camp de Pologne. Depuis, malgré les démarches les plus diverses, nous n'avons jamais rien pu savoir. Son mari a eu le même sort il y a quelques mois après sa femme. Quant aux enfants, heureusement confiés à temps à des amis de la famille, ils vont actuellement bien. Je suis désolé de vous communiquer de si tristes nouvelles. Espérons quand même…

5 avril 1945

Marc Aldanov (Found for the relief of men of letters and scientists of Russia) — New York — à Robert Esménard.

Par Mme Raïssa Adler, nous venons d'apprendre la nouvelle tragique concernant Irène Némirovsky. Mme Adler nous a également fait savoir que ses deux filles ont été sauvées par une ancienne garde-malade de leur grand-père. Cette garde-malade, Mlle Dumot, est dit-on une personne digne de toute confiance, mais malheureusement, elle est dénuée de toutes ressources et ne peut, par conséquent, se charger de leur éducation.

Les amis et les admirateurs de Mme Némirovsky qui sont à New York se sont réunis pour envisager ce qu'on pourrait faire pour les enfants. Mais ils ne sont ni très nombreux ni riches ici. Quant à notre comité, il y a aujourd'hui une centaine d'hommes de lettres et de savants. Nous n'avons pas pu faire assez. C'est pourquoi nous nous adressons à vous, cher Monsieur, pour demander si Mme Némirovsky n'aurait pas un crédit auprès de ses éditeurs français représentant ses droits d'auteur et si, en cas affirmatif, il ne vous serait pas possible, à vous et à vos collègues, de mettre une partie de ses honoraires à la disposition de ces deux enfants. Nous vous enverrions leur adresse.

11 mai 1945

Réponse de Robert Esménard à Marc Aldanov.

Mme Némirovsky a en effet hélas ! été arrêtée en juillet 1942, conduite au camp de Pithiviers, puis déportée. Son mari, quelques semaines après, a eu le même sort. Nous n'avons jamais reçu de leurs nouvelles et sommes profondément angoissés à leur sujet.

Je sais que Mlle Dumot qui a sauvé les deux petites filles, les élève parfaitement. Pour le lui permettre d'ailleurs, je dois vous dire que j'ai versé à Mlle Dumot, depuis l'arrestation de Irène Némirovsky, des sommes importantes puisqu'elles s'élèvent à 151 000 F et qu'actuellement encore, je lui assure une mensualité de 3 000 F.

1er juin 1945

André Sabatier à Julie Dumot.

Je pense beaucoup à vous et à vos enfants depuis que les déportés et les prisonniers commencent à revenir en France. Je suppose que pour l'instant vous n'avez rien pu savoir car vous m'auriez certainement tenu au courant. De mon côté, je n'ai pu enregistrer la moindre indication. J'ai demandé à Mme J.J. Bernard[1] qui connaissait Mme Némirovsky et qui se trouve actuellement à la Croix-Rouge de faire les démarches nécessaires afin que l'on puisse savoir quelque chose. Bien entendu, si j'apprenais quoi que ce soit, vous seriez la première informée. Il y a une question que je voulais vous poser : que sont devenus les papiers qui se trouvaient à Issy au moment de l'arrestation de Mme Némirovsky ? J'ai entendu dire qu'il y avait une grande nouvelle achevée. En auriez-vous le texte ? Si oui, pourriez-vous me le communiquer et nous pourrions peut-être le publier dans notre revue *La Nef*.

16 juillet 1945

André Sabatier à l'abbé Englebert.

Je vous écris pour un objet tout à fait inattendu. Voici ce dont il s'agit : vous connaissez de nom et de réputation certainement I. Némirovsky, une des plus fortes romancières féminines que la France ait eues au cours des années qui ont précédé la guerre. Israélite et russe, I. Némirovsky a été déportée en 1942, ainsi que son mari, vers un camp de Pologne sans doute ; il ne nous a jamais été possible de savoir quoi que ce soit. À l'heure actuelle encore, le silence est total et nous avons perdu, hélas ! tout espoir de la retrouver vivante.

I. Némirovsky avait laissé en France à la garde d'une amie, deux petites filles, Denise et Élisabeth Epstein. Je viens de voir la personne qui s'est occupée d'elles ; celle-ci m'a raconté qu'elle avait fait accepter ces deux petites filles comme pensionnaires chez les dames de Sion.

1. Mme Jean-Jacques Bernard, femme de l'écrivain Jean-Jacques Bernard, lui-même fils de Tristan Bernard.

L'accord était fait et voici qu'au dernier moment, la mère supérieure s'est dérobée, sous le prétexte qu'il n'y avait plus de place, d'où une déception et un gros ennui pour la brave femme qui s'occupe de ces deux petites filles. Vous est-il possible de savoir ce qu'il en est exactement ? et si vous avez quelque influence auprès de ces Dames, pourriez-vous insister pour qu'à la rentrée d'octobre tout au moins, Denise et Élisabeth soient admises chez les Dames de Sion.

Nous nous intéressons beaucoup à ces deux petites, vous le comprendrez ; en tout état de cause, même si vous ne pouviez rien, merci d'avance pour l'attention que vous porterez à cette requête.

23 juillet 1945

Communication téléphonique : Chautard (Union Européenne Industrielle et Financière) à André Sabatier.

M. de Mézières à l'U.E.[1] est disposé à faire quelque chose en faveur des enfants d'Irène Némirovsky, en collaboration avec notre maison.

[note manuscrite : attendre qu'il se mette en rapport avec nous]

Seraient disposés à verser 3 000 F/mois.

Ont trouvé une pension religieuse près de Paris à 2 000 F/mois et par enfant.

7 août 1945

Omer Englebert à Robert Esménard.

J'ai le plaisir de vous annoncer que les fillettes de la romancière russe israélite (voilà que je ne me rappelle plus son nom !) auxquelles vous vous intéressez et que M. Sabatier m'avait recommandées de votre part, sont admises chez les Dames de Sion, à Grandbourg par Evry-Petit-Bourg. La mère supérieure vient de me faire savoir qu'elles pourront s'y rendre à la prochaine rentrée.

29 août 1945

Julie Dumot (46, rue Pasteur à Marmande) à André Sabatier.

Je ne sais comment vous remercier de tant de dévouement de votre part. Je suis très heureuse pour les enfants, surtout pour Babet qui n'a que 8 ans et a toute son instruction à faire. Quant à Denise qui va très bien maintenant, elle pourra se perfectionner dans cette maison de premier ordre, tel était le désir de sa maman. C'est pour cela que je vous suis très reconnaissante d'avoir réalisé le désir des parents. Si Denise ne

1. Banque de l'Union Européenne (ancienne Banque des Pays du Nord où Michel Epstein fut fondé de pouvoir).

peut pas continuer ses études, il faut qu'elle ait son brevet pour pouvoir travailler, tout cela on va le voir dans quelques jours. Votre aimable lettre est venue me trouver ici où je fais passer les vacances des enfants. Denise est complètement guérie. Elle a passé à la radio qui a montré que tout voile de pleurite avait disparu. Babet, elle, va être opérée des amygdales et des végétations la semaine prochaine. Je n'ai pu le faire plus tôt, le docteur était en vacances, ce qui me retarde de 8 jours pour rentrer à Paris

Oui, monsieur Sabatier, il avait été question que la Société des Gens de Lettres ferait quelque chose pour les enfants. M. Dreyfus à qui j'avais exposé mon cas, que je ne pouvais pas y arriver avec mes 3 000 F par mois, Denise qui a été pendant 6 mois en traitement, s'est occupé auprès de son ami, M. Robert, de faire quelque chose pour les enfants. J'en ai fait part le jour même à M. Esménard qui est au courant. Pour tous les renseignements sur moi, Tristan Bernard me connaît depuis l'âge de 16 ans.

3 octobre 1945
Éditions Albin Michel à Julie Dumot.
12 000 F : sept. — oct. — nov. — déc. 45

7 décembre 1945
Robert Esménard (note pour Mlle Le Fur).

Vendredi après-midi, je suis allé chez Mme Simone Saint-Clair qui fait partie d'un Comité ayant pour but de venir en aide aux enfants d'I. Némirovsky. Certaines personnes et certains groupements vont verser une somme mensuelle entre les mains du notaire qui a été désigné pour les accueillir jusqu'au moment où, en principe, les deux enfants auront passé leur bac. Une fois que l'aînée, Denise, l'aura obtenu, je suppose que cette question sera revue.

En dehors de cela, des dons seront reçus de façon à constituer un capital aux filles d'I. Némirovsky dont elles pourront disposer à leur majorité. Il y a déjà une certaine somme dans laquelle est compris un versement de la Banque des Pays du Nord où était employé M. Epstein, quelque chose comme 18 000 F, correspondant à 3 000 F de mensualité avec une certaine rétroactivité.

Mlle Dumot aura à sa disposition, par les soins du notaire, immédiatement, une somme X pour la dédommager des frais qu'elle a supportés, puis chaque mois une somme déterminée. En ce qui concerne notre maison, j'ai dit qu'à partir de la date de la dernière mensualité que j'ai remise le 31/12/45 — une somme mensuelle de 2 000 F sera versée, sans que naturellement il en soit fait compensation sur les droits d'auteur d'I. Némirovsky. De plus, j'abandonne sur les droits de Mme Némirovsky une somme de 2 000 F par mois à dater du mois où j'ai commencé les mensualités, autrement dit, ces mensualités ont un effet rétroactif à dater du premier versement.

De larges communiqués seront faits dans la presse pour l'aide à constituer.

24 décembre 1945

W. Tideman à Irène Némirovsky.

Je suis journaliste d'un journal de Leyde (Hollande) à qui j'ai fait une offre de traduire pour eux un roman ou un conte français, comme feuilleton. Ils viennent de me répondre qu'ils sont d'accord sur le principe de publier ce que je leur conseille ou envoie. Je leur ai fait savoir qu'il y aurait des droits à payer, qui seront sans doute beaucoup plus élevés pour un roman déjà publié ici, les éditeurs exigeant leur part, que pour une nouvelle non éditée, originale, pour laquelle ils n'auraient à traiter qu'avec l'auteur. Et j'ai pensé à vous bien que je ne connaisse de vous que vos romans.

29 décembre 1945

Réponse Albin Michel à W. Tideman.

J'ai pris connaissance de la lettre adressée à mes bureaux, au nom d'I. Némirovsky, ne pouvant hélas ! la transmettre à sa destinataire.

Mme I. Némirovsky a, en effet, été arrêtée en juillet 1942 puis déportée en Pologne, croit-on. Depuis la date de son arrestation, nul n'a jamais reçu de ses nouvelles.

Remerciements

Mes remerciements vont

à Olivier Rubinstein et à toutes les personnes des Éditions Denoël qui ont accueilli ce manuscrit avec enthousiasme et émotion ;

à Francis Esmenard, président-directeur général des éditions Albin Michel, qui a eu la grande générosité d'accepter que soit publiée une tranche d'un passé dont il a été le dépositaire ;

à Myriam Anissimov, le lien entre Romain Gary, Olivier Rubinstein et Irène Némirovsky,

et à Jean-Luc Pidoux-Payot, qui a contribué à la relecture du manuscrit en m'aidant de ses précieux conseils.

Denise EPSTEIN

Table

Composition Nord Compo
Impression Grafica Veneta S.p.A.
à Trebaseleghe (Pd).
Dépôt légal : janvier 2015

ISBN : 978-2-207-12431-4/Imprimé en Italie

278270